INWAZJA

WOJTEK

MIŁOSZEWSKI

INWAZJA

wydawnictwo ab

Wydanie I
Warszawa MMXVII

Prolog

1.

Katowice z tej wysokości i o tej porze wyglądają naprawdę nieźle, pomyślał, patrząc na rozświetlone w dole rondo i charakterystyczną sylwetkę Spodka. Bar był usytuowany na dwudziestym siódmym piętrze, a oni zajmowali stolik przy samej szybie, za którą rozciągała się nocna panorama śląskiego miasta. Wrócił myślami do rzeczywistości.

– Więc jeśli chodzi o miłość, można ją mieć w dwóch odsłonach – mówiła spokojnie, ale jej twarz otoczona burzą loków podskakiwała energicznie. – Albo na początku jest wielki wybuch, który gaśnie równie gwałtownie, jak się pojawił, albo mały, delikatnie żarzący się węgielek. Gdy jednak w miarę trwania kolejnych lat zadbać o ten drugi, to można rozniecić silny płomień, który będzie palił się całymi latami.

Nie miał żadnych wątpliwości, co chciała mu w ten sposób przekazać. Ten wybuch, który gwałtownie zniknął, to miał być on, a silny płomień z małego węgla to nikt inny jak jej mąż, z którym ma dwójkę dzieci. Najchętniej spytałby ją, co w takim razie tutaj robi, ale wtedy wszystko by zepsuł.

– Napijemy się jeszcze wina?

– Chętnie. – Uśmiechnęła się, patrząc mu w oczy.

Godnie porzucili temat i rozpoczęli zwyczajną rozmowę, jaką miliony par prowadzą podczas wspólnych kolacji. On opowiadał anegdoty, próbował ją rozśmieszyć, a ona przy tych słabszych wyginała usta w uśmiechu, aby nie sprawić mu przykrości. Wszystko składało się niemal idealnie. On nazajutrz wylatywał, ale na tę noc miał pokój w hotelu, który znajdował się w tym samym budynku. Ona z kolei miała wolne, bo jej mąż pojechał na weekend do wujka, który mieszkał pod Warszawą i jako stary kawaler wprost przepadał za ich dziećmi. Wyjątkowo udany zbieg okoliczności! A może nie?

Kilka godzin później siedział nago na brzegu łóżka i zdyszany, wpatrywał się w panoramę za oknem, którą rozświetlało wschodzące słońce. Mimo że spędzili w pokoju hotelowym ponad pięć godzin, nie zmrużyli oka. Odwrócił się i spojrzał na nią. Leżała wyczerpana na plecach, a na jej skórze lśniły krople potu. Przeciągnęła się i nakryła prześcieradłem. Dobiegała czterdziestki, ale miała bardzo seksowne ciało i uważał, że niejedna młoda miss z konkursów piękności nie miała z nią szans. Wprost tryskała seksapilem, zwłaszcza teraz, po długich i wyczerpujących zapasach w łóżku.

– Wyglądasz fantastycznie.

– Jasne – parsknęła. – Z czterdziestką na karku i po dwóch porodach. Ale dziękuję, to miłe. Zawsze byłeś dżentelmenem.

– No, nie zawsze. – Mrugnął do niej szelmowsko.

– To było po alkoholu, dawno ci wybaczyłam. – Uśmiechnęła się do swoich wspomnień.

– Tak się tłumaczą pijacy. Dzisiaj takie seksowne kobiety jak ty określa się mianem MILF.

– Co? – spytała i roześmiała się perliście, kiedy wytłumaczył jej angielski skrót.

Wpatrywali się w milczeniu w miejską panoramę, nad którą wychynął pomarańczowy okrąg. W końcu odezwała się smutno:

– Boję się. Czuję, że to wszystko może się źle skończyć.

– Przestań.

– Dwa dni temu obudziłam się, bo ktoś stał przy moim łóżku – zaczęła. – Zapaliłam światło i zobaczyłam młodszego. Pytam się go, synek, co się dzieje? A on zaczął płakać i mówić, że się boi, bo będzie wojna.

– Nie będzie żadnej wojny. – Machnął ręką, trochę bez przekonania.

– A to, co zrobili na Ukrainie?

– Ukraina nie jest w NATO, to mogli robić, co chcieli.

Wyszedł do łazienki, a gdy wrócił i stanął nago, pijąc wodę z butelki, powiedziała:

– Przysięgnij, że to jest nasze ostatnie spotkanie. To dla mnie bardzo trudne i ważne.

Dlaczego to tak musi wyglądać, pomyślał z żalem. Dlaczego to wszystko musi być zawsze takie popieprzone? Czy ja nie mogę mieć normalnego życia?

Doskonale znał odpowiedź i poczuł, jak zalewa go fala zazdrości o gościa, który zabrał dwójkę swoich dzieci do jakiegoś wujka. Zamiast tego wyrecytował teatralnie:

Precz z moich oczu!... posłucham od razu,
Precz z mego serca!... i serce posłucha,
Precz z mej pamięci!... nie... tego rozkazu
*Moja i twoja pamięć nie posłucha.**

Popatrzyła na niego zaskoczona i roześmiała się, zakrywając dłonią usta.

---

* Adam Mickiewicz, *Do M...*

– Może i wojny nie będzie – odparła, ciągle chichocząc. – Ale koniec świata nadchodzi wielkimi krokami, skoro były komandos cytuje poezję. Wiesz chociaż, czyje to?

– Niejaki Adam Mickiewicz, madame – powiedział z uśmiechem i usiadł obok niej na łóżku, podając jej butelkę z wodą.

Gdy tylko upiła łyk, zobaczyła, że na etykiecie znanego producenta wody wydrukowano dużymi literami: WSPIERAMY POWIATOWE BIBLIOTEKI PUBLICZNE, a pod spodem widniała pierwsza zwrotka słynnego wiersza narodowego wieszcza.

– Możesz być spokojna, koniec świata odwołany.

– Nie odpowiedziałeś na moje pytanie. Przysięgnij, że to ostatni raz.

– Przysięgam. – Jego głos brzmiał matowo.

– Masz jeszcze to zdjęcie? Pamiętasz, w tej ramce?

– Mam. – Kiwnął głową.

– Wyrzuć je. Zniszcz. Proszę cię.

– Nie – powiedział i delikatnie ściągnął z niej prześcieradło.

Nie protestowała.

2.

Rosyjski transporter opancerzony zakołysał się gwałtownie na większej nierówności i siedzący na dachu masywnego pojazdu major Bykow złapał się mocniej uchwytu, aby nie spaść na ziemię. Był zadowolony, że wreszcie wszystko się skończyło. Kampania nie była przesadnie trudna. W końcu przeszło dwadzieścia lat rycia rosyjskiej agentury osłabiło Ukrainę na tyle, że nie była w stanie wystawić przeciw wrogowi skutecznej armii. Kilku jego kolegów poległo, byli rzecz jasna i ranni, ale mimo wszystko Bykow stwierdził, że nie mogło się to równać z piekłem pierwszej i drugiej wojny czeczeńskiej.

– Dawajcie następny! – krzyknął, gdy zatrzymali się przy kolejnym słupku.

Major zeskoczył na ziemię, a z górnych włazów transportera wypełzli kolejni żołnierze. Ten odcinek granicy między Polską a dawną Ukrainą przebiegał w bieszczadzkich lasach. Linię graniczną oznaczały wbite w ziemię kamienie, tak zwane monolity. W odległości dwóch i pół metra od monolitu zarówno po stronie polskiej, jak i ukraińskiej stały słupki. Po zachodniej biało-czerwone, a te po wschodniej w barwach niebiesko-żółtych. Monolity nie zostały ustawione regularnie. Zasada była następująca: stojąc przy jednym granicznym słupku, trzeba było widzieć z nim sąsiadujące, co ułatwiało pracę pograniczników.

Akurat te znajdowały się na szczycie niewielkiego pagórka; rozpościerał się z niego malowniczy widok na pasmo Bieszczad, którego lasy połyskiwały w późnym, sierpniowym słońcu.

Szeregowy Gawriłow wyciągnął z transportera stalową linkę i wsunął pętlę na szczyt ukraińskiego słupka granicznego. Drugi koniec przyczepił do haka holowniczego transportera. Walnął pięścią w tył pojazdu, wydech rosyjskiego BTR-a plunął spalinami i pojazd ruszył powoli, wyciągając z łatwością słupek wraz z betonowym fundamentem, który obrastała niewysoka trawa.

Gdy szeregowy zaczął sprawnie ściągać linkę, po drugiej stronie zobaczyli dwóch polskich pograniczników. Stali ledwie metr od swojego słupka, znajdowali się więc na terytorium Polski, ale od rosyjskich żołnierzy dzieliło ich niecałe dziesięć metrów.

– Czołem, chłopaki! – wydarł się szeregowy Gawriłow. – Na wasze słupki też przyjdzie czas! Najlepiej będzie, jak sami je usuniecie! Mniej roboty dla nas!

Gdy zaczął krzyczeć, major od razu wyczuł ostrą woń alkoholu i skrzywił się. Miał nadzieję, że może Polacy nie znają rosyjskiego, ale… W odpowiedzi jeden z pograniczników, blondyn o miłej aparycji, uśmiechnął się szeroko i krzyknął nienaganną ruszczyzną:

– Zapraszamy! Tylko onuce sobie wypierz, bo smród taki, że nawet z tej odległości oczy szczypią!

Szeregowy Gawriłow zawył i nim major zdążył cokolwiek powiedzieć, ściągnął swojego kałasznikowa, odbezpieczył i celując w górę, zaczął strzelać ciągłą serią. Zarówno Polacy, jak i Rosjanie, zdezorientowani sytuacją, padli na ziemię. Jedynymi stojącymi byli strzelający szeregowy i major Bykow, który odczekał cierpliwie, aż żołnierzowi skończy się amunicja. Wtedy podszedł do niego i zwalczył przemożną chęć strzelenia tamtemu w mordę, w końcu nie wypadało mu jako majorowi. Dlatego skinął na sierżanta, który zerwał się na równe nogi i podbiegł.

– Gawriłow! – wydarł się podoficer i zdzielił pięścią szeregowego w twarz.

Żołnierz zatoczył się, stracił równowagę i klapnął boleśnie tyłkiem na obalony ukraiński słupek.

– Jak jeszcze raz zobaczę, że marnujesz amunicję – wycedził major – to dostaniesz tydzień kałałażki. Zrozumiano?!

– Tak jest!

Szeregowy dźwignął się, wycierając usta z krwi. Polscy strażnicy graniczni ruszyli w dół zboczem, a uprzejmy blondyn nie odmówił sobie użycia na odchodnym środkowego palca, wystawionego w międzynarodowym geście.

– Pan major wybaczy – powiedział szeregowy, obserwując Polaków. – Ale ja bym się nie zatrzymywał. Od razu z rozpędu i tę pieprzoną Polskę zrównał z ziemią.

Major w milczeniu obserwował, jak z transportera opancerzonego dwóch żołnierzy wyciągnęło wysoki, zielono-czerwony słupek, zakończony dwugłowym orłem, godłem Rosji. Podeszli do wyrwy w ziemi, która została po ukraińskim słupku, i w tym miejscu położyli rosyjski obelisk. Miał tu przeleżeć kilka godzin, dopóki idące za nimi wojska inżynieryjne nie osadzą go w betonie.

– Uważajcie, o czym marzycie, szeregowy – mruknął major Bykow ponuro. – Bo jeszcze się spełni.

Rozdział I

1.

Widok był przepiękny. Z okien gabinetu w północno-zachodnim skrzydle kremlowskiego Pałacu Senackiego można było podziwiać plac Czerwony i widniejący w oddali charakterystyczny budynek Państwowego Muzeum Historycznego. Władimir Putin westchnął i odwrócił twarz od okna.

Założę się, że jego skarpetki są więcej warte niż mój kostium z amerykańskiej sieciówki, pomyślała siedząca naprzeciwko prezydenta Rosji Angela Merkel, taksując wzrokiem strój Putina.

– *Wołodia, let's be honest. This is fucked up* – przerwał panującą ciszę François Hollande.

Choć mało kto o tym wiedział, cała trójka mogła darować sobie obecność tłumacza, ponieważ Władimir Putin doskonale znał angielski, co jednak skrzętnie ukrywał pod płaszczykiem niechęci do amerykańskich „imperialistów".

– Ale co takiego? – spytał zdziwiony prezydent Rosji.

– Przesadziłeś – odpowiedział Hollande. – Ukraina nie należy do ciebie. To jest – szukał przez chwilę odpowiedniego słowa – niepodległe państwo.

Władimir Putin popatrzył uważnie na prezydenta Francji, który pierwszy nie wytrzymał i wybuchnął śmiechem. Po chwili sam mu zawtórował, a potem również kanclerz Niemiec, znana ze swej powściągliwości, zaczęła się śmiać, po dziewczęcemu zakrywając usta dłonią.

– François. Masz ze mną źle? – przerwał w końcu atak wesołości Putin. – To moi chłopcy polegli, aby zakończyć to gówno w Syrii i zatrzymać pochód tego brudu, który zasyfił waszą wspaniałą Europę Zachodnią. Żaden żołnierz francuski nie stracił życia!

François Hollande milczał, najwyraźniej nie miał dobrej odpowiedzi na wywód Putina, który zwrócił się do kanclerz Niemiec:

– A co było, kiedy chcieliście odesłać przeszło pół miliona nielegalnych imigrantów z Niemiec? Kto pomógł i wziął całą winę na siebie?

Angela Merkel spuściła głowę. Kiedy Niemcy chcieli wywieźć nielegalnych imigrantów pociągami z Europy, w świecie rozległ się wrzask, że Szwaby już raz wozili ludzi pociągami. Wtedy prezydent Rosji namówił Węgry, aby wzięły na siebie odpowiedzialność za imigrantów, jako że najpierw trafili na terytorium Unii właśnie do kraju Ferenca Molnára. Stamtąd rosyjskie wojska ewakuowały ich do Afryki. Rzecz jasna cała międzynarodowa, światła opinia publiczna jeszcze raz podniosła larum, że ludzi uciekających przed wojną i prześladowaniami odsyła się tam, gdzie znów będą cierpieć biedę. Jednak te protesty nie spotkały się z dużym poparciem społecznym, ponieważ ludzie Zachodu byli zmęczeni tematem uchodźców. Oczywiście wszyscy obarczali winą prezydenta Rosji, ale do tego, że Władimir Putin jest *bad guy*, już przywykli. Niemcy wyszły z całej sytuacji obronną ręką.

Prezydent Rosji też czasem myślał o uchodźcach, którzy tłumnie przybywali do Europy, wywołując duże zamieszanie. To właśnie na prośbę Putina dowódcy rosyjskich służb specjalnych uknuli perfekcyjny plan. Punkt pierwszy, rozpętać „arabską wiosnę". Za każdym razem, gdy zachodnie media mówiły o „spontanicznym buncie, wywołanym przez egipskich generałów", prezydent Rosji wprost pękał ze śmiechu. Punkt drugi, rozpętać w Syrii długą i wyniszczającą wojnę, która spowodowała, że miliony osób szukały schronienia w Europie. Punkt trzeci, agenci Kremla ofiarujący szefom pograniczników z Grecji i Włoch gigantyczne łapówki po to, aby rzeka przerażonych ludzi z Bliskiego Wschodu mogła bez przeszkód rozlać się na całą Europę Zachodnią. Punkt czwarty to po prostu pieniądze, błaha rzecz, pomyślał Putin, trzeba było tylko dać w łapę francuskiej prawicy i temu staremu dziadowi z Anglii, który doprowadził do Brexitu i już, chaos w Unii gotowy! Niegdyś Władimir Putin podziwiał Niccolò Machiavellego. Teraz już nie. Prezydent Rosji uważał, że jest od florenckiego dyplomaty znacznie lepszy.

Putin westchnął, sięgnął do niewielkiej szafki stojącej koło biurka. Wyciągnął karafkę i trzy kieliszki. Rozlał w milczeniu wódkę i wzniósł swój kieliszek. Przywódcy Niemiec i Francji zrobili to samo i wszyscy wypili.

– Nie możemy mówić tego, co zawsze? – zapytał stropiony Putin. – Na Ukrainie nie ma żadnych wojsk rosyjskich. To oddziały Ukraińców, którzy nie chcą ze swojego kraju zrobić amerykańskiego laboratorium. Chcą niepodległej Ukrainy. A ja jako prezydent sąsiedniego, bratniego narodu, szanuję ich dążenia.

– No błagam, Wołodia. Wiesz, który mamy rok? – Prezydent Francji zdjął na chwilę okulary, aby je przetrzeć. – Każdy ma w telefonie aparat i kamerę. W internecie jest pełno zdjęć waszego wojska.

– Panie prezydencie – odezwała się kanclerz Niemiec. – Musimy coś powiedzieć ludziom, żeby zadbać o poparcie dla nas. Ja nie decyduję o wynikach wyborów do Reichstagu.

– Wielka szkoda. Może mi pani wierzyć, że to wiele ułatwia. – Putin roześmiał się cicho. – Rosja to kraj, który najbardziej na świecie miłuje pokój. Ale jeśli zostaniemy sprowokowani…

Przywódcy Francji i Niemiec patrzyli wyczekująco na prezydenta Rosji, ale zorientowali się, że ten nie ma już nic więcej do powiedzenia. François Hollande westchnął ciężko i spojrzał na Angelę Merkel, która zrozumiała, że spotkanie właśnie dobiegło końca. *Verdammt!*, zaklęła w duchu przywódczyni Niemiec, zmarnowaliśmy tyle czasu i nic nie zyskaliśmy.

*

Olbrzymi airbus A330 sunął po zalanym deszczem pasie startowym moskiewskiego lotniska Wnukowo. Po osiągnięciu prędkości startowej lotki statecznika poziomego zmieniły położenie i samolot oderwał się od ziemi.

Gdy tylko kanclerz Angela Merkel poczuła, że odrzutowiec znalazł się w powietrzu, i usłyszała wibrujący dźwięk chowanego podwozia, odetchnęła z ulgą. Nie cierpiała startów i lądowań na rosyjskich lotniskach. Lęk ten towarzyszył jej od czasu, kiedy kilka lat temu, ze względu na opóźnienia, jako VIP-a poprowadzono ją przez zaplecze moskiewskiego lotniska. Do końca życia nie zapomni widoku pijanego pracownika obsługi naziemnej, który ledwie trzymał się słupa i wymiotował na walizki, przesuwające się po taśmie.

Dodatkowo miała jeszcze świeżo w pamięci tragiczny wypadek prezesa francuskiego koncernu naftowego Total, Christopha de Margerie. Prezes, znany w świecie rusofil, gorący orędownik oraz zwolennik prezydenta Władimira Putina, zginął w jednej sekundzie, kiedy jego odrzutowiec zderzył się na pasie startowym z pługiem śnieżnym. Zdarzyło się to 20 października, w Dzień Kontrolera Lotów, kiedy to trzy czwarte lotniskowej obsługi było kompletnie nawalone.

Samolot w barwach Republiki Francji wzniósł się na wysokość przelotową i stewardesa przyniosła do stolika sztućce oraz świeże pieczywo. Angela Merkel skorzystała z uprzejmości François Hollande'a i polecieli jego samolotem. W drodze powrotnej samolot wyląduje w Berlinie, gdzie zostawi kanclerz i jej świtę, a potem poleci do Paryża.

Prezydent Francji wziął jedną z bułeczek, rozkroił pieczywo, uwalniając ze środka kłęby pary, posmarował masłem czosnkowym i odezwał się z pełnymi ustami:

– Co myślisz?

– Myślę, że facet naprawdę zrobił się niebezpieczny – odpowiedziała Angela Merkel.

– Nie przesadzasz? – Hollande pochłonął szybko drugą połówkę bułki.

– Pytasz mnie o to, wiedząc, że Putin właśnie dokonał aneksji czterdziestopięciomilionowego kraju w środku Europy?

– To nie środek Europy, raczej przedmieścia – skrzywił się prezydent Francji. – Coś jak nasze Saint Denis.

Stewardesa podeszła i postawiła przed nimi talerze z wykwintnym mięsem polanym sosem, z dodatkiem sałatki i podsmażonych ziemniaków pokrojonych w kostkę.

– Wspaniale! – François Hollande aż klasnął w dłonie, nachylając się nad talerzem i wdychając aromat potrawy. – Policzki cielęce w sosie śmietanowym z szałwią. Musisz spróbować!

Angela Merkel kiwnęła niechętnie głową, po wizycie u Władimira Putina nie miała apetytu. Po chwili stewardesa przyniosła butelkę wina i rozlała do kieliszków.

– Obawiam się, że ta nasza dzisiejsza wizyta to za mało – powiedziała pani kanclerz.

– Przecież wymusiliśmy na nim deklarację – odparł prezydent Francji, sięgając po kieliszek.

– Co takiego?

– Powiedział, że nic nie zrobi, dopóki nikt ich nie będzie prowokował.

Angela Merkel przez chwilę obserwowała, jak prezydent Francji łapczywie zajada się cielęciną. Przypomniała sobie swojego sąsiada z Templina, brandenburskiego miasteczka, gdzie spędziła całe dzieciństwo. Sąsiad nazywał się Klaus Bodner i często opowiadał o wojnie, zwłaszcza o operacji Fall Gelb, w której brał udział, służąc w armii pod dowództwem generała von Rundstedta. Wspominał, jak bardzo byli wycieńczeni podczas inwazji na Francję, kiedy to próbowali dogonić wycofujące się francuskie wojska.

Wyjrzała przez okno. Chmury mocno się przerzedziły, zostawili za sobą posępną, moskiewską pogodę i teraz doskonale było widać przesuwającą się w dole ziemię. Zamigotały wody Morza Bałtyckiego, jak na dłoni widoczne były terytoria Polski, nad którą właśnie przelatywali.

– A Polska? – spytała kanclerz Niemiec.

– Polska jak Polska – odpowiedział Hollande. – To nasza strefa buforowa. Jeśli Putin tam wejdzie, to mamy przesrane i dopiero wtedy będziemy się martwić.

Prezydent Francji skończył posiłek i elegancko odłożył sztućce na talerz.

– Nie jesz tego? – Wskazał nietknięte danie.

– Jem, jem – odpowiedziała kanclerz, rozwijając sztućce z serwetki z wyhaftowanym godłem republiki Francji.

– Dzięki Bogu – sapnął uspokojony Hollande. – Grzechem byłoby nie zjeść takich policzków cielęcych.

2.

Jacht motorowy ciął jasnobłękitne wody Morza Czerwonego, a stojący na pomoście nawigacyjnym Roman Gurski wykonał łagodny skręt w lewo i zerknął na umieszczony w desce rozdzielczej wskaźnik temperatury. Czterdzieści jeden stopni, to jednak ciągle robi wrażenie, pomyślał, lustrując powierzchnię morza. Na wprost miał zwężające się wody Zatoki Sueskiej, a w odległości około dziesięciu kilometrów po prawej stronie widać było zachodnie wybrzeże Półwyspu Synajskiego.

Roman miał trzydzieści dwa lata, ubrany był tylko w jaskrawoczerwone szorty do pływania. Na nosie przyciemniane okulary. Krótko ostrzyżone włosy oraz wyrzeźbiona i gibka sylwetka z wyraźnie zarysowanymi mięśniami ramion i brzucha budowały surowy obraz twardziela. Mógł pić wódkę zmieszaną z whisky do trzeciej nad ranem, o czwartej wdać się w bójkę z bandą hałaśliwych Angoli pod dyskoteką Pacha w Szarm el-Szejk, a i tak punktualnie o piątej trzydzieści zjawiał się na plaży i przebiegał piętnaście kilometrów, by w ciągu dnia poprawić to półtoragodzinnym treningiem na siłowni. Jednym słowem był w formie.

Gdy pojawił się gigantycznych rozmiarów cień, Roman zwolnił obroty silnika. Jacht zbliżał się do wraku SS „Thistlegorm". Długi na ponad sto dwadzieścia metrów transportowiec, przewożący zaopatrzenie dla armii brytyjskiej, zakończył tutaj swój rejs pewnej październikowej nocy 1941 roku, kiedy został zaatakowany przez dwa niemieckie bombowce. Atak był na tyle skuteczny, że statek poszedł na dno, ale jednak nie na tyle, aby zniszczyć cały przewożony ładunek, i dlatego teraz SS „Thistlegorm" był mekką dla nurków wrakowych. Na pokładzie statku i w jego najbliższym otoczeniu można było podziwiać wojskowe motocykle, ciężarówki, a nawet dwie lokomotywy.

Roman zwolnił do dryfu, z zadowoleniem obserwując, że dzisiaj na wraku panował mały ruch, co i tak oznaczało przeszło dziesięć łodzi cumujących nad zatopionym kolosem. W okolicy rufy wraku jacht wytracił prędkość do zera i Roman wcisnął przełącznik zwalniający mechanizm kotwicy dziobowej. Zerknął do tyłu na dolny pokład i obserwował, jak jego pracownik, Ahmed, zrzuca kotwicę rufową, a na odległość trzech metrów od burty boję z liną, po której mieli się spuszczać nurkowie. Roman wyłączył silnik i zszedł na dół po wąskich stopniach.

Na rufie, na szerokich kanapach obleczonych beżową skórą siedzieli ludzie, którzy wynajęli go na dziś, aby ponurkować na SS „Thistlegorm". Obaj mężczyźni dyskretnie spoglądali w prawą stronę, w głąb kabiny, na dziewczynę Romana, Nadię. Jeśli o samym Romanie można było powiedzieć, że był w formie, to Nadia prezentowała hiperformę. Co prawda, dziewczyna miała dopiero dwadzieścia lat, ale i tak nie można było jej odmówić podręcznikowego wprost piękna. Idealna opalenizna, zgrabna, smukła figura, pełne piersi oraz brązowe włosy i takie same oczy.

– Dobra, zaczynajmy – powiedział Roman.

Dwóch gości z żonami było typowymi przedstawicielami polskiej klasy średniej, czyli osiągali zarobki na poziomie dworcowych sprzątaczy któregoś z państw Europy Zachodniej. Ostatni, grubas, nalegający, aby mówić do niego „po prostu Wiesiek", grał zdecydowanie w innej lidze. Na czarnych slipkach, znikających pod pokaźnym brzuchem, miał wyszyte insygnia Giorgio Armaniego, przewieszona przez ramię saszetka była od Louis Vuittona, a na klapkach widniało dumne logo Burberry. Wszystko to pasuje do jego wyglądu jak pięść do nosa, pomyślał Roman, pomagając mężczyźnie wcisnąć się w piankę.

– Wie pan, takie geny – powiedział Wiesiek przepraszająco. – U nas w rodzinie wszyscy byli potężni. Pan widzę bardziej szczupły, może się do woli objadać i nic nie robić, co?

Roman uśmiechnął się, potakując głową, zadowolony, że udało się już wcisnąć gigantyczne nogi Wieśka w kombinezon. Swoją drogą facet w stroju kąpielowym ma ograniczoną powierzchnię eksponowania znanych marek, więc może lepiej by było, gdyby sobie coś wytatuował, pomyślał. I wtedy, mocując się z ręką Wieśka, zauważył tatuaż na jego torsie i w pierwszej chwili uznał, że koleś naprawdę wytatuował sobie logo jakiejś firmy. Dopiero po chwili dostrzegł, że była to kotwica Polski Walczącej, a poniżej, zaraz nad sutkiem widniał napis „Pamiętamy".

Grubas zauważył, że Roman patrzy na tatuaż, i dumnie wypiął obwisłą klatkę.

– Szacunek, co? Co roku spotykam się ze znajomymi i robimy rekonstrukcje historyczne powstania warszawskiego.

Roman znowu się uśmiechnął i dopiął kombinezon Wieśka, wściekły na siebie, że tylko szczerzy zęby, zamiast powiedzieć mu, co o tym myśli. Wychował się w Warszawie i miał wyrobione zdanie o tej całej maskaradzie związanej z powstaniem. Ciotka, która przeżyła walki z 1944 roku jako cywilna mieszkanka stolicy, nie mówiła o powstańcach inaczej jak „te skurwysyny", natomiast największym orędownikiem warszawskiej rebelii był wujek, który przyjechał do stolicy z Białegostoku i powstanie oglądał jedynie na zdjęciach. Roman zawsze miał serdecznie dosyć corocznej kłótni o to, czy powstanie warszawskie było słuszne, czy nie. Stało się i już.

Po dłuższej chwili i dzięki pomocy Ahmeda oraz Nadii, która ku głębokiemu rozczarowaniu mężczyzn asystowała w nakładaniu kombinezonów tylko paniom, wszyscy byli gotowi do zejścia pod wodę. Teraz obie pary i Wiesiek siedzieli na brzegu tylnej platformy z butlami na plecach i nogami zanurzonymi w morzu, podczas gdy Ahmed przedstawiał im plan nurkowania.

Roman wszedł do wnętrza jachtu, gdzie w niewielkim kambuzie wciśniętym pomiędzy kanapę i urządzenia sterowe, uwijała się Nadia, krojąc warzywa na sałatkę. Po wyglądzie zawodowej modelki Victoria's Secret to był jej kolejny atut, Nadia umiała świetnie gotować. Roman podszedł do niej, odgarnął jej długie włosy i pocałował delikatnie za uchem.

– Roman, daj spokój – powiedziała z uśmiechem. – Moje włosy będą w sałatce.

– Spokojnie, sałatka schodzi zawsze na końcu. Wszyscy się nawalą i nic nie zauważą.

Obowiązkowym punktem programu wypadów nurkowych był „rejs o zachodzie słońca z poczęstunkiem", co oznaczało popijawę na całego i rzyganie za burtę. Roman za każdym razem za sukces uważał odstawienie do portu dokładnie tylu adeptów nurkowania, ilu rano zabrał na pokład.

– Długo wam to zajmie?

– Jakieś czterdzieści pięć minut posiedzimy pod wodą, potem niech się jeszcze nacieszą i obejrzą wrak z góry. Trochę snorkelingu każdemu dobrze zrobi.

Roman szybko wciągnął na siebie piankę, upewnił się, że zajęta szykowaniem posiłku Nadia go nie widzi, i wyciągnął z szafki małą, oprawioną w szkło fotografię w srebrnej, owalnej ramce, którą schował do wewnętrznej kieszeni kombinezonu. Ciągle pamiętał dzień, kiedy oprawili to zdjęcie. Byli w Barcelonie i zapuścili się w wąskie uliczki dzielnicy Barrio Gotico. Tam przypadkowo natknęli się na malutką manufakturę. I osiemdziesięcioletni właściciel, i jego siedziba wyglądali jak niemal żywcem wyjęci z jednej z tolkienowskich powieści. Absolutnie wszystko, łącznie z powietrzem, było w tamtym momencie przesycone romantyzmem.

Ależ to było dawno, pomyślał rozgoryczony Roman. Potem zapiął piankę, wziął do ręki pas balastowy i rzucił do Nadii:

– Na razie.

Dziewczyna odwróciła się, podeszła do niego i pocałowała namiętnie.

– Kocham cię.

Roman uśmiechnął się, skinął głową i ruszył w stronę otwartego pokładu.

– A ty? Kochasz mnie? – Nadia zatrzymała go pytaniem.

– Oczywiście, że cię kocham. Nad życie – odpowiedział i poszedł na rufę.

Stanął na tylnej platformie i zaczął zakładać kamizelkę nurkową z przymocowaną butlą, dziwiąc się sobie, jak dużo kiedyś znaczyło dla niego takie wyznanie, a teraz powiedział to tak, jakby mówił o pogodzie. Kurwa, zaklął w myślach, jeszcze to „nad życie". Jak mogłem coś takiego palnąć? I przede wszystkim po co?

Po krótkiej chwili wszyscy weszli do wody, napełniając kamizelki powietrzem na tyle, aby unosić się na powierzchni, i podpłynęli do boi z liną opustową. Ahmed udzielił ostatnich instrukcji, spojrzał na Romana, który skinął przyzwalająco, po czym wszyscy naciągnęli na twarz maski, wzięli do ust automaty oddechowe i powoli zaczęli schodzić na dół.

Kiedy tylko Roman znalazł się pod powierzchnią, poczuł jak zawsze błogi spokój. To Morze Czerwone powinno być jednym z siedmiu cudów świata, a nie jakieś posągi i latarnie morskie. Nawet tutaj, w okolicy wraku, gdzie rafa koralowa nie była szczególnie bogata, i tak robiła bajeczne wrażenie. Feeria barw egzotycznych ryb oraz fantastyczne formacje koralowca były widokiem, który nigdy się nie nudził.

Po zejściu na dół, jakieś cztery metry od dna, Ahmed dał znak i wszyscy wyrównali poziom powietrza w kamizelkach na tyle, aby utrzymywać się na pożądanej głębokości. Ahmed poprowadził grupę w kierunku wraku, a Roman został przy linie opustowej, zgodnie z wcześniejszymi ustaleniami. Co prawda w tym miejscu ataki rekinów zdarzały się niezwykle rzadko, ale na wszelki wypadek Roman obserwował grupę, dopóki nie dotarli do wraku i nie stracił ich z oczu.

Rzucenie kotwicy przy rufie SS „Thistlegorm" miało jeszcze jedną zaletę. Rzadko tu cumowano i w okolicy nie było innych ekip nurkowych. Na wszelki wypadek Roman rozejrzał się, ale nikogo nie dostrzegł. Potem zerknął na komputer nurkowy umocowany do przegubu dłoni i stwierdził, że do powrotu ekipy ma jakieś pół godziny. Powinno wystarczyć, pomyślał.

Wypuścił całe powietrze z kamizelki, ciężar butli i pasa balastowego pociągnął go gwałtownie w dół i po czterech metrach Roman uderzył tyłkiem w dno, wzbijając tumany mułu i strasząc ryby, które czmychnęły na boki. Wymacał zgrubienie pod pianką, jeszcze raz dotykając krawędzi fotografii, którą włożył wcześniej do kieszonki. Potem wyciągnął zza pasa nóż i jednym zamaszystym ruchem przeciął rurkę automatu oddechowego. Z rozciętego przewodu momentalnie wystrzelił gwałtowny strumień pęcherzyków powietrza. Powietrze z butli zaczęło uchodzić w zastraszającym tempie. Roman wypluł ustnik i cały automat oddechowy, pozbawiony połączenia z butlą, opadł na muliste dno.

Płuca Romana po latach treningów wytrzymałościowych miały dużą powierzchnię, jednak już po trzech minutach przed oczami pokazały mu się różnokolorowe plamy, a klatka piersiowa zaczęła palić żywym ogniem. Roman nie poruszył się, nie wykonał żadnego gestu, który mógłby go unieść ku powierzchni. Umierał.

3.

Danuta Wojnarowicz siedziała w samochodzie z włączonym silnikiem, pozwalając ogrzewaniu chronić ją przed październikową słotą. Patrzyła przez przednią szybę na budynek Wojewódzkiego Inspektoratu Ochrony Roślin i Nasiennictwa w podwarszawskiej Zielonce. Był to typowy, brzydki, urzędniczy kloc z dziwną konstrukcją okien, pokryty żółtą farbą z zielonymi zaciekami. Że też naprawdę trzeba jeździć na to zadupie i załatwiać wszystko osobiście, normalnie Trzeci Świat, pomyślała.

Kątem oka zauważyła, jak ktoś parkuje kilka miejsc dalej. Odwróciła się w tamtym kierunku i obserwowała, jak z zielonej, dziesięcioletniej skody wysiada starszy pan w tandetnym garniturze.

Mężczyzna od razu ruszył w kierunku budynku, trzymając w dłoni wytartą teczkę. To musi być on, pomyślała Danuta. Wygląda jak urzędnik, zero klasy, zero stylu. Rozejrzała się po wnętrzu swojego wozu. Wprost uwielbiała swoje porsche cayenne, lubiła luksus i uważała, że status materialny świadczy o wartości danego człowieka. Ten urzędas na pewno gówno znaczył i dlatego jeździł gównianym autem. No cóż, a teraz trzeba będzie go ładnie prosić, co za kurewski system, pomyślała Danuta.

– Czas coś zrobić, żeby trochę zarobić – mruknęła do siebie, zagryzła wargi, wyłączyła silnik i wysiadła z samochodu.

Weszła do budynku i ponieważ była tu godzinę wcześniej, bez przeszkód znalazła drogę do sekretariatu. Kiedy tylko otworzyła drzwi, sekretarka omiotła ją tym samym pogardliwym spojrzeniem co wcześniej. Właściwie to nie było to samo spojrzenie, teraz cechowało je więcej nienawiści, bo sekretarka już przedtem zdążyła się przyjrzeć Danucie. Jak zauważyła Danuta, która niedawno obchodziła trzydzieste piąte urodziny, obie były mniej więcej w tym samym wieku. Obie miały pospolite, typowo polskie twarze, pozbawione jakichkolwiek charakterystycznych rysów. „Pług nie tylko na ziemi odciska swoje piętno", jak mawiała świętej pamięci ciotka Danuty, komentując chłopskie pochodzenie Polaków. A poza tym ją i sekretarkę różniło wszystko. Dieta, ćwiczenia, elegancja za grube tysiące, gustownie ułożona fryzura, makijaż i kremy po pięćset złotych. Oczywiście samym kremom również trzeba pomóc i Danuta przeszła drobną korektę nosa, tym samym trochę oszukując ciotkowy pług. To dlatego sekretarka od razu zapałała do niej niechęcią i jak tylko Danuta zapytała o kierownika, oznajmiła, że „wyszedł, a jak wróci, to będzie, trzeba se poczekać".

– Czy pan kierownik może już wrócił? – zapytała Danuta z lekkim uśmiechem.

– Wrócił, ale tak z marszu pani nie przyjmie. To nie fabryka gwoździ – burknęła sekretarka.

Oczywiście, że to nie fabryka gwoździ, ty mała suko, pomyślała Danuta. Gdyby to był interes prywatny, to robota aż by furczała, a tak kasę wypłaca wam budżetówka, więc możecie się do woli opierdalać, mieszając kawę od rana do wieczora.

– To ja już pozwolę sobie tutaj poczekać – zaszczebiotała, siadając na krześle pod ścianą.

Po długiej chwili, którą Danuta wykorzystała na sprawdzenie poczty w telefonie, sekretarka w końcu z sapnięciem sięgnęła po słuchawkę.

– Panie kierowniku, jest ta pani.

„Ta" nie zostało wymówione, ale wręcz wyplute na blat biurka. Sekretarka wysłuchała odpowiedzi i odłożyła słuchawkę, po czym bez słowa wskazała drzwi niedbałym skinieniem głowy. Danuta wstała i weszła do gabinetu.

Siedzący za biurkiem kierownik od razu podniósł się na jej widok. Gabinet był równie podły co charakter sekretarki. Dwa przepełnione segregatorami oszklone regały, biurko udające antyk, a w kącie uschnięty filodendron. W oknie firanka pożółkła od papierosowego dymu. Starszy pan pracował kiedyś z jej ojcem w Państwowym Gospodarstwie Rolnym w Mysiadle. Kierownik potem poszedł na swoje i chciał rozkręcić własny biznes z kwiatami, ale gówno z tego wyszło. Dlatego teraz jeździ gównianym samochodem, pomyślała Danuta. Z uśmiechem wyciągnęła rękę i przybrała swój najbardziej uwodzicielski wyraz twarzy.

– Danuta Wojnarowicz, miło mi.

– Przemysław Fornalski, bardzo mi przyjemnie. – Mężczyzna ucałował szarmancko rękę Danuty. – Proszę bardzo. Proszę siadać.

Usiedli naprzeciw siebie, a Fornalski przywołał na twarz jowialny, radosny uśmiech. Danuta mogła mu się teraz przyjrzeć z bliska. Mógł mieć około sześćdziesięciu pięciu lat, więc niedługo czekała go emerytura. Miał znaczną nadwagę, obwisłe policzki poszatkowane były drobną siecią fioletowych żyłek, co zdradzało skłonności do picia.

– Jak mogę pani pomóc? – zapytał, splatając palce dłoni na brzuchu.

– Panie kierowniku, przede wszystkim dziękuję za poświęcony mi czas. Naprawdę na gwałt potrzebujemy tego świadectwa fitosanitarnego.

Fornalski zmarszczył krzaczaste brwi, co przydało jego twarzy wyjątkowo komicznego wyrazu, i wstał zza biurka zaaferowany.

– Ależ oczywiście, już. Jak nazwa firmy?

Podszedł do regałów i odwrócił się pytająco do Danuty, która od razu odpowiedziała:

– Wojnarowicz Flowers.

Fornalski zaczął gmerać wśród segregatorów, a Danuta zamknęła oczy i zacisnęła zęby w niemej wściekłości. Ten stary pieprzony dziad dobrze wie, jaka jest nazwa firmy, pomyślała. Wiedziała też, że musi to wszystko wytrzymać, bo los transportu, który właśnie zmierzał do zachodniej granicy, był w rękach tego zasranego urzędniczyny w znoszonych łachach. Fornalski przedłużał, jak mógł, wrócił do biurka po okulary, zdjął dwa segregatory, które okazały się niewłaściwe, by w końcu po kilku minutach położyć na biurku właściwy i odszukać odpowiedni wpis.

– Mam – powiedział tryumfalnie. – Ale świadectwo zostało wydane, wszystko tu jest. Transport kwiatów do Rosji. Więc o jaki dokument pani chodzi?

– Dobrze pan wie, że ostatnio Rosjanie zabronili wwozu naszych kwiatów i teraz ten transport jedzie do Holandii, ale jeśli nie będę miała tego kwitka, to mogą go zawrócić na granicy. Przecież wymieniłam na ten temat z pańskim urzędem tonę maili!

Fornalski usiadł ciężko, zatrzasnął segregator i spojrzał Danucie prosto w oczy.

– Zawsze może pani złożyć skargę. Rozpatrzymy ją w przeciągu miesiąca. A nowe świadectwo jak najbardziej wydamy, ale wedle przepisów mamy na to siedem dni roboczych od czasu złożenia podania.

Danuta ciągle uśmiechała się promiennie, mając nadzieję, że wyraz jej twarzy odbierany jest jako szczery. Kierownik dobrze wiedział, że nie miała czasu, kwiaty bez dokumentów nie zostaną przepuszczone na granicy i zgniją.

– Panie kierowniku. Ja tak bardzo pana proszę. Może jednak dałoby się coś zrobić? To wszystko wynikło tak nagle. Ja kompletnie nie wiem, co mam zrobić.

Danuta grała koncertowo, naprawdę czasem żałowała, że nie poszła na aktorkę, mogłaby zrobić wspaniałą karierę. Po jej policzku stoczyła się łza, którą natychmiast otarła i odwróciła głowę w bok.

– Niechże pani nie płacze – westchnął Fornalski. – Ja naprawdę nie mogę patrzeć na łzy pięknej kobiety.

Ponownie otworzył segregator i założył okulary.

– Zobaczmy... Piętnaście ciężarówek, w każdej pięćdziesiąt tysięcy róż. Łącznie zadeklarowaliście, że towar wart jest przeszło dwieście tysięcy euro.

– Tak, zgadza się. Sam pan rozumie, jak trudna jest sytuacja.

Fornalski zdjął okulary, wstał, założył ręce do tyłu i zaczął chodzić niespokojnie po gabinecie, nad czymś myśląc. W pewnym momencie stanął, spojrzał na Danutę i powiedział z fałszywą trwogą:

– Mój Boże, znam się trochę na kwiatach. Pewnie wcześniej były w chłodniach i jechały do Rosji?

– Tak – potwierdziła Danuta.

– Więc jeśli ciężarówki zostaną zawrócone z granicy, to kwiaty zgniją. A jeśli nawet dojadą do Holandii, to oni ich nie wezmą, bo nie będzie świadectwa. Boże kochany, tyle pieniędzy może iść na zmarnowanie – zajęczał kierownik teatralnie.

Danuta zacisnęła zęby. W Polsce ostatnimi czasy naprawdę zrobiło się bezpiecznie, ale ona zawsze miała pojemnik gazu pieprzowego w torebce. Olbrzymim wysiłkiem woli zwalczyła w sobie chęć psiknięcia staremu dziadowi gazem w oczy, a potem rozwalenia tego siwego łba.

– Dlatego potrzebuję tego świadectwa. Teraz. Zaraz.

– Tylko co ja mogę tak na szybko? – Fornalski zasępił się, patrząc w sufit. – Ale może jednak coś by się dało zrobić.

Nachylił się nad segregatorem i odczytał coś, mrużąc oczy.

– Wojnarowicz... Czy pani jest może spokrewniona z Henrykiem Wojnarowiczem?

– Tak, to mój ojciec.

– Doprawdy? Wspaniale!

Fornalski rozpromienił się, obszedł biurko i stanął przy Danucie, opierając się o blat. Danuta miała teraz przed sobą jego wylewające się ze spodni brzuszysko. Kiedy zadarła głowę i spojrzała mu w twarz, zobaczyła, że oprócz krzaczastych brwi kierownik ma równie krzaczaste włosy w nosie, a poza tym zęby w kolorze gabinetowej firanki.

– Ojciec opowiadał może o mnie?

– Nie. Nie miałam pojęcia, że panowie się znacie.

Owszem, opowiadał, co prawda tylko tyle, że się kiedyś znali i żeby broń Boże nie powoływać się na tę znajomość, ale teraz Danuta rozpaczliwie chwytała się wszystkiego, byle tylko załatwić ten cholerny kwitek.

– Ciężka sprawa.

Fornalski westchnął i Danuta poprzysięgła sobie, że jeśli facet jeszcze raz to zrobi, to naprawdę go zabije. Kierownik jakby czytał jej w myślach, bo spojrzał Danucie prosto w oczy i rzucił:

– Dodatkowo ja wiem, że te ciężarówki są w drodze. Będę musiał zawiadomić Izbę Celną. Sama pani rozumie, w końcu jestem urzędnikiem, uczciwym człowiekiem.

– Proszę pana, naprawdę bardzo mi zależy. Zrobię wszystko, żeby jeszcze dziś mieć ten dokument. Rozumie pan?

– Wszystko?

Fornalski namyślił się na chwilę, po czym sięgnął pod swój obwisły brzuch i zaczął rozpinać rozporek. Danuta zaskowyczała w myślach i z obrzydzeniem odwróciła głowę, patrząc w bok. W odbiciu szyby regału Danuta zobaczyła, jak Fornalski jedną ręką wyjmuje ze spodni obwisłego członka. W tym momencie się wyłączyła. Dobrze wiedziała, że nie ma wyjścia, było po prostu za mało czasu, żeby załatwić to inaczej. Chwyciła penisa kierownika w dłoń i wykonała kilka posuwistych ruchów. Potem zamknęła oczy, odwróciła głowę i objęła członka ustami.

4.

Michał Barański obserwował przez szybę, jak po przeciwnej stronie ulicy kilku robotników wiesza reklamową szmatę na fasadzie Galerii Skarbek, która kiedyś nie była galerią, tylko największym domem handlowym w Katowicach. Na banerze widniała szczęśliwa marketingowa rodzina dwa plus dwa, czyli rodzice i parka roześmianych dzieci. Siedzieli w ogrodzie na różowym kocu, położonym na jaskrawożółtej trawie. W tle widać było szeregówkę, a napis nad tym wszystkim brzmiał: „Dom to szczęście. Szczęście to kredyt. Kredyt weź u nas!". Całość była okraszona dużym logo składającym się z dwóch skrzyżowanych młotów i nazwą instytucji: „Niemiecki Bank Podróżny Reise".

Co za bzdura, pomyślał Michał i wrócił wzrokiem do pomieszczenia, w którym siedział. Wystrój kolorystyczny był identyczny z kolorami na szmacie reklamowej, ponieważ znajdował się w siedzibie tego właśnie banku. Siedział przy szerokim, jaskrawożółtym blacie, a naprzeciwko niego jak opętany stukał w klawisze, jak go nazwał w myślach, Esesman. Młody, na oko dwudziestoparoletni chłopak, miał nienaganną, przedwojenną blond fryzurę z włosami zaczesanymi na bok, wypielęgnowane paznokcie i zacięty wyraz twarzy. Miał też skrojony na miarę garnitur i spinki do mankietów. To jakiś absurd, pomyślał Michał, gościu musi zarabiać tu gówniane pieniądze, a jest wystrojony niczym makler z Wall Street.

Michałowi jak zwykle ze zdenerwowania pociły się ręce, więc pod blatem nerwowo wycierał je w spodnie, dopóki w odbiciu lustra ponad ramieniem Esesmana nie zauważył, że wygląda to tak, jakby masturbował się pod biurkiem. Parsknął cicho śmiechem na tę myśl, a wtedy chłopak przerwał na chwilę katowanie klawiatury i spojrzał na Michała, marszcząc brwi, jakby ten co najmniej pierdnął podczas przyjmowania świętego sakramentu. Michał przeprosił skinieniem głowy, na co tamten bez słowa wrócił do pracy, by po chwili zawiesić rękę nad klawiaturą.

– Miejsce zatrudnienia? Zmieniło się? – zapytał.

– Tak, wcześniej byłem nauczycielem historii. To znaczy w sumie jestem cały czas. Wie pan, nauczycielem jest się całe życie…

– Miejsce zatrudnienia – przerwał mu Esesman tonem pytającego o nielegalną radiostację.

– Call center.

– Umowa o pracę?

– Skąd. Jestem na śmieciówce. Wie pan, w dzisiejszych czasach…

– Zarobki?

Michał na chwilę wciągnął powietrze. Nie wiedział, co powiedzieć, na szczęście kasę za pracę przelewali mu na konto w innym banku, więc nic nie mogli sprawdzić. Chciał odrzec, że bardzo małe, żeby wszystko się jakoś udało, ale bał się przesadzić, bo wtedy mogli zażądać od niego dodatkowego zabezpieczenia na hipotekę, a to by go dobiło.

– Trzy tysiące.

– Netto?

– Tak.

Esesman westchnął i znowu zaczął walić w klawisze. Co on tam wypisuje, pomyślał Michał, siedzimy tu już piętnaście minut. To ma być jakaś specjalna technika wykańczania klienta? Esesman skończył pisać, wcisnął enter i spojrzał na ekran, by potem przenieść spojrzenie na Michała.

– Odmowa.

– Ale jak to odmowa?

– Pańskie aktualne zarobki są za wysokie, aby skorzystać z wakacji kredytowych.

– Za wysokie?! – Michał podniósł głos. – Przecież muszę wam bulić co miesiąc tysiąc dziewięćset złotych.

– Nie wiem, proszę pana. Pański kredyt indeksowany jest we franku szwajcarskim.

– Dobra, ale wie pan chyba, po ile jest frank, i potrafi to przeliczyć?

Esesman nie odpowiedział. Albo nie wiedział, albo miał to w dupie. Michał stwierdził, że raczej to drugie.

– Pańskie zarobki pozwalają na comiesięczną spłatę zadłużenia.

– Niby jakim cudem? Mam utrzymać za tysiąc złotych czteroosobową rodzinę?

Esesman zasępił się na chwilę, a potem na jego twarzy pojawiło się coś na kształt uśmiechu.

– Nasz bank przygotował coś specjalnie dla pana.

Michał odetchnął z ulgą, być może w końcu ktoś zrozumie popieprzoną sytuację, w jakiej się znalazł. Esesman sięgnął do szuflady i wyciągnął niewielką ulotkę. Wskazywał długopisem poszczególne, wyszczególnione na kartce punkty.

– Tutaj jest specjalny miniporadnik, jak można zaoszczędzić pieniądze.

Michał nachylił się nad ulotką, przebiegł ją wzrokiem i przeniósł spojrzenie na Esesmana.

– Zwariował pan – bardziej stwierdził, niż spytał. – Ograniczyć słodycze i napoje gazowane? Kurwa, moja żona nie pracuje, a ten tysiak nie starcza nam nawet na jedzenie.

– Proszę nie przeklinać. O tutaj, widzi pan? – Esesman wskazał kolejny punkt długopisem. – Może pan robić własne przetwory. Skoro żona nie pracuje, to jak rozumiem, jest w domu, prawda?

– Panie, proszę was tylko o to, żebyście przez jakieś trzy, góra cztery miesiące spuścili z tonu i bym mógł płacić tylko odsetki. Co to dla was za różnica? Przecież te raty i tak sobie później doliczycie.

Esesman odłożył ulotkę, najwyraźniej niezadowolony z tego, że nie zrobiła na Michale pożądanego wrażenia.

– Wie pan, takie mamy procedury. Teoretycznie mógłbym wysłać specjalny wniosek do menedżera subregionu śląsko-zachodniego, ale to nic nie da.

– Naprawdę nic nie da się zrobić? – zapytał zdesperowany Michał. – Bardzo pana proszę.

Esesman milczał dłuższą chwilę, w końcu powiedział:

– Wie pan, zarobki są za wysokie, ale gdyby na przykład u pana w rodzinie pojawiła się jakaś choroba, to być może moglibyśmy coś ugrać.

– Co?!

– Najlepiej, żeby to była choroba nieuleczalna, śmiertelna. To zawsze robi wrażenie.

Michałowi zrobiło się ciemno przed oczami, nie wytrzymał i rzucił się na Esesmana, szarpiąc go za klapy marynarki.

– Co ty gadasz?! Jesteś człowiekiem czy jakimś robotem?!

– Ochrona! – zawył Esesman.

W końcu mężczyźnie udało się wyswobodzić z uścisku Michała, a po chwili podszedł do nich około siedemdziesięcioletni pan w mundurze z ręką na temblaku i drżącym głosem poprosił, aby Michał opuścił placówkę banku. Michał wyszedł. Co miał zrobić?

Na ulicy przeszedł na drugą stronę, obok Skarbka. Ręce mu drżały, a serce waliło jak szalone, musiał się uspokoić. Przypomniał sobie, jak kiedyś w zimie, razem z ojcem, przychodzili do Skarbka przed Gwiazdką. To chyba były najmilsze chwile w jego życiu, kiedy zastanawiał się, jaką zabawkę chciałby dostać pod choinkę. Niestety w domu było biednie i nigdy jego oczekiwania się nie spełniały, zawsze dostawał coś innego. Minął bryłę Skarbka, rozmyślając nad tym, że ten kiedyś najpotężniejszy dom handlowy teraz jest siedzibą lumpeksów, nazywanych przez miejscowych „tanim Armanim". Niestety o losie Skarbka przesądziła tak trywialna rzecz jak brak parkingu, który posiadała zbudowana po sąsiedzku nowoczesna Galeria Katowicka.

Michał ruszył wzdłuż ulicy 3 Maja. Po kilku chwilach doszedł do Galerii Katowickiej i wszedł do środka. Musiał się przespacerować, to zawsze pomagało. Trzeba coś wymyślić, bo naprawdę będzie krucho, pomyślał. Przypomniał sobie znowu ojca, który pracował w kopalni i tam umarł. Nie był górnikiem, nie fedrował węgla, był zwykłym pracownikiem administracji. Któregoś razu przyszedł do biura, przewrócił się i nie wstał. Atak serca. Ojciec tyle palił, że budził się w nocy dwa razy, aby zaciągnąć się dymem. Michał miał już wtedy osiemnaście lat, ale i tak bardzo przeżył śmierć taty.

Otrząsnął się z myśli o przeszłości i spacerując, rozejrzał się po Galerii. W mordę, o co tu chodzi, pomyślał. Jest środek dnia, a po sklepach ganiają takie tłumy jak w weekend. Skąd ci wszyscy ludzie mają czas i przede wszystkim kasę, żeby tu kupować? Usiadł ciężko na jednej z ławek, zastanawiając się, jak to możliwe, że w ciągu zaledwie trzech miesięcy z poziomu dobrze sytuowanej rodziny spadli na samo dno. A może tylko mu się wydawało, że wcześniej dobrze zarabiali? Może było na styk? Przecież nigdy nie zdołali odłożyć jakichkolwiek pieniędzy. Ale jak, z czego? Robiąc przetwory, jak w tej debilnej ulotce z banku? Znowu cofnął się do dziecięcych wspomnień, tym razem tych mniej przyjemnych. W domu wiecznie czegoś brakowało. Ojcowska pensja była marna, a matka nigdy nie pracowała, bo ojciec uważał, że to mężczyzna powinien zarabiać na chleb. Często z bratem mieli do rodziców pretensje, że nie mają tego, co ich rówieśnicy. Michał pomyślał, że już niedługo jego własne dzieci mogą mieć identyczne pretensje do niego, i ta myśl wywołała u niego przerażenie. Przecież dzisiejsza szkoła to dzieciaki non stop porównujące się do siebie i oceniające, kto ma ile i jakich gadżetów. Jako nauczyciel doskonale o tym wiedział. Były nauczyciel, poprawił się szybko.

Pierdolony kredyt! Przecież wszystko tak dobrze szło. Basia pracowała w księgowości w zachodniej firmie produkującej maszyny do wycinania drzew. On w szkole brał nadgodziny, udzielał korepetycji, razem wyciągali sześć tysięcy na rękę. Chcieli mieć własny kąt, w końcu wyprowadzić się od rodziców Basi. Kupili okazyjnie mieszkanie na poddaszu. Fakt, że dużo musieli władować w remont, ale bank udzielił im kredytu na sto dziesięć procent wartości nieruchomości. Rata wynosiła tysiąc trzysta złotych, więc przy ich zarobkach wszystko grało. Kto mógł przypuszczać, że potem wszystko się tak potoczy? Zdolność kredytową mieli tylko we frankach i w tej walucie zaciągnęli kredyt. Najpierw Basię zwolniono, tłumacząc to „skomplikowanym rynkiem pracy w ujęciu globalnym". Jeszcze jakoś dawali radę, ale wkrótce potem Michała wykosiła reforma edukacji. Gimnazjum, w którym pracował, po prostu zlikwidowano. Z dwóch pensji zrobiło się zero, a rata wzrosła. Udało mu się co prawda dorwać tę pracę w call center, ale w banku minął się z prawdą, do tej pory z dzwonienia po ludziach wyciągnął najwięcej niecałe dwa dwieście.

Z ponurych rozważań wyrwał go dzwonek telefonu. Wyciągnął komórkę i spojrzał na wyświetlacz: „Żonka".

– Cześć, Basieńko! – przywitał się entuzjastycznie.

– Hej, Misiek, jestem właśnie w haemie.

Michał wyobraził ją sobie, jak rozmawiając z nim, spaceruje po sklepie i przygląda się wiszącym tam ubraniom. Zobaczył swoje odbicie w jednej ze sklepowych witryn. Czterdzieści lat, podkoszulek, pod którym dość wyraźnie rysował się brzuch, średniej długości włosy, które się już mocno przerzedziły, odsłaniając pokaźnych rozmiarów łysinę. Do tego okulary i gęsta szczecina zarostu, która choć trochę pokrywała czerwone plamy na policzkach, nie wiedzieć czemu okresowo wykwitające mu od dziecka. Wyobraził sobie obok siebie Basię i parsknął śmiechem. Ona bardzo zgrabna, z wcięciem w talii, duże oczy, regularne rysy twarzy i burza rudych loków. Kolor co prawda farbowany, ale loki naturalne. Jak to się stało, że związała się z kimś takim jak ja, zastanowił się po raz setny.

– Słuchaj, tak sobie pomyślałam, że Jurkowi trzeba nowe buty kupić, bo w tamtych już mu się dziury robią – powiedziała zamyślonym głosem Basia.

– Już? Przecież kupiliśmy nowe miesiąc temu.

– Wiem, ale niestety są już do wywalenia. Ale zaraz, Michał, ty jesteś przed wizytą w banku czy już po? Może ja lepiej nic nie będę kupować?

Powinien jej powiedzieć. Basia była fantastyczną osobą, zawsze szczerą i wspierającą go jako mężczyznę. Były kobiety, które jednym spojrzeniem potrafiły skomentować kolejne potknięcia swoich mężów. Ale Basia zdecydowanie do nich nie należała. Zrozumiałaby, zaczęła kombinować, jak pomóc, pewnie poleciała do swoich rodziców po pieniądze, na co on w życiu by sobie nie pozwolił.

– Wszystko w porządku. Mamy pół roku oddechu.

Michał usłyszał pisk radości po drugiej stronie słuchawki i przymknął oczy. Ostatnio kłamstwo przychodziło mu zbyt łatwo.

5.

Pomimo że leżał pod grubym kocem, a w kabinie panował upał, znowu wstrząsnęły nim dreszcze. Roman otworzył na chwilę oczy, zerknął na elektroniczny zegar na ścianie i uświadomił sobie, że przez ostatnie pięć godzin spał jak kamień. Słyszał, jak w kambuzie Nadia przygotowuje posiłek, kątem oka dostrzegł, że przechodzi obok niego, i momentalnie zamknął oczy, nie chcąc się zdradzić z tym, że już nie śpi. Jeszcze raz przywołał obraz tego, co stało się kilka godzin wcześniej.

Po tym, jak stracił przytomność na dnie morza, zobaczył światło. Pamiętał, że był święcie przekonany, że jest to światło, o którym zawsze mówili wszyscy ci, którzy cudem uniknęli śmierci. Chciał spróbować iść, ale nie mógł, bo ciągle leżał. Potem zaczął rzygać jak kot. Wymiotował słoną wodą przez dobrą minutę i był coraz bardziej zaniepokojony, bo takich rewelacji raczej nie słyszało się od ludzi przeżywających śmierć kliniczną. Kiedy wreszcie otworzył oczy, okazało się, że jasne światło było po prostu rozpalonym, egipskim słońcem. A on leżał na pokładzie w kałuży własnych rzygowin.

Nad nim pochylali się zatroskany Ahmed i przerażona Nadia. Obie pary małżeńskie były śmiertelnie blade, a Wiesiek w rozchełstanej piance, z zakrwawioną twarzą i kotwicą wytatuowaną na cycku biegał po pokładzie i darł się, że Romana uratował właśnie on i Matka Boska Częstochowska. Okazało się, że gdy tylko nurkowie dotarli do wraku, grubas od razu rozwalił sobie głowę o kant zardzewiałej przybudówki. Zaczął krwawić jak świnia, co w Morzu Czerwonym, w którym żyje około dziesięciu gatunków rekinów, jest raczej niebezpieczne. Wszyscy więc się wycofali, ale przy linie opustowej to właśnie Wiesiek zauważył leżącego na dnie Romana.

Roman usłyszał, jak Nadia włącza telewizor na jeden z kanałów informacyjnych i zwiększa głośność, najwyraźniej w ten sposób chciała go obudzić. Rozległa się czołówka dźwiękowa jednego z programów publicystycznych Polsat News. Śmieszne, pomyślał Roman, przez ostatnie dwa lata próbowałem zerwać jakiekolwiek kontakty z Polską, a w Egipcie od razu kupiłem antenę, która mogła odbierać polską telewizję na kartę. Roman powoli otworzył oczy i zobaczył salę Pałacu Prezydenckiego, w której siedzieli dziennikarz i prezydent.

– Dzień dobry państwu, Jarosław Gugała. Dzisiaj w Gościu Wydarzeń mamy zaszczyt porozmawiać z prezydentem Polski.

– Dzień dobry państwu, witam, panie redaktorze.

– Panie prezydencie, jak pan skomentuje dzisiejsze wystąpienie prezydenta Putina przed Dumą, czyli odpowiednikiem naszego parlamentu?

– Przede wszystkim chciałem powiedzieć, że Polacy jako naród mogą czuć się bezpieczni. Czuwam nad wszystkim jako gospodarz.

– Prezydent Rosji stwierdził, że czas w końcu rozprawić się ze sztucznym podziałem Europy, który powstał po wojnie. Rewizjonizm wraca?

– Panie redaktorze, czy ktoś naprawdę jeszcze zwraca uwagę na to, co mówi ten starszy pan? – Prezydent uśmiechnął się pogardliwie.

– W perspektywie tego, co ostatnio wydarzyło się na Ukrainie, Polacy chyba mają solidne podstawy do obaw.

– Przede wszystkim Ukraina kiedyś już była jedną z republik Związku Radzieckiego i tak naprawdę to, co się tam wydarzyło, jest naturalne.

– Co pan przez to rozumie? – zapytał Gugała.

Prezydent rozumie to samo, co zawsze, pomyślał Roman. Czyli nic, dopóki ktoś mu nie powie, co konkretnie ma myśleć i rozumieć.

– Większość Polaków na pewno nie przejęła się wydarzeniami u naszego wschodniego sąsiada, mając świeżo w pamięci bestialskie mordy na Wołyniu – powiedział prezydent z poważną miną.

– Mówi pan o wydarzeniach sprzed ponad siedemdziesięciu lat?

Roman spostrzegł, że Nadia mu się przygląda. Zauważyła, że nie śpi. Miała na sobie majtki od kostiumu kąpielowego i jego luźny, biały T-shirt, pod którym miarowo kołysały się jej idealne piersi jak z katalogu „Sports Illustrated". Roman usiadł, odrzucił koc i wyłączył telewizor.

– Dzwoniła twoja matka. – Nadia wskazała telewizor. – W kraju jaja jak berety. Zaciągają ludzi do armii. Dobrze, że nas tam nie ma, ciebie pierwszego by zgarnęli. Zrobiłam spaghetti z tuńczykiem. Zjesz?

– Nie jestem głodny. – Roman przetarł twarz zmęczonym gestem.

– Musisz coś zjeść.

Nie odpowiedział, spojrzał przez otwarte drzwi kabiny na pokład i taflę wody poniżej, która połyskiwała ciemnopomarańczowo. Słońce powoli chyliło się ku zachodowi.

– Twoja matka nic nie wie o tym wypadku. Nie powiedziałam jej – odezwała się Nadia, jakby czekając na pochwałę.

Wypadek. Właśnie tak to miało wyglądać. Tego Roman bał się najbardziej. Że kiedy już to zrobi, ktoś mógłby się domyślić prawdy, a wtedy jego mama, która jako jedyna na świecie naprawdę go rozumiała, dowiedziałaby się, że to nie był wypadek. To by ją zabiło, nie mógł do tego dopuścić. Żywił nadzieję, że nikt niczego się nie domyśli. Ale ta nadzieja była płonna.

– Ahmed mówił, że przewód automatu był ucięty wyjątkowo równo. W pobliżu nie ma żadnych skał i nie znaleźli twojego noża. Romek, czy ty…

– Przepiszę firmę na ciebie – przerwał jej gwałtownie.

– Co?

– Interes masz rozhulany, Ahmed ci pomoże, Jesteś młoda i piękna, całe życie przed tobą.

– Ty chyba nie mówisz poważnie? – zapytała bliska płaczu Nadia.

– Nigdy nie byłem bardziej poważny.

Nadia rozpłakała się. Roman przymknął oczy, to była naprawdę ostatnia rzecz, której potrzebował po nieudanej próbie samobójczej.

– Ale dlaczego?! – Przez płacz trudno było ją zrozumieć.

– Wracam do kraju.

– Teraz? – Nadia zaczęła wystrzeliwać z siebie słowa jak karabin. – Nasze plany, mieliśmy dokupić łodzie, życie tutaj, takie piękne, wszystko to mi mówiłeś, dzieci, które mieliśmy mieć, przecież nasza miłość...

– Nie kocham cię.

Popatrzyła na niego zszokowana, jej szloch ustał i łzy przestały lecieć po twarzy, tylko piersi pod białym T-shirtem unosiły się w rytm przyspieszonego oddechu. Zrób coś, pomyślał Roman. Zareaguj, trzaśnij mnie z całej siły w twarz, opluj, uderz, wyrzuć za burtę, cokolwiek.

– Roman, ja przepraszam, jeśli cię czymś uraziłam, to po prostu powiedz. Ja wiem, że to może być moja wina.

Nadia podeszła do niego i zrzuciła z siebie biały podkoszulek, odsłaniając w całości swoje wdzięki. Roman popatrzył beznamiętnie na jej opalone ciało, pełne, soczyste piersi i duże, ciemne sutki okolone wąskimi brodawkami. Nadia uklęknęła przed nim, próbując zdjąć jego bokserki.

– Chodź tu do mnie, jesteś taki spięty. Wiem, że nie chciałeś tego powiedzieć.

Roman odepchnął ją niecierpliwym gestem i wstał. Nadia znowu zaczęła płakać, podeszła do stołu, wzięła coś z niego i rzuciła Romanowi prosto w twarz. Fotografia oprawiona w srebrną ramkę odbiła się od jego czoła i wypadła na zewnątrz, zatrzymując się z brzdękiem w rogu pokładu rufowego.

– Znalazłam to w twojej piance! To o nią chodzi?! Dla niej chcesz wracać?! – zawyła Nadia.

Roman wyszedł z kabiny i stanął na rufie. Podniósł fotografię i zerknął na nią.

Rozejrzał się. Ahmed idealnie wybrał miejsce do cumowania. Znajdowali się w Ukrytej Zatoce, która oddzielała przylądek Ras Muhammada od Półwyspu Synajskiego. Jacht zacumowany był pod wysoką na dziesięć metrów skałą, która dawała osłonę od wiatru i rzucała cień, teraz obejmujący łódź. Zaraz zrobi się całkiem ciemno, pomyślał Roman. Usłyszał że Nadia wychodzi na pokład.

Odwrócił się i spojrzał na nią. Łzy znowu płynęły jej po twarzy, miała na sobie tylko majtki. Roman jeszcze raz ogarnął wzrokiem jej doskonałą figurę. Wyglądała tak zmysłowo i posągowo, że była pewnie marzeniem każdego mężczyzny. Uświadomił sobie, że nie robi to na nim żadnego wrażenia.

– Dlaczego? – zapytała cicho.

Spojrzał na nią pytającym wzrokiem.

– Dlaczego tyle razy mówiłeś, że mnie kochasz?

Bo jestem niedojrzałym gówniarzem, pomyślał. Walczyłem w Kosowie, Iraku, Afganistanie, przez rok w Czadzie wysługiwali się mną ludzie z Academi, wcześniej bardziej znani jako Blackwater. A jednak ciągle jestem pierdolonym tchórzem, powinienem jej to powiedzieć. Jednak Nadia usłyszała co innego:

– Podnieś kotwicę. Płyniemy do Szarmu.

6.

Zrobiło się ciemno, Danuta siedziała w swoim porsche, które właśnie stało na światłach na Puławskiej. Ktoś w samochodzie za nią zatrąbił, ponieważ milisekundę wcześniej zapaliło się zielone światło, a ona jeszcze nie ruszyła. Podniosła stopę z hamulca i lekko nacisnęła gaz. Przejechała językiem po podniebieniu, z którego zaczęła schodzić skóra. Poparzyła je sobie po wyjściu z gabinetu kierownika, kiedy od razu poszła do łazienki. Płukała usta gorącą wodą przez parę minut. Najważniejsze, że wszystko się udało, pomyślała, mijając tablicę z przekreśloną nazwą stolicy. Zerknęła na siedzenie obok, gdzie w przezroczystej koszulce leżała kopia świadectwa fitosanitarnego. Przynajmniej będzie ze mnie zadowolony. Dobrze wiedziała, że to nieprawda i oszukuje samą siebie. On nigdy nie był zadowolony.

Jeszcze przed pierwszymi światłami poza granicą Warszawy wrzuciła kierunkowskaz i zjechała w prawo, obok drogowskazu kierującego do Centrum Edukacji i Sportu. Po stu metrach znowu skręciła w prawo i przez otwartą bramę wjechała na duży plac, zatrzymując swoje porsche przed niewielkim nowoczesnym biurowcem. Firma Wojnarowicz Flowers zajmowała ogromny teren między ulicą Puławską a nowo wybudowaną szkołą. W latach swojej świetności Państwowe Gospodarstwo Rolne w Mysiadle rozciągało się na ponad stu hektarach pokrytych szklarniami, od których każdej nocy biła łuna, zalewając okolice sztucznym światłem. Obecnie przedsiębiorstwo, którego udziały posiadała Danuta Wojnarowicz, zajmowało skromne trzydzieści hektarów, ale i tak byli największą firmą hodującą kwiaty w Europie Wschodniej.

Danuta wysiadła z samochodu. Po placu, z jednej olbrzymiej hali do drugiej, ciągle krążyli pracownicy na elektrycznych hulajnogach. Firma działała dwadzieścia cztery godziny na dobę. Plac oddzielał hale z kwiatami od budynku biurowego, a od północnej strony stał luksusowy dom, przebudowany ze zwykłego gierkowskiego klocka. Przed domem w ogrodzie zwalisty Kafar przycinał bukszpany i podniósł głowę, aby spojrzeć na Danutę. Ona jednak ruszyła w stronę biura, udając, że go nie zauważa. Kafar był najstarszym współpracownikiem jej ojca i chyba nikt nie wiedział, jak naprawdę się nazywa. Miał dwa metry wzrostu, nienaturalnie długie ręce i cechowała go zwierzęca wręcz siła. Danuta zawsze się go bała, jego spojrzenia, jego ciągłego milczenia i tego, że był niczym groźny pies, który wygląda na sennego, ale człowiek cały czas ma wrażenie, że lada chwila może się na niego rzucić. Jedyną osobą, której Kafar słuchał, był jej ojciec.

Danuta weszła do budynku biurowego, co jak zwykle sprawiło jej ogromną przyjemność. Recepcja znajdowała się pośrodku. Stamtąd w górę pięły się spiralne schody przechodzące w szklany pomost prowadzący do pomieszczeń na antresoli. Włoskie marmury, jedna ze ścian wspaniale zazieleniona mchem islandzkim, ażurowe stopnie schodów wykonane z drewna walaba, wszystko to samo wybierała. Luksus, pomyślała, jak tego nie kochać? Weszła na piętro do swojego gabinetu, z którego rozciągał się widok na hale oraz ulicę Puławską. Teraz sunął nią sznur samochodów, próbujących wydostać się ze stolicy. Lubiła ten widok, zwłaszcza że co jakiś czas nad sześciopasmową jezdnią przelatywały samoloty, podchodzące do lądowania na pobliskim Okęciu.

Rzuciła kopię świadectwa na biurko i opadła na fotel ręcznej roboty, wykonany z szagrynu z płaszczki i rekina. W budynku nie było już nikogo z administracji. Danuta przymknęła oczy, rozkoszując się ciszą oraz panującym w gabinecie półmrokiem, złamanym jedynie światłem wpadającym z zewnątrz.

Jej błogi spokój zakłócił cichy szum windy w hallu. Danuta momentalnie się wyprostowała, zdjęła żakiet, powiesiła go na oparciu fotela, włączyła lampkę i komputer, nadając całej scenerii głębokiego wyrazu „człowiek podczas ciężkiej pracy". Winda zatrzymała się na antresoli, po chwili drzwi gabinetu otworzyły się i do środka wjechał jej ojciec. Henryk Wojnarowicz miał siedemdziesiąt osiem lat i poruszał się na elektrycznym wózku inwalidzkim, który w świecie samochodów osobowych można byłoby przyrównać do maybacha.

– Cześć, córcia – powiedział bez entuzjazmu.

– Dzień dobry, tato.

Henryk zatrzymał się przy Danucie i sięgnął po leżącą na blacie kopię świadectwa fitosanitarnego. Przeleciał pismo wzrokiem, w miękkim świetle biurkowej lampki widać było wyraźnie jego twarz. Krótko przystrzyżone siwe włosy, surowe spojrzenie, lekko wyłupiaste oczy i kuriozalnie orli nos, który pod tym kątem i w tym świetle wyglądał, jakby był złamany.

– Załatwiłaś. Bardzo dobrze. – W jego tonie nie było nawet cienia pochwały. – Ten kierownik, Fornalski, mówił coś?

Danuta nie odpowiedziała.

– Trochę się bałem, że nam odmówi. Wiesz, kiedyś nie żyłem z nim najlepiej. Wystartowaliśmy w tym samym momencie z tym samym pomysłem, z kwiatami. Tylko jemu gówno wyszło.

Henryk odłożył kopię na biurko i zaniósł się krótkim, urywanym śmiechem, który bardziej przypominał suchy kaszel.

– Pech go zaczął prześladować. Przysłowie mówi: „szczęściu można pomóc". A ja na to: pechowi też.

Nagle coś w Danucie pękło, pomyślała, że Henryk jak najbardziej na to zasłużył. Tak rzadko słyszy od kogoś prawdę, więc teraz niech się z nią zmierzy.

– Poszło gładko. Musiałam mu tylko zrobić lachę – powiedziała.

Ojciec nawet nie drgnął, żaden mięsień jego twarzy się nie poruszył. Przeniósł leniwie wzrok za okno, zapatrzył się na wjazd, który przy samej bramie dzielił od hal gęsty i wysoki żywopłot z grabów.

– Te graby strasznie wyrosły – rzucił ni to do niej, ni do siebie. – Muszę powiedzieć Kafarowi, żeby je przyciął.

– Międliłam jego kutasa w gębie, dopóki się nie spuścił – powiedziała swobodnie, jakby mówiła o pogodzie.

– Jesteś w emocjach i zachowujesz się wulgarnie – odparł ojciec głosem pozbawionym uczuć.

Wulgarnie, dobre sobie, pomyślała Danuta. Nie znała chyba nikogo innego, kto mógłby kląć bardziej plugawo niż jej ojciec. Co prawda nigdy nie robił tego przy obcych ani przy rodzinie, ale Danuta, gdy była mała, podsłuchała swoje. Podpatrzyła też dużo rzeczy, o których starała się zapomnieć. Dzisiaj o jej ojcu mówią, że to biznesmen i wizjoner. Cztery miesiące temu była u nich premier, wychwalając osiągnięty na światową skalę sukces. Ale ona pamiętała, jak jeszcze w epoce PGR-u zakradła się do którejś ze szklarni, a tam ojciec wyrównywał porachunki z jednym z pracowników. Facet klęczał, Henryk trzymał nieszczęśnika za szyję, stojąc na jego łydkach, a Kafar rozciągał ramiona ofiary na rusztowaniu i uderzeniami metalowego pręta łamał mu kości. Całość trwała dość długo, okraszona nieludzkim skowytem katowanego. Na drugi dzień Danuta nie była w stanie wykrztusić z siebie słowa, aż wieczorem matka powiedziała jej, że w takim razie pojedzie do lekarza. Tam musiałby zawieźć ją ojciec i wszystkiego by się domyślił, dlatego Danuta odzyskała głos w jednej sekundzie.

– No już, nie kłóćmy się – rzucił pojednawczo Henryk. – Jeśli faktycznie było tak, jak mówisz, to Fornalski wykorzystał swoją pozycję i drogo za to zapłaci. Znasz mnie przecież.

Ojciec odjechał swoim wózkiem na bezpieczną odległość.

– Nie takie rzeczy się robiło, kiedy musiałem zadbać o ciebie i mamę, żeby zarobić trochę grosza – rzucił. – Więc przestań się mazać jak mała dziewczynka. Dobrze zrobiłaś, transport uratowany. Źle kiedyś wyszłaś na tym, co ci kazałem zrobić?

Danuta pokręciła głową.

– Zrobisz, co powiem, bo liczysz na schedę po mnie. – Znowu parsknął urywanym śmiechem, w którym nie było nic z okazywania radości. – Nic się nie bój. To wszystko będzie w końcu twoje. Wszystko twoje. Kiedy już umrę, będziesz mogła się kąpać w pieniądzach, które tak uwielbiasz.

– Wcale tego nie chcę.

– Ależ oczywiście, że chcesz. Tak samo jak mojej śmierci, to naturalne.

– Jesteś cyniczny.

– Cynizm nie ma tu nic do gadania. Motywator finansowy jest najsilniejszym z istniejących. Dlatego dopóki to tylko ja jestem w papierach, zrobisz, co ci powiem.

Henryk Wojnarowicz miał rację, ale tylko połowicznie. Jego córka oczywiście pragnęła w końcu zostać właścicielką firmy, w którą, choćby dzisiaj, włożyła tak wiele wysiłku. Ale zrobiłaby wszystko to, co powiedziałby jej ojciec, z innego, bardzo prostego powodu. Po prostu śmiertelnie się go bała.

7.

Bar nazywał się Van Son. W sumie to i tak dobrze, że nie Sajgon, pomyślał Michał, zawsze jakaś miła odmiana. Siedział przy stoliku i spoglądał obojętnie na wnętrze przesycone zapachem smażonego tłuszczu. Patrząc na liche stoliki i krzesła, uznał, że może warto by otworzyć interes. Fabrykę mebli do takich barów, w których i tak wszystko wygląda tak samo. Spray, który pokrywałby wszystko żółtym, lepkim syfem, dorzucałbym gratis, pomyślał.

– Zupa z bambusa i banan w cieście tejk ełej!

Zangielszczona końcówka to był znak rozpoznawczy Pani Sandry, która nauczyła się tego zwrotu podczas rocznego pobytu w Anglii u syna, gdzie opiekowała się wnukiem. Pani Sandra miała około pięćdziesięciu pięciu lat, wysoko utapirowaną blond ondulację, okulary na łańcuszku i twarz intelektualistki, wypisz wymaluj pani od polskiego. To mogło zmylić. Dlatego młody chłopak w dresie, który podszedł po zamówienie, niczego się nie spodziewał. Odebrał jedzenie zapakowane w styropian i foliową torbę, ale zanim Pani Sandra oddała mu posiłek, rzuciła konfidencjonalnie:

– Proszę. Tylko niech pan powie, mało to jest na świecie różnego kurewstwa i złodziejstwa?

Chłopak strasznie się speszył, wziął zamówione jedzenie i szybko wyszedł, a Michał uśmiechnął się półgębkiem. Jako stały klient doskonale znał Panią Sandrę, która miała złe słowo absolutnie na wszystko i na wszystkich. Z początku uważał ją za wiecznie niezadowoloną prostaczkę, ale była ona w swoim negatywizmie tak konsekwentna, że w końcu zaczął to szanować. Kiedyś, kiedy już dobrze się poznali, stawiając przed nim talerz, uśmiechnęła się serdecznie i obwieściła, że „wszyscy ludzie to są kurwy świnie". To smutne, pomyślał Michał, ale powoli zaczynam się z nią zgadzać.

Przez pokrytą tłuszczem witrynę dostrzegł parkujący przed barem radiowóz i momentalnie się usztywnił. Przez chwilę myślał, że może by jednak wyjść, uciec. Pokusa była silna, ale nie ruszył się z miejsca. Wysiadający z samochodu policjanci zamienili ze sobą kilka słów, po czym jeden z nich pchnął drzwi i wszedł do środka Van Son. Jeśli Michał zaliczał się do stałych bywalców, to wchodzący starszy aspirant był rezydentem baru. Zdjął czapkę, skinął tylko głową Pani Sandrze, a ta od razu przekazała stosowne instrukcje kucharzowi. Policjant rzucił czapkę na blat stolika, przy którym siedział Michał.

– Cześć, brat.

– Cześć, stary – Michał wstał i wysilił się na serdeczny ton, który jak zwykle wyszedł sztucznie.

Ni to podali sobie rękę, ni to się uścisnęli i usiedli przy stole. Każde ich powitanie zawsze wyglądało niezręcznie, wręcz dziwacznie. Byli rodzonymi braćmi, spędzili razem osiemnaście lat w mikroskopijnym pokoiku małego mieszkania na katowickim Giszowcu. A jednak ciągle mało o sobie wiedzieli i mało się nawzajem obchodzili.

– Co słychać? – zapytał Michał.

– Normalnie, po staremu.

Brat Michała, Piotrek Barański, miał trzydzieści cztery lata, owalną twarz, przenikliwe spojrzenie i barczyste ramiona, opięte koszulą policyjnego munduru. Nie widywali się często, raczej tylko tyle, ile musieli jako bracia. Wigilia obowiązkowo, czasami Wielkanoc, jeszcze rzadziej urodziny któregoś z nich. Patrząc na brata, Michał stwierdził, że im jest starszy, tym bardziej podobny do ojca.

– Mów, co to za sprawa. Lepiej od razu przejść do rzeczy.

„Do rzeczy" to był cały Piotrek, nigdy nie lubił marnować czasu na pogawędki czy też filozoficzne rozmyślania. Jakby całe jego życie było podporządkowane normom utylitaryzmu. Jeśli nie pytasz, która godzina, lepiej o nic nie pytaj. Jeśli nie chce ci się lać, to lepiej nie wstawaj z kanapy. Ale z nas para, pomyślał Michał, uporządkowany do bólu policjant i marzyciel, nauczyciel historii. Były nauczyciel, szybko poprawił się w myślach.

– Wiesz, potrzebuję pożyczyć trochę grosza. – Michał starał się zabrzmieć swobodnie. – To raczej chwilowa sprawa, tylko dopóki Basia nie znajdzie jakiejś pracy.

Od razu zauważył minę brata. Nazywał to syndromem zamknięcia. Piotrek starał się kontrolować, ale oczy zawsze go zdradzały. Gdy tylko coś mu się nie podobało albo ktoś go krytykował, jego oczy zawsze gasły w ten sam sposób, jakby gdzieś tam w środku nagle wyłączono zasilanie.

– A co, jeśli Basia nie znajdzie roboty?

– Nie pytasz, ile chcę pożyczyć? – zapytał Michał, siląc się na uśmiech.

Piotrek nabrał powietrza, wyraźnie nie wiedział, co powiedzieć. Z opresji wybawiła go Pani Sandra, kładąc przed nim talerz z wołowiną po seczuańsku. Piotrek podziękował skinieniem głowy.

– Ten, co gotuje, Wietnamczyk, to mówię panu, skurwysyn, tak potrafi się o pieniądze kłócić.

Pani Sandra odeszła i zajęła swoje miejsce za kontuarem, a Piotrek zaczął jeść. Grzebał niecierpliwie widelcem, nadziewając co smaczniejsze kąski, robił to szybko i nerwowo. Też zupełnie jak ojciec, pomyślał Michał.

– Stary, przecież wiesz, jak u nas jest – odezwał się Piotrek, zaspokoiwszy pierwszy głód. – Mieszkamy u babci Marleny. To jest naprawdę chujowa sytuacja.

– Wiem.

– Wiesz, wiesz – rzucił Piotrek z pełnymi ustami. – Nic nie wiesz, bo masz własne mieszkanie. Tyle że na kredyt. Jak zwykle porwałeś się z motyką na słońce.

– A co miałem robić? – spytał Michał. Był zły, bo już wiedział, dokąd zmierza rozmowa.

– Stary, ja ci dobrze radzę. Obsraj to mieszkanie i przeprowadźcie się z powrotem do rodziców Basi.

– Nigdy.

– Ty i ta twoja duma – westchnął Piotrek.

– To nie jest żadna duma! Człowieku, mieszkanie z nimi to był koszmar. Wszyscy cierpieli, my, dzieci, nawet sami teściowie.

Piotrek wzruszył ramionami, grzebiąc dalej w ryżu i wołowinie.

– Czyli co? Nie pomożesz mi? – zapytał zrezygnowany Michał.

– Z czego?

– Nie wiem, nie macie dzieci, może…

– Tak, kurwa, nie mamy dzieci! – Piotrek przerwał mu gwałtownie. – A wiesz dlaczego? Bo planujemy nasze życie i wszystkie pieprzone wydatki! W takim kraju żyjemy, że policjanta na dziecko nie stać!

– Przepraszam, że zawracałem ci głowę. – Michał wstał.

Piotrek odłożył widelec, spojrzał na brata. Michał tak naprawdę nie chciał wychodzić, a Piotrek również nie chciał tego tak kończyć. Ale z nimi było zawsze tak samo. Nie zamierzali się kłócić, a po każdym spotkaniu i tak byli na siebie obrażeni. Michał skinął bratu głową na pożegnanie i wyszedł bez słowa.

Zatrzasnął drzwi Van Son i ruszył w stronę domu. Idąc ulicą, rozejrzał się i po raz kolejny stwierdził, że wybór katowickiego Załęża jako miejsca zamieszkania był trafny. Nie była to bogata dzielnica, za to blisko centrum, pełna urokliwych, przedwojennych kamienic i typowych dla tego regionu familoków. Szedł w górę Gliwickiej, a w oddali majaczyły podświetlone, strzeliste wieże kościoła św. Józefa, patrona dobrej śmierci.

Skręcił w Zarębskiego i zadarł głowę, patrząc na dach kamienicy po lewej stronie. W dachowych oknach paliło się światło. Michał przypomniał sobie obłąkańczą cenę okien, które wybrali podczas remontu. Były zasilane z ogniwa słonecznego, które ładowało baterię, automatyka sterowała nimi tak, że otwierały się i zamykały podczas ich nieobecności, wietrząc pomieszczenia. Gdyby ktoś zostawił otwarte okno i gdyby zaczął padać deszcz, specjalny czujnik zareagowałby i zamknął je, zapobiegając zalaniu. Tyle było kasy, tak się wszystko układało i teraz gówno z tego, pomyślał. Przynajmniej Jurek ma blisko do szkoły, stwierdził, mijając po prawej stronie podstawówkę. Przeciął ulicę, wszedł do budynku, wspiął się po przedwojennych schodach, otworzył drzwi kluczem i znalazł się w mieszkaniu, które wypożyczał od banku za ciężką kasę.

Mimo całej tej cholernej raty człowiek czuje się tu dobrze, pomyślał, zdejmując buty w przedpokoju. W nowocześnie urządzonym wnętrzu rozchodził się zapach drewna z barwionych belek stropowych. Michał wszedł do salonu, gdzie przy stole Basia pomagała Jurkowi odrabiać lekcje.

– Witam rodzinkę – rzucił z uśmiechem.

– Tata! – Siedmioletni Jurek zerwał się od stołu i wpadł w objęcia Michała. To było zawsze miłe. Ostatnia osoba, która tak spontanicznie cieszy się na mój widok, pomyślał.

– Mama kupiła mi nowe buty, popatrz! – zaczął podekscytowany chłopiec. – Takie do chodzenia i takie do piłki!

Jurek zaczął wyciągać z toreb pudełka z butami, pokazując ojcu.

– Jurek, siadaj. Musisz skończyć matematykę – powiedziała Basia.

Chłopiec westchnął ciężko i usiadł z powrotem przy stole, Basia podeszła do Michała i pocałowała go na powitanie.

– Jesteś wielki.

– Daj spokój. – Machnął ręką w odpowiedzi.

– Naprawdę. Wiesz, jak banki teraz do tego wszystkiego podchodzą. Dałeś radę ich przekonać.

Żona objęła go mocno, a Michał poczuł rosnącą gulę w żołądku i taką dużą niechęć do samego siebie, jakiej dawno już nie odczuwał.

– Zrobiłam spore zakupy, chyba możemy sobie dzisiaj pozwolić na odrobinę świętowania?

– No jasne.

– Z obniżoną ratą w końcu jakoś staniemy na nogi. Zobaczysz, niedługo znajdę pracę.

Michał ucałował Basię, po czym uśmiechnął się szeroko i szczerze, przynajmniej taką miał nadzieję.

– Dobra, pomóż młodemu dokończyć pracę domową. Ja jeszcze muszę na chwilę siąść do komputera.

Idąc do sypialni, zatrzymał się w drzwiach pokoju swojej piętnastoletniej córki. Natalia siedziała na łóżku z podkulonymi nogami i rozmawiała przez telefon. Michał chciał do niej zagadać, ale ta z groźną miną pokazała mu na migi, że nie teraz. Od razu się wycofał, zastanawiając się, od kiedy właściwie zaczął się bać swojej ciągle zagniewanej, dorastającej córki. Chyba od kiedy urosły jej cycki, pomyślał, siadając przy komputerze w sypialni.

Wszedł na stronę Cinkciarza i sprawdził obecny kurs franka szwajcarskiego. Zawsze zastanawiało go, że firma o takiej nazwie zyskała tak olbrzymie zaufanie Polaków, że przynosiła swojemu właścicielowi zyski pozwalające mu sponsorować Chicago Bulls. Michał złożył zamówienie kupna franków, które portal wycenił na 1645 złotych. Nie była to cała wysokość raty, ale zdążył już zauważyć, że gdy przeleje się chociaż część, to bank o wiele później dostaje pierdolca i zaczyna swoje nękające telefony dopiero po pewnym czasie. Wszedł na swoje konto i dokonał przelewu na żądaną kwotę. „Transakcja została zlecona. Twoje obecne saldo: 1,29 PLN". To są ostatnie pieniądze, jakie mi zostały, pomyślał w panice. Momentalnie źle się poczuł, nadciśnienie dało o sobie znać, krew uderzyła mu do głowy, poczuł gwałtowny przypływ gorąca.

Wstał, podszedł do łóżka, wyjął z szafki leki obniżające ciśnienie i szybko połknął dwie pastylki, po czym położył się na wznak na materacu. Dobrze, że chociaż wyro wzięliśmy tanio z Ikei, pomyślał. Zresztą było całkiem wygodne, podobno jedna trzecia europejskich obywateli została poczęta na łóżkach tego skąpego dziada ze Szwecji. Co za syf! Karta Basi, której dzisiaj użyła na zakupy mające uczcić jego wiekopomny sukces w bankowych negocjacjach, jest już niemal wyczyszczona, on pensję dostanie dopiero za dwadzieścia dni, a na koncie zostało mu pierdolone złoty dwadzieścia dziewięć!

Do sypialni weszła Basia. Widząc leki na nadciśnienie, zrobiła zaniepokojoną minę i siadła na brzegu łóżka.

– Misiek, wszystko w porządku?

Spojrzał na jej śliczną twarz okoloną ognistymi lokami i duże, ładne oczy patrzące na niego z czułością. Człowieku, zachowaj się jak mężczyzna i powiedz jej prawdę, pomyślał.

– Wszystko okej, tylko ta rozmowa w banku. Wiesz, trochę zdrowia mi zabrali.

– No wiem, kochanie. – Żona pocałowała go w czoło. – Najważniejsze, że ci się udało.

Basia zerknęła w kierunku drzwi, jakby chciała się upewnić, że nikt ich nie podsłuchuje, potem odwróciła się do Michała z miną pełną radosnej ekscytacji.

– Skoro to dzień dobrych nowin, to dorzucę od siebie jeszcze jedną – oznajmiła, po czym zaczęła tłumaczyć chaotycznie. – Wiem, że rozmawialiśmy o tym nieraz, ale wiadomo jaka była sytuacja, dlatego jak się dowiedziałam, to sama nie wiedziałam, co zrobić, no ale teraz myślę, że staniemy na nogi, więc to zdecydowanie dobra wiadomość.

– Co się stało? – zapytał Michał, unosząc się na łokciach.

Basia popatrzyła na niego z czułością, pocałowała namiętnie w usta i położyła się obok niego.

– Jestem w ciąży – wyszeptała.

Rozdział II

1.

Tego dnia był naprawdę zmęczony. Wyszedł nago spod prysznica, wycierając się leniwie ręcznikiem. Z przyjemnością wślizgnął się w swój stary, pasiasty szlafrok. Niech sobie mówią, co chcą, pomyślał, ale za PRL-u to jednak mieliśmy fantastyczne szlafroki. Prezes partii posiadającej w kraju władzę absolutną zaciągnął pasek płaszcza kąpielowego i usiadł w fotelu, po czym włączył telewizor. Cholera jasna, pomyślał, przez te ciągłe spiski i zebrania znowu się spóźniłem. Na jednym z kanałów pokazywano turniej rodeo. Amerykanie z kwadratowymi szczękami i w kowbojskich kapeluszach nie dawali się zrzucić narowistym bykom. Prezes rozejrzał się po pomieszczeniu z niepokojem, ale w tym samym momencie na jego kolana wskoczył czarny kształt, zastygając elegancko, by po chwili ułożyć mu się na kolanach.

– A, tu jesteś. – Prezes z zadowoleniem zaczął drapać kota za uchem. – Nigdy nie trzeba cię wołać. Pomyślę o tobie i od razu jesteś.

Kot zaczął mruczeć głośno i w tym samym momencie rozległo się pukanie do drzwi.

– Proszę! – krzyknął prezes, ciągle głaszcząc kota.

W drzwiach ukazała się szczupła i groźna twarz jednego z osobistych ochroniarzy.

– Panie prezesie. Już jest.

– Dobra, niech poczeka. Dajcie mu jakąś herbatę czy coś.

Ochroniarz kiwnął głową i zamknął delikatnie drzwi. Prezes rozejrzał się i sięgnął do stolika po krem. Wycisnął trochę z tubki i zaczął wsmarowywać specyfik w stopy. Kotu nie spodobała się ta zmiana pozycji, zeskoczył z gracją na dywan, położył się pod oknem i zaczął czyścić swoje lśniące futro. Wiecznie w tych garniturach i tych piekielnie niewygodnych pantoflach, pomyślał prezes, smarując i jednocześnie masując stopy. Ale trudno, trzeba się pilnować, odkąd ci pierdoleni dziennikarze zrobili zdjęcie moim butom, wytartym i zawiązanym byle jak. Kiedyś można było chodzić w powyciąganym swetrze, a liczyło się to, co człowiek miał w głowie, pomyślał rozgoryczony. Odstawił krem, wytarł ręce w poły szlafroka i położył nogi na stojącym przed nim wzorzystym pufie. Wyłączył telewizor i zawołał:

– Panie Tomku!

W drzwiach znowu ukazała się twarz ochroniarza.

– Dawajcie go – powiedział prezes.

Ochroniarz kiwnął głową, znowu zamknął drzwi, by po dłuższej chwili je otworzyć i wpuścić przodem gościa. Do pokoju sprężystym krokiem wszedł prezydent.

– Dzień dobry, panie prezesie. – Prezydent uśmiechnął się szeroko.

– Cześć, Andrzejku. Przepraszam, że nie wstaję, ale właśnie nasmarowałem sobie nogi.

Gość uśmiechnął się ze zrozumieniem i uścisnął prawicę prezesa. Gospodarz podniósł nogi i wskazał prezydentowi mebel.

– Weź sobie ten puf, siądziesz koło mnie.

– Ależ naprawdę, nie ma potrzeby. Chętnie postoję.

Prezes machnięciem ręki dał znak, żeby nie dyskutował. Prezydent rozejrzał się po pomieszczeniu i w kącie pokoju dostrzegł kapcie. Przyniósł je szybko i delikatnie założył prezesowi na stopy.

– Dziękuję ci Andrzejku – mruknął zadowolony gospodarz i opuścił nogi w kapciach na podłogę.

Prezydent przesunął puf i usiadł obok gospodarza.

– Bardzo dziękuję, że pan prezes znalazł chwilkę, aby mnie przyjąć.

– Nie ma sprawy. Tylko streszczaj się, bo jestem zmęczony.

– Oczywiście, jeszcze raz bardzo dziękuję. – Prezydent nabrał powietrza, wyraźnie się wahał. – Chciałem wrócić jeszcze raz do sprawy tych ekshumacji.

Przewodniczący partii momentalnie przywołał na twarz surową minę.

– Myślałem, że mamy to już przegadane. Coś jest jeszcze niejasne? – zapytał oschłym tonem.

– Jak najbardziej wszystko jasne, tylko…

– Tylko co?!

– Boję się, że to może jednak wywołać niewspółmierną reakcję strony rosyjskiej.

– Przestań gadać jak jakiś lewak! – zagrzmiał prezes, a prezydent aż się skulił pod wpływem jego głosu. – Jesteś prezydentem wielkiego i potężnego kraju. Nie możemy się bać gównianej Rosji!

Prezes dostrzegł, że leżący pod oknem kot wyprostował się, nadstawiając uszu. Właściciel zwierzaka zorientował się, że podniósł głos, i kontynuował już łagodniej.

– Andrzejku, posłuchaj mnie. Musimy to zrobić, bo tym sposobem pokażemy dobitnie, kto rządzi w Europie Wschodniej.

– Ja rozumiem, panie prezesie – zaczął niepewnie prezydent. – Tylko Rosja jednak jest od nas większa i w jakiejkolwiek konfrontacji nie mamy szans.

– Nie będzie żadnej konfrontacji. – Prezes machnął ręką.

– Nie jestem taki pewien. Zwłaszcza w kontekście tego, że Ukraina przestała istnieć.

– Przecież Ukraina nigdy nie była niepodległa. Zresztą sam o tym mówiłeś w wywiadzie.

– Dobra, mówiłem, bo pan prezes kazał. Ale tak naprawdę…

– Andrzejku, posłuchaj mnie uważnie – przerwał prezes, tym razem łagodnym, ojcowskim tonem. – Musimy to zrobić, bo ten pieprzony Kukiz wchodzi nam na głowę i ze swoimi narodowcami przejmuje nasz najbardziej skrajny elektorat, rozumiesz?

Z lekkim uśmiechem spojrzał wyczekująco na prezydenta, który pokiwał w zamyśleniu głową, podziwiając geniusz swojego przełożonego.

– To po pierwsze. A po drugie o co chodzi? Tchórz cię obleciał? – spytał prezes.

– Co? Mnie?! – zakrzyknął zbulwersowany prezydent. – Panie prezesie, ja się niczego nie boję!

– No to bierz się za robotę i nie dyskutuj bo my tu, na prawicy, walczymy o godność naszej ojczyzny czynem, a nie słowem.

– Tak jest – odparł z powagą prezydent.

– Na twoją następną kampanię grosza nie będę szczędził. Robota ci się podoba?

– No pewnie. Jest super. W przyszłym tygodniu lecę do Kanady, a potem do Japonii. Panie prezesie, pan wie, że ja bym za panem w ogień wskoczył.

– Wiem, wiem. – Zmęczony prezes przetarł twarz dłonią – Dobra, Andrzejku, nie męcz mnie już. Miałem długi dzień, leć do siebie.

– Dobranoc panie prezesie. – Prezydent uścisnął dłoń swojego pryncypała i wyszedł, cicho zamykając drzwi.

Prezes tylko przymknął oczy, jak zwykle nic nie powiedział, a kot jak zwykle bez przywoływania wskoczył na jego kolana.

*

George Thompson, attaché sekcji kulturalnej ambasady Stanów Zjednoczonych, siedział wpatrzony w czubki swoich pantofli wypastowanych na wysoki połysk i stwierdził, że czuje się źle. Były tego dwa powody. Pierwszy to fakt, że obecnie znajdował się poza budynkiem swojej ambasady. Zawsze starał się unikać podobnych sytuacji, ponieważ takie chwile kojarzyły mu się wyjątkowo przykro. Choćby zdarzenie z Bagdadu z lat dziewięćdziesiątych, kiedy to udał się na kolację, skuszony urokiem pewnej pięknej nieznajomej, a skończył w zaszczanej piwnicy z workiem na głowie. Na szczęście wymieniono go potem na trzech irackich szpiegów i George Thompson mógł się znowu spełniać jako attaché kulturalny w innym zakątku globu. Co prawda znajdował się teraz w siedzibie prezydenta i czuł się tu raczej bezpiecznie, ale to był jednocześnie drugi powód jego niezadowolenia. Sam fakt, że musiał tu przyjechać, potwierdzał jego wcześniejsze odczucia, że sytuacja jest bardzo zła. „Wręcz gówniana", jak by powiedział jego szef, ambasador USA w Polsce, Paul Jones. „Kompletnie przejebane", tak z kolei powiedziałby jego prawdziwy szef, dyrektor CIA Mike Pompeo. Thompson westchnął i zerknął na zegarek. Prezydent spóźniał się już ponad godzinę. George był raczej przyzwyczajony do poufnych wizyt w budynku swojej ambasady, ale podobno obecny prezydent był wyczulony na tym punkcie, bo kiedyś sfotografowano go pod domem prezesa jednej z partii i teraz już nigdzie nie jeździł. Wszyscy mieli jeździć do niego.

Thompson spojrzał w górę, uwalniając pantofle od swojego zamyślonego wzroku. Po raz setny rozejrzał się po Sali Brunatnej prezydenckiego pałacu i po raz setny jego wzrok przyciągnął dziwaczny obraz wiszący na ścianie. Malowidło przedstawiało duży drewniany stół, ustawiony na klepisku wyściełanym słomą. Na rozstawionych wokół blatu, pozłacanych krzesłach siedziały świnie ubrane w garnitury. Na blacie leżały resztki jakiegoś bliżej nieokreślonego jedzenia, a zwierzęta wyglądały, jakby kłóciły się i szarpały o jak najlepszą pozycję przy tym dziwacznym korycie. George Thompson, jako prosty syn farmera z północnej Nebraski, nie znał się na malarstwie, ale nawet on zauważał idiotyczne proporcje obrazu, przydające całości karykaturalnego wyglądu. Attaché kulturalny przebywał w tym kraju niecały rok i jedyne słowa, których zdążył się nauczyć, były dość niecenzuralne, dlatego nie był w stanie rozszyfrować napisu pod obrazem: „Posłowie na Sejm RP". To musi być jakaś sztuczka psychologiczna, pomyślał Thompson, wieszając ten obraz, chcą zastraszyć przychodzących tu gości.

Rozmyślania amerykańskiego gościa przerwało gwałtowne otwarcie drzwi. Do środka wszedł prezydent, podszedł szybko do wstającego Thompsona i uścisnął mu rękę.

– Dzień dobry – powiedział po angielsku prezydent.

– Dzień dobry, panie prezydencie, dziękuję za spotkanie.

Prezydent wskazał gestem miejsca przy stole i obaj usiedli.

– Przyznam, że jestem szczerze zaskoczony pańską wizytą, panie Thompson – zaczął gospodarz.

– Zostałem wyznaczony przez prezydenta USA do rozmowy z panem. Mam pewne informacje do przekazania.

– Dlaczego prezydent nie zadzwonił do mnie osobiście?

– To są sprawy wyjątkowej wagi, których najlepiej nie poruszać przez telefon – odparł Thompson.

– Rozumiem, że nie jest pan tak naprawdę odpowiedzialny za kulturę?

Thompson skinął twierdząco głową na znak, że prezydent ma rację. Zawsze w ambasadach ludzie teoretycznie związani z kulturą byli szpiegami. Wynikało to z prostego faktu, że kulturę wszyscy mieli w dupie i nie widzieli żadnego sensu w utrzymywaniu ludzi zajmujących się nią w placówkach reprezentujących swoje państwa za granicą. To również wiele ułatwiało, bo zawsze było wiadomo, kto jest szpiegiem, a kto nie, a rządy wszystkich państw przymykały na to oko.

Gospodarz uśmiechnął się szeroko i zapytał, zniżając głos do szeptu:

– Jest pan szpiegiem?

– Zgadza się, panie prezydencie.

Zadowolony prezydent uderzył otwartą dłonią w blat stołu, po czym dał Thompsonowi znak, aby chwilę poczekał, i zniknął za drzwiami. Po minucie wrócił do sali, postawił na stole dwie szklaneczki z bursztynowym płynem, zamknął drzwi i usiadł naprzeciw Amerykanina.

– Jack daniel's. Z kukurydzy, tak jak lubicie.

Thompson stuknął się z prezydentem i obaj opróżnili szklanki. Gościu jest całkiem sympatyczny, pomyślał szpieg.

– Cały zamieniam się w słuch – obwieścił prezydent.

– Rosjanie zmienili nazwy swoich okręgów wojskowych przy waszej wschodniej granicy. Teraz każdy okręg nazywa się frontem.

– Co to znaczy?

– Szykują się do wojny. Zawsze w całej swojej historii tak robili.

– Ale to przecież idiotyczne – zaoponował prezydent. – W ten sposób uprzedzają swoich wrogów.

– To Rosjanie. – Thompson wzruszył ramionami. – *Biez wodki nie razbieriosz*! Poza tym nasze zdjęcia jasno pokazały, że rosyjskie siły dokonują przegrupowania. Ich liczebność wzrosła trzykrotnie w obwodzie kaliningradzkim i pięciokrotnie przy zachodniej granicy dawnej Ukrainy.

Prezydent spojrzał w pustą szklankę, żałując, że w środku nie ma już whisky.

– Wiadomość od mojego prezydenta jest bardzo zwięzła. Nie róbcie nic, totalnie nic, co mogłoby w jakikolwiek sposób sprowokować Rosjan. Oni tylko na to czekają – powiedział Thompson.

Prezydent zrobił stropioną minę, odstawił pustą szklankę i wypowiedział dwa słowa. Przez ostatnie trzy lata swojej pracy w amerykańskiej ambasadzie w Warszawie George Thompson poznał te słowa bardzo dobrze i wiedział, że mogą oddawać dowolne emocje. Strach, miłość, wściekłość, nienawiść, przyjaźń, smutek lub radość.

– Kurwa mać – powiedział prezydent.

*

Telewizor w sali konferencyjnej był włączony. Przy stole niewielkiego pomieszczenia w budynku przy Nowogrodzkiej w Warszawie siedzieli prezes i przewodniczący Komitetu Wykonawczego, a po prawej stronie prezesa miejsce zajmował minister obrony narodowej. Wszyscy nieruchomo wpatrywali się w ekran. Kanał TVP Info właśnie pokazywał robotników w czerwonych kombinezonach, którzy używając specjalnych lin oraz niewielkich dźwigów, wyciągali z wnętrza ziemi resztki zbutwiałych trumien.

– Proszę państwa, to, co teraz oglądamy, to masowa ekshumacja braniewskiego cmentarza – rozległ się głos telewizyjnej spikerki. – Akcji takich obecnie odbywa się w całym kraju około pięćdziesięciu. Jest z nami historyk, pan Andrzej Ziomecki. Panie Andrzeju, czy może pan opowiedzieć trochę więcej o tym miejscu?

Relacja z ekshumacji zajmowała teraz jedynie pół ekranu, na drugiej połowie ukazała się twarz pana po siedemdziesiątce.

– Dzień dobry pani, dzień dobry państwu. Pani redaktor, cmentarz żołnierzy Armii Czerwonej w Braniewie jest praktycznie największym tego typu obiektem nie tylko w Polsce, ale też w całej Europie Zachodniej.

– Ilu poległych zostało tam pochowanych? – spytała dziennikarka.

– Z bardzo udokumentowanych badań wynika, że przeszło trzydzieści tysięcy.

– Jak by pan nazwał to, co teraz się tam dzieje?

– Niewyobrażalne wprost barbarzyństwo – odparł zbulwersowany historyk, a siedzący w gabinecie prezes prychnął z pogardą. – Nie wiem, jakim człowiekiem trzeba być, żeby zakłócać spokój zmarłych. To jest przecież…

– Przepraszam, muszę panu na chwilę przerwać. – Dziennikarka dotknęła słuchawki tkwiącej w uchu. – Mamy informacje, że na miejscu dochodzi do zamieszek.

Ujęcie z kamery zmieniło się i ponownie zajęło cały ekran. Tym razem pokazano bramę cmentarza, z której próbowała wyjechać półciężarówka. Drogę zagrodzili jej młodzi ludzie, trzymający w rękach polskie flagi oraz sztandary z wymalowanym krzyżem celtyckim i znakiem ONR. „Raz sier-pem, raz mło-tem, czer-wo-ną ho-ło-tę", skandowali młodzieńcy.

– Jak państwo widzą, grupa młodych ludzi zagrodziła drogę ciężarówce wywożącej zwłoki. Na miejscu jest już policja.

Do grupy ludzi z flagami podeszło dwóch policjantów, coś mówili, ale momentalnie rozległy się gwizdy. W końcu wszyscy młodzieńcy zaczęli podskakiwać, skandując rytmicznie: „Kto nie ska-cze, ten czer-wo-ny, hej, hej hej!". Z tyłu ciężarówki rozległ się jakiś harmider, tłum zafalował, reporter trzymający kamerę szybko podbiegł i zaczął filmować zamieszanie. Okazało się, że kilku młodych ludzi w glanach, obcisłych spodniach i kurtkach typu „flyers" z naszytym na plecach olbrzymim szczerbcem otworzyło tylne drzwi ciężarówki i wysunęło jedną z trumien. Zbutwiałe drewno huknęło o ziemię, rozlatując się całkiem, a spod rozbitych desek wysunęła się dłoń szkieletu, okolona poczerniałym mankietem munduru. Jeden ze skandujących rozkraczył nogi, rozpiął rozporek i zaczął sikać na zwłoki wśród roztrzaskanych desek. Tłum zawył z zachwytu i zaczął wiwatować, głośno klaszcząc. Sikający został od razu schwytany przez policję, obezwładniony i skuty kajdankami. Operator odwrócił się i zaczął filmować nadchodzących tyralierą policjantów, uzbrojonych w tarcze i pałki. Tłum ponownie zawył i zaczął skandować: „Ges-ta-po, ges-ta-po, ges-ta-po!".

– To jest obraz z ekshumacji grobów braniewskiego cmentarza – odezwała się drżącym głosem dziennikarka. – Ja tylko przypomnę, że decyzją parlamentu zwłoki wszystkich żołnierzy Armii Czerwonej mają zostać wydobyte z ziemi i odesłane do Rosji. Za chwilę wrócimy do rozmowy z naszym gościem, ale teraz przeniesiemy się jeszcze na chwilę do Pałacu Prezydenckiego, gdzie w sali kolumnowej właśnie trwa przemówienie pana prezydenta.

Na ekranie pojawiła się twarz głowy państwa, rozświetlana fleszami aparatów.

– Szanowni państwo, obywatele, rodacy i przyjaciele – zaczął z przesadną emfazą prezydent.

– Jasna cholera – skrzywił się przewodniczący. – Tyle razy mówiliśmy mu, że kampania już się skończyła i żeby przestał mówić jak z ambony.

– Nie narzekaj – powiedział minister obrony narodowej, szarpiąc w zamyśleniu brodę. – Dwa lata temu nikt by nie powiedział, że ten koleś tak się przyjmie i zostanie prezydentem.

– Musimy raz na zawsze zamknąć rozdział tej wielkiej, historycznej księgi. Księgi opowiadającej dzieje naszego wielkiego, bohaterskiego narodu. – Prezydent rozejrzał się po sali, marszcząc groźnie brwi. – Oni nam teraz mówią, że nie okazujemy szacunku. A kto okazywał szacunek naszym żołnierzom podstępnie zamordowanym w katyńskich lasach? Ja się pytam, kto? Nie chcemy tutaj śmierdzących trupów tych „wyzwolicieli". Pozwolicie państwo, że ostatnie słowo ujmę w duży cudzysłów. Bo nie byli to żadni wyzwoliciele, ale obrzydliwa horda pijanych gwałcicieli i morderców, która pozostawiła po sobie głód i nieszczęście na naszej świętej polskiej ziemi.

Prezes sięgnął po pilota leżącego na blacie stołu i wyłączył telewizor. W sali konferencyjnej zapadła cisza, którą po dłuższej chwili zdecydował się przerwać przewodniczący.

– Szefie, może jednak trochę przesadziliśmy, co?

Prezes spojrzał na niego, wstał gwałtownie i wyszedł bez słowa z pokoju.

– Jak mogłeś? – powiedział z wyrzutem minister obrony.

– No co? – Jego partyjny kolega zrobił zdziwioną minę.

– Przecież oni mu brata zamordowali.

2.

Roman Gurski wyszedł na balkon. Po niebie przewalały się październikowe chmury i wyraźnie zanosiło się na deszcz. Wokół roztaczał się widok na ustrońskie osiedle Zawodzie. Właśnie to miejsce wybrali PRL-owscy partyjni bonzowie na zakładowe ośrodki wypoczynkowe dla ponad pięciu tysięcy osób. Powstał kompleks siedemnastu budynków, które przez swoje trójkątne sylwetki otrzymały miano „śląskich piramid".

Każdy z wybudowanych ośrodków posiadał własną nazwę. Niektóre z nich wyremontowano i zostały teraz przekształcone w hotele. Roman przypomniał sobie, jak jego matka pracowała kiedyś na recepcji w Narcyzie. Zaraz po szkole biegł z tornistrem do ośrodka i wchodził od tyłu na recepcję, mama najpierw wyściskiwała go aż do utraty tchu, a potem przemycała do stołówkowej kuchni, gdzie panie kucharki zawsze miały dla niego naleśniki ze śmietaną i jagodami. Do dziś pamiętał ich smak.

Po krótkiej chwili zdał sobie sprawę, że pewno wspomnienia zostały przywołane przez zapachy dolatujące z kuchni umieszczonej na parterze domu. Roman wrócił do pokoju, zamykając drzwi balkonowe. Ubrał się, szybko spakował swoje rzeczy do torby i zszedł na dół.

W progu kuchni zatrzymał się na chwilę, przyglądając się matce smażącej naleśniki, po czym usiadł przy stole.

– Cześć, mamo – powiedział.

Agata Gurska odwróciła się do niego z uśmiechem.

– Cześć, Romek. Mam nadzieję, że cię nie obudziłam?

Roman tylko pokręcił głową i obserwował matkę, jak krząta się podczas przygotowania posiłku. Przypomniał sobie, jak wyglądała w czasach, kiedy był dzieckiem. Włosy koloru platyny, zawsze upięte w koński ogon, szczupła, wysportowana sylwetka.

Agata Gurska, wszyscy w Ustroniu się za nią oglądali, a on był z niej taki dumny. Teraz była po prostu panią po sześćdziesiątce, żywcem z reklamy jakiegoś specyfiku dla emerytów. Platyna zamieniła się w siwiznę, a po wysportowanej sylwetce nie pozostało śladu. Roman uświadomił sobie, że chyba bardziej kochał ją właśnie taką, jaka była teraz.

Odwróciła się, podeszła do stołu i postawiła przed nim usmażone naleśniki ze śmietaną i jagodami. Na blacie stanął też imbryk z herbatą, którą Agata rozlała do filiżanek.

– Mamo, nie musiałaś. Jestem dorosły. Sam bym sobie coś zrobił.

– Jedz – powiedziała matka tonem ucinającym wszelkie dyskusje.

Uśmiechnęła się do niego, by po krótkiej chwili zwrócić uwagę na torbę stojącą w progu. Jej uśmiech od razu przygasł.

– Już wyjeżdżasz? – spytała niepewnie.

– Muszę jechać do Bielska – odpowiedział.

Twarz matki lekko drgnęła, jakby pod wpływem niewidzialnego uderzenia, wymierzonego prosto w policzek.

– Po co? – spytała głucho.

– Przecież wiesz. W obecnej sytuacji na pewno przyda się ktoś taki jak ja.

Agata chwyciła filiżankę, wstała i odstawiła ją do zlewu tak gwałtownie, że naczynie rozleciało się na kawałki, kalecząc jej palce. Roman zauważył, jak z palców jej prawej dłoni na podłogę zaczęły kapać kropelki krwi.

– Mamo, skaleczyłaś się – powiedział.

Odwróciła się do niego i ujrzał jej wściekły wyraz twarzy. Chyba nigdy jej takiej nie widział.

– Po tym wszystkim, co przeżyłeś! Nie pamiętasz?

– Proszę cię, uspokój się.

– To ja ci przypomnę! – rzuciła matka z wściekłością. – Jak przez trzy miesiące nie wychodziłeś z łóżka. Jak myłam cię kilka razy dziennie, bo nawet wyjście do kibla uważałeś za bezcelowe.

Właśnie o to chodzi, pomyślał, całe to gówniane życie uważam za bezsensowne i dlatego pora z tym skończyć. Zamiast tego powiedział:

– Podjąłem decyzję.

– Nie! Nie! Nawet mi się nie waż! Wracaj do Egiptu, jedź do Nowej Zelandii, na Syberię. Gdziekolwiek, bylebym nie musiała codziennie czekać na wiadomość o twojej śmierci.

– Kraj jest w potrzebie. – Miał nadzieję, że zabrzmiało to szczerze.

– Co takiego? – Agata aż parsknęła śmiechem. – A od kiedy to jesteś takim patriotą, co? To jakieś szaleństwo!

Nie chciał jej tego mówić, ale tak naprawdę brakowało mu armii oraz prostych, solidnych zasad, jakie w niej panowały. Wstał, podszedł do niej i przytulił ją mocno do siebie. Ten gest całkiem załamał matkę, która opuściła głowę i zaczęła szlochać.

– Romek, błagam cię. Mam błagać? O to chodzi? – ledwo mówiła przez łzy. – Mam błagać własnego syna? Proszę bardzo!

Agata osunęła się na kolana i objęła jego nogi. Roman chciał się schylić, podnieść ją i przytulić, ale nie był w stanie. Milczał.

Do siedziby 28. Batalionu Zmechanizowanego z Ustronia było raptem trzydzieści kilometrów, które Roman przejechał w niespełna pół godziny focusem wypożyczonym na lotnisku w Pyrzowicach. Zawsze się dziwił, dlaczego samochody oferowane w polskich wypożyczalniach to kompletne „golasy", klima i radio na pokrętła, szyby na korbkę i lusterka regulowane za pomocą dzyndzla wystającego z szyby. Przynajmniej mało pali, pomyślał, parkując wzdłuż płotu okalającego kompleks budynków batalionu, i zerknął na zegarek. Miał jeszcze dwadzieścia minut.

Poprzedniego dnia zadzwonił do dowództwa batalionu i dowiedział się, że jego dawny zwierzchnik, pułkownik Sobiesiak, przeszedł na emeryturę. Zadzwonił więc do niego i wyżebrał spotkanie z obecnym dowódcą.

Dokładnie dwadzieścia pięć minut później siedział w gabinecie Ryszarda Sawickiego. Pułkownik miał czarne, krótko przystrzyżone włosy, sumiaste, całkiem posiwiałe wąsy oraz mądre spojrzenie starszego pana. To wszystko robiło z niego raczej zamyślonego psychoanalityka niż typowego wojskowego. Siedział wyprostowany na samym brzegu fotela. Od kilku minut wertował teczkę opatrzoną napisem „Roman Gurski. Akta osobowe". To była bardzo gruba teczka.

– No tak... – mruknął pod nosem. – Przebieg służby mieliście ten, no, burzliwy.

– Tak jest, panie pułkowniku.

Sawicki zamknął teczkę i popatrzył na Romana. Spojrzenie ostre, przenikliwe i zarazem inteligentne, chyba dobry z niego dowódca, pomyślał Roman.

– Pułkownik Sobiesiak wyrażał się o was w samych superlatywach.

– Dziękuję. Pułkownik opowiadał mi o znajomości z panem i waszej akcji w Kongo. Robi wrażenie.

– Stare dzieje. – Sawicki machnął ręką. – Ale chyba nie przyjechaliście tu, żeby gadać ze mną o prehistorii?

– Oczywiście, że nie, panie pułkowniku. Uprzejmie proszę o ponowne przyjęcie mnie do służby.

– Odeszliście, a do tego służyliście wcześniej u jakichś cholernych amerykańskich najemników. – Pułkownik rozparł się wygodnie w fotelu. – Pytanie numer jeden: dlaczego miałbym was przyjąć? Pytanie numer dwa: dlaczego chcecie się zaciągnąć? Czas operacyjny na odpowiedź sześćdziesiąt sekund.

Roman w dwie sekundy dokonał błyskawicznej oceny sytuacji. Mógł ściemnić, powiedzieć półprawdę albo po prostu prawdę. Ale Sawicki wyglądał na takiego, który naprawdę ceni sobie szczerość, i tym mógł zaskarbić choć odrobinę jego przychylności.

– Panie pułkowniku, odpowiadam na pytanie numer jeden. Pułkownik Sobiesiak podzielił się ze mną obserwacją, że pomimo powszechnej mobilizacji oprócz rezerwistów nie zgłasza się wielu ochotników.

– Skurwysyn – powiedział bez złości pułkownik. – Musi cię lubić, skoro sprzedał ci tę informację, a mi nie powiedział, że wiesz.

Sawicki przeciągnął po twarzy dłonią w geście zmęczenia i spojrzał w okno.

– W całej Polsce zgłosiły się dokładnie sto osiemdziesiąt dwie osoby – powiedział zrezygnowanym tonem. – Nieźle jak na tylu patriotów, którzy na 11 listopada aż się trzęsą, żeby przywalić kamieniem w szybę, co? Odpowiedź na drugie pytanie?

Roman nie mógł udzielić odpowiedzi w stu procentach prawdziwej. Zapewne dowódcy batalionu nie spodobałoby się, że marzy o tym, aby zostać potrąconym przez wojskową ciężarówkę lub by zdarzyło się cokolwiek innego, co ukróci jego żywot, a będzie wyglądać jak typowy wypadek. Dlatego wybrał odpowiedź, która leżała w miarę blisko prawdy.

– Panie pułkowniku, nie mam pomysłu na życie.

Sawicki pokiwał chwilę głową, taksując Romana wzrokiem.

– Dobra, kupuję to – powiedział i zajrzał jeszcze raz do Romkowej teczki. – Wcześniej byliście zastępcą dowódcy kompanii, ale po takiej przerwie nie mogę wam tego dać. Dostaniecie dowodzenie plutonem z drugiej kompanii szturmowej.

– W składzie?

– Trzy drużyny zmechanizowane. Każda z rosomakiem.

– Panie pułkowniku, wnioskuję o drużynę wsparcia, z dodatkowym rośkiem.

Sawicki spojrzał na niego ostro, ale po chwili jego wzrok trochę złagodniał.

– Pomyślimy.

– Panie pułkowniku, dziękuję za okazane zaufanie. Potrzebuję maksimum dwóch dni na dopięcie swoich spraw.

Pułkownik popatrzył na niego i wybuchnął gromkim, serdecznym śmiechem, który trwał dobre dziesięć sekund.

– Za godzinę masz transport na Podkarpacie. Tam spodziewamy się głównego natarcia.

– Natarcia? Naprawdę pan w to wierzy?

Sawicki spojrzał na niego zupełnie inaczej. Tym razem ciepło, po ojcowsku, Roman pomyślał, że to bardzo dobrze, że trafił pod takiego dowódcę.

– Synu, wiara nie ma tu nic do rzeczy. Według naszych informacji rosyjska ofensywa rozpocznie się w ciągu siedemdziesięciu dwóch godzin.

– Ale ja samochód muszę do wypożyczalni…

Pewne rzeczy były jednak w armii nieśmiertelne. Dobrotliwy psychoanalityk w jednej chwili zamienił się w trepa z piekła rodem. Sawicki zerwał się z miejsca i ryknął z całych sił:

– Gurski! Od kilku sekund jesteście znowu porucznikiem i gówno mnie obchodzą wasze pierdolone cywilne sprawy!

Roman wyprostował się na baczność i wydarł się na całą jednostkę:

– Tak jest!

Kurwa mać, jednak mi tego brakowało, pomyślał porucznik Roman Gurski.

3.

Hektary hal oświetlały lampy o natężeniu przeszło dwudziestu pięciu tysięcy luksów, zdolne imitować światło słoneczne na tyle, aby rośliny mogły rosnąć niezależnie od naturalnego cyklu dnia. Nad wszystkim pieczę trzymały komputery, sterując klimatyzacją oraz odpowiednim nawożeniem i nawadnianiem. Był to najnowocześniejszy zakład hodowli roślin ozdobnych w Europie Wschodniej.

Ale kąt w jednej z hal, zaledwie dwustumetrowy, nie był objęty żadną automatyzacją. Tu ziemię nawadniał wąż ogrodowy, a nawieźć trzeba było rośliny samodzielnie. Właśnie to skończyła robić Danuta Wojnarowicz. Zamiast eleganckiej garsonki miała na sobie gumiaki, roboczy kombinezon i ogrodowe rękawiczki.

Otarła spocone czoło i cofnęła się o kilka kroków, ogarniając wzrokiem wysepkę na morzu nowoczesnej automatyzacji i robotyki. W kącie hali rosło dosłownie wszystko. Nasturcje, orchidee, róże, krokusy, tulipany, słoneczniki i astry. Całość tworzyła wielobarwny, kwietny dywan. Danuta zobaczyła, jak po przeciwnej stronie hali ojciec wjeżdża na wózku w towarzystwie jakiegoś faceta, którego widziała rano. Miał gębę cwaniaka i przyjechał dużym, luksusowym mercedesem. Potem usiadł z Henrykiem w jego biurze i rozmawiali tam aż do tej pory, dobre trzy godziny.

Danuta poszła w ich kierunku i stanęła dyskretnie przy ścianie, udając, że majstruje przy podłączeniu ogrodowego węża. W ten sposób zasłonięta szafą klimatyzatora była niewidoczna dla rozmawiających. Ona z kolei mogła ich widzieć oraz słyszeć.

Cwaniak rozglądał się po olbrzymiej hali, cmokając ze znawstwem.

– No i co? – zapytał Henryk. – Robi wrażenie?

– Całkiem dobrze zorganizowany interesik.

– Interesik to pan masz w spodniach – zaśmiał się krótkim parsknięciem ojciec.

Cwaniak skrzywił się na ten żart, ale nie wyglądał na urażonego. Najwyraźniej sam gustował w dowcipach podobnego rodzaju.

– Jak by to panu powiedzieć – westchnął teatralnie cwaniak. – To jest jednak duża kwota.

Pomiędzy przesuwającymi się taśmami wiozącymi rośliny doniczkowe Danuta widziała twarz ojca. Znała go bardzo dobrze, widziała, jak wszystko się w nim gotuje, ale z jakiegoś powodu powstrzymuje wybuch wściekłości.

– Mam do pana prośbę. Starszy jestem, to i proponować mogę. Mówmy sobie po imieniu – powiedział ojciec, wyciągając dłoń. – Heniek.

– Tadek – odparł cwaniak, ściskając rękę ojca.

– No więc Tadek, nie pierdol mi tutaj, dobra?

Danuta obserwowała napiętą twarz cwaniaka. Może i lubił chamskie żarty, ale na pewno nie był przyzwyczajony, żeby ktoś się do niego zwracał w ten sposób.

– Wszystkie kwiaty, urządzenia, sadzonki, cała automatyka, praktycznie wszystkie bebechy za dwa miliony euro. To jest, kurwa, dużo?

Danuta była zszokowana, słysząc słowa ojca. O co chodziło? Chce się pozbyć całego systemu hodowli kwiatów? Ale dlaczego? Przecież to kompletne szaleństwo, pomyślała.

– Wie pan… To znaczy, wiesz, sam kutas nie wystarczy. – Tadek poczuł się swobodnie i podjął zapoczątkowaną przez ojca retorykę okołogenitalną. – Trzeba jeszcze mieć jakieś miejsce, żeby go wkitrać.

– Hale oraz systemy sterowania klimą zostają. Znasz warunki.

– Znam i dlatego mówię, że dwie bańki to naprawdę sporo. Gdzie ja znajdę kupca tak naprawdę? Jeszcze w tak krótkim czasie?

– To już nie mój problem – powiedział ojciec.

Do obu dyskutujących podszedł Kafar i bez słowa wręczył cwaniakowi smartfona. Ten zrobił zdziwioną minę, patrząc za odchodzącym.

– Musiałeś zostawić u mnie w biurze – stwierdził Henryk.

– A, no tak. Dzięki. Dziwny gość. – Tadek wskazał drzwi hali, którymi właśnie wyszedł Kafar.

– Najbardziej lojalny pracownik, jakiego w życiu miałem. Teraz już takich nie robią. Wróćmy do interesów.

– Półtorej bańki i do końca tygodnia wywożę sprzęt, a ty masz kasę w gotówce – wypalił pewnym głosem Tadek.

– Dzięki za spotkanie. Miło cię było poznać. – Henryk wyciągnął dłoń w geście pożegnania.

Cwaniak nie wyciągnął ręki i nic nie powiedział. Trawił wszystko w myślach, chociaż Danuta nawet z tej odległości, zasłonięta szafą i taśmociągiem, wiedziała, jaki będzie finał tego wysiłku umysłowego.

– Dobra, niech będzie moja strata. Dwie bańki – powiedział Tadek i uścisnął rękę Henryka.

– W porządku z ciebie chłopak. Zapraszam jutro na podpisanie umowy.

Tadek kiwnął głową na pożegnanie i ruszył w kierunku wyjścia. Ojciec odprowadził go wzrokiem, czekając, aż cwaniak opuści budynek.

– Możesz już wyjść zza tej pieprzonej szafy! – krzyknął.

Danuta wyszła z ukrycia i podeszła do niego. Normalnie byłaby wściekła, że ojciec jak zwykle ją przejrzał, ale teraz miała zupełnie co innego na głowie.

– Co ty wyrabiasz? – zapytała wstrząśnięta.

– To co zawsze. Interesy.

– Chcesz sprzedać wyposażenie hal? Jak będziemy prowadzić hodowlę?

– Nie będziemy – powiedział Henryk spokojnym tonem.

– Co?!

– Uspokój się, zmieniamy branżę.

– Branżę? To chyba coś więcej niż branża. To całe nasze życie, to...

– Przestań! – ojciec usadził ją ostrym tonem. – Nasze życie to przede wszystkim zarabianie pieniędzy. Nie histeryzuj, to tylko kupa badyli.

Danuta odwróciła się od niego i zaczęła iść w stronę drzwi, którymi właśnie wszedł Kafar, trzymając w ręku laptopa.

– Aha, jeszcze jedno! – zawołał za nią ojciec. – To twoje smętne poletko kwiatków też będzie musiało zniknąć. Potrzebujemy miejsca.

Danuta odwróciła się, po jej policzkach zaczęły płynąć łzy. Nienawidziła ojca, ale również i siebie za to, że znalazła się w sytuacji, w której korzystała z jego fortuny. Równie dobrze mogłaby być zwykłą pracownicą, a nie jego córką. Chciała osiągnąć sukces dzięki swojej ciężkiej pracy, a jednak została tutaj, wykonując posłusznie jego polecenia. Tak jej było wygodniej, dobrze o tym wiedziała.

– Ty skurwysynu, mam tego dosyć. Idę się spakować, wyjeżdżam – powiedziała cicho i płacząc, wybiegła z hali.

Kafar podszedł do Henryka, który obserwując biegnącą córkę, rzucił do pracownika:

– Przejdzie jej. Dramatyzuje jak zwykle. Udało ci się z tym telefonem?

Kafar w milczeniu kiwnął głową.

– Puszczaj – ponaglił go Henryk.

Kafar rozłożył komputer, który w jego olbrzymich dłoniach wyglądał jak zabawka. Uruchomił nagranie. Z głośników popłynął szum jadącego samochodu i głos Tadka.

– No cześć.

– Cześć – odpowiedział ktoś po drugiej stronie. – Jak poszło?

– Kurwa, mamy to! – krzyknął Tadek. – Całość za dwa miliony ojro!

– Pierdolisz, tak tanio?

– Staruchowi zależy na czasie. Mało się nie zeszczał w ten swój wózek. Pieprzony inwalida.

Henryk uśmiechnął się lekko, słuchał z zainteresowaniem.

– Bańka na czysto za kilka telefonów, spotkanie i podpisanie umowy! – krzyczał podekscytowany cwaniak. – Musimy to uczcić. Jesteś w biurze?

– Tak.

– Będę za dwadzieścia minut!

Głośniki laptopa umilkły, nagranie się zakończyło. Henryk zamyślił się i rzucił do Kafara od niechcenia:

– To chujek jeden. Musiał mieć już nagranego kogoś, kto chce otworzyć identyczny biznes. Pewnie bierze całość za trzy miliony.

Kafar zamknął komputer i patrzył na szefa w milczącym wyczekiwaniu.

– Wykręć mi go – polecił Henryk.

Kafar wyciągnął telefon, wybrał numer, przełączył aparat na tryb głośnomówiący i przystawił Henrykowi do twarzy. Po chwili po drugiej stronie rozległ się głos cwaniaka.

– Tak, słucham?

– Cześć, Heniek Wojnarowicz z tej strony.

– A witam. Stało się coś?

– Tak, rozmyśliłem się co do ceny – powiedział Henryk z uśmiechem. – Jednak nie zejdę niżej niż dwie i pół bańki.

– Co pan?! Tak się nie robi! – zaczął protestować Tadek. – To jest pogwałcenie wszelkich zasad. Zrywam umowę!

– Spokojnie, Tadziu. Zapomniałeś, że jesteśmy na ty. Pozwolę ci przez chwilę ochłonąć i zastanowić się. Bierzesz ten sprzęt za dwa i pół czy nie?

Po drugiej stronie zapadła długa chwila milczenia. Henryk spojrzał na Kafara i ponownie się uśmiechnął.

– Uważam, że to jest straszne skurwysyństwo – powiedział wściekły cwaniak. – Zgadzam się.

– No to świetnie – odezwał się pogodnie Henryk. – Wyślę ci namiary na moją kancelarię, aby nasi prawnicy mogli uzgodnić wszelkie szczegóły odnośnie umowy. Cześć i czołem!

Kafar wyłączył i schował telefon.

– Chyba najszybciej zarobione pół miliona euro w moim życiu – stwierdził uradowany Henryk.

4.

Michał Barański spojrzał na zegarek. Była za dwie minuty ósma, a on siedział w kurniku.

Kurnikiem nazywano olbrzymi *open space* na czwartym piętrze biurowca przy Roździeńskiego w Katowicach. Duża sala poszatkowana była mikroskopijnymi stanowiskami pracy, a na każdej ze ścianek grodzących biurka wisiały te same komunikaty: „Przede wszystkim KLIENT!", „Pamiętaj o UpSellach!", „ZAWSZE, bez względu na okoliczności, jesteśmy mili i profesjonalni!". Jednocześnie obowiązywał zakaz wieszania na ściankach jakichkolwiek prywatnych ozdób.

Za minutę ósma. Szczytową ścianę pomieszczenia zajmował ogromnych rozmiarów *whiteboard*, na którym wypisano imiona wszystkich pracowników. „Tu wszyscy są po imieniu, stary. U nas jest zajebista atmosfera!". Przy każdym imieniu widniały wyniki sprzedaży oraz magnesy z rysunkami uśmiechniętych bądź smutnych buziek, a przy niektórych również małe chmurki. Wszyscy pracownicy kurnika nazywali to miejsce „ścianą płaczu", bo wynagrodzenie było przede wszystkim uzależnione od wyników sprzedaży.

Ósma. Michał naciągnął na głowę cholernie niewygodne słuchawki i wcisnął klawisz enter. Na ekranie wyświetlił się napis: „Łączenie z wolnym numerem. Proszę czekać...". W końcu Michał usłyszał w słuchawkach zdecydowany, męski głos.

– Halo?

– Dzień dobry, nazywam się Michał Barański i dzwonię do pana w imieniu firmy Aksjomat, czy rozmawiam z głównym użytkownikiem tego numeru?

– Ale o co chodzi? – Głos po drugiej stronie był zniecierpliwiony.

– Kontaktuję się z panem w związku z naszą ofertą ubezpieczeniową, która...

– Kurwa żeż wasza jebana mać! – krzyknął facet. – Tyle razy mówiłem wam, pedały jebane, żebyście usunęli mój numer z tej waszej zasranej bazy danych!

– Proszę nie przeklinać, bo będę zmuszony się rozłączyć – powiedział Michał spokojnym głosem.

– To się, kurwa, rozłącz, cwelu jeden! Tylko najpierw mi powiedz, gdzie siedzisz, to cię dojadę w dupsko, a potem...

Michał wcisnął enter, na ekranie znowu pojawił się komunikat: „Łączenie z wolnym numerem. Proszę czekać...". Początek dnia całkiem zepsuł mu nastrój, modlił się, żeby tak naprawdę maszyna nie znalazła żadnego wolnego numeru.

Przez te kilka sekund znowu wrócił myślami do swojej żałosnej sytuacji. Ostatni tydzień to była walka w pracy i próba pożyczenia pieniędzy od kogokolwiek. Jakoś przebiedował na resztkach limitu karty kredytowej, ale sytuacja stawała się coraz bardziej dramatyczna. Z rana musiał zrobić zakupy, więc nie mówiąc nic Basi, pożyczył stówę od Janka, sąsiada, który mieszkał piętro niżej. Teraz zostało mu równe trzydzieści cztery złote i to były jedyne pieniądze, jakie posiadał. Co prawda część raty była zapłacona, ale za dwa dni będzie musiał opłacić prąd, gaz i czynsz dla spółdzielni. Przypomniał sobie, że Natka ma jechać na zieloną szkołę, do środy trzeba zapłacić trzy stówy. No i obiady Jurka! Jak nie uregulują do dziesiątego, to mu nie wydadzą, a przecież dzieciak musi coś jeść.

Za co?

– Halo – odezwał się męski głos.

– Dzień dobry, nazywam się Michał Barański i dzwonię do pana w imieniu firmy Aksjomat, czy rozmawiam z głównym użytkownikiem tego numeru?

– Zgadza się. Słucham.

– Kontaktuję się z panem w związku z naszą ofertą ubezpieczeniową, która…

– Pan pozwoli, że panu przerwę. Z chęcią wysłuchałbym oferty, ale teraz naprawdę nie mam czasu.

Michał zerknął na kartkę przymocowaną do ścianki okalającej jego stanowisko. Zobaczył tam sugerowaną odpowiedź. Idiotyczną, ale nie miał wyjścia, zamknął oczy i powiedział:

– To świetnie, że nie ma pan czasu. Dlatego będziemy mogli od razu przejść do sedna i zawrzeć umowę.

Po drugiej stronie nastała dłuższa chwila ciszy.

– Panie, co pan mówi! To przecież jakieś ubezpieczenia są, decyzję trzeba podjąć na spokojnie! Ja naprawdę nie mam teraz czasu! Po co pan opowiada takie brednie, robiąc z siebie durnia!

Dobre pytanie, pomyślał Michał, kiedy mężczyzna po drugiej stronie przerwał połączenie. Komunikat na ekranie: „Łączenie z wolnym numerem. Proszę czekać…".

Na dodatek ta ciąża Baśki. Michał dziękował Bogu, że kiedy mu o tym powiedziała, to leżał, bo inaczej by chyba zemdlał. Oczywiście nieraz o tym rozmawiali i oboje zawsze chcieli mieć trójkę dzieci. Ale teraz? W takim momencie? Jak się wali, to wszystko, pomyślał zrozpaczony. Natka i Jurek są już duzi, wszystko po nich rozdali znajomym. Dla nowego dziecka przecież trzeba kupić łóżeczko, fotelik, ubrania, pieluchy i masę innych rzeczy.

Za co?

– Halo? – zaskrzeczał głos jakiejś starowinki.

Kurwa, co to za baza danych, zajęczał w duchu Michał, babcia ma ze sto lat.

– Dzień dobry, nazywam się Michał Barański i dzwonię do pani w imieniu firmy Aksjomat, czy rozmawiam z głównym użytkownikiem tego numeru?

– Marzena?

– Nie, proszę pani, dzwonię z firmy Aksjomat. Jest pani właścicielem tego numeru?

– Marzenko, musisz mocno pchnąć. Ja ci nie otworzę, bo się zepsuł domofon – powiedziała starsza pani.

– Proszę pani, to nie jest domofon. Ja dzwonię do pani na telefon! – wydarł się Michał.

– Telefon? Tak, mam. Myśmy proszę pana z mojej świętej pamięci mężem jako pierwsi w bloku mieli…

Michał przerwał połączenie i ściągnął słuchawki z głowy. To jakiś obłęd, pomyślał. Przecież doktoryzowałem się z Napoleona, do dziś jednym tchem potrafię wymienić wszystkich jego marszałków i opowiedzieć ze szczegółami każdą bitwę. A teraz dzwonię po starych babciach i próbuję je naciągnąć na ubezpieczenie na życie. W zeszłym miesiącu dostałem dwa dwieście na rękę, i to tylko dlatego, że jako początkujący miałem wyższą podstawę „na rozruch". W tym miesiącu głównie będą się liczyć wyniki sprzedaży. Zerknął na zegarek. Jak mam coś sprzedać, kiedy jest pięć po ósmej, a ja mam już dosyć tej pieprzonej roboty!

Poszedł do kuchni, nalał sobie kubek zimnej wody z dystrybutora i zaczął kombinować. Roboty przecież nie rzuci, chociaż jest chujowa. Ale musi znaleźć jakąś inną na bank, potrzebuje tylko trochę czasu. I pieniędzy. Pójdzie i pogada z szefem, siądą i porozmawiają jak mężczyźni, na pewno go zrozumie. Michał wyrzucił kubek do kosza i wyszedł na korytarz, by po chwili stanąć przed drzwiami szefa.

Drzwi były otwarte i od razu wszedł do środka. „Stary, u nas jest polityka otwartych drzwi, przychodź, kiedy chcesz". Michał zobaczył siedzącego za biurkiem Wojtka i od razu cała pewność siebie ulotniła się z niego niczym darmowy poczęstunek z firmowej wigilii. Jego szef był dziesięć lat od niego młodszy, prezentował się nienagannie w niewątpliwie drogiej koszuli w paski oraz sportowej marynarce. Miał świetną opaleniznę, w końcu dopiero co wrócił z Bali, i jeździł jasnobłękitnym audi R8, które było warte dwa razy więcej niż mieszkanie Michała.

– Michał, cześć, chłopie – powiedział Wojtek.

„Chłopie", tak mówił dziadek do Jurka, syna Michała.

– Chciałem z tobą pogadać. Możemy?

– Jasne, stary, siadaj. W sumie to się dobrze składa. Też chciałem z tobą pogadać.

– Widocznie nadajemy na tych samych falach – stwierdził Michał, siadając.

– *Great minds think alike*! – zaśmiał się szef.

Wojtek studiował w Stanach i często wtrącał angielskie zwroty i słówka. Zdawał sobie sprawę z tego, że to obciach, ale śmiał się, że to silniejsze od niego. W ogóle Wojtek był bardzo w porządku, nic nie można mu było zarzucić, był dobrym menedżerem i zarazem świetnym kolegą z pracy. Być może dlatego tak bardzo wkurwiał Michała.

– Będę się streszczał. Chciałem cię prosić o zaliczkę.

Wojtek nabrał powietrza, żeby coś powiedzieć, ale Michał powstrzymał go gestem.

– Pozwól mi skończyć – kontynuował. – Wiem, że jestem tu od niedawna, ale czuję się w tej robocie coraz pewniej. Dlatego uważam, że mógłbym dostać tę zaliczkę. Chodzi mi o tysiąc pięćset złotych, sam widzisz, jak niewiele – dodał pospiesznie. – Całość odpracuję, kiedy osiągnę już zadowalające wyniki sprzedaży.

Wojtek popatrzył na niego w milczeniu i wyraźnie posmutniał. Potem wstał i zaprosił Michała gestem do wyjścia.

– Chodźmy, coś ci pokażę – powiedział.

Poprowadził Michała do kurnika i stanęli wspólnie pod „ścianą płaczu". Szef pokazał mu sam dół listy. Obok imienia Michała widniały dwie smutne buźki i deszczowa chmurka. Michał przypomniał sobie, jak przychodził po Jurka do przedszkola i kiedy dzieciak był niegrzeczny, to panie naklejały mu na koszulkę taką właśnie deszczową chmurkę. Z gimnazjalnego nauczyciela historii stałem się przedszkolakiem, pomyślał.

– Michał, twoje wyniki są najgorsze z całej ekipy.

– Wojtek, spróbuj zrozumieć, to nie jest takie proste...

– Słuchałem twoich nagrań – przerwał mu Wojtek. – Dlaczego nie mówisz tego, o co prosimy na szkoleniach? Kilka razy miałeś klienta na widelcu, ale wystrzelałeś się z argumentów. A co ja zawsze mówię? *Keep your bullets in your gun.*

Wojtek wykonał gest rewolwerowca trzymającego kaburę przy pasie. Kilka osób siedzących nieopodal zwróciło na nich uwagę i zaczęło dyskretnie podsłuchiwać.

– Stary, to nie jest tak, że ja cię zwalniam, bo jesteś do dupy – powiedział smutno Wojtek. – Nie mogę sobie pozwolić, żeby pracujący tu ludzie zarabiali do dupy. Wysyłasz zły *vibe* dla całej ekipy.

Do Michała właśnie dotarło, że oto jest zwalniany. Poczuł ucisk w żołądku i smak żółci w ustach, był pewien, że za chwilę się porzyga. Jeszcze pięć minut temu był pewny siebie, chciał zaliczki na przeczekanie i myślał o tym, jak to będzie wysyłał swoje CV, a firmy będą dzwonić do niego i zapraszać na spotkania. Teraz już nie był niczego pewien, był złamany. Chciał tylko zatrzymać tę robotę.

– Daj mi szansę! – wyraźnie podniósł głos. – Podejdziemy i zadzwonię do pierwszej lepszej osoby. Jeśli sprzedam ubezpieczenie, to będę mógł zostać!

Ostatnie zdanie niemal wykrzyczał, teraz wszyscy z kurnika znali sytuację. Niby dzwonili, wykonywali pracę, ale każdy obserwował ich kątem oka. Wojtek myślał przez chwilę.

– Okej, po amerykańsku, umowa stoi. Sprzedasz usługę, zostajesz do końca miesiąca.

Obaj ruszyli do stanowiska Michała, obserwowani przez wszystkich. Michał usiadł i założył słuchawki. Wojtek zgarnął drugie słuchawki z wolnego stanowiska, podłączył do komputera Michała i również je założył.

Michał wcisnął klawisz, na ekranie wyświetlił się znajomy komunikat: „Łączenie z wolnym numerem. Proszę czekać…".

Błagam, pomyślał. Basia w ciąży, zielona szkoła Natalki, obiady Jurka, naprawdę przydałoby mi się trochę pieprzonego farta w tym zasranym życiu. Nie mogę ich zawieść. Nie mogę stracić tej roboty i wyjść na frajera w oczach całej rodziny.

– Proszę? – odezwał się miły, kobiecy głos.

– Dzień dobry, nazywam się Michał Barański i dzwonię do pani w imieniu firmy Aksjomat, czy rozmawiam z głównym użytkownikiem tego numeru?

– Proszę chwilę zaczekać. – Po drugiej stronie zapadła cisza. – Już jestem, słucham.

– Kontaktuję się z panią w związku z naszą ofertą ubezpieczeniową, która może uchronić pani bliskich od przykrych konsekwencji pani ewentualnej śmierci. Czy mogę pani przedstawić ofertę?

– Tak, jasne.

– Mamy bardzo prosty produkt. Nieważny jest wiek ani wykonywany zawód. Za dziewięćdziesiąt pięć złotych miesięcznej składki pani życie zostanie ubezpieczone na kwotę stu tysięcy złotych.

– Muszę wykonywać jakieś badania medyczne? – spytała kobieta.

– Skąd, nie prowadzimy takiej polityki. Wszystko załatwiamy zdalnie. Umowę do podpisu otrzyma pani kurierem.

Michał nie mógł uwierzyć, że trafiła mu się taka klientka. Wojtek słuchał rozmowy, stojąc obok, był wyraźnie zadowolony.

– A gdybym tak chciała wpłacić całość na przykład za kilka lat z góry, a nie miesięcznie? Czy wtedy mogę liczyć na jakąś zniżkę?

Uśmiechnięty Wojtek pokazał uniesiony kciuk.

– Oczywiście – powiedział Michał.

– To ile musiałabym zapłacić za pięć lat? – dopytał miły głos.

Michał wyraźnie zaczął się pocić. Powinien teraz użyć firmowego kalkulatora, ale szczerze mówiąc, nic nie zrozumiał ze szkolenia, które uczyło jego obsługi. Do jasnej cholery, był historykiem, czyli humanistą, a nie inżynierem z polibudy. Wojtek spojrzał na niego, marszcząc brwi. Michał chwycił za mysz, kliknął zakładkę na ekranie z napisem „Kalkulator". Otworzyło się okno, gdzie znajdowały się wszelkie opcje dotyczące ubezpieczeń. Rabaty, składki procentowe, dodatkowe polisy łączone i tym podobne. Równie dobrze mógłby patrzeć na schemat Wielkiego Zderzacza Hadronów.

– Halo, jest tam pan? – zapytała zniecierpliwiona kobieta. – Wie pan co, bardzo proszę o kontakt w późniejszym terminie, właśnie wchodzę do sklepu, do widzenia.

Kobieta się rozłączyła, a Wojtek powoli zaczął ściągać słuchawki z głowy. Michał zrobił się purpurowy na twarzy, poczuł, że zaraz straci panowanie nad sobą. Wstał i zerwał słuchawki, krzycząc przy tym do Wojtka:

– Sam spróbuj! Siedzisz u siebie w biurze i nie wiesz, jak to jest!

– Przepracowałem na słuchawce pięć lat, zanim założyłem firmę – odparł spokojnie Wojtek.

– Gówno! Ten produkt to gówno i nie da się go sprzedać!

Teraz już nikt nie markował pracy, nikt nie ukrywał tego, że patrzy gdzie indziej. Wszyscy patrzyli wprost na Michała. Wojtek położył mu łagodnie rękę na ramieniu.

– Przykro mi, stary – powiedział.

Wtedy do Michała dotarło, że szef jest z nim szczery i naprawdę było mu przykro. Zabolało jeszcze bardziej.

5.

Gurski prowadził szybko terenowego honkera tymczasową drogą, której błotnista nawierzchnia została przysypana żwirem. Gdy tylko wyjechał z sektora mieszkalnego i minął leżący po prawej stronie park maszyn, zjechał na pobocze, przepuszczając jadącą z naprzeciwka kolumnę dziesięciu czołgów PT-91 Twardy. Skręcił w stronę lasu i usłyszał ogłuszający warkot. Nad nim nisko przelatywał samolot transportowy CASA z wypuszczonym podwoziem. Zgrupowanie wojsk, w którym przebywał już od czterech dni, rozmieszczono obok lotniska Arłamów, niecałe pięć kilometrów od granicy z dawną Ukrainą, która obecnie stanowiła integralną część Federacji Rosyjskiej. Na olbrzymim terenie otaczającym lotnisko mieściły się dywizja kawalerii pancernej, dywizja zmechanizowana oraz trzy samodzielne bataliony. W sumie osiemnaście tysięcy chłopa i kupa sprzętu. Roman uważał historie o wojnie za wydumane i fantastyczne do czasu, kiedy zobaczył lądujące samoloty i olbrzymi park maszyn.

Honker wspinał się po bieszczadzkich nierównościach i w końcu dojechał do niewielkiego parkingu przed kilkoma kontenerami, które stanowiły niejako centralę „Polowego Poligonu Treningu Psychofizycznego". Przynajmniej taka była oficjalna nazwa, bo wśród żołnierzy używano bardziej swojskiego terminu „dojebka". Na poligonie w trudnym, górzystym terenie urządzono miejsce, gdzie żołnierze byli w ciągłym ruchu. Nie było mowy o nudzie.

Roman skierował się do strzelnicy. Wymienił szybki uścisk dłoni ze swoim zastępcą, sierżantem Jovanem Laceviciem. Jovan miał czterdzieści lat, urodził się w Dubrowniku, a wychował w Sarajewie i tam po raz pierwszy zakosztował wojny. Tak więc z pochodzenia był Chorwatem, ale podczas oblężenia Sarajewa walczył po stronie armii bośniackiej. Jak to na Bałkanach, wszystko było popieprzone. Lacević był niespokojną duszą i rzucało go po świecie. Pomimo okropieństw, których doświadczył podczas oblężenia bośniackiej stolicy, szybko zatęsknił za mundurem. Wstąpił do Legii Cudzoziemskiej, gdzie służył w elitarnym 2 REP-ie, czyli pułku powietrznodesantowym stacjonującym na Korsyce. Spadochroniarze z tej jednostki byli elitą elit. Słynny tor przeszkód w dżungli w Gujanie Francuskiej pokonywali w godzinę i czterdzieści minut, podczas gdy amerykańskim marines ten sam wyczyn zajmował przeszło sześć godzin.

Kiedy Jovan dał sobie spokój z Legią Cudzoziemską, osiadł na krótko w Lyonie, gdzie poznał uroczą polską studentkę i w ten oto sposób trafił do kraju nad Wisłą. Przemieszkał tu przeszło osiem lat, świetnie nauczył się języka i uzyskał polskie obywatelstwo. Miłość między nim a studentką chyba się trochę wypaliła, bo ostatnio narzeczona Jovana kilka razy musiała wzywać policję, choć formalnie nic mu nie udowodniono. Nie dość, że obcokrajowiec, to jeszcze szemrany, pomyślał Gurski, nasza armia brzytwy się chwyta. Z drugiej strony skoro Romana też przyjęli, to nie powinien się dziwić. Jovan podczas czterodniowego szkolenia wypadł bardziej niż celująco, co prawda nie rozumiał niektórych zwyczajów panujących w polskiej armii, ale chłopaki z plutonu wyraźnie go polubili. Porucznika Gurskiego irytowało tylko, że Jovan ciągle zwracał się do niego per Romuś. Kilka razy odciągał go na bok i tłumaczył, że nie wypada, chłopaki patrzą i niech mówi do niego jak każdy „panie poruczniku". Za każdym razem Jovan z uprzejmym uśmiechem odpowiadał: „Nie ma sprawy, Romuś".

– Jak sobie radzą? – spytał Gurski.

W odpowiedzi Chorwat machnął ręką, że jest okej, ale widywał lepszych strzelców. Najlepszą celnością wyróżniał się ich strzelec wyborowy, szeregowy Mariusz Wójcik. Dwadzieścia lat, postura cherubinka, kruczoczarne włosy i „kolejarski" wąsik sypiący się pod nosem. Chłopak był skromny i małomówny, miał charakter oraz głos studenta seminarium duchownego. Dlatego początkowo Roman odnosił się do niego bardzo sceptycznie. Dopóki nie zobaczył, co potrafi. Podstawowym uzbrojeniem Mariusza był legendarny fiński karabin Sako TRG-22. W rękach tego cherubinka o dziecinnym głosie ta dobra broń stawała się jeszcze doskonalsza.

Roman opuścił strzelnicę i poszedł niecałe dwieście metrów w głąb lasu. Gdy stanął nad brzegiem rwącego potoku, zobaczył jedną z drużyn swojego plutonu. Żołnierze zanurzeni w lodowatej wodzie szli, trzymając karabiny wysoko nad głową. Woda sięgała im niemal do szyi, a prąd był bardzo wartki, dlatego zadanie nie było łatwe.

– Wyżej trzymaj tę broń, bo ci zapierdolę! – wydarł się stojący na brzegu kapral.

Roman spojrzał na dowodzącego drużyną, który zasalutował mu służbiście, po czym dalej wrzeszczał na swoich ludzi. Kapral

Daniel Seget, zwalisty chłopak z Podlasia, lat dwadzieścia cztery, był odpowiedzialny za obsługę granatnika maszynowego Mk 19, którego pociski mogły razić na odległość nawet dwóch kilometrów. Sam Daniel był prostym człowiekiem, z czego doskonale zdawał sobie sprawę. Zresztą podczas rozmowy z Romanem sam powiedział o sobie: „Panie poruczniku, u mnie obwód zamknięty jest prosty. Nażreć się, wysrać i uwalić na wyro".

Porucznik Gurski poszedł w górę potoku, by po chwili wyjść na rozległą polanę położoną na zboczu góry. To właśnie tu trenowała reszta jego plutonu. Na polanie urządzono tor przeszkód. Żołnierze musieli pokonywać wysokie, zbudowane z drewna ściany, pochylnie, czołgać się pod zasiekami, dźwigać ciężkie żeliwne rury o długości ośmiu metrów, a wszystko to przy ciągłym akompaniamencie terkoczących karabinów maszynowych i wybuchających petard.

Przy jednej ze sztucznych ścian Gurski zauważył, że ratownik medyczny udziela pomocy leżącemu żołnierzowi, któremu złamana kość przebiła spodnie na wysokości uda. Roman z niepokojem spojrzał w twarz leżącego, ale szybko poznał, że nie był to nikt z jego plutonu. Wzrokiem odszukał pozostałych trzech dowódców drużyn. Pierwszym z nich był plutonowy Marek Bosak, na którego wołano po prostu „Boski". Żołnierz ten bez przerwy gadał o laskach i dymaniu. Przez pierwsze kilka godzin było to dla Romana nie do zniesienia. Ale potem uszanował konsekwencję, z jaką Boski to robił. Plutonowy nigdy nie zmieniał tematu. Gdy czyścił lufę, ładował karabin, sznurował but, palił papierosa, za każdym razem musiał to okrasić aluzją seksualną. Boski odpowiedzialny był za drużynę, w której skład wchodziły trzy sekcje karabinów maszynowych.

Pozostałymi dwoma dowódcami drużyn byli bracia Maj, obaj w randze kaprala. Starszy o kilka sekund bliźniak miał na imię Włodek, a młodszy Krzysiek. Roman nie mógłby o nich powiedzieć niczego złego. Byli skoncentrowani na swoich zadaniach i wykonywali je sumiennie, mieli też posłuch wśród swoich ludzi. Jednak niezbyt podobało mu się, że byli braćmi. Podczas akcji relacje rodzinne rzadko kiedy miały dobry wpływ na działania bojowe.

Upewniwszy się, że jego ludzie, zgodnie z rozkazami, ciężko trenują, odjechał do sektora mieszkalnego, a po kolacji zalecił lekką, dziesięciokilometrową przebieżkę. Wieczorem po krótkiej toalecie wszyscy poszli spać.

Roman długo nie mógł usnąć, wsłuchując się w miarowe pochrapywania żołnierzy. Wiedział, że jeśli dojdzie do ataku, będzie musiał zrobić wszystko, aby zginąć od razu. Sięgnął do kieszeni wiszącego na krześle munduru, wyjął oprawioną w srebro fotografię i włożył ją sobie pod poduszkę. Dopiero wtedy zasnął mocnym snem. Po dwóch godzinach zbudziło go zapalone światło i wyjąca syrena. Ogłoszono alarm bojowy.

6.

Danuta oczywiście nie spakowała się i nigdzie nie wyjechała. Jak zwykle. Za to przez ostatnie cztery dni unikała ojca i w ogóle z nim nie rozmawiała. Przez cały ten czas patrzyła bezradnie, jak powoli wywożono z hal wszystkie rośliny oraz wyposażenie produkcyjne. Teraz paliła papierosa na tarasie. Na niebie kłębiły się chmury, było szaro i mgliście, a nocna różnica temperatur sprawiła, że wszystko przykryła gruba warstwa rosy. Z tarasu można było zejść schodami na dół do ogrodu. Danuta patrzyła na stojącą na placu przed halami dużą ciężarówkę. Pracownicy firmy wyładowywali z niej agregaty prądotwórcze. Wzdrygnęła się, gasząc papierosa, bo za sobą usłyszała znajome buczenie silnika elektrycznego, napędzającego inwalidzki wózek.

Ojciec wjechał na taras i zatrzymał się obok niej. Danuta popatrzyła na niego przez chwilę i odwróciła wzrok. Pomyślała o tym, z jakim ogromnym trudem pomagała budować tę firmę, i łzy napłynęły jej do oczu. Potem przypomniała sobie świadectwo fitosanitarne i czym musiała za nie zapłacić. Od razu zrobiło się jej niedobrze i o mało nie zwymiotowała.

– Dlaczego? – spytała cichym, zmęczonym głosem.

– To nasza szansa.

– Szansa? Na co?

– Na zarobienie naprawdę dużych pieniędzy – odparł ojciec.

– Rezygnacja z hodowli kwiatów, która przynosiła nam majątek?

– Gówno nie majątek! – powiedział rozgniewany Henryk. – Pracowników od groma, ciągłe kredyty, amortyzacja maszyn, serwisy. Mieliśmy ledwie kilka procent zysku.

– Ale z bardzo dużego obrotu.

Henryk machnął ręką. Jego mina świadczyła o tym, że Danuta jak zwykle nic nie rozumie. Wyciągnął z kieszeni portfel, a z niego sto złotych. Potem gestem pokazał na trzymaną przez córkę zapalniczkę. Danuta dała mu ją, a Henryk podpalił banknot, który wkrótce pod wpływem wiatru uniósł się w powietrze i zamienił w okruchy popiołu.

– Co ty robisz?

– Oto ile niedługo będą warte pieniądze. Właśnie tyle! – Ojciec zaniósł się swoim suchym śmiechem, który szybko przeszedł w głośny rechot. Pracownicy rozładowujący ciężarówkę spojrzeli z niepokojem w stronę tarasu.

– Zawsze wiedziałam, że jesteś obłąkany – powiedziała Danuta z nienawiścią w głowie. – Ale widzę, że to robi się u ciebie z wiekiem coraz poważniejsze.

Henryk spojrzał na nią groźnie. Pod wpływem ojcowskiego wzroku momentalnie zrobiło jej się zimno.

– Wiele dobrego zrobiłaś dla firmy. Okazałaś lojalność. Cenię to i szanuję. – Ojciec obserwował, jak na plac wjeżdża kolejna ciężarówka. – Ale nie pozwalaj sobie. Smarkata jesteś i gówno wiesz o życiu.

– A czym ci zapłacił kupiec naszego sprzętu? – zapytała Danuta.

– No jak czym? Pieniędzmi.

– Przecież są gówno warte. Czy ten pokaz płonącej setki dotyczył tylko złotówek?

– Widziałaś transporty, które zjeżdżają od wczoraj? – spytał w odpowiedzi ojciec. Danuta kiwnęła głową. Henryk uśmiechnął się chytrze, wyciągnął rękę i zaczął jej pokazywać poszczególne hale:

– Tutaj będziemy trzymać sery, tam jaja. Te zasypie się ziemią i posadzimy pomidory i ogórki. W tamtych nie będzie chłodzenia, dlatego będziemy trzymać mąkę, kaszę, ryż i inne sypkie.

Danuta patrzyła przerażona na ojca. Ten zamyślił się na chwilę i trochę do siebie, trochę do niej powiedział:

– Myślałem też nad ziemniakami, ale to się chyba mało opłaca. Ziemniak wszędzie wyrośnie, nawet na piachu. Oczywiście o prądzie też pomyślałem. Zamówiłem już ponad pięćset generatorów. – Henryk był z siebie bardzo zadowolony. – Te większe będą podtrzymywać chłodzenie, a te mniejsze pójdą na handel.

Spojrzał w przerażone oczy Danuty i uśmiechnął się kwaśno, dając do zrozumienia, że był przygotowany na jej reakcję.

– Posłuchaj mnie – zaczął poważnym tonem. – Kiedy miałem sześć lat, właśnie skończyła się wojna…

– Tak, wiem – powiedziała znudzona. – Wtedy zacząłeś wycinać gumę z gąsienic zniszczonych czołgów na podeszwy. Skórę brałeś skądś tam i zacząłeś robić buty. W ten sposób w wieku siedmiu lat zarobiłeś pierwsze, całkiem duże pieniądze.

– Cieszę się, że znasz rodzinną historię. – Henryk spojrzał na córkę z ukosa. – Potem zbudowałem tę firmę od podstaw.

– To był pomysł mamy – zaoponowała.

Henryk w odpowiedzi tylko machnął ręką, a córka poczuła, jak narasta w niej tłumiony gniew. Nienawidziła, kiedy ojciec traktował zmarłą mamę z takim lekceważeniem.

– W powietrzu czuć krew. Rozumiesz? – powiedział.

– Jaką znowu krew? O czym ty mówisz? – spytała.

– Wiele rzeczy o mnie można powiedzieć, ale zawsze wiedziałem, z której strony wieje wiatr.

To akurat prawda, kochany ojczulku, zgodziła się z nim w myślach Danuta. Oboje obserwowali, jak opróżniona z agregatów ciężarówka powoli wytacza się z ich posesji, a Kafar zamyka bramę za wyjeżdżającym pojazdem.

– Wojna idzie, to pewne – powiedział poważnym tonem ojciec. – A wtedy cały porządek, jaki znamy, będzie można o kant dupy potłuc. Jajko nie będzie po złotówce, ale po tysiąc złotych.

– Ale przecież pieniądze będą nic niewarte. Sam powiedziałeś.

– Przecież nie będę brał pieniędzy – rzucił zmęczonym głosem Henryk. – Będę je wymieniał na co innego, aż wszystko zamienię w jeden jedyny surowiec, który mnie interesuje. Bez żadnych podatków, kredytów i tego całego współczesnego, kapitalistycznego gówna!

Danuta rzuciła mu pytające spojrzenie.

– Złoto – odpowiedział i uśmiechnął się diabolicznie. – W ziemi zostało go ledwie na dziesięć lat, a już teraz ceny za uncję biją rekordy. A kiedy zgromadzimy go wystarczająco dużo, wyjedziemy z tego pieprzonego grajdoła i nieźle sobie pożyjemy za nasz nowy majątek.

– Jak? Z kraju ogarniętego, według ciebie, wojną?

– Daj spokój, córcia – zaskrzeczał Henryk. – Złoto pomoże ci w każdej sytuacji. Czerwony dywan przed nami rozwiną.

Z oddali zaczął dochodzić odgłos silników lądującego samolotu. Danuta pomyślała, że swoją drogą zazdrości ojcu. Miał siedemdziesiąt osiem lat, był przykuty do wózka, a myślał o gromadzeniu złota i o tym, jak sobie za nie pożyje.

– A co, jeśli się mylisz? – zapytała. – Jeśli wojny jednak nie będzie?

Ojciec uśmiechnął się kwaśno i już miał odpowiedzieć, kiedy jego i córkę zdziwił rosnący hałas. To, co początkowo wydawało się silnikami lądującego samolotu, było zdecydowanie zbyt głośne. To były dźwięki przelatującego samolotu. I to niejednego. Oboje zadarli zdziwieni głowy. Chmury wisiały dość nisko, ale i tak ujrzeli niesamowity widok. Samoloty musiały lecieć na niewielkim pułapie i były ich dziesiątki. Coś takiego widziałam tylko na dokumentach o drugiej wojnie światowej, pomyślała Danuta.

– Lecą na południe. Chodź, trzeba włączyć telewizor – powiedział ojciec.

7.

Michał szedł ulicą. Zobojętniały wzrok wbił w swoje poruszające się stopy. Myślał. O tym, jak daleko to wszystko zabrnęło. W domu nie wspomniał nikomu o utracie pracy. Przez ostatnie cztery dni normalnie wychodził rano i spacerował godzinami tak jak teraz. Od Janka, sąsiada z dołu, pożyczył kolejne dwie stówy, gęsto się tłumacząc. Gościu był w porządku, nie chciał słuchać wyjaśnień i powiedział, że Michał odda, kiedy będzie mógł. Czyli kiedy? Najgorsze w tym wszystkim było, że pozostał zupełnie ze swoimi problemami samotny. Nie miał z kim o nich pogadać. Na własne pieprzone życzenie, pomyślał. Chciał porozmawiać z Basią, ale po prostu nie mógł. Przecież teraz, kiedy jest w ciąży, nie może jej narażać na stres. Poza tym przez ostatnie dni wyglądała na taką szczęśliwą.

Stanął, podniósł głowę i rozejrzał się ze zdziwieniem. Nawet nie wiedział kiedy, pogrążony w myślach, przeszedł taki kawał drogi od miejsca swojej dawnej pracy. Może instynktownie kierował się w stronę domu? Znajdował się w katowickim Śródmieściu, na placu Wolności. Obserwował przechodzących obok niego, uśmiechniętych ludzi. Za szpalerami drzew rosnących na skwerze widział zakręcające ze zgrzytem hamulców tramwaje. Zdecydował się opuścić centrum placu i poszedł Sądową w kierunku torów.

Po kilku minutach dotarł do dużego węzła kolejowego, którym dziennie przetaczały się setki pociągów. Ze zdziwieniem zaczął patrzeć na manewrującą na parkingu dużą, białą ciężarówkę. Co ten idiota wyprawia? Przecież zaraz się rozbije, pomyślał. TIR jechał prosto na ogrodzenie, które oddzielało parking od torowiska. Michał zauważył, że kierowca musiał zredukować bieg, ponieważ ciężarówka zakołysała się, wypluła spaliny i jeszcze bardziej przyspieszyła, w końcu taranując ogrodzenie. Pojazd zakołysał się gwałtownie i stanął w poprzek, blokując swoim podłużnym cielskiem przejazd pociągów. Michał szybko przeciął ulicę i podbiegł do płotu, przekonany o tym, że z kabiny wytoczy się zaraz pijany kierowca.

Kierowca nie był pijany i na pewno nie takiego kogoś spodziewał się Michał. Człowiek, który wyskoczył z kabiny, w ręku trzymał karabin i był od stóp do głów ubrany na czarno. Nosił kamizelkę kuloodporną, ochraniacze na kolanach i łokciach, a wełniana kominiarka, gogle oraz hełm zupełnie skrywały jego twarz. Tylne drzwi ciężarówki otworzyły się gwałtownie i na tory padło jeszcze co najmniej dwudziestu podobnie wyglądających ludzi. Paradoksalnie Michał odczuł ulgę. Cholera, film kręcą, pomyślał. Ale że też dali im zgodę na zablokowanie torów, muszą mieć niezły budżet.

Z zaciekawieniem obserwował, jak „czarni", jak ich nazwał w myślach, skuleni biegną miękko tyralierą, zbliżając się do odnowionego budynku nastawni, wciśniętego między półkoliste bryły dwóch starych lokomotywowni. Michał rozejrzał się po okolicy, próbując wzrokiem wyszukać jakieś wysięgniki z kamerami. Jak oni to filmują, z drona?, pomyślał, zadzierając głowę i patrząc na październikowe, bezchmurne niebo. Nic nie zauważył, więc przeniósł wzrok z powrotem na biegnących z karabinami mężczyzn.

Jeden z czarnych przykucnął przy oknie, kilku pozostałych obstawiło drzwi. Nawet z tej odległości Michał widział przeszkloną witrynę pierwszego piętra nastawni i jej pracowników, siedzących przy pulpitach. Jeden z odzianych na czarno mężczyzn rozbił szybę na parterze i wrzucił coś do środka. Po chwili rozległa się stłumiona eksplozja i oba parterowe okna buchnęły dymem i szkłem, a drzwi z ogromną siłą wyleciały z zawiasów, lądując z łoskotem na pobliskich torach. Ze środka wyszedł mężczyzna z zakrwawioną twarzą. Rozległ się suchy trzask wystrzału i pracownik kolei przewrócił się do tyłu, a z jego głowy trysnęła chmura krwi, osiadając na białej elewacji budynku. Ktoś z pierwszego piętra wyjrzał na dół przez uchylną część szklanej witryny. Jeden z czarnych puścił serię po górnym oknie. Szyba rozprysła na kawałki z głośnym brzękiem, a postrzelony przewrócił się, nadziewając się szyją na wystające kawałki potłuczonego okna.

Czarni wbiegli do środka, a Michał usłyszał kolejne strzały i nagle ogarnął go paniczny strach. Wszystko to wygląda zbyt realnie, niemożliwe, aby to był film, pomyślał. Wtedy zobaczył, że jeden z dwóch czarnych, którzy zostali na dole, patrzy w jego kierunku. Michał zareagował instynktownie i schylił się, kryjąc za wysokimi krzakami.

W tej pozycji zaczął truchtać wzdłuż ulicy, w kierunku Gliwickiej. Pomyślał, że musi natychmiast zadzwonić do Piotrka, to jest sprawa dla policji, wyciągnął komórkę i nagle zatrzymał go olbrzymi, potęgujący się hałas. Michał spojrzał w niebo i zobaczył kilka myśliwców, które nadlatywały na niskim pułapie z ogromnym hukiem. Spod skrzydeł, na których wyraźnie dostrzegł wymalowane czerwone gwiazdy, wytrysnęły świetliste łuny, które ciągnąc za sobą warkocze dymu, zaczęły sunąć w kierunku ziemi. Nagle zewsząd zaczęły go dochodzić głuche grzmoty. Jak podczas burzy, tylko odwrotnie. Grzmoty nie cichły, ale coraz bardziej narastały. Poczuł, jak grunt drży pod jego stopami. Położył się na ziemi.

Wyciągnął komórkę i szybko wybrał numer do Basi, potem wstał i zaczął biec ulicą.

– Basia?! – krzyknął do słuchawki zdyszany. – Natychmiast odbierz dzieci ze szkoły i wracajcie do domu! Potem ci wszystko powiem! Masz to zrobić i już! Bez dyskusji!

Biegnąc, rozłączył się i chciał wybrać numer do Piotrka, kiedy komórka wyślizgnęła mu się z dłoni. Tylna obudowa odłączyła się i ze środka wyleciała bateria.

– Kurwa mać! – zaklął i klęknął przy telefonie, powoli składając go do kupy.

Kiedy udało mu się włożyć baterię i zamocować tylną obudowę, wcisnął guzik i czekał na uruchomienie się urządzenia. Wtedy jego wzrok padł na majaczący w oddali komin przy Żelaznej obwieszony antenami. Jedna z rakiet uderzyła w jego podstawę. Komin nie osunął się majestatycznie na ziemię jak powinien, ale niczym podrzucony niewidzialną ręką, rozleciał się w powietrzu na kawałki, które po chwili opadły na dół. Nie zostało po nim śladu, poza dymem wzniecanym przez kilka niewielkich pożarów, będących efektem wybuchu rakiety.

Michał zerknął na ekran komórki. Chciał wybrać numer do Piotrka, ale telefon wyświetlił komunikat: „Sieć telefonii komórkowej niedostępna".

Zerwał się z kolan i zaczął pędzić przed siebie jak szalony. Ludzie na ulicach byli zdezorientowani, ale większość z nich z uśmiechem przystawała na moment, aby nasłuchiwać nadchodzących grzmotów. Co oni, kurwa, myślą? Że to fajerwerki? rzucił w duchu spanikowany. Po krótkim sprincie pędem wbiegł w Gliwicką, widząc w górze ulicy budynek kina Imax Cinema City. Wtedy stała się najdziwniejsza rzecz, jaka do tej pory przytrafiła mu się w życiu. Ktoś nagle, przy akompaniamencie wstrząsu i grzmotu, zabrał mu ziemię spod nóg, tak że Michał znalazł się półtora metra nad powierzchnią i spadł na chodnik, w ostatniej chwili osłaniając twarz rękoma, boleśnie tłukąc sobie przy tym dłonie. Zdezorientowany ciszą, która nagle zapadła, uniósł na sekundę głowę i to był jego błąd. W oczy uderzyła go potężna chmura pyłu, niosąca ze sobą drobinki piachu i gruzu. Zasłonił twarz przedramieniem i skulił się. Po dłuższej chwili zdał sobie sprawę, że to nie cisza zapadła, to on po prostu on stracił słuch. Dodatkowo nie mógł otworzyć oczu przez pył zalegający pod powiekami. Ogłuszony i oślepiony. Bardzo powoli zaczął otwierać powieki. Cały obolały, podniósł się na nogi. W powietrzu ciągle unosił się gęsty pył. To, że nie widzi dalej niż na dwa metry, oraz brak słuchu spowodowały u Michała nagłe zaburzenie błędnika. Zachwiał się mocno, omal się nie przewracając.

Odnalazł wzrokiem zasłany kawałkami gruzu chodnik i wolno ruszył w górę ulicy. W miarę gdy zbliżał się do budynku kina, spostrzegł, że pył w powietrzu się przerzedził, co poprawiło widoczność. Zauważył też coś innego. Kina nie było. W jego miejscu zalegało olbrzymie gruzowisko z ruchomymi schodami, które jakimś cudem ocalały. Po tych schodach dziesiątki razy wjeżdżał z dziećmi na seanse filmowe. A teraz zobaczył, jak kuśtykając, schodzi nimi człowiek pokryty od stóp do głów pyłem. Widok był tak abstrakcyjny, że Michał wybuchnął śmiechem, ale od razu zacisnął usta. Zauważył, że z sylwetką schodzącego mężczyzny jest coś nie tak, i po chwili już wiedział co. Poczuł przerażenie. Mężczyźnie brakowało prawej ręki, która została wyrwana wraz z kawałkiem ramienia i obojczykiem. Ranny zszedł na dół, rozejrzał się i upadł, uderzając twarzą w zalegający gruz.

Michał rzucił się do biegu i po kilku minutach skręcił w Zarębskiego. Słuch zaczął mu powoli wracać, kiedy wpadł do swojej kamienicy i zaczął biec schodami w górę. Kiedy miał do pokonania jeszcze jedno piętro, coś nim szarpnęło, zatrzymując w miejscu. Odwrócił się i spojrzał w twarz zdumionego Janka, sąsiada, od którego pożyczył kasę.

– Oddam, przysięgam, że oddam. Co do grosza – wychrypiał otumaniony.

Janek zaczął coś mówić, ale ledwo go było słychać, dlatego Michał pokazał na swoje uszy i krzyknął:

– Głośniej!

– Pytam, co się stało? Co się dzieje?

– Wojna! Napadli nas! – wydarł się Michał.

– Kto? Ruscy?!

– A kto, kurwa!, Amerykanie?!

– Panie, u mnie nie działa telewizor, radio ani internet! Nic! Ale ja mam antenę, a u was kablówka! Może coś będzie?!

Michał kiwnął głową w odpowiedzi i obaj ruszyli na górę. Michał próbował otworzyć drzwi kluczem, ale ręce trzęsły mu się tak bardzo, że nie był w stanie. Janek odebrał od niego klucze i pomógł mu. Cały czas zerkał na pokrytego pyłem Michała, któremu z uszu ciekła krew.

Weszli do mieszkania i od razu przeszli do salonu. Michał chwycił za pilota i uruchomił telewizor, próbując odszukać jakieś kanały, ale na każdym programie wyświetlał się ten sam komunikat: „Brak sygnału".

Nagle Michał usłyszał narastający gwizd. Blisko. Bardzo blisko. Nauczony świeżym doświadczeniem, odrzucił pilota, położył się na ziemi, zamykając oczy i przyciskając z całej siły dłonie do uszu. A potem gwizd urwał się raptownie i Michał stracił przytomność.

Kiedy się ocknął, oczy miał zalepione jakąś mazią. Wyprostował ręce, by się podeprzeć i wstać, ale przerażony, jeszcze bardziej przywarł do podłogi, ponieważ dłonie przed nim natrafiły na pustkę. Wytarł dokładnie oczy i zobaczył, że leży na kawałku podłogi przy drzwiach prowadzących do salonu. Fragment ten miał mniej więcej wymiary metr na dwa. Reszta podłogi zwisała jakieś pół metra niżej. Michał wstał i rozejrzał się, dostrzegając jeszcze dwie rzeczy, które wprawiły go w zdumienie. Po pierwsze był cały we krwi, choć nie czuł bólu. We krwi była też lewa ściana, przy której stał. Po drugie, dachu i ściany od ulicy nie było, jakby ktoś niewidzialną ręką rozmontował sklepienie i część domku z klocków.

Michał zaczął szukać wzrokiem sąsiada, ale nie mógł go dostrzec. Podłoga zaskrzypiała i cały dolny fragment opadł w dół pod kątem, niszcząc ścianę od ulicy i odsłaniając podłogę mieszkania piętro niżej. Pod wpływem tego, że powierzchnia parkietu ustawiła się teraz po skosie, spod kanapy wysunęło się poszarpane, bezgłowe ciało sąsiada i zjechało w dół, zostawiając za sobą czerwoną smugę na drewnianej podłodze. Kiedy zwłoki spadły do mieszkania poniżej, Michał usłyszał swoim przytępionym słuchem obłąkańcze wycie sąsiadki. Przynajmniej ona przeżyła, pomyślał z ulgą.

Odwrócił się i wyszedł z salonu, odruchowo zamykając za sobą drzwi. Stanął w przedpokoju i ze zdziwieniem zauważył, że reszta mieszkania pozostała nienaruszona. Drzwi wejściowe otworzyły się i do środka weszła Basia z Jurkiem i Natalką, dźwigającymi szkolne plecaki. Kiedy Basia zobaczyła Michała, od razu rzuciła się do niego przerażona.

– Chryste, Michał! Co się stało?!

– Spokojnie, to nie moja krew.

Natalka na widok ojca pobladła i zaczęła się trząść, a Jurek po prostu głośno się rozpłakał.

– Nie wchodźcie do salonu! – krzyknął Michał.

Potem jak w transie przeszedł do kuchni. Zaczął wypakowywać jedzenie z szafek i wciskać je do foliowych toreb.

– Natka, Jurek! Musicie mi pomóc! Zdejmijcie plecaki i wywalcie z nich wszystko!

Dzieci szybko spełniły jego prośbę, a Basia weszła do kuchni.

– Michał, co się dzieje?! O co w tym wszystkim chodzi?! – krzyknęła Basia i rozpłakała się.

Michał podszedł i objął żonę, przytulając ją mocno do siebie i brudząc krwią.

– Musimy teraz iść, szybko!

– Iść? Ale dokąd? – zapytała przez łzy.

– Jak to dokąd? – Zdziwił się. – Do piwnicy!

Rozdział III

1.

Prezydent Stanów Zjednoczonych Donald Trump siedział za biurkiem w Gabinecie Owalnym i był bardzo nieszczęśliwy. Jak to się mogło stać, pomyślał zdumiony po raz chyba tysięczny. Odniosłem wielki sukces, stałem się najpotężniejszym człowiekiem na ziemi, a mimo to jestem jakimś pieprzonym niewolnikiem.

Odkąd objął urząd, jego każdy dzień wypełniały spotkania, rozmowy, dyskusje oraz rozmowy telefoniczne. Każda z nich dotyczyła jakiejś niezwykle ważnej, międzynarodowej sprawy, co z początku bardzo go przerażało, a z czasem zaczęło śmiertelnie nudzić. Na początku było bardzo fajnie, przyznał w duchu, podpisywał kolejne dekrety i patrzył z rozbawieniem, jak ci cholerni demokraci oraz połowa wyborców toczą pianę z pyska. Lubię wkurwiać ludzi, pomyślał, to jest zdecydowanie to, w czym jestem dobry. Jednak z czasem emocje opadły i gdy kolejne rewelacje na temat prezydenta USA spowszedniały, zaczął być ignorowany. A to było coś, czego nienawidził najbardziej. Donald J. Trump musiał być zawsze w centrum uwagi.

Jeszcze ten cholerny Waszyngton, pomyślał załamany, miejsce pełne ludzi w garniturach, którzy ciągle gadają, gadają i gadają. Nie może być nudniejszego miejsca na świecie, stwierdził i spojrzał z rozrzewnieniem na stojącą na biurku fotografię. Oprawione w ramkę zdjęcie przedstawiało uśmiechniętego, młodszego o ponad trzydzieści lat Donalda Trumpa, który pozował w białym kasku na ostatniej kondygnacji jednego ze swych wspanialszych osiągnięć, nowojorskiego wieżowca Trump Tower. Piąta Aleja, zaledwie dwie przecznice od Central Parku, wspominał smętnie, uśmiechając się blado. Naprawdę tęsknił za Nowym Jorkiem. Trudno, pomyślał, może najnowsze wydarzenia przyniosą coś, w czym będę mógł brylować, i znowu przypomnę o swojej obecności.

Gdy tylko usłyszał ciche pukanie do drzwi, od razu się skrzywił. Biały Dom był bijącym sercem śmiertelnie nudnego Waszyngtonu, ale niewątpliwie koszmarem tego budynku była Wiewiór. Tak prezydent USA ochrzcił pracownicę personelu, która organizowała mu wszystkie spotkania i ciągle przypominała, że jest spóźniony to tu, to tam. Przecież byłem szefem wszystkich szefów, pomyślał wściekły. W mojej firmie byłem Bogiem, a tu tyram jak urzędnik w jakiejś korporacji.

Szefem personelu Białego Domu był Reince Priebus, ale to z Wiewiór prezydent miał ciągle do czynienia, ponieważ ta niespełna trzydziestoletnia pannica była córką jednego z magnatów stalowych, który niezwykle hojną ręką wspierał Partię Republikańską, i nie można było jej stąd usunąć. Zresztą Donald Trump musiał po cichu przyznać, że wywiązywała się świetnie ze swoich obowiązków, ale i tak go denerwowała. Bo była kobietą.

– Panie prezydencie. – Twarz Wiewiór ukazała się w drzwiach. – Wszyscy czekają. Czy już można?

– Jasne, Nancy, niech wejdą.

Wiewiór ze swoimi okularami na nosie i wystającymi zębami uśmiechnęła się szkaradnie i zamknęła cicho drzwi. Donald

Trump nie miał pojęcia, po co dobry Pan Bóg stwarza takie istoty. W jego mniemaniu jeśli kobieta była brzydka, to nie spełniała żadnych pożytecznych funkcji. Czterdziesty piąty prezydent Stanów Zjednoczonych jednego był pewien: nigdy w życiu nie chciałby złapać Wiewiór za cipkę.

Do środka weszło dwóch mężczyzn, Donald Trump wstał, przywitał się z nimi i wszyscy usiedli przy stoliku do kawy. Obaj goście byli starymi wojskowymi wyjadaczami. Pierwszym z nich był sekretarz obrony USA, James Mattis, który odszedł z wojska w randze generała w 2013 roku. Ubrany był w drogi, nienaganny garnitur, natomiast jego towarzysz, z racji tego, że pozostawał w czynnej służbie, miał na sobie wyjściowy mundur. Mark A. Milley, szef sztabu Armii USA, z włosami przyprószonymi siwizną i przenikliwym spojrzeniem, stanowił wzór amerykańskiego generała. Zresztą US Army nigdy nie pozostawiała takich spraw przypadkowi, tam zawsze wszyscy wyglądali tak, jakby gdzieś w kącie właśnie włączono hollywoodzką kamerę.

– Panowie – zaczął prezydent. – Dziękuję za przybycie. Co to za gówno w Polsce?

– Wojna na całego – powiedział generał Milley. – Ruscy rozjeżdżają ich swoim walcem.

– Jak to wygląda? Gdzie jest mapa? – zajęczał prezydent do sekretarza obrony. – Tyle razy mówiłem, że jestem wzrokowcem!

James Mattis kiwnął energicznie głową, wyszedł i wrócił po chwili z mapą Europy Wschodniej. Milley zaczął wodzić palcem po rozłożonym arkuszu.

– Polacy całkiem słusznie obawiali się ataku stąd i stąd. – Pokazywał. – Oni w swojej nomenklaturze używają określeń „brama suwalska" i „brama przemyska".

– Czyli rosyjski atak od strony obwodu kaliningradzkiego i od strony Ukrainy, którą Rosjanie zajęli całkiem niedawno – dodał pospiesznie Mattis.

– Nie pomylili się co do tego kierunku. – Generał Milley wskazał okolice Suwałk. – Jednak Rosjanie ich przechytrzyli i uderzyli z terytorium Słowacji, przerzucając armię przez góry.

– Da się tak, przez góry? – spytał prezydent.

– Wszystko się da. – Sekretarz obrony wzruszył ramionami. – To samo było w 1940, kiedy Niemcy, przechodząc przez Ardeny, ominęli osławioną linię Maginota.

– Jaką linię? – Donald Trump był wyraźnie zbity z tropu.

– Obawiając się Niemców, francuscy wojskowi wybudowali fortyfikacje na swojej wschodniej granicy. Coś takiego jak nasz mur z Meksykiem – pospieszył z wyjaśnieniem generał Milley.

– Dobrze, że u nas meksykańce nie mają tych Arden, co? – zażartował prezydent USA, ale kiedy zobaczył poważne miny swoich rozmówców, od razu zrezygnował z uśmiechu.

– Polacy – powiedział cicho Trump. – Jakie mają szanse?

– Żadnych – odparł twardo sekretarz obrony. – To kwestia czasu.

Prezydent przypomniał sobie, jak jego ojciec zawsze powtarzał: „Bądź zabójcą, będziesz królem". Rzecz jasna, rodzic obecnego prezydenta miał na myśli zabójcę w sensie biznesowym, ale Donaldowi Trumpowi wcale nie spieszyło się wysyłać na śmierć żołnierzy amerykańskiej armii. Jeszcze przed chwilą niczym uczniak był gotów na kolejną hecę, która zwróci uwagę całego świata na jego osobę, ale teraz spokorniał. Sytuacja była bardzo poważna.

– Będę z wami cholernie szczery. – Prezydent westchnął. – Nie chcę tam wysyłać naszych chłopaków. Za każdym razem gdy nasz kraj przeprowadza na świecie jakąś interwencję, najpierw słyszymy o tym, że bawimy się w globalnego szeryfa. – Na chwilę zawiesił głos. – A kiedy już nam się nie uda zaprowadzić gdzieś demokracji, bo w swojej naiwności myślimy, że każdy na nią zasługuje, to wtedy słyszymy, że wszystko spieprzyliśmy, i jesteśmy oskarżani o niemal wszystkie nieszczęścia, typu ISIS czy inne rzekomo wywołane przez nas konflikty.

– Panie prezydencie. – Generał Milley splótł dłonie i zrobił zatroskaną minę. – Zazwyczaj, jak każdy szef Armii Stanów Zjednoczonych, jestem za wysyłaniem naszych wojsk w rejony działań wojennych. To najlepszy poligon oraz kuźnia kadr, jakie tylko można sobie wymarzyć.

Donald Trump kiwnął głową ze zrozumieniem.

– Jednak nie mówimy tu o jakiejś małej wojence typu najazd na Irak – ciągnął Frank Milley. – Mówimy o wojnie z Rosją, czyli globalnym konflikcie, który może przynieść zagładę dla całej kuli ziemskiej. Mówimy o pieprzonych ruskich okrętach podwodnych klasy Akula, które będą ostrzeliwać swoimi rakietami Nowy Jork.

– Panie prezydencie. Mogę? – Sekretarz obrony odchrząknął i uzyskawszy akceptację, zaczął mówić: – Nie wiem, czy pan generał się ze mną zgodzi, ale prędzej czy później prawdopodobnie nasze wojska i tak znajdą się w Europie.

– Niestety to nieuniknione. – Milley kiwnął głową. – W końcu zrobi się syf na całego.

– Cały myk polega na tym – kontynuował James Mattis – że w naszej historii zawsze doskonale wiedzieliśmy, kiedy dołączyć do tego typu konfliktu. A mianowicie wtedy, kiedy nasza wygrana jest już niemal pewna.

– Tak jest – zgodził się generał. – Pozwólmy się im wykrwawić jak zawsze, a w międzyczasie skorzystajmy z tego, że jesteśmy jedną wielką wyspą z najpotężniejszą armią na świecie i na razie nikt nam się do tyłka nie dobierze.

– Pozostaje jeszcze kwestia tego nieszczęsnego NATO – zauważył z zatroskaniem sekretarz obrony. – Naprawdę chciałbym, abyśmy wyszli z tego z twarzą.

– Co? A niby dlaczego? – skrzywił się prezydent. – Od dawna mówię, że to pieprzone NATO trzeba rozwiązać. Wiecznie będziemy się do tego dokładać?

– Możemy wysłać nasze lotnictwo. Chociaż tyle – rzucił James Mattis.

– Przecież to będzie praktycznie wypowiedzenie wojny Rosji – zaoponował Donald Trump.

– Nie o to chodzi – odezwał się generał łagodnym tonem. – Zrobimy most powietrzny. Rzucimy wszystkie nasze transportowce i pomożemy ludności cywilnej, przywożąc ich tutaj.

– Tak jest. – Sekretarz obrony uniósł do góry palec. – Tym samym okażemy wielkoduszność, pomagając biednym uchodźcom. Polacy nie są tacy źli, szybko się asymilują.

– No i to dobrzy pracownicy – powiedział z entuzjazmem prezydent. – Pamiętam, jak wyburzali budynek Bonwit Teller na działce, na której stoi teraz Trump Tower. Płaciłem im jakieś psie pieniądze, a oni i tak byli wniebowzięci.

Donald Trump był zadowolony z rozmowy. Za każdym razem gdy udało mu się podczas dyskusji opowiedzieć choć kilka słów o Trump Tower, jego serce przepełniała duma. Spojrzał jeszcze raz na mapę Europy Wschodniej i zmarszczył brwi.

– Panowie, jeszcze jedno. – Prezydent wskazał punkt na mapie. – Tu jest ta cała Słowacja. Znam ten kraj, bo stamtąd pochodzi moja pierwsza żona.

Szef sztabu oraz sekretarz obrony wymienili się szybkimi spojrzeniami. Pierwsza żona prezydenta, Ivana Trump, urodziła się tak naprawdę w Czechach, ale ponieważ w tamtych czasach była to jeszcze Czechosłowacja, postanowili nie wyprowadzać pryncypała z błędu. Poza tym prezydent USA wyjątkowo źle znosił wytykanie swoich potknięć.

– Ta Słowacja to przecież niepodległe państwo – kontynuował prezydent.

– Tak jest – odpowiedział po wojskowemu Frank Milley.

– Więc jak, do jasnej cholery, Rosjanom udało się tak szybko przejść przez ich terytorium? – spytał prezydent.

Generał Frank Milley uśmiechnął się pod nosem.

*

Sala posiedzeń Rosyjskiej Dumy Państwowej była wypełniona. Przybyło wszystkich czterystu pięćdziesięciu deputowanych z czterech różnych partii, które tak naprawdę niczym się od siebie nie różniły. O specyfice rosyjskiego parlamentu niech najlepiej świadczy fakt, że przywódcą jednej z partii o wiele obiecującej nazwie Liberalno-Demokratyczna Partia Rosji był Władimir Żyrinowski. Człowiek, który swego czasu stwierdził, że Stany Zjednoczone to sklep z używanymi rzeczami, wypełniony lachociągami, koniobijcami i ciotami, a jeśli on sam zechce, to zmieni pole grawitacyjne Ziemi i w ten sposób zatopi cały amerykański kontynent.

Na mównicę, umiejscowioną na tle wiszącego na ścianie dwugłowego, złotego orła, wyszedł prezydent Słowacji, Andrej Kiska. Ubrany w garnitur pięćdziesięcioczteroletni prezydent był blady jak prześcieradło. Kartki, które zabrał ze sobą, rozsypały się i teraz zbierał je drżącymi rękoma.

Patrzący na to Władysław Surkow usłyszał, jak siedzący obok niego szef wypuścił gwałtownie powietrze i mruknął coś pod nosem. Surkow zerknął na Władimira Putina, który jednym spojrzeniem wyraził dezaprobatę wobec stojącego na mównicy.

– Dwa dni temu – zaczął drżącym głosem prezydent Słowacji – musiałem podjąć jedną z najtrudniejszych decyzji w całym swoim życiu. W trosce o zdrowie oraz bezpieczeństwo moich rodaków. A także chcąc zachować suwerenność, niezależność oraz nienaruszalność granic naszego państwa. Właściwie zostałem zmuszony do tego, aby pozwolić…

Andrej Kiska przerwał, zaczął wpatrywać się bezradnie w trzymane przez siebie kartki, chwiejąc się przy tym na nogach.

– Co ten dureń wyrabia? – syknął Surkow do siedzącego obok Putina.

W tym samym momencie prezydent Słowacji zatoczył się, rozstawił szeroko nogi, próbując rozpaczliwie złapać równowagę, i zemdlawszy, runął jak długi na ziemię. Kilka osób z pierwszych rzędów podbiegło do niego.

Prezydent Władimir Putin uśmiechnął się pod nosem. Czy podczas rozmowy z prezydentem Słowacji ktokolwiek mu groził? Oczywiście, że tak. Czy tylko dlatego Słowacja wpuściła do siebie rosyjskie wojska? Oczywiście, że nie. Kiska dostał również propozycję wielomiliardowych kontraktów z Rosją, a także otrzymania niewielkiej części polskiego terytorium w przypadku udanej rosyjskiej ofensywy. Dlatego prezydenta Rosji wyjątkowo bawił ten odgrywany przez Słowaka teatr.

– Wody! – krzyknął ktoś z sali.

– Zabierzcie stąd tę ciotę, ale już! – wyszeptał Putin.

Słysząc te słowa, Władysław Surkow skinął głową i na mównicy błyskawicznie pojawiło się dwóch barczystych ludzi w garniturach. Chwycili pod ręce prezydenta Słowacji i bezceremonialnie wywlekli go z sali.

Władimir Putin wstał, zapiął garnitur i ruszył na mównicę, po drodze uspokajając co poniektórych gestem, a tych, którzy wstali, odprawiając na miejsce. Wszedł na podwyższenie i ustawił mikrofony. Na sali zaległa kompletna cisza.

– Członkowie Rady Federacji, Deputowani Dumy, rodacy, obywatele! Oraz wszyscy ludzie na całym świecie, do których zwracam się za pośrednictwem obecnych tu mediów! – zaczął jak zwykle mocnym głosem. – Każda akcja powoduje reakcję. To znana i stara jak świat mądrość. To, co teraz dzieje się w Polsce, jest niczym innym jak odwetem za zbezczeszczenie zwłok tysięcy naszych rodaków.

Prezydent Rosji potoczył wzrokiem po sali. Ciągle panowała kompletna cisza.

– Rodaków, którzy wyzwalali Europę spod faszystowskiego jarzma. W tym Polskę, która teraz odwdzięczyła się im w tak pogardliwy i obelżywy sposób. – Uniósł palec do góry w karcącym geście. – Czegoś takiego nie puszcza się płazem. Nikomu i nigdy!

Władimir Putin wyprostował się i powiódł stalowym wzrokiem po sali, zatrzymując go na dziennikarzach z wycelowanymi w niego kamerami.

– A teraz zwracam się do wszystkich narodów Zachodu – powiedział. – Tak, to jest wojna. Prawdziwa! W geście solidarności z Polską możecie już zacząć zmieniać swoje zdjęcia profilowe na Facebooku.

2.

Roman Gurski patrzył w milczeniu na wnętrze hali Spodka, na boisko do meczu siatkówki, który raczej się nie odbędzie. Przynajmniej nie w najbliższej przyszłości. Przerzucenie ich z Arłamowa trwało o wiele dłużej, niż oczekiwało dowództwo. Podczas tego tygodnia nie mieli okazji sprawdzić się w walce, a w międzyczasie na terenie Katowic toczyły się ciężkie walki z rosyjskimi siłami lądowymi, które dotarły już do stolicy Górnego Śląska.

Porucznik był niemal pewny, że zadania, które za chwilę otrzymają, rzucą ich w sam środek frontowych walk, dlatego napięcie panujące między jego żołnierzami było niemal fizycznie odczuwalne. Gurski z oddali obserwował, jak Piotrek Krasula, dowódca jego kompanii, udziela ostatnich poleceń porucznikowi Marcinowi „Fali" Falkowskiemu, dowódcy drugiego plutonu. Krasula był kapitanem o aparycji równie chłopskiej, co jego nazwisko. Ale Gurski uważał go za rozsądnego oficera, dowódcę, na którym można było polegać. „Fala" podniósł głos i kłócił się o coś z Krasulą. Roman spojrzał na leżącego na krzesełkach Jovana, ale ten tylko wzruszył ramionami. Po krótkiej chwili „Fala" rzucił kilka poleceń swoim ludziom, a cały jego pluton podniósł się z krzesełek i ruszył do wyjścia. Krasula spojrzał na Gurskiego i dał mu znak ręką, aby podszedł. Gurski gwizdnął cicho do Jovana, który wstał i obaj podeszli do kapitana.

Dowódca kompanii bez zbędnych słów położył przed nimi mapę sztabową najbliższej okolicy.

– Rondo Ziętka. Jedno z ważniejszych skrzyżowań w Katowicach. – Krasula pokazywał długopisem na mapie poszczególne miejsca. – Na razie kontrolujemy cały pas Drogowej Trasy Średnicowej, będącej częścią drogi krajowej 79, i tak musi pozostać. Jeśli ruscy będą chcieli przebić się na północ, a będą chcieli, to muszą opanować to skrzyżowanie.

– Co się dzieje na południu? – spytał Roman.

– Kompletna rozkurwiada – odparł zrezygnowanym głosem kapitan. – Na szczęście nie poszło im tak łatwo, jak myśleli. Wiadomo, ciężko przebijać się przez miasto przy naszym ciągłym oporze. Krasula wskazał na mapie miejsce po drugiej stronie Trasy Średnicowej, naprzeciw Spodka. – Altus, najwyższy budynek w Katowicach. Wiemy, że jest tam zwiad, który Rosjanie zrzucili w nocy. Ich zadaniem będzie utrzymanie budynku do czasu nadejścia posiłków. Kiedy rozstawią się na dobre na dachu, będą mieli w szachu całe skrzyżowanie. Nie możemy do tego dopuścić.

– Wiemy, jak liczny jest ten zwiad? – spytał Gurski.

– Sześciu ludzi. I to jest dobra wiadomość. Niestety zła jest taka, że to specnaz.

Jovan i Roman wymienili się spojrzeniami. Specnaz to były owiane legendą rosyjskie wojskowe siły specjalne. Doskonale wyszkoleni i wyposażeni żołnierze. Elita elit.

– Z dobrych rzeczy mam dla was fajne zabawki. Dostaniecie dwie wyrzutnie spike'ów.

– A na co nam przeciwpancerne pociski rakietowe? – spytał Jovan.

– To jedyny sprzęt, jaki mogę wam dać, a i tak uważajcie się za szczęśliwców. Ruscy będą chcieli się desantować z obstawą na dach ze śmigłowców.

– Nie boją się naszego lotnictwa? – rzucił z niedowierzaniem Gurski.

– Nasze lotnictwo zajmuje się głównie transportem żołnierzy. I chwała im za to, że chociaż tyle dają radę.

– A nasze F-16?

– Poruczniku, z pięćdziesięciu sztuk w powietrzu jest pięć, które osłaniają właśnie nasze transporty – powiedział Krasula.

– Resztę zestrzelili ruscy? – spytał zdziwiony Jovan.

– Nie, ale nie ma ludzi, bo od początku czystek w MON-ie wywalili prawie wszystkich, którzy potrafili tym latać – odparł zniechęcony kapitan. – Wyszkolenie każdego nowego pilota trwa dwa lata i kosztuje trzy miliony dolarów. Kasy oczywiście brak, a w obecnej sytuacji czasu jeszcze bardziej.

Gurski i Jovan spojrzeli po sobie w milczeniu. Krasula westchnął i dodał tonem pocieszenia:

– Są też dobre informacje. Ruscy od początku mają problem z łącznością. Ich sprzęt ciągle zawodzi. Dodatkowo nasz batalion techniczny zagłusza okoliczne tereny. Nie ma chuja, żeby specnaz z budynku miał z kimkolwiek łączność. Zostają im tylko race. Zadanie zrozumiane? Jakieś pytania?

– Wszystko jasne, panie kapitanie – powiedział Gurski.

– Jeszcze jedno – zagaił Krasula. – Te skurwysyny też na pewno nas słuchają, więc łączność radiowa do minimum. Ale musicie mieć jakiś kryptonim. Mi wszystko jedno, co chcecie?

– Czy ja wiem. – Gurski wzruszył ramionami. – Może coś z *Czterech pancernych*. Brzoza?

– Ja ci zaraz, dam kurwa, brzozę – wychrypiał Krasula. – Zapomnieliście, kto jest ministrem obrony? Zaraz się ktoś przypierdoli, że to sprawa polityczna.

– To może Wisła? – rzucił pojednawczo sierżant Lacević. – Królowa polskich rzek.

– Może być, ja jestem Dżoker. – Krasula mrugnął okiem. – Dobra, bierzcie się do roboty.

– Tak jest!

To ostatnie Roman i Jovan wypowiedzieli jednocześnie i odwrócili się na pięcie. Szybko zapoznali swój pluton z zadaniem i po uformowaniu szyku wszyscy wybiegli z hali. Na zewnątrz była paskudna pogoda, na niebie kłębiły się czarnoszare chmury, z których leciało jakieś mokre gówno, ni to deszcz, ni to mżawka, ogólnie wszędzie było mokro i ślisko. Pluton doszedł do ulicy Roździeńskiego, która w tym miejscu przykrywała tunel Trasy Średnicowej. Gurski dał znak do zatrzymania i wszyscy zgromadzili się pod kilkoma rozłożystymi drzewami. W tle, na południu, za wrzynającym się w niebo biurowcem Altus, w górę ciągnęły się słupy czarnego dymu. Ciągle słychać było głośne wybuchy, którym akompaniowało słabsze terkotanie broni maszynowej. W południowej części miasta trwały zacięte walki.

– Jakieś pomysły? – rzucił Roman do Jovana.

– Romuś, jeśli tych kiziorów jest sześciu, to wszyscy na bank siedzą na górze. Jak tylko przejdziemy przez ulicę, i tak będą wiedzieli, że mają gości.

Po krótkiej chwili cały pluton dotarł do drzwi Altusa, będących jednocześnie wejściem do hotelu Qubus.

Rozsuwane drzwi były zamknięte, ale ich jedna połówka rozprysła się w drobny mak. Weszli ostrożnie do środka. Jovan nie mylił się w swojej ocenie. W hotelowej recepcji nie było nikogo.

Gurski zostawił na dole dwie drużyny. Obaj bracia Maj mieli iść na górę, dźwigając na ramionach złożone wyrzutnie Spike. Oprócz nich poszedł Gurski, Jovan, strzelec wyborowy Wójcik oraz drużyna Segeta.

Klatka schodowa nie miała w sobie nic z surowości, która zazwyczaj cechuje wyjścia ewakuacyjne biurowych budynków. Stopnie wyłożono piaskową glazurą, a wewnętrzna ściana, wokół której biegły schody, pomalowana była na czerwono. Światło docierało przez okna umieszczone na każdym półpiętrze, więc nie musieli używać latarek. Grupa posuwała się stosunkowo wolno, sprawdzając na każdym piętrze, czy za drzwiami prowadzącymi z klatki do wnętrza budynku nikogo nie ma.

Na dwudziestym piętrze Gurski zarządził przerwę. Mimo że szli powoli, nieustanna wędrówka w górę oraz napięcie spowodowały, że wszyscy byli zdyszani i spoceni. Niektórzy zaczęli popijać wodę i szeptać między sobą. Roman posłyszał rozmowę Segeta z Boskim.

– Pierdolisz – powiedział kapral Seget.

– Naprawdę ci mówię. I to nie raz – odpowiedział Boski. – Na klatce rzadko ktoś chodzi, a to jest dobre, bo panna kładzie tu ręce, tu nogi i możesz dymać.

Kapral Bosak zademonstrował, jak jego zdaniem wygląda idealna pozycja do uprawiania seksu na klatce schodowej, a Gurski wyszeptał do Jovana:

– Jak myślisz, gdzie na nas czekają?

– Pojęcia nie mam. Ale skoro tu jest trzydzieści pięter, to ja bym się skitrał gdzieś na samej górze. Na chuj złazić niżej?

Roman skinął głową i dał całej grupie jeszcze chwilę odpoczynku, po czym rozkazał kontynuować wspinaczkę.

Komitet powitalny czekał na dwudziestym piątym piętrze. Po standardowym sprawdzeniu obu drzwi prowadzących na korytarze piętra trzyosobowa szpica posunęła się do przodu. Kiedy jeden z ludzi znalazł się na półpiętrze, wyjrzał ostrożnie, a żołnierzy zasypał grad pocisków, które łomocząc, zaczęły szatkować ściany.

– Wycof, kurwa, wycof! – krzyknął ktoś z przodu, a cała grupa rzuciła się do drzwi ewakuacyjnych i wpadła na korytarz jednego z biur. Gdy niemal wszyscy byli już bezpieczni, z klatki schodowej dobiegł ich dźwięk przypominający odgłos rzuconej na schody tłukącej się szklanki. Potężny wybuch zatrzasnął drzwi za ostatnim uciekającym z klatki schodowej.

Gurski spojrzał na twarze swoich żołnierzy, stłoczonych w ciasnym korytarzu, po którego obu stronach znajdowały się drewniane, eleganckie drzwi.

– Wszyscy są? – odezwał się zachrypniętym głosem.

– Brakuje Bartka Wiśniewskiego, mojego celowniczego – odpowiedział po chwili Seget.

Gurski naparł na srebrną listwę w drzwiach ewakuacyjnych i otworzył je powoli. Do środka wdarła się masa pyłu, przed którą musiał zasłonić oczy. Po chwili wszyscy zobaczyli, że klatka schodowa w niczym nie przypomina tej, którą jeszcze przed chwilą się wspinali. Poręcz była zerwana, po czerwonej farbie na ścianie nie został ślad, a cała glazura ze stopni znajdowała się w kawałkach, odsłaniając betonową konstrukcję schodów. Na podłodze przy drzwiach leżał Wiśniewski. Jedną nogę miał nienaturalnie podkurczoną, a mundur pokryty pyłem. Zamiast twarzy widać było krwawą jamę, na dole postrzępioną bielą wyłamanych zębów. Gurski zamknął drzwi i usłyszał, jak ktoś wymiotuje. Odwrócił się i zobaczył Boskiego, który zgięty wpół rzygał na wykładzinę korytarza.

– Musimy iść w górę – rzucił Roman do Jovana.

– Romuś, tak sobie myślę – odpowiedział sierżant Lacević, oblizując wargi. – Te klatki są tak robione, że w razie pożaru oddymianie i cug idą w górę, co nie?

– Chyba tak.

– Nawrzucamy im granatów dymnych, to nie ma chuja, będą musieli się posunąć.

– Dobra – przytaknął Gurski. – Czyli tak, bierzemy dymnych, ile się da, nakurwiamy nimi na górę i ostrzeliwujemy się, idąc. Zrozumieliście?

Dopiero teraz Jovan i Roman odwrócili się w kierunku swoich żołnierzy i to, co zobaczyli, całkiem nimi wstrząsnęło. Zamiast młodych chłopaków, którzy zaledwie parę minut temu na dwudziestym piętrze wesoło się przekomarzali, mieli przed sobą dziewiętnaście śmiertelnie przerażonych dzieciaków w mundurach. Seget siedział w kucki i kiwał się miarowo, bracia Maj z ciężkimi wyrzutniami na plecach stali tak blisko siebie, jak to możliwe, a Boski siedział na podłodze z zarzyganymi spodniami niczym dwulatek z grypą żołądkową.

– Słyszeliście, kurwa? Nacieramy! – wydarł się Jovan.

Nikt mu nie odpowiedział. Sierżant Lacević podszedł do pierwszego z brzegu i złapał go za kamizelkę, ale cała grupa cofnęła się o krok, w głąb korytarza. Gdyby mogli i mieli jak, toby mi stąd pouciekali, pomyślał zrozpaczony Jovan.

– Dobra, jebać to – powiedział wyjątkowo spokojnie Gurski.

Sprawdził magazynek beryla, sięgnął do przełącznika z lewej strony komory i ustawił karabin na ogień ciągły. Potem kopnął w srebrną listę drzwi, otwierając je na oścież, i jak gdyby nigdy nic wyszedł na klatkę schodową. W połowie schodów odczepił z kamizelki dwa granaty dymne, wyciągnął zawleczki i rzucił oba pociski na tyle mocno, że odbiły się od ściany i poleciały w górę. Rozległ się głośny tupot, najwyraźniej Rosjanie pomyśleli, że w odpowiedzi rzucono im zwykłe granaty przeciwpiechotne. Po sekundzie z ładunków buchnął gęsty, biały dym, który od razu pod wpływem cugu zaczął się unosić na górne piętra. Gurski wszedł po schodach i bez wahania zanurzył się w siwej chmurze. W końcu całe to gówno się skończy, pomyślał z ulgą Roman.

Kiedy dwa piętra wyżej Gurski wynurzył się z przerzedzonej mgły, Rosjanin był całkiem zaskoczony. Najwyraźniej nie słyszał kroków Romana, których odgłos tłumiły syczące granaty dymne. Poza tym nie wyobrażał sobie, że ktoś będzie aż tak bezczelny.

Żołnierz specnazu szybko poderwał karabin i szarpnął za spust, ale z lufy nie wyleciał żaden pocisk. Rosjanin zaczął siłować się z bronią, próbując odblokować zamek, a Roman ze zdziwieniem spostrzegł, że koleś jest jego dokładną kopią. Miał taki sam mundur i hełm i taki sam karabin Beryl. Mało tego, na ramieniu miał biało-czerwoną flagę. Polski sprzęt zaciął się Rosjaninowi na amen, a ten patrzył rozszerzonymi oczami na Gurskiego i ani trochę nie rozumiał, dlaczego tamten nie strzela.

– No dawaj, kurwa! – wrzasnął Roman.

Żołnierz specnazu odrzucił karabin i sięgnął do przyczepionej do pasa kabury, a Romanowi nagle coś trzasnęło w głowie. W uszach mu zaświstało i poczuł, jak na oczy opada mu czerwona zasłona. Rzucił się z wrzaskiem na Rosjanina i znokautował go kilkoma ciosami kolby karabinu prosto w twarz. Krzycząc, uderzał w jego głowę dotąd, aż zorientował się, że wali w trupa.

Odwrócił się i zobaczył, że na szczycie schodów stoi drugi rosyjski komandos i właśnie podrzuca karabin do oka. Wiedział, że to się za chwilę stanie. Zginie i nie będzie już Romana Gurskiego, ale nagle poczuł, że wcale nie pragnie już śmierci. Lewe oko Rosjanina eksplodowało. To Jovan, drąc się, wystrzelił tamtemu serię prosto w twarz, a potem rzucił kolejne granaty dymne w górę schodów. Za Jovanem szła cała grupa, przyjmując pozycje przy ścianach, ostrzeliwując się i rzucając następne ładunki.

Na dwudziestym siódmym piętrze wpadli w drzwi, które od razu zabarykadowali kilkoma dużymi stołami.

– Dwóch tu, a dwóch tutaj – zaczął wydawać rozkazy Gurski. – Usłyszycie jakiś szmer za drzwiami, cokolwiek, to napierdalacie całe magazynki.

– Tak jest!

Wszyscy dyszeli, mieli rozszerzone oczy i łapali powietrze jak maratończycy. Jovan szybko odpalił papierosa i spojrzał na Gurskiego, kręcąc z niedowierzaniem głową.

– Panie poruczniku, jest pan totalnie popierdolony.

Roman kiwnął głową i ucieszył się, że sierżant Lacević w końcu zaczął się do niego zwracać jak należy. Niestety radość trwała krótko. To był pierwszy i ostatni raz, kiedy Jovan tak do niego powiedział.

– Jak tylko poszedłeś, to spytałem chłopaków, czy sam dowódca ma się za nich napierdalać. – Jovan z uśmiechem zaciągnął się papierosem. – Dlaczego nie strzelałeś?

– Żelazo mi się zacięło. – Roman spojrzał na swój zakrwawiony karabin i jakby dla podkreślenia słów, przeładował go, by sprawdzić, czy wszystko w porządku.

Cała ekipa aż kipiała adrenaliną. Daniel Seget chodził w kółko z bronią gotową do strzału, wciągając powietrze głęboko do płuc.

– Ja jebię, kurwa, ja pierdolę, akcja w chuj! Przedarliśmy się panie poruczniku, co?! – wydarł się.

– Wyluzujcie, kapralu, mamy jeszcze trzy piętra – zgasił go Jovan.

Gurski dopiero teraz rozejrzał się po pomieszczeniu. Za ogromnym oknem, przy którym stało jeszcze kilka stołów i krzeseł, rozpościerała się panorama Katowic. Spodek widać było jak na dłoni. Na pokrytej boazerią ścianie umieszczono powyginany neon „SkyBar". Sam bar ciągnął się na jakieś dwadzieścia metrów po lewej stronie, wzdłuż panoramicznych okien.

Całkiem zapomniałem, pomyślał Roman, przecież to ten sam bar, w którym niecałe dwa miesiące temu siedziałem z nią po raz ostatni.

Wtedy stało się coś, co, gdy wracamy do tego myślami i analizujemy w nieskończoność, wydaje się, że trwało bardzo długo, podczas gdy w rzeczywistości były to dwie, góra trzy sekundy. Najpierw Roman zauważył, jak w kieliszkach wiszących nad barem błysnęły promienie słońca. Potem uświadomił sobie, że tego dnia słońce w ogóle nie wychodziło zza chmur. A kiedy zrozumiał, że to rozbłysk jakiegoś metalowego przedmiotu, było za późno. No, powiedzmy, prawie za późno.

Gurski podrzucił broń do twarzy, jednocześnie odbezpieczając ją i szykując się do strzału. Taki sam ruch w tym samym momencie zrobił wyłaniający się zza baru Rosjanin. Właściwie obaj przyjęli identyczną postawę strzelecką w podobnym czasie, a o pierwszeństwie mogłaby zadecydować jedynie fotokomórka. Obaj pociągnęli za spust i strzelili. Rosyjski komandos dostał w żuchwę, kula przeszła pod kątem w górę i przeorała mózg, uśmiercając w sekundę mężczyznę, który bezwładnie wyrżnął z hukiem w szybę. Roman żył, nic mu nie było, dlatego był przekonany, że Rosjanin chybił, dopóki nie usłyszał czyjegoś wrzasku.

– Janik!

Kapral Tomasz Janik pełnił w ich plutonie funkcję ratownika medycznego. Gurski odwrócił się i zobaczył młodszego z braci Maj, Włodka, który z zamontowaną na plecach wyrzutnią Spike leżał w dziwnej pozycji. Kapral Włodek Maj krztusił się i pluł krwią, która chlustała też z boku szyi w rytm uderzeń jego serca.

– Weźcie to, kurwa! – krzyknął Janik, który ukląkł przy Maju i otworzył swój plecak.

Kapral z Romanem od razu odpięli i wyciągnęli spod rannego żołnierza wyrzutnię rakietową. Janik wbił w ramię Maja ampułkostrzykawkę z morfiną i przygotował opatrunek. Krew z szyi kaprala przestała lecieć, a Maj wygiął się w łuk, zacharczał, zarył obcasami butów w podłogę i znieruchomiał. Janik spojrzał na Gurskiego i Jovana w milczeniu, po czym lekko pokręcił głową.

– Kurwa, ratuj go, na co czekasz!

Starszy Maj odepchnął Janika i zaczął reanimować brata, uciskając jego klatkę piersiową i wdmuchując powietrze do płuc. Janik odciągnął go delikatnie. Krzysiek Maj padł na kolana i zaczął płakać jak dziecko. Gurski klęknął przy zabitym i zamknął mu oczy. Spojrzał na ludzi ze swojego plutonu i poczuł, jak bardzo się wstydzi. Jeszcze kilka minut wcześniej chciał popełnić samobójstwo i teraz zrozumiał, jak egoistyczne to było w ich obecnej sytuacji. Był dowódcą. Był odpowiedzialny za życie tych młodych chłopaków.

– Był wierzący? – spytał brata zabitego.

– Co? – Kapral Krzysiek Maj w pierwszej chwili nie zrozumiał pytania. Siorbnął nosem i otarł oczy. – No tak, jasne.

Roman przeżegnał się szybko, a ten gest powtórzyli w milczeniu pozostali żołnierze. Potem zerwał nieśmiertelnik z szyi zabitego i schował go do swojego plecaka.

– Połóżcie go tam pod ścianą i nakryjcie kocem – powiedział, a żołnierze natychmiast wykonali jego rozkaz. – Chodź.

To ostatnie było skierowane do sierżanta Lacevicia. Obaj poszli za bar, gdzie leżał zabity Rosjanin.

– Mają nasze mundury – powiedział Roman.

Szybko obszukali martwego. Nie miał nieśmiertelnika ani żadnych dokumentów.

– Nic, co umożliwiałoby identyfikację – mruknął Jovan. – Dobrze się przyszykowali.

– Tylko po co? – spytał porucznik. – Przecież jest wojna.

– Coś mi mówi, że oni mogli tu być o wiele wcześniej.

Gurski i Lacević wrócili z powrotem do swoich ludzi. Roman najpierw upewnił się, że pozostały przy życiu Maj jest w stanie funkcjonować po stracie brata, potem posłał kogoś na dół, aby sprowadził jeszcze kilku ludzi do pomocy. Dowodzenie drużyną zmarłego Włodka Maja powierzył ratownikowi, kapralowi Janikowi. Potem zadecydował, że weźmie kilku żołnierzy i wejdą na samą górę sprawdzić, jak wygląda sytuacja. Na te słowa Jovan uśmiechnął się szeroko i powiedział:

– Romuś, wyhamuj. Ja też chcę dostać jakiś medal.

Lacević wziął ze sobą czterech ludzi i wyszli na klatkę. Po chwili zza zamkniętych drzwi dało się słyszeć wybuchające granaty dymne. Nie minęło pięć minut, kiedy Jovan wrócił i zameldował, że dotarli do końca klatki schodowej, skąd prowadzą wąskie, metalowe schody do drzwi, będących wyjściem na dach.

– Tamtędy nie wyjdziemy, to samobójstwo.

– Trzech już załatwiliśmy – powiedział Jovan. – Jeśli wywiad się nie mylił, to na dachu jest jeszcze trzech.

Gurski wydał kilka szybkich poleceń. Maj i Seget z wyrzutniami oraz połowa obecnych w barze ludzi miała iść na górę pod komendą Jovana i obstawić wyjście na dach.

– Sygnałem do natarcia będzie wybuch pocisku z granatnika – powiedział Gurski do Jovana.

– Romuś, wiesz, co robisz? – zapytał Chorwat.

Gurski tylko wzruszył ramionami. Sierżant Lacević wolałby inną odpowiedź, ale nie chciał zadawać więcej pytań. Rzucił kilka komend i część grupy wyszła z baru.

Roman otworzył drzwi prowadzące do toalety i ściągnął je z zawiasów. Potem rzucił drzwi na podłogę i pokazał leżące za barem zwłoki Rosjanina.

– Dawajcie go.

Ułożyli zabitego na drzwiach, do których przywiązali go linami. Potem postawili je na sztorc przy jednym z okien, a koniec kolejnej liny, który został przywiązany do więzów krępujących trupa, Gurski rozkazał trzymać dwóm ludziom tak, aby drzwi z martwym znajdowały się ciągle w pozycji pionowej. Żołnierze patrzyli na to w milczeniu, jak gdyby obserwowali iluzjonistę, który właśnie przygotowuje się do sztuczki mającej zadziwić widownię.

– Słuchajcie – zaczął Gurski. – Myślę, że tam na górze obserwują wyjście, ale wiedzą też, że tu jesteśmy, i filują na nas z dachu.

Roman podszedł do stojących w pionie drzwi, do których przywiązano martwego komandosa.

– Ich martwy kumpel ma nasz mundur, więc pozwolimy sobie na małe oszustwo. Jak tylko zobaczą, że ktoś się wychyla, postanowią posłać mu serię. Wójcik, jesteście ochotnikiem. – Roman uśmiechnął się szeroko do strzelca wyborowego.

Szeregowy Mariusz Wójcik podszedł niepewnie do Romana, trzymając w rękach swój snajperski karabin.

– Przywiążemy cię na linie, a ty wychylony oddasz do nich strzał – wyłuszczył do końca swój plan Gurski.

Roman naprawdę uważał, że to dobry pomysł, dlatego przerażone twarze żołnierzy trochę zbiły go z tropu, ale postanowił robić dobrą minę do złej gry. Jednak szeregowy Wójcik zgłosił swoje wątpliwości:

– Panie poruczniku. Przecież ja nie strzelam w takiej pozycji, muszę rozstawić dwójnóg, mieć oparcie – tłumaczył drżącym głosem, pokazując swój karabin.

– Nie, spokojnie, jebniesz im z granatnika podlufowego.

Gdy tylko Gurski wypowiedział te słowa, zobaczył, że wszyscy zrobili jeszcze bardziej przerażone miny.

– No ale… – Wójcik nie wiedział, co powiedzieć. – Przecież taki granat uzbraja się po piętnastu metrach. Ile jest do tego dachu?

Roman westchnął i wziął snajpera na stronę, pytając go szeptem:

– Co jest?

– Panie poruczniku, melduję, że mam lęk wysokości – odparł żołnierz.

– Słuchajcie, wybrałem was, bo macie najlepsze oko i tyle. Ale powiedz słowo, a wyznaczę kogoś innego. To jak będzie?

Wójcik milczał, chyba nie był przekonany.

– Zaufaj mi, byłem już na niejednej wojnie – dodał uspokajająco Roman. – Wiem, że to wygląda na pojebany pomysł, ale najgorsze, co moglibyśmy zrobić, to coś, czego tamci się spodziewają.

– Zgoda – wychrypiał Wójcik i pomyślał, że pożałuje swojej decyzji.

O tym, że miał rację, przekonał się już po kilku minutach. Stał przy samej szybie, za którą w dole widać było miasto. Normalne na północy i powoli burzone i płonące od południa.

Do kamizelki snajpera przywiązano linę, którą trzymało dwóch ludzi.

– Dobra, przygotować się! – rzucił Gurski, odbezpieczył swojego beryla i posłał dwie serie. Pierwszą w szybę znajdującą się za drzwiami z martwym komandosem, a drugą w taflę szkła, która rozprysnęła się za plecami Wójcika. Przez krótką chwilę mógłby przysiąc, że właśnie przy tej szybie siedział z nią tamtego wrześniowego wieczoru.

Do środka momentalnie wdarły się silne, porywiste podmuchy wiatru. Snajper postanowił nie patrzeć w tamtą stronę i przygotował się do oddania strzału. Oparł kolbę na ramieniu i wycelował w górę. Namacał umieszczoną pod lufą granatnika dźwignię zamka, odryglował ją i odchylił. Potem położył kciuk na poziomej dźwigni, pełniącej funkcję spustu. To jakieś szaleństwo, pomyślał, widząc, że lufa karabinu chybocze się w jego drżących rękach, a wylot granatnika jest niecałe półtora metra od sufitu. Jeśli odpalę za wcześnie i granat pójdzie w sufit, to wszyscy zginiemy, zdał sobie sprawę w panice. A potem w pokrytym lustrami sklepieniu baru ujrzał swoją przerażoną twarz i coś w nim pękło. Nagle Wójcik zupełnie przestał się bać, zobaczył, jak lufa karabinu stabilizuje się i ani drgnie, trzymana w jego pewnych rękach.

– Jak tylko Wójcik wystrzeli, wciągajcie go z powrotem – rzucił jeszcze Gurski i dał sygnał do rozpoczęcia akcji.

Dwóch żołnierzy podstawiło drzwi z zabitym komandosem bliżej krawędzi rozbitego okna. Wójcik również stanął bliżej okna, czując, jak jego wojskowe buty ślizgają się na odłamkach szkła. Naparł w kierunku łopoczącej, otwartej przestrzeni za oknem tak, aby lina trzymana przez dwóch asekurujących go żołnierzy naprężyła się.

Roman dał znak i dwójka trzymająca drzwi poluzowała linę tak, że zabity znalazł się poza krawędzią okna. Wtedy Gurski wystawił przez nie swojego beryla i posłał kilka dłuższych serii. Dalej wszystko potoczyło się w błyskawicznym tempie.

Na martwego komandosa posypał się grad pocisków z góry. Trzymający Wójcika żołnierze poluzowali trochę linę, snajper wychylił się poza krawędź rozbitego okna i zobaczył w górze dwóch strzelających Rosjan. Wycelował, kciukiem nacisnął spust, rozległ się suchy trzask przypominający odgłos zgniatania plastikowej butelki, z rury granatnika buchnął dym, a Wójcik nagłym szarpnięciem liny został natychmiast wciągnięty do środka. W górze rozległa się eksplozja, której podmuch wyrwał linę trzymającym drzwi, a te wraz z przywiązanymi zwłokami poszybowały majestatycznie w dół.

Sierżant Lacević, ubezpieczany przez swoich ludzi, stał przed stalowymi drzwiami prowadzącymi na dach. Kiedy tylko usłyszał głośną eksplozję, otworzył je kopniakiem i wyszedł na zewnątrz z bronią gotową do strzału. Dach pokryty był drobnym grysem, na którym znaczyły się pomalowane na szaro sześciany potężnych wentylatorów. W ślad za Jovanem wysunęli się kolejni żołnierze, ubezpieczając swojego dowódcę.

Przy krawędzi dachu Jovan zauważył zwłoki w postrzępionym mundurze, całym we krwi. Kiedy podszedł bliżej, zorientował się, że to zwłoki dwóch żołnierzy. Szybko spostrzegł, że od miejsca hekatomby po żwirze ciągnie się krwawy ślad, prowadzący za jeden z wentylatorów. Na migi dał znać swoim ludziom, aby sprawdzili teren, a sam ruszył śladem czerwonej wstęgi.

Doszedł do krawędzi wentylatora i wyjrzał z bronią gotową do strzału. Zauważył czołgającego się Rosjanina. Ranny komandos odwrócił się w jego kierunku. Jovan podszedł bliżej. Widział, że Rosjanin jest bez karabinu, ale zastanawiał się, dlaczego nie sięga po tkwiący w kaburze pistolet. Po chwili zrozumiał, że tamten nie miał takiej możliwości. Zamiast dłoni widać było dwa zakrwawione kikuty, z których zwisały włókna ścięgien.

– *Ja proszu. Nie ubiwaj* – wychrypiał Rosjanin.

Sierżant szarpnął za spust i wystrzelił serię trzech pocisków prosto w twarz rannego. Rozejrzał się i zobaczył, jak z drugiego końca dachu Seget daje mu znak uniesionym w górę kciukiem, że teren jest czysty. Jovan odpowiedział tym samym gestem i po chwili wszyscy zebrali się przy wyjściu na dach, skąd wyłonił się Gurski z resztą ekipy, która wcześniej została w barze.

– Seget, Maj! – krzyknął Roman. – Rozkładajcie swoje zabawki!

Krzysiek i Daniel ściągnęli z pleców stelaże i z pomocą jeszcze dwóch żołnierzy rozłożyli trójnogi i zaczęli montować wyrzutnie rakietowe Spike.

Roman i Jovan podeszli do brezentowej płachty rzuconej wśród wentylatorów. Pod nakryciem znaleźli sześć plecaków ze standardowym wyposażeniem, sześć starannie zwiniętych spadochronów oraz torbę z racami w trzech kolorach, zielonym, żółtym i niebieskim.

– Panie poruczniku!

Roman odwrócił się i zobaczył, że woła go strzelec wyborowy Wójcik, który obserwował teren. Podszedł do niego, odebrał mu lornetkę i spojrzał we wskazanym kierunku. Zobaczył dwa potężne, ważące blisko trzydzieści ton każdy, transportowe helikoptery Mi-26. W sumie obie maszyny mogły pomieścić sto pięćdziesiąt osób, czyli całą kompanię. Śmigłowce leciały kursem prosto na wieżowiec, na którym się znajdowali, więc Gurski był pewien, że muszą to być posiłki, które mają obsadzić dach biurowca. Przekazał lornetkę Jovanowi, który stanął obok niego.

– Lecą bez obstawy. Dlaczego? – spytał sierżant Lacević.

– Chuj wie – odparł Gurski. – Na ćwiczeniach wszystko wygląda różowo, ale na wojnie zawsze czegoś brakuje. Może ich szturmowce zajęte są gdzie indziej.

Podszedł do swoich ludzi i rozkazał im ukryć się za obudowami wentylatorów, tak aby nie było ich widać z nadlatujących helikopterów. Dwie rozłożone już wyrzutnie rakietowe polecił schować za przybudówką, w której znajdowało się wyjście na dach, potem wrócił do Jovana i Wójcika.

– W polu ich widzenia zostajemy tylko my trzej, tamci mieli nasze mundury, więc nie powinniśmy wzbudzać podejrzeń.

– Kołują nad swoimi pozycjami, na razie nie lecą dalej – powiedział Jovan, przekazując lornetkę Romanowi.

– Kurwa mać. – Gurski teraz sam obserwował sytuację. – No tak, nasi zagłuszają radio, musieli dostać jakiś znak, że sprawa czysta, na wypadek braku łączności.

Oddał lornetkę Wójcikowi i spojrzał na Jovana, po czym powiedzieli jednocześnie:

– Race.

Roman i Lacević podeszli do plecaków zabitych komandosów i jeszcze raz spojrzeli na race sygnalizacyjne.

– Zielony, żółty, niebieski – powiedział Jovan.

Gurski dłuższą chwilę myślał intensywnie. Potem odebrał lornetkę od snajpera i ponownie spojrzał na krążące w oddali śmigłowce.

– Dobra, Jovan, jebać to. Ryzyk-fizyk, odpalaj kolor nadziei.

Roman usłyszał, jak Chorwat zrywa zabezpieczenie flary i rzuca ją pod krawędź dachu, momentalnie dało się słyszeć syk wydobywającego się gazu. Gurski opuścił na chwilę lornetkę i odwrócił się, ze zdumieniem patrząc na gęstą chmurę niebieskiego dymu.

– Co to, kurwa, jest?! Coś ty zrobił?!

– No co, kolor nadziei – zaprotestował Jovan.

– Zielony!

– U nas w Chorwacji jest niebieski – jęknął sierżant.

Roman odwrócił się i znowu spojrzał na helikoptery przez lornetkę. Potężne śmigłowce przestały krążyć i teraz szybko zbliżały się w ich kierunku.

– Dobra, lecą! Powiedz Segetowi, żeby się przyszykował.

Jovan podbiegł za przybudówkę i wspólnie z kapralem wynieśli wyrzutnię na trójnogu, którą ustawili za jednym z wentylatorów w taki sposób, aby ciągle była niewidoczna dla nadlatujących.

Pierwszy śmigłowiec zaczął obniżać pułap i po chwili zniknął im z oczu. Drugi podleciał na wysokość dachu i zawisł na chwilę, w odległości niecałych stu metrów. Roman, ciągle trzymając w ręku lornetkę, machał rozłożonymi ramionami na tle niebieskiej flary. Po chwili przyłożył lornetkę do twarzy i spojrzał na helikopter. W przybliżeniu dokładnie widział kabinę pilotów, jeden z nich również obserwował go przez lornetkę. Gurski uśmiechnął się i pokazał kciuk skierowany w górę. Rosyjski pilot opuścił lornetkę i również się uśmiechnął, pokazując ten sam gest. Po chwili twarz pilota znieruchomiała w niemym przerażeniu. Roman odwrócił się i zobaczył Segeta z okiem przyklejonym do okulara, jak mierzy w helikopter. Jedną dłonią obejmował znajdujący się z lewej strony uchwyt, a drugą szybkim gestem zdjął osłonę lufy wyrzutni.

– Ognia! – wydarł się Roman.

Kapral Seget wcisnął guzik spustu, rozległ się głośny huk, potem szum lecącej rakiety i wizg rozwijanego światłowodu, momentalnie przerwany głośną eksplozją. Rakieta weszła idealnie w przednią część śmigłowca, praktycznie od razu zdmuchując połowę helikoptera w kuli ognia. Tylna część maszyny zaczęła wirować w niekontrolowanym korkociągu w dół, wyrzucając z wyrwanej dziury krzyczących żołnierzy.

– Maj! – wrzasnął Gurski.

Maj przy pomocy Jovana i Segeta szybko przeniósł drugą wyrzutnię na krawędź dachu. Drugi helikopter wylądował na dachu dolnej, szerszej części budynku, która sięgała czwartego piętra. Spora część rosyjskich komandosów opuściła już maszynę, jednak wysadzenie pierwszego transportowca narobiło wiele zamieszania. Śmigłowiec zwiększył ciąg, próbując oderwać się od ziemi, część żołnierzy w popłochu wskakiwała z powrotem, część czepiała się kół podwozia, a ci, którzy nie zdążyli, kręcili się bezradnie po dachu, szukając jakiegoś schronienia. Totalna panika, pomyślał z satysfakcją Gurski.

– Cel namierzony – odezwał się spokojnym głosem kapral Maj. Roman zauważył na twarzy podoficera jaśniejsze smugi, ślady po łzach wywołanych stratą brata. Zanim wydał komendę, przycisnął mocno dłonie do uszu.

– Ognia!

Potężny huk, szeleszczący odgłos napędu rakiety i wizg rozwijanego światłowodu. Helikopter uniósł się w górę dobre dziesięć metrów, ale Maj skorygował lot rakiety, która trafiła w środek maszyny. Huk eksplozji, kula ognia i wybuch, który pozabijał wszystkich wokół śmigłowca, a tych, którzy stali dalej, fala uderzeniowa zepchnęła z dachu. Nikt nie przeżył. Roman spoglądał z jakąś chorą fascynacją na płonące w dole szczątki helikoptera i trupy. Po krótkiej chwili uświadomił sobie, że nie jest sam. Obie drużyny stały przy krawędzi dachu i patrzyły na przerażające widowisko.

– Co tam się u was, do kurwy nędzy, dzieje?! – zaskrzeczała radiostacja głosem kapitana Krasuli. – Aha, to mówiłem ja, Dżoker!

Roman odpiął radio od kamizelki i z uśmiechem przystawił mikrofon do ust.

– Tu Wisła! Panie kapitanie, melduję, że ruska kompania i dwa transportowe Mi-26 właśnie poszły się jebać!

– I to mi się podoba, poruczniku! – wykrzyczał Krasula. – Dostałem cynk z dowództwa, że trochę tam narozrabialiście. A wiedzą stąd, że wszystkie, absolutnie wszystkie śmigłowce szturmowe, które ruscy mają po swojej stronie, właśnie nakurwiają prosto na was! Utrzymajcie dół budynku, ale spierdalajcie z dachu! Natychmiast! Jak mnie zrozumieliście?!

– Przyjąłem, bez odbioru!

Jovan szybko wyciągnął swoją lornetkę z plecaka i wycelował ją w południową stronę miasta. Niemal od razu dostrzegł w soczewkach parę rosyjskich śmigłowców bojowych lecących z prędkością grubo przekraczającą trzysta kilometrów na godzinę.

– Romuś, para Mi-24. Pierdolone czołgi ze śmigłami. Zaraz tu będą.

Gurski wydarł się na wszystkich i po chwili jeden za drugim zaczęli znikać w wyjściu prowadzącym na dół. Gdy tylko metalowe drzwi zatrzasnęły się za ostatnim żołnierzem, spod skrzydeł helikopterów bojowych oderwały się cztery rakiety Skorpion i pomknęły w kierunku dachu budynku.

3.

Stefan Chodkowski trzy dni temu skończył osiemdziesiąt jeden lat. Ciężko było mu trzymać ręce ciągle ugięte, nawet oparte o krawędź biurka. Ale nie skarżył się, pracował rzetelnie, taki już był. Zawsze się słuchał. Cierpliwie wytężał wzrok, patrząc przez okulary jubilerskie. Pierścionki, wisiorki, łańcuszki, sygnety. W jubilerstwie pracował całe życie, więc sprawnie odsiewał te bezwartościowe, pozłacane lub posrebrzane, od tych, które miały porządną próbę i ładne wykonanie. Przede wszystkim czyste złoto i srebro. Takie było polecenie, a Chodkowski zawsze sumiennie wykonywał polecenia.

Poza tym nie narzekał, bo miał jakieś zajęcie. Traf chciał, że akurat wypłata jego emerytury przypadła dzień po wybuchu wojny. Niestety tym razem emerytura nie przyszła. Mało tego, następnego dnia okazało się, że banki są zamknięte, a bankomaty nie działają. Najgorsze było jednak co innego. Stefan Chodkowski był w szoku, kiedy zobaczył, jak szybko z okolicznych, prędko zamykanych sklepów poznikała wszelka żywność. Więc on, jako starszy, nikomu niepotrzebny człowiek, został bez pieniędzy, bez jedzenia i praktycznie bez jakichkolwiek perspektyw. Dopóki oczywiście nie dorwał tej fuchy u pana Henryka. Jednak ta praca miała swoje minusy.

Stefan odsiał porządną biżuterię od bazarowej taniochy, którą zgarnął na kupkę i przesunął w kierunku biednie ubranej, na oko czterdziestoletniej kobiety stojącej po drugiej stronie lady. Prawdziwe złoto położył na wadze i głośno odczytał wynik.

– Jeden przecinek siedemdziesiąt pięć grama czystego złota.

Siedzący obok niego Tapir otworzył niebieski segregator, na okładce którego naklejono dumnie brzmiący napis: „Najnowsze ceny!". Tapir był dwudziestoletnim spaślakiem z ulizanymi, tłustymi włosami. Jego codziennego wizerunku dopełniał komplet dresowy, w składzie spodnie i bluza z kapturem, oraz bezczelna, chamska gęba i plugawy język. Od pierwszego dnia swojej pracy Stefan Chodkowski nazywał go w myślach „nadzorcą".

– Za to może pani mieć… – Tapir wodził po tabelkach brudnym paluchem. – Trzy kilo ryżu, pięć bochenków chleba i powiedzmy kilogram makaronu.

– To wszystko? Za złotą biżuterię? Chyba jesteście niepoważni!

Tapir zatrzasnął segregator, wstał i nachylił się w kierunku kobiety.

– Nie podoba się, to wypad stąd.

Stefan wbił wzrok w ziemię. Te marne zakupy, według ciągle galopujących cen złota, miały kosztować kobietę przeszło czterysta dolarów. Za trochę chleba i ryżu. Widać było, że jak wielu innych, jest zrezygnowana i ma nóż na gardle. Szukała jakiegoś poparcia u Chodkowskiego, ale on odwrócił się od niej i zaczął wpatrywać się w ścianę hali. Taki już był. Zawsze się słuchał.

Ostatecznie kobieta się zgodziła i Tapir polecił jednemu z pracowników przynieść karton z żywnością, który kupująca wzięła pod pachę i przecisnęła się przez kolejkę do wyjścia.

Do stanowiska Chodkowskiego podeszła następna osoba. Wielu ludzi było zupełnie nieprzygotowanych na tak szybko postępujące efekty wojny. Ci, którzy zostali, nie posiadali żadnych zapasów, mieli duży problem z wykarmieniem rodziny i sprzedawali, co się dało, aby tylko zdobyć trochę pożywienia, na czym oczywiście żerował Henryk Wojnarowicz. Hala, zaadaptowana na wielopoziomowy magazyn, od wejścia oddzielona była żelazną kratą, przed którą siedzieli Tapir jako ochroniarz i Chodkowski, który sprawdzał i ważył złoto. W ten sposób petenci dokonywali zakupów. Po lewej stronie w kącie znajdowało się małe pomieszczenie biurowe, które powstało tu jeszcze w czasach, gdy w tym miejscu królowała hodowla kwiatów.

Do głównej hali trafiała drobnica, która przyszła wymienić precjoza na żywność i wszelkie inne potrzebne artykuły. Do biura umiejscowionego w kącie kierowani byli więksi gracze, chcący wymienić coś na agregat lub też mający pomysł na jakiś biznes, którym mogliby zainteresować Wojnarowiczów. Wewnątrz, za blatem niewielkiego biurka, przy komputerze, siedziała Danuta i wypełniała tabelki według ścisłych zaleceń ojca. Trzeba przyznać, że stary dziad ciągle ma głowę do interesów, pomyślała, kompletując dokumenty. Ojciec na bieżąco sprawdzał, co danego dnia zeszło i na co jest największe zapotrzebowanie, a potem handlując z okolicznymi mieszkańcami, wymieniał różne towary na te, na które ciągle był największy popyt. W ten sposób zgarniali od ludzi coraz więcej złota i innych kosztowności.

Danuta usłyszała delikatne pukanie we framugę i uniosła głowę. W progu stał mężczyzna, który uśmiechnął się do niej garniturem świetnie utrzymanych zębów.

– Dzień dobry, można na chwilę? – spytał.

– Oczywiście, proszę siadać.

Facet wszedł do środka i zajął miejsce na krześle stojącym naprzeciwko biurka. Danuta szybko otaksowała go wzrokiem. Był chyba mniej więcej w jej wieku, niewysoki, ale barczysty, z wąską talią. Eleganckie półbuty, ciemne dżinsy, biały podkoszulek i błękitna, ciasno opinająca ciało kurtka. Włosy miał krótko przycięte i zaczesane na bok, ale nie na wzór dzisiejszych modnisiów, tylko tak bardziej w stylu lat osiemdziesiątych. Podobał jej się. Zerknęła szybko na jego prawą dłoń, ale nie zauważyła, żeby miał obrączkę. Zachowuję się jak stara panna, pomyślała i uśmiechnęła się do niego.

– Wie pani, powiedziano mi, że będę mógł to u pani załatwić. Chciałem kupić agregat.

– Jeden? – spytała Danuta.

– Tak.

– To mógł pan załatwić normalnie w magazynie.

– Jasne, tylko widzi pani, jest pewien problem.

– Tak? – Danuta od razu zrobiła się czujna.

– Mam pieniądze, dużo pieniędzy. Mógłbym zapłacić pięć razy tyle, ile jest wart ten agregat.

– Niestety nie przyjmujemy pieniędzy – powiedziała. – Za takie rzeczy jak generator tylko złoto.

Mężczyzna pokiwał smutno głową, po czym uśmiechnął się, podniósł z krzesła i wyciągnął dłoń w kierunku Danuty.

– Nie przedstawiłem się, najmocniej przepraszam. Nazywam się Zenon Marczak.

– Danuta Wojnarowicz, miło mi – odrzekła, ściskając wyciągniętą dłoń.

– Ach, to pani jest córką, tak?

– Tak. – Danuta spojrzała na niego niepewnie. – Zna pan naszą rodzinę?

– Trochę ze słyszenia, trochę z gazet. Wie pani, w końcu to była taka duża firma. Mieszkam w okolicy. Ma pani piękny uśmiech.

To ostatnie w jego wywodzie było tak niespodziewane, że Danuta zaniemówiła. Zaczerwieniła się i odgarnęła kosmyk włosów za ucho. Boże, rumienię się do najbardziej chamskiego i wyświechtanego tekstu na podryw, pomyślała.

– Panie Marczak… – zaczęła Danuta.

– Mów mi Zenek, proszę – przerwał jej z czarującym uśmiechem.

– Odnoszę wrażenie, że…

– Nie – ponownie jej przerwał. – To nie był chamski podryw i nie powiedziałem tego, żeby kupić agregat za pieniądze. Po prostu masz piękny uśmiech. Ale czy potrzebuję twojej pomocy? Jak najbardziej.

Zenon sięgnął do wewnętrznej kieszeni kurtki, wyciągnął portfel, a z jednej z jego przegródek zdjęcie, które położył na biurku. Danuta spojrzała na fotografię. Zobaczyła na niej dziwnie napiętą twarz chłopca. Wokół szyi miał jakieś rurki czy przewody, jego wzrok był nieobecny.

– To mój syn, Marek – powiedział cicho Zenon. – Gdy miał sześć lat, zdiagnozowano u niego adrenoleukodystrofię. Chodzi o mutację w genach, zaburzenie kwasów tłuszczowych o bardzo długich łańcuchach. Zresztą mniejsza o szczegóły, obecnie ponad połowa jego mózgu jest do niczego. Oddycha za niego maszyna.

Marczak przerwał na chwilę, zapatrzył się w ziemię, Danuta widziała, że ma ściśnięte gardło, że walczy ze sobą.

– W dzień, kiedy jestem w pracy, zajmuje się nim opiekunka. Teraz przerwy w dostawie prądu są krótkotrwałe, a my mamy zasilanie awaryjne, które starcza na sześć godzin. Jeśli wyłączą prąd na dobre, to…

Szybko otarł łzy, które pojawiły się w jego oczach. Zrezygnowanym gestem zgarnął zdjęcie z biurka.

– Przepraszam. Pewnie myślisz o mnie, że jestem jakimś frajerem z łzawą historią.

– Nie, skąd – zaprotestowała, gwałtownie mrugając oczami.

– Wiesz, on ma teraz dwanaście lat. – Zenon patrzył przez chwilę na fotografię syna, potem schował ją do portfela. – Dożyje maksymalnie szesnastu, więc ja wiem, że sprawa jest beznadziejna. Ale… – Głośno wypuścił powietrze z płuc. – Po śmierci żony został mi tylko on. Codziennie wieczorem mówię do niego, czytam mu, mimo że lekarze twierdzą, że i tak nic nie słyszy.

Spojrzał na Danutę, która zdruzgotana jego opowieścią patrzyła na niego szeroko otwartymi oczami. Mężczyzna ukrył na chwilę twarz w dłoniach. Bardzo ładnych, mocnych, męskich dłoniach, zauważyła.

– Proszę cię, błagam. – Zenon podniósł głowę i spojrzał na nią. – Spróbuj porozmawiać ze swoim ojcem.

Kilka chwil później, stojąc w bramie wjazdowej na posesję Wojnarowiczów, Zenon obserwował z pewnej odległości, jak Danuta zapalczywie tłumaczy sprawę ojcu, który siedział przed nią na wózku inwalidzkim. Nie słyszał, co mówią, ale widział, że kobieta naprawdę się stara. Nie jest taka znowu ładna, jak jej nawinąłem, ale coś w niej jest, pomyślał. Danuta skończyła swój wywód i po minie oraz skrzywieniu ust starego Marczak od razu odgadł, jaka jest odpowiedź Henryka Wojnarowicza. Po chwili Danuta i ojciec ruszyli w jego kierunku. Kiedy stanęli przed nim, od razu powiedział:

– Domyślam się decyzji. Rozumiem, że jest odmowna.

– Agregat prądotwórczy można kupić tylko za czyste złoto albo do widzenia – powiedział Wojnarowicz.

– Wie pan, mój syn jest inwalidą, tak samo jak pan i…

– Nie jestem żadnym pierdolonym inwalidą – przerwał mu wyjątkowo zimnym tonem Henryk. – Jestem mężczyzną, który miał wypadek. Twój syn też nie jest inwalidą, jest warzywem.

– Tato! – zaprotestowała zawstydzona Danuta.

Zenon przełknął powoli ślinę. Sięgnął do wewnętrznej kieszeni kurtki i wyciągnął policyjną odznakę.

– Wie pan – zaczął niepewnie. – Mam pewne znajomości, mógłbym panu jakoś pomóc w interesach, który pan prowadzi.

– To znaczy?

– Prowadzi pan poważny biznes, a czasy są niebezpieczne. Mógłbym zorganizować ochronę. Znam się na tym.

– Jak będę chciał nowego psa, to sobie kupię – rzucił z pogardą Henryk.

Zenon powoli schował odznakę do kieszeni i kiwnął w milczeniu głową.

– A ty wracaj do roboty, ale to już! – Henryk zwrócił się do Danuty.

Zaczerwieniła się ze wstydu. Nienawidziła, kiedy ojciec traktował ją tak przy ludziach. A zwłaszcza przy tym świeżo poznanym mężczyźnie. Wiedziała, że powinna, jak zawsze, posłuchać się ojca, ale nie chciała wyjść na totalną idiotkę.

– Słyszysz? – ryknął stary i złapał ją za rękę.

W tym samym momencie Zenon chwycił mocno przegub dłoni Henryka i odciągnął jego rękę od Danuty.

– Wolałbym, aby nie traktował pan córki w ten sposób – wycedził przez zęby.

Za Henrykiem jak spod ziemi wyrósł Kafar, trzymając krótki, gruby na dwa palce pręt. Zenon wolno puścił Wojnarowicza, który zaczął rozmasowywać sobie przegub, i powiedział powoli:

– A ja bym wolał, żebyś już stąd wypierdalał, bo możesz wyciągnąć kopyta wcześniej od swojego zaślinionego synka.

Zenon wyszedł za bramę w milczeniu. Wsiadł do samochodu i ruszył ostro spod posesji Wojnarowiczów. Danuta pomyślała, że jeszcze nigdy nikt nie stanął w jej obronie i nie sprzeciwił się ojcu. Jasne, spotkałaś swojego rycerza na białym koniu. Cholerna podfruwajko z glutem pod nosem, dorośnij w końcu, powiedziała do siebie w myślach. Ale prawda była taka, że właśnie uświadomiła sobie, że już nigdy tego faceta nie zobaczy. Zrobiło jej się strasznie przykro i poczuła się tak samotna, jak nigdy przedtem w całym swoim życiu. Z zamyślenia wyrwał ją głos ojca.

– Co ty w ogóle wyrabiasz? Pieprzona wariatka! – zaczął ją ochrzaniać jak zawsze. – Nie daj się nabierać takim frajerom na jakieś łzawe historyjki o niepełnosprawnych dzieciach.

– Myślę, że on nie kłamał. To uczciwy człowiek.

– Nie ma uczciwych ludzi – powiedział ojciec i roześmiał się krótko. – Zaledwie w kilka dni zgromadziliśmy trzy kilo złota. Wczoraj było warte dwieście pięćdziesiąt tysięcy dolarów, a dziś już dwieście siedemdziesiąt i końca nie widać. Oto jest cała gra, rozumiesz?!

Danuta z chęcią wykrzyczałaby Henrykowi, żeby zaczął sobie całe to złoto upychać w swojej sparaliżowanej dupie, ale jak zwykle powiedziała tylko:

– Muszę wracać do pracy.

Odeszła w kierunku hali, Kafar również wrócił do swoich zajęć, a Henryk uruchomił napęd i wózek potoczył się w stronę biurowca.

Po kilku minutach Henryk ustawił wózek za biurkiem i oparł się ciężko na blacie, zakrywając twarz jedną dłonią. Miał już swoje lata, czuł, jak serce gubi rytm, raz przyspiesza gwałtownie, by po chwili całkiem zwolnić i tłuc się w piersiach niczym pijak odbijający się od ścian. Sięgnął do szuflady i wygrzebał pudełko z lekami. Szybko wyjął dwie tabletki, przepisane mu przez lekarza na takie okazje, i połknął, popijając wodą.

Serce znowu się rozpędziło, mocno pompując krew, tętno wzrosło i Henryk momentalnie zrobił się purpurowy na twarzy. Wiedział, że musi minąć chwila, zanim lekarstwa zaczną działać. Cholera jasna, pomyślał, co mnie mogło tak zdenerwować? Znał odpowiedź, to był ten pieprzony gliniarz z niby niepełnosprawnym dzieckiem. Ale dlaczego, próbował dociec, przecież takich sytuacji miałem w życiu tysiące, a teraz kiedy muszę spławiać jakichś nędzarzy kilkanaście razy dziennie. Coś było w tym facecie, coś, czego nie mogę ująć w słowa i sam nie wiem, czy to dobrze, czy źle, dywagował Henryk, gdy wreszcie uświadomił sobie, że jego serce wróciło do normy. Tym samym od razu stracił zainteresowanie ostatnimi wydarzeniami.

Włączył monitor komputera i otworzył maila od Danuty z podsumowaniem wczorajszej sprzedaży. Co prawda internet nie działał, ale ich firmowe komputery ciągle były połączone wewnętrzną siecią. Założył okulary i zaczął gorączkowo myśleć, co i na jakich zasadach można by zamówić, co jeszcze bardziej pomnożyłoby jego zasoby złotego kruszcu. Zapatrzył się w okno, czując, że ciągle coś mu umyka. To nie była sprawa z policjantem, ale coś innego. Coś, co dopiero się wydarzy, a może mieć wpływ na dalsze losy jego firmy.

Z zamyślenia wyrwał go dźwięk telefonu. Odebrał i usłyszał swoją córkę, tłumaczącą, że ktoś doprasza się wizyty u niego. Powiedział, że jeśli to kolejny biedak, który chce coś wyżebrać, to absolutnie nie ma czasu, ale Danuta odrzekła, że facetowi chyba chodzi o coś innego.

– Dobrze, niech wejdzie – zgodził się i odłożył słuchawkę.

Po dłuższej chwili rozległo się ciche pukanie.

– Proszę – powiedział Henryk.

Do środka wszedł wysoki i chudy mężczyzna, starannie zamykając za sobą drzwi.

– Dzień dobry, Remigiusz Czaja, miło mi – przedstawił się.

Uścisnęli sobie dłonie, a Henryk wskazał przybyszowi krzesło i powiedział:

– Henryk Wojnarowicz, do usług.

Zawsze twierdził, że choćby nie wiadomo jak człowiek się starał, to charakter ma się wypisany na twarzy. To tak samo jak z nacjami, można się zaklinać na wszelkie świętości i trzymać jedynie słusznej poprawności politycznej, ale stereotypy zawsze się potwierdzają. Niemcy porządni do przesady, Hiszpanie leniwi do zatracenia, od Skandynawów wieje wiecznym chłodem, a Polacy to bardzo sumienni pracownicy, tyle że kłótliwi, pijacy i złodzieje. Remigiusz Czaja miał długą, pociągłą twarz i taki sam nos, który zakrzywiał się i zwisał nad ustami, optycznie ciągnąc twarz w dół jeszcze bardziej. Przy uśmiechu usta układały się w dziób, co było prawdopodobnie wyrobionym nawykiem mającym ukryć przed interlokutorami braki w uzębieniu. Dodatkowo Czaja miał małe, ciemne oczka, strzelające lekko na boki. Henryk uznał, że ma do czynienia z osobą podstępną i przebiegłą. Taką, której za nic w świecie nie można zaufać. Uśmiechnął się szeroko do swojego gościa.

– W czym mogę pomóc?

– Wie pan, nie ukrywam, trochę się w okolicy o panu mówi.

– Świetnie, mam nadzieję, że same dobre rzeczy – odparł Henryk z werwą.

– Tak, oczywiście. – Czaja uśmiechnął się, naciągając usta tak, że nie sposób było dopatrzeć się w jego ustach jakiegokolwiek zęba. – Mówiąc wprost, potrzebuję kupić coś, co w naszych trudnych czasach, jak zresztą większość towarów, stało się nagle niedostępne.

– A konkretnie?

– Przecinarka plazmowa – powiedział Czaja. – Taka, która przetnie pięćdziesiąt milimetrów.

– Droga rzecz. Niestety nie mam nic takiego u siebie na stanie.

– Rozumiem, jednak przysłowiowa wieść gminna niesie – Remigiusz znowu wykonał dziwaczną gimnastykę ust – że może pan skombinować to i tamto.

– Pewnie tak – zgodził się Henryk. – Zna pan zasady, według których się rozliczam? Chodzi mi o środek płatniczy.

– Tak, znam. Tylko wie pan, myślałem bardziej o czymś w formie kredytu.

Remigiusz Czaja dostrzegł zmianę w twarzy Henryka i od razu uniósł dłonie w obronnym geście.

– Proszę pozwolić mi skończyć – zaapelował. – Wiele osób wyjechało, zostawiło swoje, przyznam, dobrze zabezpieczone domy, w których na pewno zostały jakieś kosztowności. Oczywiście, trzeba wiedzieć, które to domy.

– Przepraszam, że panu przerwę – wtrącił Henryk. – A tak szczerze: czym pan się zajmuje?

Czaja zaczął się niespokojnie wiercić na krześle, strzelać oczami na boki i krygować się jak zakonnica pierwszy raz poproszona do tańca, ale Henryk wiedział, że to tylko pozory. Ujawnienie się, które miało za chwilę nastąpić, nie było w ogóle dla niego trudne.

– Jestem złodziej – powiedział spokojnie Remigiusz. – Zawodowy.

Henryk zasępił się na chwilę, myśląc o tym, jakie ruchy trzeba by wykonać, aby zdobyć przecinarkę plazmową. Potem zaczął się zastanawiać, ile złota może być w domach, o których mówił jego gość, a przede wszystkim przeanalizował kwestię, którą podniósł na samym początku, czyli braku zaufania. Zawodowy złodziej potrzebuje plazmy, żeby przeciąć coś grubego? Nie może ukraść takiego sprzętu? No ale dobrze, załóżmy, że po prostu nie jest na tyle zawodowy, jak mu się wydaje, w końcu taka przecinarka przed wojną warta była ponad trzydzieści tysięcy złotych. W tym momencie jego wzrok padł na ciągle leżące na blacie pudełko leków, którymi wcześniej musiał się podratować. Doznał olśnienia. To było to, co go dręczyło, przeczucie, że coś pominął. Uśmiechnął się szeroko do swojego gościa.

– Bardzo się cieszę, że pan do mnie przyszedł – powiedział zadowolony.

4.

Bombardowania nie ustawały. Tylko poprzedniej nocy hałas urwał się na jakieś dwie, trzy godziny, dając odrobinę wytchnienia. Może ruskim się lufy przegrzały czy jak, pomyślał zrezygnowany Michał. Większość eksplozji rozlegała się gdzieś daleko, ale od czasu do czasu, tak jak przed chwilą, łupnęło gdzieś blisko na tyle, że ze sklepienia sypał się pył, a sztywny drut z sufitu, na którym wisiała zapalona lampka kempingowa, zaczynał podrygiwać w rachitycznych drgawkach.

Obliczył, że dziś jest piątek 3 listopada, czyli właśnie minął tydzień, od kiedy zeszli do piwnicy. Duże pomieszczenie na planie kwadratu miało około sześćdziesięciu metrów kwadratowych powierzchni. W jednej ze ścian znajdowały się masywne, dwuskrzydłowe dębowe drzwi, które prowadziły na klatkę schodową ich kamienicy. Część ściany po lewej stronie drzwi nosiła ślady po niedawno przerwanym remoncie. W kącie była świeża betonowa wylewka, a ze ściany sterczały żelazne pręty zbrojeń.

W prawej ścianie widniało wąskie przejście, które prowadziło do korytarza z komórkami lokatorskimi. Tam w kącie znajdowała się umywalka, która obecnie służyła jako toaleta. To znaczy za toaletę tak naprawdę służyło wiadro, którego zawartość wylewano potem do umywalki. Niestety w zlewie nie można było nic spłukać, ponieważ brakowało wody. Jeśli ktoś musiał załatwić grubszą potrzebę, to wtedy zawartość wiadra należało rozdrobnić szczotką, którą postanowili poświęcić do tego celu, i tak samo wylać wszystko do zlewu.

Z powodu tej jedynej możliwości załatwiania naturalnych potrzeb fizjologicznych świeżość powietrza w piwnicy pozostawiała wiele do życzenia. Dodatkowo u Basi zaczęły się już poranne mdłości i choć nikt z pozostałych nie czynił im z tego powodu wyrzutów, to jednak unoszący się w powietrzu słodkawy zapach wymiocin nie był przyjemny. Michał siedział pod ścianą, patrząc na ich nowe lokum, w którym rozstawiono pięć łóżek polowych. Na jednym z nich leżała Basia, teraz lekko drzemiąc. Chociaż na każde pytanie Michała odpowiadała z niezmiennym uśmiechem, że „wszystko w jak najlepszym porządku", to jednak oboje wiedzieli, jaka jest prawda. Zasmrodzona piwnica domu położonego na bombardowanym terenie nie była idealnym miejscem dla kobiety we wczesnej ciąży. Na drugiej polówce siedzieli po turecku Natalka i Jurek. Grali w chińczyka, który ostał się w Jurkowym plecaku po tym, jak Michał go opróżnił i zaczął wypełniać jedzeniem. Chyba najbardziej bał się o syna. Zmiana, która nastąpiła w chłopcu, była wstrząsająca. Z wiecznie żywego, roześmianego dzieciaka stał się jakąś osowiałą kukłą. Michał widział, jak bardzo chłopiec się boi, i za każdym razem czuł nieomal fizyczny ból, gdy raz po raz Jurek pytał go, czy zginą i czy ci żołnierze, którzy na górze strzelają, przyjdą ich zabić. Starał się zagadywać syna, obracać sprawę w żart, ale chłopak miał już siedem lat i coraz trudniej było go oszukać.

Natka znosiła to trochę lepiej. Może z tego powodu, że wiedziała, że musi jakoś zająć się Jurkiem, być dla niego starszą siostrą, opoką. Ta zmiana również zadziwiła Michała. Z wiecznie rozkapryszonej nastolatki, która uważała, że wszystko powinno jej się podawać na tacy, Natalia zamieniła się w rozsądną i odpowiedzialną młodą kobietę. Najwidoczniej gra w chińczyka szła Jurkowi bardzo dobrze, bo roześmiał się cicho. Spojrzenia Michała i Natalii spotkały się i wymienili porozumiewawcze mrugnięcie. Było jasne, że dawała bratu wygrać.

Rozległ się cichy gwizd czajnika i Michał obserwował, jak Ambroży Rogalski wyłącza butlę z gazem i wrzątkiem zalewa sobie herbatę. Bez słowa pokazał Michałowi czajnik, a gdy ten twierdząco skinął głową, zalał drugi kubek. Rogalski był emerytowanym prawnikiem, człowiekiem statecznym, otwartym i jak się zawsze Michałowi wydawało, osobą na wskroś uczciwą. Mecenas przebywał na dole ze swoją żoną Emilią, pielęgniarką ze szpitala miejskiego, i synem Przemkiem. Ten ostatni był typowym osiedlowym kumplem, wiecznie niedojrzałym chłopcem, mimo że miał już trzydzieści lat. Teraz siedział osowiały, ubrany w bluzę z kapturem i luźne, workowate spodnie. Jego rodzice często wyjeżdżali na działkę do Ustronia, a Przemuś urządzał wtedy z kolegami dzikie popijawy. Michał nieraz musiał zwracać mu uwagę i niejednokrotnie dochodziło między nimi do spięć. Latorośl prawnika miała też za sobą jakieś dwie odsiadki w zakładzie karnym. Z tego co Michał kojarzył, były to sprawy związane z narkotykami i kradzieżami samochodów.

Familia Rogalskich zajmowała dwa łóżka polowe, a piąta polówka należała do Ewy i Dagmary. Kobiety były siostrami, Michał nigdy nie pamiętał ich nazwiska. Wiedział tylko tyle, że ich mężowie zmarli mniej więcej w tym samym czasie, a one zamieniły swoje mieszkania na to na Załężu i tutaj spokojnie dożywały starości. Obie miały ponad sześćdziesiąt lat i teraz przerażone siedziały na jednym łóżku, przytulone do siebie.

Ostatnim towarzyszem ich niedoli był Antek. Mężczyzna miał około czterdziestu pięciu lat i siedział w kącie na rozłożonym kocu, kiwając się miarowo. Był niepełnosprawny umysłowo, a jego matka, która się nim do tej pory zajmowała, nie przeżyła pierwszych chwil bombardowania. Odłamek większego pocisku wpadł przez okno i oderwał pani Bożenie głowę. Michał i Ambroży, schodząc na dół, zobaczyli przez otwarte drzwi, jak zawodzący Antek próbuje pomóc swojej mamie, przyczepiając jej głowę na właściwe miejsce. Michał nie wiedział o nim wiele. Przedtem widywał go często na spacerach z panią Bożeną, facet miał wiecznie puste, ale serdeczne spojrzenie, a gdy się go zagadało, zawsze reagował szerokim uśmiechem. Ponieważ niepełnosprawny nie potrafił zrozumieć reguł korzystania z toalety w ich tymczasowym lokum, Michał razem z mecenasem podzielili się obowiązkiem i prowadzili go tam na zmianę, pomagając Antkowi w czynnościach fizjologicznych.

To byli wszyscy lokatorzy piwnicy, w sumie dziesięć osób. Rogalski dał znak, że herbata gotowa. Michał się podniósł i usiadł na polówce prawnika.

– Dziękuję – powiedział, odbierając kubek.

– I co pan myśli, panie kolego? – zagaił Rogalski. – Chyba już nie łomoczą tak jak wcześniej, co?

– Tak, wydaje mi się, że te ciągłe wybuchy trochę ustały. Albo przeniosły się gdzie indziej.

Jakby na zaprzeczenie słów Michała na górze rozległa się potężna eksplozja, kamienna podłoga zadrżała pod ich stopami, a lampka kempingowa zahuśtała się, rzucając na ściany chybotliwe cienie. Michał z Rogalskim odruchowo nakryli dłońmi kubki, aby pył sypiący się z sufitu nie wleciał do herbaty. Zadziwiające, jak szybko człowiek przyzwyczaja się do takich rzeczy, pomyślał Michał.

– Musimy coś wymyślić – odezwał się ponownie mecenas.

– W sensie?

– W sensie, że kończy nam się jedzenie.

– Jak to? – spytał Michał ze zdziwieniem.

– Tak to. Dziesięć osób to dziesięć osób.

Michałowi wydawało się, że prowiantu starczy im jeszcze na kilka dni, ale w ostatnim czasie kilkakrotnie myślał o tym, że kiedyś w końcu będą musieli opuścić swoje schronienie.

– Myślałem o tym – powiedział Michał. – Wie pan, że jestem, byłem nauczycielem historii. Jeśli mowa o współczesnych konfliktach zbrojnych, to miasto jest zdecydowanie najgorszym miejscem, w którym można przebywać.

– Dlaczego? – spytał Rogalski.

– Wszystko szybko obraca się w ruinę. Brak jakiejkolwiek żywności. Poza tym przedłużające się walki zbrojne w mieście praktycznie je unicestwiają. Najświeższy przykład Aleppo w Syrii.

– Co pan proponuje?

– Mam wuja, który mieszka na wsi, na południowy wschód od stolicy. Jakieś pięćdziesiąt kilometrów od Warszawy. Ładne miejsce, ma swój inwentarz, warzywa. W takim miejscu można przetrwać.

– To kawał drogi – westchnął mecenas.

– Zgadza się, ale gdybyśmy skołowali jakiś samochód czy coś, może damy radę – powiedział Michał.

– Na pewno w jednym się zgadzamy. – Rogalski dopił herbatę i odstawił kubek. – Nie ma co siedzieć tutaj i czekać, aż przyjdą ruscy i nas wyrżną. Trzeba będzie zorganizować jakieś jedzenie na podróż.

– Zauważyłem, że ostrzał jest najmniejszy wczesnym wieczorem – powiedział Michał. – Zróbmy tak, może pan z synem i ja wymkniemy się wtedy na górę i spróbujemy czegoś poszukać.

– Ja oczywiście pójdę, ale na niego nie ma co liczyć. – Ambroży machnął ręką z rezygnacją, wskazując na Przemka.

Młody mężczyzna zauważył lekceważący gest, założył na głowę kaptur od bluzy i przekręcił się na łóżku tak, że teraz mogli obserwować jego plecy. Rogalski wyciągnął rękę do Michała.

– No to jesteśmy umówieni na wieczorną eskapadę. – Prawnik uśmiechnął się.

Michał uścisnął jego dłoń i podziękował skinieniem głowy, oddał pusty kubek i wstał. Zauważył, że Basia się obudziła i patrzyła teraz na niego z bladym uśmiechem. Zanim odszedł, Ambroży złapał go za rękę.

– Nie widział pan gdzieś mojego bagnetu?

Bagnet wojskowy, który Rogalski wygrzebał w swojej komórce, był dla nich nieocenioną pomocą przy otwieraniu konserw mięsnych.

– Nie, ja nie brałem – odpowiedział Michał.

Mecenas machnął ręką na znak, że pewnie się znajdzie, po czym wyszedł do toalety, a Michał podszedł do Basi i usiadł ostrożnie na brzegu polówki.

– Tylko nie pytaj mnie, jak się czuję – powiedziała.

– Wcale nie zamierzałem – powiedział i obydwoje roześmiali się z jego kłamstwa.

– Dwie ciąże miałam łagodne, to teraz cierpię – uniosła się na łokciu i sięgnęła po butelkę wody.

– Najbardziej mi przykro, że nie będę mógł spełnić wszystkich tych dziwacznych zachcianek – powiedział, a widząc jej zdziwioną minę, szybko wyjaśnił: – Wiesz, na przykład ogórki kiszone z lodami, te sprawy.

– Nigdy nie miałam takich zachcianek, ani z Natką, ani z Jurkiem – roześmiała się Basia. – Ale wiesz, za co oddałabym teraz całe królestwo?

– Za konia? – spytał z żartobliwym uśmiechem.

– Za wciągnięcie haustu świeżego, rześkiego powietrza. Jeśli nie zabiją nas bomby, to na pewno zrobi to ten smród.

Żona Rogalskiego, Emilia, obudziła się, usiadła na polówce, skinęła grzecznie głową Michałowi, wstała i wyszła do pomieszczenia pełniącego funkcję toalety.

Michał już otwierał usta, żeby jakoś skomentować słowa Basi, kiedy usłyszeli wrzask Emilii:

– Jezu! Szybko! Niech mi ktoś pomoże!

Michał zerwał się na równe nogi, krzyk dochodził z prowizorycznej toalety. W środku, w świetle małej latarki, która była zawieszona na umywalce, ujrzał niecodzienny widok. Rogalski siedział okrakiem na wiadrze ze spuszczonymi spodniami, ciężko oparty o ścianę, a Emilia podtrzymywała go, żeby nie upadł. Michał szybko podniósł mecenasa, naciągnął mu spodnie i przy pomocy Emilii przeciągnął nieprzytomnego prawnika do głównej sali, gdzie położyli go na łóżku. Rogalski swoje ważył, dlatego po wszystkim Michał poczuł, jak pot spływa mu po plecach.

– Co mu jest? – spytał Emilii.

– Mąż ma wadę serca, która czasami się uaktywnia. Raczej rzadko się to zdarza, ale jak widać, się zdarza.

– Można mu jakoś pomóc?

– Tak, ma na to przepisane leki, które musi szybko zażyć, bo inaczej będzie niedobrze. Niestety zostały na górze – odpowiedziała, wycierając kawałkiem ręcznika zroszone potem czoło Rogalskiego.

Wszyscy w pomieszczeniu jak na komendę spojrzeli na stojącego obok bezradnie Przemka. W ciszy, która zaległa, jeszcze głośniej było słychać wybuchy i wstrząsy dochodzące z powierzchni.

– Przemek, w tej chwili idź na górę i przynieś leki ojca! – zakomenderowała Rogalska.

– Chyba cię, matka, cycki pieką. Nigdzie nie pójdę.

– Jak śmiesz, gówniarzu! – krzyknęła Emilia ze łzami w oczach. – To twój ojciec!

Przemek wzruszył ramionami. Michał widział, że facet próbował robić hardą minę, ale tak naprawdę był śmiertelnie przerażony. A taki był z niego kozak, pomyślał. Raz, kiedy o czwartej nad ranem poszedłem mu zwrócić uwagę na hałasy, nawalony powiedział, że specjalnie dla mnie ukuł nowy termin: „cioto-pizda", i zatrzasnął mi drzwi przed nosem.

Emilia nawet nie próbowała dalej prosić syna, głaskała męża po głowie i coś tam do niego mówiła po cichu uspokajającym tonem. Michał rozejrzał się po pomieszczeniu. W świetle słabej żarówki ledowej z kempingowej lampki spostrzegł, że teraz wszystkie spojrzenia były skierowane na niego. Ja pierdolę, jęknął w duchu, jestem tu teraz jedynym mężczyzną, dlaczego takie rzeczy zawsze muszą się przytrafiać akurat mnie? Zauważył jak Basia, kręcąc głową, wypowiedziała bezgłośnie: „nie".

– Dobra, ja pójdę – odezwał się głucho. – Gdzie są te leki?

– W kuchni, na półce po lewej, w koszyczku zaraz przy srebrnym moździerzu. Na opakowaniu w rogu jest takie czerwone serduszko – powiedziała Emilia z wdzięcznością. – Niech pana Bóg błogosławi.

Przyda się, pomyślał Michał, odwrócił się w kierunku wyjścia z piwnicy i stanął jak wryty. Między nim a drzwiami stał Antek. Nie kiwał się, nie miał swojego zwykłego dobrotliwego, zagubionego wyrazu twarzy. Jego oczy pałały jakąś obłąkańczą wściekłością, a z ust toczyła mu się piana.

– Nikt stąd nie wyjdzie! Nigdy!

Mężczyzna zawył i zamachnął się czymś na Michała. Ten cofnął się odruchowo i zobaczył, że Antek trzyma w dłoni długi bagnet, którym wcześniej z Rogalskim otwierali konserwy. Michał uniósł ręce w geście poddania i cofnął się jeszcze o kilka kroków. Antek zaczął krążyć pod drzwiami z kurczowo zaciśniętą w ręce bronią, mamrocząc coś do siebie. Początkowo Michał nie mógł wychwycić sensu słów, ale w końcu, gdy na górze doszło do krótkiej przerwy w ostrzale, usłyszał, jak tamten powtarza do siebie zduszonym głosem:

– Niebezpieczny nie jestem. Niebezpieczny nie jestem. Niebezpieczny nie jestem.

5.

Roman Gurski wpatrywał się w turkusowe wody morza oraz dwie palmy, malowniczo pochylające się nad plażą. Chciałbym się tam znaleźć chociaż na pięć minut, na chwilę, żeby złapać oddech. Odwrócił wzrok od billboardu reklamującego tanie wycieczki do egzotycznych krajów i po raz setny ogarnął wzrokiem miejsce, w którym się znajdował.

Siedział na krześle w części restauracyjnej centrum handlowego Silesia City Center. To właśnie tutaj umieszczono tymczasowe dowództwo dywizji zmechanizowanej. Przełożeni z jego brygady ulokowali się w wypatroszonej restauracji KFC, główne dowództwo było po sąsiedzku w McDonaldzie, a łącznicy artylerii tkwili przed swoimi monitorami w Subwayu.

Wszędzie biegali podoficerowie z meldunkami, a na podłodze rozłożyli się żołnierze z komputerowymi terminalami taktycznymi. Roman czekał na rozmowę z dowódcą kompanii, a obok niego siedział dowódca trzeciego plutonu, porucznik Tomek Przybylski. Gurski znał go słabo, wiedział, że na zgrupowaniu w Arłamowie sumiennie wykonywał polecenia przełożonych, ale podczas spotkań dowódców plutonów raczej stronił od towarzystwa. Przybylski był wysoki, dobrze zbudowany i miał kruczoczarne włosy oraz ciemną karnację. Przystojny, na pewno podoba się kobietom, pomyślał Gurski. Zwrócił uwagę na idealny stan jego umundurowania i świeżo wypastowane buty. Porucznik Przybylski unikał wzroku Romana. Nic dziwnego, historia jego dowodzenia szybko rozeszła się lotem błyskawicy po całym batalionie. To nawet zabawne, pomyślał Roman, jak nie ma łączności, to nikt nie wie, jakie są rozkazy, ale takie informacje każdy przekazuje sobie z ust do ust w tempie błyskawicznym.

Przybylski ze swoim plutonem mieli położyć ogień osłonowy na Trasę Średnicową w rejonie skrzyżowania z ulicą Grundmanna. Dostali się pod silny ostrzał z moździerzy i ukryli się w krzakach parku Alojzego Budnioka. Ludzie byli jak sparaliżowani, Przybylski stchórzył i siedzieli w chaszczach przez cały dzień. Podobno w końcu jego ludzi ruszyło sumienie i chcieli iść wykonać zadanie, ale Przybylski im zabronił. Żołnierze mówili, że był przerażony.

Gurski obrzucił krótkim spojrzeniem swoje ubranie i stwierdził, że przy poruczniku Przybylskim wygląda jak kloszard.

Mundur miał cały utytłany pyłem z klatki schodowej wieżowca, kamizelkę poszarpaną, na twarzy zarost, a na głowie tłuste włosy, które zlepiły mu się w skorupę pod noszonym przez długi czas hełmem. Na chwilę zatrzymał spojrzenie na rozległych plamach krwi na swoich spodniach i przypomniał sobie niedawne wydarzenia w biurowcu.

Kiedy zbiegali na dół jak oszalali, pierwsze rakiety uderzyły w górne piętra budynku. Paweł z drużyny Segeta zginął na miejscu, a starszy szeregowy Pawlik z drużyny Janika został ciężko ranny. Rakiety przywaliły w górne piętra, ale nie zdołały całkiem rozwalić konstrukcji. Śmigłowce wystrzelały się z rakiet i odleciały, a im udało się utrzymać dół budynku do czasu pojawienia się polskiego wsparcia. Obrona przeciwlotnicza obstawiła dach wieżowca i kiedy pojawiła się druga para rosyjskich śmigłowców bojowych, została zestrzelona, a dzięki obsadzie budynku Polacy kontrolowali teraz całe kluczowe skrzyżowanie. Niestety z rana Gurski otrzymał informację, że starszy szeregowy Pawlik zmarł w wyniku odniesionych ran. To był czwarty żołnierz, którego stracił w dwóch pierwszych dniach działań bojowych. Jego pluton liczył teraz trzydzieści osiem osób.

Krasula skończył rozmowę z „Falą" i dowódcą czwartego plutonu, odesłał ich i dał znak ręką Gurskiemu i Przybylskiemu, żeby podeszli. Obaj usiedli naprzeciwko Krasuli, przy niewielkim stoliku wciśniętym obok dużej donicy z plastikowymi roślinami. Restauracja pewnie nie działała od początku wojny, a i tak w środku ciągle było czuć woń smażonych na głębokim tłuszczu kurczaków.

– Poruczniku Gurski. – Krasula spojrzał na niego z szacunkiem i wyciągnął dłoń. – Zajebista robota, rozkazem dowódcy batalionu pierwszy pluton pod waszą komendą został wyróżniony za bohaterstwo na polu walki.

– W imieniu moich ludzi, dziękuję. – Gurski uścisnął dłoń kapitana.

– Sytuacja wygląda następująco – zaczął kapitan, wskazując palcem punkty na mapie. – Na razie udało nam się utrzymać całą linię Trasy Średnicowej. Niestety na południe od niej rządzą ruscy, ale nie poszło im tak gładko, jak planowali. Ich wojska stacjonują tutaj, do Murckowskiej, czyli linii drogi krajowej numer 86.

Krasula wykonał gest, jakby o czymś sobie przypomniał, i sięgnął do swojego terminala taktycznego, który leżał obok niego na krześle. Spytał Romana:

– Gurski, wasz raport jest już w systemie?

W odpowiedzi porucznik Gurski pokręcił przecząco głową, za to Przybylski rzucił mocnym głosem:

– Mój już jest, panie kapitanie.

Roman popełnił błąd. Wiedział, że sytuację zna tylko z opowieści i nie powinien tego robić, ale widząc nienaganny mundur Przybylskiego kontrastujący z jego własnymi, zakrwawionymi łachami, po prostu nie mógł tego darować.

– Raport z czego? Siedzenia w krzakach? Ilu, kurwa, macie rannych i zabitych? – podniósł głos.

Przybylski chciał coś powiedzieć, ale szybko zamknął usta. Spojrzał tylko na Romana, a w jego ciemnych oczach wyraźnie widać było płonącą nienawiść. Porucznik popełnił kolejny błąd. Zupełnie się tym nie przejął.

– Panowie! To nie jest czas na takie dyskusje – kapitan przywołał ich do porządku i wskazał na mapę. – Porucznik Przybylski patroluje teren wzdłuż Murckowskiej w kierunku północnym do Bagiennej, czyli Trasy Średnicowej – pokazał kapitan. – Wy, Gurski, weźmiecie południe, czyli wzdłuż osiem sześć aż do autostrady A4. Jakieś pytania?

Gurski i Przybylski pokręcili głowami.

– No to odmaszerować. Ruszacie za pół godziny, przypominam wasze ksywy na radio. Porucznik Gurski to Wisła, a porucznik Przybylski to Anders.

Mówiąc to, kapitan lekko spuścił głowę, żeby nie widzieć miny Romana. Przybylski zasalutował i odszedł sztywnym, defiladowym krokiem. Po chwili Krasula uniósł głowę i spostrzegł, że Gurski cały czas stoi przy stoliku.

– Co jest?

– Panie kapitanie, możemy zamienić słowo? – spytał Roman.

– Mówcie – westchnął Krasula.

– I co, mam teraz liczyć na tego gogusia, który wygląda, jakby dopiero co odebrał defiladę na białym koniu?

– A co ja mam zrobić?! – syknął Krasula. – Sawicki też zaczął drzeć ryja: sąd, pod sąd go! Ja wtedy mówię okej, zawsze mogę go zastąpić kimś innym, ale wysokie dowództwo stanęło okoniem.

– Jak to? – spytał zbaraniały Roman.

– Normalnie, plecak.

Gurski przejechał dłonią po zmęczonej twarzy i wypuścił powietrze w geście bezradności. „Plecak" to było slangowe określenie kogoś, kto miał w wojsku wysoko postawionych promotorów, czyli właśnie „plecy".

– Jakiś tam bratanek, czy coś, kogoś z góry. Wiecie przecież, że w sztabie nie ma już dowódców, są tylko ci z językiem uwięzionym w dupie ministra obrony. Ale Przybylski ma wszelkie niezbędne papiery, szkolenia – dodał jakby na pocieszenie Krasula. Tylko nie wiadomo kogo chciał pocieszyć, Gurskiego czy siebie.

– Jasne, ja zapierdalałem na misje, a on kursy robił – rzucił gorzko Roman.

– Nic ci nie poradzę, Sawicki też się wkurwił, ale na razie ma ważniejsze sprawy na głowie – powiedział kapitan. – Dałem ci go od północy. Stamtąd ruscy raczej nie nadejdą, więc nic ci nie spierdoli. Na razie trzymaj się od niego z daleka, a ja będę kombinował, co zrobić, żeby się go pozbyć.

Roman wstał, kiwnął głową na zgodę, zasalutował i wyszedł z restauracji w kierunku nieczynnych ruchomych schodów, prowadzących na parking, gdzie zgromadzeni byli żołnierze jego plutonu. Po drodze na dół podszedł do niego jeden z podoficerów, z którym Gurski wcześniej rozmawiał.

– Panie poruczniku. – Podoficer zasalutował. – Pan wcześniej pytał o Załęże, konkretnie rejon Zarębskiego. Dorwałem w końcu chłopaków z jednego patrolu, którzy tam byli.

– I co? – spytał Roman.

– Kompletna miazga. – Podoficer pokręcił głową.

Gurski w odpowiedzi tylko kiwnął głową i ruszył w dół. Gdy dotarł na parking, oparł się o jakąś ścianę i stał tak kilka minut. Nie chciał, aby jego ludzie widzieli go w takim stanie.

Po odebraniu rosomaków przerzucili się na miejsce bez problemu, ponieważ cała droga krajowa 86 kontrolowana była przez polskie wojska. Według wywiadu Rosjanie na razie skupiali się na przegrupowaniu jednostek i ostrzale artyleryjskim skierowanym na południowe dzielnice Katowic, aby wyczyścić sobie przedpole i ułatwić natarcie.

Pluton Przybylskiego w trzech wozach opancerzonych patrolował teren na północ od kopalni. Porucznik Przybylski zostawił Gurskiemu terminal taktyczny, ponieważ chwilowo przypadał zaledwie jeden na dwa plutony. Roman z Jovanem i dwiema drużynami zainstalowali się w recepcji kopalni, a dwa rosomaki z drużynami pod dowództwem Daniela Segeta i Krzyśka Maja patrolowały południową część wyznaczonego obszaru.

Gurski z Jovanem kazali ludziom obsadzić główny hol kopalni. Tutaj znajdowały się kołowrotki, przez które kiedyś przechodzili pracownicy i potem szerokimi, niskimi stopniami kierowali się dalej do szatni i wind, które zwoziły ich pod ziemię, do wyrobiska. Wydawszy rozkazy, Roman i jego zastępca, sierżant Lacević, siedli w holu rozparci na czarnych, skórzanych kanapach, które stały w otoczeniu lekko przywiędłych palm w masywnych donicach. Gurski spojrzał na Jovana, który właśnie zębami rozerwał plastikową torbę podgrzewacza chemicznego i wrzucił do środka zalakowaną paczkę z jedzeniem.

– Co tam masz za pyszności? – spytał Roman.

– Kuleczki mięsne z makaronem w sosie pomidorowym, tak zwane kule mocy – powiedział Jovan. Zalał zawartość podgrzewacza wodą, a potem całość zawinął i schował do tekturowej koperty. Na koniec energicznie wstrząsnął pakunkiem kilka razy i odłożył na bok.

Roman wstał i obszedł wszystkie stanowiska, aby sprawdzić, czy w razie czego żołnierze przyszykowani są na odparcie ognia, ale raczej nie spodziewał się żadnego ataku na ich pozycje. Patrole był rozesłane i pilnowały terenu, a wojskowi wywiadowcy meldowali, że z tego kierunku nie spodziewają się żadnych akcji rosyjskich wojsk.

Kiedy Gurski wrócił z powrotem na kanapę, Jovan właśnie rozpakował swoją rację żywnościową, chuchając w palce, które poparzył w zetknięciu z gorącym opakowaniem. Roman poczuł, jak w nozdrza uderza go zapach rozgotowanego makaronu z octem i przeterminowanego, podgrzanego środka do czyszczenia kibli. Sierżant Lacević niecierpliwym gestem wyciągnął z paczki widelec i zaczął pałaszować danie. Roman zobaczył, jak Boski, ku uciesze otaczających go żołnierzy, znowu pokazywał gestami, jak to obraca jakąś laskę.

– Kapral Bosak! – krzyknął Gurski.

– Melduję się, panie poruczniku! – odkrzyknął Boski.

– Powiedzcie, w kopalni to jeszcze nie ruchaliście, co?!

– Panie poruczniku! – zawołał kapral, spuszczając wzrok w udawanym wstydzie. – Druga klasa gimnazjum. Wycieczka do Wieliczki!

Zewsząd rozległy się gromkie śmiechy zgromadzonych żołnierzy. Roman uśmiechnął się i uniósł kciuk w górę, a potem rzucił półgłosem do sierżanta Lacevicia:

– Myślisz, że chłopak w ogóle kiedyś dymał?

– Szczerze wątpię – powiedział Jovan, oblizując wargi z sosu pomidorowego. – Romuś, to gówno zaczyna mi smakować. Przecież to jest pojebane!

– Ma to swoje plusy. Następne sranie czeka cię dopiero za dwa lata – rzucił Gurski.

Jovan uśmiechnął się pod nosem, wygrzebując resztki czerwonej mazi z pojemnika. Potem oblizał widelec i spojrzał ponad ramieniem Gurskiego ze zdziwieniem. Roman odwrócił się i przez duże okna kopalnianej recepcji zobaczył, jak z rosomaka przed budynkiem wysiada drużyna Maja, prowadząc parę cywili. Starszego gościa i młodą, nastoletnią dziewczynę.

Roman zerwał się na równe nogi i ruszył do wejścia. Maj wkroczył do recepcji, drąc się na cały głos:

– Janik, szybko! Mamy rannego!

Ratownik natychmiast przybiegł, rozłożył swój plecak medyczny i opatrzył starszego mężczyznę, którego posadzili na podłodze. Facet był ranny w rękę i wyrzucał słowa szybko, bez składu i ładu, najwyraźniej jeszcze zszokowany ostatnimi wydarzeniami.

– Autobusem jechaliśmy... Zaczęli napierdalać normalnie... Mówię wam, chopy, ledwośmy z życiem uszli... Reszta nie żyje... – Mężczyzna w końcu się rozpłakał.

Stojąca obok nastolatka, dygocząc, objęła ramiona rękoma, milczała, obserwowała, jak Janik opatruje jej ojca. Roman odciągnął na bok Maja i zaczął półgłosem robić mu wyrzuty.

– Co to, kurwa, jest?

– Gościu z córką. Ewakuowali ich autokarem, ruscy otworzyli do nich ogień bez ostrzeżenia, jakaś miazga – zaczął tłumaczyć Maj.

Jovan stanął obok nich i zaczął przysłuchiwać się rozmowie.

– Kapralu, to nie nasza sprawa – jęknął Gurski. – Jesteśmy w trakcie wykonywania zadania bojowego.

– To miałem pozwolić, żeby się wykrwawił? – zaoponował Maj. – Ale chuj z tym! Panie poruczniku, wie pan, gdzie ich ostrzelali? – Na Trasie Średnicowej, od wschodniej strony – dokończył, nie czekając na odpowiedź.

– No i co…

„Z tego" chciał dokończyć Roman, ale uświadomił sobie wagę tej informacji. Rosjanie wykończyli autobus pełen cywilów na obszarze, który miał być patrolowany przez pluton Przybylskiego. Wymienił zdziwione spojrzenie z sierżantem Laceviciem.

– Ja pierdolę. Ruscy wykończyli cały pluton? – spytał Jovan.

– Dawaj radio! – zakomenderował Gurski i po chwili trzymał radiostację w ręku. – Anders, tu Wisła, słyszysz mnie?

Głucha cisza, zero odpowiedzi.

– Anders? – powtórzył Lacević. – Dlaczego gościu po prostu nie nazwał się papieżem?

Roman machnął ręką na znak, że teraz to jest najmniej ważne.

– Anders, tu Wisła, jak mnie słyszysz?! – Gurski spróbował ponownie, w końcu zniecierpliwionym gestem zmienił częstotliwość. – Dżoker, tu Wisła, zgłoś się!

– Słyszę cię, Wisła – od razu usłyszeli głos Krasuli. – Jesteście już na dole?

– Na jakim dole? – Gurski zdziwił się.

– Centrum handlowego. Mieliście się wycofać!

– Nikt mi o niczym nie powiedział! – krzyknął Roman.

– Przybylski był ze mną w kontakcie, miał was poinformować! – powiedział Krasula i po krótkiej pauzie odezwał się głucho: – Kurwa, nie mówcie, że jesteście ciągle na kopalni.

O tym, że pewne decyzje i zachowania były błędne, człowiek najczęściej przekonuje się dopiero po fakcie. W pamięci Romana pojawił się obraz nienawistnego spojrzenia Przybylskiego po tym, jak został upokorzony w obecności dowódcy.

– Zgadza się, panie kapitanie – odparł Gurski, gotując się z wściekłości. – Zbieram ludzi i wracamy.

– Poruczniku – powiedział Krasula powoli. – Ruscy nacierają z północnego wschodu i od południa, poza tym prowadzą natarcie wzdłuż drogi 86. Jesteście w okrążeniu.

Roman pokręcił głową, jakby ta wiadomość w ogóle do niego nie docierała.

– To natarcie w jakiej sile? – spytał Gurski.

– Dywizja.

Roman spojrzał na Jovana, który przymknął oczy i zaklął bezgłośnie.

– Panie kapitanie, proszę o dalsze instrukcje – wychrypiał do radiostacji Gurski.

– Poruczniku, znacie temat. Jeśli znaleźliście się w okrążeniu, to wyjście jest jedno. Trzeba się z tego kotła wyrwać.

– Dziękuję za radę, bez odbioru.

Roman wypowiedział te słowa niezwykle spokojnym głosem, wyłączył radiostację i z całej siły grzmotnął nią o ziemię tak, że rozsypała się na kawałki. Potem wolnym krokiem podszedł do kanapy, na której wcześniej siedział, zgarnął z oparcia swojego beryla i drąc się jak opętany, zaczął rozbijać kolbą szklane gabloty. Na podłogę posypało się szkło, spadły ozdobne puchary i talerze, „Lider polskiej ekologii 2008", „Wzorowy pracodawca 2011", „I Miejsce dla Górniczej Orkiestry Dętej przy KWK Wieczorek". W końcu Jovan złapał Gurskiego za ramiona i silnym ruchem przycisnął do jednej ze ścian.

– Romuś, nie przy ludziach – syknął mu do ucha sierżant.

– Co, kurwa, nie przy ludziach! – wydarł się Roman, oswabadzając z uścisku. – Mamy stawić czoło dywizji w sile plutonu? Osiem tysięcy ludzi przeciwko czterdziestu?

Jovan milczał, Roman dyszał ciężko, powoli się uspokajał, odłożył karabin na kanapę. Zaczął zbierać myśli, był już bliski wydania pierwszych rozkazów. Chciał powiedzieć chłopakom, żeby wzywali Segeta, niech wykręcają rośkami, szykują stanowiska bojowe, ogień osłonowy, gniazda karabinów maszynowych. To wszystko bez sensu, skala gówna, w jakim jesteśmy, totalnie mnie przerasta, pomyślał. Jestem dowódcą plutonu trupów.

– Chopy, jo mom pomysł!

Wszyscy jak na komendę odwrócili się w kierunku mężczyzny, który ciągle siedział w tym samym miejscu co poprzednio, z zabandażowaną przez kaprala Janika ręką.

6.

Stół uginał się od jedzenia. Świeże pieczywo, białe i ciemne, jajka gotowane na twardo z majonezem i szczypiorkiem, jajecznica w pojemniku z podgrzewaczem, wędliny, kiełbasy, warzywa i owoce. Ojciec przez całe swoje życie hołdował jednej zasadzie odżywiania. Bardzo obfite śniadanie, trochę lżejszy obiad, a na kolację tylko trochę warzyw, najpóźniej o osiemnastej. Dodatkowo mył się jedynie w zimnej wodzie. Trzeba przyznać, że te metody były niezłe, zawsze był w świetnej formie i nigdy nie miał grama tłuszczu, nawet po wypadku. Liczył sobie siedemdziesiąt osiem lat i pewnie czekało go jeszcze jakieś minimum piętnaście. Niestety, pomyślała Danuta.

Obserwowała, jak Remigiusz Czaja, którego Henryk zaprosił na śniadanie, przygotowywał sobie ósmą z rzędu kanapkę, grubo posmarowaną masłem i porządnie obłożoną kilkoma plastrami wędlin. Danucie od początku nie spodobał się ten oślizgły typ. Codziennie widywała ludzi, którzy przychodzili wymienić biżuterię na żywność, i nie mogła się nadziwić, że zaledwie tydzień wojny wystarczył, aby z kraju po prostu wymiotło jedzenie. Ojciec jej później tłumaczył, że to nie lata czterdzieste dwudziestego wieku, kiedy na targach rolnicy handlowali własnymi plonami. W dzisiejszych czasach żywność sprzedaje się na bieżąco, import, eksport, dowozy ciężarówkami. W przypadku wojny konwencjonalnej cały ten kruchy łańcuch połączeń rwie się na strzępy i dostawy ustają praktycznie z dnia na dzień. Poza tym każdy właściciel sklepu przede wszystkim chowa zapasy dla siebie.

– Podobno pod patykiem bazar jest pierwsza klasa, wszystko tam mają – powiedział Remigiusz Czaja z pełnymi ustami.

– Słyszałem – odparł Henryk. – Trochę nam podbierają klientów. Ale większość boi się jeździć do miasta. Wie pan, rakiety.

– Bombardowania są sporadyczne, nasza obrona przeciwlotnicza jednak jakoś działa. – Remigiusz wzruszył ramionami. – Co innego na północy.

– Masz pan stamtąd jakieś wieści? Jak?

– Mam w domu CB radio, ludzie przekazują sobie informacje z punktu do punktu, na zasadzie głuchego telefonu.

– Takie coś może jednak wypaczyć treść informacji – zaoponował Henryk.

– Zgadza się, jednak co robić, gdy telefony i internet nie działają.

– Więc co tam się dzieje na północy? – zagaił ojciec.

– Ofensywa, tak samo jak na południu. W Gdańsku cumują rosyjskie okręty, wielkie transportowce, które wysadzają żołnierzy na brzeg, a Starówki podobno już nie ma.

– Jak to nie ma? – zdziwiła się Danuta.

– Normalnie, najpierw nasi się bronili, a potem ruscy przetrzebili wszystko artylerią rakietową. Zrównana z ziemią, a Motławę można przejść suchą nogą, tak zasypana gruzem – ciągnął opowieść Remigiusz, konstruując kolejną, dziewiątą już kanapkę. Facet był nieprawdopodobnie wygłodniały.

– Skurwysyny – skomentował cicho Henryk. – Przejdźmy do konkretów.

– Zamieniam się w słuch.

– Zaprosiłem dzisiaj tu pana, żeby z nim przedyskutować pewną... – Henryk szukał odpowiedniego słowa – ...przysługę, którą być może będzie pan w stanie mi wyświadczyć.

Odjechał na chwilę swoim wózkiem od stołu i wrócił po chwili. Odsunął na bok filiżanki i talerze i rozłożył dużą, szczegółową mapę powiatu piaseczyńskiego.

– Te zaznaczone punkty. – Remigiusz wskazał ręką. – Co to takiego?

– To jest właśnie przedmiot naszej dyskusji. Apteki oraz dwie hurtownie leków.

– Rozumiem – powiedział powoli Czaja. – Na czym polegałaby ta przysługa?

– Na tym, aby skorzystał pan ze swego fachu i przywiózł mi zawartość tych punktów. Leki, dużo leków i artykułów medycznych, proszę brać wszystko jak leci.

Henryk odjechał od stołu i dał znać Remigiuszowi, aby stanął obok niego przy oknie. Gość również wstał i podszedł szybko, po drodze pakując do ust dwie połówki jajka na twardo z majonezem. Za oknem rozciągał się widok na parking, położony przy głównej hali. Na placu stało piętnaście furgonetek oraz dwa duże ciągniki siodłowe z naczepami, wszystkie z namalowanym logo firmy Henryka Wojnarowicza z czasów, gdy zajmował się hodowlą kwiatów.

– Będzie pan mógł pojechać tym dużym? – spytał Henryk. – Na tyle właśnie towaru liczę od pana.

– Ja sam nie umiem, ale i tak będę musiał wziąć kogoś do pomocy. Znam ludzi, niech pan będzie spokojny.

Henryk kiwnął głową, wykręcił wózkiem i obaj z powrotem zajęli miejsca przy stole.

– Przecinarkę plazmową już mam. Może pan zabrać sprzęt od razu po naszym spotkaniu.

– Wie pan, taka robota będzie wymagała dodatkowego wynagrodzenia. – Czaja wreszcie nasycił swój apetyt i teraz usta, uwolnione od przeżuwania, znowu wykrzywiły się w przebiegłym uśmiechu.

– Nie jestem idiotą – powiedział stanowczo Wojnarowicz. – A pana też nie traktuję jak durnia. Oczywiście, że otrzyma pan za to sowitą zapłatę.

– Trochę niebezpieczna sprawa. Wolno stojące, opuszczone domy łatwiej się skubie – zaczął Remigiusz, ni to do nich, ni to do siebie. – Co prawda masa ludzi uciekła, ale policja jakoś tam funkcjonuje. Z naciskiem na „jakoś", więc ludzie dodatkowo organizują się w patrole obywatelskie. Za takie coś można solidnie oberwać.

– Spokojnie, zapłacę panu kupę pieniędzy – powiedział Henryk.

Pod wpływem tej informacji Czaja roześmiał się głośno i na ułamek sekundy otworzył usta w szerokim uśmiechu, choć zaraz przysłonił je ręką. Ta krótka chwila pozwoliła Danucie ocenić stan jego uzębienia. Krzywe, żółte na dole i poczerniałe na górze, na dodatek brakowało prawej górnej jedynki i lewego dolnego kła. Nic dziwnego, że facet nigdy nie pokazuje zębów, pomyślała Danuta. Widok był obrzydliwy.

– Na chuj mi pieniądze? – spytał Remigiusz i od razu się zreflektował, spoglądając w kierunku Danuty. – Przepraszam panią za wyrażenie. Wczoraj dziesięć jajek kosztowało sześćdziesiąt cztery złote, a dzisiaj już osiemdziesiąt. Proponuję pański środek płatniczy, panie Henryku.

– Ile? – zapytał krótko ojciec.

– Trzysta gram złota – powiedział spokojnie Czaja.

– Kurwa! Ile? – zawołał oburzony Henryk.

– A co pan myśli? Ludziom też muszę coś odpalić. Ja rozumiem, że jest wojna, ale to nie tak, że tych hurtowni nikt nie pilnuje. Kogoś trzeba będzie uszkodzić na bank. Dodatkowe ryzyko.

– I za to dodatkowe ryzyko chce pan złoto warte przy dzisiejszym kursie dwadzieścia osiem tysięcy dolarów? – spytał z uśmiechem ojciec.

– A same leki? – rzucił Remigiusz. – Co, może są gówno warte? Mało pan zarobi na ich sprzedaży?

– Oczywiście, że mają wartość. Gdyby tak nie było, nic bym panu nie proponował za robotę, tylko od razu poszczuł psami. – Głos Henryka zabrzmiał groźnie, ale Czaja nie wyglądał na przestraszonego. – Osiemdziesiąt gramów to jest wszystko, co mogę dać.

– Dwieście.

– Do widzenia panu. – Henryk wyciągnął dłoń do Remigiusza.

– Żegnam – powiedział gość, ściskając rękę i wstając. – Czy jestem panu coś winien za śniadanie?

– Ależ skąd, był pan moim gościem. Nie ma o czym mówić.

Czaja szarmancko skinął głową Danucie i ruszył w kierunku drzwi, by jednak po chwili wrócić i usiąść przy stole.

– Sto dwadzieścia gram i jedna z tych pańskich furgonetek, które stoją na placu – powiedział Remigiusz.

– Stoi. – Henryk uśmiechnął się do niego i ponownie wyciągnął dłoń.

– Będę za dwie godziny, weźmiemy wtedy przecinarkę i samochód – powiedział Czaja, ostatni raz wymienili uprzejmości i mężczyzna wyszedł, zamykając za sobą drzwi.

– Możesz mi wyjaśnić, o co w tym wszystkim chodzi? – spytała ojca Danuta po dłuższej chwili milczenia.

Henryk uśmiechnął się pod nosem, podjechał do niej na wózku i powiedział:

– Olśniło mnie wczoraj, kiedy musiałem zażyć leki na serce.

– Co się dzieje? Źle się czujesz? – zapytała Danuta. Miała nadzieję, że troska w jej głosie była szczera.

– Przestań. – Ojciec machnął ręką. – Oboje wiemy, że masz to w dupie. Kiedy wziąłem leki, zrozumiałem, co w niedługim czasie będzie cenniejsze niż jedzenie. Wiem, że teraz bluźnię, ale nawet cenniejsze niż złoto.

– Nie rozumiem.

– Pomyśl, ilu niedługo będzie rannych, to po pierwsze. Po drugie ludzie przyjmują na co dzień leki, których wkrótce zabraknie. Zrobią wszystko, by ocalić swoje zdrowie i życie.

Henryk zamyślił się na chwilę, oczy mu zalśniły i podjął na nowo, z większym zapałem.

– A dzieci? Wiesz, co ludzie zrobią, żeby ochronić swoje dzieci? Tak jak ten frajer z wczoraj, co chce ratować nawet warzywo tylko dlatego, bo to jego syn. Rozumiesz?

Danuta patrzyła na swojego ojca i w ogóle nie dostrzegała w nim kogoś z nią spokrewnionego. Widziała obcego człowieka, który mówi straszne rzeczy. Zabolało ją też wspomnienie o Zenonie Marczaku. Nie wiedziała dlaczego, ale ciągle nie mogła wyrzucić go z głowy. Trzeba było zrobić zdjęcie, wydrukować plakat i powiesić go sobie nad łóżkiem, cholerna idiotko, dodała do siebie w myślach.

– Jesteś obrzydliwy – powiedziała.

– Danusiu, przecież to całe złoto, ten majątek, który teraz gromadzimy. Robię to również dla ciebie.

– Nieprawda, robisz to tylko dla siebie.

– Zgoda – westchnął Henryk. – Wiesz, że nigdy nie umiałem kłamać.

– Nie chcę dłużej pracować przy skupie – wyznała Danuta. – Codziennie słuchać pretensji tych ludzi i ich błagań o więcej jedzenia albo po prostu wyzwisk, że jesteśmy złodziejami.

– Jeśli myślisz, że będziesz sobie słodko leżeć i popierdywać w kołdrę tylko dlatego, że jest wojna, to bardzo się mylisz, moja panno.

– Wolę już robić w magazynie.

– Jak chcesz – powiedział szorstko Henryk. – Zawsze poddawałaś się przy byle gównianym wyzwaniu.

Danuta wstała i uśmiechnęła się pod nosem. Ciągle słuchała się ojca i była pod jego wpływem, ale te wieczne gadki o tym, że jest nic niewartą nieudacznicą i niewdzięczną gówniarą, nie raniły jej już tak bardzo jak kiedyś. Ostatnio złapała się na tym, że jej życie byłoby o wiele lepsze, gdyby ojciec nie istniał. Może dostanie zawału, pomyślała, a może trafi go jakaś bomba, w końcu jest wojna. Jednak mimowolnie czuła, że największą radość odczułaby, gdyby ojciec został zamordowany. Bardzo szybko miała pożałować swoich myśli.

Obudziła się o piątej nad ranem z niemiłosiernie zdrętwiałymi rękoma. Była cała obolała po przepracowaniu dniówki w magazynie. Przekręciła się na drugi bok, kiedy usłyszała silnik ciężarówki na placu. Zdziwiona czyjąś obecnością, Danuta wstała, zarzuciła szlafrok i podeszła do okna, nie zapalając światła. Uchyliła żaluzję i zobaczyła, że ciągnik siodłowy z naczepą zatrzymuje się przed domem.

Po chwili ujrzała, jak z szoferki wysiadł nieznany jej mężczyzna, z drugiej strony kabiny też ktoś wysiadł i wyszedł przed samochód. Od razu poznała jego przygarbioną sylwetkę, to był Remigiusz Czaja. Od strony domu zbliżali się Kafar i ojciec na swoim wózku. Jak na początek listopada noc była wyjątkowo ciepła, więc przez otwarte okno Danuta mogła słyszeć ich głosy.

– No i jak, udało się? – spytał Henryk.

– Co się miało nie udać? Wszystko jest, zawalone po dach – powiedział Czaja. – Będziemy potrzebować widlaka, żeby to zdjąć, bo część mamy na paletach.

– Pokazuj – rzucił krótko ojciec.

Wszyscy przeszli na tył ciężarówki, a kierowca odryglował i otworzył tylne drzwi na całą szerokość. Od tego momentu sprawy potoczyły się błyskawicznie. Z części załadunkowej samochodu wyskoczyła jakaś zwinna postać. W dłoni tego mężczyzny oraz w ręce kierowcy pojawiły się teleskopowe, rozkładane krótkie pałki, którymi obaj w kilku ruchach powalili Kafara na ziemię i zaczęli z całych sił okładać leżącego.

Remigiusz Czaja zwinnym ruchem wyciągnął coś z kurtki i założył na rękę, po czym grzmotnął brutalnie ojca w twarz. Henryk przewrócił się wraz z wózkiem na ziemię. Czaja wymierzył ojcu jeszcze dwa silne kopniaki w brzuch, po czym zaczął się drzeć:

– Gdzie jest złoto, ty stary dziadu?! – Zaakcentował swoje pytanie kopniakiem w twarz. – Gdzie jest, kurwa, złoto?!

Danuta, całkiem rozdygotana, zasłoniła żaluzje i pobiegła na bosaka do sypialni ojca, modląc się, aby nie okazało się, że wiecznie podejrzliwy Henryk zmienił ostatnio kod do sejfu. Wpadła do pomieszczenia, odchyliła wiszący na ścianie obraz i sięgnęła do metalicznie połyskującej klamki, otwierającej skrytkę. Na szczęście sejf nie był zamknięty. Odkąd w jednej z hal powstało specjalne, zbrojone pomieszczenie do przechowywania złota, wszystkie kosztowności ojciec przeniósł właśnie tam. Danuta miała tylko nadzieję, że w sejfie zostawił chociaż pistolet, żeby mieć go pod ręką. Wypuściła powietrze z uczuciem ulgi, gdy namacała zimny, ciężki kształt. Chwyciła go w rękę i zbiegła schodami w dół. Ojciec nieraz pokazywał jej, jak się odbezpiecza broń i jak z niej strzelać. Nie zamierzała jednak używać pistoletu, ponieważ była roztrzęsiona. Chciała po prostu dać go Kafarowi, któremu na pewno nie zadrży ręka.

Otworzyła drzwi wejściowe, wypadła na bosaka na plac przed domem i od razu otrzymała uderzenie w skroń. Cios był tak silny, że obrócił nią i poczuła, jak robi jej się niedobrze, a miękkie nogi najpierw sprowadziły ją na kolana, a potem całkiem odmówiły poruszenia. Teraz rękę z pistoletem trzymała pod brzuchem i kiedy spróbowała ją wyciągnąć, poczuła, jak ktoś kładzie jej nogę na pośladku i mocno przyciska do ziemi.

– Ciesz się, że dostałaś z pięści, a nie kastetem – usłyszała zdyszany głos Czai. – Ej, chłopaki! Jak już stary powie nam, gdzie trzyma kasę, to mam dla was nagrodę. Ja zamawiam pierwsze ruchanie!

Czaja zdjął nogę z tyłka Danuty i zanim odszedł w kierunku ojca, rzucił jeszcze na odchodnym:

– Leżeć tu, bo zajebię jak sukę!

Danuta wyszarpnęła rękę z pistoletem spod brzucha, odbezpieczyła broń i pociągnęła trzykrotnie za spust samopowtarzalnego glocka. Rozległy się krótkie, głośne strzały, ale żaden z pocisków nie trafił ani w Czaję, ani w kogokolwiek innego. Wszystkie poleciały w powietrze, co nie znaczy, że nie przyniosły żadnego skutku. W wyniku tej kanonady jeden z napastników, którzy do tej pory znęcali się nad Kafarem, ruszył na Danutę, drugi zaczął biec w kierunku bramy, natomiast sam Remigiusz w szoku oglądał się od stóp do głów, zastanawiając się, czy i gdzie został trafiony.

Danuta zobaczyła zakrwawioną twarz wieloletniego sługi ojca, który wyciągał w jej kierunku rozcapierzoną dłoń. Szybko zabezpieczyła pistolet i szurnęła nim po ziemi w kierunku leżącego. Jeden z napastników dobiegł już do niej i wymierzył mocnego kopniaka w brzuch. Ból eksplodował w jej trzewiach z siłą rażenia pioruna, a w oczach stanęły łzy. Mimo to dostrzegła, że Kafar zdołał doczołgać się do pistoletu, chwycił go, spokojnie wymierzył i pociągnął za spust. Bandyta, który szykował się do zadania Danucie drugiego kopniaka, upadł na twarz z przestrzeloną klatką piersiową. Kafar, charcząc, z trudem usiadł i zaczął celować w uciekającego, który był już przed bramą i zaraz mógł zniknąć z pola widzenia. W tym samym momencie Czaja zrozumiał, że jego pozycja zmieniła się diametralnie, i również rzucił się do ucieczki.

Danuta, pokonując ból, zerwała się na równe nogi i pobiegła za uciekającym, ścigając go na bosaka po zimnej kostce brukowej.

Znowu rozległ się huk wystrzału i uciekinier, który przekroczył już linię bramy, padł martwy na asfaltową drogę ciągnącą się za posesją. Natomiast Danuta, która wreszcie przekonała się o tym, że codzienne poranne bieganie nie służy tylko po to, aby utrzymać zgrabną figurę, szybko dogoniła Czaję i złapała go za nogi, obalając na ziemię. Niestety teraz oboje byli zasłonięci przez ciężarówkę, więc Kafar nie mógł oddać strzału. Chcąc wyswobodzić się z uścisku, Remigiusz zaczął kopać Danutę po twarzy i rękach. Kafar z jedną ręką zupełnie bezwładną i wykrzywioną pod dziwnym kątem, ciężko dźwignął się i zataczając, podszedł do Danuty i Czai. Wyciągnął rękę z pistoletem i wymierzył w Remigiusza, który zamarł w bezruchu z dłonią wyciągniętą niczym tarcza w kierunku wylotu lufy.

– Nie! Nie! Nie-eee!

– Zostaw go! – zawołał słabym, wstrząsanym kaszlem głosem Henryk.

Kafar schował pistolet za kurtkę i wyciągnął stamtąd krótki, gruby metalowy pręt. Ten sam, który Danuta widziała po raz pierwszy w robocie podczas wymierzania kary w szklarni, gdy była dzieckiem. Kafar nigdy nie rozstawał się z tym narzędziem. Silne ciosy z mocą maszyny pneumatycznej zaczęły spadać na nogi Czai. Mężczyzna wił się i darł z bólu, a i tak suchy trzask łamanych kości przebijał się przez jego krzyki. Kiedy Kafar całkiem zmasakrował nogi Czai, schował pręt i ruszył w kierunku Henryka.

Danuta siedziała zdyszana, miała wściekle obolałą twarz, a w brzuchu czuła uporczywe kłucie i pieczenie. Może coś tam pękło, pomyślała ze strachem. Obserwowała w milczeniu, jak Czaja z wyrazem przerażenia w oczach czołga się w kierunku bramy. Jego ciało od pasa w dół było bezwładne, a nogawki spodni szybko nasiąkały krwią z otwartych złamań. Wyglądał jak pies, który najechany w połowie przez samochód, w kompletnym szoku próbuje wrócić do domu.

Kafar podniósł najpierw wózek, a potem Henryka, którego posadził na fotelu. Ojciec chwycił za dźwignię i ruszył swoim elektrycznym pojazdem. Jego usta wyglądały jak po zabiegu szalonego chirurga plastycznego, ściśnięta, nabrzmiała opona, która lada chwila pęknie. Jedno oko było całkowicie zamknięte. Drugie również było opuchnięte, ale przez wąską szparę widać było źrenicę. Kiedy Danuta zobaczyła to spojrzenie, poczuła, że betonowa kostka, na której siedzi niemal gołym tyłkiem, robi się jeszcze bardziej lodowata.

Kafar wyciągnął pistolet i podał go ojcu. Potem złapał jęczącego Czaję za ramiona i posadził tak, aby jego głowa była na wysokości kolan Wojnarowicza. Nogi rannego zmieniły gwałtownie pozycję i Remigiusz zatrząsł się od zwierzęcego wrzasku.

Henryk krótkim szarpnięciem wcisnął lufę pistoletu w usta Czai, gruchocząc do reszty jego obrzydliwe zęby. Remigiusz spojrzał na Henryka i coś powiedział, ale z bełkotu nie dało się wychwycić żadnego słowa. Ojciec pociągnął za spust i cały tył głowy Czai odfrunął daleko za bramę, a zawartość czaszki rozbryzgnęła się na kostce. Po chwili martwy opadł i z mlaśnięciem uderzył resztkami głowy w mokrą kałużę.

Henryk bez słowa oddał pistolet Kafarowi, przejechał ustami po wnętrzu zmasakrowanej jamy ustnej i wypluł trzy zęby. Był myślącym człowiekiem, szybko analizował sytuację, nawet w tak krytycznych warunkach, dlatego szybko zrozumiał swój błąd. Muszę mieć własną armię, pomyślał.

7.

Noc była prawdziwym koszmarem. Michała przerażała myśl, że gdy choć na chwilę przymknie oczy, wariat ich zaatakuje. Antek trzymał w ręku bagnet i ciągle chodził pod drzwiami z szeroko otwartymi oczami. Cztery kroki w lewo, cztery kroki w prawo i tak już od dobrych dziesięciu godzin. Michał początkowo myślał, że chory psychicznie facet w końcu zmęczy się, chociaż na chwilę usiądzie i odłoży broń, ale powoli zaczynał tracić nadzieję na taki finał. Powoli zaczął podejrzewać, że pod opieką matki Antek był na silnych środkach uspokajających, a kiedy został od nich odstawiony, jego choroba objawiła się w pełnym rozkwicie.

Bombardowania na zewnątrz osłabły, ciągle słychać było odgłosy wybuchów i kanonady, ale teraz dźwięki te dochodziły z bardzo daleka. Michał rozejrzał się po sali, Przemek siedział skulony na swoim łóżku, dwie siostry, przytulone do siebie na ciasnej powierzchni polówki, spały jak zabite. Emilia klęczała przy Ambrożym, obejmując jego głowę, chyba lekko drzemała. Natomiast z samym mecenasem nie było najlepiej. Mężczyzna był blady jak ściana, a jego oddech stał się krótki i urywany, jakby każde zaczerpnięcie powietrza było dla niego olbrzymim wysiłkiem. Natka i Jurek spali na swoim łóżku, a Basia leżała na polówce, na której brzegu siedział Michał.

Mężczyzna delikatnie dotknął końcami palców rozcięcia na szyi, które przestało już krwawić. Rana nie była groźna, ale cała sytuacja, w której się znaleźli, poważna. Kilka godzin temu górne oświetlenie, którym była zawieszona lampka kempingowa, zaczęło słabnąć. Michał poprosił Antka o to, żeby mógł zmienić baterię, na co tamten dostał kolejnego ataku szału i zaczął wymachiwać bagnetem. W końcu zgodził się, ale podczas wymiany baterii trzymał ciągle ostrze przy szyi Michała. Michał nie chciał ryzykować, że kiedy światło zgaśnie, Antek rzuci się i zacznie dźgać po omacku. Wariat początkowo nie pozwalał nawet nikomu korzystać z prowizorycznej toalety, ale w końcu się zgodził. Sam w ogóle nie dbał o tego typu przyziemne potrzeby, o czym świadczyły pokaźne plamy na jego spodniach.

– Muszę coś zrobić – rzucił Michał ledwo słyszalnym szeptem.

– Ani mi się waż – wyszeptała Basia.

– Jestem tu jedynym mężczyzną.

– Tak, mężczyzną, który ma żonę w ciąży i dwójkę dzieci. Siedź na dupie! – syknęła Basia. – Ten świr w końcu się zmęczy i opadnie z sił.

– Nie byłbym tego taki pewien – odpowiedział.

– Co to?! Nie gadać! – wydarł się Antek, zatrzymując na chwilę. – Czujni! Wszyscy są czujni!

Mężczyzna omiótł ich spojrzeniem i znowu ruszył w swój obłąkańczy marsz. Cztery kroki w lewo, cztery kroki w prawo. W duchu Michał był wdzięczny swojej żonie za jej postawę. Bał się jak cholera i jeśli uważał, że ktokolwiek powinien coś zrobić, to był to syn państwa Rogalskich, „wiecznie młody" złodziej samochodowy i osiedlowy lump. Jednak wiadomo było, że akurat na niego w ogóle nie ma co liczyć.

W końcu podjął decyzję. Wiedział, że takie czekanie jak do tej pory było bez sensu. Miał dość czasu, aby przeanalizować marszrutę Antka. Wiedział, w którym momencie mężczyzna ma najmniejszą możliwość ogarnięcia choćby kątem oka jakiegoś ruchu na sali. Od wariata dzieliło go dobre cztery metry, ale jeśli zerwie się wyjątkowo szybko i skoczy, to zajmie mu to ułamek sekundy. W końcu uznał, że im dłużej się waha, tym gorzej. Skoczył.

Złapał Antka i od razu powalił go na ziemię, dociskając jego ręce do podłogi i siadając na nim okrakiem. Pokonany mężczyzna mrugał oczami, zupełnie zaskoczony, niemal tak samo jak Michał, który oszołomiony swoim zwycięstwem myślał o tym, jak teraz odebrać wariatowi bagnet. Wtedy Antek naprężył się i wstał, zrzucając z siebie Michała. Jego siła była zadziwiająca, zupełnie jakby był maszyną. Michał próbował się bronić, ale napierające ramiona mężczyzny były nie do zatrzymania.

Od razu przypomniało mu się, że kiedyś jako dziecko włożył rękę między zasuwające się drzwi windy, a te nie zatrzymały się, tylko powoli zamykały się dalej. Z opresji uratował go ojciec, ale teraz taki sam strach chwycił Michała za gardło, kiedy nie umiał stawić oporu Antkowi.

Mężczyzna zamachnął się bagnetem, a Michał zasłonił się ręką i ostrze prześlizgnęło się po skórze dłoni, chrobocząc o kości śródręcza. Nic nie bolało, pomyślał w panice, a jego przeciwnik jednym ruchem rzucił go na ziemię, po czym złapał ręką obie jego dłonie i przycisnął do piersi leżącego, wyciskając resztki powietrza z jego płuc. Prawa ręka Antka uniosła się do góry, gotowa zadać decydujące pchnięcie.

Sekundę przed zadaniem ciosu mężczyzna usłyszał ogłuszający wrzask, zawahał się i odwrócił się w prawo. Zobaczył, jak Basia z rozcapierzonymi palcami i furią na twarzy szarżuje na niego z pełną prędkością. Antek nie miał ani chwili na reakcję, żona Michała uderzyła w niego, a on stracił równowagę i poleciał w kąt piwnicy, przebierając nogami, które rozpaczliwie próbowały złapać równowagę. Potknął się o wystającą ponad poziom podłogi betonową wylewkę i runął głową do przodu, nadziewając się na wystający, metalowy pręt zbrojenia. Gruby drut wszedł miękko w oko Antka i wyszedł z drugiej strony, przebijając z głuchym trzaskiem czaszkę. Bagnet z metalicznym dźwiękiem spadł na beton, a ciało Antka zwiotczało i z naciskiem oparło się na tkwiącym w głowie pręcie, który ugiął się pod ciężarem martwego na tyle, że ze ściany posypały się kawałki zaprawy. Basia zgięła się wpół, oparła dłonie na kolanach i zaczęła wymiotować.

– Mama?! Co się stało?! – zawołał obudzony Jurek.

Basia odwróciła się, otarła usta i podbiegła do dzieci, przytulając je tak, aby nie widziały ciała zwisającego bezwładnie z metalowego zbrojenia. Odwróciła się tylko w kierunku Michała i krzyknęła:

– Zabierz go stąd!

Do Michała podbiegła Emilia, oderwała kawałek rękawa swojej bluzki i po pobieżnym obejrzeniu rany na dłoni opatrzyła mu rękę prowizorycznym bandażem.

– W naszej kuchni, pod półką z lekami na serce, jest szafka – zaczęła tłumaczyć gorączkowo. – Tam jest apteczka, niech pan też ją przyniesie. Tę ranę trzeba zeszyć.

Oszołomiony Michał kiwnął tylko głową. Spojrzał na zwłoki Antka, a potem na leżącego na polówce Przemka, chcąc go prosić o pomoc. Ale gdy tylko spotkali się spojrzeniami, od razu dał sobie spokój.

Otworzył drzwi prowadzące z piwnicy na górę. Chwycił Antka za szyję i ściągnął jego ciało z pręta. Schylił się, chwycił go pod ramiona i wywlekł na wąskie schody. Ciągnął martwego po schodach stopień za stopniem, zaskoczony, jak ciężko jest dźwigać bezwładne ludzkie zwłoki. W końcu udało mu się wtargać martwego na parter. Dysząc i sapiąc, oparł się ciężko o ścianę. Serce łomotało mu tak mocno, że początkowo na serio rozważał, czy aby samemu nie zażyć leków, które mają pomóc leżącemu w piwnicy Rogalskiemu. W końcu doszedł do siebie i stwierdził, że nie ma sensu wyciągać zwłok na zewnątrz. Po pierwsze, nie miał już siły, a po drugie, uważał, że na razie nie ma po co wychodzić na ulicę, bo mogło tam być niebezpiecznie. Zaczął wchodzić powoli schodami w górę, ciesząc się, że Rogalscy mieszkali na drugim piętrze. Niestety gdy pokonał jedną kondygnację, czekała go niemiła niespodzianka. Od pierwszego piętra klatka schodowa została zawalona tak, że dalsza wspinaczka była niemożliwa. Zdał sobie sprawę, że niezbędna będzie ocena zniszczeń całej kamienicy. W tym celu musiał opuścić swoje bezpieczne schronienie.

Kiedy wyszedł na ulicę, nogi się pod nim ugięły, zatoczył się i oparł o futrynę, z której jeden wybuch wyrwał drzwi. Ulica, przy której mieszkał, zamieniła się w wąwóz cegieł. Nie wiedział, jak to możliwe, ale niemal wszystko, prawie każdy centymetr powierzchni pokryty był kawałkami cegły, gruzu, pyłu lub innego śmiecia. Budynek szkoły i przedszkola, który stał naprzeciwko, przestał istnieć, po prostu go nie było. Żadnych wystających ścian, fundamentów. Nic. Morze gruzu. Rozejrzał się dookoła i zobaczył, że nawet drzewa nie mają na sobie grama zieleni. Każdy liść oblepiony był szczelnie szarym pyłem. Świat był całkiem monochromatyczny. Teraz zrozumiał, jak wiele szczęścia mieli, że przetrwali te kilka dni. Silne wybuchy ustały niemal zupełnie, z oddali dochodziły tylko jakieś krótkie, urywane kanonady karabinów maszynowych.

Michał odwrócił się, aby ocenić stan swojej kamienicy. Zobaczył wyrwę, która powstała w pierwszym dniu wojny na samym szczycie budynku, w miejscu ich dawnego mieszkania. Lewa strona domu z pierwszą klatką kompletnie się zawaliła. Za to po prawej, w trzeciej klatce, ziała dziura dokładnie w środku całej konstrukcji. Stwierdził, że jeśli trzecia klatka jest nienaruszona, to mógłby tam wejść, dojść do mieszkania z dziurą i stamtąd przejść na balkon Rogalskich. Dalej sprawa była prosta, w budynku nie ostała się ani jedna cała szyba.

Usłyszał czyjeś kroki. Kilku osób. Te kilka dni wojny skutecznie uruchomiło w nim atawistyczny instynkt samozachowawczy. Szybko padł na ziemię i wczołgał się pod stojący przy krawężniku samochód dostawczy. Pojazd był całkiem zniszczony i przywalony gruzem, ale prześwit między nadwoziem a jezdnią był na tyle duży, że Michał jakoś zdołał się tam ukryć. Z tej perspektywy miał dobrą widoczność na wylot ulicy, zza zakrętu której wyszło trzech żołnierzy.

Od razu rozpoznał w nich Rosjan ze względu na powszechną w tamtej armii dowolność umundurowania. Jeden był w cienkiej czapce uszance, drugi w hełmie, a trzeci na głowie miał zawiązaną zieloną chustę. Dwóch miało na nogach solidne, wojskowe buty, ale ten z bandaną na głowie nosił trampki. Wszyscy za to mieli na sobie kamizelki kuloodporne i karabiny przerzucone przez ramię. Szli swobodnie, raczej nie spodziewali się tu sił wroga.

Nagle spomiędzy zrujnowanych budynków na środek ulicy wyszła szybkim krokiem młoda, na oko dwudziestopięcioletnia kobieta, dźwigając w obu rękach ciężkie siatki. Na widok żołnierzy stanęła jak wryta, a oni nawet nie zwolnili kroku. Tylko ten w trampkach leniwie ściągnął karabin z ramienia i nie celując, wypuścił krótką serię w kierunku przerażonej dziewczyny. Padły trzy suche strzały, kobieta upadła na wznak, a zawartość toreb wysypała się na jezdnię. Ten, który strzelił, założył karabin na ramię i po chwili wszyscy zniknęli w jednym z niedawno powstałych wąwozów ruin.

Michał nie był w stanie powiedzieć, ile czasu spędził pod samochodem. Początkowo bał się wyjść, bo ubzdurał sobie, że oni go zauważyli i to jest pułapka. Teraz czekają za rogiem, aby wypełzł spod samochodu, i będą mogli go zastrzelić. W końcu opanował strach, przypomniawszy sobie o dogorywającym w piwnicy Ambrożym. Wyczołgał się i pobiegł do trzeciej klatki.

Szczęśliwie schody były nienaruszone i szybko dotarł na drugie piętro. Drzwi do mieszkania stały otworem, lokatorzy musieli bardzo się spieszyć, kiedy uciekali przed ostrzałem. Dotarł do ziejącej w ścianie wyrwy i stanął na jej krawędzi. Od balkonu Rogalskich dzielił go niecały metr, ale i tak zawahał się na chwilę, patrząc na ciągnącą się w dole ulicę. Dał duży krok i po chwili, pokonawszy balustradę, stał na balkonie mieszkania mecenasa. Wtykając rękę przez wybite okno i otwierając drzwi balkonowe, uświadomił sobie, że przez całe swoje dotychczasowe, czterdziestoletnie życie nie zrobił tylu rzeczy wymagających odwagi, co przez ostatnie kilka dni. W kuchni szybko odnalazł leki, a w dolnej szafce wspomnianą przez Emilię apteczkę. Wrócił tą samą drogą na ulicę i ruszył w kierunku swojej klatki schodowej.

Spojrzał na leżącego na środku ulicy trupa. Obiecał sobie wcześniej, że tego nie zrobi. Ale teraz rozejrzał się strachliwie i zaczął podchodzić powoli do ciała. Oszukiwał sam siebie, że może kobieta potrzebuje pomocy, ale dobrze wiedział, że to nieprawda. Z daleka było widać ogromną kałużę krwi. Ta czerwień zdawała się jedynym kolorem przełamującym monochromatyczny krajobraz. W siatkach było jakieś jedzenie. Zauważył, jak rozsypany kopczyk, prawdopodobnie mąki, nasiąkł krwią na tyle, że tylko jego wierzchołek pozostawał biały. Kiedy podszedł bliżej, ujrzał ładną blondynkę z oczami wytrzeszczonymi w niebo. Wcześniejsze zwłoki sąsiada i Antka nie zrobiły na nim takiego wrażenia jak te tutaj. Potem zobaczył coś, co dogłębnie nim wstrząsnęło. Biały proszek nie był mąką, zawartość wyleciała z przestrzelonego opakowania z mlekiem dla niemowląt.

Michał wrócił szybko do klatki, przekroczył zwłoki Antka i kiedy był w połowie drogi na dół, nogi odmówiły mu posłuszeństwa. Klapnął ciężko tyłkiem na jeden ze stopni i chwycił się poręczy, aby nie zemdleć. Potem zaczął płakać. Mocno i gwałtownie, ale bardzo cicho, bo bał się, że mogą go usłyszeć z piwnicy. Płakał tak, jak chyba nie zdarzyło mu się od czasów, gdy był małym chłopcem. Myślał o martwej kobiecie. Czy miała dziecko? To dla niego było to mleko? Czy tam teraz gdzieś pozostało dziecko bez matki? A może też bez ojca? Niemowlak w tym gruzowisku ruin. Żołnierze w trampkach z karabinami na ramieniu. Za co to? Dlaczego? Przecież to wszystko ludzie! Niewinni ludzie! Co oni komukolwiek zrobili?

W końcu przestał. Wytarł oczy i nos, wciągając mocno gluty. Muszę się opanować, pomyślał, nie mogę tak reagować, nie teraz. Muszę myśleć o Basi i dzieciakach. Szybko zaczął sobie wszystko racjonalizować. Może kobieta nie miała dziecka? Może chwyciła ze sklepu, co było pod ręką, byleby coś było do jedzenia? W końcu wstał, zszedł na dół i otworzył drzwi piwnicy. Był zły na siebie, że stracił tyle czasu.

Kiedy tylko wszedł do środka, Basia od razu objęła go, całując mocno w usta.

– Boże, Michał. Co się stało? – spytała ze łzami w oczach. – Gdzie ty byłeś?

Michał gestem dał znać, że potem powie, i podszedł do Emilii, wręczając jej leki i apteczkę. Emilia od razu otworzyła torbę z medykamentami i zaczęła odwijać z ręki Michała prowizoryczny opatrunek, który mu wcześniej założyła.

– Zaraz, ale co pani? – spytał zdumiony. – Najpierw niech Ambroży weźmie leki!

Emilia tylko smutno pokręciła głową, łykając łzy, i zabrała się do dezynfekcji rozciętej dłoni. Spojrzał na łóżko prawnika i zobaczył, że leżący był całkowicie przykryty kocem. Michał usiadł ciężko na podłodze. Przyglądał się, jak Emilia zręcznymi ruchami zaczyna zaszywać jego ranę, i bił się z myślami, że może gdyby nie zmarnował tyle czasu pod samochodem, a potem nie płakał jak jakieś pieprzone dziecko na schodach, to Rogalski ciągle by żył.

– Pakuj plecaki dzieciaków! – rzucił do Basi, a potem głośniej powiedział do wszystkich: – Musimy stąd uciekać! Teraz, natychmiast!

Michał zauważył, że Basia nie kwapi się, aby wykonać jego prośbę, a Przemek wstał z polówki i podszedł do niego.

– Omówiliśmy to, kiedy cię nie było. – Zwrócił się do Michała po raz pierwszy od czasu jego zejścia do piwnicy. – Nigdzie nie idziemy, to niebezpieczne. Lepiej tu zaczekać na służby, które nas ewakuują.

– Michał, porozmawiajmy o tym – włączyła się Basia. – Przecież w końcu przyślą tu jakiś Czerwony Krzyż, pomoc humanitarną. Rosjanie nie będą strzelać do cywili, tylko walczyć z żołnierzami.

– Pakuj dzieci, do kurwy nędzy!

Basia aż drgnęła i odskoczyła od niego, by po chwili szybko podejść do łóżka, na którym siedzieli Jurek z Natalką, i zacząć pakować ich plecaki. Michał przymknął oczy, nigdy wcześniej tak nie odezwał się do żony. Nigdy. Ale co miał zrobić? Zacząć dyskusję? Cierpliwie tłumaczyć jej, że właśnie na górze Rosjanie zastrzelili bez powodu zupełnie niewinną osobę? I w związku z tym nie ma co liczyć na ich dobroduszność?

Emilia skończyła szycie i teraz obwiązywała rękę Michała czystym, śnieżnobiałym bandażem.

– Jak chcesz – powiedział Przemek. – Wasza decyzja. Ale jedzenia nie dostaniecie. Zostało nam bardzo mało zapasów.

– Pocałuj mnie w dupę – odparł Michał z pogardą. – Ty jebany tchórzu.

Emilia, kończąc opatrunek, wzdrygnęła się lekko, jakby ktoś wymierzył jej policzek, ale nie odezwała się ani słowem. Przemek wyszedł w milczeniu do korytarza. Michał skinieniem głowy podziękował Rogalskiej za opatrunek i wyszedł w ślad za Przemkiem.

Syn Ambrożego stał, wpatrując się w ścianę. Odwrócił się, gdy usłyszał, że ktoś wchodzi.

– Co? – spytał niechętnie.

– Może pomógłbyś mi chociaż na koniec?

Michał uprosił Przemka, aby mu powiedział, jak odpalić samochód bez kluczyków. Wiedział, że kiedy wyjdą na zewnątrz, będą potrzebować jakiegoś transportu, by wydostać się z Katowic. Przemek pozwolił też zabrać kilka narzędzi z komórki lokatorskiej Ambrożego.

Michał czekał przy drzwiach, patrząc, jak Basia ściska się ze wszystkimi mieszkańcami piwnicy, w której wspólnie spędzili ostatnie kilka dni. Zastanawiał się, czy też powinien się z nimi pożegnać. Ale potem przypomniał sobie, że uwolnił ich od niebezpiecznego wariata, z narażeniem życia poszedł po leki dla umierającego Rogalskiego, a oni nie pozwolili mu zabrać żadnego jedzenia na drogę. Pieprzyć ich, pomyślał.

Kiedy udało mu się zamknąć drzwi z drugiej strony, popatrzył na swoją rodzinę. Basia, blada, ciągle pod wpływem nudności i złego samopoczucia, patrzyła gdzieś w bok. Pewnie nie mogła wybaczyć Michałowi tego, jak się do niej odezwał. Natalia i Jurek z plecakami, patrzący na niego niepewnym, przestraszonym wzrokiem. Wszyscy głodni jak cholera, to akurat Michał nauczył się już odczytywać z ich twarzy.

– Basiu, przed wyjściem obejmiesz Natalkę i zasłonisz jej oczy, ja zrobię to samo z Jurkiem – powiedział.

Basia w odpowiedzi tylko pokiwała smutno głową. Michał popatrzył na nich i pomyślał, że dobrze będzie podtrzymać ich jakoś na duchu. Dlatego spróbował się uśmiechnąć i powiedział:

– Nie martwcie się, wszystko będzie dobrze. Wiem, co robię.

Nikt mu nie uwierzył.

Rozdział IV

1.

Ujmując rzecz najdelikatniej, Angela Merkel nigdy nie prezentowała się jak zawodowa modelka. Ale trzeba jej przyznać, że zawsze wyglądała bardzo schludnie. Ze starannie uczesanymi włosami i w swoich nudnych, acz dobrze dobranych garsonkach idealnie komponowała się ze stanowiskiem kanclerza Niemiec, które piastowała.

Jednak teraz wyglądała wprost potwornie. Choć garsonka nie była wymięta, to zdawała się wisieć na wychudzonej i przygarbionej sylwetce pani kanclerz. Jej fryzura była w nieładzie, a zgaszone, podkrążone oczy potęgowały żałosny obraz jej osoby. Angela Merkel siedziała w fotelu, który znajdował się w jednej z salek konferencyjnych, położonych w zachodnim skrzydle nowej kwatery NATO w Brukseli. Wpatrywała się w okno, za którym widać było słońce zachodzące nad wieżami dworca kolejowego Gare de Schaerbeek.

Stan pani kanclerz spowodowany był rozmową z Gerhardem Schindlerem, do której doszło na pokładzie samolotu w drodze z Berlina do Brukseli. Gerhard szefował BND, czyli niemieckiej Federalnej Służbie Wywiadowczej, i zapoznał Angelę Merkel z obecną sytuacją w Polsce. Pani kanclerz widywała już wcześniej zdjęcia oraz plany sytuacyjne, które szpieg kreślił pozbawioną emocji ręką. Zbombardowane i płonące domy, zasypane gruzem ulice, ludzkie szczątki, kolumny uchodźców oraz pozycje wrogich wojsk. Tym, co jednak wywołało teraz u przywódczyni Niemiec wstrząs, był fakt, że obrazki te nie pochodziły z Syrii, Libii, Angoli czy Nigerii. Wszystko to działo się w sąsiadującej z Niemcami Polsce, a niektóre z miejsc widocznych na satelitarnych zdjęciach były oddalone od niemieckiej granicy o dwie godziny jazdy samochodem.

Angela Merkel odwróciła głowę w bok i spojrzała na siedzącego przy stole François Hollande'a. Ich dopiero co zakończona dyskusja była bardziej niż burzliwa i prezydent Francji miał teraz podobny nastrój, co pani kanclerz.

– Tam giną ludzie – odezwała się po angielsku Angela Merkel.

– *Je sais* – powiedział lekko zniecierpliwiony prezydent Francji i dodał po angielsku: – Tylko co niby my możemy zrobić?

– Pomóc – odrzekła pani kanclerz, siląc się na spokojny ton.

François Hollande jedynie westchnął i pokręcił głową z niedowierzaniem, jakby próbował coś wyjaśnić małemu dziecku.

– Nie zamierzam tego wszystkiego tłumaczyć jeszcze raz – powiedział, wypuszczając głośno powietrze. – Nie przejdę do historii jako prezydent, który uwikłał Francję w wojnę z Putinem.

– Tak, ale to my graniczymy z Polską i możemy być następni w kolejce!

François Hollande odwrócił się i spojrzał uważnie na Angelę Merkel. Wtedy zrozumiała. Znali się tyle lat, spotykali tysiące razy, zawsze w dobrej komitywie i jako przyjaciele. Uważała, że mają wspólny punkt widzenia i wszystkie działania, do których dążyli w ramach wspólnej Europy, miały sens. Ta cała przyjaźń, wielkie zrozumienie i braterstwo dusz skończyły się w jednej sekundzie.

– To macie problem – powiedział spokojnie Hollande.

Angela Merkel wstała powoli, wpatrując się z zaciśniętymi ustami w prezydenta Francji.

– Ty pieprzona francuska świnio! – rzuciła cicho, a w jej głowie od razu zaświtała nadzieja, że zarówno francuskie, jak i niemieckie służby dobrze przeszukały pomieszczenie i nikt tego nie nagrywa.

– O-oooo, proszę! – żachnął się francuski przywódca. – Widzę, że wychodzi z ciebie dziadek. Wiesz, taki niski, fryzura na bok i drobny, przystrzyżony wąsik.

Kanclerz Niemiec bez słowa podeszła do drzwi i otworzyła je na oścież. Wychodząc, rzuciła jeszcze:

– Zróbcie przegląd swoich statków, żeby się wam nie popsuły, jak będziecie spierdalać przez kanał La Manche.

Angela Merkel właśnie uczyniła coś po raz pierwszy w swoim życiu. Powiedziała „spierdalać". A potem zrobiła kolejną rzecz, na którą nigdy wcześniej sobie nie pozwoliła. Trzęsąc się z wściekłości, z całej siły trzasnęła drzwiami, które omal nie wyleciały z zawiasów.

*

Siedem kondygnacji pod salą plenarną nowoczesnego budynku kwatery NATO znajdował się kompleks centrum dowodzenia, w skład którego wchodziły również pomieszczenia mieszkalne oraz sale konferencyjne. Cała podziemna infrastruktura służyła tylko i wyłącznie jednemu państwu. Był to kraj, który *de facto* położył kamień węgielny w powstanie traktatu północnoatlantyckiego. Kraj, który od początku istnienia organizacji był jego filarem, podporą i praktycznie jedyną poważną siłą w sensie militarnym.

Podziemna, duszna salka konferencyjna nie miała sobie nic z wystawności pomieszczeń w naziemnych kondygnacjach. Umeblowanie pokoju stanowiły prosty, drewniany stół oraz cztery krzesła. Dekoracyjnej ascezy dopełniały dwie umocowane na suficie świetlówki oraz ściany wyłożone beżową, korkową boazerią. Donald Trump poprawiał pieczołowicie swoją fryzurę, przeglądając się w niewielkim, zawieszonym na ścianie lustrze. Gdy w końcu farbowana czupryna ułożyła się po jego myśli, swoim kształtem przypominając lotniskowiec, prezydent odwrócił się do siedzących przy stole i spytał:

– Panowie, tylko tak szczerze. Czy ja jestem przystojny?

Generał Frank Milley oraz sekretarz obrony James Mattis spojrzeli niepewnie po sobie.

– Myślę, że... – Sekretarz obrony wyraźnie się zawahał. – W sumie to jak na pański wiek...

– Jaja sobie robię! – krzyknął Donald Trump i krztusząc się ze śmiechu, zajął miejsce.

Milley i Mattis odetchnęli z ulgą i również pozwolili sobie na śmiech.

– Nie gniewajcie się, ale można ocipieć w tych podziemiach. – Prezydent USA westchnął. – Naprawdę nie możemy jechać na miasto? Zjeść kolację w jakiejś fajnej knajpce?

– Panie prezydencie, uznaliśmy, że tutaj będzie najbezpieczniej – powiedział generał Milley. – W końcu co by nie mówić, w Europie trwa wojna.

– Ale to w Polsce. – Donald Trump machnął ręką. – Dobra, przejdźmy do rzeczy. Rozumiem, że podobnie jak ja nie jesteście zainteresowani wojną?

– Nie jesteśmy zainteresowani wojną?! – niemal krzyknął generał. – Przecież wojna to wspaniała rzecz!

Donald Trump zamrugał gwałtownie i dłuższą chwilę zajęła mu konstatacja, że generał mówi całkowicie poważnie.

– Wie pan, ile sprzętu możemy przetestować? – spytał James Mattis.

– Tak jest. – Generał Milley uśmiechnął się szeroko. – A ilu naszych podoficerów osiągnie szlify w prawdziwych działaniach bojowych! I to w takiej wielkiej wojnie!

– Przystąpimy do tego konfliktu – powiedział sekretarz obrony głosem tak pewnym, jak gdyby to on był prezydentem. – Tylko nie teraz. Nie ma sensu wystawiać się na strzał w otwartym polu.

– Zgadzam się z wami, ale mimo moich najszczerszych chęci nie udało się rozwiązać tego burdelu pod nazwą NATO. Polacy będą chcieli, żeby ich bronić – powiedział Donald Trump.

– Panie prezydencie, niech się pani nie martwi – pocieszył go ojcowskim tonem generał Milley. – Najpierw będą darli mordę, że to hańba, izolacjonizm i że jesteśmy tchórzami. Ale kiedy dołączymy we właściwym momencie i wygramy kolejną wojnę, znowu będą jeść nam z ręki.

– Jak zwykle. – Sekretarz obrony uśmiechnął się i mrugnął szelmowsko do Donalda Trumpa.

*

Prezydent uśmiechnął się na widok odpowiedzi, która wyświetliła się na jego telefonie. Prasuka z Ciemnej Nory napisała: „widze duzo sie pracuje, co? w koncu glowa panstwa :P". Na zdjęciu profilowym na Twitterze widniała ładna, na oko piętnastoletnia twarz drobnej blondynki. Palce prezydenta pomknęły po dotykowej klawiaturze. Szybko odpisał: „Taki dżob. Siedzimy se w Brukseli i zaraz będzie spotkanko. W końcu ważne sprawy. #polskaforever". Czekał niecierpliwie, gdy w końcu trzymany pod stołem smartfon zawibrował miękko w jego dłoni. Nadeszła odpowiedź od Prasuki z Ciemnej Nory: „wiem, ze ma pan duzo na glowie, ale plizzz strasznie blagam, niech pan podesle jakas fotke!!!!!:P". Rozejrzał się dyskretnie. Znajdowali się w jednej z sal konferencyjnych nowego budynku NATO, niemal identycznej jak ta, w której wcześniej pokłócili się prezydent Hollande i kanclerz Merkel. Obok prezydenta siedział minister obrony narodowej, ale był zaczytany w jakichś notatkach.

Uruchomił aparat w telefonie i skierował kamerę na swoją twarz, trzymając smartfona ciągle pod stołem. Nacisnął pole na dotykowym ekranie i rozległ się charakterystyczny trzask migawki. W panującej ciszy zabrzmiało to jak wystrzał. Minister zmarszczył brwi i spojrzał pytająco na prezydenta, który tylko wzruszył ramionami, ale w duchu wyrzucił sobie, że mógł wyłączyć dźwięk. Szybko sprawdził, czy aby na pewno dobrze wyszedł, i na Twitterze wysłał zdjęcie do Prasuki z Ciemnej Nory. Ta szybko odpisała: „mega czad!!! normalnie modelem pan powinien byc a nie prezydentem!!! #ciacho #goodluck". Prezydent uśmiechnął się, miał jeszcze coś odpisać swojej wielbicielce, kiedy przeszkodził mu dźwięk otwieranych drzwi.

Do środka raźnym krokiem wszedł prezes. Prezydent od razu schował telefon do kieszeni, wchodzący gestem dał znać obu siedzącym, żeby nie wstawali, i zajął miejsce przy stole.

– Panowie, szybka narada – powiedział zdyszany prezes. – Musimy coś ustalić przed spotkaniem z amerykańcami. Jakieś pomysły?

– Musimy im powiedzieć, że znaleźliśmy się w krytycznej sytuacji – odparł prezydent. – Że jeśli nam nie pomogą, to Rosjanie nas zniszczą.

Prezes skrzywił się z niesmakiem, słysząc prezydenta, i skierował spojrzenie na ministra obrony narodowej.

– Aż tak źle jest?

– Proszę go nie słuchać. – Minister machnął ręką. – Zatrzymaliśmy Rosjan na południu w Katowicach i na północy w okolicach Elbląga. Na wschodzie też jakoś sobie radzimy.

– To rozumiem – powiedział uspokojony prezes. – Cholera, szkoda, że nie mogę tam z wami iść. Może jednak byśmy zrobili na szybko w nocy ustawę, że to ja jestem premierem? Andrzejek by to migusiem podpisał.

Prezydent zrobił minę, że w sumie dlaczego nie. Z kolei minister obrony narodowej pogładził się po brodzie, nie wiedząc, co powiedzieć.

– Macie rację, teraz już lepiej nie kombinować. – Prezes machnął dłonią. – Dobra, przede wszystkim co macie mówić. Po pierwsze, że naród polski jest dzielny i odważny. Że w razie czego sami odeprzemy atak. Powiedzcie też, że sam fakt, że zaprosili tu tego skurwiela Putina, to dla nas policzek. No i niech wiedzą, że Polska jest silna, że nie jesteśmy na kolanach!

– Panie prezesie, z całym szacunkiem – zauważył prezydent – Rosjanie praktycznie roznoszą nasze wojsko. To zajmuje im trochę czasu, fakt, ale wyraźnie tracimy przewagę. Czy można być bardziej na kolanach?

– Czy może pan w końcu przestać histeryzować jak jakiś przedszkolak? – Minister obrony podniósł głos. – Wszystko jest pod kontrolą!

– Pod kontrolą? – Prezydent parsknął. – Pan wybaczy, ministrze, ale od początku pańskiej kadencji wyrzucił pan z wojska ponad pięćdziesięciu generałów i przeszło trzystu pułkowników!

W sali zapadła cisza. Minister spojrzał z nienawiścią prosto w oczy prezydenta, a potem zerknął w kierunku prezesa, szukając poparcia. Ten popatrzył zimno na prezydenta.

– Andrzejku, palisz jeszcze? – spytał miękko prezes.

– No-o tak… – wydukał zdziwiony prezydent. – Oczywiście.

Wszyscy siedzieli w milczeniu, dopóki prezydent nie zrozumiał aluzji. Wyjął z kieszeni marynarki paczkę papierosów, wstał i podszedł do wyjścia. Kiedy zamykał drzwi z drugiej strony, wolną ręką wyciągnął z kieszeni telefon.

*

Władimir Putin patrzył przez okno na drugą stronę alei króla Leopolda III. Po tamtej stronie ruchliwej arterii las dźwigów właśnie męczył się z dawną kwaterą NATO, rozbierając stare budynki, które swym wyglądem przypominały wojskowe baraki. Prezydent Rosji czuł się bardzo źle, był niewyspany i spięty, a od dłuższego czasu mógł przełknąć zaledwie kilka kęsów jedzenia dziennie. Boję się czy po prostu denerwuję, zastanawiał się. A może jedno i drugie. Na chuj to wszystko, pomyślał. Żeby tak wrócić w rodzinne strony, znowu być nastolatkiem w Sankt Petersburgu. Nie, inaczej! Żeby to znowu był stary, dobry Leningrad ze swymi szarymi budynkami, bez krzykliwych reklam i drogich limuzyn. Żeby można było znów wsiąść w upalny dzień w elektriczkę i podjechać nad Zalew Łahtyński, posiedzieć na plaży, pokąpać się w zimnej wodzie. Wtedy wszystko było prostsze, trzeba było zostać w miejscu, w którym się było. Ale Władimir Putin dobrze wiedział, że oszukuje samego siebie. Mateczka była dynamiczna, żyła, wyrywała się niczym węgorz, próbujący uciec rybakowi, wciąż coś w niej kipiało, gotowało się, bulgotało. Wieczna zmiana. W takiej dynamice wszelka stabilizacja jest niemożliwa. W Rosji dziś jesteś, jutro cię nie ma. Albo idziesz w górę, albo w dół.

Władimir Putin odwrócił się od okna i popatrzył na swoich towarzyszy, którzy siedząc przy stole, raczyli się wódką zagryzaną wędzoną słoniną i czarnym chlebem. Pierwszym był Władysław Surkow, prawa ręka prezydenta. To głównie właśnie on wymyślił, żeby zacząć bombardować Syrię ile wlezie, a potem nie żałować grubych plików studolarówek greckim i włoskim pogranicznikom, aby przepuszczali uchodźców nacierających na Europę. To również Surkow był twórcą wizerunku medialnego Putina, jego cyklicznych rozmów z obywatelami i w końcu pomysłu na wojnę, która miała wydostać kraj z kryzysu i pozwolić ludziom zjednoczyć się przeciwko wspólnemu wrogowi. Geniusz zła. Jak sam mawiał z uśmiechem: „Grunt, że geniusz".

Ostatnim uczestnikiem wspólnej nasiadówki był rosyjski minister obrony Federacji Rosyjskiej, generał Siergiej Szojgu. Picie wódki trwało już chwilę i na twarzy wojskowego pojawiły się czerwone cętki. Wychowany na leningradzkich podwórkach Władimir Putin wyssał z mlekiem matki nieufność i niechęć do obcych, dlatego nigdy nie darzył specjalną sympatią Szojgu, który z pochodzenia był Tuwińcem. Naród ten miał swoją własną historię, ale dla prezydenta Rosji Siergiej Szojgu był po prostu Mongołem.

– Napij się, Wowa – powiedział przyjaźnie Surkow. – Wszystko jest dobrze. Ceny ropy i złota zapierdalają w górę. Nasze rezerwy są warte cztery razy więcej niż przed najazdem na tych pieprzonych Polaków.

– Poparcie jakie mam? – spytał prezydent Rosji.

– Dziewięćdziesiąt siedem procent – odparł zadowolony z siebie Surkow.

– A takie prawdziwe?

– Siedemdziesiąt osiem.

– Też nieźle – stwierdził Władimir Władimirowicz i zwrócił się do generała: – W ile zajmiemy Polskę?

– Myślę, że jeszcze jakieś góra sześć tygodni – odrzekł Siergiej Szojgu po chwili namysłu. – Polacy są bitni, ale nie mają sprzętu i jak zwykle są źle zarządzani. Kiedy oni zrozumieją, że armia to, kurwa, armia, a nie klub dyskusyjny.

Generał nachylił się nad stołem, bo Surkow właśnie napełnił kieliszki i stuknąwszy się, wypili wódkę.

– Pewnie nawet po sześciu tygodniach ostaną się jakieś miasta, które będą się bronić – ciągnął minister obrony. – Ale wtedy weźmiemy ich klasycznie głodem. No chyba że stolicę. To zawsze jest symbol i trzeba wejść tam na ostro. Rozpierdolić, żeby wszyscy widzieli, że jesteśmy poważni ludzie.

– Jeśli chodzi o ten cały burdel – Putin pokazał ręką pomieszczenie, mając na myśli NATO – to kto nam zagraża?

– Brytole odpadają, bo poobrażał ich na śmierć ten polski kurdupel, który tam wszystkim rządzi – zaczął wyliczać na palcach Szojgu. – Francuzi będą z nami. Zawsze byli nam przychylni, poza tym pan prezydent wie, jacy oni są. Do wojny raczej się nie palą.

– A Niemcy? – spytał Putin.

– Szkoda gadać. – Generał machnął lekceważąco ręką. – Nie wiem, co oni robili przez ostatnie dwadzieścia pięć lat, ale na pewno nie to co my. Sprzęt stary, a ich żołnierze to jakieś długowłose cioty.

– Kluczowa jest Ameryka – odezwał się Surkow. – Jeśli oni nie dołączą, to nikt inny nie podejmie walki. Polacy mają jutro z nimi spotkanie na trzy godziny przed posiedzeniem plenarnym.

– Jeśli Amerykanie wezmą sobie do serca artykuł piąty NATO, to... – generał zawiesił na chwilę głos – ...jesteśmy w dupie.

– Spokojnie, o Donalda bym się nie martwił – odparł z mocą prezydent Rosji.

Tylko czy aby na pewno, zapytał od razu siebie w myślach. Do tej pory Donald Trump był dla Rosjan bardzo przydatny, ale czy można na niego liczyć w tak decydującej chwili? Czy ten rudy idiota nie zrobi czegoś szalonego tylko po to, aby znowu zyskać rozgłos, pomyślał Władimir Putin i dał znać Surkowowi, żeby mu jednak nalał. Wszystko rozstrzygnie się jutro, dumał dalej prezydent Rosji. Najbardziej nienawidzę tego pieprzonego czekania. Może jednak trzeba było przystopować? Ale nastroje w kraju były tak złe, że ludzie rzuciliby mi się do gardła w niedługim czasie, pomyślał, wypijając kieliszek wódki i zagryzając słoniną. Paradoksalnie dzięki wojnie ludzie mają wspólnego wroga, a ja mogę im wypłacić więcej rubli. Tak to już u nas jest. Albo idziesz w górę, albo w dół.

*

Atmosfera była bardzo napięta. Delegacje polska i amerykańska siedziały naprzeciwko siebie, rozdzielone blatem dębowego stołu. Prezydent USA Donald Trump był w obecności swojego sekretarza obrony Jamesa Mattisa oraz generała Franka Milleya. Polskę reprezentowali minister obrony narodowej i prezydent. Wszystkim towarzyszyli tłumacze i kilku pomniejszych urzędników z obu stron.

– Po raz setny powtarzam, że most powietrzny do ewakuacji ludności cywilnej to dobry pomysł – powiedział spokojnie sekretarz obrony.

– Więc może warto by podziękować – wtrącił się Donald Trump. – Te samoloty swoje kosztują i na wodę nie latają.

W sali zapadła cisza. Polski prezydent nie odezwał się przez ostatnie dwie godziny, posłusznie wykonując instrukcję, jakiej przed spotkaniem udzielił mu prezes. Krępującą ciszę przerwał w końcu polski minister obrony narodowej:

– Dziękujemy bardzo za tę szczodrą propozycję – powiedział sucho. – Ale znaleźliśmy się w sytuacji, w której o wiele bardziej cieszyłoby nas amerykańskie lotnictwo taktyczne, a nie transportowe.

– Ila kasy mamy jeszcze wyłożyć? – spytał prezydent USA.

– Proszę? – Polski minister obrony zdziwił się.

– Ten budynek kosztował miliard dolarów. – Donald Trump każde słowo akcentował, uderzając wyprostowanym palcem w dębowy blat. – A miał być gotowy za czterysta milionów, i to półtora roku wcześniej!

– Nie bardzo rozumiem. – Polski minister obrony był zdezorientowany.

– To znaczy, że wy, Europejczycy, przewaliliście budżet i mieliście poślizg na budowie! – Donald Trump wyraźnie podniósł głos. – A ja się znam na budowlance jak mało kto!

– Ale o co chodzi?! – Polski minister był zrozpaczony. – My tylko prosimy o interwencję zbrojną sił NATO!

– Proszę nie podnosić głosu – odezwał się głośno sekretarz obrony. – My też prosiliśmy obecnego tu prezydenta o kilka rzeczy. Między innymi o poszanowanie demokracji w Polsce.

James Mattis pominął niewygodny fakt, że o poszanowanie praw w Polsce zabiegała tak naprawdę poprzednia administracja Białego Domu, ale wątpił, by ktoś wytknął mu wierutne kłamstwo. Ale i tak wzmianka o demokracji spowodowała, że polski minister obrony nagle spurpurowiał.

– Wy nas będziecie pouczać o demokracji?! – gotował się z wściekłości. – Zaczęliście budować ten swój kraj w osiemnastym wieku! Kiedy u nas państwo polskie istniało już od dawna!

– Faktom trudno zaprzeczyć – odezwał się spokojnie generał Milley. – Również tym, że to my mamy teraz osiem tysięcy czołgów i dziesięć lotniskowców.

– W ogóle to tym osiemnastym wiekiem bym się nie chwalił – powiedział mocny z historii i oczytany James Mattis. – Bo chyba w tym okresie wasze „wielkie państwo" właśnie przestało istnieć.

Donald Trump zauważył, że polski minister obrony już nie gotował się z wściekłości, ale wręcz kipiał.

– Panowie, proponuję trochę stonować emocje – powiedział sekretarz obrony, próbując nieudolnie zachować pokerową twarz. – Wszyscy jesteśmy tutaj przecież po to, żeby dojść do porozumienia.

– Chyba wszyscy poza polskim prezydentem – rzucił z przekąsem Donald Trump. – Gościu nie odezwał się od dwóch godzin. Żyje jeszcze?

Polski minister obrony narodowej nie czekał nawet na tłumaczenie. Na tyle znał angielski, aby samemu zrozumieć. Westchnął ciężko i powoli podniósł się z miejsca.

– Kto obraża polskiego prezydenta – powiedział wzniosłym tonem – obraża cały naród. W takiej sytuacji nie wyobrażam sobie naszej dalszej rozmowy.

– Dostaniemy to na piśmie? – zapytał butnie Frank Milley.

– Nie uważamy również za stosowne brać udziału w posiedzeniu plenarnym ze zdrajcami! Bo tak właśnie od dziś traktujemy sojusz północnoatlantycki! Jako zdrajców, szuje i fałszywe gnidy! – krzyczał polski minister. – Andrzej, wychodzimy!

Minister obrony narodowej wraz z całą polską delegacją szybko zgarnęli swoje rzeczy i ruszyli do wyjścia. Jako ostatni drzwi zamknął trupio blady i przerażony prezydent.

– *That was easy* – rzucił z zadowoleniem Donald Trump.

2.

Roman Gurski po raz ostatni omiótł salę wejściową kopalni okiem dowódcy. Był zadowolony, całość wyglądała niemal tak, jak przed ich przybyciem. Masywne, skórzane kanapy i fotele poustawiane były na miejscu, a drzwi prowadzące na zewnątrz otwarto na oścież.

To powinno nam dać trochę czasu, pomyślał i zszedł schodami w dół, opuszczając hol wejściowy. U szczytu schodów kazał ustawić dwa stanowiska ogniowe karabinów maszynowych na wypadek, gdyby w końcu doszło do rosyjskiego ataku na budynek. Reszta plutonu stłoczona była na niewielkiej powierzchni, rozdzielającej windy górnicze od szatni, w której zazwyczaj przebierali się pracownicy kopalni. Do niewielkiego pomieszczenia światło wpadało jedynie przez dwa wąskie okna oraz niewielki świetlik umieszczony w suficie, dlatego niektórzy żołnierze korzystali teraz z latarek.

Roman obserwował przez chwilę, jak Alojzy Matuszek grzebie w skrzynkach z bezpiecznikami, próbując przywrócić zasilanie wind. Obok niego w milczeniu siedziała jego nastoletnia córka, Marysia. Dziewczyna nie odstępowała ojca na krok. Gurski popatrzył na swego zastępcę, który właśnie zapalił kolejnego papierosa.

– Myślisz, że to ma sens? – spytał.

– A mamy jakieś inne wyjście, Romuś? – odparł Jovan, wzruszając ramionami.

Chyba nie mamy, pomyślał Gurski. Poprzedniego dnia, zaraz po tym gdy Alojzy rzucił swoje: „Chopy, jo mom pomysł", z patrolu wrócił Seget z drużyną, meldując, że ruskich jest naokoło jak psów. Roman szybko zadecydował, aby transportery opancerzone ukryć w garażach znajdujących się na tyłach budynku, a potem zapoznał się z pomysłem Ślązaka. Okazało się, że Alojzy Matuszek pracował swego czasu w Wieczorku i innych kopalniach. Jego zdaniem istniały podziemne korytarze, łączące tę kopalnię z drugą, która leżała już po północnej stronie Drogowej Trasy Średnicowej. „Chopy, tukej cołkie Katowice poryte pod ziymiom, choby kret", zapewniał ich Matuszek, tłumacząc przy okazji, że korytarze prowadzą do dawnej kopalni Katowice, na której terenie obecnie znajduje się Muzeum Śląskie. Jedynym problemem według Alojzego było uruchomienie wind w budynku, w którym nie było prądu. Jednak górnik, który przez lata pracował w kopalni jako elektryk, twierdził, że każda z wind posiada zasilanie awaryjne, mające za zadanie wynieść ją na powierzchnię w przypadku awarii. Teraz grzebał w skrzynkach, aby windy ruszyły w odwrotnym kierunku, ku wnętrzu ziemi. Na wypadek gdyby mu jednak się nie powiodło, Roman zawczasu kazał opróżnić magazyn kopalnianych ratowników z całego zasobu lin.

Roman popatrzył na ekran komputerowego terminala taktycznego, który zostawił im Przybylski. Widać na nim było wycinek mapy Katowic wraz z terenem kopalni, w której obecnie się znajdowali. Niczym w grze strategicznej wyświetlał też pozycje wojsk. Każda jednostka miała swoje oznaczenie zgodne ze znakami taktycznymi NATO. Jednostki polskie oznaczone były niebieskim prostokątem, a rosyjskie czerwonym. Tych ostatnich było na razie niewiele, ale Gurski nie miał wątpliwości, że to była wina kiepskiego rozpoznania. Wskazał palcem ekran i powiedział:

– Gdyby faktycznie dołem udało nam się przebić poza trasę, to wyrwalibyśmy się z okrążenia bez jednego strzału.

– Warto kogoś wysłać, żeby sprawdził, co tak naprawdę tam się dzieje – powiedział Jovan, pokazując wschodnie tereny kopalni.

– Dobry pomysł – przyznał Gurski i zawołał: – Rotecki i Wójcik do mnie!

Starszy szeregowy Tomasz Rotecki i szeregowy Mariusz Wójcik natychmiast stawili się przed porucznikiem, który zakomenderował:

– Weźmiecie jeden terminal i wbijecie się na wieżę szybową. Stamtąd naniesiecie do systemu jednostki wroga.

– Tak jest! – odpowiedzieli chórem Rotecki i Wójcik.

– Panie łoficer! – krzyknął Alojzy znad zwojów kabli, zwracając się do Gurskiego.

– Poruczniku – Roman cierpliwie poprawił go chyba już po raz dziesiąty.

– Panie poruczniku, na szybowo to niy. Niy dej Bóg wtoś ich łobocy i pierdolnie z czegoś. – Górnik wykonał znak krzyża. – To bez koła wyciągu nikaj niy zjadymy. Ale na placu po prawo jest staro wieża ciśniyń. Tam tyż dobrze widać.

Roman zgodził się skinieniem głowy, spytał spojrzeniem swoich żołnierzy, czy zrozumieli, a ci potwierdzili i wybiegli szybko z kopalni.

Rotecki i Wójcik przebiegli wzdłuż budynku, by po chwili, osłaniając się wzajemnie, dotrzeć do podstawy okrągłej wieży ciśnień. Sama budowla liczyła ponad sto lat, ale jej podpory były zrekonstruowane i na szczyt dało się wejść po solidnych, metalowych schodach.

Gdy obaj żołnierze byli w połowie drogi, Wójcik zauważył, jak z Nałkowskiej w Szopienicką skręcają dwa BTR-y, rosyjskie transportery opancerzone. Chwycił kompana za kamizelkę i obaj rozpłaszczyli się na jednym z podestów.

W tej samej chwili wewnątrz kopalni Jovan zauważył, jak jeden z żołnierzy zajmujących stanowisko ogniowe u szczytu schodów daje znak ręką, nakazując milczenie. Lacević momentalnie syknął:

– Cisza!

Wszyscy zamilkli, pogasły nieliczne zapalone latarki. Nawet Alojzy przestał na chwilę grzebać w swoich kablach. Pomimo dobiegających z oddali odgłosów walk i wybuchów słyszeli pomruk diesli, które napędzały rosyjskie transportery.

– Wolno jadą – wyszeptał Gurski. – Prędkość patrolowa.

Jovan skinął powoli głową. Wiedział, że najprawdopodobniej była to forpoczta nacierającej dywizji, która miała sprawdzić przedpole dla nadchodzących wojsk. W takich transporterach mogło być w sumie maksymalnie dwudziestu żołnierzy, więc nawet gdyby wysiedli przed kopalnią, to silnym ogniem oraz kilkoma pociskami moździerzowymi pluton Gurskiego byłby sobie w stanie poradzić z nimi. Ale wtedy automatycznie zdradziliby swoją pozycję, co oznaczałoby śmierć dla nich wszystkich. Roman poczuł wyraźną ulgę, kiedy usłyszał, że BTR-y nie zwolniły ani o kilometr przed budynkiem kopalni i wkrótce odgłosy oddalających się silników zaczęły cichnąć.

Gdy przebywający na wieży również uznali, że zagrożenie minęło, wbiegli po schodach po wyłamaniu zamka w drzwiach i znaleźli się w pomieszczeniu na jej szczycie. Sytuację na zewnątrz mogli obserwować przez wąskie okienka, podzielone na mniejsze kwadraty, z których większość była wybita. Wójcik usiadł po turecku na podłodze, rozkładając na kolanach terminal. Rotecki wyciągnął lornetkę i przykleił się do rozbitych szyb w oknie. Po krótkiej obserwacji zaczął dyktować Wójcikowi:

– Na południowy wschód jakieś osiemset metrów, czołgi... – po krótkim zastanowieniu i obserwacji mówił dalej: – Minimum czterdzieści sztuk T-72, czyli w sile batalionu.

Wójcik wybrał palcem odpowiednią ikonę oznaczającą batalion pancerny i ustawił go na mapie w odpowiednim miejscu. Rotecki kontynuował podawanie pozycji wojsk nieprzyjaciela:

– Potem tak, na północnym wschodzie bardzo duże zgrupowanie, daje się rozpoznać...

Alojzy Matuszek podpinał kolejne kable, przycinając końcówki innych. Gurski i Lacević siedzieli nad ekranem komputera taktycznego. Patrzyli w milczeniu, jak po ich wschodniej stronie pojawiają się czerwone prostokąty oznaczające kolejne pozycje rosyjskich wojsk. Wkrótce prostokątów naniesionych ręką Wójcika było tak dużo, że zaczęły się na siebie nakładać. Całość przypominała czerwoną, burzową chmurę z jednej z map, jakie zazwyczaj pokazują w telewizyjnej prognozie pogody. Takie skojarzenie nie było przypadkowe Od wschodu nadciągała prawdziwa nawałnica.

– Ja pierdolę – powiedział cicho Jovan. – Myślałem, że już nigdy nie będę w gorszym gównie jak w Sarajewie w dziewięćdziesiątym czwartym.

– Spokojnie, może po prostu przejdą, a my przesiedzimy tu skitrani – powiedział Roman.

Lacević spojrzał na swojego dowódcę jak na idiotę, a Gurski pod wpływem tego wzroku od razu sprostował:

– No wiem. Nie ma szans.

Armia rosyjska może nie była najnowocześniejszą armią świata, ale zdecydowanie nie składała się z amatorów. Działania polegające na sprawdzeniu każdego budynku na tyle, aby być pewnym, że nie ukrył się tam żaden wróg, to była podstawa wojennego rzemiosła każdej szanującej się armii.

– To ten jebany Przybylski! – zaklął Roman, obserwując nowe czerwone prostokąty, które pojawiały się na ekranie.

– Romuś, nie wiesz tego – upomniał dowódcę sierżant Lacević.

– Taaak? – spytał Roman i wziął do ręki terminal taktyczny.

Gurski zmniejszył trochę powiększenie satelitarnego obrazu, a następnie przesunął mapę w kierunku centrum handlowego Silesia City Center. Tam aż roiło się od niebieskich znaków, pokazujących polskie siły wojskowe.

– Proszę bardzo – powiedział Roman. – Trzeci pluton drugiej kompanii dwudziestego ósmego batalionu. Brzmi znajomo? Możesz mi powiedzieć, jak to się stało, że pluton Przybylskiego już tam jest? I dlaczego nie powiedział nam o nacierających ruskich?

– Skurwysyn – stwierdził Jovan. – Ale po co miałby to robić?

– Sam się zastanawiam – westchnął Roman. – Pierwszego dnia działań strasznie dał dupy, po tym, jak gadaliśmy u Krasuli. – Gurski przerwał na chwilę, zamyślił się intensywnie. – Naprawdę nie mam pojęcia.

Jovan widział, że Roman kłamie i doskonale wie, dlaczego Przybylski zdecydował się na taką zemstę, ale postanowił nie drążyć tematu.

W tym samym czasie na wieży ciśnień Rotecki wypatrzył już chyba wszystko, co było do wypatrzenia, bo milczał od kilkunastu dobrych sekund, gdy nagle odezwał się podekscytowany:

– Ja pierdolę – powiedział. – Mariusz, chyba mam ich dowództwo albo coś w tym stylu.

Wójcik odłożył terminal, wstał i wziął lornetkę od starszego szeregowego. Popatrzył we wskazane miejsce i zobaczył rosyjską terenówkę Tigr, osłanianą przez cztery czołgi. W otwartych drzwiach auta siedział Rosjanin bez kamizelki i hełmu. Siwe włosy zdradzały jego wiek, musiał to być wojskowy z długim stażem.

– Ty, faktycznie – powiedział Wójcik. – Ale mamy farta. Trzeba to natychmiast nanieść i niech nasza artyleria zrobi z tym porządek.

Wójcik oddał lornetkę Roteckiemu i wziął do ręki terminal. Kiedy tylko spojrzał na ekran, coś go tknęło. Sięgnął po swój karabin wyborowy Sako, stanął i wycelował broń przez jedno z potłuczonych okienek.

– Co ty? Zwariowałeś? – zaoponował Rotecki.

– Spokojnie – powiedział szeregowy Wójcik. – Mam tu o wiele lepsze powiększenie. Chcę coś sprawdzić.

Strzelec szybko odnalazł wzrokiem postać siedzącą w transporterze. Teraz dokładnie widział ekran znajdującego się tam komputera. Ze zdziwieniem spostrzegł, że zarówno obraz z rosyjskiego wozu, jak i ten z jego terminala taktycznego są identyczne.

– O kurwa – zaklął Wójcik. – Mają nas. Złamali nasze terminale.

Po krótkiej chwili niedowierzania podzielili się zadaniami i zaczęli obserwować z wieży całą okolicę. Szybko okazało się, że w okolicach kopalni krążą łącznie cztery patrole, każdy w liczbie dwóch transporterów opancerzonych.

– O co chodzi? – spytał Rotecki.

– Wiedzą, że ktoś ich namierza. Szukają nas.

Mówiąc to, Wójcik jeszcze raz wycelował swój karabin na zewnątrz i zobaczył, jak któryś z patroli zaparkował pod kominem. Szeregowy gotów był się założyć, że patrole mają rozkaz przeszukania wszystkich wysokich obiektów, z których ktoś mógłby obserwować rosyjskie natarcie. Było tylko kwestią czasu, kiedy sprawdzą wieżę ciśnień.

W tej samej chwili w kopalni rozległo się głośne buczenie i zapaliło się oświetlenie sufitowe każdego z czterech poziomów górniczej windy. Alojzy wstał znad zwoju kabli z uśmiechem.

– Panie łoficer, wiela do kupy ważycie?

– Każdy ma na sobie ze dwadzieścia kilo plus waga własna – zaczął kalkulować Gurski. – Wyrzutnia Mark 19 to kolejne czterdzieści, pięćdziesiąt...

– No ale tak do kupy, cołko drużyna – dopytywał górnik.

– Pluton – poprawił automatycznie Roman, dodając liczby w głowie. – W sumie będzie cztery tony.

– To poradzymy, chopy, bydzie dobrze. Zbiyromy sie – powiedział Alojzy, zacierając ręce.

Gurski wydał rozkazy i jako pierwsza do windy weszła drużyna Segeta. Matuszek uruchomił windę, która bardzo powoli zaczęła przemieszczać się w górę. Dźwig był czteropoziomowy, więc po wypełnieniu ludźmi pierwszego piętra winda unosiła się w górę, aby możliwe było wejście na niższy, drugi poziom. Roman obserwował sceptycznie tempo unoszenia się maszyny.

– Szybciej nie można? – spytał Alojzego.

– Panie, to i tak cud, że jadymy na tym zasilaniu awaryjnym – odpowiedział górnik.

Dwójka zwiadowców zaczęła zbiegać z wieży. Pierwszy Rotecki, a zaraz za nim Wójcik. Strzelec wyborowy ujrzał, że gdy kolega pokonywał zakręt schodów, jego prawe oko wybuchło i bezwładne ciało Roteckiego zwaliło się po schodach w dół. Wójcik zatrzymał się w pół kroku, kompletnie sparaliżowany. Miał zaledwie sekundę do namysłu, którą wykorzystał nadspodziewanie dobrze. Szybko uświadomił sobie, że najpierw zobaczył twarz Roteckiego, a dopiero potem usłyszał daleki odgłos strzału. To oznaczało tylko jedno, ktoś strzelał z dużej odległości. Snajper. Dlatego szeregowy Wójcik od razu chwycił się za barierkę i nawet nie patrząc, jaka odległość dzieli go od ziemi, zeskoczył na sam dół. Kolejna snajperska kula, sypiąc iskry, odbiła się od metalowych schodów tam, gdzie wcześniej znajdowała się jego głowa.

Wójcik rąbnął mocno nogami o ziemię, coś trzasnęło w jego prawej kostce i kiedy rzucił się do biegu, poczuł przeszywający ból. Sam był strzelcem wyborowym, więc wiedział, że bieg zakosami poprawi jego sytuację, ale nie tak bardzo jak naprzemienne kucanie i podnoszenie się do góry. Snajperowi o wiele łatwiej przesunąć lufę na boki niż w górę i w dół. Wójcik biegł, a snajperskie pociski raz po raz młóciły betonową powierzchnię placu obok niego.

W końcu zniknął za zakrętem budynku i zwolnił do człapiącego marszu, mocno łapiąc powietrze. Szaleńczy bieg zakosami z podnoszeniem się i kucaniem na przemian zmasakrował bolącą nogę na tyle, że Wójcik w ogóle nie miał czucia w prawej stopie i gdy szedł, musiał opierać się o ścianę.

Roman obserwował, jak druga drużyna załadowała się na kolejny poziom windy, która przesunęła się w żółwim tempie, odsłaniając trzecie piętro dźwigu, wyłaniające się spod podłogi.

– Jak bydymy lecieć na sam dół, to powinno być szybcij – pocieszył go Alojzy.

W tym momencie do pomieszczenia, charcząc i zataczając się, wpadł szeregowy Wójcik. Jovan i Gurski od razu znaleźli się przy nim.

– Włamali się do systemu – wychrypiał strzelec wyborowy bez tchu. – Wiedzą już, gdzie jesteśmy. Pewnie zaraz tu będą.

– Rotecki? – spytał Jovan.

– Na wieży, snajper – odparł Wójcik.

– Ładuj się teraz do windy, dobra robota – powiedział Gurski i klepnął Wójcika w ramię. Szeregowy oddalił się w kierunku dźwigu, kuśtykając i przytrzymując się ściany.

Winda zatrzymała się na trzecim poziomie. Powyżej, poprzez drucianą siatkę było widać jej dwa górne piętra wyładowane żołnierzami, którzy spoglądali na dół przez małe, okrągłe otwory umieszczone w drzwiach prowadzących do kabiny.

Gdy kolejna, trzecia już drużyna zaczęła wchodzić do windy, na plac przed budynkiem kopalni spadły cztery pociski moździerzowe, do reszty pozbawiając front budynku szyb, które z głośnym brzdękiem wpadły do środka.

– Czwarta drużyna, za mną! – krzyknął Gurski i pobiegł w górę schodami.

– Janik, ty na razie nie wsiadaj, zaraz możesz mieć robotę! – rzucił sierżant Lacević do ratownika medycznego i ruszył w ślad za swoim dowódcą.

Roman z Jovanem wpadli pierwsi do holu, za nim kapral Maj wraz z trzema ludźmi. Czterech pozostałych żołnierzy z drużyny obsługiwało stanowiska karabinów maszynowych na szczycie schodów.

– Przesuńcie to na środek, tutaj! – krzyknął Roman.

Wszyscy zaczęli mu pomagać, przesuwając masywne, skórzane kanapy tak, by znalazły się w linii pomiędzy schodami prowadzącymi do wind a wejściem do budynku. Po wykonaniu tej prowizorycznej barykady wycofali się do schodów i położyli na stopniach, co pozwoliło im skorzystać z różnicy poziomów jako naturalnej osłony przed ogniem nieprzyjaciela. Przyjęli pozycje strzeleckie, z bronią wycelowaną w wejście.

Rozległ się metaliczny dźwięk, jakby ktoś rzucił kilka pustych puszek po piwie. Po chwili dało się słyszeć głośne syczenie i do środka zaczęły napływać kłęby gęstej mgły, wydobywającej się z granatów dymnych. Wkrótce z zewnątrz zaczęło dobiegać rytmiczne postukiwanie silników diesla. Rosyjskie transportery opancerzone.

– Spokojnie, chłopaki – powiedział Gurski, oblizując wargi. – Wiem, że was palce świerzbią, ale jeszcze nie teraz. Czekamy.

Zastygli w napięciu z wycelowanymi karabinami. Nikt się nie poruszył, nikomu nawet nie drgnęła powieka, wszyscy czekali na to, co za chwilę miało się wydarzyć.

Przez okna wpadło kilka granatów ręcznych, które z łoskotem potoczyły się po podłodze. Jeden ze strzelców nie wytrzymał i pociągnął za spust karabinu maszynowego, wypuszczając kilka pocisków, ale Jovan natychmiast złapał go za rękę, przerywając kanonadę.

– Wstrzymać ogień, do chuja! – krzyknął Roman. – Strzelacie na mój rozkaz.

Jego ostatnie słowa utonęły w łoskocie wybuchu granatów ręcznych, które rozerwały skórzane kanapy na strzępy. Teraz hol był wypełniony gazem z granatów dymnych, a w powietrzu latały strzępy płonącej waty i skóry z obić. Wśród dymu wypełniającego pomieszczenie Roman dostrzegł za wybitymi oknami kilka sylwetek.

– Ognia! – wydarł się z całych sił.

Oba karabiny maszynowe i wszystkie beryle, w które byli uzbrojeni, plunęły ogniem. Ściana wokół okien i drzwi ożyła, odpryski gruzu i farby zaczęły odrywać się od powierzchni, niczym chmara spłoszonych owadów. Z zewnątrz dało się słyszeć krzyki rannych. Do środka zaczęły wpadać pierwsze pociski z rosyjskiej broni. Szybko rozległ się dudniący dźwięk działka umocowanego na jednym z transporterów opancerzonych. Jeden z odprysków tej serii dosięgnął celowniczego UKM-a, który padł na ziemię, a wokół niego rozbryzgnęły się strugi krwi.

– Medyk! – wydarł się któryś z żołnierzy, a miejsce celowniczego od razu zajął inny.

Janik podczołgał się do postrzelonego, ale jedyne, co mógł zrobić, to zamknąć mu oczy, żołnierz był martwy. Kapral Janik wykonał nad zabitym znak krzyża i zerwał z jego szyi nieśmiertelnik.

Gurski pruł ze swojego beryla serię za serią. Gdy zmieniał magazynek, poczuł, że ktoś lekko ciągnie go za nogę. Odwrócił się i dostrzegł Alojzego, który skulony przed ostrzałem pokazywał mu, że winda odsłoniła już swój najniższy, czwarty poziom.

Roman dostrzegł żołnierzy stłoczonych na trzech górnych poziomach. Widział, że są przerażeni. Wystarczył jeden Rosjanin, który wysłałby w górę dźwigu trzy magazynki automatu, i byłoby po sprawie. Uwięzieni w ciasnej windzie nie mieli żadnych możliwości obrony.

– Ładuj się tam z córą, my zaraz dojdziemy – wydyszał Gurski, a Matuszek szybko zszedł na dół i ukrył się w windzie wraz z Marysią.

– Romuś, podejdę i trochę zgaszę ich morale – powiedział sierżant Lacević. Trącił w bok jednego z żołnierzy, obaj wyczołgali się ze szczytu schodów i zaczęli sunąć w stronę linii okien.

– Ogień osłonowy! – wydarł się Roman.

Wszystkie lufy plunęły na komendę ścianą ognia. Pociski pomknęły ponad głowami czołgających się i wylatywały na zewnątrz, czyniąc niemożliwym bliższe podejście wroga.

Gdy sierżant Lacević i szeregowy Dyjak, jeden z żołnierzy drużyny kaprala Maja, doczołgali się do okien, zaczęli odbezpieczać granaty i wyrzucać je na zewnątrz. Roman wyliczył, że w sumie za okna poszło sześć przeciwpiechotnych. Przykucając, Jovan i Dyjak podbiegli do swoich kompanów leżących na szczycie schodów. Gdy skoczyli i ślizgając się po podłodze, dotarli do linii obrony, zostali natychmiast wciągnięci za nogi poza bezpieczną krawędź podłogi. W tym samym momencie usłyszeli głosy zza okien.

– *Granatami*! *Granatami*! – darli się Rosjanie.

Potem nastąpiło sześć wybuchów, po których dało się słyszeć obłąkańcze wycie rannych żołnierzy.

– *Doktor*! *Doktor*! – darł się jeden z Rosjan. – *Mamuszka, ja nie choczu* – zawodził inny jak dziecko.

Na razie ostrzał ze strony rosyjskiej umilkł. Porucznik Gurski również kazał wstrzymać ogień. Zdyszany Jovan zorientował się, że kapral Janik udziela pomocy Przygodzkiemu, celowniczemu karabinu. Szeregowy został ranny, gdy sierżant Lacević pobiegł podać Rosjanom środek uspokajający w postaci kilku granatów. Janik zakładał opatrunek na brzuch rannego, z którego sączyła się gęsta, czarna krew.

– Tomek, jak jest? – jęczał ranny. – Jak jest?

– Wszystko będzie dobrze, leż – odpowiedział Janik.

– Przeżyję, kurwa, czy nie?! – wydarł się ranny, patrząc przerażony na krew cieknącą mu z brzucha.

– Spierdalamy – powiedział cicho Gurski. – Bierzcie rannego i ładujemy się do windy.

Opatrujący rannego kapral nie odezwał się ani słowem, skończył zakładać opatrunek i wyciągnął ampułkostrzykawkę z morfiną, aby wbić ją w ramię Przygodzkiego. Leżący jednak chwycił go za rękę i nie pozwolił podać sobie leku.

– Dojadę na dół czy nie? – spytał po raz kolejny Janika, a ten po raz kolejny nie odpowiedział.

Ranny odepchnął rękę ratownika z morfiną, po czym zerwał z szyi swój nieśmiertelnik i podał go porucznikowi Gurskiemu.

– Zostaję – powiedział chrapliwym głosem Przygodzki. – Nie będę zdychał w jakiejś jebanej dziurze.

– Szeregowy, nie mam czasu na takie zabawy! – krzyknął Roman, bezwiednie zaciskając dłoń na podanym nieśmiertelniku.

Przygodzki ze stęknięciem przekręcił się na bok i podczołgał do UKM-u.

– To niech porucznik mnie zastrzeli za niewykonanie rozkazu – stęknął żołnierz i sięgnął po nową taśmę z nabojami. – Jedną prośbę mam, zgłoście mnie do Krzyża Walecznych.

Szeregowy otworzył komorę zamkową i zamontował pas z pociskami.

– W sztabie mają mój adres – powiedział, odchrząknął i splunął krwią. – Jak dadzą mi krzyż, to niech ktoś odnajdzie mojego starego, Edward Przygodzki. Powiedzcie mu, że nie miał racji. Obiecujecie?

Roman podszedł do chłopaka i zacisnął swoją dłoń wokół jego.

– Obiecuję – odrzekł.

– Panie poruczniku – powiedział Przygodzki, zamykając z trzaskiem komorę i przeładowując karabin. – Spierdalajcie, bo tamci się zaraz ogarną.

Kilku żołnierzy złożyło szybko drugi karabin maszynowy i po chwili wszyscy zniknęli na ostatnim poziomie dźwigu. Gurski zatrzasnął drzwi, Alojzy uruchomił mechanizm i winda zaczęła sunąć powoli w dół. Faktycznie, teraz jedzie trochę szybciej, przyznał Gurski w myślach. Słabe, podsufitowe oświetlenie szybko zgasło i przez chwilę winda spuszczała się na dół w całkowitej ciemności, dopóki niektórzy nie zapalili swoich latarek.

Jechali może minutę, gdy z góry usłyszeli łoskot karabinu maszynowego. Kapral Janik zaczął kalkulować, na ile poważna była rana, którą opatrywał, i jak długo starczy sił Przygodzkiemu, aby powstrzymać atakujących Rosjan, ale szybko zganił się w myślach.

Na szczęście zostawili rannemu spory zapas amunicji, a dobre umiejscowienie stanowiska ogniowego sprawiło, że z góry ciągle dochodził nieustanny stukot polskiej broni. Gdy winda powoli sunęła w dół, Roman spostrzegł w świetle latarki, że w powietrzu pojawia się coraz więcej czarnego, węglowego pyłu. Spojrzał na Jovana i zauważył, że twarz sierżanta była mokra. Gurski też starł pot z czoła i oczu. W miarę zjeżdżania robiło się coraz bardziej duszno i gorąco. Nagle dźwig zatrzymał się z mocnym szarpnięciem.

– Koniec jazdy – odezwał się przepraszającym szeptem Alojzy.

– Jest tu jakaś klapa? – spytał Gurski.

Alojzy pokiwał głową, przepchnął się przez żołnierzy i schylił się, otwierając dolny właz w podłodze. Roman i Jovan nachylili się nad otworem i zaświecili w dół, ale nie było niczego widać, poza pyłem węglowym, który wirował w świetle latarek.

– Bierz linę i schodź – zakomenderował Gurski.

Jeden z żołnierzy podał Jovanowi wyciągniętą z plecaka linę. Sierżant szybko zrobił fachowy węzeł i przywiązał koniec liny do stelażu windy. Potem przełożył sznur między udem i ramieniem i powoli zaczął opuszczać się w dół przez dolny właz windy. Roman usłyszał, jak na górze karabin Przygodzkiego umilkł. Wiedział, że Rosjanie będą posuwać się bardzo powoli, spodziewając się dalszego oporu z ich strony. Ale czasu mieli bardzo mało. Po chwili z góry dobiegły trzy donośne eksplozje. Ruscy torują sobie drogę granatami, pomyślał porucznik, gdy nagle z dołu usłyszał cichy śmiech sierżanta Lacevicia.

– Co tam?! – zawołał półgłosem Gurski.

– Romuś, tu jest niecałe trzy metry – powiedział zadowolony Jovan. – Tylko dlatego że tu ciemno jak w dupie i wszędzie ten węgiel, to nie było widać.

Roman szybko wydał polecenia. Najpierw ewakuowali na dół Alojzego z Marysią. Potem na najniższy poziom zaczęli przechodzić żołnierze z wyższych pokładów windy i zeskakiwali w dół. Gdy ostatni, którym był kapral Seget, stanął w długim korytarzu kopalni, z góry dobiegły ich zniekształcone nawoływania po rosyjsku.

– Tukej. – Alojzy pokazał jeden z korytarzy, który natychmiast rozświetlił się promieniami latarek.

Nagle rozległ się basowy dźwięk przypominający odgłos darcia materiału. Z początku cichy, brzmiał coraz głośniej niczym bzyczenie zbliżającego się owada. Pierwszy zareagował Jovan, który w przeszłości miał z czymś takim do czynienia.

– Kryć się! – krzyknął.

Rzucili się w głąb korytarza, który wskazał Alojzy. Dźwięk darcia wzmógł się do ogłuszającego łoskotu, w żołnierzy uderzyły nagłe podmuchy wiatru, a potem hałas urwał się jak ucięty nożem. Na chwilę. Milisekundę. Po której nastąpił potężny wybuch, zdmuchujący światła latarek niczym płomienie świec.

3.

Teraz było o wiele lepiej. W końcu mogła maksymalnie odchylić żuchwę. Nieźle, zaledwie po dwudziestu minutach ćwiczeń, pomyślała sarkastycznie. Danuta Wojnarowicz stała w łazience przed lustrem i spoglądała na prawą stronę swojej twarzy. Miała duże szczęście, że silny cios w szczękę niczego jej nie połamał. Początek sińca znajdował się wokół prawej krawędzi ust, przypominając swoim wyglądem granatowego kleksa. Potem ślad ciągnął się w górę, nabierając pośrodku policzka barwy karmazynu zmieszanego z zielenią, by dalej zwężać się niczym płomień świecy i kończyć swój bieg obok prawego oka, przechodząc w zdecydowany granat. Na szczęście uderzenie w brzuch, które otrzymała podczas nocnego ataku, nie było tak groźne, jak sądziła, i ból w tamtej części ciała prawie w ogóle jej nie dokuczał.

Zdjęła majtki i białą koszulkę na ramiączkach i wrzuciła je do kosza na brudną bieliznę. Wysikała się, umyła ręce i weszła nago do sypialni. Otworzyła szafę, stanęła przed lustrem zamontowanym na drzwiach od wewnątrz i przyjrzała się sobie krytycznie. Całkiem nieźle jak na trzydzieści pięć lat, skonstatowała. Szczupła, ale nie chuda, zgrabne nogi, uda bez cellulitu i płaski brzuch. No dobra, powiedzmy dość płaski, dodała w myślach, stając bokiem do lustra i obserwując lekko opadającą oponkę tłuszczu. Objęła dłońmi piersi. Może nie były już takie jędrne jak kiedyś, ale ciągle robiły wrażenie, pomyślała. Bogu dziękować, że nigdy nie dałam się zapłodnić.

A może byłoby lepiej?, zaczęła wewnętrzny dialog, zakładając czarne, koronkowe stringi, stanik do kompletu i wciskając się w jasnobłękitne dżinsy z rozdarciami na wysokości kolan. Tylko skąd wziąć tego jedynego?, pomyślała, wkładając obcisłą białą bluzkę z kwiatowym motywem. Wszyscy faceci, których poznawała, byli tacy beznadziejni. Albo wymuskani gogusie, albo prymitywy, dla których najzabawniejszą rzeczą, jaka im się kiedykolwiek przytrafiła, było głośne pierdnięcie przy stole. Nie, nie miała księżycowych wymagań. Nie pragnęła umięśnionego macho, który jedną ręką załatwia pijanych dresiarzy pod sklepem, a potem w domu płacze razem z nią, oglądając finałową scenę *Angielskiego pacjenta*, jej ulubionego filmu. Po prostu chciała, aby facet był normalny. Nie puszył się, nie stawał na palcach, nie udawał kogoś innego i kochał ją zarówno na balu w wieczorowej sukni, jak i chorą z gilem u nosa.

Założyła skarpetki i granatowe trampki, przeczesała włosy ręką i stwierdziła, że garderobę dobrała solidnie. Oczywiście nie był to najlepszy strój do pracy w magazynie, ale po prostu lubiła dobrze wyglądać. Makijaż chyba sobie daruję, pomyślała, po raz kolejny patrząc na granatowy siniak na swojej twarzy.

Zbiegając po schodach na dół, usłyszała monotonny, zniekształcony głos ojca. Ten to ma zdrowie, po takim łomocie być już z rana na nogach. Od razu przypomniała sobie, że ojciec był kolejnym z powodów, dla którego nigdy nie ułożyła sobie życia. Być może ona sama była wybredna, ale w przypadku ojca to już była aberracja. Nigdy, ale to przenigdy żaden mężczyzna, z którym się umawiała, nie był wystarczająco dobry. Oczywiście sam ojciec nieraz dawał jej do zrozumienia, że jest gówno warta. Henryk Wojnarowicz bardzo skutecznie zadbał o to, aby pozostać jedynym mężczyzną w życiu swojej córki.

Weszła do kuchni i stanęła jak wryta. Henryk siedział na wózku, na twarzy miał opatrunek, przez który przebijała jego opuchnięta, granatowozielona twarz, wyglądająca jak po spotkaniu z pędzącym pociągiem towarowym. Ale nie to było powodem jej zdziwienia. Całkowicie zaskoczył ją gość, który siedział przy stole.

– Cieszę się, że zwrócił się pan do mnie po pomoc. Nie pożałuje pan swojej decyzji.

Zenon Marczak urwał, gdy zobaczył, jak Danuta wchodzi do środka. Szybko skinęła mu głową i odwróciła się. Otworzyła lodówkę i zabrała się do robienia kanapek.

– Wy się znacie, prawda? – wymamrotał przez opatrunek Henryk.

– Owszem – powiedział Zenon.

Danuta opuściła głowę na tyle, aby włosy, pomimo że była odwrócona do obu mężczyzn tyłem, zakryły siniak. Jasna cholera, dlaczego nie zrobiłam tego pieprzonego makijażu, jęknęła w duchu. Trochę podkładu przykryłoby sińca na tyle, że może nie byłby aż tak widoczny. Dobrze, że chociaż ubrałam się jako tako, pomyślała z ulgą.

– Pan Marczak był na tyle miły, że przyjął moją propozycję pracy – odezwał się ojciec. – Pomoże nam w ochronie naszego skromnego biznesu.

„Pan", „był na tyle miły", „przyjął propozycję". Ojciec rzadko kiedy dawał drugą szansę komuś, kto wkurzył go tak, jak wtedy Zenon przy bramie, łapiąc go za rękę. Widać było, że stary naprawdę potrzebuje pomocy.

– Oprowadzisz później pana Marczaka po terenie – powiedział Henryk. – Chce zapoznać się ze wszystkim i zaproponować jakieś zabezpieczenia.

– Dobrze – zgodziła się Danuta, nie odwracając się i smarując kromki chleba pastą jajeczną ze szczypiorkiem.

Po chwili do pomieszczenia wszedł Kafar. Lewą rękę miał na temblaku, a całe ramię aż do obojczyka w gipsie. Lekarz, którego ojciec ściągnął w nocy, wykonał dobrą robotę. Pan doktor wyszedł od nich bardzo zadowolony, inkasując porządną porcję złotego kruszcu za swoje usługi. Kafar spojrzeniem dał znać ojcu, że jest potrzebny na zewnątrz. Henryk skinął głową, podjechał wózkiem do wyjścia i wyciągnął dłoń do Zenona.

– Proszę mnie nie zawieść – powiedział Henryk.

– Nie ma szans – odrzekł Marczak, ściskając dłoń gospodarza.

– Córka zrobi panu jakieś śniadanie – dodał ojciec i wyjechał z kuchni, a Kafar zamknął drzwi.

Zenon wstał i podszedł do Danuty.

– Zrobić ci kanapki? – spytała.

– Nie, dzięki.

Nabrała powietrza i ugryzła pierwszą z przyszykowanych kanapek. Potem odwróciła się do niego i założyła włosy za ucho, odsłaniając pokaźnego siniaka. Zenon jęknął bezgłośnie na widok jej twarzy i skrzywił się ze złością.

– Skurwysyny – powiedział.

– No – przytaknęła, przeżuwając kanapkę. – Może ich złapiesz? Jako policjant?

– Ze służby wystąpiłem jakieś dwa miesiące temu. – Wzruszył ramionami. – I chyba dobrze zrobiłem, bo moi kumple pod koniec ostatniego miesiąca nie dostali wypłaty.

Danuta obrzuciła go wzrokiem. Miał na sobie czarny sweter dopasowany do muskularnej sylwetki oraz ciemne dżinsy i piaskowe, sznurowane półbuty. Zaczesane na bok włosy lśniły czystością, a szarozielone oczy patrzyły na nią badawczo. Zenon podszedł do niej i obejrzał siniaka z bliska.

– Możesz w ogóle przeżuwać?

– Radzę sobie – powiedziała, napoczynając drugą kanapkę.

– I tak ładnie wyglądasz.

– Jesteś beznadziejny – wypaliła.

– To prawda – powiedział.

Zenon uśmiechnął się do niej bielą zębów rodem z reklamy kliniki dentystycznej, a ona poczuła mrowienie w dole brzucha. Początkowo myślała, że może to jednak kontuzja po kopniaku z zeszłej nocy, ale szybko pojęła, że źródłem tej sensacji jest on, i znowu poczuła się głupio. No dalej, wskakuj do jego karety z dyni i sprawdź, czy pasuje na ciebie ten pieprzony pantofelek, zrugała się w duchu.

– Co z tymi bandziorami?

– Uciekli – skłamała gładko bez chwili zastanowienia.

– Wybaczam ci – roześmiał się Zenon.

– Co?!

– Wybaczam ci kłamstwo – powiedział. – Zdążyłem trochę poznać twojego ojca i wiem, co o nim mówią. Pewnie leżą zakopani gdzieś pod fundamentem jednej z hal.

Danuta wzruszyła ramionami na znak, że może sobie mówić, co chce, a jej to nie interesuje. Po czym z dużym trudem połknęła ostatni kęs kanapki. Przypomniała sobie, jak w nocy musiała pomóc Kafarowi i ojcu zakopać zwłoki. Kiedy mieli już zasypywać trupy, nie wytrzymała i zwymiotowała. Henryk zaczął narzekać, że zostawia niepotrzebne ślady, i kazał Kafarowi przynieść benzynę. Gdy leżące w dole zwłoki zaczęły płonąć, Danuta nie wytrzymała smrodu i uciekła do domu.

– Pokaż zęby.

– Patrzysz, czy nie mam gdzieś szczypiorku? – odrzekła, spełniając jego prośbę.

– Zęby całe – stwierdził z ulgą i lekko się uśmiechnął. – Nie chciałbym mieć żony z brakami w uzębieniu.

Pomyślała, że jest wyjątkowo bezczelny, i szybko zmieniła temat.

– Co ustaliłeś z ojcem? – spytała.

– Że zorganizuję mu porządną ochronę.

– A co z twoim synem?

– Przywiozę go tutaj – odparł z ulgą w głosie. – To mi najbardziej pasuje. Ostatnio przerwy w dostawie prądu są coraz częstsze. Wczoraj włączyli z powrotem zasilanie, gdy zostało raptem pół godziny na awaryjnym.

Pokiwała głową, wkładając talerzyk po kanapkach do zmywarki.

– Jadę pogadać z kilkoma ludźmi – powiedział, zbierając się do wyjścia. – Będę po południu, to wtedy oprowadzisz mnie po posesji, okej?

– A jak nie, to co? – spytała z uśmiechem.

– To poskarżę się tacie.

Zenon uśmiechnął się, mrugnął do niej i wyszedł z kuchni. Gościu czuje się cholernie pewnie, pomyślała Danuta, odprowadzając go wzrokiem. Sama nie wiedziała, czy to dobrze, czy źle.

Resztę dnia spędziła w magazynie, porządkując i spisując rzeczy, które przychodziły zakupione bądź na wymianę za inny asortyment lub złoto. Handel kręcił się na całego i przez bite osiem godzin tak naprawdę nie miała chwili, żeby pomyśleć o czymkolwiek innym.

Teraz szła w kierunku bramy, gdzie czekał na nią Zenon z jakimś facetem. Gdy stanęła obok nich, Zenon przedstawił ich sobie:

– Poznajcie się. Robert Syta, Danuta Wojnarowicz.

Oboje wymienili uścisk dłoni i zdawkowe uprzejmości. Danuta przyjrzała się uważnie kompanowi Zenona. Był niższy od niego o głowę, miał znaczną nadwagę i kolor włosów, który potocznie określano mianem świńskiego blondu. Tej barwy były również rzęsy mężczyzny, co czyniło je praktycznie niewidocznymi. Na oko mógł mieć jakieś czterdzieści, czterdzieści pięć lat.

– Służyliśmy razem w policji – powiedział Zenon tonem wyjaśnienia.

Facet wygląda jak stuprocentowy gliniarz, pomyślała Danuta o Robercie i zaczęła oprowadzać ich po gigantycznej posesji. Kiedy odeszli kawałek od hal w kierunku Puławskiej, Zenon podszedł do płotu i potrząsnął kilka razy solidnie umocowanym do zabetonowanych słupków drucianym przęsłem.

– Płot jest okej, ale w życiu nie damy rady go upilnować – stwierdził Zenon. – Musimy postawić wewnętrzne ogrodzenie, na jakieś półtora metra.

– Dlaczego? – spytała Danuta.

– Psy – odpowiedział Marczak. – Macie jakieś?

– Dwa wilczury, ale to bardziej takie podwórkowe burki, wiecznie na łańcuchu.

– Robert? – rzucił Zenon do kompana.

– Spoko, znam gościa – odpowiedział zapytany. – Załatwi nam porządne owczarki do pilnowania. O ile jeszcze ich nie poćwiartował i nie zeżarł.

Robert roześmiał się rubasznie, ale gdy spostrzegł, że pozostała dwójka nie podchwyciła żartu, od razu zamilkł. Szli wzdłuż płotu, kiedy nagle Robert odłączył się od nich pod pretekstem udania się na stronę. Zenon opowiadał Danucie, jakie kroki należy przedsięwziąć, aby zająć się ochroną terenu. Ilu ludzi potrzeba i jak powinno się to wszystko zorganizować. Danuta słuchała go z uwagą, utwierdzając się w przekonaniu, że Marczak naprawdę wie, o czym mówi.

– Kurwa, co tak jebie? – krzyknął Robert, a kiedy Zenon i Danuta się odwrócili, mruknął speszony: – Przepraszam za wyrażenie.

Danuta i Zenon podeszli do niego, gdy mocował się z rozporkiem, zapinając spodnie. Nieopodal było widać świeżo skopaną ziemię, a w powietrzu unosił się słodkawy odór spalonych zwłok. Zenon spojrzał uważnie na Danutę, która spanikowana poczuła się, jakby ziemia usuwała się spod jej stóp. Gorączkowo szukała w głowie jakiegoś wytłumaczenia.

– To tutaj spaliliście te chemikalia? – rzucił Zenon do Danuty.

– Co… – zaczęła mówić, ale szybko podchwyciła jego pomysł. – Tak, mieliśmy tego sporo po hodowli roślin, różne nawozy. Normalnie przyjeżdżała firma, żeby to zutylizować. Ale od wybuchu wojny firma nie działa, tak więc sami rozumiecie.

Robert kiwnął głową uspokojony i wszyscy troje ruszyli w kierunku zabudowań. Danucie wydało się dziwne, że znajomy Zenona tak zareagował, w końcu jako policjant powinien mieć styczność z takim zapachem. Chyba że po prostu mi nie uwierzył, pomyślała Danuta. Albo nie jest policjantem, dodała w myślach.

Kiedy wrócili na plac, Zenon porozmawiał chwilę z kolegą, wydał mu jeszcze jakieś instrukcje i po chwili Robert pożegnał się uściskiem dłoni z Danutą, a potem wsiadł do samochodu i odjechał. Zenon zerknął na zegarek.

– Dobra, będę się zbierał. Jutro długi dzień, czeka mnie przeprowadzka. Zwolnię opiekunkę, a jak Marek nie będzie spał, to jeszcze mu trochę poczytam.

– Może wejdziesz jeszcze na chwilę na herbatę? – spytała.

– Na herbatę? – powiedział zdziwiony i po chwili wzruszył ramionami. – Czemu nie.

Ależ ze mnie nędzna, tania dziwka, myślała, prowadząc go do kuchni. Gościu nawet nie zabrał mnie do kina ani nie kupił kwiatów, a ja już go zapraszam. Z drugiej strony przecież to tylko zaproszenie na herbatę, nie ma co panikować, rozmyślała dalej, napełniając czajnik świeżą wodą. Kiedy wcisnęła guzik, poczuła, jak Zenon staje blisko za nią. Bardzo blisko. Położył swoje dłonie na jej biodrach i zbliżył usta do jej szyi. Zaczął ją całować, na początku powoli i delikatnie, potem zwiększył siłę nacisku, zagarniając łapczywie jej skórę ustami.

– Przestań, przecież ktoś może…

Ten słaby protest przerwała, gdy tylko przesunął swoje dłonie z jej bioder w górę, wślizgując się pod bluzkę. Bardzo zręcznym ruchem odpiął jej stanik i objął rękoma pełne piersi, od razu wyczuwając mocno twardniejące sutki. Czajnik zaczął bulgotać coraz głośniej, a wydobywająca się z niego para osiadała na twarzy Danuty, która cicho westchnęła.

Czajnik zrobił głośne pstryk i para powoli przestała lecieć, ale Danucie nie zrobiło się chłodniej. Wręcz przeciwnie, było jej coraz bardziej gorąco. Gdy lewa ręka Zenona zsunęła się w dół i rozpięła jej spodnie, chwyciła go za dłoń i powiedziała:

– Zostaw.

Nie przejął się tym w ogóle, a ona wyprężyła się lekko, gdy jego ręka wsunęła się za koronkową bieliznę. Prawą dłonią ciągle masował jej pierś, ugniatając sutek między kciukiem i palcem wskazującym. Wyjął na chwilę rękę z jej majtek i obficie poślinił palce. Gdy jego dłoń z powrotem wylądowała na dole, Danuta jęknęła z rozkoszy, nie wierząc w to, co się z nią dzieje. Zaczął ją pieścić delikatnie, a ona czuła, jak jej łechtaczka gwałtownie nabiega krwią i pęcznieje. Była w absolutnym szoku, czując, jak zręcznie to robi. Odchyliła do tyłu głowę, położyła ją na jego obojczyku, i zaczęła pojękiwać coraz częściej i głośniej. Gdy nadszedł kluczowy moment, zadrżała i krzyknęła. Zenon nakrył jej usta ręką, ale nawet wtedy nie mogła powstrzymać się od zgłuszonego jęku. Wysunął rękę z jej majtek, a ona odwróciła się do niego.

– Masz prezerwatywę? – spytała, pospiesznie zsuwając z bioder spodnie i majtki.

Kiwnął głową w milczeniu i wtedy zobaczyła, jak bardzo był podniecony. Ściągnęła szybkim gestem bluzkę, a potem stanik i rzuciła je na podłogę. Odwróciła się, rozstawiła szeroko nogi, podparła się łokciami o kuchenny blat i stanęła na palcach, zadzierając i wypinając tyłek. Słyszała dźwięk sprzączki od paska i szelest zsuwających się spodni. Zanim w nią wszedł, namacała jeszcze, czy na pewno się zabezpieczył. Jako doświadczona kobieta wiedziała, że w tych sprawach nie należy nikomu wierzyć na słowo.

Była porządnie mokra po swoim orgazmie, ale i tak gdy wszedł w nią gwałtownie, jęknęła delikatnie z bólu. Po chwili Zenon zaczął wypełniać ją posuwistymi ruchami swojego sztywnego penisa. Nie spieszył się, wchodził w nią powoli, ale głęboko, sprawiając coraz większą rozkosz. Trwało to dobre dziesięć minut, gdy usłyszała, jak jęczy z podniecenia, napierając na nią coraz mocniej i szybciej. Chciała krzyczeć, na szczęście w porę została zakneblowana jego silną dłonią. Kiedy było po wszystkim, opadł na nią, całując namiętnie po plecach.

Po raz pierwszy w życiu miała dwa tak silne orgazmy w tak krótkim czasie. Powiedzieć, że cholernie jej się to spodobało, to jakby nie powiedzieć nic.

4.

Michał Barański był zziajany, spocony i miał obolałe nogi, ale przede wszystkim był całkiem załamany. Gdy wczoraj wyprowadził rodzinę ze swej zrujnowanej kamienicy, nie przypuszczał, że szukanie odpowiedniego samochodu zajmie tyle czasu. Przenocowali w na wpół zbombardowanym hotelu, a rano zostawił rodzinę na cmentarzu przy Brackiej, ponieważ wydawało mu się, że właśnie na cmentarzu będą bezpieczni. Teraz znowu ruszył na poszukiwanie środka transportu.

To był właśnie główny powód jego parszywego nastroju. Przemek wytłumaczył mu konkretnie, co i jak ma zrobić. Miał szukać około piętnastoletniego amerykańskiego samochodu, który – zdaniem Rogalskiego – było najłatwiej odpalić. Niestety przed wojną mało kto jeździł piętnastoletnimi trupami, a już tym bardziej tymi z Ameryki. Samochody zza oceanu wyposażone były w automatyczne skrzynie biegów, co znacznie podnosiło koszty utrzymania. Jak do tej pory Michałowi udało się włamać do trzech chryslerów i dwóch chevroletów. Za każdym razem rozcinał nożycami plastik przy stacyjce i za pomocą nożyka i śrubokręta łączył kable tak, jak mu przekazał Przemek. Żaden z samochodów nie odpalił.

Usiadł zrezygnowany między autami na parkingu przy Młodzieżowym Domu Kultury na Osiedlu Tysiąclecia. Czy ja sobie, kurwa, myślałem, jęknął w duchu, że to naprawdę film sensacyjny? Były nauczyciel historii, który nie odnalazł się we współczesnej rzeczywistości handlu na telefon, otyła niedojda, ma nagle kraść samochody i odpalać je na zwarcie. No dalej, powiedz sobie jeszcze kilka razy, jaki jesteś beznadziejny, to na pewno pomoże, pomyślał. Westchnął, zebrał swoje skromne narzędzia, wstał i ruszył wzdłuż jednego z bloków. Źle się czuł na tym osiedlu. Nie było tu zwartej zabudowy. Jak mnie tu ktoś wypatrzy, to umarł w butach, pomyślał, ogarniając wzrokiem panoramę, nad którą górowały wielkie wieżowce z półokrągłymi balkonami, zwane potocznie przez mieszkańców kukurydzami.

Osiedle było opustoszałe, co sprawiało upiorne wrażenie. Tylko raz Michał natknął się na rosyjski patrol złożony z sześciu żołnierzy i schował się przed nimi w zsypie jednego z wieżowców. Umierał z niepokoju o Basię i dzieci, którzy siedzieli ukryci między nagrobkami. Ale jeszcze bardziej bał się tego, że wróci do nich i powie, że niestety, ale tatusiowi znowu nie wyszło, więc teraz będziemy dymać na piechotę trzysta kilometrów. Dlatego szedł wzdłuż kolejnej uliczki, szybko mijając samochody. Nissan, volvo, renault, opel, opel, jasna cholera, żadnego amerykańskiego wozu, zaklął w duchu i zatrzymał się gwałtownie. Odwrócił się i zobaczył, że w miniętym przez niego samochodzie tylna klapa bagażnika jest otwarta. Obszedł zielonkawe renault laguna kombi i zajrzał do środka. Bagażnik był pusty. Rozejrzał się i zobaczył, że drzwi jednej z klatek stojącego nieopodal bloku są uchylone. Nie domykały się, bo blokowały je nogi w szarym dresie i niebieskich butach do biegania. Cała ściana wejściowa oraz drzwi posiekane były przez pociski i Michał pomyślał, że to właściciel żuka, którego ostrzał zastał podczas ucieczki.

Otworzył drzwi od strony kierowcy i wsiadł do środka. Miejsce na kartę, którą odpalało się auto, było puste. Wiedział, co musi teraz zrobić, ale bronił się przed tym w panice, pomyślał, że może lepiej będzie spróbować odpalić ten samochód na zwarcie. Mimo strachu schował swoje skromne narzędzia do schowka na rękawiczki, wysiadł z laguny i podszedł do drzwi prowadzących na klatkę. W ciele martwego nie było widać żadnych ran, oczy miał zamknięte i nawet przez sekundę Michałowi wydawało się, że może po prostu facet śpi. Niezdrowy, jasnoszary kolor cery szybko jednak zdradził, że mężczyzna nie żyje.

Obok leżącego Michał zauważył kartonowe pudło. Przysunął je do siebie, myśląc, że w środku są zapasy jedzenia, ale wewnątrz kartonu zobaczył stertę komiksów. Wziął do ręki pierwszy z nich, *Zdradzona czarodziejka*, pierwsze polskie wydanie Thorgala z 1988 roku. Zajrzał głębiej do pudła i zobaczył, że w środku jest więcej *Thorgali* oraz *Tytusy* i *Kapitany Żbiki*. Kto, do jasnej cholery, uciekając przed ostrzałem, zabiera ze sobą komiksy, pomyślał. Odsunął karton, uspokoił oddech, przełknął ślinę i wsunął rękę do prawej kieszeni dresowych spodni martwego. Wyciągnął stamtąd telefon, który jak się okazało, był już rozładowany. Nabrał powietrza i sięgnął do drugiej kieszeni. Ciągle targało nim jakieś irracjonalne przeczucie, że martwy nagle usiądzie i krzyknie: „Żarcik!". To jakiś absurd, pomyślał, jeszcze dziesięć dni temu żyłem w spokojnym, cywilizowanym kraju Europy, a teraz grzebię trupowi po kieszeniach. Pod palcami namacał portfel oraz plastikowy, płaski przedmiot. Kiedy go wyciągnął, okazało się, że jest to karta startowa do renault.

Wstał, ruszył w kierunku samochodu i otworzył drzwi. Potem wsiadł za kierownicę i wcisnął kartę w wąski otwór. Rozległ się delikatny szelest i na wyświetlaczu w centralnym punkcie deski rozdzielczej pojawił się napis „start". Michał wcisnął sprzęgło i guzik uruchamiający samochód. Silnik diesla zaskoczył bez problemu, a wyświetlacz od razu zasygnalizował brak paliwa. Michał poszukał przełącznika wskazań komputera, ale okazało się, że przy kilometrach do pokonania na pozostałym paliwie było tylko kilka poziomych kresek, oznaczających brak informacji. Jak, do jasnej cholery, można zaprojektować samochód, który po włączeniu rezerwy nie informuje, ile kilometrów masz do przejechania, pomyślał ze złością. Pieprzeni Francuzi.

Zatrzasnął drzwi i ruszył z miejsca. Na szczęście kolejna rada Przemka okazała się nad wyraz pomocna. Powiedział mu, że jeśli będzie potrzebował paliwa, może go spuścić z innych baków, ale najlepiej z jak najstarszych samochodów, ponieważ te nowsze mają zabezpieczenia i raczej ciężko wpuścić tam coś, czym można by pobrać paliwo. W drodze na cmentarz Michał opróżnił leciwego volkswagena diesla za pomocą rurki, którą buchnął z apteczki Rogalskiej, gdy opuszczali piwnicę.

Z prawie pełnym bakiem zameldował się na cmentarzu, gdzie czekała na niego cała i zdrowa rodzina. Nie ujechali nawet kilometra, gdy Jurek i Natka zasnęli z tyłu głębokim snem, tak byli wyczerpani ostatnimi wydarzeniami.

– Jak się czujesz? – spytał Basię.

W odpowiedzi uśmiechnęła się i chwyciła go delikatnie za rękę, którą trzymał na drążku zmiany biegów. Czyli źle, tylko nie chcesz mnie martwić, pomyślał. Jechali na północ w kierunku Siemianowic, mijając po lewej stronie Park Śląski. Michała zdziwiło, że jechali spokojnie i praktycznie bez przeszkód. Wyobrażał sobie znane z amerykańskich filmów katastroficznych drogi zapchane stojącymi samochodami, porzuconymi przez ludzi uczestniczących w masowym exodusie. Tymczasem jedynym manewrem, jaki musiał wykonywać na szosie, było omijanie powalonej ściany przydrożnego budynku, uszkodzonego przez jakąś zabłąkaną bombę.

Skręcił w prawo w główną drogę i od razu zauważył, że tutaj panował trochę większy ruch. Co prawda bardziej przypominało to jakiś świąteczny dzień, kiedy na drodze mija się niewiele samochodów, kursujących z jednego rodzinnego obiadu na drugi. Gdy dojeżdżali do Siemianowic Śląskich i znaleźli się na wyniesieniu wiaduktu, usłyszał Basię.

– Jezu Chryste – wyszeptała. – Michał, popatrz na to.

Michał spojrzał w bok i to, co zobaczył, wstrząsnęło nim na tyle, że zjechał na pobocze i zatrzymał samochód. Oboje z żoną wpatrywali się przez boczną szybę w krajobraz rozciągający się za oknem. Widać było panoramę Katowic, z górującymi nad nią budynkami Altusa, strzelistą wieżą kościoła Mariackiego oraz bliźniaczymi wieżowcami Stalexportu. Cała południowa część miasta stała w ogniu i nawet z tak dużej odległości można było dostrzec płomienie, a olbrzymie zwały czarnego dymu unosiły się wysoko w niebo. Kontrast między spokojnym przedmieściem Siemianowic a wrotami piekieł, które odcinały się na południu gęstym dymem, był porażający. Michał oderwał w końcu wzrok od upiornego krajobrazu, wrócił na szosę i ruszyli drogą 94 na wschód.

Za Siemianowicami zwolnił, bo droga, która prowadziła nad torami kolejowymi, w wyniku wybuchu została częściowo zawalona i można było przejechać tylko połową jezdni, co siłą rzeczy wymusiło ruch wahadłowy. Zatrzymał się, bo zauważył, że z naprzeciwka jedzie motocyklista, który również stanął w miejscu. Kierowca jednośladu machnął ręką, dając Michałowi znak, żeby jechał. Michał przełknął ślinę i z duszą na ramieniu przetoczył się przez ocalały kawałek drogi, modląc się, aby istniejąca połowa wiaduktu nie zawaliła się pod ciężarem samochodu. Kiedy mijał motocyklistę, ten skinął mu, aby się zatrzymał. Michał spełnił prośbę i opuścił szybę. Nieznajomy podróżował na czymś, co Michał zawsze nazywał po prostu harleyem, bo nie znał się na motocyklach. Facet miał koło sześćdziesiątki, a na głowie czarny kask z wymalowanym pośrodku płomieniem, który miał imitować irokeza. Spod kasku wystawała długa kitka siwych włosów, a stroju dopełniały skórzana kurtka motocyklowa oraz kowbojki.

– Szczęść Boże – zagaił nieznajomy.

– Dzień dobry – wypalił niezręcznie Michał, nie wiedząc, jak zareagować na takie powitanie.

– Wiecie może, jak droga na południe? – spytał motocyklista.

– Udało nam się uciec z Załęża – odparł Michał. – Na południe od Trasy Średnicowej raczej pan nie przejedzie.

– Mus to dla mnie. Jadę do matki, od początku wojny nie mam z nią kontaktu. Telefony, poczta, internet. Nic nie działa.

– Gdzie mieszka?

– W Rybniku – odpowiedział mężczyzna. – No nic, pojadę najdalej jak się da na zachód, a potem zjadę w dół, tylko nie wiem, jak tam będzie, bo we Wrocławiu też walki.

– We Wrocławiu też? – spytał zdziwiony Michał.

– Cała Polska płonie – powiedział nieznajomy. – Ale z drugiej strony to też cholera wie, bo ani radia, ani telewizji, kompletnie nic. Więc ludzie z ust do ust sobie wiadomości przekazują, jak za króla Ćwieczka. A właśnie, macie jakieś informacje?

– Rozczaruję pana. Pierwsze dni wojny spędziliśmy w piwnicy.

Motocyklista pokiwał w zamyśleniu głową, jakby nie bardzo wiedział, czy ich pochwalić, czy też wyrazić dezaprobatę.

– Najspokojniej podobno w Szczecinie – powiedział nieznajomy. – Ruscy nie chcą chyba za bardzo Niemców prowokować.

– Mogą sobie nie prowokować. Zaraz wejdą siły NATO i mam nadzieję, że rozpierdolą to towarzystwo ze wschodu raz na zawsze.

Nieznajomy skrzywił się, dyskretnie zrobił ręką znak krzyża i powiedział:

– Z rodziną pan podróżujesz i takie słownictwo. Niechże nie bluźni.

– Przepraszam – wybąkał Michał speszony.

– To co, nic nie wiecie? No tak, piwnica – westchnął motocyklista. – Rząd Polski odmówił przyjęcia pomocy.

– Jak to odmówił?! – niemal krzyknął zszokowany Michał.

– Normalnie. Że jesteśmy dumnym narodem i nieraz radziliśmy sobie sami, to teraz też sobie poradzimy.

– Co? Przecież to szaleństwo!

Motocyklista potwierdził skinieniem głowy, że w rzeczy samej uważa podobnie.

– No nic, trza w drogę ruszać. Wy dokąd?

– Na wschód, chcemy przejechać przez Wisłę, a potem na górę, w okolice Warszawy.

– Do Kielc macie spokojniutko, tylko broń Boże nie wjeżdżajcie do miasta, jedźcie obwodnicą. W ogóle trzymajcie się z dala od większych miast, bo na nie jakieś bomby ciągle spadają. Rozpierdol totalny.

Michał popatrzył uważnie na nieznajomego, który podchwycił jego spojrzenie i skinął głową.

– Masz pan rację, nie powinienem – powiedział, czyniąc znowu znak krzyża.

– Czy bankomaty działają? Albo jakieś banki? Można skądś wypłacić pieniądze?

– Zapomnij pan. – Nieznajomy pokręcił głową. – Ale pieniądz i tak gówno warty. Jakbyś pan sobie gazetę pociął w prostokąty, to mniej więcej tyle samo byś miał.

– To jak się ludzie rozliczają?

– Normalnie, barter. Wymiana, walutą są kosztowności i jedzenie.

Motocyklista zajrzał do samochodu i zobaczył śpiących Jurka i Natalkę.

– Macie co do gęby włożyć? – spytał.

Kiedy Michał pokręcił przecząco głową. Motocyklista sięgnął do przepastnej, skórzanej sakwy, zawieszonej w tylnej części jednośladu. Wyciągnął dwie konserwy, bochenek razowego chleba i podał je Michałowi.

– Chleb twardy jak cholera, ale jak się go w wodzie namoczy, to idzie przełknąć.

– Dziękuję. Niech pana Bóg prowadzi.

Michał jako typowy Polak przyjął wszystkie sakramenty, rzecz jasna w wieku, w którym nie miał nic do gadania, ale od kilkunastu lat nie chodził do kościoła, dlatego poczuł się dziwnie, wypowiadając te słowa, czuł jednak, że musi jakoś okazać wdzięczność nieznajomemu.

Motocyklista pokiwał poważnie głową, jakby właśnie takiego pozdrowienia oczekiwał, i odpowiedział:

– Tako i wy z Bogiem ostańcie. – Potem wyciągnął coś z kurtki i wcisnął Michałowi do ręki. – To też weź, różni się teraz kręcą.

Nieznajomy wrzucił nogą bieg, silnik motocykla zaterkotał charakterystycznie i po chwili rozmówca oddalił się na zachód.

– Rany, strasznie dziwny facet – powiedziała Basia, która przysłuchiwała się milcząco całej rozmowie. – Co to jest?

– „Ur best pal" – powiedział Michał, obracając w ręku metalową puszkę, i odczytał polski napis z naklejki umieszczonej po drugiej stronie. – „Najlepszy kumpel, żelowy gaz pieprzowy do samoobrony".

Schował puszkę z gazem do kieszeni bluzy, wrzucił bieg i ruszyli w dalszą drogę. Nieznajomy miał rację, jechało się im wyjątkowo spokojnie, dotarli bez problemów do drogi 86, a potem przedostali się przez nienaruszony Siewierz oraz Zawiercie i stamtąd ruszyli prosto na Kielce. Po niecałych stu kilometrach na samochodowym komputerze wyświetlił się sygnał informujący o błędzie i aksamitny, kobiecy głos poinformował, że *Fuel injection system failure. Please contact your local Renault dealer*. Ponieważ Michał nie zamierzał szukać lokalnych serwisów Renault, jechał dalej, będąc przekonany, że ich podróż niebawem się zakończy. Samochód stracił dużo ze swej mocy, z rury wydechowej waliły kłęby gęstego, czarnego dymu, ale jakoś mogli kontynuować jazdę.

Kiedy wjechali na obwodnicę Kielc, zobaczyli, że centrum miasta zasnute jest dymem. Za Kielcami Michał zjechał i zatrzymał się na parkingu przy dużym markecie i to tam właśnie rozpoczęli dyskusję.

– Basiu, przypominam ci, że siedzimy w kradzionym samochodzie. – Michał nie chciał podnosić głosu, bo dzieci ciągle spały.

– Tak, ale to była wyższa konieczność, bo uciekaliśmy z miasta ogarniętego wojną – zaprotestowała jego żona. – Poza tym właściciel samochodu nie żyje.

– Może właściciel tego sklepu też nie żyje. – Michał wskazał budynek.

– Proszę cię, dobrze wiesz, o co mi chodzi. Nie jesteśmy złodziejami!

– To co mam zrobić? Zostawić kartkę z informacją, że potem im oddam? Nakarmienie dzieci to też jest wyższa konieczność!

– Rób, jak uważasz – powiedziała i odwróciła się do okna.

Michał wysiadł powoli, zastanawiając się, czy jego żona ma rację. Dość szybko doszedł do wniosku, że nie ma, a jej zachowanie zrzucił na karb ciąży. Wyszukał odpowiedni, ciężki kamień i stanął z nim przed wejściem do marketu. Wtedy zauważył, że automatycznie rozsuwane drzwi są delikatnie uchylone. Odrzucił kamień, podszedł i wkładając w to sporo siły, rozsunął drzwi i wszedł do środka.

Zobaczył rozrzucone palety, walające się puste opakowania i folię, którą wcześniej owinięte były produkty. Wieszaki na ubrania, wygaszone lady chłodnicze, półki na produkty. Wszystko, ale to absolutnie wszystko było ogołocone. Michał obszedł cały sklep, zajrzał do magazynu i nie znalazł absolutnie niczego. Nie było nawet jednego produktu, który można by zabrać. Sklep był doszczętnie splądrowany.

5.

Roman Gurski otworzył oczy i stwierdził, że absolutnie nic się nie zmieniło. Ciągle otaczała go ciemność. Zamrugał gwałtownie, ale efektem był tylko piekący ból. Zupełnie jak gdyby ktoś sypnął mu garścią piachu między powieki. Zaczerpnął tchu i zakasłał gwałtownie, wyrzucając z płuc kłęby czegoś, co osiadało mu na twarzy. Zaczął po omacku wodzić ręką i w końcu namacał latarkę. Gdy ją włączył i dalej było ciemno, poczuł, że wszystkie włosy stają mu na baczność. Oślepłem, pomyślał, czując narastającą panikę, to gówno, które zrzucili ruscy, wypaliło mi oczy. Chciał sięgnąć palcami i wymacać, w jakim stanie są jego gałki oczne, ale bał się tego, co może poczuć. Przełknął powoli ślinę i przełożył latarkę do drugiej ręki. Wtedy zorientował się, że brak światła nie miał nic wspólnego z oczami, ale z rozbitą szybką i żarówką.

Odetchnął z ulgą i w otaczającej go ciszy usłyszał, jak ktoś kaszle. Zaraz potem rozległy się szurania, skądś dobiegł jakiś jęk i gdzieniegdzie zabłysły światła latarek. Roman usiadł i śliniąc sobie palce, zaczął przemywać oczy z piachu, którym okazał się pył węglowy.

– Kurwa! – zaklął, gdy ktoś zaświecił mu prosto w twarz.

– Romuś, wstawaj. To nie wakacje.

Gurski uśmiechnął się na dźwięk głosu swojego sierżanta. Naprawdę cieszył się, że Lacević przeżył. Zastępca podał mu dłoń, podniósł swego dowódcę i wcisnął mu do ręki manierkę z wodą. Gurski dalej przemywał śliną oczy, widział coraz lepiej. Spojrzał zdziwiony na czarną od węgla twarz Jovana, który patrzył zdziwiony na zegarek.

– Jesteś z kimś umówiony? – spytał.

– Przeleżeliśmy tu ponad dwadzieścia godzin.

– Niemożliwe.

Jovan tylko wzruszył ramionami i poświecił latarką w miejsce, w którym powinien znajdować się szyb windy. Zamiast niego Roman zobaczył olbrzymie rumowisko skał, węgla i zbrojonych, betonowych płyt, którymi podparty był strop w tej części korytarza.

– Żyjemy chyba tylko dlatego, że większa siła wybuchu zatrzymała się na windzie – powiedział Lacević. – Tędy na pewno już nie wyjdziemy.

Reszta plutonu powoli zaczęła podnosić się na nogi, ludzie kasłali i otrzepywali się nawzajem, świeciło coraz więcej latarek.

– Status! – wydarł się Gurski. – Dowódcy drużyn, raportować!

Żołnierze zaczęli się nawoływać, a z ogólnego harmideru przebijały się głosy poszczególnych podoficerów.

– Panie poruczniku, pierwsza drużyna w komplecie – zameldował kapral Seget.

– U mnie też, to znaczy z tych, którzy zjechali na dół – odezwał się plutonowy Bosak.

– Panie poruczniku, melduję, że u mnie brakuje jednej osoby, szeregowego Kowala – powiedział Krzysiek Maj.

– U mnie się zapodział starszy szeregowy Grochowski, panie poruczniku – stwierdził ratownik medyczny, kapral Tomasz Janik.

Dwie osoby, pomyślał Gurski. Nie jest najgorzej, pocisk rakietowy, który spuścili Rosjanie, naprawdę mógł wyrządzić o wiele większe szkody. Po chwili ze smutkiem stwierdził, że od początku walk stracił dziewięciu ludzi, tym samym cały pluton łącznie z nim jako dowódcą liczył teraz zaledwie trzydzieści trzy osoby.

– Pomóżcie mi!

Odwrócili się i w świetle latarek zobaczyli Alojzego Matuszka, jak rękami odrzuca skały i wielkie bryły węgla.

– Pomóżcie! Tam kajś jest Marysia!

Kilku żołnierzy rzuciło mu się na pomoc, ale po kilku chwilach stało się jasne, że to nie ma sensu. Głębiej zawał złożony był z olbrzymich głazów i kawałów betonowego stropu, które mógłby ruszyć tylko wyjątkowo ciężki sprzęt. Gurski podszedł do Alojzego i złapał go lekko za ramię.

– Przykro mi – powiedział Roman.

– Niy! Niy! Niy! – darł się Alojzy, próbując podnieść duży kawał zbrojonego betonu. – Żodne mi, kurwa, przykro. Muszymy jom wyciongnonć!

– Chodźmy.

– Nikaj niy ida! – Alojzy gwałtownie odepchnął Romana.

– Wskaże nam pan drogę do drugiej kopalni, a potem może pan sobie wracać i robić, co chce.

– Nikaj niy ida, łostowcie mie!

Roman odszedł dwa kroki, wyciągnął z kabury swojego wista, wycelował w górnika i odbezpieczył broń.

– Idziemy. Teraz – powiedział powoli, ale z naciskiem Gurski.

Wszyscy milczeli, nie rozległ się żaden szmer. Ale coś, jakaś ulotna zmiana, minimalna i ledwo wyczuwalna mowa ciała, powiedziało Gurskiemu, że jego ludziom to się nie podoba. Trudno, pomyślał, jestem odpowiedzialny za trzydzieści trzy osoby i nie mam zamiaru ryzykować ich życia. Nie wiedział, czy wybuch i zawalenie nie odcięły dopływu powietrza. Czuł, że muszą jak najszybciej wydostać się z tych podziemi, a górnik był ich jedynym przewodnikiem. Alojzy jednak stał i patrzył pustym wzrokiem na Gurskiego. Romanowi nie drgnął w twarzy żaden mięsień, a broń miał ciągle wycelowaną w górnika, jednak tak naprawdę ani trochę nie wiedział, co dalej. Jeśli gościu w końcu się nie ruszy, pomyślał, to będę musiał coś zrobić, ale przecież go nie zastrzelę.

– Proszę pana – powiedział łagodniej Gurski. – Jest mi kurewsko przykro, ale pańska córka pewnie nie żyje. Za to pan ma szansę uratować przeszło trzydzieści osób. Bez pana zginiemy.

Westchnął i powolnym gestem schował broń do kabury. Alojzy w końcu kiwnął głową i całkiem zrezygnowany odwrócił się, wziął od jednego z żołnierzy latarkę i poszedł przodem, a reszta plutonu ruszyła za nim w milczeniu. Szybko stało się jasne, że marsz nie będzie zwykłym spacerkiem. Zrobiło się wprost nieznośnie gorąco i z ludzi ściekały strugi potu. Już po piętnastu minutach ściągnęli hełmy, kamizelki i bluzy, woleli taszczyć wszystko w rękach. Początkowo było o tyle łatwo, że poruszali się równym chodnikiem, który miejscami prowadził nawet lekko w dół, ale potem korytarz zaczął się piąć bezlitośnie w górę. Wójcik szedł podtrzymywany przez dwóch kolegów. Co prawda zanim ruszyli, Janik nastawił mu kostkę, ale noga była spuchnięta jak balon i strzelec wyborowy za nic nie mógł założyć buta. Dlatego na prawej nodze nosił potężny, roboczy gumiak górniczy, a i tak, aby iść, musiał korzystać z pomocy kolegów. Po dwóch godzinach wokół unosiła się ostra woń spoconych ciał ponad trzydziestu mężczyzn.

Dlatego gdy tylko skręcili w jeden z bocznych korytarzy i zaczęli iść po równej powierzchni, odetchnęli z ulgą. W końcu po kolejnej godzinie zatrzymali się w miejscu, w którym korytarz kończył się ślepą ścianą pochyloną w dół pod łagodnym kątem.

– Co jest? – spytał Gurski.

Porucznik przebił się na przód pochodu, a żołnierze, korzystając z krótkiej chwili przerwy, zaczęli kłaść się pokotem na ziemi, ciężko dysząc i wypijając resztki wody ze swych manierek. Alojzy oświetlił powierzchnię chodnika, który urywał się nagle, a przed zbiegającą na dół ścianą rozpościerała się tafla wody.

– Sam som schody – powiedział górnik.

– Ale dlaczego to jest zalane?

– Niy wiym – odpowiedział Alojzy. – Downo żech sam niy bół. Poza tym normalnie sam sie niy łazi. Może postanowiyli, że niy mo być przejścia, i zalali. A może kajś bomba jebła i woda sama tak. Na wiyrchu Rawa płynie.

Wypowiadając ostatnie zdanie, górnik skierował palec w strop, po czym zrezygnowanym gestem oddał latarkę Romanowi.

– Jo żech swoje zrobiół. Moga iść czy bydziecie do mie szczylać, panie łoficer?

– Ten korytarz potem się podnosi? Są schody w górę? – spytał Gurski.

– Są.

– Ile to może być?

– Co, wiela metrów? – spytał Alojzy i po krótkiej chwili wahania odpowiedział: – Jo wiym? Bydzie ze trzysta.

– Człowieku, zastanów się – powiedział Roman. – Tu się zaraz skończy powietrze. Uciekaj z nami. Córce życia nie wrócisz.

Alojzy tylko pokręcił głową i ruszył z powrotem.

– Dajcie mu latarkę i prowiant! – krzyknął Gurski.

Jeden z żołnierzy zatrzymał górnika, szybko spakowali mu osobny plecak z jedzeniem, zapasem wody i dorzucili dwie latarki. Matuszek podziękował z bladym uśmiechem i odszedł korytarzem. Daniel Seget powiedział do Romana:

– Panie poruczniku, może ja z nim pójdę, pomogę. Co? Potem namówię i wrócimy razem. Chłop musi być teraz w szoku.

– Nie.

– Panie poruczniku…

– Kurwa, kapralu, zapomnieliście, co to rozkaz? – Gurski przerwał mu gwałtownie.

Seget wycofał się do swoich ludzi, a Roman szybko zrozumiał, że zagrał za szybko i zbyt brutalnie. Teraz już jasno widział, że plutonowi nie spodobała się jego decyzja. Spojrzał na swego zastępcę, a wzrok Jovana mówił jasno: „Źle robisz, Romuś". Gurski tylko nieznacznie kiwnął głową, że się z nim zgadza, i zaczął wydawać głośno polecenia:

– Wyciągać liny i wiązać je węzłami samozaciskowymi! Wszystkie, które wzięliśmy z góry!

Żołnierze zabrali się do wykonywania poleceń. Roman już wcześniej zdjął kamizelkę, a teraz zrzucił z siebie bluzę i przemoczony podkoszulek. Siadł i zaczął rozsznurowywać buty, obliczając w myślach. Powiedzmy, że jest te trzysta metrów. Rekord świata pod wodą to jakieś dwieście metrów, ale bez płetw. Jak dam radę skombinować coś na wzór płetw, to może uda mi się przepłynąć trzysta metrów. Ale jeśli górnik się pomylił i korytarz ciągnie się pod wodą o wiele dalej, to wtedy jestem bez szans.

Roman zastanowił się nad tym, jak ogromna zmiana w jego stanie psychicznym nastąpiła w ciągu ostatnich kilku dni. Wcześniej na niczym mu nie zależało i za wszelką cenę chciał skończyć całe to gówniane życie, które uważał za bezsensowne. Teraz jest w jakimś dusznym, śmierdzącym korytarzu kilometr pod ziemią i niczego bardziej nie pragnie, jak tego, żeby przeżyć. Wstydził się tego sam przed sobą, ale bardzo pragnął też czegoś innego. Mianowicie aby wojna nigdy się nie skończyła. Aby mógł wciąż dowodzić swoim małym oddziałem i ciągle walczyć o życie. Ale to wszystko popierdolone, przyznał w myślach. Włożył rękę do kieszeni i namacał fotografię w wyślizganej od ciągłego dotykania srebrnej ramce. Przypomniał sobie ich ostatnią rozmowę. Kiedy prosiła go, aby wyrzucił lub zniszczył to zdjęcie.

Z zamyślenia wyrwał go siadający obok kapral Krzysztof Maj.

– Panie poruczniku – powiedział. – Ja za małolata trenowałem pływanie. Mogę długo pod wodą wytrzymać.

– Dziękuje wam, kapralu, ale sam wiem co nieco o nurkowaniu.

Do obu siedzących podszedł Jovan, trzymając w ręku zwój liny.

– Ile tego mamy? – spytał Roman.

– Niecałe tysiąc metrów – odparł sierżant.

– Podzielcie to na dwa kawałki – powiedział Gurski, wstając na nogi. – Panowie, potrzebuję jeszcze płetw. Ma może ktoś ze sobą?

Kilka osób parsknęło śmiechem.

– Przydałby się zaczarowany ołówek – zawołał Seget.

– Chyba raczej pomysłowy Dobromir – powiedział Maj.

Kapral Janik obserwował, jak Wójcik smaruje opuchniętą nogę maścią. Janik wpadł na pewien pomysł, podniósł solidny, górniczy gumiak ściągnięty przed chwilą przez Wójcika i zgiął gumową powierzchnię cholewy buta. Odwrócił się i zawołał do Gurskiego:

– Panie poruczniku!

Szybko ocenili przedmiot fachowym okiem i z dwóch stron wykroili dwa płaty. Po wycięciu okazało się, że gumowe cholewy znakomicie trzymają sprężystość. Roman przytroczył je sobie do nóg za pomocą sznurków, a całe mocowanie poprawił kapral Seget srebrną taśmą montażową.

– To gówno jest niezawodne, co nie? – perorował Seget, owijając nogi Gurskiego. – Pamiętam, jak raz zderzak tym przymocowałem do mojej calibry, to nie było chuja. Miało być na dwa dni, a pół roku przejeździłem.

Gurski zanurzył stopy z prowizorycznymi płetwami w wodzie i zszedł powoli po stopniach. Woda była lodowata, ale po skwarze panującym w podziemnych korytarzach to była miła odmiana.

– Jovan, włącz stoper – powiedział Gurski, obwiązując się w pasie liną. – Jeśli uda mi się dopłynąć, szarpnę liną kilka razy. Jeśli miną trzy minuty i nic się nie stanie, to wyciągajcie.

Roman nabrał powietrza w płuca i zanurzył się w chłodnej wodzie.

Szybko wyrównał ciśnienie w uszach i zaczął płynąć powoli żabką, po każdym odbiciu nogami układając ręce w „pocisk", aby zminimalizować opór wody. Po każdym ruchu trzymał ciało wyprostowane, dopóki nie wyhamował, i wtedy wykonywał kolejne posunięcie, stopniowo wypuszczając powietrze z płuc. Wiedział, że w ten sposób marnuje jak najmniej tlenu, a sukcesywnie porusza się do przodu.

Egipskie ciemności i zawieszenie w wodzie przy całkowitej ciszy po dwóch minutach spowodowały, że błędnik Gurskiego powoli zaczął wariować. Wkrótce zaczęło mu się wydawać, że nie znajduje się już w wodzie, tylko w próżni, jakby nagle jakaś magiczna siła wyniosła go w kosmos. Gdy tylko pomyślał o kosmosie, zauważył, że zewsząd zaczęły otaczać go gwiazdy. Spokojnie, to tylko umysł powoli płata figle, niedotlenienie, to wszystko. Pomimo że na horyzoncie powoli zaczęła krystalizować się zjawiskowa Droga Mleczna, stwierdził, że jeszcze ma trochę zapasu powietrza, ponieważ ból w klatce piersiowej był potężny, ale nie porażający. Wykonując kolejne ruchy w zawieszeniu i ciszy, jego ciało praktycznie nie odczuwało jakichkolwiek bodźców zewnętrznych. Dlatego gdy po kolejnym ruchu jego wysunięte do przodu ręce natknęły się na przeszkodę, było to niczym wstrząs elektryczny. Gurski namacał obiema dłońmi kształt, na który się natknął, i z przerażeniem stwierdził, że jest to co prawda chropowata, ale jednak płaska konstrukcja betonowej ściany. Zamurowali, żeby nie było przejścia, pomyślał zrozpaczony.

W ostatnim odruchu machnął dwa razy nogami, zanurkował w dół, jedną ręką ciągle wodząc po betonowej powierzchni. Wtedy natrafił dłonią na pustą przestrzeń, chwycił od dołu krawędź betonowej ściany i chciał podciągnięciem ręki przepłynąć na drugą stronę, kiedy lina trzymająca go w pasie naprężyła się i zaczęła ciągnąć w przeciwnym kierunku.

Wszystko układało się w logiczną całość. Po prostu Jovan odliczył na stoperze trzy minuty i żołnierze zaczęli ciągnąć linę, by uratować swego dowódcę. Jednak mózg Gurskiego, pozbawiony tlenu od dłuższego czasu, był całkiem zagubiony. Roman zachowywał się niczym alpinista, który na wysokości ośmiu tysięcy metrów zastanawia się minutę albo dłużej, jak zawiązać sobie buta. Niestety nie miał aż tyle czasu.

Jedną ręką ciągle trzymał się krawędzi betonowej ściany, a ponieważ naprężona lina ciągnęła go w drugą stronę, chropowata powierzchnia rozcięła mu skórę palców i ten ból okazał się błogosławieństwem. Jakby pod wpływem tego nagłego impulsu otumaniony umysł Romana doznał chwilowego kopa i porucznik w mig zrozumiał, co powinien zrobić. Sięgnął lewą ręką do kieszeni spodni i wyciągnął stamtąd nóż taktyczny. Rozłożył go szybko i naparł ostrzem na linę, która od razu się poddała. Pozbawiony hamulca, podciągnął się na jednej ręce, przepłynął pod betonową barierą i gdy tylko znalazł się po drugiej stronie, zaczął młócić gwałtownie wodę rękoma i nogami, chcąc jak najszybciej wypłynąć na powierzchnię.

Ból rozsadzał mu płuca, a przed oczami widział feerię rozbłyskujących, nakładających się na siebie plam. Wiedział, że to koniec. Było coś przewrotnego w tym, że kiedyś chciał popełnić samobójstwo przez utonięcie, a teraz, gdy koszmar wojenny wydobył go z depresji, miał umrzeć w ten sam sposób. Otworzył usta i chciał zaczerpnąć jak najwięcej wody, która wypełniłaby mu płuca i szybciej poszedłby na dno, gdy nieoczekiwanie znalazł się nad powierzchnią i zaczerpnął solidny haust powietrza. Było to tak niespodziewane, że gdy siła ciążenia ponownie wepchnęła go pod wodę, zakrztusił się i wierzgając, znowu zaczął tonąć, dopóki nie wymacał jedną ręką zmurszałych schodów i wyczołgał się nimi na powierzchnię. Padł ciężko na bok i na zmianę wciągał powietrze do płuc i wymiotował.

Po drugiej stronie Maj wyciągał linę z zatopionego korytarza, oświetlonego światłem latarek.

– W mordę, coś lekko idzie – zaniepokoił się.

W końcu wyciągnął końcówkę, którą natychmiast przechwycił Jovan. Sierżant przyjrzał się zdziwiony idealnie odciętej linie.

– Może jakaś ryba mutant to zrobiła – wyszeptał poważnie Boski. – Wiecie, w takiej stojącej wodzie rozwijają się różne świństwa.

– Sam jesteś, kurwa, mutant – zgasił go Seget.

Żołnierze zaczęli przekrzykiwać się nawzajem, a każdy miał na podorędziu inną teorię, tymczasem sierżant Lacević po obejrzeniu końcówki sznura ocenił sytuację. Mógł ją podsumować jedynie krótkim, żołnierskim stwierdzeniem:

– No to jesteśmy w piździe.

Przez panujący, coraz głośniejszy harmider Jovan nagle coś usłyszał:

– Zamknąć ryje! Wszyscy!

Dyskusje i kłótnie ucichły jak nożem uciął. Wtedy do uszu wszystkich dotarł metaliczny, rytmiczny dźwięk, dochodzący gdzieś z oddali.

– Co to? – spytał ze strachem Boski.

– To alfabet Morse'a! – wyszeptał podekscytowany Maj.

Kapral klęknął i nasłuchiwał. Wszyscy zamilkli i czekali w napięciu, wpatrując się w klęczącego.

– To pan porucznik! – zawołał półgłosem Maj.

– Dzięki Bogu – westchnął z ulgą Lacević. – Co się stało?

Kapral nasłuchiwał kolejną dłuższą chwilę, po czym oznajmił:

– Pan porucznik mówi, że jesteśmy pedały.

Wszyscy ryknęli głośnym śmiechem.

– Mówi, że za wcześnie zaczęliśmy go wyciągać.

– Jak za wcześnie, jak mu nawet dodatkowe piętnaście sekund dałem – powiedział Jovan, zadowolony, że Roman jest cały i zdrowy.

Dalej akcja potoczyła się wyjątkowo sprawnie. Maj obwiązał się liną i popłynął do Gurskiego, który wypłynął mu na spotkanie. Najpierw za pomocą liny, z której utworzono pętlę, przerzucono na drugą stronę ekwipunek, a potem każdy z żołnierzy, korzystając z tejże zatopionej liny, szybko i sprawnie przedostał się zalanym korytarzem.

Wreszcie po drugiej stronie zostali jedynie Seget i Jovan. Roman zdziwił się, gdy zobaczył swojego zastępcę wynurzającego się z wody.

– Co jest? – spytał sierżanta. – Powinieneś ewakuować się jako ostatni.

– Znam zasady, Romuś – powiedział Lacević, siadając na krawędzi schodów. – Seget chce wracać i pomóc górnikowi w poszukiwaniach córki.

– Pozwoliłeś mu na to?! – Roman podniósł głos.

– Nie, obiecałem mu, że to ty podejmiesz decyzję – powiedział Jovan. – Jeśli się zgadzasz, szarpnij dwa razy liną, a jeśli nie, to raz.

Roman potarł dłonią zmęczoną twarz, schylił się i wszyscy zobaczyli, jak energicznie szarpnął liną dwa razy. Absolutnie się nie zgadzał, ale wiedział, że Seget i tak postąpi tak, jak uważa. W ten sposób ratował też twarz przed żołnierzami jako dowódca. Na koniec poprawił mocowanie liny, aby w razie czego Seget z górnikiem mogli bez przeszkód przedostać się zatopionym korytarzem.

Ruszyli przed siebie. Powietrze było o wiele bardziej rześkie niż po drugiej stronie. Ciągle szli w górę, co było męczące, ale zrobiło się na tyle chłodniej, że wędrówkę zakończyli już ubrani w przemoczone bluzy i podkoszulki.

Stanęli w sporym, prostokątnym pomieszczeniu, wysokim na trzy metry. Roman i Jovan podeszli do miejsca, w którym kiedyś musiała być winda, ponieważ na słupach wisiały tabliczki: „W klatce zachowaj spokój!", „Jazda ludzi dozwolona", „Uwaga szyb! Zachować ostrożność!". Weszli do środka i poświecili latarkami w górę. Szyb był zupełnie ogołocony. W górze nie było widać żadnej windy, a wszelkie elementy konstrukcyjne, które niegdyś służyły mechanizmom dźwigu, były zdemontowane.

– O kurwa – powiedział cicho Jovan. – Nie ma nawet niczego, na czym można by zawiesić linę.

Roman zrezygnowanym gestem pokazał mu tabliczkę, która ostała się, przykręcona do jednej ze ścian szybu. Napis głosił: „Głębokość: 150 m".

– Nigdy się stąd nie wydostaniemy – jęknął sierżant.

6.

Drzwi były lekko uchylone. Dlatego Danuta, z przyspieszonym biciem serca, pozwoliła sobie na ich otwarcie i cicho weszła do środka. Pomimo że Zenon przeprowadził się dwa dni temu, jeszcze tu nie była. Pokój opróżniono z wszelkiego sprzętu biurowego, pozostały tylko dwa krzesła, stojące przy łóżku. Na ścianach ktoś, pewnie Zenon, porozwieszał plakaty, które od razu nadały temu miejscu bardziej przytulny charakter. Przedstawiały postacie ze znanych kinowych bajek, *Shrek*, *Madagaskar*, *Toy Story*, *Kung Fu Panda*. Pośród plakatów Danuta zauważyła białą, zalaminowaną kartkę przyczepioną do ściany, której treść ją zasmuciła. Był to plan dobowy z dokładnymi godzinami poszczególnych czynności: druga w nocy – przewrócenie na lewy bok, czwarta w nocy – przewrócenie na prawy bok, szósta rano – toaleta, siódma – śniadanie, ósma – masaż kończyn dolnych i tak aż do północy. Podeszła niepewnie do łóżka, na którym spał Marek. Nie wyglądał na dwanaście lat, bardziej na osiem. Szczupły, wychudzony, z ust wystawała mu rurka intubacyjna, która pompowała miarowo powietrze do jego płuc. Chłopiec ślinił się. Rozejrzała się i spostrzegła tetrową pieluchę, wiszącą na bocznym uchwycie ortopedycznego łóżka. Wzięła ją do ręki i miękkim gestem otarła chłopcu buzię. Wtedy otworzył oczy i Danuta odskoczyła gwałtownie, przestraszona. Uspokoiła się szybko i nachyliła ponownie nad nim. Nie wodził za nią wzrokiem. Spojrzenie miał zupełnie obojętne, wpatrujące się gdzieś daleko w jeden punkt. Poczuła, jak ktoś obejmuje ją delikatnie za ramiona. Nie musiała się odwracać, od razu poczuła znajomy zapach.

– Cześć, Mareczku – powiedział cicho Zenon. – To jest Danusia.

Chłopiec nie odpowiedział, powieka mu nawet nie drgnęła, ale gdzieś z głębi gardła dało się słyszeć cichy charkot.

– Słyszysz? Reaguje na mój głos.

Po chwili do środka weszła korpulentna, około sześćdziesięcioletnia kobieta w kremowym swetrze z cekinami oraz skromnej czarnej spódnicy za kolana.

– Poznajcie się – powiedział Marczak. – Pani Bożena Lubińska, Danuta Wojnarowicz.

– Bardzo mi miło – powiedziała Bożena, ściskając Danucie dłoń.

– Pani Bożenka pomaga mi przy Marku – dodał Zenon tonem wyjaśnienia.

– Właśnie, panie Zenonie, czy ja będę jeszcze dzisiaj potrzebna?

– Nie, dziękuję pani bardzo za pomoc przy przeprowadzce. Do zobaczenia jutro.

Bożena kiwnęła głową, uśmiechnęła się i zamknęła cicho drzwi za sobą.

– Gdyby nie ona i jej pomoc, do reszty bym ocipiał – powiedział Zenon. – Muszę poczytać Mareczkowi, zostaniesz ze mną?

Danuta kiwnęła głową, Marczak wyciągnął z szuflady stojącej przy łóżku szafki książkę i oboje usiedli na krzesłach. W tym samym momencie drzwi się otworzyły i zobaczyli Kafara. Gestem głowy nakazał Zenonowi wyjść.

– Coś mi się zdaje, że twój ojciec mnie wzywa – westchnął Zenon. – A może ty byś mu poczytała?

– Jasne – odrzekła Danuta.

– Jakby coś zaczęło tu pikać albo świecić, to biegnij do mnie – powiedział Zenon, pokazując aparaturę stojącą przy łóżku, a potem wręczył Danucie książkę i wyszedł.

Danuta położyła książkę na kolanach i spojrzała na leżącego Marka, który teraz miał jakby trzeźwiejsze spojrzenie i patrzył prosto na nią. Dziwne, że ktoś taki jak Zenon mógł spłodzić niepełnosprawnego chłopca, pomyślała, czyniąc sobie wyrzuty, że to wyjątkowo podłe rozumować w ten sposób. Ale nic na to nie mogła poradzić. Do tej pory nigdy nie chciała mieć dzieci. Ale teraz, gdy poznała Zenona, wszystko zmieniło się o sto osiemdziesiąt stopni. Sama się sobie dziwiła, jakby spotkała jakiegoś mitycznego samca alfa i odwieczne siły natury wzięły w niej górę. A może to po prostu ten słynny zegar biologiczny uruchomił wewnętrzny alarm? A co, jeśli nasze dziecko też będzie niepełnosprawne, pomyślała ze strachem. Wiedziała, że nigdy nie byłaby w stanie opiekować się chorym dzieckiem, po prostu nie dałaby rady. Facet porządnie cię zerżnął, a ty już planujesz sobie z nim życie, cholerna naiwniaro, upomniała się w myślach i spojrzała na trzymaną w dłoniach książkę: *Hrabia Monte Christo*. Otworzyła powieść na założonej stronie i zaczęła czytać:

– „Ale, rzekł Franz, trzymając się takiej teorii, która pozwala panu być i sędzią, i katem we własnej sprawie, czy potrafiłby pan zawsze zachować umiar, gdy wymyka się pan sam prawu? Nienawiść zaślepia, gniew czyni głuchym, a ten, co pragnie zaspokoić pragnienie zemsty, może zakosztować kielicha goryczy"* – czytała równym głosem Danuta, a głęboko z gardła Marka dało się słyszeć łagodny pomruk zadowolenia.

W tym samym momencie Zenon Marczak siedział oniemiały naprzeciwko Henryka Wojnarowicza. W końcu się odezwał.

– To szaleństwo.

– Nie histeryzuj. – Henryk machnął ręką.

– Uważam, że środki bezpieczeństwa, które powzięliśmy, są wystarczające. Mamy teraz piętnaście osób do ochrony plus psy pilnujące terenu. Od jutra będziemy mieli drut ostrzowy na szczycie ogrodzenia.

– Gówno! – powiedział twardo Wojnarowicz. – Dobrze wiesz, że potrzebujemy pistoletów, karabinów.

– Ale nie w ten sposób!

---

* Aleksander Dumas (ojciec), *Hrabia Monte Christo*, tłum. Klemens Łukaszewicz, Fundacja Nowoczesna Polska (wolnelektury.pl).

– A w jaki? – spytał Henryk. – Teraz kupno broni na czarnym rynku jest trudniejsze niż przed wojną.

Zenon pokręcił w milczeniu głową, wyraźnie nie był przekonany.

– Pod dach cię przyjąłem? – odezwał się Henryk surowym głosem. – Syna ci pozwoliłem wziąć? Niczego wam nie zabraknie.

– Ale przecież zabezpieczyłem teren! Pomogłem zwerbować ludzi!

– Na służbę cię wziąłem. Jak chcesz skończyć służbę, to możesz wypierdalać. Syna na bryczkę i wio!

Zenon zerwał się gwałtownie, podszedł do Henryka i w tym momencie kątem oka w uchylonych drzwiach zauważył sylwetkę Kafara z ręką na temblaku.

– No już, przestań marudzić – powiedział Wojnarowicz łagodniejszym tonem. – Weź sobie kogoś do pomocy. Samochód zorganizowałem. Widzimy się na placu o piątej.

Dokładnie o godzinie siedemnastej Zenon stał na dziedzińcu w granatowym mundurze policyjnego wydziału drogowego. Obserwował, jak od strony bramy w identycznym mundurze zbliża się do niego Robert Syta.

– Kurwa – powiedział z uśmiechem Zenon. – Dlaczego ty jesteś wyższy szarżą?

– Co?

– Ty jesteś starszy aspirant, a ja sierżant, to niesprawiedliwe.

– Ty mnie tu na podśmiechujki nie bierz – wypalił Syta. – Powiesz mi w końcu, co to za maskarada?

W tym samym momencie z domu wyjechał na wózku Henryk, za którym jak cień podążał Kafar.

– Witam panów – odezwał się Wojnarowicz.

Kafar podszedł do drzwi garażowych, schylił się i szarpnął za uchwyt. W środku stała kia w barwach policyjnej drogówki.

– Pierwsza klasa, co nie? – powiedział zadowolony Henryk. – Spuścił mi ją jeden producent telewizyjny. Trochę złota musiałem wybulić. Aż szkoda na jedną akcję.

Zenon obejrzał samochód fachowym okiem i musiał przyznać, że faktycznie wyglądał jak prawdziwy policyjny radiowóz.

– Powodzenia – rzucił Henryk. – W lesie w Magdalence czeka na was dostawczak, tam się przesiądziecie.

Marczak tylko kiwnął głową, wsiadł do środka i odpalił silnik. Robert ulokował się na siedzeniu pasażera i radiowóz opuścił posesję Henryka, by po minucie włączyć się w niewielki ruch na Puławskiej.

Warszawa dzięki silnej obronie przeciwlotniczej oraz temu, że lotnictwo rosyjskie ciągle miało pełne ręce roboty na południu i północy, nie ucierpiała jeszcze zbytnio, dlatego w mieście ciągle toczyło się życie, ale natężenie ruchu było takie jak w typowy długi weekend.

– Kurwa mać, jeśli zaraz się nie dowiem, gdzie i po co jedziemy, to zrobię coś złego – powiedział Robert.

W odpowiedzi Zenon wyciągnął zza paska glocka i podał koledze.

– Masz, wypchaj swoją kaburę. To nie do końca będzie przedstawienie teatralne.

Robert spełnił niechętnie jego prośbę, a Zenon wrzucił kierunkowskaz i zjechał na pas do skrętu w lewo. Robert popatrzył na postawiony przed sygnalizatorem zakaz skrętu z informacją umieszczoną pod znakiem: „Nie dotyczy pojazdów Policji". Spojrzał na lewo, gdzie znajdowała się brama wjazdowa z tabliczką: „Oddział Prewencji Policji w Warszawie". To właśnie z piaseczyńskich koszar wyjeżdżały kawalkady policyjnych furgonetek do zabezpieczenia meczów i innych imprezy masowych.

– Potrzebujemy broni – powiedział spokojnie Zenon.

– Zwariowałeś, kurwa! Wypuść mnie w tej chwili! – zawołał przerażony Robert i otworzył drzwi auta. Jednak w tym samym momencie zapaliła się zielona strzałka i Marczak ruszył, kierując radiowóz prosto na bramę ze szlabanem.

– Zamknij drzwi, durniu, bo nas zdradzisz – syknął Zenon.

Robert wykonał polecenie, a policyjna kia zakołysała się miękko na nierównościach asfaltu i zatrzymała przed szlabanem. Zenon, nie otwierając szyby, machnął z uśmiechem ręką w kierunku okien dyżurki i szlaban miękko powędrował w górę. Marczak ruszył i jechał powoli cały czas prosto w kierunku wielkiego parkingu znajdującego się na tyłach jednostki. Służył tu kiedyś, dlatego wiedział, że dyżurny na bramie zapisał numery radiowozu. Wiedział też, że te numery sprawdzano wieczorem, raz dziennie, a i to nie zawsze, dlatego nie martwił się, że ktoś w najbliższym czasie mógłby się połapać, że ich tablice rejestracyjne są fałszywe.

Radiowóz dojechał do betonowego placu, na którym rzędami stały policyjne transportowe mercedesy. Zenon zaparkował samochód tak, że nie było go widać od strony głównej arterii, która prowadziła prosto do bramy. We wstecznym lusterku zobaczył schody wiodące do starego budynku, w którym urządzono zbrojownię. Na stopniach przed drzwiami stał policjant, w jednej dłoni trzymał papierosa, a drugą opierał na pasku zawieszonego przez ramię karabinu.

– Ja go zagadam, a ty pierdolniesz – powiedział, wciskając Robertowi do ręki paralizator.

Nie czekał na odpowiedź kolegi, otworzył drzwi i wysiadł. Najpierw pomachał wartownikowi, a potem otworzył bagażnik i wyciągnął ze środka dwie przepastne torby, które zawiesił sobie na ramieniu. Robert również wysiadł z radiowozu i obaj ruszyli w kierunku zbrojowni.

Szybko pokonali kilka stopni i uśmiechnięty od ucha do ucha Zenon zawołał w kierunku wartownika:

– Cześć.

Policjant odrzucił papierosa i skinął głową na powitanie. Wtedy zauważył torby na ramieniu Zenona, który wyczuł, że wartownik wyraźnie się waha. Zostało im jeszcze parę metrów, więc Zenon zaryzykował. Miał pięćdziesiąt procent szans.

– Jak tam dzieciaki? Zdrowe?

Policjant uśmiechnął się, najwyraźniej uważając, że jest to ktoś, z kim wiele razy rozmawiał, tylko nie pamięta jego wyglądu. Zenon z doświadczenia wiedział, że jeśli często pełni się służbę wartowniczą przy obiektach, wokół których kręci się dużo osób, to pamięć do twarzy szybko się zaciera.

– Dzięki, na razie nie możemy narzekać. Chociaż Ola jest strasznie styrana, bo młodszy zaczął ząbkować.

Zenon był już metr od policjanta, uśmiechnął się szeroko ze zrozumieniem, odchylił i niczym sprężyna z całej siły uderzył go czołem w nos. Ostre chrupnięcie kości przecięło powietrze, wartownik jedną ręką złapał się za nos, a drugą przytrzymał ściany. Robert dopadł go i użył paralizatora. Policjant wyprężył się gwałtownie i uderzył tyłem głowy w betonową powierzchnię przed drzwiami prowadzącymi do zbrojowni.

Sierżant Mikołaj Białkowski był wkurzony. Raczej wkurwiony, jak mawiał, bo często przeklinał, tłumacząc swoje słownictwo tym, że ma ciężkie życie. Dziś po raz kolejny poprosił przełożonego o wydanie rozkazu, by wszyscy po skończonych zajęciach sami czyścili broń. Na co szef odpowiedział: „Białkowski, tak szczerze mi powiedzcie. Na chuj wy mnie męczycie?". No i właśnie teraz sierżant Białkowski, opiekun zbrojowni, musiał własnoręcznie oporządzić pięć glauberytów i czternaście kałasznikowów, które dawno temu miały już pójść do lamusa, ale ze względu na brak budżetu na nowe uzbrojenie trzymały się mocno na stanie. Próbował teraz wyczyścić swoje lepkie od smaru dłonie chusteczkami dla niemowląt, bo decyzją szefa nie mógł opuszczać tej zasranej zbrojowni. Jakby tu, kurwa, talibowie mieli wpaść i broń zajebać, pomyślał rozgoryczony. Jak gdyby wszystkiego było mało, ostatnio nikt z policji nie zobaczył pensji. Trzeba będzie brać starą, dzieciaki i dymać na Okęcie, co to Amerykanie tam ten most powietrzny uruchomili. Słyszał, że na lotnisku codziennie dzieją się dantejskie sceny, ale on miał kumpla w lotniskowej Straży Granicznej.

Życiowe rozterki Białkowskiego przerwał głośny łoskot. Sierżant wyjrzał ostrożnie przez zbrojoną szybę i zobaczył, że przy schodach leży Wiesiek Nowak, który dzisiaj pełnił służbę wartowniczą przed budynkiem.

– Kurwa, Wiesiek! Co jest? – krzyknął Białkowski, przekręcił klucz w zamku, odsunął zasuwę i otworzył ciężkie drzwi ze zbrojoną szufladą, która służyła do wydawania broni.

Gdy Białkowski nachylił się nad Wieśkiem i zobaczył jego rozbity nos, od razu w myślach pojawił się szef mówiący, że nie wolno opuszczać zbrojowni. Myśl, że ktoś może chcieć obrobić policyjny arsenał, była zbyt absurdalna, aby Białkowski mógł w nią kiedykolwiek uwierzyć. A teraz było za późno. Sierżant uniósł głowę i zobaczył przed sobą mężczyznę, który wpakował mu paralizator w szyję i nacisnął guzik urządzenia. Oczy policjanta błysnęły białkami, a on sam padł zemdlony na leżącego wartownika.

– Szybko! – krzyknął Zenon.

Wspólnie z Robertem załadowali obie torby długą bronią i wybiegli na zewnątrz. Gdy dotachali skradzioną broń do bagażnika, Marczak wywrócił jedną z toreb do góry nogami, wysypując karabiny i powiedział:

– Nie ma nic krótkiego. Broń osobistą trzymają w szafach, na kompaniach.

– Pojebało cię? Spierdalajmy stąd! – wydarł się Robert.

Ale Zenon biegł już w kierunku pierwszego budynku. Znał dobrze plan jednostki. Trafił tu, żeby odrobić służbę wojskową, i został potem w policji na lata. Pamiętał szefa kompanii, który ciągle kazał im biegać, zgodnie z maksymą „przez nogi do głowy". Pamiętał też debilne chodzenie na stołówkę z kubkami pod pachą i dziurę w płocie ogrodzenia, przez którą w cywilnych ciuchach wymykali się po wódę do pobliskiego Auchan.

Wszedł na drugie piętro, gdzie przy stoliku siedział podoficer. Chłopak nie zdążył nawet się zdziwić wizytą gościa, gdy Marczak potraktował go paralizatorem. Policjant jęknął, ale nie zemdlał, bo urządzenie nie miało już tyle mocy. Pieprzona chińszczyzna, pomyślał Zenon, wyciągając broń i nokautując podoficera mocnym uderzeniem w skroń. Sięgnął po skrzynkę na stoliku, zerwał plombę i wyjął z niej klucze. Wszedł do pomieszczenia z szafami pancernymi i otworzył obydwie. Zgarniał policyjne walthery do torby. Dorzucił na koniec naboje z gazem łzawiącym, kilka wyrzutni do tychże oraz kilkanaście masek przeciwgazowych. Torba nie chciała się dopiąć, więc Zenon chwycił za oba uszy i dźwignął ją do góry, kiedy usłyszał:

– Policja! Nie ruszaj się!

W kącie starego pomieszczenia, obok odrapanych szaf pancernych, zainstalowano umywalkę, powyżej której były dwa rzędy peerelowskich kafelków i obtłuczony kawałek lustra. Właśnie w nim Zenon zobaczył odbicie celującego w niego policjanta.

Analiza. Przydatna rzecz. Zenon spojrzał na młodego, niespełna dwudziestoletniego blondyna, jego drżącą dłoń i brak oznaczeń na pagonach. Posterunkowy, totalny nowicjusz, pomyślał. Musi się udać, dodał w myślach, zostawił torbę na podłodze, podniósł ręce do góry i zaczął iść tyłem w kierunku policjanta.

– Nie strzelać! Poddaję się! Błagam, nie strzelaj! – krzyczał Zenon.

– Stój! Nie ruszaj się!

Zenon ciągle kroczył do tyłu, dopóki nie poczuł na swoim karku chłodnej lufy pistoletu. Wtedy odwrócił się gwałtownie, chwycił policjanta za ramię, wytrącił mu broń, podłożył swoje przedramię pod łokieć posterunkowego i z całej siły szarpnął rękę tamtego, łamiąc mu ją w łokciu tak, że dłoń policjanta znalazła się w okolicy jego pachy. Chrzęst kości był jedynym dźwiękiem, bo młody chłopak nawet nie krzyknął. Ból był tak tak potężny, że posterunkowym wstrząsnął dreszcz i zemdlony padł na ziemię. No proszę, pomyślał zadowolony Zenon, paralizator się wyczerpie, a stare dobre łamanie stawów zawsze działa.

Marczak zbiegł na dół, wspólnie z Robertem wrzucili ciężką jak cholera torbę do bagażnika i po chwili sunęli powoli radiowozem w kierunku szlabanu. Gdy Zenon dotarł do bramy, spojrzał w kierunku policjanta siedzącego na dyżurce, który kiwnął im głową i już miał zamiar otworzyć szlaban, gdy najpierw podniósł radiostację. Trzymając ją przy uchu, wartownik słuchał kogoś po drugiej stronie, a potem przeniósł spojrzenie na siedzących w radiowozie.

– Wie! – krzyknął Robert.

Zenon puścił sprzęgło i z całej siły wdusił pedał gazu. Kia ryknęła dwulitrowym silnikiem, samochód szarpnął do przodu, wyłamując szlaban, i wypadli na Puławską.

Tylko dzięki temu, że teraz panował niewielki ruch, nie doszło do wypadku. Zenon pojechał prosto, skręcił w prawo pod prąd, mijając stojący do skrętu w lewo policyjny radiowóz, a potem odbił gwałtownie w bok w Raszyńską. Rozpędził kię, która zaczęła podskakiwać po progach zwalniających, szorując podwoziem po asfaltowej powierzchni. We wstecznym lusterku zobaczył, jak stojący wcześniej na światłach radiowóz wycofał, błysnął światłami na dachu i po chwili ruszył za nimi przy akompaniamencie syreny.

Zenon jechał ostro, wyprzedzając kolejne samochody i podskakując na kolejnych progach zwalniających, ale ścigający go policjanci nie odpuszczali. Pod sklepem drogę zatarasował im samochód wycofujący z miejsca parkingowego, dlatego Marczak bez chwili wahania zjechał na chodnik, omal nie potrącając kobiety, która w ostatniej chwili z krzykiem zabrała wózek z dzieckiem stojący na drodze pędzącej kii.

Fałszywy radiowóz zbliżał się do przejazdu kolejowego, przed którym stał sznur samochodów. Pojazdy z naprzeciwka również stały posłusznie przed torami. Zenon zjechał na lewy pas i ostro przyspieszył, wyduszając resztki mocy z południowokoreańskiego silnika. Po chwili zauważył, jak z prawej strony do przejazdu zbliża się wielka lokomotywa, ciągnąca za sobą wagony towarowe. Maszynista wysłał kilka ogłuszających sygnałów dźwiękowych.

– Hamuj, kurwa! – wydarł się Robert.

Analiza. Przydatna rzecz. Zenon stwierdził, że nie ma szans, aby zmieścić się przed nacierającą lokomotywą, poruszając się lewym pasem pod prąd. Dlatego przy akompaniamencie ciągłego wycia pociągowej syreny zjechał jeszcze bardziej na lewo, wprost na ogrodzenia z cienkich palików, które tworzyły swoisty labirynt dla pieszych, mający ich zabezpieczyć przed nagłym wtargnięciem na tory.

Pierwsze ogrodzenie, zrobione z lichego metalu, wygięło się pod wpływem siły rozpędzonego auta, jednak drugi rząd płotków zadziałał niczym podjazd i wyrzucił w górę samochód, uderzony przez lokomotywę w prawy tylny błotnik. Radiowóz zakręcił koło i wyrżnął z hukiem po drugiej stronie przejazdu, ustawiając się przodem idealnie do kierunku jazdy.

Zenon stracił przytomność zaledwie na kilka sekund. Ocknął się, słysząc ogłuszający wizg hamulców lokomotywy. Spojrzał na flaczejącą poduszkę powietrzną. Nos miał całkiem zdrętwiały. Lewa strona głowy bolała jak cholera. Podczas uderzenia przekrzywiło się lusterko wsteczne i teraz widział w nim swoje oblicze. Z nosa poleciały mu dwie strużki krwi, które na górnej wardze łączyły się w jedną, sunąc po ustach i brodzie. Zerknął na Roberta, którego głowa wisiała bezradnie na pasie bezpieczeństwa. Przednia szyba pokryta była pajęczyną pęknięć, za którą widać było powyginaną maskę auta. Kierowca pierwszego samochodu stojącego na przejeździe wysiadł i podszedł do okna od strony Zenona.

– Chryste Panie! Nic wam nie jest?

Zenon spojrzał na mężczyznę i ze zdziwieniem spostrzegł, że lewa szyba została wybita. To dlatego tak mnie łeb boli, pomyślał, odpinając pas bezpieczeństwa. Otworzył drzwi i wysiadł, zataczając się lekko. Odwrócił się i zobaczył, że pociąg towarowy się zatrzymał, a w prześwicie między wagonami i torami widać było dwie pary nóg, biegnące w kierunku lokomotywy. Nie miał wątpliwości, że byli to ścigający ich policjanci.

– Wezwać karetkę? Macie jakieś radio? – spytał kierowca.

W odpowiedzi Zenon wyciągnął z kabury broń, a mężczyzna odskoczył, unosząc ręce w geście poddania. Zenon podszedł do przodu radiowozu i wycelował w jeden z zawiasów maski, osłaniając miejsce strzału drugą dłonią, chcąc zabezpieczyć się przed rykoszetem. Wypalił dwa razy, by po chwili oddać kolejne dwa strzały w zawias po prawej stronie, a następnie położył na chwilę broń na syczącym, dymiącym, ale ciągle pracującym silniku. Potem chwycił maskę i zapierając się mocno nogami, wyrwał ją, po czym rzucił do przydrożnego rowu. Gdy zabierał broń z silnika, spostrzegł, że nie ma już chłodnicy, a cały asfalt pod radiowozem zalany jest płynem chłodniczym i olejem. Ciekawe, jak daleko zajedziemy, pomyślał kwaśno. Wsiadł do samochodu, wrzucił bieg i ruszył z piskiem opon.

Ścigający ich policjanci na piechotę nie mieli szans. Zenon, znający te tereny jak własną kieszeń, szybko zniknął w lasach okalających Magdalenkę, by wkrótce dotrzeć do ukrytego samochodu dostawczego. Ocucony uderzeniem w twarz Robert pomógł przeładować broń na pakę furgonetki. Wyciągnęli z niej dwie dziesięciolitrowe bańki z chlorem, którym zlali dokładnie cały radiowóz. Nie było szans, aby jakikolwiek pies coś wywąchał.

Bez przeszkód dotarli z powrotem na posesję Wojnarowicza, gdzie razem z Kafarem rozładowali dostawczak. W sumie mieli teraz sześćdziesiąt trzy walthery P-99, osiemnaście glauberytów, czternaście AK-47, trzy miotacze gazu łzawiącego, maski przeciwgazowe oraz kilka tysięcy sztuk amunicji.

Całkiem niezły wynik, myślał Zenon, idąc do Marka schodami w górę. No i ta adrenalina! Dawno się tak nie bawiłem, pomyślał z uśmiechem. Ta Danuta też jest niczego sobie, pięknie się rżnie, trzeba to jej przyznać. Może i dzisiaj mi się pofarci. Kiedy otworzył drzwi do pokoju Marka, stanął jak wryty.

Pomieszczenie było puste. Żadnej aparatury, łóżka, krzeseł, nocnego stolika ani wszystkich pieczołowicie powieszonych ozdób. Na ścianie ostał się tylko jeden plakat, z którego na Zenona patrzył wyszczerzony rekin, na tle malutkiej rybki, kolorowego błazenka. *Gdzie jest Nemo?* Marczak znał tę bajkę, opowiadała historię ojca, który wyruszył na poszukiwania zaginionego syna, a po drodze czyhało na niego wiele niebezpieczeństw.

7.

Teraz sam dziwił się tej rozmowie z Basią na parkingu przed marketem dwa dni temu. Jakież to było naiwne, pomyślał Michał Barański, rozbijając z hukiem kolejną witrynę niedużego sklepu spożywczego. Zatrzymywali się w każdej większej mieścinie, żeby tylko zdobyć coś do jedzenia. Zjedli konserwy motocyklisty, ale dzieciakom szybko zaczęło burczeć w brzuchach. Jurek, zawodzący z tylnego siedzenia, doprowadzał go na skraj rozpaczy. Dzieciak jęczał „tata, jestem głodny", a Michał nie był w stanie dać mu nic do jedzenia. Chyba jeszcze nigdy nie czuł się tak bezsilny.

Wszedł przez rozbite okno, kawałki szkła chrzęściły pod jego butami. Początkowo wybijał szybę kamieniem, uciekał i patrzył, jak rozwinie się sytuacja. Ale teraz zachowywał się jak zwykły, bezczelny złodziej. Swoją drogą to ciekawe, może gdy już skończy się wojna, to zajmę się tym fachem na poważnie, pomyślał z uśmiechem. W sklepie nie było absolutnie żadnych towarów. Jak to możliwe? Ciągle nie mógł wyjść ze zdumienia, jak po niecałych dwóch tygodniach trwania wojny można było ogołocić wszystkie sklepy z całego zaopatrzenia.

Wrócił do samochodu z pustymi rękoma i schował klucz do opon pod siedzenie. Natka i Jurek już o nic ojca nie pytali, nie chcąc go denerwować. Michał zerknął na smacznie śpiącą Basię, odpalił silnik i ruszył dalej. Wybrał najprostszą drogę, Wisłę chciał przekroczyć w Annopolu, a stamtąd przez Kraśnik i Lublin jechać główną drogą na północ, do wuja, który miał duże gospodarstwo w okolicach Kołbieli.

Stracili mnóstwo czasu, gdy poprzedniego dnia w samochodzie skończyło się paliwo. Nie było go na żadnej z nieczynnych stacji. W końcu Michałowi udało się spuścić trochę ropy z jakiegoś grata, ale nie było tego dużo. Teraz jakby na potwierdzenie jego czarnych myśli na desce rozdzielczej rozjarzyła się żółta ikona przedstawiająca dystrybutor paliwa, a kobiecy głos po angielsku poinformował go, że ilość paliwa stopniała do wartości rezerwowej.

Michał zatrzymał się na pierwszej stacji benzynowej. Wcześniej tu i tam próbował zatankować samochód, ale dystrybutory były zablokowane. Postanowił spróbować ostatni raz. Zatrzymał się przy kolejnym dystrybutorze. Gdy wysiadł, w oczy mu się rzuciła kartka w koszulce, która przyczepiona do słupa, łopotała na wietrze: „Dobrzy ludzie! Nastał bardzo zły czas, w kturym jedyne, co możemy, to modlić się o zbawienie do Pana Boga Najwyrzszego! Ja uciekam, ale zgodnie z Wolą Pisma, dzielę się i tankujcie ile chcecie w swej podruży. W środku zostawiam trochę konserw i jedzenia. Szczęść Boże!".

Michał sięgnął po pistolet dystrybutora, wetknął go do baku renówki i nacisnął cyngiel. Jakież było jego zdziwienie, gdy paliwo zaczęło płynąć. Zerknął na dystrybutor, na którym przeskakiwały cyfry. W sumie z tego stanowiska zatankowano już przeszło tysiąc litrów paliwa. Całkiem sporo, pomyślał i uśmiechnął się szeroko. Wszystko wokół stało się jakby trochę lepsze. To tchnęło w niego nowego ducha optymizmu, nie czuł już przygnębienia, które towarzyszyło mu przez ostatnie kilometry, kiedy desperacko próbował zorganizować coś do jedzenia dla swojej rodziny.

Głośny dźwięk spustu obwieścił, że laguna została zatankowana do pełna. Michał odłożył pistolet, zamknął wlew do baku i otworzył drzwi. Na wszelki wypadek wyciągnął spod siedzenia klucz do kół.

– Poczekajcie chwilę, sprawdzę, czy w środku jest coś do jedzenia – powiedział do dzieci półgłosem i zamknął ostrożnie drzwi, żeby nie obudzić Basi.

Poszedł w kierunku niewielkiego, pomalowanego na biało-niebiesko budynku. Prowadziły do niego przeszklone, czerwone drzwi. Nad wejściem popękany neon utwierdzał przybyszy w przekonaniu, że tu znajdą „Sklep".

Pchnął drzwi zdecydowanym gestem i wszedł do zatopionego w półmroku pomieszczenia. Niewielkie ilości światła przebijały się przez wiszące w oknach, zakurzone firanki. Od razu poczuł jakąś dziwną, słodkawą woń w powietrzu. Zdawało się, że zagadka szybko się wyjaśniła. Po lewej stronie, przed wygaszoną ladą chłodniczą, zauważył regały z warzywami i owocami. Wszystkie bez wyjątku pokryte były grubą warstwą pleśni i to najpewniej było źródłem zapachu zgnilizny.

Zauważył, że na ladzie z kasą fiskalną stoi sporych rozmiarów karton. Podszedł tam, mijając ogołocone półki z lewej, a z prawej wysoką lodówkę do piwa z szybą zaklejoną krzykliwą reklamą jednego z browarów. Na blacie leżała kolejna kartka z wydrukowanym tekstem: „Bieszcie i jedzcie z tego wszyscy, to jest bowiem ciało Moje". Odłożył klucz do kół i rozchylił skrzydła kartonu. Nie mógł uwierzyć własnym oczom. W kartonie ujrzał kilka konserw mięsnych, kilogram cukru, paczki cukierków, makaron, ryż i jakieś mięsne smarowidło w szczelnie zamkniętym słoiku.

Coś pięknego, pomyślał podekscytowany. Przez krótką chwilę targały nim wątpliwości. Tyle osób skorzystało z darmowego tankowania, a nikt nie zabrał tego kartonu? Jak to możliwe?

Zaabsorbowany Michał nie miał pojęcia, że drzwi stojącej za nim lodówki do piwa otworzyły się bezszelestnie. Z lodówki wyszedł szczupły, wręcz wysuszony mężczyzna z siwą, skołtunioną brodą i zaczął się powoli skradać, wbijając wzrok w jego plecy.

Wszystkie wątpliwości Michała prysły w chwili, kiedy ujrzał w kartonie słoik masła orzechowego. Aż zapiszczał w duchu z radości. Kiedy Jurek to zobaczy, zwariuje! Masło orzechowe było ulubionym przysmakiem syna. Michał już wyobrażał sobie, jak podaje chłopcu słoik i w jego oczach ukazuje się blask, który przygasł przez ostatnie dni. Właśnie zaczął sprawdzać datę ważności, gdy w szkle słoika zobaczył odbicie postaci stojącego za nim mężczyzny. Odskoczył gwałtownie w tej samej chwili, w której tamten z głośnym krzykiem czymś się zamachnął i z łoskotem wbił jakiś szpikulec w blat kontuaru.

Michał dobrą sekundę stał jak sparaliżowany, by w końcu rzucić się do ucieczki w kierunku drzwi. Siwy brodacz jednak podciął mu nogi i Michał rąbnął jak długi na ziemię. Kiedy obrócił się na plecy, zobaczył, jak mężczyzna stoi nad nim okrakiem i robi potężny zamach, trzymając oburącz szpikulec. Michał w panice skulił się w sobie, nadziewając się przedramieniem na ostry kształt w kieszeni bluzy. Szybko wyciągnął pojemnik z gazem pieprzowym i skierował strumień prosto na twarz atakującego.

Brodacz krzyknął niczym ranne zwierzę, odrzucił broń i klęknąc na jedno kolano, zaczął gwałtownie przecierać dłońmi oczy. Michał zerwał się, chwycił z lady klucz do kół i z całej siły uderzył klęczącego w tył głowy. Brodacz zwalił się bezgłośnie na bok i znieruchomiał.

Zdyszany Michał przyjrzał się leżącemu. Facet był ubrany w wojskowe spodnie moro oraz zieloną kurtkę myśliwską, a nogi miał bose. To pewnie dlatego tak cicho zdołał mnie podejść, pomyślał. Gdy jego oddech i łomoczące się w piersi serce uspokoiły się, Michał nachylił się nad podłogą i przyjrzał się broni brodacza. Były to masywne, dwunastokilogramowe hantle do ćwiczeń, do których ktoś przyspawał gruby szpikulec. Ostry koniec tej prymitywnej broni pokryty był zaschniętą krwią z przylepionymi włosami.

Michał wyprostował się gwałtownie i podszedł do skrzynek ze zgniłymi owocami, nachylił się nad nimi i wciągnął mocno powietrze. To nie to, stwierdził i ruszył ostrożnie na zaplecze. Pchnął drzwi i wszedł do niewielkiego pomieszczenia socjalnego. Mały stół, na nim talerz z resztkami jedzenia i elektryczny czajnik. Utwierdził się w przekonaniu, że zbliża się do źródła obrzydliwego smrodu. Otworzył jedne z drzwi. Znajdowała się za nimi mała łazienka z toaletą, umywalką i wiszącym na ścianie lustrem. Wyjrzał przez brudne okno i zobaczył, że na placu za stacją stoi kilkadziesiąt samochodów, których nie sposób było zobaczyć, podjeżdżając od strony drogi. Dreszcz przebiegł mu po plecach. Czyżby to były auta tych, którzy, podobnie jak ja, zdecydowali się tu zatankować, pomyślał ze strachem.

Wyszedł z łazienki i nacisnął klamkę drzwi, które znajdowały się po przeciwległej stronie. Odór panujący za drzwiami uderzył na tyle mocno, że Michał zgiął się wpół i myślał, że nie da rady powstrzymać wymiotów. Wyprostował się i spojrzał w głąb pomieszczenia. Za drzwiami były schody prowadzące w dół. Betonowe stopnie ginęły w mroku, z którego dobiegało wyraźne bzyczenie chmary owadów. Dźwięk ten w połączeniu z niewyobrażalnym smrodem spowodował, że Michał mógł tylko wyobrazić sobie, co znajduje się na dole.

Nie miał odwagi zejść do piwnicy. Wrócił do sklepowego pomieszczenia i spojrzał na leżącego mężczyznę, który jęcząc i wywracając oczami, powoli budził się z omdlenia. W pierwszym odruchu chciał jeszcze raz solidnie go znokautować, chwycić karton z jedzeniem i uciec do samochodu. Wtedy pomyślał o śmierdzącej piwnicy i rojach much. O tym, że dystrybutor wskazywał ponad tysiąc litrów zatankowanego paliwa.

Michał zamachnął się gwałtownie i walnął kluczem do kół w głowę brodacza. Mężczyzna jęknął cicho, a Michał odwrócił wzrok i nie ustawał w wymierzaniu kolejnych ciosów. O tym, że jego uderzenia były celne, świadczył głuchy chrzęst łamanych kości czaszki. Potem poszedł do łazienki, umył dokładnie klucz do kół i wytarł z twarzy drobne plamki krwi. Wrócił do sklepu, wziął karton z jedzeniem pod pachę, przekroczył nad powiększającą się szybko kałużą krwi i wyszedł.

Odgłos wrzucanego do bagażnika kartonu i szybki odjazd spod stacji benzynowej obudziły Basię. Od razu zauważyła pobladłą twarz Michała i jego dygoczące dłonie zaciśnięte na kierownicy.

– Co się stało? – spytała.

– Wszystko w porządku. Mamy paliwo i jedzenie.

Pomimo że Basia próbowała się czegoś dowiedzieć, Michał nie odezwał się słowem, dopóki trzydzieści kilometrów dalej nie zjechali na niewielki przydrożny parking i tam, korzystając ze świeżo zdobytych zapasów, urządzili sobie prawdziwą ucztę. Wiedział, że powinni oszczędzać jedzenie, ale wszyscy byli tak strasznie głodni, że nie mogli sobie odmówić tego, aby najeść się do syta.

Godzinę później dotarli do skrzyżowania, z którego można było dalej jechać na Kraśnik, a w prawo prowadziła droga wojewódzka 777 na Sandomierz. Michał musiał się zatrzymać. Ujrzał widok rodem z amerykańskich filmów katastroficznych. Droga była wręcz zatkana samochodami, zajmowały oba pasy, wszystkie były zwrócone w stronę Kraśnika. Michał wysiadł z samochodu i wtedy zauważył, że poboczem wloką się w górę mężczyzna i kobieta. Młoda para dźwigała na plecach spore plecaki. Dodatkowo u kobiety w nosidełku na brzuchu spoczywało maleńkie dziecko, płaczące wniebogłosy. Basia również wysiadła i spojrzała w kierunku nadchodzących.

– Pan może do mostu? – spytał mężczyzna.

– Tak, daleko to jeszcze?

– Niecały kilometr, ale tędy nawet na piechotę nie przejdziecie. Ruscy próbowali zbombardować przeprawę. Musicie iść tędy, tak jak my, przez las. A potem skręcić na wał i wmieszać się w tłum.

– Tłum? – spytał zdziwiony Michał.

– To ostatni most na Wiśle w tym rejonie – powiedział mężczyzna.

– Jak to?

– Na południe w Sandomierzu zniszczony, reszta aż do Krakowa tak samo. Podobno nie wiadomo, jak w samym Krakowie, bo miasto mocno zbombardowali dwa dni temu.

– A na północy? – spytał Michał.

– Najbliższy w Górze Kalwarii.

– Jezu drogi – powiedział cicho Michał.

– Jeśli chcecie przejść na drugą stronę, to mam dla pana propozycję.

– Tak? – W głosie Michała dało się wyczuć podejrzliwość.

Mężczyzna ściągnął plecak i otworzył go, pokazując Michałowi jego zawartość.

– Konserwy, ryż, makaron, zupki chińskie, turystyczna kuchenka, namiot – wyliczał mężczyzna. – Starczy wam jedzenia na dobre kilka dni. A i przenocować będziecie mieli gdzie. Pan wie, co to jest dzisiaj warte?

– Wiem – powiedział Michał po dłuższej chwili. – Co pan za to chce?

– Samochód – wypalił mężczyzna. – Musimy się dostać do Opola. Tam jest cała nasza rodzina.

– Dajcie nam chwilę – powiedział Michał.

Mężczyzna kiwnął głową i oboje z żoną usiedli kilka metrów dalej na trawiastym zboczu. Facet pomógł żonie zdjąć plecak, a ona wyciągnęła krzyczące dziecko z nosidełka i zaczęła je karmić piersią.

– Samochód to nasz środek transportu – powiedział do Basi, gdy odeszli kawałek na bok, aby się naradzić.

– Przecież dalej i tak nie pojedziemy – zauważyła trzeźwo Basia. – Poza tym... Michał, nie mówiłam ci wcześniej o tym, bo nie chciałam cię martwić. Ale naprawdę mnie i dziecku przydałby się w końcu jakiś ciepły posiłek.

Michał przyznał jej rację i wkrótce młode małżeństwo pomknęło samochodem na Kielce. Przed odjazdem Michał poradził młodemu mężczyźnie, żeby zatankował na stacji z odblokowanym dystrybutorem.

– Tylko za żadne skarby nie wchodźcie do sklepu – powiedział na koniec.

Potem zarzucił na plecy świeżo nabyty plecak i ruszyli polną drogą w kierunku lasu. Gdy po półgodzinnym marszu dotarli do wału powodziowego i wspięli się na niego, ujrzeli obrazek znany z telewizyjnych wiadomości.

Wałem sunął nieprzebrany tłum ludzi, objuczony plecakami i torbami, a niektórzy z maszerujących ciągnęli za sobą niewielkie wózki. Co poniektórzy nieśli małe dzieci na barana, a część po prostu na rękach. No to już jest uchodźstwo pełną gębą, pomyślał Michał. Wszyscy szli w milczeniu, nie słychać było żadnego nawoływania czy pokrzykiwań. Nie było rozmów przez telefony komórkowe, które teraz stały się bezużyteczne. Kiedy ruszyli z tłumem w kierunku mostu, Michał zauważył, że przeprawą ludzie podążali zarówno na wschód, jak i na zachód. Każdy zgodnie ze swoim planem chciał dotrzeć w inne miejsce. Mimo pozornie panującego chaosu jednak nawet ze znacznej odległości dało się zauważyć, że na moście panował jako taki porządek, ponieważ wszyscy trzymali się zasad ruchu prawostronnego i maszerowali dosyć sprawnie. Michał złapał Basię za rękę i uśmiechnął się do niej.

– Jak się czujesz?

– W sumie całkiem nieźle – powiedziała. – Grunt, że nie siedzimy w tej zasranej piwnicy, a wieczorem będziemy mogli przekąsić coś ciepłego.

– Jak tylko przejdziemy na drugą stronę, znajdziemy jakiś kąt i przyrządzimy sobie pyszną kolację – zapewnił ją, całując w usta.

– Miejmy nadzieję, że twój wujek ciągle tam będzie.

– Najbardziej liczę na jego sąsiada – powiedział.

– Co? Dlaczego?

– Nie pamiętasz? Sąsiad Zbyszka jest ginekologiem. Musimy zrobić badania prenatalne.

– Nie myślmy na razie o tym – powiedziała Basia i odwróciła wzrok.

Michał w myślach sklął siebie za niepotrzebną wzmiankę o badaniach. Co mnie, kurwa, podkusiło, pomyślał ze złością, żeby w trakcie marszu podczas wojny, trzymając za rękę swoją ciężarną żonę, wspomnieć jej o tym, że dziecko, które nosi, może nie być do końca sprawne ze względu na jej wiek? Pieprzony idiota. Chciał coś powiedzieć, obrócić całą sprawę w żart, ale jego myśli przerwał dolatujący z nieba długi, przeciągły grzmot.

Rzeka ludzi jak na komendę w jednej sekundzie zatrzymała się i zadarła głowy do góry, w poszukiwania źródła potężnego dźwięku. Na tle nisko zawieszonych chmur ukazały się dwie smukłe sylwetki rosyjskich myśliwców.

– Ludzie! Kryć się! – wydarł się ktoś.

Tłum jak za dotknięciem czarodziejskiej różdżki zniknął z wału przeciwpowodziowego, część ludzi skoczyła na lewą, a część na prawą stronę. Michał z rodziną zsunął się na trawiaste zbocze od strony Wisły i przytulił mocno do siebie dzieciaki i Basię. Obserwował w milczeniu, jak spod skrzydeł samolotów odrywa się kilka świetlistych punktów, które wyrzucając za sobą smugi dymu, mkną coraz szybciej w kierunku mostu. Przeprawa w Annopolu była długa, liczyła dziewięć przęseł ustawionych w korycie rzeki. Każda z rakiet z solidnym grzmotem uderzyła w inne przęsło. Z podstaw każdego ze słupów buchnęły fontanny gruzu i wody, a most zaczął majestatycznie przechylać się na bok, ludzie zaczęli się zsuwać z powierzchni drogi ludzi do Wisły, i w końcu cała konstrukcja runęła do wody z tak olbrzymią siłą, że położony pięćset metrów od epicentrum wybuchu wał zadrżał. Część ludzi, która jeszcze pozostała na moście, spadali po asfalcie i wpadali do rzeki. Po obu stronach Wisły wszystko to obserwowało około czterdziestu tysięcy ludzi. Nikt nie odezwał się słowem. Panowała śmiertelna cisza.

Rozdział V

1.

Baza lotnicza Omidije Irańskich Sił Powietrznych położona jest niecałe sto kilometrów od brzegów Zatoki Perskiej, nieopodal granicy z Irakiem. Ta jednostka wojskowa była wykorzystywana wyjątkowo rzadko, dlatego wprost idealnie nadawała się na tego typu spotkanie. Major Baszar Karimi, stojąc na dachu jednego z budynków, obserwował przez lornetkę zalany słońcem pas, na którym wkrótce wylądować miał samolot gości.

Nad pasem lotniska, z olbrzymią prędkością i hałasem, przeleciały trzy tajfuny w barwach Królewskich Saudyjskich Sił Powietrznych. Piękne maszyny, pomyślał Karimi, obserwując przez lornetkę smukłe kształty napędzane silnikami turbowentylatorowymi, które pozwalały europejskim myśliwcom osiągnąć prędkość dźwięku bez użycia dopalaczy. Możemy sobie o takich pomarzyć, nie ten budżet, pomyślał z goryczą major.

Po chwili nad pasem zamajaczyła sylwetka podchodzącego do lądowania boeinga 747. Był to prywatny samolot króla Arabii Saudyjskiej, Salmana ibn Abd al-Aziza Al Su'uda. Podobno na pokładzie znajdowała się fontanna, a samo wyposażenie wnętrz kosztowało przeszło sto pięćdziesiąt milionów dolarów. Koła amerykańskiego kolosa dotknęły pasa startowego, spojlery na skrzydłach uniosły się, a włączony wsteczny ciąg silników zaczął wyhamowywać maszynę. Jednocześnie z trzech miejsc wokół bazy, wzniecając tumany pustynnego kurzu, uniosły się w górę francuskie śmigłowce Cougar, mające eskortować boeinga. Major Karimi zadarł głowę w górę i przyjrzał się myśliwcom Tajfun, które wysoko w powietrzu zataczały kręgi, gotowe w każdej chwili odpalić rakiety, gdyby cokolwiek zagroziło życiu króla.

Major przyłożył znowu lornetkę do oczu i obserwował, jak boeing kończy kołowanie. Po schodach w dół zaczął schodzić król Arabii Saudyjskiej, odziany w tradycyjną białą dżalabiję. Oto i on, pomyślał major, odwieczny wróg Islamskiej Republiki Iranu. Do samolotu podjechało osiem czarnych terenowych mercedesów. Król Arabii Saudyjskiej wsiadł do jednego z nich i wszystkie samochody ruszyły w kierunku zabudowań. Baszar Karimi musiał pochwalić saudyjskich ochroniarzy. Nawet na tak krótkim odcinku mercedesy szybko zamienią się miejscami w szyku i już po krótkiej chwili trudno było stwierdzić, w której terenówce jedzie król. Gdy tylko czarne wozy zniknęły w olbrzymim wnętrzu hangaru, major odetchnął z ulgą. Połowa zadania poszła gładko. Jeśli król po spotkaniu opuści irańską ziemię bez przeszkód, to dowódca będzie z Baszara zadowolony na tyle, że kto wie. Może z woli samego Allaha już wkrótce na pagony majora powędruje druga kopuła, czyniąc z niego podpułkownika.

Król Salman w otoczeniu ochroniarzy wspiął się po metalowych schodach i wszedł do niewielkiego, dusznego pokoju o wyjątkowo lichym wystroju. Gdy za gościem zamknęły się drzwi, ze skórzanej kanapy podniósł się prezydent Iranu Hassan Rouhani w swoim nieśmiertelnym białym turbanie, który upodabniał go do legendarnego ajatollaha Chomeiniego. Król Arabii Saudyjskiej zdjął przyciemniane okulary i obaj panowie uścisnęli sobie dłonie, uśmiechając się lekko.

– Salam alejkum – przywitał gościa prezydent Iranu.

– Alejkum salam – odpowiedział król Salman i obaj usiedli na skórzanych kanapach, przedzielonych niskim stolikiem, na którym stał elektryczny samowar.

Rouhani szybkim gestem nalał do czarek esencji herbacianej, którą obaj panowie rozcieńczyli wedle swego upodobania gorącym wrzątkiem. Potem włożyli do ust po kostce cukru i w milczeniu zaczęli siorbać mocną herbatę. Prezydent Iranu pogłaskał się w zamyśleniu po swojej bujnej, siwej brodzie. Król Arabii Saudyjskiej rozejrzał się po wnętrzu, którego ściany wyłożone białym sidingiem przypominały kontener. Jedynymi sprzętami były dostarczone w ostatniej chwili skórzane kanapy. Wystroju dopełniał leżący na podłodze gruby, perski dywan. Gospodarz podchwycił spojrzenie swego gościa i zatoczywszy ręką koło, odezwał się strapionym głosem:

– Przepraszam.

– Nie szkodzi – odparł król Arabii Saudyjskiej, wkładając kolejną kostkę cukru do ust. – Nasze spotkanie musi pozostać w ścisłej tajemnicy.

Prezydent Iranu pokiwał głową ze zrozumieniem. W styczniu 2016 roku Arabia Saudyjska zerwała stosunki dyplomatyczne z Iranem po tym, jak jej ambasada w Teheranie została obrzucona koktajlami Mołotowa. Wszystko zaczęło się od tego, że saudyjskie królestwo wykonało egzekucję na czterdziestu siedmiu osobach oskarżonych o terroryzm. Wśród nich był Nimr al-Nimr, szyicki duchowny, krytykujący władze Arabii Saudyjskiej. I tu był pies pogrzebany. W Iranie obowiązywał islam szyicki, natomiast w Arabii Saudyjskiej sunnicki. Oczywiście religijny kontekst był jedynie przykrywką, ponieważ cały konflikt zaczął się od tego, że

Amerykanie znieśli sankcje, które wcześniej nałożyli na Iran. Tym samym Saudyjczykom wyrósł w regionie nowy konkurent do roli bliskowschodniego pupila jankesów. Na skutek zniesienia sankcji Iran zdobył nowe rynki zbytu ropy i zwiększył gwałtownie produkcję. Czyli koniec końców nie chodziło wcale o różnice w muzułmańskiej religii, ale o władzę i pieniądze.

Przywódcy przez ponad dwadzieścia minut sączyli w milczeniu herbatę. Żaden z nich nie odezwał się ani słowem. Inszallah. Jeśli Bóg pozwoli, co ma być, to będzie. W krajach Bliskiego Wschodu, a zwłaszcza w tak wysoko postawionych kręgach, pośpiech bywał traktowany jako oznaka wulgarności. W końcu prezydent Iranu stwierdził, że starczy już tej kontemplacji i to on, jako gospodarz, w końcu powinien zabrać głos.

– Nasze kraje ostatnio wiele dzieli – odezwał się aksamitnym głosem. – Ale nie możemy zapominać, że wszyscy jesteśmy dziećmi Mahometa. Chciałem podziękować waszej wysokości za przyjęcie mojego skromnego zaproszenia.

Król Arabii Saudyjskiej pokiwał głową i przymknął lekko oczy. Rouhani nalał nowe porcje esencji i po rozwodnieniu napoju zaczął mówić:

– Na pewno do waszej wysokości dotarły już wieści o wojnie w Polsce. Wydaje się, że Putinowi ta wojna bardzo pomogła.

– Ropa i złoto biją rekordy cen – powiedział król kraju, który wydobywał jeden surowiec z ziemi, aby potem drugim tapetować sobie ściany.

– Czasem nachodzi mnie taka myśl. – Prezydent Iranu zatroskał się w teatralnej zadumie. – Gdyby tak zwiększyć drastycznie produkcję ropy i sprzedawać ją po cenach… – Rouhani szukał odpowiedniego słowa. – Nie owijajmy w bawełnę, dumpingowych.

– Ciekawy pomysł – powiedział król Salman, jakby usłyszał takie rozwiązanie po raz pierwszy w życiu. – A gdybym ja zrobił podobnie? Dodatkowo puszczając ropę poniżej kosztów wydobycia?

Uszczuplając moje rezerwy, które przy dzisiejszych cenach złota i tak są warte więcej niż przed tą całą awanturą w Europie?

– Na Allaha! Ceny ropy poleciałyby na łeb na szyję. – Prezydent Iranu w cuglach wygrałby za ten występ Oscara. – Putin dostałby zadyszki.

Król Arabii Saudyjskiej pokiwał smutno głową, że w rzeczy samej tak by się stało, ale chyba nie bardzo współczuł prezydentowi Rosji. Prezydent Iranu przesunął samowar i rozłożył na stole mapę obejmującą część Europy i cały Bliski Wschód.

– Irak i Syria – pokazał palcem Rouhani.

– Te państwa są w agonii – powiedział król Salman. – Szybko się nie podniosą po tej całej awanturze z ISIS, które nie ukrywajmy, trochę przecież finansowaliśmy.

– Potem mamy Egipt. Na szczęście tam jest totalny chaos, generałowie ciągle żrą się między sobą.

– Obecnie zwalczają się tam nawzajem dwie frakcje generalicji – powiedział ze znawstwem król Arabii Saudyjskiej i od razu dodał z przebiegłym uśmiechem: – Z mojej inicjatywy powstaje trzecia frakcja. To nie polepszy sytuacji.

– Izrael? – westchnął ciężko Rouhani.

Król Arabii Saudyjskiej zadumał się głęboko, włożył do ust kolejną kostkę cukru i popił herbatą. Rouhani zrobił to samo i rozparł się wygodnie w fotelu. Nie śmiał ponaglać swojego gościa. Cisza wydłużyła się do pięciu minut, a kiedy pauza w rozmowie trwała już niemal dziesięć, władca Arabii Saudyjskiej powiedział cicho:

– Ta żydowska oaza na naszej islamskiej pustyni jest bardzo ważna dla Amerykanów. A oni z kolei są ważni dla mnie i mojego narodu.

Prezydent Iranu skłonił głowę, dając znak, że będzie szanował stanowisko swojego gościa.

– Szykujesz się na wojnę? – spytał król Salman.

– Kiedy Putin będzie walczył z zawałem na polu cen ropy i polu walki w Polsce – powiedział cicho prezydent Iranu, wskazując kolejne punkty na mapie – uderzę na Armenię, Azerbejdżan i Gruzję. Tym samym zdobędę przyczółek na Morzu Czarnym.

Król Salman ibn Abd al-Aziz Al Su'ud milczał, patrząc przenikliwie na swego interlokutora. Wiedział, że Iran jest zbyt słaby zarówno finansowo, jak i militarnie, aby podołać temu zadaniu. Poza tym gdyby Rouhani chciał sam wykonać ten plan, nie zapraszałby króla Arabii Saudyjskiej na potajemne spotkanie. Prezydent Iranu zakreślił kolejne koło na mapie.

– A kiedy będziemy mieć przyczółek na Morzu Czarnym, będziemy kontrolować Irak i Syrię. Wtedy...

Rouhani zauważył, jak wzrok jego gościa zatrzymał się na mapie na dużym obszarze pokazującym teren Turcji. Prezydent Iranu dobrze wiedział, że król Arabii Saudyjskiej wprost nienawidzi Recepa Erdoğana. Wielokrotnie mówił, że przywódca Turcji nie jest godzien miana prawdziwego muzułmanina.

– Wieje wiatr historii. – Rouhani oblizał wargi. – Wiatr ten może nam przynieść wiele dobrego. Jeśli zyskamy dostęp do Morza Śródziemnego i zamkniemy od południa Morze Czarne...

Dalej prezydent Iranu nie musiał już nic tłumaczyć. Połączone siły ich wojsk kontrolowałyby olbrzymie terytorium i w ten sposób staliby się poważnym światowym graczem. Rouhani wiedział, że król rządzi wszystkim żelazną ręką i tak naprawdę tylko on podejmie decyzję. Iran miał ludzi, blisko osiemdziesiąt milionów, Arabia Saudyjska miała uzbrojenie i pieniądze.

Król Arabii Saudyjskiej milczał. Ponieważ herbata się skończyła, gospodarz gestem zapytał, czy gość życzy sobie więcej napoju, i gdy Salman potwierdził skinieniem głowy, Rouhani wstał, otworzył drzwi i wydał krótką dyspozycję. Po chwili przyniesiono kolejną porcję esencji i król szybko nalał sobie solidną porcję. Prezydent Iranu pocił się niemiłosiernie w dusznym pomieszczeniu, a władca Arabii Saudyjskiej spoglądał na niego łagodnie i zupełnie nic nie można było odczytać z jego twarzy. Gospodarz co jakiś czas patrzył dyskretnie na zegarek. Tym razem milczenie trwało blisko pięćdziesiąt minut. W końcu król westchnął, spojrzał w sufit, po czym przeniósł wzrok na swego rozmówcę.

– Musimy tylko pamiętać, że dla świata zewnętrznego ciągle jesteśmy wrogami.

Prezydent Iranu odetchnął z ulgą, tym samym otrzymał twierdzącą odpowiedź.

– Oczywiście! – potwierdził z zapałem. – Jeśli chodzi o sprawę tych najnowszych egzekucji. Tych, w których ma zostać straconych pięciu obywateli Iranu.

– Tak? – zapytał ostrożnie władca Arabii Saudyjskiej. Ocalenie Irańczyków nie było mu na rękę, ale jako wytrawny polityczny gracz wiedział, że wszystko ma swoją cenę.

– Zabij wszystkich! – powiedział prezydent Iranu.

– Wszystkich?

– A ja potem rozpętam awanturę. Tak jak zwykle, że jesteście państwem niehumanitarnym, nie przestrzegacie praw człowieka i tym podobne brednie.

Król Salman kiwnął głową, przystając na takie rozwiązanie. Zauważył, że prezydent Iranu zasępił się, gładząc po brodzie.

– Martwisz się tymi egzekucjami? – spytał król. – Mogę kilku ocalić.

– Nie-eeee. – Rouhani machnął lekceważąco ręką, pokazując, ile zależy mu na życiu swoich pięciu rodaków. – Chodzi o to, że ta cała Turcja jest w NATO.

Król Salman wziął do ust kolejny kawałek cukru, siorbnął herbatę i uśmiechnął się błogo, nie wiadomo czy ze względu na smak słodkiego napoju, czy na słowa, które miały paść za chwilę.

– Co jest warta ta cała organizacja, najdobitniej pokazał przykład zaatakowanej Polski.

Obaj przywódcy uśmiechnęli się lekko, pieczętując swój nowy układ.

2.

Sytuacja była beznadziejna. Dwa prowadzące z sali chodniki były zawalone, jedyny korytarz, którym dało się przejść, to ten, którym szli po ewakuowaniu się z sąsiedniej kopalni. Gurski wysłał jedną z drużyn, aby sprawdziła, czy z chodnika nie odchodziły jakieś odnogi, ale niestety rzeczywistość nie pozostawiała złudzeń, nie było żadnego wyjścia poza szybem windowym ogołoconym z jakichkolwiek konstrukcji.

Siedzieli w tym ponurym grobowcu już blisko dwadzieścia cztery godziny. Roman wydał rozkaz przeczyszczenia i osuszenia broni, sprawdzenia ekwipunków, a wreszcie najedzenia się do syta i skorzystania z solidnego odpoczynku. Zajęło to żołnierzy na jakiś czas, ale ich morale najlepiej oddawał krótki dialog, jaki Gurski podchwycił jednym uchem.

– Przynajmniej dochodzi tu świeże powietrze – stwierdził sennym głosem Maj.

– Zajebiście. Będziemy mogli umrzeć z głodu – odpowiedział szeregowy Wójcik.

Gdy wszyscy siedzieli w smętnym milczeniu, usłyszeli, jak ktoś nadchodzi korytarzem. Początkowo nikt nie zwrócił na to uwagi, bo wszyscy myśleli, że to wraca jakiś żołnierz, który udał się w dół chodnikiem za potrzebą. Dopiero po chwili usłyszeli donośny głos Segeta:

– Pluton! Baczność!

Gurski i Jovan zerwali się na równe nogi. Kapral Seget nadchodził w towarzystwie Alojzego i jego córki Marysi. Dziewczyna miała na sobie przemoczoną bluzę Segeta i trzęsła się po kąpieli, którą musieli przejść, aby przedostać się zalanym tunelem. Gdy kapral zobaczył podchodzącego dowódcę, trochę zmarkotniał i rzucił przepraszającym tonem:

– Panie poruczniku, z tym baczność to taki żart…

W odpowiedzi Roman chwycił go za ramiona i wyściskał mocno z uśmiechem na twarzy.

– Jak? – spytał Gurski.

– Zaczęliśmy odwalać kamienie, a tu nagle patrzę, ktoś stoi za mną – zaczął opowieść Seget, wskazując Marysię. – Kurwa, panie poruczniku! Myślałem, że to jakiś duch, mało w gacie się nie zesrałem!

Roman podszedł do Alojzego i jego córki.

– Jak wybuchło, to łona sie skryła w bocznym korytarzu. W szoku była – powiedział Matuszek. – Z początku to żech myśloł, że słuch stracioła. Ale terozki już jest trocha lepij, to może nie wszystko stracone.

– Cieszę się, że znalazł pan córkę całą i zdrową – powiedział Gurski.

Alojzy spojrzał twardo na twarz porucznika i nic nie odpowiedział, pokiwał tylko głową.

– Co i tak nie zmienia faktu, że jesteśmy w dupie – zagaił z wdziękiem sierżant Lacević. – Jesteśmy sto pięćdziesiąt metrów pod ziemią, a szyb windowy jest totalnie ogołocony.

– A schody? – spytał górnik.

– Co?

– Ta gruba łotwarli jeszcze za Niymca, w dziewiytnastym wieku. Muszom jakeś być.

– Jaka gruba? – Gurski był wyraźnie zdezorientowany.

– Gruba, czyli kopalnia – powiedział zniecierpliwionym tonem Alojzy, po czym podszedł na lewo od szybu windowego i gołymi rękoma zaczął przecierać brudną od pyłu węglowego ścianę. Po minucie takiego szorowania ukazały się deski. Do górnika podszedł kapral Maj, rozłożył swoją saperkę i wcisnął ją w szparę między deskami, podważając pierwszą z nich.

– Gruba zawarli prawie dwadziyścia lot temu nazad, to wszystko we pyle jest – stęknął Alojzy, pomagając kapralowi, i w końcu udało im się wyłamać pierwszą z desek.

– Chłopaki, do roboty! – zakomenderował Gurski i wkrótce kilku żołnierzy ruszyło do pomocy ze swoimi saperkami.

Gdy wszystkie deski zostały wyłamane, Jovan poświecił do wnętrza latarką. Ich oczom ukazała się klatka schodowa z drewnianymi poręczami i stopniami, prowadzącymi zakrętami w górę.

– Chopy, ino te wasze karabinki, ruksaki i inne gracki to bych potym na linie wciąg, bo te schody to majom sto lot – wyszeptał Alojzy.

Przez wysokie okna złożone z mniejszych, zakratowanych szybek do wnętrza warsztatu wpadało sporo światła. Pomieszczenie wypełnione były archaicznymi maszynami, które przed laty stanowiły wyposażenie kopalni węgla kamiennego. Jedynie ustawione przy niektórych eksponatach tabliczki z opisami wskazywały, że całość jest wystawą muzealną. Jedna ze ścian z cegły lekko zadrżała, a po chwili rozległo się głośne, rytmiczne stukanie. Gdy pierwsza cegła wypadła z hukiem na posadzkę, zaraz po niej posypały się kolejne, by wkrótce przez powstały w ten sposób otwór zaczęli wysypywać się żołnierze.

Gdy cały pluton znalazł się wewnątrz warsztatów położnych na terenie obecnego Muzeum Śląskiego, wszyscy ze zdziwieniem zaczęli się sobie przyglądać. Dopiero teraz, w świetle dziennym, zobaczyli jak wyglądają. Od stóp do głów byli pokryci sadzą, która gdzieniegdzie po przebytej przez nich kąpieli tworzyła na ich mundurach rozległe zacieki. Gdy tylko któryś żołnierz uśmiechnął się, jego zęby zabłysły nienaturalnie w czarnej twarzy.

Gurski szybko wydał komendę, aby jedna z drużyn powoli wciągnęła na linach cały ekwipunek, a sam wyjął terminal taktyczny, nad którym pochylili się wspólnie z Jovanem.

– Wycofują się na północ – stwierdził sierżant, gdy zobaczył sytuację na mapie. – Linia frontu utworzy się na Borach Stobrawskich.

– Gówno się utworzy. – Roman nie zgodził się ze swoim zastępcą. – Wszyscy wycofują się na lotnisko w Pyrzowicach.

– Czyli Katowice poddane – mruknął smętnie Jovan.

Niewątpliwie dobrą informacją było to, że działania rosyjskich wojsk ciągle koncentrowały się na południu Drogowej Trasy Średnicowej, a dzięki pokonaniu podziemnych korytarzy pluton Gurskiego był już po stronie północnej.

– Wszyscy walą tędy. – Gurski wskazał punkt na mapie. – Ruscy będą ich nieźle napierdalać. My wycofamy się przez Sosnowiec.

– Panie poruczniku, tylko nie przez Sosnowiec! – zawołał ze śmiechem Wójcik, a większość żołnierzy plutonu zaczęła rechotać.

Jedynie Seget zmarszczył brwi i chwycił za ramię Alojzego Matuszka.

– Panie górnik, o co chodzi z tym Sosnowcem? – zapytał kapral. – Przed wojną ciągle czytałem w internecie, że Sosnowiec to, Sosnowiec tamto. Co jest?

– Panie, szkoda godać. – Górnik machnął ręką. – Jo niy wiym, jo jest Ślonzok. Jo w Altraichu nigdy niy bół – powiedział Alojzy i zostawił z tą informacją zdziwionego Segeta.

Po wciągnięciu ekwipunku i opuszczeniu budynku muzeum cały pluton zaczął posuwać się w kierunku Sosnowca, zachowując wszelkie środki ostrożności i osłaniając się nawzajem, ale nigdzie nie było śladu rosyjskich wojsk. Jedyną pozostałością po walce stanowiły dymy unoszące się z płonących na południu zabudowań.

Po godzinie pluton przeszedł między opuszczonymi zabudowaniami oczyszczalni ścieków i potem, idąc Milowicką, minęli tablicę z przekreśloną nazwą „Katowice". Gdy cała grupa przekroczyła niewielki mostek nad Brynicą, po prawej stronie zobaczyli tablicę: „Sosnowiec" z umieszczoną niżej dodatkową informacją: „Zagłębie Dąbrowskie. Witamy!". Alojzy, który szedł poboczem, trzymając za rękę córkę, rozejrzał się w poszukiwaniu Segeta i uczynił z trwożną miną znak krzyża. W odpowiedzi kapral tylko pokręcił głową, tym samym dając znać, że ciągle nic z tego nie rozumie.

Gdy dotarli do Nowopogońskiej, idący na czele swojej drużyny kapral Maj przykucnął i gestem zaciśniętej pięści dał sygnał do zatrzymania. Gurski z Jovanem od razu znaleźli się przy nim, a Maj przekazał lornetkę porucznikowi.

– Kolumna pojazdów – powiedział cicho.

– Dwa transportery, za nimi sznur ciężarówek – mruknął Gurski. – W mordę, to rośki i stary. Nasi!

Gurski oddał lornetkę kapralowi i wyszedł na środek drogi, uśmiechając się szeroko i machając rękami.

Jovan nie zdążył zaprotestować, ale średnio spodobał mu się nieostrożny entuzjazm dowódcy. To właśnie sierżant pierwszy zauważył, że żołnierz stojący w otwartym transporterze schował się z przerażeniem, zatrzaskując właz, a po chwili osadzone na szczycie pojazdu działko skierowało się w stronę porucznika.

– Romuś!

Sierżant Lacević wybiegł na ulicę i pchnął Gurskiego na tyle mocno, że obaj przetoczyli się na drugą stronę, gdy w tym samym momencie trzydziestomilimetrowe pociski zaczęły ryć asfalt w miejscu, w którym przed chwilą stał Roman. Jovan wyciągnął swoją radiostację, przełączył na kanał ogólny i wydarł się do mikrofonu:

– Kurwa, wstrzymać ogień! Do swoich napierdalacie!

Ostrzał z działka ustał, a po chwili z transportera wysypała się drużyna żołnierzy z porucznikiem na czele. Początkowo dowodzący kolumną pojazdów nie chciał uwierzyć, że pluton Gurskiego wyrwał się z okrążenia, ale wygląd żołnierzy szybko pozwolił przekonać niedowiarka i porucznik pozwolił plutonowi Romana usadowić się na ciężarówkach, które zmierzały na lotnisko. Powolna podróż do Pyrzowic trwała czterdzieści pięć minut. Cały pluton, a także Alojzy z Marysią przespali ją kamiennym snem.

Po dotarciu na lotnisko Roman pożegnał się i podziękował górnikowi, który odszedł z córką w miejsce ewakuacji ludności cywilnej. Gurski i Jovan stali teraz w przepełnionej hali odlotów pyrzowickiego lotniska, w której tłoczyły się setki żołnierzy.

– Jovan, zajmij się ludźmi – powiedział Roman. – Ja idę pogadać z Krasulą, trzeba chłopakowi powiedzieć, że żyjemy.

– Załatw temat tego Przybylskiego. Skurwysyn wrzucił nas na niezłą minę – rzucił sierżant.

– Nic się nie bój.

Gurski wszedł na galerię, gdzie kiedyś rezydowali przedstawiciele biur podróży. Szedł wzdłuż drzwi prowadzących do kolejnych pokoi, na których kwatermistrz czarnym flamastrem powypisywał oznaczenia kolejnych jednostek. Roman zastanawiał się, czy to możliwe, że dowódca trzeciego plutonu, porucznik Tomasz Przybylski, specjalnie zostawił ich w okrążeniu. A potem przypomniał sobie nienawistne spojrzenie upokorzonego Przybylskiego. Odpowiedź brzmiała: tak, to możliwe.

Zawiść. Jedno z najgorszych uczuć, jakie może toczyć człowieka. Królowa negatywnych emocji, która powoduje z jednej strony przeświadczenie o swej całkowitej niemożności, a z drugiej strony nakazuje zniszczyć każdego, komu się udało zrealizować cele, o których zawsze marzyliśmy.

Ale czy to możliwe, aby i w tym przypadku zadziałał ten prosty mechanizm, zastanawiał się Gurski, naciskając klamkę drzwi z oznaczeniem: „dow. 2. komp. 28. bat.”. Gdy wszedł do środka, od razu poznał odpowiedź. Za biurkiem siedział Przybylski i gdy tylko spojrzał na Romana, ten bezbłędnie odczytał jego spojrzenie. Zaskoczenie pomieszane z silnym rozczarowaniem, żalem, że oto porucznik Gurski żyje i znajduje się w tym pomieszczeniu. Zawiść.

– Romek, dobrze cię widzieć – powiedział nieszczerze Przybylski.

– Gdzie jest Krasula? – rzucił bez wstępów Gurski.

– Siedzi w sztabie, ściągnęli go tam razem z pułkownikiem, naszym dowódcą batalionu – odpowiedział Przybylski. – Wygląda na to, że oni najlepiej sprawdzili się w całym tym burdelu zwanym wojną.

– To kto jest teraz naszym dowódcą kompanii? – spytał Roman i ze zdziwieniem zauważył, że Przybylski ma na patce munduru cztery gwiazdki. – Co, awans?!

Gurski spojrzał na bezczelnie uśmiechniętą twarz Przybylskiego i nie musiał już czekać na odpowiedź.

– Tak jest, mój drogi – powiedział cicho kapitan Przybylski. – Mój pluton naniósł pozycje nacierającego wroga do terminala taktycznego i dzięki tym informacjom choć trochę powstrzymaliśmy ofensywę.

– Co takiego?! – krzyknął Gurski. – Przecież to mój strzelec wyborowy to zrobił, podczas gdy okrążenie się zamykało, a ty spierdoliłeś do siedziby sztabu z podkulonym ogonem!

– Próbowałem wywołać was na radiu, ale się nie udało. – Przybylski już nawet nie ukrywał, że kłamie w żywe oczy. – Rozumiem, że mój awans spadł na was nieoczekiwanie, ale wolałbym, abyście odnosili się z szacunkiem do starszego stopniem. Jestem w końcu waszym dowódcą.

Roman odwrócił się na pięcie i chwycił za klamkę.

– Stać! Jeszcze nie skończyliśmy! – Przybylski wstał i wyszedł zza biurka, purpurowiejąc na twarzy. – Baczność! Baczność, do chuja, albo staniecie przed sądem polowym!

Gurski puścił klamkę, odwrócił się i stanął na baczność. Przybylski uspokoił się i zajął miejsce za biurkiem.

– Siadajcie.

– Z całym szacunkiem, ale… – odezwał się Gurski z zaciśniętymi zębami.

– Z całym szacunkiem siadajcie, i to już! – przerwał mu wrzaskiem Przybylski, a Roman wypełnił polecenie. – Oczekuję szczegółowego raportu, jeszcze przed ewakuacją, która zaplanowana jest dla naszej kompanii za dwie godziny.

– Za godzinę dostarczę szczegółowy raport – powiedział powoli Gurski. – Straty mojego plutonu to dziewięciu ludzi od początku walk. Proszę o uzupełnienie.

– Dostaniecie kogoś do pomocy, ale nie oczekujcie zbyt wiele.

– Chciałem również zgłosić jednego z poległych do Krzyża Walecznych. Szeregowy Błażej Przygodzki, osłaniał nas do końca ogniem. Oddał życie i dzięki niemu reszta naszego plutonu ocalała.

Gurski przemilczał fakt, że Przygodzki zmarłby tak czy siak, wiedział, że to nie pomoże w przyznaniu biednemu chłopakowi odznaczenia. Przybylski rzucił Romanowi przeciągłe spojrzenie.

– Gdzie są rośki?

– Co? – spytał zdziwiony Gurski.

– Gdzie są transportery opancerzone, które zostały przydzielone waszemu plutonowi?

– Zostały na terenie kopalni. – Roman wzruszył ramionami. – Silniki uszkodzone, dokumentacja zniszczona, systemy dowodzenia w strzępach. Wszystko zgodnie z regułami, nikt ich już nie użyje.

– Ciekawe – powiedział bezbarwnym głosem kapitan. – Czyli według was mamy przyznawać jedno z najwyższych odznaczeń wojskowych komuś, kto wtopił sprzęt, na który nasza armia wydała dwadzieścia dużych baniek?

Roman spojrzał na swego dowódcę i zwalczył w sobie prymitywną, atawistyczną wręcz potrzebę dania Przybylskiemu w mordę. Patrzył na niego takim wzrokiem, że kapitan stracił dużo ze swojej pewności siebie. Gurski obrzucił spojrzeniem mundur Przybylskiego, który był praktycznie nienaruszony.

– Wystrzelił pan chociaż jeden nabój, panie kapitanie? – Pytanie Romana zawisło ciężko w powietrzu.

– Oczekuję raportu równo za godzinę. Proszę doprowadzić siebie i pluton do porządku. Nie wiem, ogólcie się, zróbcie coś. Dokonam inspekcji przed ewakuacją. Tu jest Wojsko Polskie, a nie jakaś banda najemników w uświnionych mundurach.

Roman wstał powoli i wyprężył się w pozycji na baczność.

– Wszystko – powiedział kapitan z lekceważeniem i pochylił się nad swoimi papierami.

Gurski zasalutował i wyszedł z pokoju.

Dwie godziny później porucznik stał ze swoim plutonem na płycie lotniska i obserwował, jak kolejny transportowy herkules C-130 odrywał się od pasa przy akompaniamencie swoich czterech turbośmigłowych silników i sunął pewnie w górę.

Gdy po rozmowie z Przybylskim wrócił do swojego plutonu, omal nie zemdlał z wkurwienia, gdy dowiedział się, że pod jego nieobecność, Jovan przekazał terminale taktyczne oficerowi operacyjnemu batalionu. W ten sposób stracili jedyny dowód na to, że to oni faktycznie nanieśli nowe pozycje nacierającego wroga. Oczywiście mogli złożyć zeznania, ale w warunkach bojowych nikt nie będzie miał czasu na cywilną rozprawę, będą się liczyć tylko twarde, namacalne dowody. Nie miał pretensji do Lacevicia, nie mógł przecież wiedzieć, że cała sytuacja zostanie wykorzystana przeciwko nim. To znaczy na początku trochę pretensji chyba miał, bo go zwyzywał od chujów i skurwysynów, pierdolonych Chorwatów, co to podcierając się, rozmazują sobie gówno po plecach do szyi, i podobnymi kwiecistymi słowami. Ale po dziesięciu minutach serdecznie przeprosił swego zastępcę, co tamten skwitował krótkim: „Nie wiem, o co ci chodzi, Romuś". Jeśli kiedykolwiek jako zatwardziały ateista będę musiał podziękować za coś Bogu, to właśnie za mojego sierżanta, pomyślał wtedy Gurski.

Godzinę wcześniej zjawił się u kapitana, aby przekazać mu sporządzony przez siebie raport. Przybylski wziął go do ręki, przeleciał wzrokiem, stwierdził, że dokument nie spełnia wymogów formalnych, i udzielił Gurskiemu nagany na piśmie.

– Idzie generał Anders. – Głos sierżanta wyrwał Romana z zamyślenia.

Gurski zauważył zbliżającego się do nich kapitana.

– Pluton! Baczność! – wrzasnął Roman. – Na lewo, patrz!

Wszyscy wyprężyli się jak na defiladzie wojskowej, stojąc w dwuszeregu. Żołnierze ciągle byli w swoich utytłanych, czarnych mundurach. Jednym wyjątkiem był szeregowy Kowalik, którego dowódca kompanii łaskawie im przydzielił jako uzupełnienie nadszarpniętego stanu osobowego. Roman nie znał chłopaka, ale znał Przybylskiego i mógł się założyć o to, że albo był to najgorszy żołnierz w całej dywizji, albo po prostu konfident, który miał meldować kapitanowi, co się dzieje w ich plutonie.

Przybylski podszedł i twarz mu stężała, kiedy potoczył wzrokiem po żołnierzach. Wszyscy byli tak samo brudni jak wtedy, gdy dotarli na lotnisko. Roman wydał kategoryczny zakaz mycia się i czyszczenia mundurów. Z jednym małym wyjątkiem. Wszyscy mieli być ogoleni. Dlatego teraz stali wyprężeni w listopadowym, słabym słońcu, a na ich twarzach jasne były tylko miejsca po goleniu.

– Panie kapitanie! – wydarł się Gurski. – Melduję, że wszyscy się ogoliliśmy. Zgodnie z rozkazem!

Przybylski kiwnął lekko głową, po czym podszedł do Romana, przystawił usta do jego ucha i szepnął tak, aby tylko on mógł zrozumieć wypowiadane słowa:

– Graj tak dalej, skurwysynu, a obiecuję ci, że długo nie pożyjesz.

– Tak jest panie kapitanie! – Roman wrzasnął tak głośno, że Przybylski skrzywił się w grymasie bólu. Potem zasalutował i odszedł szybkim krokiem.

Wkrótce pluton Gurskiego odprowadzono do jednego z herkulesów, który stał na płycie z otwartą tylną rampą. Przy samolocie uwijała się obsługa naziemna, tankując go i sprawdzając podwozie. Żołnierze Romana najpierw musieli przepuścić sanitariuszy, którzy wnosili na pokład rannych.

– Co tam pan kapitan tak czule ci wyszeptał? – spytał Jovan, obserwując obojętnie załadunek poranionych żołnierzy.

– A takie tam sprawy matrymonialne – odrzekł Roman swobodnie. – Powiedział, że mu się podobam i gdy tylko wojna się skończy, to tak mi obciągnie, że mi prześcieradło w dupę wejdzie.

Lacević zapalił papierosa i zakrztusił się dymem, słysząc odpowiedź. Zazwyczaj nie okazywał emocji, dlatego szybko przybrał obojętny wyraz twarzy.

– Ech, Romuś, Romuś. Idziesz prosto do piachu – powiedział. – A ja razem z tobą.

Gdy na podłodze umieszczono rannych, pluton Gurskiego oraz pluton z trzeciej kompanii, tłocząc się, załadowali się do środka. Seget i Boski usadowili się przy samych drzwiach i zapalili papierosy.

– W samolocie to na bank ruchałeś, co? – spytał Daniel plutonowego.

– Niestety, nie.

Pośród żołnierzy przeleciał jęk zawodu, Gurski i Jovan popatrzyli na siebie z uśmiechem.

– Plutonowy Bosak, rozczarowujecie mnie! – krzyknął Lacević.

– No ale panie sierżancie – jęknął Boski. – Ja z biednej rodziny jestem. Pierwszy raz to leciałem, kiedy przerzucali mnie tu z Arłamowa.

Od strony kabiny, krocząc nad rannymi, którzy leżeli na noszach, szło dwóch mężczyzn. Pierwszy ubrany był w kombinezon lotniczy bez żadnych dystynkcji, a na nosie miał przyciemniane okulary z białymi, poprzecznymi paskami tworzącymi żaluzje. Okulary wyglądały jak te używane przez czarnoskórych raperów z Ameryki lat osiemdziesiątych. Z kolei idący za okularnikiem był o dwie głowy niższy od swego towarzysza, za to nieprawdopodobnie szeroki w ramionach. Na nogach miał czerwone japonki, mundurowe spodnie podwinięte do kolan, a na torsie białą koszulkę z orłem w koronie zrywającym kajdany. Gdy tylko przeszli, zdziwieni żołnierze zobaczyli na plecach tego w japonkach trzy wielkie litery „PDW", a pod spodem rozszyfrowanie skrótu: „Pozdrowienia do więzienia. Zagłębie Sosnowiec zawsze razem!".

Okularnik podszedł do rampy, wcisnął guzik i pochylnia z sykiem pneumatycznych dźwigni zaczęła sunąć w górę. Mężczyzna w kombinezonie wyciągnął papierosy z ust Boskiego i Segeta i rzucił je na płytę lotniska.

– Te, co jest?! – wydarł się Seget i wstał gwałtownie.

Okularnik ruszył z powrotem w kierunku kabiny, a jego kompan w klapkach złapał niedźwiedzim uściskiem kaprala za ramię i usadził z powrotem na miejscu.

– Odpuść panu majorowi, co?! Dwie doby nakurwia za sterami bez snu.

– A ty to kto?

– Drugi pilot – odparł paker w japonkach, zdziwiony faktem, że ktoś w ogóle może o to pytać.

Klapki zaczłapały po metalowej podłodze w kierunku kabiny, a pochylnia zatrzasnęła się z metalicznym dźwiękiem blokowanego rygla. Samolot zaczął kołować, a w nozdrza wszystkich żołnierzy uderzył odór rannych leżących na noszach. W powietrzu rozszedł się ostry, zwierzęcy zapach krwi, potu i moczu. Gdy samolot zajął miejsce na pasie startowym i z hukiem silników zaczął nabierać prędkości, ranni zaczęli jęczeć głośniej.

– Jeśli będziemy mieli słuchać tego przez cały lot, to zwariuję – wyszeptał Seget do Boskiego.

Samolot po osiągnięciu prędkości startowej oderwał się lekko od ziemi i przechylił na prawe skrzydło, idąc w górę na tyle ostro, że większość ludzi musiała chwycić się materiałowych siatek umieszczonych na burtach, a część noszy z rannymi przesunęła się nieznacznie po podłodze.

– Dzień dobry państwu, tu mówi wasz kapitan w randze majora – usłyszeli z głośników pilota, który lekko zachichotał ze swego czerstwego dowcipu. – Niestety nasz lot potrwa na tyle krótko, że personel pokładowy nawet nie zdąży podać posiłków i napoi chłodzących. Zamiast tego proponuję coś na rozluźnienie pierdolonej atmosfery.

Z głośników popłynęły dźwięki elektrycznej gitary, a wszyscy żołnierze stłoczeni w luku załadunkowym popatrzyli na siebie ze zdziwieniem, gdy w końcu dało się słyszeć głos wokalisty:

Powiedz mi, kto dał im prawo walk
Gdy moje serce chce bić
Żyć dla ciebie cały czas

Ten i ów uśmiechnął się, a niektórzy z dotąd przygnębionych żołnierzy zaczęli rytmicznie kołysać się w rytm muzyki. W końcu przed samym refrenem Seget wstał, obejmując Boskiego i jeszcze jednego nieznanego sobie żołnierza po swojej lewej stronie, i ryknął:

– Kurwa, panowie! A tera wszyscy razem!

Jeszcze dzień, wyjdę stąd
Rzucę bagnet, rzucę broń
Przeskoczę każdy mur
Jeszcze dzień, wyjdę stąd
Przeskoczę każdy mur[*]

---

[*] *Na falochronie*, *Emigranci*, autor tekstu: Paweł Kukiz, kompozytor: Edmund Stasiak, 1992.

W kabinie pilotów major w swoich przyciemnianych okularach z żaluzjami ściągnął na chwilę słuchawki i w zamyśleniu kontemplował dochodzące z ładowni ryki.

– Ci dają lepiej niż poprzedni. Osiem punktów w naszej skali.

– Tak jest, panie majorze. Ma pan rację – odezwał się ze znawstwem drugi pilot, kontrolując na bieżąco wskaźniki prędkości i wysokości.

Dowódca samolotu założył z powrotem słuchawki, zatoczył niewielki krąg i ustawił się idealnie na kursie i ścieżce podejścia pasa 08/26 częstochowskiego lotniska Rudniki.

3.

Henryk Wojnarowicz powiedział, że go rozumie i zupełnie się nie gniewa. On i Zenon Marczak siedzieli naprzeciwko siebie, przedzieleni biurkiem. Henryk miał teraz na sobie ortopedyczny kołnierz, który musiał założyć po ataku Zenona. Gdy wczoraj Marczak zobaczył opróżniony pokój syna, wpadł do gabinetu Wojnarowicza i nie pytając o nic, zaczął nim potrząsać niczym szmacianą kukłą. A powód był bardzo prozaiczny, syn Marczaka został przeniesiony do domu Henryka, gdzie można było bez problemu podpiąć aparaturę podtrzymującą chłopaka przy życiu pod agregat, ponieważ odłączono prąd. Dlatego teraz, dzień później, Zenon przyszedł pokajać się i przeprosić swojego gospodarza.

Henryk po raz kolejny przekonał się, że manipulacja ludźmi to jedna z najłatwiejszych umiejętności, jakie można nabyć. Ortopedyczny kołnierz wcale nie był mu tak naprawdę potrzebny, ale podkreślał to, jak bardzo został skrzywdzony. Poprzedniego dnia, gdy na dobre wyłączyli prąd w okolicach Warszawy, kazał

Kafarowi szybko rozładować zasilanie zapasowe, aby przenieść chłopaka jeszcze przed przybyciem Zenona. Plakat z filmu *Gdzie jest Nemo?* nie został przecież w pokoju przypadkowo. Dzięki temu Henryk miał teraz Marczaka na widelcu. Facet czuł, że źle postąpił, i będzie chciał jakoś to zrekompensować, to po pierwsze. Po drugie dowiedział się, że za każdym razem gdy będzie na zewnątrz, jego syn zostanie tu pod opieką Wojnarowicza, który będzie mógł zrobić z dzieciakiem, co zechce. Zenon przyszedł teraz do niego, bo zastanawiał się, czy powinien dalej mieszkać tu z synem. Wyczuł, że w ten sposób jest od Wojnarowicza zależny.

– Gdzie ci będzie lepiej? – perorował Henryk. – Oszczędź synowi cierpienia tułaczki po kraju dotkniętym walkami. Sam jestem inwalidą, to wiem, jak to jest. Współczuję wam.

– Kłamiesz – powiedział krótko Zenon.

– Masz rację – Henryk od razu się przyznał, ponieważ przyłapany na kłamstwie zawsze tak robił. Był przekonany, że czyni go to bardziej wiarygodnym. – Gówno mnie obchodzisz ty i twój syn. Ale jesteś mi potrzebny.

Wojnarowicz westchnął, wyciągnął kartkę, napisał na niej kilka cyfr i złożył podpis, po czym podał Zenonowi.

– Co to takiego? – spytał Marczak, rozkładając kartkę i wpatrując się w jej treść.

– Idź do Danuty, wyda ci sto gramów złota. Za wczorajszą udaną akcję – dodał Henryk. – To jest czternaście tysięcy dolarów.

– I co mam z tym zrobić?

– Nie wiem. – Wojnarowicz wzruszył ramionami. – Jedź do miasta, zabaw się, weź jakąś kurwę. Teraz bieda, coraz więcej kobiet żyje z dawania dupy. Dobry czas dla mężczyzn, jak każda wojna.

Zenon schował kartkę do kieszeni, a Henryk objechał wózkiem biurko i ustawił się obok Marczaka.

– Poza tym mam dla ciebie kolejne zadanie. Ten twój Robert zna już szczegóły. Za tę robotę też dostaniesz złoto plus później procent od sprzedaży. – Wojnarowicz oblizał wargi. – Zarobisz tyle kasy, że po wojnie nic nie będziesz musiał robić do końca życia.

– Szczęście trzeba z kimś dzielić.

Henryk nachylił głowę na tyle, na ile pozwalał mu plastikowy kołnierz, i odezwał się groźnie do swojego gościa:

– Aha, jeszcze jedno. Zauważyłem, jak na nią patrzysz. – Zniżył głos do szeptu. – Trzymaj swoje pierdolone łapy z daleka od mojej córki. Zrozumiano?!

Piętnaście minut później Zenon wszedł do hali, która mieściła się na końcu posesji. Tutaj przechowywano produkty sypkie i suche. Czyli mąkę, ryż, kaszę i inne tego typu towary. Wszystko leżało w kartonach i dużych workach na półkach wysokiego składowania. Przecinał kolejne alejki, u podstawy których, zaraz przy brzegach drewnianych palet, gęsto porozmieszczano stacje deratyzacyjne. To był jeden z problemów, których chyba nikt się nie spodziewał. W miarę jak z okolicy wyprowadzało się coraz więcej ludzi i domy pustoszały, szczurów ciągle przybywało i poczynały sobie coraz śmielej. Okazało się to zjawiskiem na tak dużą skalę, że Henryk musiał zatrudnić dwie osoby, które nie zajmowały się niczym innym, jak tylko tępieniem szkodników, które mogły zniszczyć zapasy będące teraz nomen omen na wagę złota.

Przy jednej ze ścian stał wartownik z przewieszonym przez ramię kałasznikowem. Zwerbowany przez Zenona człowiek rozpoznał swojego szefa i kiwnął mu lekko głową na powitanie. Marczak minął go, otworzył drzwi i zszedł po betonowych stopniach do podziemnego pomieszczenia. Po przejściu długiego korytarza doszedł do otwartych na oścież pancernych drzwi z czterema potężnymi ryglami. Skinął głową drugiemu wartownikowi i podszedł do kraty, która prowadziła do wnętrza.

Zenon wiedział, że takie urządzenia i sam skarbiec musiały dużo kosztować i nie mogły być wykonane niedawno. Ciekaw był bardzo, co takiego trzymał tu wcześniej ten obleśny staruch, zanim wybuchła wojna. Spokojnie, wszystko w swoim czasie, dowiemy się i tego, pomyślał, pchnął kratę i wszedł do skarbca.

– Tyle tu kosztowności, a tylko jeden prawdziwy skarb – powiedział do Danuty, mrużąc oczy przed ostrym, jarzeniowym światłem.

– Od tych twoich tekstów zęby bolą – odrzekła z uśmiechem.

– Niektórym się podoba. – Zbliżył się do niej i położył swoje dłonie na jej biodrach.

– Przestań. – Szybko strąciła jego ręce i odsunęła się na bezpieczną odległość. – Tu są wszędzie kamery.

– À propos. – Zenon westchnął, opierając się o jedną z półek. – Twój ojciec straszy mnie, że coś mi się stanie, jak cię przelecę.

– Trochę się spóźnił ze swoją troską.

– Tego mu już nie mówiłem – odparł Marczak, rozglądając się po półkach uginających się od biżuterii. – Ile tu tego jest?

– Przeszło osiem kilogramów złota, a srebra i innych pierdół ponad dwadzieścia.

– A w zielonych?

– Milion dwieście tysięcy dolarów – odpowiedziała.

– Okrągła sumka – mruknął Zenon. – Ale czy twój stary nie zarabiał więcej przed wojną na hodowli kwiatów?

– Ile teraz byłaby warta taka hodowla? – spytała retorycznie Danuta.

– Słuszna uwaga.

Zenon wyciągnął z kieszeni kurtki kartkę i podał ją Danucie, która rozłożyła skrawek papieru i szybko przebiegła go wzrokiem.

– Dam ci coś, co będzie w mieście najłatwiej sprzedać – powiedziała, odważyła biżuterię na jubilerskiej wadze, przełożyła ją do mocnego, plastikowego woreczka strunowego i podała Zenonowi. - Za co to?

- Zapłata od twojego ojca, żebym się do ciebie nie zbliżał. - Marczak roześmiał się, widząc zdziwione spojrzenie Danuty.

- Nigdy bym w to nie uwierzyła. Jestem dla niego nic niewarta.

- Myślę, że się mylisz.

- Co zrobisz z pieniędzmi? - spytała.

- Kupię sobie zapas szampana i zaszyję się z taką jedną na hali. Znam dobre miejsce, między kaszą a ryżem. - Mrugnął do niej z uśmiechem.

- Skąd wiesz, że ona się zgodzi?

- Nie wiem, ale muszę spróbować. - Zenon pokazał półki z kosztownościami. - Do zdobycia jest całkiem duży posag.

Danuta uśmiechnęła się lekko, zaczesując włosy za ucho.

- Siniak ci znika - powiedział. - Nie wiem, czy przypadkiem nie było ci z nim do twarzy.

- Idź już.

Zenon z uśmiechem ustawił się tak, by kamera nie mogła tego nagrać, przesłał jej buziaka i opuścił skarbiec. Wyszedł z piwnicy i idąc przez halę do wyjścia, myślał o Danucie. Nie wiedział, co o niej sądzić. Czy była bardzo silnie związana z ojcem? Czy go popierała? Bez wątpienia była lojalna wobec starego, dlatego to ona teraz rządziła w skarbcu. Poprzedni, podobno bardzo zaufany pracownik próbował „wypożyczyć" trochę złota i uciec, korzystając z mostu powietrznego Amerykanów, ale sprawa wyszła na jaw i facet zniknął. Następnego dnia przyjechała żona skarbnika, mocno zaniepokojona nieobecnością męża. Ona też zniknęła. Zenonowi nawet przemknęło przez głowę, czy aby nie iść na róg działki i nie sprawdzić, czy nie przybyło jakichś nowych śladów świeżo skopanej ziemi, ale w końcu stwierdził, że tak naprawdę gówno go to interesuje.

Zadanie, o którym wcześniej mówił Henryk, polegało na zdobyciu, czytaj kradzieży, leków. Jak na razie słabo im szło. Pierwsze cztery apteki, które odwiedzili, były do cna splądrowane. Teraz przemieszczali się w kierunku hurtowni nieopodal Mszczonowa. Robert i Zenon jechali przodem w furgonetce, a za nimi jeszcze dwóch ludzi w ciężarówce z wielką naczepą. Robert prowadził samochód w milczeniu. Po niedawnej rozmowie atmosfera nie była najlepsza. Zenon podzielił się swoją zapłatą z kolegą, tak jak było wcześniej ustalone, jednak Robert zrobił się chciwy. Za bardzo, pomyślał Zenon. Takie rzeczy są niebezpieczne.

– Przecież dostajesz też dolę od starego – zauważył Marczak.

– To za robotę, tak? – Robert wrzucił kierunkowskaz i skręcił na rozjeździe. – Od ciebie jest za co innego.

– Kurwa, tak naprawdę w ogóle nie powinienem ci za to płacić. W końcu trochę się znamy.

– Umowa to umowa. – Kierowca wzruszył ramionami. – Znasz mnie i dobrze wiesz, co dla mnie jest najważniejsze.

– Wiem. Hajs – przytaknął Zenon.

– I o to loto – powiedział Robert. – Na razie powiedzmy, że jest zgoda. Ale na drugi raz musi być więcej, bo inaczej coś mi się wymsknie przy starym. I nie mówię tu o tym, że łomoczesz jego córeńkę. Mówię o innych sprawach.

– Wiem – powiedział Zenon i odwrócił się do okna, aby Robert nie widział jego wzroku. Gdyby tylko zauważył spojrzenie Marczaka, od razu by się zorientował, że cała umowa między nimi właśnie wpadła do niszczarki. – To aż tak widać?

– Co, że ją ruchasz? Człowieku, wszyscy o tym gadają. A ona jak na ciebie patrzy, to kisiel w majtach normalnie – roześmiał się Robert. – Dobra jest?

– Zaczynasz mnie wkurwiać – zakończył rozmowę Zenon.

Resztę drogi spędzili w milczeniu. Marczak wspominał napad na policyjną zbrojownię. Myślał, że będzie jakaś obława, a tymczasem w szczątkowych mediach, które zastępowały teraz komunikaty z naziemnych stacji radiowych, nie znalazł o tym jakiejkolwiek wzmianki. Zupełnie jakby policja bała się do tego przyznać. A może mają już za mało ludzi, pomyślał Zenon, który niedawno dowiedział się, że według różnych obliczeń samym tylko mostem powietrznym z Warszawy uciekło przeszło sto tysięcy osób. Podobno w Warszawie było już poniżej miliona mieszkańców. Ale to i tak ciągle duża rzesza, pomyślał Zenon. Zwłaszcza w perspektywie tego, co tu się zacznie dziać, gdy pod miasto podejdą Rosjanie.

Gdy podjechali pod bramę hurtowni, Robert zjechał na bok, a jadąca za nimi potężna ciężarówka nie zwolniła i z głuchym łoskotem wyrwała oba skrzydła bramy, torując im drogę na plac pokryty betonową kostką brukową. Obaj wysiedli z samochodu, a Zenon podszedł do kabiny ciężarówki, otworzył drzwi i wspiął się po kilku stopniach. Mężczyźni siedzący w środku trzymali kałasznikowy na kolanach.

– Broń w pogotowiu – powiedział Zenon. – My sprawdzimy budynek.

Podeszli razem do szarego, betonowego gmachu i Robert wsadził łom w szparę między drzwiami a futryną, po czym naparł kilka razy gwałtownie. Po chwili zrobił to samo w innym miejscu, a potem energicznie kopnął kilka razy i drzwi stanęły otworem. Światło nie działało, ale przez okna umieszczone w górnej części budynku było widać, że metalowe półki uginały się od palet z przeróżnymi środkami farmaceutycznymi, które zapakowane w pudła dodatkowo były ciasno owinięte folią.

– Kurwa, masz pojęcie? – spytał zdziwiony Robert. – Jak to możliwe, że jeszcze nikt tego nie podpieprzył?

Zenon też zaczął się nad tym zastanawiać, gdy nagle usłyszał za sobą cichy dźwięk. Jakby łagodne szuranie po betonowej posadzce. Odwrócił się szybko, ale było już za późno. Owczarek niemiecki był świetnie wyszkolony. Zaczął warczeć dopiero wtedy, gdy jego kły zatopiły się w lewym przedramieniu Zenona. Marczak przewrócił się pod ciężarem psa i z gardła wyrwał mu się krzyk, gdy zwierzę zaczęło wierzgać łbem na boki, szarpiąc rękę. Rozległ się łoskot wystrzału i ciało psa zwiotczało z przestrzeloną głową. Zenon strząsnął z siebie owczarka i spojrzał na krwawiące przedramię. Od razu zerknął w kierunku drzwi, czy nie nadbiega jeszcze jakiś pies, i wtedy spostrzegł coś zdumiewającego. Od środka drzwi wyglądały na wielokrotnie naprawiane, jakby wyważano je już nieraz. Poza tym w centralnym punkcie widniały dwie sztaby, które można by zamknąć kluczem od zewnątrz, znacznie utrudniając sforsowanie wejścia. Dlaczego więc nikt tego nie zrobił, spytał siebie w duchu Zenon i od razu sobie odpowiedział. Pułapka.

Odwrócił się w kierunku Roberta, a wtedy padł drugi strzał, przewracając jego kompana na ziemię. Zenon szybko wyszarpnął zdrową ręką pistolet zza kurtki i wycelował w strzelca, który krył się na górnym poziomie półek wysokiego składowania. Oddał trzy strzały, z których przynajmniej jeden był celny, bo napastnik spadł z góry i rąbnął z głuchym odgłosem w betonową posadzkę. Zenon szybko do niego podszedł. Facet był dobrze po sześćdziesiątce, miał na sobie poplamiony sweter, robocze spodnie, a obok niego leżała myśliwska strzelba, której użył, strzelając do Roberta. Zenon nie był pewien, czy gość zmarł od jego wystrzału, czy od upadku z wysokości, który rozłupał mu czaszkę. Mniejsza o przyczynę, liczył się skutek. Nie żył.

Zenon podszedł do Roberta, który usiadł, opierając się o jedną z półek. Zdjął kurtkę, podwinął koszulkę i oglądał teraz zraniony bok.

– O kurwa, ale fart – westchnął Robert z ulgą. – To tylko draśnięcie.

Wtedy zauważył spojrzenie Zenona i spróbował sięgnąć po swój leżący obok pistolet, ale nie miał szans. Zenon trzymał odbezpieczoną broń. Uniósł rękę i nacisnął spust, strzelając Robertowi prosto między oczy. Potem dla pewności wypalił jeszcze dwa razy, pozbawiając leżącego górnej połowy czaszki. Następnie schylił się i przeszukał martwego, zabierając mu złoto, które dał mu przed południem, oraz kolejne precjoza, które tamten musiał dostać od Henryka w ramach zapłaty. Robert nie był dla Zenona przyjacielem ani dobrym znajomym. Raczej kolegą, z którym czasem robili i planowali wspólne akcje. Ale mimo to zrobiło mu się trochę smutno, że musiał go zamordować. No cóż, czasem tak trzeba, pomyślał Marczak. Przynajmniej pozbyłem się ostatniego ogniwa łączącego mnie z moją przeszłością. No, prawie ostatniego, dodał szybko w myślach.

Oprócz psa i starszego człowieka hurtowni bronił jeszcze facet z nastolatkiem. Wszyscy troje wyglądali na trzypokoleniową rodzinę, ale nie można było tego stwierdzić, bo nikt nie zadawał pytań. Zenonowi szkoda było trochę chłopaka, ale wolał nie pozostawiać świadków. Bądź co bądź jakaś tam policja jeszcze działała. W jednym z budynków znaleźli potem wózek widłowy i załadowali ciężarówkę i dostawczaka po dach.

Zenon siedział teraz w kuchni z lewą ręką położoną na stole, nakrytym folią malarską, aby nie pobrudzić blatu krwią. Krzywił się niemiłosiernie, gdy Danuta zszywała mu rany zadane przez owczarka.

– Nie bądź taki delikatny – powiedziała.

– Kiepska byłaby z ciebie krawcowa.

Danuta uniosła na chwilę wzrok i napotkała jego spojrzenie. Uśmiechnęła się i zrobiła supełek na kolejnym ściegu.

Do kuchni na swoim wózku wjechał Henryk. Był wyraźnie zadowolony, a jego oczy lśniły z podniecenia.

– Spisałeś się na medal – powiedział Wojnarowicz. – Widzisz, jak się przydało to, co podpieprzyłeś? Danuta poskłada cię do kupy.

– Do wesela się zagoi – odparł prowokacyjnie Zenon, a wzrok Henryka od razu przygasł.

– Przykro mi z powodu twojego przyjaciela – powiedział.

– Będę musiał coś zawieźć jego żonie... – zaczął Zenon i urwał. – Mieli dziecko. Będą musieli z czegoś żyć.

– Nic się nie bój, dostaniesz rekompensatę. – Henryk machnął lekceważąco ręką. – Jutro pojedziecie do miasta. Podobno pod patykiem jest gigantyczny bazar, na którym ludzie handlują czym się da. Do nas przychodzi coraz mniej klientów. Przychody spadają.

Mówiąc to, Henryk uśmiechnął się i położył na stole gruby plik kolorowych ulotek, wydrukowanych na błyszczącym papierze.

– Co to takiego? – spytał Zenon.

– Zostawisz to w mieście. Oferta handlowa.

Zenon wziął do ręki jedną z ulotek. W górnej części dużymi, białym literami wydrukowano: „Chcesz bezpiecznie opuścić miasto i dotrzeć do granicy niemieckiej?".

– Ci ludzie zapłacą złotem i będą chcieli wyjechać – tłumaczył Henryk. – Mało tego, wezmą ze sobą wszystkie kosztowności, jakie mają. Na lotnisku koczują tłumy, a ledwo którym udaje się dopchać do samolotów.

– Ale jak ty chcesz to zorganizować? Ten transport? – spytała Danuta.

– Nie bądź naiwna – odparł zniecierpliwionym głosem Henryk. – Nie będzie żadnego transportu.

Wojnarowicz spojrzał na Zenona i kiedy zobaczył, że tamten pojął w mig, o co tak naprawdę chodzi, roześmiał się suchym, kaszlącym śmiechem.

4.

Po tym, jak most został zbombardowany, Michał z rodziną rozłożył nieopodal namiot, w którym spędzili noc. Teraz wspiął się ponownie na wał przeciwpowodziowy, aby rozeznać się w sytuacji. Widok był przerażający. W miejscu, w którym wcześniej był most, z rzeki wystawały pokruszone fragmenty konstrukcji i asfaltowej nawierzchni. Gdzieniegdzie sterczały metalowe pręty zbrojeń. Przewrócony most stworzył dodatkową przeszkodę dla rzeki, która by ominąć gruzy, wylała na boki. W wodzie pływały dziesiątki ciał, niektóre z nich łączyły się ze sobą w upiorne tratwy, zatrzymując się w przybrzeżnych szuwarach. Rzeka wyrzucała na piaszczysty brzeg zaróżowioną od krwi pianę.

Ile mogło być osób na moście w chwili wybuchu? Trzy, cztery tysiące? Nie wszyscy zginęli, część z nich została uwięziona gdzieś w zwalonych gruzach. Michał myślał rozpaczliwie, jak można by się przeprawić na drugą stronę. Jeśli to, o czym mówili ludzie, było prawdą, a po zbombardowaniu tej przeprawy raczej nie można było mieć wątpliwości, to następny most na północy jest w Górze Kalwarii, oczywiście o ile jeszcze tam stoi. Dziwne, pomyślał Michał, z jakimi problemami trzeba się teraz zmagać. Podczas pokoju człowiek, przejeżdżając samochodem, z rzadka w ogóle się orientuje, że jedzie nad jakąś rzeką. Nagle w ciągu dwóch tygodni cofnięto cały kraj do epoki, gdy trzeba było mieć łódź albo wiedzieć, gdzie są brody, którymi można by przejść na drugą stronę.

Zaczął się zastanawiać, na ile realne jest przebycie rzeki. Obserwował, jak część osób pokonywała przeprawę po gruzach dawnego mostu. Było to jednak bardzo niebezpieczne, ponieważ zawalona konstrukcja najeżona była ostrymi krawędziami, a i tak miejscami trzeba było płynąć, czepiając się betonowych fragmentów. Widział cztery osoby porwane przez silny prąd Wisły, która jak na złość w tym roku była wyjątkowo wezbrana. Jedna z nich wyszła co prawda na brzeg kilkaset metrów niżej, ale trzy pozostałe zniknęły bez śladu. Michał sam nieźle pływał i myślał, że gdyby tylko przełamał w sobie obrzydzenie przed pływającymi wokół konstrukcji trupami, to mogłoby mu się udać. Ale z żoną w ciąży i dwójką dzieci? Był bez szans.

Nagle z odrętwienia wyrwało go wibrowanie dochodzące z kieszeni spodni. Na tyle odzwyczaił się od tego przez ostatnie dni, że zajęło mu dłuższą chwilę, aby zorientować się, że to jego telefon. Swojego smartfona ładował regularnie podczas podróży samochodem, aby Jurek mógł pograć na nim podczas dłużących się godzin podróży i choć na chwilę zapomnieć o doskwierającym głodzie. Wyciągnął aparat z kieszeni i usłyszał, jak w okolicy zaczynają nieść się sygnały nadchodzących wiadomości i przychodzących połączeń. Ludzie, którzy mieli naładowane telefony, odbierali je z niedowierzaniem. Michał zerknął na wyświetlacz i zobaczył nieznany ciąg numerów.

– Halo? – odebrał połączenie.

– Dzień dobry, czy mam przyjemność z panem Michałem Barańskim? – odezwał się miły kobiecy głos po drugiej stronie.

– Tak.

– W celu weryfikacji poproszę o pańską datę urodzenia.

– Ale o co chodzi? – spytał zdumiony Michał.

– Niestety nie będę mogła kontynuować rozmowy, jeśli nie poda mi pan swojej daty urodzenia. – Kobiecy głos stracił trochę ze swej sympatyczności.

Michał gorączkowo starał się domyślić, o co chodzi. Może to służby zdołały uruchomić jakoś stacje nadawcze? Może teraz planują masową ewakuację ludności i dlatego próbują weryfikować poszczególne osoby?

– 17 lipca 1977 roku – powiedział w końcu.

– Weryfikacja przebiegła poprawnie. Dzwonię do pana z Niemieckiego Banku Podróżnego Reise – zaszczebiotała kobieta. – Niestety zalega pan z częścią raty kredytu hipotecznego. Obecne zadłużenie to przeszło sto dwadzieścia franków szwajcarskich. Kiedy mogę liczyć na spłatę zadłużenia?

– Czy pani jest normalna? – spytał oszołomiony.

– Proszę mnie nie obrażać. Przypomnę, że już niedługo upływa termin kolejnej płatności.

– Tak się składa, że mieszkanie, które wziąłem na kredyt, zostało rozpieprzone ruskimi bombami – wychrypiał do słuchawki. – Co pani na to?

– Przypomnę panu, że zgodnie z umową uszkodzenie nieruchomości nie zwalnia pana ze spłaty zadłużenia kredytu hipotecznego.

– Proszę mnie posłuchać – powiedział, siląc się na łagodny ton. – Bardzo proszę, aby bank wziął sobie to mieszkanie na poczet długu i pocałował mnie w dupę.

– Skoro nieruchomość została zniszczona, to prawdopodobnie jest nic niewarta, więc będziemy dochodzić od pana całej kwoty zadłużenia na drodze postępowania komorniczego i…

Michał nie zamierzał słuchać dłużej tych bredni, rozłączył się i szybko wyszukał w pamięci telefonu numer do wujka Pawła, do którego właśnie próbowali się dostać. Omal nie popłakał się ze wzruszenia, gdy w słuchawce po drugiej strony usłyszał stanowczy głos brata swego nieżyjącego ojca.

Michał zszedł na dół po stromym zboczu wału przeciwpowodziowego i ruszył w kierunku Basi i dzieci. Udało mu się porozmawiać z wujkiem w samą porę, bo po chwili telefony umilkły równie gwałtownie, co wcześniej zbudziły się do życia.

– Gadałem z wujkiem Pawłem – powiedział do Basi, gdy już dotarł do rodziny.

– Słyszałam, ludziom w okolicy też działały telefony, ale chyba teraz już nie – odpowiedziała.

– Podobno mostu w Górze Kalwarii też już nie ma.

– O Boże – jęknęła Basia. – W takim razie jak dostaniemy się do wujka?

– On twierdzi, że nie musimy przeprawiać się przez Wisłę.

– Jak to?

– Mówi, że sytuacja jest na tyle zła, że w Polsce nie ma co zostawać – powiedział Michał. – Most powietrzny z Okęcia jest oblężony przez ludzi, ale wujek Paweł mówi, że zna kogoś, kto pomoże nam się wydostać na zachód. Ktoś mu polecił faceta, Henryk Wojnarowicz, podobno sprawa jest pewna, tylko trzeba zapłacić. Wujek powiedział, że ma kasę, żebyśmy się nie martwili. On przeprawi się łodzią przez Wisłę na drugą stronę. Mamy się spotkać dokładnie za osiem dni w Piasecznie.

– Jak tam dotrzemy?

– Najprościej i najbezpieczniej będzie na piechotę. Podobno Rosjanie coraz częściej ostrzeliwują jadące drogą samochody. Z tego co mówił wujek, całkowicie panują w powietrzu – powiedział i spojrzał żonie w oczy. – Dasz radę?

– Myślę, że tak – odpowiedziała. – Jeszcze teraz, z tymi zapasami i kuchenką gazową. Mamy sporo jedzenia.

– Jest jeszcze coś – powiedział Michał. – Piotrek nie żyje.

Basia jęknęła cicho ze współczuciem, objęła go i mocno przytuliła. Michał tak naprawdę nie wiedział, co czuć. Przez te wszystkie lata oddalili się od siebie na tyle, że rodzony brat był dla niego bardziej niczym odległy znajomy. Mimo wszystko teraz powróciły te wspomnienia, gdy byli jeszcze dziećmi i wspólnie spędzali większość czasu w ciasnym pokoiku na Giszowcu. Kurwa, to był mój brat, pomyślał Michał, a jego ramiona zatrzęsły się od bezgłośnego szlochu. Basia przytuliła go mocniej i stali tak dłuższą chwilę w bezruchu.

– Jak to się stało? – spytała.

– Pierwszego dnia walk w Katowicach – odpowiedział, wycierając łzy. – Ktoś wezwał policję, bo zobaczył szturmujących Rosjan, i ci wystrzelili w ich kierunku. Spłonął w radiowozie razem ze swoim partnerem z patrolu.

Michał wyzwolił się z uścisku żony, pocałował ją w usta i powiedział:

– Zbierajmy się. Przed nami długa droga.

Szli prawie cały czas, robiąc bardzo krótkie przerwy. Michał podziwiał wytrzymałość swego siedmioletniego syna, który wyczuwając powagę sytuacji, prawie w ogóle się nie skarżył i ani razu nie trzeba było go brać na barana. Idąc przez niewielkie wsie, dotarli do drogi krajowej numer 79, która prowadziła prosto do Warszawy przez Piaseczno. Byli już za Ożarowem, gdy zaczęło się ściemniać. Na miejsce biwaku wybrali rozłożystą polanę, położoną niedaleko drogi.

Michał postanowił na razie oszczędzać naboje z gazem do kuchenki i rozpalił niewielkie ognisko. Po pewnym czasie zorientowali się, że nie są sami. Na olbrzymiej polanie i w okolicy pojawiło się więcej ognisk. Nie tylko oni byli w drodze.

Po rozłożeniu namiotu Basia przyszykowała najsmaczniejszy, przynajmniej tak mu się wydawało, posiłek w życiu Michała. W suchym prowiancie przehandlowanym za lagunę znaleźli między innymi sześć wydrążonych w środku bułek do hot dogów. Sam fakt, że bułki zapakowane w folii były w stanie nienaruszonym, sporo mówił o ich składzie, z którego najbardziej naturalna była pewnie wydrążona dziura. Basia napakowała do środka konserwy mięsnej z kilkoma zwiniętymi plastrami żółtego sera i gdy podpiekli to nad ogniskiem, uzyskali prawdziwe bomby chemiczno-kaloryczne. Główną zaletą tak przyrządzonego dania było to, że napchali się na amen, i Michał stwierdził ze zdumieniem, że wreszcie od kilku dobrych dni nie jest głodny.

Natka z Jurkiem zaszyli się w namiocie, a Michał z Basią grzali się przy ognisku.

– To najlepsza rzecz, jaką w życiu jadłem, przysięgam – powiedział Michał, dorzucając trochę nazbieranego wcześniej chrustu do ognia.

– Gdybym kiedyś zrobiła coś takiego w domu, od razu byś się ze mną rozwiódł. – Basia zachichotała cicho.

– Zastanawiałaś się kiedyś nad tym, że ta konserwa ma tyle nazw, a zawsze smakuje tak samo? – Michał wziął do ręki opróżnioną puszkę. – Przysmak śniadaniowy, mielonka, konserwa turystyczna, tyrolska, chłopska, saperska, żołnierska.

– Chyba po raz pierwszy imponujesz mi swoją wiedzą – zażartowała złośliwie Basia.

– Celne. W punkt. – Roześmiał się głośno. – A co byś powiedziała na konkurs na nową nazwę tych zmielonych resztek zamkniętych w puszce?

– To może... „Ambrozja wędrowca".

– Niezłe. Ja proponuję „Boski kompost".

– Całkiem całkiem – powiedziała z uśmiechem. – Daj mi chwilę... „Rarytas tułacza"!

– Okej, wygrałaś – powiedział, śmiejąc się, i ucałował żonę w usta.

– Dzień dobry, nie przeszkadzam?

Męski, zdecydowany głos rozległ się bardzo blisko i był dla nich całkowitym zaskoczeniem, dlatego Michał zerwał się na równe nogi, od razu wkładając rękę do kieszeni bluzy, gdzie trzymał pojemnik z gazem.

– O co chodzi? – spytał ostro przybysza.

– Przepraszam, nie chciałem przestraszyć. Siedzimy niedaleko przy ognisku, mamy winko. Nie chcecie się państwo dołączyć?

– Nie!

Widać było, że mężczyzna chciałby jeszcze coś powiedzieć, ale przestraszony reakcją Michała kiwnął tylko nerwowo głową i oddalił się w kierunku swojego obozowiska jak niepyszny.

– Dlaczego tak go potraktowałeś? – Basia wstała i stanęła obok męża.

– A co, znasz go? Pamiętaj o eksperymencie Zimbardo.

– Co?

– Dobrzy ludzie czynią zło w dużej mierze dzięki sytuacji.

– Chcesz mi powiedzieć, że nagle wojna zamieniła wszystkich w bestie? – parsknęła. – Że co, zaprosiliby nas na ognisko, a potem poćwiartowali i zjedli?

Michał wzruszył tylko ramionami, dając do zrozumienia, że może to zbyt daleko idąca hipoteza, ale on sam wcale nie wykluczyłby takiej możliwości.

– Coś się wydarzyło wtedy na tamtej stacji benzynowej, prawda? – spytała.

Michał przypomniał sobie bosego, zarośniętego brodacza i jeszcze raz w głowie usłyszał dźwięk, jaki wydała czaszka mężczyzny roztrzaskująca się na kawałki.

– Nie. Tam nic nie było.

– Nigdy mi nic nie mówisz. Nigdy! – syknęła obrażonym głosem. – Wszystko chowasz, ukrywasz, zamykasz się w sobie.

Basia odeszła dalej od ognia i usiadła na niewielkiej górce porośniętej trawą. Michał był zaskoczony. Obraziła się na niego? Nawet tutaj, teraz? W środku wojny i na zaimprowizowanym kempingu? Podszedł do żony i usiadł obok niej, obejmując ramieniem i przytulając delikatnie. To był zawsze jego probierz tego, na ile akurat Basia jest na niego obrażona. Jej głowa od razu opadła miękko na jego ramię. Odebrał to jako znak, że był to jedynie krótki wybuch niezadowolenia.

Oboje patrzyli na widoczny w oddali olbrzymi kompleks ożarowskiej cementowni. Ponad drzewami wznosiły się wysokie na ponad sto metrów silosy i kominy. Chociaż nigdzie w okolicy nie było już prądu, to cementownia musiała mieć swoje własne zasilanie, bo budynek był podświetlony, a wysokie przemysłowe konstrukcje jarzyły się ostrzegawczymi, czerwonymi światłami. Cały kompleks przywodził na myśl kosmodrom, z którego lada chwila wystartuje rakieta i pomknie wysoko ku niebu.

Gdy tak wpatrywali się objęci w horyzont, usłyszeli znajomy odgłos silników odrzutowych. Myśliwce przeleciały nisko, błyskając światłami pozycyjnymi, i po chwili świetliste rakiety zaczęły uderzać jedna po drugiej w zabudowania cementowni. Światła oświetlające budynek zaczęły gasnąć, a cała konstrukcja powoli sypała się w feerii wybuchów i płomieni.

– Mam nadzieję, że nie obudzą dzieci – powiedziała cicho Basia.

– Yhm – zamruczał tylko Michał, jakby siedzieli w domu i oglądali film na kanapie.

Potem spojrzał na okoloną lokami twarz swojej żony, którą rozświetlały nikłe błyski z obracającej się w gruzy cementowni. Zawsze przeczuwał, że do siebie nie pasują. To znaczy konkretnie on, Michał, nie pasował do tej ładnej i zgrabnej kobiety. Nie był nigdy przesadnie zazdrosny, ale teraz, patrząc na twarz Basi, wiedziony był surrealistycznym przeczuciem, że jej myśli krążą gdzieś bardzo daleko, wokół jakiejś innej osoby.

5.

Dokładnie cztery dni później w tę samą twarz otoczoną burzą loków wpatrywał się Roman Gurski. W dłoni trzymał zdjęcie w wyślizganej, srebrnej ramce, przedstawiające Barbarę Barańską z domu Wodecką. Roman dobrze pamiętał ich ostatnie spotkanie sprzed blisko dwóch miesięcy. Był wtedy w Polsce, aby dogadać się z biurem turystycznym, które miało mu podsyłać adeptów sztuki nurkowania. Powrotny samolot do Egiptu odlatywał z katowickich Pyrzowic. Spotkał Basię na mieście, przywitali się serdecznie, a jednak trochę niezręcznie. Mówiła o tym, że ma teraz poukładane życie, męża i dwoje dzieci. Tyle się u niej pozmieniało. Ale dosyć o mnie, opowiadaj co u ciebie, chciała wiedzieć. A potem zjedli kolację. A potem wylądowali w łóżku jego hotelowego pokoju. A potem było po prostu fantastycznie, pomyślał rozgoryczony porucznik i schował zdjęcie do kieszeni munduru.

Roman stał przy oknie sali konferencyjnej hotelu Mercure Częstochowa, gdzie zgromadzili się wszyscy dowódcy kompanii i plutonów z ich batalionu. Hotel w dawnej epoce nazywał się Patria, a plotka głosiła, że partyjni bonzowie, po suto zakrapianych dansingach na parterze, wynajmowali pokoje na najwyższym piętrze i kazali prostytutkom opierać się o parapety. W ten sposób, biorąc je od tyłu, mogli z lubością przypatrywać się wieży klasztoru jasnogórskiego i wraz z seksualnym uniesieniem wyobrażać sobie, że oto pełnią władzę absolutną, nad cielesnością i duchowością za jednym posunięciem.

Z okien salki konferencyjnej rozciągał się widok na przysłonięte drzewami zabudowania klasztoru oraz parki leżące u podnóży Jasnej Góry. Z drzew opadły już liście i widać było przez nie rozlokowane wśród parkowych alejek wojska.

Do sali wszedł Przybylski i wydarł się na całe gardło:

– Baaaczność!

Wszyscy obecni przyjęli postawę zasadniczą, a do wnętrza wszedł nowy dowódca batalionu, pułkownik Leśniak. Gurski szczerze żałował, że nie było z nimi już pierwszego dowódcy, pułkownika Sawickiego, który awansował do głównego sztabu. Po Sawickim był jeszcze podpułkownik Morelski, doświadczony i dzielny dowódca, który niestety poległ, kiedy stanowisko dowodzenia zostało zbombardowane przez rosyjską artylerię. Obecny dowódca, pułkownik Leśniak, był po prostu głupkiem.

– Czołem, żołnierze! – zaczął z przesadną emfazą Leśniak. – Spodziewamy się silnego natarcia ze strony nieprzyjaciela. Ale chciałbym, żebyście wiedzieli, że możecie liczyć na mocne wsparcie.

Leśniak dał znak Przybylskiemu i usiadł. Kapitan zerwał się na nogi i włożył płytę do odtwarzacza DVD, podłączonego do wiszącego na ścianie telewizora. Po chwili na ekranie ukazała się twarz ministra obrony narodowej, który zaczął przemawiać do kamery natchnionym głosem:

– „Czołem, żołnierze! To rzeczywiście niezwykły czas, niezwykły dzień i niezwykłe okoliczności. Oto wy, żołnierze Rzeczpospolitej, najodważniejsi z odważnych, najwierniejsi z wiernych, najbardziej bohaterscy z bohaterskich, stoicie na przedmurzu klasztora jasnogórskiego, który jednocześnie jest symbolem chrześcijańskiej cywilizacji. Polska Chrystusem narodów! Rację miał nasz wielki wieszcz, w ten sposób oto prorokując, że kiedyś przyjdzie nam się zmierzyć z samym szatanem, królem piekieł, Lucyferem. Diabeł ten po raz enty w historii ludzkości przyjmuje skórę sowieckiego namiestnictwa!".

Dalej w przemówieniu było o męce Chrystusa, dziedzictwie Lecha Kaczyńskiego i zamachu pod Smoleńskiem, zdradzieckiej polityce Stanów Zjednoczonych oraz Matce Boskiej Częstochowskiej, która spogląda na wszystkich z wysokości Jasnej Góry. Cały ten słowotok był jasnym dowodem na to, że przemawiający wręcz upaja się rzekomą mądrością swoich słów, spijając każdy wyraz niczym słodki nektar. Bezładna paplanina zakończyła się mocnym i stanowczym:

– „Wiem, że jako prości żołnierze cierpicie braki amunicji, sprzętu, a nieraz i ludzi. Chciałbym tylko powiedzieć, jako doświadczony historyk i minister obrony narodowej, że wojen nigdy nie wygrywało się orężem, a po prostu siłą ducha, sercem i niesłychaną wręcz wolą walki podlaną solidną dawką honoru. Tego właśnie wam życzę! W imię Jezusa Chrystusa Pana naszego!".

Przybylski wyłączył odtwarzacz, a z sali rozległy się niemrawe oklaski. Gurski zerknął na dowódcę drugiego plutonu, Marcina „Falę" Falkowskiego, który gestem dłoni przy kroku udawał, że wali sobie konia, dobitnie pokazując, co myśli o całej tej szopce. Roman spojrzał za okno w kierunku smukłej wieży klasztoru jasnogórskiego. Boże, miej nad nami pieczę, bo tylko ty możesz nam pomóc, jeśli mamy takich dowódców. Roman, jako zatwardziały ateista, zaniósł kolejną już modlitwę podczas tej wojny.

Jovan zobaczył Gurskiego z daleka i zamachał do niego ręką, ułatwiając tamtemu dotarcie do swego plutonu wśród morza żołnierzy, rozłożonych na terenie parku.

– Masz rozkazy? – spytał Jovan, gdy tylko porucznik do niego podszedł.

– Daj zajarać – odpowiedział Gurski.

– Więc? – ponaglił go sierżant.

– Działania opóźniające na arterii wlotowej – powiedział spokojnie Roman.

W odpowiedzi Jovan odwrócił się i zaczął przeklinać bezgłośnie po chorwacku. Zawsze tak robił w przypływie nieprzytomnej wściekłości. Ponieważ wypowiadał te słowa niejako do siebie, nigdy na głos, przypominało to jakąś dziwaczną gimnastykę szczęki. Lacević dobrze wiedział, co oznaczał termin wypowiedziany przez porucznika. Najbardziej zobrazowałby to przykład koszenia trawy, gdy pod kosiarkę wpada kamyk. Dużo hałasu, intruz odbija się od wirujących ostrzy i wypada bokiem, a koszenie trwa nadal. Na tyle zdołają „opóźnić" nacierające wojska. Zagłada.

Roman wyciągnął mapę, rozłożył na masce zaparkowanego obok honkera i zaczął instruować Jovana.

– Linia kolejowa zbombardowana, drogę numer 46 mamy kurewsko umocnioną i w zasięgu naszej artylerii – zaczął tłumaczyć. – Jedna z ruskich dywizji przeorała Opole i ciągnie na północ. Część poszła na Wrocław, a części spodziewamy się u nas.

– Dlatego jeśli mają podejść od zachodu, to pewnie tędy. – Jovan wskazał punkt na mapie.

– Tam też mamy się rozlokować.

– Wywiad ma pojęcie, czego możemy się spodziewać?

– Wojska pancerne – rzucił krótko Roman.

Jovan zauważył, że jego dowódca wyprężył się w pozycji na baczność, odwrócił się i gdy zauważył podchodzącego Przybylskiego, również przyjął postawę zasadniczą.

– Spocznij – powiedział nadchodzący dowódca. – Poruczniku, czy żołnierze zostali zapoznani z treścią przemówienia ministra obrony narodowej?

– Tak jest, panie kapitanie. Znają je na pamięć.

Przybylski zlustrował Gurskiego wzrokiem, ale ta odpowiedź nie zrobiła na nim najmniejszego wrażenia. Był świnią, ale nie idiotą. Prawdopodobnie przemówienie ministra miał tam, gdzie zdecydowana większość żołnierzy.

– Chciałem wam tylko powiedzieć, że podziwiam waszą odwagę – powiedział Przybylski z wyraźnym lekceważeniem. – Macie najcięższe zadanie z całego batalionu. To będzie prawdziwa miazga.

– Dziękujemy za słowa otuchy, panie kapitanie – odparł Gurski służbowym tonem.

– Dostaniecie jedną wyrzutnię AT-4.

– Aż jedną? Po co nam tyle? – Jovan mówił zgodnym chórem z Gurskim, z wyrazem wdzięczności na twarzy.

– Nic nie poradzę. – Kapitan rozłożył bezradnie ręce i odwrócił się na pięcie, rzucając na odchodnym: – Będę się za was modlił.

Roman ze swoim zastępcą obserwowali odchodzącego Przybylskiego. Ciszę szybko przerwał głos sierżanta:

– Powiedz mi, Romuś. Dlaczego miałbym teraz nie wyjąć żelaza i nie strzelić temu skurwielowi w łeb?

– Sierżancie, powinienem was upomnieć. – Roman zawiesił głos. – Zamiast tego powiem tak. Jeśli przeżyjemy, to obiecuję ci, że znajdziemy taką okazję.

– Pewnie w kwity wpisze, że dał nam pięć wyrzutni – jęknął Lacević.

– Dobra przestań marudzić. Zaciągnęliśmy się do armii, a nie do sejmu.

– No właśnie, po co to zrobiliśmy?

– Ja chyba wiem – odparł zamyślony Roman. – A ty po to, żeby spędzić ze mną trochę czasu i zwiedzić kawałek Polski. Byłeś kiedyś w Częstochowie?

– Nie byłem – przyznał skwapliwie Jovan.

– No widzisz.

Potem obaj, pokrzykując, wydali kilka szybkich komend, podrywając na nogi kolejne drużyny, i w szybkim tempie cały pluton był gotów do wymarszu.

Jest gorzej, niż myślałem, przyznał w duchu Roman, gdy wszyscy znaleźli się na miejscu. Przedmieście Częstochowy było konstelacją niewielkich uliczek z peerelowskimi klockami, dzierżącymi w poprzedniej epoce dumne miano „willi". Nie było absolutnie żadnej jakiejś bardziej solidnej budowli, z której można by prowadzić ostrzał. Jedyną nadzieją był znajdujący się u wschodniego wylotu ulicy niewielki kościół z wysoką na dwadzieścia pięć metrów wieżą. To było pierwsze polecenie Gurskiego. Od razu wysłał tam Wójcika, aby zainstalował się ze swoim karabinem wyborowym na barokowym hełmie wieńczącym budowlę.

Następnie Gurski zgromadził resztę plutonu na środku ulicy, a żołnierze otoczyli ciasnym kręgiem swego dowódcę.

– Słuchajcie, podstawowa sprawa – zaczął mówić Roman. – Wszystko od frontu musi zostać nienaruszone. Jeśli wchodzimy do któregoś z domów, to delikatnie i od tyłu.

– Panie poruczniku, od tylca to zawsze delikatnie – rzucił niezawodny Boski, rozśmieszając kilku kolegów, ale od razu umilkł, widząc na twarzy dowódcy, że to nie czas na żarty.

– Żaden złamany kwiatek w doniczce, zostawiona otwarta furtka, żadna wybita szyba, nic nie może zdradzić ruskim, że my tu jesteśmy, zrozumiano?!

Wszyscy w milczeniu pokiwali głowami.

– Boski, chcę, żebyś znalazł jakieś trzy domy, w których będzie możliwe wyjście na dach ze środka. Tam rozlokujesz trzy sekcje karabinów maszynowych.

– Tak jest – odparł krótko plutonowy Bosak.

– Siedzicie na górnych piętrach przy włazach na dach. Od teraz cała łączność radiowa totalnie zakazana – kontynuował Gurski. – Plan jest taki, żeby przepuścić ruskich, więc na sygnał czerwonej racy wypadacie na dach, rozkładacie się i kierujecie ogień w kierunku wschodnim. Wszystko jasne?

Boski kiwnął głową, wydał kilka komend swoim ludziom i cała drużyna udała się na poszukiwania odpowiednich budynków. Następnym dowódcą, który otrzymał polecenie znalezienia dogodnej kryjówki, był Seget. Zabrał swoich ludzi, aby wyszukać odpowiednie lokum dla ich granatnika Mk 19.

– Janik – Roman zwrócił się do kolejnego dowódcy drużyny – ty ze swoją drużyną zajmijcie tamten domek, ten z zielonymi balkonami. Kiedy zrobi się gorąco, na pewno będziesz potrzebny, dlatego obserwuj sytuację na bieżąco.

– Tak jest! – Ratownik medyczny zgarnął swoich ludzi i pobiegli szybko w kierunku budynku.

– Jovan, my z drużyną Maja siądziemy tutaj, w tym szarym.

– Romuś, tu nie ma piętra, a ruscy na bank będą sprawdzać domy granatami.

– Masz rację – powiedział po chwili zastanowienia Gurski. – Dobra, zajmiemy tamten, ruszajcie się. Maj, zostańcie na razie ze mną – zwrócił się do kaprala Roman, a Jovan zgarnął resztę ludzi z ulicy i poszli zająć wskazany dom.

Wkrótce zjawił się kapral Bosak i złożył meldunek swojemu dowódcy.

– Panie poruczniku, znaleźliśmy trzy takie domy. Z dachów będziemy mogli swobodnie objąć wschodnią stronę ulicy.

– Zaznacz, które. – Roman przekazał Boskiemu mapę, a ten długopisem zakreślił domy, w których usadowiły się jego sekcje karabinów maszynowych. – Niech ktoś zaniesie to Wójcikowi, żeby wiedział, gdzie jesteśmy. Jeszcze jedno, ten nowy Kowalik, uważaj na niego, chłopak jest totalnie zielony, a poza tym chuj wie, co to za jeden.

– Tak jest. – Boski oddalił się szybkim krokiem, mijając po drodze Segeta.

– Panie poruczniku, chyba mam jedną miejscówkę. Rzuci pan okiem? – powiedział nadchodzący kapral.

Gurski poszedł szybko z Segetem na miejsce i stwierdził, że jest idealne. Był to położony jakieś sześćset metrów od ulicy murowany budynek stodoły, w którego środku znajdowała się antresola z solidnie wylanego betonu.

– Ten narożnik dachu z blachy falistej rozkręcimy – zaczął pokazywać kapral. – I stąd będziemy szyć. Do stropu ciągle będzie na tyle daleko, że ruscy nie wykumają dymu z naszej lufy.

– Bardzo dobrze – powiedział zadowolony Roman. – Ustaw sobie tylko gdzieś obserwatora. Łączności nie będziemy mieli, więc umówmy się, że gdy pierwszy czołg najedzie na minę, wtedy otworzycie ogień. Co, jak i gdzie wybierzesz jako cel, zostawiam tobie. Mam do ciebie pełne zaufanie.

– Tak jest, panie poruczniku. – Seget dumnie wyprężył pierś, a Roman pożegnał się z nim krótkim klepnięciem w ramię i wrócił na ulicę. Ciągle stał tam Krzysiek Maj oraz trzech żołnierzy obładowanych ciężkimi plecakami.

– Panie poruczniku, są już saperzy – zameldował krótko kapral.

Gurski kiwnął głową i podszedł od razu do najstarszego stopniem, który uniósł dłoń w salucie.

– Panie poruczniku, plutonowy Jędrzejczak z drugiego batalionu saperów melduje się na rozkaz. – Gdy Gurski odpowiedział machnięciem ręki, plutonowy zrzucił z siebie plecak i zaproponował: – Możemy zaminować trzy studzienki. Chce pan któreś konkretnie czy będzie polegał na naszym doświadczeniu?

– Nie trzeba. Zostawcie materiały wybuchowe, przewody, zapalniki i spierdalajcie.

– Co?! – Saper nie bardzo wierzył w to, co słyszy. – Panie poruczniku, z całym szacunkiem, ale z tym to trzeba umieć się obchodzić.

– Będziecie mogli tu zostać aż do natarcia ruskich? – spytał zniecierpliwiony Gurski.

– Skąd, przecież będziemy też potrzebni na innych odcinkach.

– Właśnie, a ja nie mam czasu, więc zostawcie sprzęt i tyle. Co możecie mi dać?

– Panie poruczniku – zaczął niepewnie saper. – Ale ja muszę coś zameldować dowódcy. Jak powiem, że to nie my montowaliśmy, to mnie zajebie.

– Rozumiem – odparł Gurski pojednawczym tonem. – Ale my tu w sile trzydziestu paru chłopa mamy opóźniać natarcie wojsk pancernych. Chcecie się zamienić?

– Dobra – westchnął plutonowy. – Zostawię wam sześć min. Połączcie je w pary, a zamiast zapalnika użyjcie kostki trotylu odpalanej z kabla. Pierdolnięcie będzie solidne.

– Dzięki. – Gurski wyciągnął dłoń do sapera. – Meldujcie, że sami wszystko zrobiliście, ja podtrzymam waszą wersję.

Plutonowy z wojsk saperskich zaczął wraz z kolegami wyładowywać sprzęt. Położyli go na chodniku, a potem oddalili się biegiem do kolejnych zadań. Kapral Maj stał niepewnie obok, patrząc na ładunki wybuchowe oraz zwoje przewodów do detonacji.

– Krzysiek, będę miał coś dla ciebie – zaczął Gurski. – Najpierw skocz do swojej drużyny i przynieś mi tu trzy puste plecaki. Swój zostaw w domu. Masz mieć przy sobie tylko kamizelkę, hełm i broń. Zrozumiano?!

Było dosyć chłodno, ale świecące słońce oraz bezchmurne niebo dawały złudzenie letniego dnia. Zwłaszcza gdy siedziało się przy zamkniętych oknach na piętrze domu, którego dawno nikt nie wietrzył. Roman spoglądał na ulicę przez wybity przez siebie kawałek luksfery. Świetlik znajdował się w przybudówce, zaraz nad schodami, które prowadziły do wnętrza zajmowanego przez nich domu. Nawet przy zamkniętych oknach usłyszał z oddali rytmiczne stukanie diesli rosyjskich transporterów opancerzonych.

Przy końcu ulicy Gurski dostrzegł nadchodzących Rosjan. Trzy BTR-y, otoczone żołnierzami. Wrogowie wchodzili na posesje, sprawdzając poszczególne domy. Roman zauważył, że mieli dwie metody działania. Albo wyłamywali drzwi, wchodzili do środka i sprawdzali cały budynek, łącznie z piętrem, albo puszczali serię po szybach i wrzucali jeden lub dwa granaty. Widać było, że są raczej odprężeni i już od jakiegoś czasu sprawdzają budynki, nie spodziewając się polskich wojsk. Po informacji uzyskanej przez pluton Gurskiego, że Rosjanie złamali ich terminale taktyczne, dowództwo zadecydowało, aby sklonować system dowodzenia, pozostawiając stary, aby dawał wrogowi mylne informacje. Dlatego Rosjanie podejrzewali, że na sprawdzanych przez nich terenach nie ma polskich oddziałów. Szpica rosyjskich wojsk posuwała się naprzód, dwóch żołnierzy podeszło do pierwszej studzienki.

Kapral Krzysztof Maj siedział w kanale, wpatrując się w dwa świetliste punkty na dnie burzowca, które jarzyły się niecały metr od niego. To promienie słońca wpadały przez dwa otwory w klapie studzienki, która znajdowała się jakieś trzy metry powyżej siedzącego żołnierza. Kapral siedział w miejscu, które nawet po otwarciu włazu nie zdradziłoby jego obecności. Dłonie złączył niczym w modlitwie i trzymał je teraz przyciśnięte do uda. Czy się modlił? Nie, chociaż powinien. To było jedyne sprawdzone przez niego ułożenie rąk, które chroniło dłonie przed niekontrolowanym drżeniem. Za żołnierzem leżały trzy plecaki wypełnione minami i materiałami wybuchowymi. Porucznik stwierdził, że Maj podwiesi ładunki pod włazami już po tym, gdy szpica minie poszczególne klapy studzienek. Kapral czuł, jak serce łomocze mu w piersi. Słyszał z góry obracające się koła transporterów, pracujące cylindry silników oraz nawoływania rosyjskich żołnierzy. Siedział tu dobrą godzinę i wszystko zdołał zaplanować. Jeśli Rosjanie odsuną właz i wrzucą granat do środka, kapral nie zamierzał uciekać. Maj napatrzył się przez ostatnie dni na poszarpane bezrękie i beznogie ciała swoich kolegów. Nie bał się śmierci, ale inwalidztwo go przerażało. Dlatego postanowił, że gdy tylko granat wpadnie do środka, weźmie go i przyciśnie sobie do szyi, aby od razu oderwało mu głowę. Słyszał, że rosyjscy żołnierze są tuż nad nim. Gdy tylko rozległ się metalowy zgrzyt odsuwanego włazu, Maj poczuł, jak w niekontrolowanym odruchu na jego uda chlusnął ciepły strumień. Kurwa mać, zlałem się jak dzieciak, pomyślał zrozpaczony. Dwa świetliste punkty zniknęły, a dno kanału zalał ostry snop światła słonecznego. Po ziemi ślizgały się też światła latarek żołnierzy na górze, którzy rozmawiali ze sobą, głośno się śmiejąc. Kapral wysunął jedną dłoń do przodu, palce niemal dotykały rozświetlonej słońcem krawędzi, chciał jak najszybciej sięgnąć po granat, który zaraz miał się znaleźć na dole. Zamiast tego usłyszał zgrzyt metalu, pokrywa z powrotem znalazła się na swoim miejscu, a kanał ponownie zalała ciemność.

Gdy z piętra domu Gurski ujrzał, jak Rosjanie zatrzasnęli pierwszą studzienkę, odetchnął z ulgą z dwóch powodów. Po pierwsze nie marnowali granatów na sprawdzanie kanałów, co pozostawiło przy życiu Maja. Po drugie Roman słusznie przypuszczał, że rosyjscy żołnierze nie są głupi i będą sprawdzać linię burzowców. Gdyby, tak jak sugerował saper, od razu zaminowali studzienki, Rosjanie szybko by się zorientowali, że ktoś przyszykował zasadzkę, i byłoby po plutonie Gurskiego.

Na dole w kanałach Maj, przekonany o tym, że jego serce dłużej nie może bić w takim tempie i wkrótce powali go zawał, wdrapał się po śliskich szczeblach drabinki i na ostatnim stopniu podwiesił pierwszy plecak z ładunkiem, a schodząc w dół, zaczął rozwijać przewód kabla detonującego.

Na górze Roman obserwował Rosjan, którzy minęli trzy domy kryjące sekcje karabinów maszynowych. Rosyjscy żołnierze sprawdzali kolejne studzienki i przemieszczali się do przodu. Podeszli do domu, w którym schowała się drużyna kaprala Janika, ale tylko wrzucili granat przez parterowe okno, dlatego Gurski miał cichą nadzieję, że jedyne straty, jakie odniosą żołnierze ukryci na piętrze, to nadwerężone błony bębenkowe. Zaklął bezgłośnie, gdy zobaczył, że dwóch Rosjan wspina się po schodach prowadzących do domu, w którym teraz siedzieli. Słyszał wyraźnie, jak niecałe dwa metry poniżej rosyjscy żołnierze siłują się z drzwiami.

– Jak będą chcieli sprawdzić dom, to cały nasz plan w piździec – wyszeptał bardzo cicho Roman do Jovana.

Ze swego stanowiska na wieży Wójcik przyglądał się, jak Rosjanie próbują wyważyć drzwi domu, w którym ukrył się porucznik z jedną z drużyn. Podobnie jak Gurski, strzelec wyborowy zorientował się, że żołnierze wroga albo posyłają granat, albo sprawdzają cały budynek. Nie ustalali tego wcześniej, bo nie mogli wszystkiego przewidzieć, ale Wójcik podjął już decyzję. Gdy tylko tamtym uda się otworzyć drzwi, położy ich trupem, zanim wejdą do środka. W ten sposób reszta Rosjan być może stwierdzi, że nie mają do czynienia z pułapką, ale jedynie z samotnym strzelcem na wieży, i zdmuchną budowlę, podając namiary swojej artylerii, ale w ten sposób reszta plutonu nie zostanie zdemaskowana.

Roman, patrząc przez swój mikroskopijny wizjer, z ulgą skonstatował, że drzwi wejściowe domu, w którym się ukryli, musiały być bardzo mocne. Rosjanie dali sobie spokój, zapalili papierosy, po czym jeden z nich posłał krótką serię, rozbijając okno na parterze, a drugi wrzucił granat do środka. Roman szybko dał znak wszystkim zgromadzonym na piętrze i żołnierze jak za dotknięciem czarodziejskiej różdżki zakryli sobie uszy. Konstrukcją budynku wstrząsnęła potężna eksplozja, ze ścian pospadało kilka obrazków, a Gurski obserwował, jak Rosjanie opuszczają przez furtkę posesję i wracają do swoich, kontynuując marsz na wschód, ku granicom Częstochowy. Słyszał kolejne, coraz bardziej oddalone eksplozje grantów, w miarę jak Rosjanie przemieszczali się i sprawdzali kolejne domy. Po krótkiej chwili na piętrze zjawił się kapral Maj. Blady jak trup i śmiertelnie przerażony rozwinął do końca kable z kołowrotków i podał Jovanowi końcówki przewodów.

– Pane srżacie, zadownie wykłane. – Kapralowi plątał się język, jakby był pijany.

Lacević szybko ściągnął izolację z końcówek przewodów, pozaginał je i wpiął do sterownika, uruchamiając go, i pod metalowymi przełącznikami pojawiły się trzy czerwone światełka. Roman spojrzał na Maja, który poprosił jednego z kolegów o szluga, ściągnął hełm i zastygł, siedząc w kucki z tlącym się w dłoni papierosem, którego w ogóle nie palił. Na razie jednak Gurski musiał przestać zastanawiać się nad stanem psychicznym jednego ze swoich kaprali, ponieważ od zachodu dały się słyszeć narastające, potężne pohukiwania metalowych gąsienic.

Roman spojrzał w kierunku ulicy, gdzie w oddali zamajaczył pierwszy czołg. Potężna sylwetka rosyjskiego T-72 sunęła powoli ulicą, a wokół maszyny przemieszczali się lekko skuleni żołnierze piechoty. Wkrótce Gurskiemu udało się dostrzec trzy kolejne czołgi, które posuwały się na wschód. Roman powoli położył kciuk na pierwszym przycisku, myśląc o załodze czołgu, siedzącej w swojej blaszanej trumnie. Czego oni od nas wiecznie chcą? pomyślał, obserwując nacierających żołnierzy rosyjskich. Ani u nas ropy, ani gazu czy innych złóż. Morze zimne, nad Bałtykiem latem często pada, a w ogóle to nie po to wypowiada się wojny, żeby leżeć na piasku. To wszystko było bez sensu. Od stuleci po prostu nie mogą zostawić nas w spokoju. Potem Roman przypomniał sobie zrujnowane Katowice, rannych na pokładzie herkulesa oraz to, że od początku wojny stracił ze swojego plutonu w sumie dziewięć osób. Dziewięciu młodych, nieprzekraczających dwudziestu trzech lat chłopaków. Dlatego gdy prowadzący czołg znalazł się dokładnie nad studzienką z zamontowanym ładunkiem, Roman z satysfakcją przesunął kciukiem przełącznik. Kontrolka zmieniła światło na zielone, a potężna eksplozja targnęła czołgiem, który zatrzymał się jak szarpnięty niewidzialną ręką, a spod maszyny szybko zaczął wydobywać się dym i języki ognia, które powoli obejmowały pancerny pojazd.

Maszyna płonęła, a załoga ogłuszona nagłym wybuchem nawet nie próbowała się wydostać. W rosyjskich szeregach zapanował chaos. Żołnierze piechoty rozpierzchli się, a pozostałe trzy czołgi momentalnie stanęły. Roman zauważył, że druga maszyna stoi swoją lewą gąsienicą na pokrywie studzienki, i przesunął drugi przełącznik, uruchamiając kolejny ładunek. Silna eksplozja zakołysała czołgiem, wyrywając fragmenty lewej gąsienicy, która wirując, przebiła ogrodzenie, ścięła po drodze dwie jabłonki i z łoskotem wbiła się w ścianę stojącego obok domu. Górny właz czołgu otworzył się gwałtownie i na wieżyczkę wyszedł pierwszy z żołnierzy, po czym skoczył na ziemię. Kula strzelca wyborowego weszła za lewym uchem rosyjskiego czołgisty, więc gdy ten doleciał do ziemi, był już martwy. Wójcik obserwował uważnie pozostałe włazy, ale te albo zablokowały się podczas wybuchu, albo po prostu reszta załogi nie przeżyła eksplozji.

Towarzysząca czołgom piechota zaczęła się ostrzeliwać praktycznie na oślep, ponieważ żaden z Rosjan nie mógł wypatrzeć ukrywających się żołnierzy z plutonu Gurskiego. Wtedy Seget rozpoczął kanonadę ze swojego granatnika. Czterdziestomilimetrowe pociski odłamkowe wybuchały na ulicy, raniąc i zabijając rosyjskich żołnierzy. Aż pięciu z nich skryło się za trzecim czołgiem, który zaczął się ostrzeliwać. Pech chciał, że maszyna zatrzymała się jakieś dwa metry przed studzienką, w której ukryto ostatni ładunek. Seget, jakby czytając w myślach swego dowódcy, skierował ogień z granatnika na tył trzeciego czołgu, momentalnie zamieniając kryjących się za maszyną Rosjan w kupę fruwających, sikających krwią fragmentów ludzkiego ciała. Ogień z granatnika nie ustawał, a wybuchające pociski łomotały o tylny pancerz czołgu. Co prawda nie wyrządzało to maszynie specjalnej szkody, ale jednak załoga czołgu postanowiła ruszyć do przodu, aby zminimalizować swoje straty. Gdy tylko kadłub pojazdu pancernego znalazł się nad studzienką, Roman przesunął w dół ostatni z przełączników i potężna eksplozja unieruchomiła trzeci T-72, który momentalnie zaczął płonąć.

Czwarta maszyna cofała się powoli, ostrzeliwując się na boki i niszcząc poszczególne budynki. Gurski mógł już liczyć tylko na ukrytych w jednym z domów po lewej stronie ludzi Janika, uzbrojonych w jedyną przydzieloną im wyrzutnię AT-4. Roman odwrócił się w kierunku wschodnim i zobaczył, jak trzy transportery ze szpicy cofają teraz z rykiem silników, zaalarmowane przez swoich kolegów z rozbitej kolumny pancernej.

– Jovan! – wydarł się Gurski.

Sierżant wybił jedną z szyb kolbą karabinu, wystawił rękę za okno i posłał w górę czerwoną racę. Ludzie Boskiego w jednej chwili wysypali się na dachy trzech budynków i chyba pobili rekord świata w rozkładaniu stanowisk ogniowych. Gdy opancerzone BTR-y Rosjan zatrzymały się i żołnierze zaczęli zeskakiwać z pojazdów, w ich stronę momentalnie plunęły ogniem trzy UKM-y, nie dając nikomu szans na przeżycie. Rosjanie zginęli, zanim zdążyli się ukryć.

– Maj! – wydarł się Roman i chwycił za ramiona ciągle skulonego pod ścianą kaprala. – Weź swoich ludzi i złaźcie na dół! Upewnijcie się, czy któryś z nich przeżył! A jeśli tak, to naprawcie ten błąd!

Maj kiwnął głową, założył hełm, ze zdziwieniem zauważył poparzone od tlącego się papierosa palce i wydarł się do swoich ludzi:

– Trzecia drużyna za mną!

Kapral zbiegł schodami na dół, a jego ludzie podążyli za nim z bronią gotową do strzału. Roman szybko zajął miejsce przy oknie i spojrzał w kierunku wycofującego się czołgu. Chwilowo nie widział już rosyjskiej piechoty, ale nie miał pojęcia, czy w ogóle któryś z nich jeszcze żyje. Cała ulica trzęsła się od kanonady. Trzy UKM-y Boskiego szyły ogniem po działkach, na których najpewniej ukryli się Rosjanie, czego ze swojego miejsca Roman nie mógł widzieć. Wójcik też nie próżnował i trzymał w szachu pod swoim karabinem wyborowym całą powierzchnię jezdni, a gdzieniegdzie ciągle wybuchały pociski z granatnika ludzi Segeta.

Gurskiego najbardziej martwił czołg, którego załoga lada chwila mogła zorientować się w pozycjach stanowisk karabinów maszynowych i pociskami zdmuchnąć dachy budynków. Zauważył, że trzech ludzi Janika przeskakuje przez płoty na sąsiednie posesje i otwiera ogień zza gęstego szeregu tuj. Małokalibrowe pociski miotały iskry o reaktywny pancerz, nie powodując jego detonacji. Załoga czołgu nie mogła ich widzieć zza zielonej gęstwiny, ale wieża maszyny zaczęła powoli obracać się w prawo. Gdy do skierowania lufy prosto na strzelających brakowało zaledwie kilku sekund, na środek jezdni wybiegł jeden z ludzi Janika i przyklęknął, podrzucając na ramię wyrzutnię AT-4. Wieżyczka czołgu natychmiast zaczęła kręcić się w drugą stronę, a lada sekunda pokładowy karabin maszynowy mógł zdmuchnąć śmiałka, ale ten był szybszy. Z tylnego wylotu wyrzutni buchnął gęsty, biały dym, a z przedniego otworu pomknął wystrzelony pocisk i trafił maszynę w kadłub.

Strzał był celny, a pocisk kumulacyjny idealnie wypełnił swoje zadanie, przebijając pancerz rosyjskiego czołgu strumieniem rozpędzonego, płynnego metalu. Karuzelowy podajnik, który wcześniej pozwalał pancernej maszynie szyć niemal nieprzerwanym ogniem, miał pewną wadę. Gdy tylko jeden z pocisków, tak jak w tym przypadku, wybuchał wewnątrz pod nieprzyjacielskim ogniem, uruchamiał reakcję łańcuchową. Olbrzymie ciśnienie eksplodujących pocisków w zamkniętej przestrzeni doprowadziło do tego, że wieża czołgu wraz z lufą wystrzeliła w górę przy akompaniamencie silnej eksplozji i wbiła się w miękką ziemię jednej z posesji z taką siłą, że płonąca wieżyczka dyndała teraz na wbitej lufie niczym lizak jakiegoś olbrzyma. Z ziejącego po oderwanej wieży otworu buchnął nagle ogień, jak gdyby ktoś wrzucił zapaloną zapałkę do pełnego pudełka. Płomienie sięgały trzech metrów w górę, gwałtownie wypalając wnętrze czołgu i w niemal kilka sekund kompletnie unicestwiając znajdującą się w środku załogę i pozostałą amunicję.

Obserwujący to z góry Roman stwierdził, że nie ma już co się bawić w ciszę radiową. Chwycił za radiostację i wydarł się do mikrofonu:

– Panie kapitanie, pierwszy pluton melduje wykonanie zadania! Ruskim brakuje trzech BTR-ów, czterech T-72 i jakichś w sumie – Gurski zawiesił głos, dokonując w myślach szybkich obliczeń – sześćdziesięciu ludzi!

Po drugiej stronie panowała głęboka cisza. Najpierw Roman sprawdził, czy radio jest włączone i ustawione na właściwy kanał, i gdy już szykował się do powtórzenia komunikatu, usłyszał zdziwiony głos Przybylskiego:

– Chcecie mi powiedzieć, że rozłożyliście cztery czołgi i trzy transportery siłą jednego plutonu?

– Tak jest! Panie kapitanie, pogadamy to sobie w sztabie! Zadanie wykonane! Wycofujemy się!

– Co?! – Przybylski wydarł się po drugiej stronie. – Nie było takiego rozkazu!

– Przecież zaraz nasze pozycje przeora ruska artyleria! – wykrzyczał nieprzytomnie wściekły Gurski.

– Atakujcie pozycję wroga! Idźcie za ciosem!

– Co takiego? – spytał cicho Gurski, patrząc na przysłuchującego się rozmowie Jovana.

– Poruczniku, prowadźcie natarcie! Ku chwale ojczyzny, bez odbioru! – Roman ledwo łowił słowa dowódcy pośród trzasków z radia, ale jednego był pewien. Założyłby się o każde pieniądze, że Przybylski, wydając swój rozkaz, szeroko się uśmiechał.

Gurski odrzucił radio i spojrzał bezradnie na swego przerażonego zastępcę. Na zewnątrz kanonada ustała, słychać było tylko błagalne jęki Rosjan ucinane pojedynczymi wystrzałami. Wtedy usłyszeli jakiś hałas dobiegający z poddasza.

– Sprawdziliście cały dom? – spytał szeptem porucznik.

Sierżant Lacević gestem dał znać, że oczywiście, przeładował swojego beryla i zaczął się wspinać po wąskich, ażurowych stopniach na ostatnią kondygnację budynku. Na poddaszu była mała sypialnia. Gdy sierżant stanął na środku, zauważył, że lustrzana powierzchnia przesuwnych drzwi dużej, wnękowej szafy, drgała teraz wyraźnie, prawdopodobnie po niedawnym przesunięciu. Jovan wycelował lufę karabinu w swoje własne odbicie i położył palec na skrzydełku bezpiecznika, kiedy coś go powstrzymało przed strzałem. W końcu podszedł i gwałtownie odsunął drzwi. W szafie siedział przerażony, na oko niespełna trzyletni, mały chłopiec.

6.

Dmuchawa tłoczyła powietrze na pełnych obrotach, ale silnik jeszcze nie rozgrzał się na dobre, więc w kabinie było zimno jak w psiarni. Niezadowolony Zenon zacierał ręce, patrząc na wskazania temperatury na desce rozdzielczej. Minus dwa stopnie o siódmej rano i kłębowisko chmur przykrywające niebo za oknem. Jak ja nienawidzę tej pieprzonej pory roku, pomyślał Marczak. Słońce dopiero co zaczęło wystawać poza zabudowania Służewa, przez który właśnie jechali, ciągnąc Puławską w kierunku Śródmieścia. Mógłbym się urodzić w Kalifornii. Tak, to byłoby dobre, pomyślał Zenon.

Najbardziej denerwował go drzemiący na środkowym miejscu w kabinie Stefan Chodkowski. Gościu ma chyba ze sto lat, skonstatował w duchu Marczak, z ust wali mu czosnkiem, a od tej kapoty, którą ma na sobie, śmierdzi środkami na mole. Niestety Henryk uparł się, aby Chodkowski jechał z nimi, bo podejrzewał, że w mieście będzie o wiele więcej cwaniaków, chcących ich orżnąć na fałszywej biżuterii, a podobno dziadyga znał się na rzeczy jak mało kto. Dlatego teraz telepali się o świcie trzema furgonetkami załadowanymi po dach żarciem, aby spylić towar na bazarze, który samowolnie rozłożył się pod Pałacem Kultury.

Co prawda Henryk chciał, aby pojechali tam dużo wcześniej, ale przez ostatnie dni była kupa roboty na miejscu, w Mysiadle. Zenon przypatrywał się mijanym domom w milczeniu. Na pozór Warszawa wyglądała na nietkniętą, ale w pierwszych dniach, zanim nie zorganizowano porządnej obrony przeciwlotniczej, kilka rakiet spadło na miasto. Najbardziej ucierpiało Śródmieście Południowe, do którego właśnie się zbliżali. Otoczenie placu Konstytucji nie składało się już z socrealistycznej zabudowy wzniesionej w latach pięćdziesiątych ubiegłego wieku. Zamiast tego plac oraz ciągnące się jezdnie sąsiadowały z rumowiskiem gruzów, w jakie obróciły się kamienice po bombardowaniu. Wschodnia część Marszałkowskiej aż do ulicy Wilczej też była praktycznie zrównana z ziemią. Furgonetki szybko dotarły do ronda Dmowskiego, mijając po prawej stronie zwalony budynek Novotelu. Bomby w pierwszych dniach wojny uszkodziły kilka dolnych kondygnacji, a budynek niebezpiecznie nachylił się ku skrzyżowaniu. Dlatego saperzy polskiej armii kilka dni później podłożyli ładunki wybuchowe tak, że konstrukcja hotelu zwaliła się wzdłuż Alej Jerozolimskich w kierunku mostu Poniatowskiego.

Gdy dojeżdżali do wjazdu prowadzącego na plac Defilad, Zenon, wyglądając przez okno, ujrzał widok, który dość mocno nim wstrząsnął. Wiedział o tym od dawna, nawet kilka osób pokazywało mu zdjęcia zrobione telefonem, ale zobaczyć to na własne oczy to było jednak zupełnie coś innego. Pałac Kultury i Nauki miał się świetnie mniej więcej do dwudziestej kondygnacji. Cała górna część budynku zwaliła się na zachodnią stronę, zahaczając o niedawno wybudowany wieżowiec Złota 44, który pod wpływem zniszczeń runął dzień później.

– Kurwa, ale korek – jęknął kierowca, widząc sznur samochodów, który stał po drugiej stronie Marszałkowskiej i ciągnął się daleko aż za zakręt przy Ogrodzie Saskim.

– Dawaj w lewo, po torach i podbijamy pod szlaban – powiedział Zenon i widząc minę kierowcy, dodał: – Rób, co mówię!

Gdy tylko furgonetki zakołysały się na torowisku, a potem wjechały pod prąd, omijając wszystkie inne pojazdy, zewsząd rozległy się głośne sygnały klaksonów, budząc zdziwionego Chodkowskiego. Zenon zapiął kurtkę pod szyję i wyskoczył z samochodu, zatrzaskując mocno drzwi.

– Te! Bóg cię, kurwa, opuścił?! – wydarł się ktoś z grzecznie czekającego samochodu. – Kolejka jest!

Stojący przy szlabanie pięćdziesięciolatek miał na głowie wełnianą czapkę, a ubrany był w ciemnoniebieskie dżinsy i grubą kurtkę z futrzanym kołnierzem. Gdy tylko Zenon podszedł do niego, pobierający opłatę za wjazd odezwał się do niego lekceważąco:

– Spierdalaj do kolejki. – Aby zaakcentować powagę swoich słów, odwinął delikatnie kurtkę, pokazując wetkniętą za pasek broń.

Zenon zauważył jego kompana siedzącego w budce, który leniwym gestem chwycił za stojącego w kącie kałasznikowa. Marczak momentalnie zorientował się, że nie ma do czynienia z jakimikolwiek przedstawicielami władzy, tylko z drobnymi bandytami, którzy może działając na czyjeś zlecenie, siłą zaanektowali sobie plac Defilad i urządzili na nim bazar. Zenon wyjął z kieszeni złoty zegarek z bogato zdobioną tarczą i wcisnął poborcy w rękę. Tamtemu na widok czasomierza od razu zaświeciły się oczy.

– Nie znalazłoby się miejsce dla moich trzech wozów? – spytał niewinnie Zenon.

– Znajdzie się. I to najlepsze – odpowiedział z szerokim uśmiechem bandzior.

Miejsce może nie było najlepsze, ale na pewno bardzo dobre. Wykręcili, tak samo jak wszyscy pozostali, tyłem swoich furgonetek do alejek i w niemal cztery godziny opchnęli prawie cały towar. Zenon pamiętał, jak za młodu, w początkach lat dziewięćdziesiątych, przyjeżdżał na ten sam plac, żeby kupić podróbki amerykańskich dżinsów albo sportowych butów z napisem „Roobin's", które udawały Reeboki. Śmieszne, pomyślał Marczak, patrząc na kłębiący się tłum. Ludziom wystarczy odciąć komórki, internet oraz pozamykać sklepy, a zaczną gromadzić się na bazarze, który stawał się też miejscem pogawędek i przede wszystkim wymiany informacji.

– To już się nie opłaca. Trzeba stąd spierdalać, zanim ruscy przyjdą – mówił jakiś zrezygnowany sprzedawca.

– Ale którędy, panie szanowny? – pytał starszy pan, oglądający asortyment kupca w depresji.

– A choćby tym mostem powietrznym z Okęcia.

– To gratuluję serdecznie! – krzyknął jakiś przechodzień, który słyszał wcześniejszą wymianę zdań. – Mój syn dwa tygodnie tam z rodziną przekoczował i w końcu wrócił do mnie do Łomianek! Co pan myślisz, że ile się ludzi zmieści na te samoloty?

– Dobra, spokojnie – rzucił sprzedawca, który wyraźnie nabierał z powrotem pewności siebie. – Nie wiesz pan, jakie czasy? Wszystko jest na sprzedaż.

– Ale nie u Amerykańców! Inna mentalność. – Facet machnął ręką i poszedł dalej, po czym zatrzymał się przed stoiskiem z owocami. – Na ile te banany?

Podobnie jak u Henryka nikt tu nie zawracał sobie głowy złotówkami. Najmniej było takich kupców, którzy przyjmowali coś na wymianę, stosując powszechny barter. Dość liczną grupę stanowili ci, którzy podobnie jak Wojnarowicz uznawali jedynie wyroby ze złota. Jednak środkiem płatniczym w zdecydowanej większości transakcji były śmigające z rąk do rąk zielone papierki. Wiara ludzi w amerykańską walutę była powszechna i niezachwiana.

Do stojących wozów wrócił Tapir, magazynowy pomagier z tłustą gębą i ulizaną fryzurą. Zenon szczerze nie cierpiał gościa, ponieważ uważał, że jest genetycznym durniem, a głupota w obecnych, wojennych czasach, była zdaniem Marczaka naprawdę śmiertelnie niebezpieczna.

– Słuchaj, chyba niezły temat nagrałem – powiedział z dumnym uśmiechem Tapir.

– Tak?

– Gadałem z jednym gościem, powiedziałem mu, że mogę załatwić agregaty, strasznie się napalił. A przecież na magazynie mamy ich jeszcze dobrze ponad setkę, a ostatnio nie chcą iść. Ludzie z kasy się wyprztykali.

– Który to? – spytał ostro Zenon.

Tapir pokazał mu faceta, który z oddali im się przyglądał. Krótko ostrzyżony blondyn w ciemnej kurtce. Jak tylko zobaczył, że Tapir pokazuje go Zenonowi, odwrócił się na pięcie i zniknął w tłumie.

– Mówiłeś mu, gdzie nasze magazyny?

– No co ty?! Powiedziałem, że najpierw muszę pogadać.

Zenon odetchnął z ulgą, najwyraźniej Tapir nie był aż takim durniem, za jakiego go uważał, ale też nie wszystko wiedział. Tu jednak Marczak musiał przyznać uczciwie, że nawet on nie we wszystkim się orientował. Niecałą godzinę wcześniej uciął sobie pogawędkę z handlującym obok piekarzem, całkiem sympatycznym gościem. Bułki po pięć dolarów, pączki po dziesięć, a świeżo pachnący chleb wiejski z chrupiącą skórką za jedyne trzydzieści dolców. Zenon pytał o to, dlaczego, oprócz drobnicy, na bazarze nikt nie handluje sprzętem prądotwórczym. Wtedy dowiedział się, że tego typu sprzęt oraz inne przemysłowe narzędzia ze specjalnej listy wraz z pojazdami terenowymi z napędem na cztery koła podlegają konfiskacie.

– Ile mamy? – spytał krótko Chodkowskiego.

– Półtora kilograma złota i jakieś siedem kilo srebra – odparł stary, nachylony nad swoją wagą.

– Zbieramy się, ale już!

– Zostało nam jeszcze trochę towaru, Wojnarowicz się wkurwi – zaoponował Tapir.

– Gówno mnie to obchodzi! Zwijamy się!

Ponieważ Henryk jasno wszystkim obwieścił, że podczas wyjazdu to Marczak dowodzi całą akcją, nikt nie protestował. Furgonetki szybko opuściły plac i ze względu na niemal żaden ruch już po chwili mknęły aleją Niepodległości. Zenon co jakiś czas zerkał nerwowo w boczne lusterka, sprawdzając, czy nikt ich nie śledzi. Kiedy znaleźli się na Wołoskiej na wysokości szpitala, zaczął powoli się odprężać, gdy nagle na trzypasmową ulicę wyjechał wojskowy honker, stając w poprzek jezdni. Ze środka wysiadło dwóch żołnierzy, a jeden z nich podniósł do góry dłoń, nakazując zatrzymanie.

Obaj wojskowi mieli na sobie hełmy, kamizelki kuloodporne, a w dłoniach trzymali karabiny. Marczak szybko zorientował się, że tych dwóch chłopaków najpewniej nie przekroczyło jeszcze dwudziestego roku życia. Jeden z nich podszedł do kierowcy. Zenon wyskoczył z drugiej strony, trzaskając drzwiami.

– Dzień dobry. Stało się coś?

– Dlaczego wysiada pan z pojazdu, proszę natychmiast wrócić! – Młody żołnierz strasznie się wysilał, aby jego głos brzmiał groźnie i stanowczo.

– Po co te nerwy? Ja po prostu jestem właścicielem samochodów. Jakieś dokumenty będą potrzebne?

– Zaraz wszystko wyjaśnimy. Mamy informację, że handlujecie zabronionym towarem.

– Ale co?! Że narkotyki?! – Zenon mistrzowsko udawał zdziwionego.

Żołnierz zmarszczył groźnie brwi, nie wiedząc, czy Marczak czasem sobie z niego nie żartuje.

– Podobno chodzi o agregaty prądotwórcze i leki, którymi obrót jest zabroniony. – Przejęty chłopak wskazał pobliski budynek. – Tu jest szpital. Wie pan, ilu ludzi tam potrzebuje pomocy? Nie wstyd panu brać od innych za to kasę?

Zenon mógł się tego spodziewać. Leki, które zawieźli do miasta, zeszły praktycznie na pniu w ciągu pierwszych trzydziestu minut, a niektórzy z handlujących obok łypali na to wszystko podejrzliwym okiem. Musiało zadziałać staropolskie „donieś na bliźniego swego", pomyślał Zenon i powiedział:

– To jakaś pomyłka. Jak chcecie, to możecie sprawdzić, że nic takiego nie mamy. Tylko trochę jedzenia.

– Trochę jedzenia. – Żołnierz splunął niezadowolony. – Tego też wam powinni zabronić. Moja matka ostatnio wydała majątek na chleb i kilka kilogramów ryżu. Zaraz będzie policja i wszystko się wyjaśni. Pan da dowód rejestracyjny i prawko.

– Oczywiście.

Zenon odwrócił się na pięcie i otworzył drzwi do kabiny. Na burtach nie było już logo hodowli kwiatów Wojnarowicza. Wybierając się do miasta, zamienili tablice rejestracyjne na fałszywe. Jednak dokumenty były ciągle prawdziwe i oglądając je, żołnierze od razu dowiedzieliby się, gdzie przetrzymywane są agregaty. Przez chwilę Zenon nawet uśmiechnął się na myśl, że Henrykowi mogliby zabrać wszystkie generatory oraz leki. Ale potem uświadomił sobie, że zabraliby również całe złoto. Na pewno by je skonfiskowali w imię jakiegoś gównianego hasła typu „ojczyzna w potrzebie" albo po prostu rozkradli. Pozostało więc tylko jedno wyjście.

Zenon sięgnął do schowka na rękawiczki i wyciągnął stamtąd pistolet. Odbezpieczył go i dał spojrzeniem znak kierowcy, który w mig zrozumiał, o co chodzi. Gdy siedzący pośrodku Chodkowski zobaczył, co się święci, momentalnie cała krew odpłynęła mu z twarzy. Marczak wyszedł zza drzwi i strzelił dwa razy do żołnierza, z którym przed chwilą rozmawiał. Pierwszy pocisk trafił go pod szyją, na krawędzi kamizelki, a drugi wszedł dokładnie w usta, roztrzaskując zęby i podniebienie, by na końcu utknąć w kręgosłupie. Kierowca furgonetki wyskoczył z bronią gotową do strzału, ale szybko dosięgła go seria wystrzelona z karabinu drugiego żołnierza. Zenon przymierzył się spokojnie i posłał kulę prosto w prawe oko strzelającego. Kiedy szedł sprawdzić, co z kierowcą samochodu, zauważył, jak z pozostałych furgonetek zaczęli wysiadać jego ludzie z pistoletami w ręku. Wtedy w jednego z wysiadających wjechał z impetem czarny passat, wyrzucając potrąconego wysoko w górę. Samochód śmignął obok Zenona i zaczął zwalniać. Marczak wymierzył w tylną szybę, celując w zagłówek kierowcy, i oddał pięć strzałów. Samochód bardzo gwałtownie skręcił, siła odśrodkowa zrobiła swoje i pojazd przewrócił się na bok. Po chwili drzwi od strony pasażera otworzyły się i ze środka zaczął gramolić się blondyn, którego Zenon zaobserwował na bazarze. Ten sam facet, który wypytywał Tapira o agregaty. Kiedy mężczyzna zeskoczył na jezdnię, Zenon zauważył, że jest ranny w głowę, a jego jasne włosy szybko nasiąkają krwią. Blondyn wyszarpnął z kurtki pistolet, ale zanim uniósł dłoń z bronią ku górze, Marczak wpakował w niego resztę magazynka. Potem podszedł i przeszukał martwego, znajdując w wewnętrznej kieszeni kurtki legitymację policyjną. Schował dokumenty i sprawdził, czy drugi policjant i dwaj żołnierze na pewno nie żyją. Zabrali swoich zmarłych i pełnym gazem odjechali z Wołoskiej.

Gdy furgonetki znalazły się na posesji Wojnarowicza, Henryk najpierw wysłuchał relacji Chodkowskiego o tym, ile zarobili na wyprawie na miejski bazar. Potem podjechał na swoim wózku do Zenona.

– Gdy was nie było, zgłosiło się kolejnych dziesięciu, którym głód zajrzał w oczy – powiedział z satysfakcją. – Mamy czterdziestu ludzi. To już mała armia. Co tam się stało po drodze?

Zenon otworzył pakę jednej z furgonetek i pokazał zastrzelonego i potrąconego, którzy leżeli pokotem na podłodze samochodu.

– Możesz wyszykować też cmentarz – powiedział twardo Zenon. – Miejsce już masz, co nie?

– Znajdą nas? – W głosie Henryka nie było grama strachu.

– Nie wiem, ale jeśli tak, to możemy spodziewać się nie lada wizyty. – Marczak przypomniał sobie o czymś. – Niepotrzebnie rozdawaliśmy te twoje ulotki. Ten adres… Co to jest?

– Mieszkanie w Warszawie. Mam tam gościa, który nie powinien nas sypnąć.

– Nie powinien? – Głos Zenona brzmiał kpiąco. – Jeśli trafią do nas, to moi chłopcy z pistolecikami na wiele się nie przydadzą.

Zenon rzucił niechętne spojrzenie Henrykowi i wyszedł bez słowa.

Danuta położyła się na plecach i łapczywie wciągała powietrze do płuc. Zrobili to cztery razy i za każdym było fantastycznie. Popatrzyła na leżącego obok nagiego Zenona, który równie wyczerpany zdawał się drzemać.

Marczak, spoglądając spod półprzymkniętych powiek, najpierw upewnił się, czy drzwi są zamknięte i czy pistolet znajduje się w miejscu, do którego będzie mógł łatwo sięgnąć. Potem chwilę obserwował Danutę i jej zgrabną sylwetkę, gdy zakładała cienki szlafrok, wyciągając włosy spod kołnierza i zaciskając pasek wokół talii. Stanęła przy oknie, wyglądając na zewnątrz. Za szybą panowały egipskie ciemności, nie świeciły się już lampy na podwórzu ani latarnie wzdłuż Puławskiej. Nie było też łuny, która zawsze biła od stolicy. Danuta zadarła głowę do góry i ze zdziwieniem spoglądała na rozgwieżdżone niebo. Nigdy wcześniej, nawet przy bezchmurnej nocy, nie oglądała tylu gwiazd z tego miejsca.

– Zenon, kim jesteś? – spytała cicho.

Marczak wstał i podszedł do niej nago, objął ją w pasie, odgarnął włosy z szyi i zaczął delikatnie całować w kark.

– Nie wiesz, z kim chodzisz do łóżka? Niedobra dziewczynka – spróbował zażartować z uśmiechem.

– Pan Stefan powiedział mi, że zastrzeliłeś tamtych ludzi z zimną krwią. Bez mrugnięcia okiem.

Chodkowski, pomyślał Zenon, co za pierdolony stary dziad. Chyba w końcu trzeba będzie się nim zająć na dobre. Myślał gorączkowo, co mógłby powiedzieć Danucie.

– Wierz mi, że czuję się paskudnie. Ale musiałem to zrobić, żeby ratować tych, których kocham. Wiesz, co by było, gdyby tu wpadło wojsko i wszystko zarekwirowało?

– Myślisz o Marku?

– Nie tylko – powiedział Zenon, obrócił Danutę i pocałował ją delikatnie w usta. – Kocham cię.

Nie, to nie mogła być prawda. Takie słowa wypowiedziane po krótkiej znajomości muszą być ordynarnym kłamstwem. Jej umysł bronił się rozpaczliwie resztkami sił. Ale z drugiej strony tak bardzo długo była samotna i tak była tym wszystkim zmęczona, że w końcu emocje wzięły górę nad rozsądkiem. Przecież miłość nie zawsze jest prosta. Przecież w coś trzeba wierzyć. A czy może być coś lepszego, w co można wierzyć, niż właśnie miłość?

– Ja ciebie też – powiedziała, odwzajemniając pocałunek.

7.

To była zupełna katastrofa. Przez ostatnie trzy dni z hakiem zrobili zaledwie sześćdziesiąt kilometrów. Tempo jest o wiele gorsze, niż przewidywałem, pomyślał przygnębiony Michał, idąc z rodziną poboczem drogi 79 w kierunku Warszawy. Co jakiś czas, gdy mijał ich jakiś samochód, próbowali go zatrzymywać, ale robili to naprawdę rzadko, ponieważ przez ostatnie dni nauczyli się, że szanse na to, aby ktoś ich podrzucił, są praktycznie zerowe. No cóż, znak czasów, pomyślał z goryczą Michał. Gdy minęli tablicę z wypisaną odległością, jaka dzieliła ich od Warszawy, jego rozpacz się nasiliła. W tym tempie na pewno nie dotrzemy do Piaseczna na czas, pomyślał załamany. Mniej więcej po godzinie nieprzerwanego marszu Jurek zaczął wyraźnie odstawać. Chłopiec dyszał i zrobił się czerwony na twarzy.

– Michał, poczekaj – powiedziała Basia i uklękła przy Jurku, kładąc mu dłoń na czole. – Wszystko w porządku?

– Co się stało? – spytał Michał, który przystanął, patrząc zaniepokojony na syna. – Ma gorączkę?

– Nie, chyba nie. – Basia sprawdziła jeszcze raz. – Wydaje mi się, że to od tego marszu. Może odpoczniemy chwilę?

– Wolałbym, żebyśmy przeszli jak najwięcej przed południem, póki mamy siły.

Michał podszedł, poluzował szelki plecaka, opuszczając go niżej i nachylił się nad Jurkiem.

– To jak, chłopie, może chwilę poniosę cię na barana, to sobie odpoczniesz, co?

Jurek kiwnął energicznie głową, Michał przyklęknął, posadził sobie syna na ramionach i wstał powoli, przygnieciony dodatkowym ciężarem.

– Michał, ja wezmę ten plecak – zaproponowała Basia.

– Wykluczone!

Michał czuł, jak z każdym krokiem traci siły, przygięty podwójnym obciążeniem. Jednak co innego spowodowało, że po dziesięciu minutach gwałtownie się zatrzymał. Przyklęknął, najpierw zrzucił plecak, a potem ściągnął Jurka i posadził go sobie na kolanie. Trzymając chłopaka za ręce podczas marszu, wyczuł, że przeguby miał niemal gorące.

– Basia, on jest cały rozpalony!

– Chryste Panie, ma ze czterdzieści stopni! – jęknęła Basia, gdy tylko położyła chłopcu dłoń na czole.

Jurek przelewał się przez ręce. Otwierał oczy, by po chwili je znowu zamknąć, i bełkotał coś niewyraźnie.

– Jurek! Juruś, słyszysz mnie?! – Basia próbowała bezskutecznie nawiązać kontakt z synem, który nagle szeroko otworzył oczy.

– Strasznie boli mnie brzuch – wyszeptał chłopiec i rozpłakał się głośno. – Niepotrzebnie to jadłem!

– Co takiego?! – wrzasnął zdenerwowany Michał i po chwili dodał już ciszej: – Co jadłeś?

– Jak poszedłem siku, to były takie jagody na drzewie. Myślałem, że takie jak mama robiła w domu ze śmietaną, ale te były kwaśne.

– Synku, jakiego koloru były te jagody? – spytała Basia. – Powiedz mamie. Słyszysz mnie?

Jurek w odpowiedzi tylko przymknął oczy, potrząsnął brodą, a jego głowa opadła w dół.

– Michał, musimy szybko zabrać go do szpitala! – krzyknęła Basia, podtrzymując głowę zemdlonego chłopca.

Michał pokiwał głową w milczeniu. Było jasne, że Jurek musiał trafić do lekarza. Pytanie brzmiało, gdzie jest ten lekarz i jak się do niego dostać. Michał stanął na środku jezdni i rozejrzał się bezradnie w obie strony. Ani z kierunku sandomierskiego, ani z warszawskiego nie było widać żadnych nadjeżdżających samochodów.

– Zrób coś, do jasnej cholery! – wydarła się Basia.

– Niby co?! – Michał też stracił nad sobą panowanie. – Mam zadzwonić na 112? Nie wiesz, jaka jest sytuacja?

– Tato! – krzyknęła Natalia, pokazując na coś ręką.

Michał spojrzał we wskazanym kierunku. Z południa nadjeżdżał mały srebrny fiat 500. Michał wiedział, że facet nie zatrzyma się na zwykły gest autostopowicza, dlatego stanął z szeroko rozkraczonymi nogami i rozcapierzonymi rękoma tak, aby zbliżający się pojazd miał jak najmniej miejsca, aby go ominąć. Kierowca jednak w ogóle nie zamierzał wykonywać żadnych manewrów, jechał wprost na stojącego. Co najgorsze, nie zamierzał również hamować, samochód zbliżał się ze stałą prędkością. Michał widział już siedzące wewnątrz starsze małżeństwo. Wściekły kierowca zatrąbił i cały czas trzymał rękę na kierownicy, a przeciągły dźwięk klaksonu zerwał do lotu siedzące nieopodal na drzewie ptaki.

Michał wcześniej wykoncypował sobie, że gdyby kierowca się nie zatrzymał, po prostu uskoczy w bok, ale wszystko potoczyło się zupełnie inaczej. Kierowca zaczął hamować znacznie za późno, Michał odskoczył w bok, ale w tę samą stronę skręcił pojazd, ponieważ prowadzący zdecydował się ominąć stojącego na drodze desperata. W rezultacie spanikowany Michał zaczął się cofać gwałtownie i w końcu, w ostatniej fazie hamowania, zderzak pojazdu uderzył w zawalidrogę i obalił go na jezdnię.

Michał był cały potłuczony, ale szybko zerwał się na nogi i podbiegł do kierowcy, który przerażony zablokował drzwi od środka.

– Błagam! Niech nas pan podwiezie! Potrzebujemy pomocy, mamy ciężko chore dziecko!

Na potwierdzenie swoich słów Michał wskazał siedzącą na poboczu Basię, która tuliła zemdlonego Jurka w ramionach. Siedzący w środku spojrzeli we wskazanym kierunku, potem coś poszeptali między sobą i w końcu kierowca zwolnił blokadę zamków. Michał otworzył tylne drzwi i po chwili cała jego rodzina siedziała stłoczona w samochodzie, a starszy mężczyzna ruszył do przodu.

– Od razu mówię, mogę podrzucić tylko do Zwolenia! – powiedział oschłym głosem. – Do Zwolenia tylko mogę!

Kierowca przez następne dwa kilometry powtórzył to jeszcze kilkakrotnie i zamilkł dopiero wtedy, gdy jego żona łagodnym gestem położyła mu dłoń na ramieniu. Basia tuliła Jurka ze łzami w oczach, gdy nagle ze zdziwieniem wyciągnęła mokrą rękę spod siedzenia chłopca, a w samochodzie rozszedł się przykry zapach.

– O Boże, Michał – wyszeptała do siedzącego obok męża. – Jurek dostał biegunki.

– Przepraszam, może się pan na chwilę zatrzymać? – powiedział Michał, stukając kierowcę w ramię.

Samochód zatrzymał się na poboczu i cała rodzina Barańskich wysiadła. Najgorsze było to, że nie mieli żadnych ubrań na zmianę. Basia zdecydowanym gestem ściągnęła trzęsącemu się z zimna Jurkowi zabrudzone spodnie i majtki. Gdy Michał zaczął wyciągać jedyny ręcznik z plecaka, zauważył, jak siedzący za kierownicą mężczyzna patrzy w ich kierunku z obrzydzeniem, potem zamyka tylne drzwi i odjeżdża z piskiem opon. Michał zerwał się gwałtownie, wybiegł na jezdnię i krzyknął za odjeżdżającym samochodem:

– Ty skurwysynu ty! Obyś zdechł!

– Michał, pomóż mi! – zawołała Basia przez łzy.

Wspólnie z żoną zwilżyli ręcznik wodą i wytarli chłopca. Następnie owinęli mu nogi ręcznikiem, a Michał podniósł Jurka, natomiast Basia z Natalią wzięły wspólnie plecak i wszyscy rozpoczęli powolny marsz na północ. Wkrótce minęli tablicę z informacją, że od Zwolenia dzielą ich jeszcze trzy kilometry.

Niesienie chłopca w ten sposób było o wiele bardziej niewygodne niż na barana. Po pierwszym kilometrze kręgosłup Michała płonął żywym ogniem. Po kolejnym jego chód coraz bardziej przypominał człapanie i Michał był przekonany, że zaraz runie jak długi i nie będzie w stanie się podnieść. Dlatego sam się zdziwił, gdy w końcu minęli tablicę informującą ich, że oto przekroczyli granicę Zwolenia. Kontynuowali marsz, dopóki droga, którą szli, skończyła się skrzyżowaniem w kształcie litery T. Wtedy, zgodnie ze wskazówkami na tablicach, skręcili w lewo, w kierunku Warszawy. Powoli zbliżali się do centrum miejscowości, po jednej i drugiej stronie ulicy roiło się od sklepów i różnego rodzaju punktów usługowych. Z daleka Basia wskazała szyld apteczny i powiedziała:

– Tam! Musimy mu dać jakiś lek, cokolwiek, zanim na dobre się odwodni!

Kiedy weszli do apteki, Basia z Natalką rzuciły plecak i zaczęły przedzierać się na zaplecze, a Michał oparł się ciężko o ścianę, wciągając łapczywie powietrze. Poczuł, jak jego ręka pod ręcznikiem staje się zupełnie mokra. Spojrzał zaniepokojony na twarz swojego syna. Gorące oblicze zastąpiła potworna, trupia bladość.

– Jurek, synku... Trzymaj się, zaraz coś wymyślimy – tylko takie marne pocieszenie przyszło mu do głowy.

Po chwili z zaplecza wyszły Natalia i Basia, która tylko potrząsnęła głową w zaprzeczeniu. Michał zauważył duże łzy, które płynęły po twarzy żony. Byli całkiem bezsilni, ich syn potrzebował natychmiastowej pomocy, a oni nie wiedzieli, co mają robić.

– Chodźmy dalej, może będzie jakiś lekarz, szpital, cokolwiek – powiedział Michał i wszyscy wyszli na zewnątrz.

Poszli w górę i gdy dotarli do rozległego placu, stanęli jak wryci. Na skwerze znajdowało się około dwustu osób i wszyscy siedzieli, w milczeniu wpatrzeni w ziemię. Co najwyżej kilku najbliżej siedzących zwróciło swe spojrzenie w kierunku nowych przybyszy. Dopiero po chwili Michał zauważył, że przy budynkach stoją trzy transportery opancerzone, a w każdym rogu placu rozłożono karabin maszynowy wycelowany w tłum.

Jak spod ziemi wyrósł przed nimi żołnierz w rozchełstanej kurtce, spod której było widać marynarską koszulkę w biało-niebieskie paski. Rosjanin miał skośne, mongolskie rysy twarzy i tlącego się papierosa w kąciku ust. Zdjął niedbałym ruchem karabin z ramienia i popchnął całą czwórkę w kierunku ciżby ludzkiej.

– *Padsiest*! *Padsiest*! – wydarł się żołnierz i szturchnął lufą karabinu Natalkę w plecy.

– Błagam, mój syn potrzebuje pomocy! – Michał podniósł do góry nieprzytomnego Jurka.

Rosjanin spojrzał na chłopca, skrzywił się, czując smród brudnego ręcznika, wypluł papierosa z ust, przeładował karabin i wycelował Michałowi w głowę.

– *Padsiest*! *Bystro*!

Michał wraz z rodziną zaczął się cofać powoli w kierunku siedzącego tłumu. Jakiś starszy, na oko siedemdziesięcioletni pan w długim czarnym płaszczu wstał i odezwał się łagodnym głosem:

– Ja pomogę, znam rosyjski – powiedział i zwrócił się bezpośrednio do żołnierza. – *Pustitie bolnogo riebionka. Bolnica dołżna*!

Żołnierz zacisnął usta, podszedł do staruszka i z całej siły uderzył go kolbą karabinu w twarz. Starszy pan skulił się pod wpływem uderzenia, jęknął cicho, a na chodnik chlusnęła krew z kilkoma zębami. Tłum szybko wciągnął rannego, a cała rodzina Barańskich usiadła między ludźmi bez słowa protestu. Rosjanin zarzucił broń na ramię i podszedł do jednego ze swoich kompanów z miną mówiącą: „Co też te Polaczki wyprawiają".

Dopiero teraz Michał zauważył, że między transporterami jest o wiele więcej żołnierzy, a niektórzy z nich wyglądają również z okien budynku, który jeśli wierzyć napisom, był Urzędem Miejskim w Zwoleniu. Z zamyślenia wyrwał go paniczny, nieludzki wręcz szept Basi:

– Michał, on nie oddycha!

Rozdział VI

1.

Najpierw musiał dać łapówę jakiemuś łysemu szumowinie w czarnym kombinezonie z żółtym napisem „Ochrona". Bo niby teraz żadne pociągi nie odjeżdżają i na peron nie wolno. Potem odebrał kopertę od konduktora, który nie dość, że już miał zapłacone, to i tak odruchowo wyciągnął rękę po kilka zmiętych banknotów. Naprawdę, w tym kraju nigdy nie będzie normalnie, pomyślał Ma Chao i pchnął ciężkie drzwi, wychodząc z dziewiętnastowiecznego budynku dworca we Władywostoku.

Na zewnątrz zapiął kurtkę pod samą szyję, bo temperatura oscylowała wokół zera, a dodatkowo przenikliwy wiatr rozsiewał dokoła marznącą paciaję. Nie wiadomo, czy to deszcz, czy śnieg, stwierdził zrezygnowany Chińczyk i ruszył w kierunku parkingu, lawirując pomiędzy kopcącymi, starymi autobusami. Gdy doszedł do swojej terenowej hondy, jak spod ziemi wyrósł narąbany żulik, który przytrzymując się dachu pojazdu, rzucił konfidencjonalną chrypą:

– Szefie, jest przypilnowane. Normalnie żadnej ryski. Starałem się.

Chińczyk westchnął, skinął głową i z bladym uśmiechem wetknął zwitek rubli w brudną rękę samozwańczego parkingowego. Ten ukłonił mu się szarmancko i odszedł chwiejnym, acz dystyngowanym krokiem.

Ma Chao wsiadł do samochodu, odpalił silnik i ruszył na północ, mijając po swojej lewej stronie pomnik Lenina z palcem wyciągniętym ku morzu. Kiedyś twierdzono, że wódz podobno wskazywał Japonię jako cel ataku. Teraz mieszkańcy śmiali się, że tak naprawdę nie o atak chodziło, ale raczej o to, aby naród rzucił się po samochody, które masowo importowano z Japonii i których było pełno na ulicach Władywostoku. Honda Ma Chao też miała kierownicę po prawej stronie, czego Chińczyk naprawdę nie cierpiał, ale jego przełożony stwierdził, że w ten sposób nabiera się wiarygodności. Aby poprawić sobie widoczność podczas wyprzedzania, Ma Chao, tak jak rdzenni Rosjanie, zainstalował po lewej stronie szyby system dwóch lusterek, dzięki którym można było obserwować, czy pasem z naprzeciwka nic nie nadjeżdża. Chińczyk uważał to za szatański wynalazek, który przerażał go tak bardzo, że jeszcze nigdy nie zdecydował się na wyprzedzenie na zwykłej dwupasmówce. Nagle z bocznej ulicy na pełnym gazie wyjechała biała łada. Chińczyk nacisnął z całej siły hamulec i honda nieomal stanęła dęba. Ma Chao położył rękę na klaksonie i nie zdejmował jej przez dobrych kilka sekund. W odpowiedzi zwalisty Rosjanin siedzący za kierownicą łady sięgnął do drzwi pasażera i z mozołem zaczął kręcić korbą, uchylając szybę. Chińczyk wcisnął guzik w hondzie i jego szyba również ruszyła do dołu.

– Jak jeździsz, ty chiński pedale! – ryknął Rosjanin, czerwieniejąc na nalanej twarzy.

– Zamknij ryj, grubasie! Za prawo jazdy to chyba chuja w szczękę wziąłeś, bo znaków ni chuj, widzę, nie znasz! – krzyknął w odpowiedzi Chińczyk.

– Suka!

– Suka to twoja stara! Musiało jej nieźle śniegu w pizdę nawiać, że takiego bałwana urodziła!

Rosjanin wyciągnął spod siedzenia łyżkę do opon i przesunął nią po szyi w międzynarodowym geście. Ma Chao wyskoczył z samochodu i otworzył w ładzie drzwi od strony pasażera.

– No chodź!

Rosjanin przewyższał Chińczyka dwukrotnie wagą i wzrostem, ale mimo to kierowca łady schował łyżkę i ruszył na tyle ostro, że drzwi same się zatrzasnęły. Wzrok Ma Chao był bardzo nieprzyjemny, jego spojrzenie wyrażało gotowość na wszystko, bez liczenia się z konsekwencjami. W firmie mówili, że to dzięki temu z armii przeniesiono go do „Dwójki", jak potocznie określano Biuro Numer Dwa w Ministerstwie Bezpieczeństwa Państwowego Chińskiej Republiki Ludowej. Wydział ten zajmował się wszelkimi operacjami prowadzonym poza granicami Chin, z wyjątkiem Hongkongu, Makau i Tajwanu, którymi zajmowali się koledzy z Biura Numer Trzy.

Ma Chao wsiadł z powrotem do hondy i ruszył dalej zatłoczoną ulicą. Co ja wyrabiam, myślał, narażam całą operację jak zwykły pieprzony uczniak. Przecież wystarczyło, żeby jakiś „mient" się napatoczył i od razu byłyby problemy. Nie dość, że mówię jak oni, to jeszcze tak samo myślę, skwitował w duchu. Uświadomił sobie, że wyraża się o policjantach tak samo jak Rosjanie. Z drugiej strony jestem tu prawie dwa lata i ciężko tym gównem nie przesiąknąć, kontynuował monolog wewnętrzny. Władywostok, podobnie jak cała Rosja, był miejscem, gdzie wszyscy byli dla siebie wiecznie niegrzeczni, opryskliwi i nawzajem się obrażali. Chyba że zobaczyli pieniądze. Ale nawet wtedy się nie cieszyli, pochmurnieli często jeszcze bardziej, jakby dając wyraz swojemu niezadowoleniu, że ktoś ma kasę i wręcza im w celu załatwienia jakiejś sprawy.

Honda wjechała na olbrzymi most wantowy, jedną z najnowocześniejszych przepraw w Rosji, którą rozciągnięto malowniczo nad zatoką Złoty Róg. Gdy Ma Chao zbliżał się do drugiego brzegu, obrzucił wzrokiem okoliczne osiedla. Widok był szpetny. Wszędzie ponure, buroszare sowieckie bloki ze spękaną, betonową powierzchnią. Za to co rusz pełno knajpek, sklepów, biur firm transportowych i usługowych, a wszystkie szyldy były w dwóch językach, chińskim i rosyjskim. Właśnie tak, pomyślał Ma Chao z satysfakcją. Powoli, powolutku, kawałek po kawałku was przejmiemy. Szczypta kasy, trochę pomysłu, dużo pracowitości i już firma rosyjska nie ma startu z chińską.

Samochód dotarł pod olbrzymie budynki z logo chińskiego koncernu Sinopec, a rosyjski ochroniarz po sprawdzeniu numerów rejestracyjnych uchylił szlaban, pozwalając wjechać hondzie na parking. Ma Chao zgasił silnik i wyciągnął kopertę, którą wcześniej odebrał na dworcu. Wieczna dziecinada z tymi listami, jakby nie mogli normalnie wysłać szyfrowanej wiadomości. Wszyscy w firmie wiedzieli, że całe kierownictwo wręcz panicznie bało się cyfrowych podsłuchów, zakrywało kamery w laptopach i stosowało podobne zabiegi, które Ma Chao i kolegom w jego wieku wydawały się absurdalne. Chińczyk otworzył list i przebiegł wzrokiem tekst zapisany cyrylicą. Treść listu była zupełnie niewinna, ale wprawne oko Ma Chao od razu wyłuskało i rozszyfrowało sekwencję cyfr, która zaraz miała mu się przydać. Kilkukrotnie powtórzył je w myślach, zapamiętując, po czym używając samochodowej zapalniczki, spalił kartkę.

– Brakuje tu jeszcze Jamesa Bonda z bajeranckim zegarkiem – powiedział cicho do siebie i parsknął śmiechem.

Ma Chao wysiadł z samochodu i wszedł do budynku, gdzie przywitali go rosyjscy ochroniarze z długą bronią. Sprawdzili jego dokumenty, obszukali, zeskanowali siatkówkę oka i pozwolili przejść dalej. To byli jedyni uprzejmi dla Ma Chao Rosjanie, nieraz nawet obdarzali go uśmiechem. Nic dziwnego, Sinopec płacił im dziesięć razy tyle, ile wynosiła przeciętna pensja ochroniarza we Władywostoku. Dzięki tak sowitemu wynagrodzeniu wszyscy byli zadowoleni z pracy dla chińskiego giganta naftowego, który dwieście kilometrów na południe od miasta prowadził prace wydobywcze na platformie zacumowanej na wodach Morza Japońskiego. Rosjanie zgodzili się ochoczo na umiejscowienie platformy, ponieważ po pierwsze, kasowali swoich sąsiadów jak za zboże, a po drugie, byli przekonani, że akurat w tych rejonach nie ma żadnej ropy. Mieli rację.

Ma Chao za pomocą karty przeszedł do pomieszczeń biurowych niedostępnych dla rosyjskich ochroniarzy. Potem wsiadł do windy, gdzie wystukał sekwencję cyfr odczytanych z listu. Drzwi windy zamknęły się i dźwig zaczął powoli sunąć w dół, by zatrzymać się miękko po kilku sekundach. Chińczyk wszedł do pomieszczenia, które zeskanowało i prześwietliło jego ciało, a potem przez drzwi pancerne wkroczył do ogromnej, podziemnej hali. Przywitał go niespełna trzydziestoletni mężczyzna w zuniformizowanym, granatowym kombinezonie.

– Panie pułkowniku, porucznik Fang Quiliang gotowy do inspekcji! – Oficer wyprężył się w salucie.

Ma Chao machnął ręką i uścisnął dłoń porucznika z uśmiechem.

– Jak jest? – spytał.

– Wszystko zapięte na ostatni guzik. Ale to już jest szczyt pojemności. Musimy dobudować kolejne podziemne magazyny, aby zmieścić coś więcej.

– Spokojnie. Raczej nie będzie takiej potrzeby.

Ma Chao ogarnął wzrokiem tonącą w mroku halę i zwrócił się do porucznika:

– Daj tu trochę światła.

– Tak jest!

Fang Quiliang otworzył umocowaną na ścianie szafkę z bezpiecznikami i zaczął pstrykać przełącznikami, a w kolejne sektory podziemnego magazynu zajrzało ostre jarzeniowe światło. Oczom Ma Chao ukazał się znajomy widok. Setki półek i stanowisk z karabinami, pistoletami, hełmami, granatowym umundurowaniem, kamizelkami kuloodpornymi, a także samochody terenowe oraz blisko pięćdziesiąt transporterów opancerzonych.

– Nieźle, co? – wyszeptał z podziwem porucznik.

Ma Chao pokiwał powoli głową. To były trzy długie lata. Statki Sinopecu, tydzień po tygodniu, kontener po kontenerze, zwoziły cały sprzęt, aby ukryć go w podziemnych magazynach, których wybudowanie w południowej części Władywostoku trwało dwa lata. Łącznie z planowaniem, które poprzedziło całą operację, zajęło to Ma Chao osiem lat wytężonej pracy. Cały sprzęt zgromadzony w magazynach był produkcji chińskiej, ale wszystkie urządzenia zostały pozbawione jakichkolwiek oznaczeń oraz numerów seryjnych, a całość lekko zmodyfikowano tak, aby nie przypominały oryginałów. W tym jesteśmy mistrzami, pomyślał pułkownik ministerstwa bezpieczeństwa, w robieniu podróbek, które są podobne do oryginałów, a jednak nimi nie są. Kto by przypuszczał, że nadejdzie dzień, gdy zaczniemy kopiować samych siebie? Następnie Ma Chao upewnił się, że cały sprzęt jest sprawdzany i utrzymywany w ciągłej gotowości przez porucznika i jego ludzi, pożegnał się i wyszedł na parking, z którego przeszedł na znajdujące się w pobliżu lądowisko dla helikopterów.

Po pięciu minutach pułkownik został przejęty przez maszynę w barwach Sinopec, która na co dzień woziła pracowników na platformę wiertniczą. Pracownikami byli tak naprawdę wynajęci aktorzy, ponieważ na platformie o żadnym wydobyciu nie było mowy, ale któż by się przejmował takimi szczegółami.

Po półtoragodzinnym locie maszyna chińskiego giganta naftowego wylądowała miękko na trawiastym boisku. Dopiero teraz Ma Chao poczuł narastający stres, który powoli ścisnął jego żołądek w kamienny kłębek. To było bardzo ważne spotkanie. Łopaty wirnika obracały się coraz wolniej i w końcu pilot, który przez całą podróż nie odezwał się ani słowem, wysiadł i otworzył drzwi. Ma Chao opuścił helikopter i zaczął iść w kierunku parterowych budynków otoczonych placem zabaw. Między drabinkami i karuzelami stało dwóch potężnych mężczyzn w garniturach, którzy obserwowali nadchodzącego pułkownika znudzonym wzrokiem. Ma Chao nie miał pojęcia, gdzie się dokładnie znajduje. Wiedział na pewno trzy rzeczy. Że są w prowincji Jilin, że gdzieś w pobliżu pasma górskiego Changbai, którego szczyty majaczyły w oddali, i że jest to straszliwa wiocha zabita dechami.

Znudzone typy w garniturach gestem zaprosiły Ma Chao do wnętrza budynku, który okazał się miejscowym przedszkolem. Następnie pułkownik został poddany najbardziej drobiazgowej kontroli osobistej w swoim życiu, po której zaprowadzono go do sali z napisem „Łowcy: 4-latki".

W sali z wiszącymi na ścianach pracami przedszkolaków znajdowało się trzech mężczyzn. Dwóch z nich stało w pełnej szacunku postawie, a przed nimi przy małym stoliku siedział Xi Jinping, przewodniczący Chińskiej Republiki Ludowej. Najważniejsza osoba chińskiego państwa, siedząc na mikroskopijnym krzesełku, musiała ułożyć nogi w takiej pozycji, że podciągnięte nogawki garniturowych spodni odsłaniały blade łydki właściciela. Pułkownik zasalutował służbowo, ale przywódca Chin tylko się skrzywił i wskazał mu krzesełko stojące po przeciwnej stronie stolika. Ma Chao nie bez przeszkód po krótkiej chwili zdołał się usadowić na małym siedzisku.

– To jedyne miejsce, o które jestem spokojny – zaczął lekko przepraszającym tonem Xi Jinping. – Wszędzie indziej podsłuchują Amerykanie.

Ma Chao miał na ten temat inne zdanie, ale kiwnął w milczeniu głową, jakby podzielał ten sam pogląd. Rzucił okiem na stolik, przy którym siedzieli, i zobaczył, że na blacie leżą dwa niedokończone rysunki i kilka kredek. Całe pomieszczenie wyglądało tak, jakby opuszczono je w popłochu.

– Gdzie ludzie? – spytał bezwiednie pułkownik.

– Zostali ewakuowani ze względu na zagrożenie – powiedział przewodniczący ChRL.

Właściwie już samo to wyjaśniało sprawę, ale najwyraźniej Xi Jinping nie lubił niedomówień.

– Rzecz jasna, zagrożenie minie, kiedy ja odlecę z powrotem do Pekinu. Mów.

Ma Chao wiedział, że to jest jego moment. Oto spotyka się z najważniejszą osobą w państwie liczącym przeszło miliard trzysta milionów mieszkańców. Państwie, które w ostatnim dwudziestoleciu, za sprawą diabelskiej mieszanki komunizmu z kapitalizmem, wyrosło na światowego gracza. Dlatego zamierzał wygłosić mowę, którą szykował i układał w głowie przez ostatnie kilka dni.

– Panie przewodniczący – zaczął z emfazą pułkownik. – To było długie osiem lat. Lat pełnych wytężonej pracy, wysiłku wielu ludzi, którzy wspólnie, dla naszej kochanej Chińskiej Republiki Ludowej…

Xi Jinping nie musiał nic mówić, spojrzał tylko surowo na swego rozmówcę, aż Ma Chao skulił się. Co ja wyrabiam, pomyślał w panice, zachowuję się jak Rosjanin, a nie jak Chińczyk.

– Krótko i na temat. Jesteśmy gotowi? – zapytał rzeczowo Xi Jinping.

– Jesteśmy gotowi, panie przewodniczący! – niemal krzyknął pułkownik. – Gotowi jak jasna cholera! W każdej chwili osiem tysięcy naszych ludzi może zjawić się we Władywostoku w cywilnych ciuchach, a my przekształcimy ich w dywizję.

– Macie dla nich wszystko?

– Wszystko! Od wozów opancerzonych i karabinów po obcinacze do paznokci i kondomy!

Przewodniczący Chin zmarszczył brwi, a Ma Chao przymknął oczy z zażenowania. Na cholerę powiedziałem o tych kondomach, zaczął czynić sobie wyrzuty w duchu, powinienem otrzymać jakiś dodatek za pracę wśród tych pieprzonych Rosjan!

Przewodniczący wstał i ruszył do drzwi w asyście dwóch swoich towarzyszy, a Ma Chao, całkiem załamany, dalej siedział na swoim krzesełku. Przewodniczący nawet się z nim nie pożegna, nie zapamięta go i tym samym pryskają jego marzenia o awansie i przeprowadzce do Pekinu. W ostatniej chwili Xi Jinping odwrócił się od drzwi i powiedział do pułkownika:

– Aha, jeszcze jedno. Rosjanie się niczego nie spodziewają?

– Ależ skąd! – Ma Chao wstał z krzesełka. – Zajęliśmy się tymi, którzy coś podejrzewali.

– Przekupieni?

– Co... Jak to? – Chiński szpieg nie był pewien, czy przewodniczący sobie z niego żartuje. – Nie żyją.

Xi Jinping zrobił minę pełną szacunku, podszedł do Ma Chao i uścisnął jego dłoń.

– Nie zapomnimy o was... – Przewodniczący zawiesił głos i poszukał wzrokiem jednego z asystentów.

– Pułkownik Ma Chao.

– Pułkowniku Ma Chao – dodał pewnym głosem Xi Jinping, po czym opuścił szybko pomieszczenie, zostawiając pułkownika samego.

Ma Chao bardzo powoli, ciągle oszołomiony dopiero co zakończonym spotkaniem, usiadł ciężko na krzesełku. Jak tylko wrócę do Władywostoku, urżnę się jak świnia, pomyślał, żałując, że oto podczas swojego pobytu na rosyjskiej ziemi przejął od tubylców kolejny nawyk.

2.

Roman prowadził swój pluton przez rzadki las. To był prawdziwy cud, że podczas walki z czołgami na przedmieściach żaden z jego ludzi nie został ranny. Po idiotycznym rozkazie Przybylskiego Gurski połączył się z dowódcą drugiego plutonu, porucznikiem Marcinem „Falą" Falkowskim, który poprosił Romana o pomoc.

Roman szedł obok Jovana, który idąc z przodu, niósł dzieciaka znalezionego na poddaszu domu. Gdy tylko zdziwiony sierżant wziął chłopca na ręce, ten złapał się jego kamizelki kuloodpornej niczym kleszcz, tak mocno, że nie sposób było go odczepić. W końcu doszli do wniosku, że muszą wziąć malca ze sobą, bo zostawienie go na przedmieściach, które wkrótce miały zostać zasypane pociskami artylerii, byłoby skazaniem dziecka na śmierć.

Roman kątem oka zauważył, że chłopiec patrzy na niego, ale nie odwrócił głowy. Już raz spojrzał chłopcu w oczy i to wstrząsnęło nim do głębi. Chłopiec nie płakał ani nie okazywał strachu, jego spojrzenie było absolutnie pozbawione emocji. Był zobojętniały na wszystko. Temu małemu, na oko dwuipółletniemu człowiekowi dawno temu zabrakło łez.

Pluton Gurskiego dotarł na skraj lasu i dołączył do leżącego w wysokiej trawie „Fali", z którym było jeszcze dwóch jego żołnierzy. Falkowski obrzucił pluton Romana obojętnym spojrzeniem, prześlizgując się po Jovanie z dzieciakiem uczepionym kamizelki.

– Nie pytaj – powiedział Gurski, witając się z leżącym silnym uściskiem dłoni.

– Nie pytam. Nie takie rzeczy już widziałem – odparł „Fala".

– Dobrze, poruczniku Falkowski. Teraz oświećcie mnie, dlaczego rosyjska artyleria jeszcze nie przepierdoliła tego terenu centymetr po centymetrze.

– Tam jest odpowiedź.

Gurski podążył wzrokiem za wskazującym palcem Falkowskiego. Po kilku metrach wysoką trawę przecinało druciane ogrodzenie, za którym widać było blaszane zabudowania z wymalowanym wielkimi literami napisem: Zakłady Mięsne Laksigon. Roman popatrzył na Falkowskiego pytająco.

– W tych budynkach schował się dowódca rosyjskiego batalionu, którego pod ogniem trzyma mój pluton – wyjaśnił „Fala". – Rzecz jasna, to on może wydać rozkaz artylerii, aby rozpoczęła zabawę, ale jak widzisz, nie kwapi się do tego, bo prawdopodobnie nie jest samobójcą.

– Jaka jest sytuacja?

– Patowa. Chyba że nam pomożecie.

– Mów – zachęcił Roman.

„Fala" wyciągnął kartkę i naszkicował co i jak. Dowódca batalionu miał ze sobą obstawę w sile plutonu. Zarówno Rosjanie, jak i ludzie Falkowskiego umocowali się na swoich pozycjach, ale szala zwycięstwa nie przechylała się na żadną ze stron. Teren masarni od północnej strony kończył się całkiem sporym stawem, który leżał poniżej poziomu całego terenu. Gurski, wysłuchawszy raportu, zadecydował, że drużyna Segeta pójdzie wzmocnić ludzi „Fali" na pozycjach w masarni. Dwie kolejne drużyny, pod wodzą Krzyśka Maja, otrzymały rozkaz zajęcia pozycji w lesie zaraz za linią stawu tak, aby uniemożliwić Rosjanom wycofanie się. Gurski wraz z drużyną Boskiego, uzbrojeni w dwa UKM-y, mieli przedrzeć się do masarni od wody i związać ogniem centralny plac, co umożliwiłoby atak Segetowi i ludziom „Fali". Jovan z dzieciakiem i Janik mieli zostać z Falkowskim.

Gdy porucznik Gurski wydał wszystkie rozkazy, a ludzie Boskiego zgarnęli swój sprzęt, do Romana podszedł blady szeregowy Kowalik, nowy żołnierz, o którym Gurski zdążył całkiem zapomnieć.

– Panie poruczniku… – zaczął niepewnie chłopak.

– Co jest?

– Nie wiem, czy dam radę, może na razie zostanę tutaj i jeszcze trochę się wdrożę. To znaczy popatrzę, jak to się robi – powiedział drżącym głosem Kowalik.

Roman w pierwszej chwili pomyślał, że chłopak sobie żartuje, a potem wpadł w gniew, zniżając głos do szeptu, i tak aby inni nie słyszeli, wysyczał do Kowalika:

– Kurwa twoja mać, szeregowy, ja wam zaraz popatrzę. Co ty myślisz, że to jakieś ćwiczenia? Tu idzie o życie. Albo my ich, albo oni nas. Proste?

Kowalik niepewnie pokiwał głową i po niecałej minucie cała drużyna prowadzona przez Gurskiego po przecięciu drucianej siatki ogrodzenia zaczęła posuwać się wzdłuż jeziorka, chroniona przez trawiasty wał. Choć Falkowski twierdził, że Rosjanie głównie obsadzają budynek z drugiej strony, to jednak Roman ze swoimi ludźmi szli powoli, co jakiś czas zatrzymując się i obserwując teren.

Gdy cała grupa była w połowie długości stawu i powoli zbliżali się do budynku, który mieli zająć, usłyszeli głuchy huk i wszyscy jak jeden mąż wyjrzeli poza krawędź wału. Jedne z drzwi garażowych rozleciały się na kawałki, a w ich stronę pełnym gazem pędził rosyjski transporter opancerzony, plując pociskami z trzydziestomilimetrowego działka. Pociski mijały krawędź wału i wybuchały w stawie, wyrzucając w górę kaskady wody. W drużynie od razu zapanował popłoch. Idący na końcu Kowalik, który jako jedyny nie wyjrzał zza wału, a jedynie usłyszał kanonadę, wrzucił w panice karabin do stawu i wyskoczył poza trawiastą grań. Jeden z ludzi Boskiego, również w histerii, chciał rzucić się do jeziorka, ale w porę został zatrzymany przez swego plutonowego.

– Gdzie, kurwa?! – ryknął Boski, trzymając wyrywającego się żołnierza. – W wodzie będziesz od razu jak na dłoni! Ten wał to nasza jedyna ochrona!

Roman wyjrzał ostrożnie i zobaczył, że Kowalik w panice biegnie prosto na nadjeżdżającego rosyjskiego BTR-a. Widząc zbliżający się pojazd, szeregowy stanął jak wryty, a Rosjanie, którzy najpewniej również się go nie spodziewali, minęli go w pełnym pędzie. Po sekundzie Kowalik otrzeźwiał i ruszył w kierunku budynku, z którego wyjechał rosyjski pojazd.

Roman schował się za krawędź, rozpaczliwie usiłując zebrać myśli. Wiedział, że maszyna znajdzie się przy nich w kilka sekund i tyle miał czasu, aby wydostać ich z tej popieprzonej sytuacji. Po chwili usłyszał, jak ryk działka umilkł, a silnik diesla transportera ryczy, wskakując na przemian na niskie i wysokie obroty. Ponownie wychylił się i zauważył, że rosyjski BTR znajduje się niecałe dwadzieścia metrów od ich pozycji, a koła piętnastotonowej maszyny, natrafiwszy na podmokły grunt bliżej stawu, zapadają się w bagnistej ziemi. Kierowca bujał teraz transporterem na zmianę do przodu i do tyłu, próbując uwolnić się z pułapki, a doświadczony rosyjski dowódca prawdopodobnie kazał wstrzymać ogień, aby nie marnować amunicji.

Wtedy z drugiej strony stawu, spośród drzew, nastąpiła prawdziwa kanonada. Gurski uświadomił sobie, że to strzelają dowodzone przez Krzyśka Maja dwie drużyny, które dopiero teraz zajęły wcześniej ustalone pozycje. Szybko spostrzegł, że dystans jest zbyt duży. Pociski nie sięgnęłyby nawet ich samych na brzegu jeziorka, a co dopiero uwięzionego transportera opancerzonego. Gurski wyszarpnął radiostację z kamizelki.

– Maj! Słyszysz mnie?! Wstrzymajcie ogień, to bez sensu!

Kapral najwyraźniej usłyszał swojego dowódcę, bo ogień gwałtownie ucichł, a po chwili dało się słyszeć zniekształcony głos Maja:

– Panie poruczniku, pod budynkiem za rampą jest ten nowy. Nie wiem, jak on się nazywa.

– Kowalik? – spytał przez radio Gurski.

– Tak jest.

Gurski lekko się wychylił i momentalnie zasypał go grad pocisków z karabinu maszynowego PKT, w który wyposażony był rosyjski BTR. Gurski z resztą ludzi przywarli do wału, a Rosjanie, odtąd doskonale znając ich pozycję, co chwilę posyłali w ich kierunku pociski, młócąc nimi trawę i ziemię, która spadała na głowy kryjących się żołnierzy. Skurwysyny, pocisków do mniejszego kalibru mogą mieć dużo, pomyślał zrezygnowany Roman, wygrzebując sobie ziemię spod powiek.

– Panie poruczniku, siedźcie na piździe, bo oni was namierzyli. Zapomnijcie o wychylaniu się – usłyszeli Maja z głośnika radiostacji.

Jakbym sam o tym nie widział, pomyślał Roman. Nagle o czymś sobie przypomniał i zwrócił się do plutonowego Bosaka:

– Boski, gdzie drugie radio?

– Ten nowy ma – powiedział po chwili namysłu plutonowy.

– Maj, dajcie dwa wyżej! – powiedział przez radio Gurski, po czym sam zmienił częstotliwość swojej radiostacji.

– Co jest, panie poruczniku? – spytał Maj.

– Posłuchaj, ja zaraz zmieniam z powrotem na nasz kanał i będę wywoływał Kowalika. Ciągle go widzisz?

– Jak na dłoni. Przez lornetę. Siedzi pod rampą załadunkową.

– Obserwuj go cały czas – poinstruował Maja Roman, po czym ustawił radio na pierwotną częstotliwość. – Szeregowy Kowalik, słyszycie mnie?! Szeregowy Kowalik, tu mówi wasz dowódca! Podnieście to radio, wciśnijcie guzik i zgłoście się, do kurwy nędzy!

Znowu szybko zmienił częstotliwość i powiedział do mikrofonu:

– Maj, co widzisz?

– Wyciągnął radio z kamizelki i patrzy na nie. Musiał pana słyszeć, panie poruczniku.

Na chwilę w ziemię nad ich głowami przestały walić pociski i usłyszeli monotonne buczenie silnika BTR-a, którego kierowca ciągle próbował wydostać się z błota. Najwyraźniej przerwa spowodowana była koniecznością załadunku nowej taśmy z nabojami, bo po chwili kanonada rozpoczęła się na nowo. Gurski zmienił częstotliwość radiostacji.

– Kowalik, posłuchajcie mnie – powiedział łagodnym tonem. – Zajdźcie transporter z tyłu i rzućcie ze dwa granaty pod koła. Słyszycie?!

W odpowiedzi znowu rozległ się tylko jednostajny szum, dobiegający z głośnika radiostacji. Gurski westchnął i ponownie zmienił częstotliwość.

– Maj, meldujcie.

– Skurwysyn...

– Kapralu, do jasnej cholery, mówcie, co z Kowalikiem. Słyszał mnie? – spytał zniecierpliwiony Roman.

– Myślę, że tak, panie poruczniku. Nowy wyrzucił radio przed siebie, teraz siedzi w kucki i się kiwa. Głowę ma między kolanami.

Roman opuścił bezradnie radiostację i schował ją do kamizelki, karabin transportera ciągle młócił grań nad ich głowami, a ryk silnika stawał się coraz bardziej donośny. Nie mogli nawet wyjrzeć, żeby zobaczyć, co się dzieje. Siedzący po drugiej stronie jeziora kapral jakby czytał w myślach dowódcy, bo Gurski po chwili usłyszał głos z radiostacji:

– Panie poruczniku, BTR zaraz się wygramoli, spierdalajcie stamtąd! – krzyknął kapral.

Dobre sobie, pomyślał Roman. Tylko dokąd? Tysiące razy ludzie, którzy o włos uniknęli śmierci, opowiadali historie o tym, jak to całe życie przewinęło im się przed oczami w kilka sekund. Romanowi przypomniało się zaledwie ostatnie dziesięć minut i jego dwie błędne decyzje. Pierwsza, że nie poświęcił choćby zasranej minuty, aby pogadać z szeregowym Kowalikiem, rozładować jego napięcie i rozwiać obawy. Mógłby też go po prostu nie brać, tak jak chłopak o to prosił, bo żaden z nich, bardziej doświadczonych, nie wywaliłby karabinu do jeziora i nie pognał na górę, opuszczając jedyne bezpieczne miejsce. Drugą, o wiele bardziej brzemienną w skutki decyzją było wysłanie Segeta do masarni, a Maja z chłopakami do lasu za stawem. Gdyby wśród drzew siedział Seget ze swoją ekipą, mogliby ostrzelać ruski transporter z granatnika. A tak to dupa, zaklął, dwie spieprzone decyzje i zaraz wszyscy zginiemy. Mało tego, jeśli nie uda się pokonać ludzi z ochrony rosyjskiego dowódcy brygady i wkrótce ruscy doślą posiłki, to bardzo możliwe, że z powierzchni ziemi znikną dwa plutony. Ponad siedemdziesięciu ludzi pójdzie do piachu przez to, że ja spierdoliłem sprawę, pomyślał zrozpaczony Roman.

W tej samej chwili usłyszeli ryk silnika i jasne było, że oto rosyjski BTR w końcu uwolnił się z podmiękłego gruntu i ruszył w ich stronę. Roman chciał wydać ostatni rozkaz, aby chłopcy rzucili się do ataku, ale wiedział, że to bez sensu. Ciągle byli ostrzeliwani z karabinu, a w dodatku na pewno, gdyby tylko wyjrzeli poza wał, odezwałoby się trzydziestomilimetrowe działko rosyjskiego transportera. Roman kiwnął głową Boskiemu, a w odpowiedzi plutonowy przymknął lekko oczy, żegnając się spojrzeniem ze swoim dowódcą. Wydarzenia ostatnich dni na tyle ich doświadczyły, że doskonale wiedzieli, że zaraz stracą życie.

Zamiast potężnego cielska transportera opancerzonego, które bez trudu mogłoby zemleć ich swoimi wielkimi kołami, Gurski usłyszał dwa głośne wybuchy. Od razu przerwały one monotonny jazgot rosyjskiego karabinu maszynowego. Roman zerwał się i wyjrzał poza krawędź wału. Transporter opancerzony stał z poguchotanym układem jezdnym. Karabin maszynowy był cały w strzępach, a działko umieszczone na szczycie zablokowało się. Siedzący w środku strzelec musiał walczyć z mechanizmem, ponieważ lufa rozpaczliwie próbowała się obrócić w lewo, w kierunku pozycji Romana i jego ludzi.

Za transporterem Gurski dostrzegł Kowalika, który w końcu jednak wykonał jego polecenie i rzucił granaty pod rosyjską maszynę. Chłopak stał teraz z wybałuszonymi oczami, wpatrzony w unieruchomiony transporter. Jeden z włazów BTR-a uchylił się i na zewnątrz wypełzł żołnierz.

– Kowalik! – wydarł się Roman.

Szeregowy sięgnął do prawego uda i zaczął się szarpać z kaburą, ale zanim wyciągnął pistolet, Rosjanin wpakował całą serię w jego korpus i Kowalik został szarpnięty do tyłu siłą pocisków.

– Atak, kurwa! – krzyknął Gurski. – Lesiak i Brocki, granaty!

Roman wraz z Boskim i jeszcze czterema żołnierzami wygrzebali się poza krawędź wału i stanęli w linii szturmowej, otwierając ogień z sześciu beryli. Pociski zadźwięczały na pancerzu rosyjskiej maszyny, zabijając żołnierza, który strzelił do Kowalika. Rosjanin osunął się bezwładnie do wnętrza pojazdu, a Lesiak i Brocki podbiegli z prawej strony i celnie wrzucili dwa granaty przeciwpiechotne do wnętrza BTR-a. Obaj żołnierze natychmiast odbiegli, ale strzelec zdołał w końcu odblokować działko, które wystrzeliło dwa pociski, zanim rosyjską maszyną wstrząsnęły dwa potężne wybuchy.

Roman zauważył, że pociski działka dosłownie zmiotły obu żołnierzy do jeziorka. Wszyscy od razu zbiegli po wale i rzucili się do wody. Pierwszy wynurzył się Lesiak, łapiąc spazmatycznie powietrze. Gurski od razu zauważył, że chłopak stoi jedynie na lewej nodze, ponieważ prawa urywała się na wysokości połowy uda i zakończona była mokrym flakiem postrzępionej nogawki mundurowych spodni. Z rany sikał cienki strumień krwi, barwiąc wodę w stawie.

Dwóch kolegów wyciągnęło trzęsącego się Lesiaka z wody i położyło na trawie. Jeden z nich od razu wyciągnął z apteczki opaskę uciskową i założył na udo Lesiaka. Roman odwrócił się i zobaczył, jak Boski łapie pod pachy Brockiego i próbuje wyciągnąć go z wody, ale górna część korpusu chłopaka łączyła się z nogami jedynie kręgosłupem. Reszta ciała wyparowała, jakby została wyżarta przez piranie. Przerażony plutonowy puścił zwłoki, które zanurzyły się w wodzie. Roman wyszarpnął radiostację.

– Janik! Weź kogoś do pomocy i do mnie!

Po chwili Roman zauważył, jak jego ratownik razem z jednym z ludzi od Falkowskiego biegną zgięci, korzystając z ochrony wału. Janik szybko dotarł do rannego i zaczął go fachowo opatrywać. Roman wszedł do stawu, woda przy brzegu zdążyła się zabarwić na czerwono. Podszedł do zanurzonych zwłok, których bielejąca kość kręgosłupa wystawała ponad powierzchnię. Zabity przypominał zdechłą rybę. Gurski sięgnął w okolice szyi martwego, namacał nieśmiertelnik, zerwał go i schował do kieszeni bojówek.

Potem szarpnął za ramię Boskiego, który ciągle stał bez słowa w wodzie, i wyprowadził go na brzeg. Nachylił się nad rannym Lesiakiem, który półprzytomnie patrzył na to, jak ratownik uwija się przy kikucie jego nogi.

– Dobrze się spisałeś – powiedział Roman do rannego.

– Pierdolę to! Pierdolę to, rozumiesz, człowieku, kurwa?! – Lesiak zaczął płakać i szarpać się na tyle mocno, że dwóch żołnierzy musiało go przytrzymać. – Nie mam, kurwa, nogi! Kurwa, pierdolona mać!

– Już, spokojnie – powiedział Janik, wbijając ampułkostrzykawkę z morfiną w ramię rannego.

Kapral upewnił się, że opatrunek się trzyma, dał znak człowiekowi od „Fali", i obaj chwycili Lesiaka i ponieśli go w kierunku lasu. Wszyscy stali w milczeniu, dopóki szloch rannego nie ucichł w oddali.

– Dobra, ruszajmy dupy – zakomenderował Gurski.

Boski i jego ludzie zebrali z brzegu UKM-y i wszyscy wyszli poza trawiasty wał. Roman skierował swoje kroki w kierunku leżącego Kowalika, mijając po drodze transporter, z którego włazu zaczęły wydobywać się języki ognia. Z wnętrza maszyny dobiegł nieludzki skowyt, najwyraźniej któryś z siedzących w środku przeżył i teraz ogień zaczynał powoli do niego docierać. Boski ściągnął granat z kamizelki, żeby wrzucić do środka i skrócić cierpienia Rosjanina.

– Zostaw! – warknął Roman. – Niech się smaży!

Plutonowy schował granat, a Roman podszedł do Kowalika. Szeregowy patrzył szeroko otwartymi oczami w niebo. W jego kamizelce ziały trzy dziury. Dystans był bardzo mały i pociski rosyjskiego kałasznikowa bez trudu przebiły tę marną osłonę. Roman uklęknął przy zabitym, zamknął mu oczy i wyszeptał:

– Przepraszam.

To ja tak naprawdę go zabiłem, pomyślał, zerwał nieśmiertelnik z szyi martwego i schował do kieszeni. Łącznie z Romanem i Boskim ich mały pododdział liczył teraz sześć osób, z czego dwie dźwigały ciężki osprzęt karabinu.

Po krótkiej chwili, osłaniając się nawzajem, weszli do budynku masarni. Na parterze masywnego budynku natknęli się na sporych rozmiarów dwuskrzydłowe drzwi obite blachą.

Boski z bronią gotową do strzału zerknął na Romana, a ten skinął głową. Plutonowy otworzył ciężkie drzwi i natychmiast je zamknął, zgiął się wpół i zaczął wymiotować.

Gurski zmarszczył brwi, kiedy i do niego doleciał potworny, słodkawy odór. Był dobre parę metrów od Boskiego i woń pewnie zdążyła się trochę rozproszyć, ale i tak Roman ledwo zdołał utrzymać treść żołądka w ryzach. Podszedł do jednej ze ścian, na której wisiał plan ewakuacyjny. Szybko zorientował się w sytuacji i namierzył duże pomieszczenie, do którego chcieli wejść. Na planie oznaczono je drukowanymi literami.

– Panie poruczniku, co tam jest? – spytał plutonowy.

– Chłodnia – powiedział zamyślony Roman. – Pucha pełna mięsa i pewnie jakieś dwa tygodnie bez prądu. Niezła kombinacja.

– Może to jakoś ominiemy?

– Szkoda czasu i ryzyka. Zakładajcie maski!

Wszyscy wyciągnęli z plecaków maski przeciwgazowe, ściągnęli hełmy i zaczęli zakładać sprzęt. Zanim Roman do końca naciągnął swoją, wydał jeszcze ostatnie komendy.

– Tylko ja mam noktowizor, więc pójdę przodem. Latarek na razie nie używajmy, bo może w środku czai się któryś z tych skurwieli.

Po krótkiej chwili wszyscy uporali się z zaciśnięciem pasków i dopasowali maski do twarzy, zakładając z powrotem hełmy. Dodatkowo Roman uzbroił swój hełm w noktowizor, którego okulary na razie były w pozycji odchylonej, stercząc pod kątem do góry. Dał znak ręką, jego ludzie ustawili się za nim gęsiego, kładąc dłoń na ramieniu poprzedzającej osoby. Gurski chwycił jedną ręką beryla, drugą otworzył drzwi i wszyscy ostrożnie weszli do wnętrza.

Kiedy tylko drzwi zamknęły się za nimi, odcinając dopływ światła, Roman przestawił noktowizor do pozycji poziomej i ujrzał wnętrze chłodni w ostrych, kontrastujących ze sobą odcieniach zieleni. W środku na przesuwnych hakach wisiały setki półtuszy wieprzowych. Gurski poczuł, że pomimo chłodnej aury na zewnątrz w pomieszczeniu było na tyle gorąco, że gdyby nie wkładki przeciwpotne na szkłach ich masek, na pewno z miejsca by zaparowały, uniemożliwiając widzenie. Ruszył, ciągnąc za sobą ludzi, którzy niczym ślepcy połączeni byli łańcuchem dłoni opierających się na ramionach kolegów. Nagle gwałtownie się zatrzymał, ponieważ jedna z półtuszy uniosła się lekko do góry i rozlała w ciemną chmurę, która w okularach noktowizora przypominała żywy, buzujący organizm. Po chwili Roman uświadomił sobie, że był to rój wyjątkowo dużych i tłustych much, które zalęgły się w pomieszczeniu, gdy zmagazynowane mięso zaczęło gnić. Porucznik wykonał kolejny krok i omal się nie przewrócił, ślizgając się po podłodze. Spojrzał w dół i zobaczył, że powierzchnia chłodni usłana była wijącymi się larwami, które podczas rozdeptywania zamieniały się w śliską masę.

Gdy posuwali się powoli do przodu, muchy podrywały się z zepsutego mięsa i z gniewnym buczeniem wirowały i obsiadały żołnierzy, wpełzając pod kołnierze i mankiety mundurów, wijąc się wściekle pod ubraniami na spoconych ciałach. Roman poczuł, jak powoli ogarnia go panika. Nie dam rady, pomyślał i poczuł, że jego serce gwałtownie przyspiesza, wpadając w obłąkańczy rytm. Nie pójdę dalej, to jest niemożliwe, zjedzą nas żywcem! Szybko uświadomił sobie, że to samo mogą czuć jego podkomendni, i rzucił na tyle głośno, aby usłyszeli go przez założoną maskę:

– Spokojnie, idziemy dalej. To tylko muchy.

Owady, jak gdyby chcąc zaprzeczyć jego słowom, obsiadły ich ze zdwojoną siłą, wpełzając w każdy zakamarek ubrania, aby tylko usiąść gdzieś na skrawku skóry. Roman zaczerpnął haust powietrza przez maskę. Powoli zaczął się uspokajać, bo w oddali zamajaczyły drzwi prowadzące do drugiej części budynku. Kiedy zbliżyli się do nich jeszcze bardziej, kątem oka dostrzegł, że kolejna wisząca półtusza ożywa i z trzewi zabitego świniaka wydobywa się jakiś ciemny kształt. Po krótkiej chwili uzmysłowił sobie, że kształt ten nie porusza się w sposób podobny do pozostałych chmar owadów. Potem dostrzegł coś, co wydało mu się dziwnie znajome. Kolejne dwie sekundy zajęło mu przetrawienie informacji i rozpoznanie kształtu. Noktowizor! Roman szarpnął gwałtownie rękę Boskiego, która spoczywała na jego ramieniu, i przypadł do ziemi, wydzierając się poprzez maskę:

– Gleba!

W tym samym momencie kształt zaczął pruć serią ze swojego kałasznikowa. Muchy, jakby dodatkowo pobudzone wystrzałami z karabinu, wpadły w apogeum wściekłości. Musiały ich być miliony i wszystkie, które do tej pory żerowały jeszcze na zgniłym mięsie, oderwały się od półtuszy i zaczęły krążyć w szalonym tempie w powietrzu. Gdy Gurski padł, jego karabin znalazł się pod nim, dlatego teraz przeturlał się na bok i wyszarpnął broń spod brzucha, ale Rosjanin był już przy nim, przeładowując swojego kałasznikowa i wymierzając mu kopniaka. Gurski, obserwując Rosjanina w zielonkawej poświacie noktowizora, ocenił z zadowoleniem, że tamten chybi, ale szybko zorientował się, że cios będzie udany. Mocny kopniak rosyjskiego żołnierza zgarnął za jednym zamachem z twarzy Romana i noktowizor, i maskę. Roman poczuł się, jakby został wrzucony do kolektora ściekowego, który oprócz gówna dodatkowo wypełniony był milionami much. Owady wdzierały się do oczu, do gardła i do uszu, wciskając się dosłownie w każde zagłębienie w jego twarzy. Gurski od razu skoczył w kierunku Rosjanina. Powalił wrogiego żołnierza, chwycił za gorącą jeszcze lufę kałasznikowa, wyrwał broń leżącemu i odrzucił ją daleko. Nagle poczuł silne ciosy w swoją kamizelkę kuloodporną i dopiero gdy otrzymał uderzenie w ramię, uświadomił sobie, że Rosjanin kłuje go bagnetem. Gurski złapał tamtego za przedramię, ale rosyjski przeciwnik był niesłychanie silny i momentalnie przewrócił Romana na plecy, siadając na nim okrakiem. Skurwysyn, zaraz poderżnie mi gardło, pomyślał w panice Roman. Uświadomił sobie też, że jego oślepieni ludzie prawdopodobnie w ogóle nie wiedzą, co się dzieje, gdy usłyszał gdzieś ryk Boskiego.

– Poruczniku!

– Tutaj! – wydarł się Roman, walcząc z napierającym ostrzem, trzymanym przez Rosjanina.

Błysnęło światło latarki, ukazując dzikie roje wściekłych, tłustych, zielonych owadów. Gurski usłyszał krótką, trzystrzałową serię z beryla i Rosjanin padł martwy na bok. Roman zerwał się na równe nogi, wyszarpnął latarkę, odszukał karabin i ryknął do swoich ludzi, których w ogóle nie mógł wypatrzeć wśród miliona wirujących owadów.

– Spierdalamy!

Jako pierwszy wypadł przez drzwi, wpuszczając do środka światło, i po krótkiej chwili cała szóstka znalazła się na korytarzu. Wszyscy jak na komendę zaczęli zdzierać z siebie maski, hełmy i kamizelki kuloodporne, próbując pozbyć się obrzydliwych, tłustych much. Gdy w końcu im się udało, Roman potoczył wzrokiem po żołnierzach.

– Zajebiście – skwitował ich bezsensowne działanie. – Gdyby tu była jakaś obsada, to rozpieprzyliby nas w kilka sekund.

– Panie poruczniku, jest pan ranny – zwrócił uwagę jeden z żołnierzy.

Roman obejrzał swoje ramię, w które Rosjanin wbił ostrze bagnetu, i przekonawszy się, że rana nie jest poważna, machnął ręką.

– To ty strzelałeś? – spytał Boskiego.

– Tak jest.

– Skąd wiedziałeś, w którego strzelać?

– Nie wiedziałem. Ale miałem pięćdziesiąt procent szans – przyznał z rozbrajającą szczerością plutonowy.

Gurski skinął ze zrozumieniem głową i zaczął z powrotem zakładać kamizelkę.

– Zbierajcie graty i idziemy na górę.

Na drugim piętrze budynku, przy narożnych, powybijanych oknach ludzie Boskiego rozłożyli swoje UKM-y i załadowali taśmy z nabojami. Roman usiadł na podłodze, opierając się plecami o ścianę i wyciągnął radio.

– „Fala"? Możecie zaczynać.

– Dzięki Bogu – zatrzeszczał z radia Falkowski.

Po niecałych dwóch minutach z dołu zaczęły dobiegać dźwięki głośnej kanonady. Gurski wyjrzał poza krawędź rozbitego okna i zobaczył, jak ludzie „Fali", wraz z drużyną Segeta, szturmują rosyjskie pozycje. Z jednego z budynków, na uszykowane wcześniej naprędce umocnienia, wybiegli Rosjanie i zajęli pozycje strzeleckie. Roman naliczył dziewięciu ludzi i od razu zrozumiał, o czym wcześniej mówił Falkowski. Z tych pozycji mogli się ostrzeliwać bardzo długo i skutecznie odpierać każdy atak. Gurski odczekał kilkanaście sekund, co zostało nagrodzone jeszcze dwoma Rosjanami, którzy wypadli z budynku i zaczęli wspierać swoich kolegów. Jedenastu, porachował w myślach Gurski, po czym wydał cichą komendę:

– Ognia.

UKM zaczął pluć z góry pociskami, które momentalnie rozszarpały pierwszych żołnierzy wroga. Gdy tylko tamci zorientowali się, że ktoś do nich ostro tłucze z karabinu maszynowego, zginęło trzech. Gdy pojęli, że strzelają do nich z góry, zginęło następnych czterech. Gdy pozostała czwórka, ostrzeliwując się, zaczęła cofać się do budynku, pociski karabinowe rozwaliły kolejnych trzech, a ostatni z pechowej jedenastki zdołał schować się za drzwiami, wlokąc za sobą nogę pogruchotaną w kolanie.

Roman zobaczył, że mając tak oczyszczone przedpole, ludzie Falkowskiego szybko przedostali się pod budynek i pierwsze granaty zaczęły wpadać przez rozbite szyby na parterze.

– Boski! Obserwuj i jakby co, pomagaj naszym – powiedział Roman i zajął się zakładaniem prowizorycznego opatrunku, ponieważ rozcięte ramię zaczęło coraz bardziej krwawić.

Po niecałych dziesięciu minutach radio zatrzeszczało podekscytowanym głosem Falkowskiego.

– Gurski, ty skurwielu! Mamy go!

– Żyje? – spytał Roman, biorąc radiostację do ręki.

– Żyje. Ty, trzy gwiazdki i dwie czerwone kreski to pułkownik? – spytał zaniepokojony „Fala".

– Tak.

– To dobrze – westchnął z ulgą Falkowski. – Gdyby ten cały burdel skończył się pojmaniem porucznika, to chyba bym się zajebał.

Boski ze swoimi ludźmi cieszyli się i przybijali piątki, a Roman powoli schował radio do kamizelki. Nie wiedział czemu, ale jakoś nie mógł z siebie wykrzesać jakichkolwiek oznak radości. Ani ulgi. Właściwie to czuł się dosyć dziwnie. Po chwili sobie uświadomił, że po prostu nie czuje nic. Żadnych emocji.

Dwadzieścia godzin później pluton Gurskiego, teraz okrojony do zaledwie trzydziestu ludzi, siedział w jednej z sal konferencyjnych budynku miejskiej komendy policji w Częstochowie. Trójramienny, pięciopiętrowy budynek został tymczasowo wykorzystany na rozlokowanie poszczególnych jednostek, w tym drugiej kompanii Przybylskiego, i teraz wszyscy czekali na transport, którym mieli opuścić miasto, wycofując się w kierunku Warszawy.

Roman szybko zrzekł się wszelkich zaszczytów i wyróżnienie za pojmanie rosyjskiego dowódcy brygady przypadło głównie plutonowi Falkowskiego. Uważał, że jego ludzie w pełni na to zasłużyli, najpierw trzymając tamtych w szachu przez kilka godzin, a później szturmując budynki, w wyniku czego „Fala" stracił trzech ludzi. Jednak zwycięstwo i powodzenie całej akcji w finale zyskało dość gorzki posmak. Dowódcy obu wojsk zdecydowali, że nie będzie walki o Częstochowę do ostatniej kropli krwi. Sztab zdał sobie sprawę, że całość skończyłaby się hekatombą i całkowitym zniszczeniem klasztoru jasnogórskiego. Strona przeciwna z kolei mimo wszystko wolała nie ryzykować i nie wdawać się w awanturę, która mogła doprowadzić do ruiny ten święty dla wielu Polaków symbol. Zawarto ugodę, na mocy której strona polska zwróciła wszystkich pojmanych do tej pory dowódców stronie rosyjskiej, a w zamian za to mogła się spokojnie wycofać bez ostrzału. Rosjanie też zyskiwali na czasie i mogli dosłać posiłki, jak i zaopatrzenie na dalsze prowadzenie kampanii, która okazała się trudniejsza, niż przypuszczali. Jednak najgorszy dla

Romana jako dowódcy był fakt, że stracił trzech ludzi, z czego dwóch nie żyło, jeden do końca życia miał pozostać kaleką, a wszystko to tylko po to, aby rosyjski dowódca brygady spędził w niewoli niecałe piętnaście godzin.

Gurski widział jasno, na którą stronę przechyla się szala zwycięstwa. Czego się spodziewałeś, durniu, zganił się w myślach. Początkowe sukcesy nastrajały ich dość optymistycznie, ale teraz zdał sobie sprawę, że mieli do czynienia z potężną i dobrze uzbrojoną armią. Przez ostatnie piętnaście lat wszyscy zakładali, że Rosja chyli się ku upadkowi, chwiejąc się na swoich słynnych glinianych nogach. Jednak Rosjanie powoli i z mozołem się zbroili, stopniowo unowocześniając zarówno jednostki, jak i poziom wyszkolenia. Jak to się stało, że nikt tego nie zauważył?

Roman potoczył wzrokiem po swoich żołnierzach, którzy byli śmiertelnie zmęczeni. Jovan próbował bawić się z chłopcem, ale dzieciak ciągle wydawał się całkiem wyzuty z emocji. Porządnie go nakarmili i gdy sfajdał się w spodnie, jakoś umyli, ale stan chłopca był opłakany. Wychudzony i brudny, patrzył na nich swoimi ciemnymi, przerażonymi oczami. Gdy wcześniej wycofywali się wraz z pojmanym rosyjskim pułkownikiem, musieli przejść przez tereny pod ostrzałem artylerii. Roman zwrócił wtedy uwagę, że dzieciak bezbłędnie rozpoznaje po świście pocisków, czy wybuch będzie blisko, czy daleko. Gdy ładunek miał się rozerwać daleko, nawet nie drgnął, gdy bliżej, kulił się w sobie, a gdy przeczuwał, że eksplozja będzie naprawdę gdzieś w okolicy, wyrywał się Jovanowi i chował się w jakimś zakamarku. Dwuletnie dziecko, pomyślał Roman, którego jedynym zajęciem powinna być zabawa klockami, bez problemu rozpoznaje, gdzie spadnie pocisk artyleryjski. Co znaczy to wszystko?

Do sali dziarskim krokiem wszedł Przybylski, ale nikt nawet nie drgnął, nie ruszył się, aby zasalutować. Kapitan przełknął to i nie skomentował.

– Za pół godziny mamy transport – obwieścił i gdy nikt nie zareagował, dodał szybko: – Aha, i pozbądźcie się tego gnoja. To nie przedszkole.

– Są już jakieś służby cywilne? Żandarmeria? Kto się nim zajmie? – spytał Jovan.

– Żołnierzu, chuj mnie to obchodzi! A tym bardziej was! – wydarł się Przybylski.

– Mamy zostawić dzieciaka na pastwę losu?

Chłopiec, jakby przeczuwając, że o nim mowa, wdrapał się na kolana sierżanta Lacevicia i złapał go kurczowo za kamizelkę kuloodporną.

– To jest rozkaz! – powiedział stanowczo kapitan i zwrócił się bezpośrednio do Gurskiego: – Poruczniku, wierzę, że przypilnujecie tej sprawy.

Roman spojrzał na niego i nic nie odpowiedział. W głuchej ciszy, jaka zapadła, dało się słyszeć kolejne, wyraźne trzaski bezpieczników. Chyba cały pluton odbezpieczył zarówno swoje beryle, jak i broń osobistą, a Gurski mógłby przysiąc, że ten i ów wyciągnął również bagnet z pochwy. Z każdym kolejnym odciągniętym kurkiem i przesuniętym bezpiecznikiem Przybylski kurczył się coraz bardziej i cofał w kierunku drzwi, zwrócony ciągle twarzą do Romana. Gurski nie patrzył na swoich ludzi, spoglądał w oczy kapitana, który był śmiertelnie przerażony. Gdy tylko Przybylski znalazł się na korytarzu, od razu zniknął za framugą. To nie był tylko szybki krok, kapitan biegł, jakby go ktoś gonił, pomimo że nikt z siedzących w pomieszczeniu nie ruszył się z miejsca.

Jovan postawił chłopca na ziemi i spytał go:

– Jak masz na imię? Powiesz w końcu?

Chłopiec nie odpowiedział, patrzył tylko oczami, które zapomniały, co to łzy. Jovan wskazał na siebie kciukiem i powtórzył kilkakrotnie:

– Ja Jovan. A ty?

Dzieciak chyba w końcu zrozumiał, położył małą dłoń z niewyobrażalnie brudnymi paznokciami na swojej wątłej klatce piersiowej i powiedział ledwo słyszalnym głosem:

– Uś.

3.

Maria Borkowska zdawała sobie sprawę, że to dopiero początek długiej drogi, a ona była już cholernie zmęczona. Pięcioletni Szymek ganiał się w kółko z trzyletnią Weroniką, a siedzący w dusznej, ciasnej przestrzeni ludzie patrzyli na Marię tak, jakby chcieli ją zamordować.

– Uspokoicie się w końcu czy nie?! – wydarła się na cały głos w akcie desperacji.

Dzieciaki usiadły tylko po to, żeby po krótkiej chwili znowu nawzajem się podszczypywać i piszczeć wniebogłosy. Maria uśmiechnęła się do wszystkich przepraszająco, kiedy w tej samej chwili trzymiesięczny Boguś, który leżał na jej kolanach, zaczął kwilić. Zanim na dobre się rozkręcił, Maria podała mu pierś i malec łapczywie wessał się w jej sutek.

Właściwie wszyscy z pomieszczenia, w którym tymczasowo ich rozlokowano, byli ludźmi dobrze sytuowanymi. Pomimo dwóch tygodni wojny byli dobrze ubrani i odżywieni. Wszyscy oprócz Marii. To znaczy Maria i jej dzieci byli dobrze odżywieni, ale nie należeli na pewno do ludzi zamożnych, których byłoby stać na tę podróż. Zapewne wszyscy czekający na transport zachodzili w głowę, jakim cudem taką patologię stać było na wykupienie tego kosztownego biletu. Maria była przekonana, że tak o niej myślą. Patologia. To słowo słyszała bez porównania częściej niż dzień dobry. Patologia to, patologia tamto. Która? Ta z parteru? Pani da spokój, przecież to czysta „patolka". Maria przytuliła mocniej Bogusia, a wolną ręką objęła mocno Szymka i Wikę. Skurwysyny, ciekawe, czy oni by dali radę wychować trójkę dzieciaków samemu, pomyślała z goryczą.

Odpowiedź na pytanie, jakim cudem Marię Borkowską wraz z trójką dzieci było stać na wyjazd za zachodnią granicę, siedziała naprzeciwko nich w osobie Pauliny Matus. To również dzięki niej ostatnimi czasy Maria oraz jej dzieci mogły odzyskać tkankę tłuszczową, która zniknęła zaraz po tym, gdy pojawiły się pierwsze problemy z zaopatrzeniem Warszawy. Paulina była ubrana, jakby właśnie pozowała do katalogu z drogą odzieżą jesienno-zimową, a nie siedziała w ciasnym, zatęchłym pomieszczeniu w kraju ogarniętym wojną. Wysokie, sznurowane piaskowe buty, jasnobłękitne dżinsy, beżowa puchowa kurtka, seledynowy sweterek opinający jej idealne piersi oraz bezbłędny makijaż i starannie ułożona blond fryzura. Cały jej wizerunek wręcz krzyczał: „jestem piękna, bogata, pewna siebie i mogę wszystko".

Paulina Matus wraz ze swoim mężem Janem niemal rok temu wprowadzili się na warszawskie Powiśle do kamienicy, w której Maria mieszkała od dziecka. To znaczy swoją obecność zaznaczyli trochę wcześniej, kiedy rozpoczęli remont całego górnego piętra, zamieniając je w bajeczny, trzystumetrowy apartament z widokiem na Wisłę. Tak szczerze to Maria była im wdzięczna. Bo tylko dzięki temu, że się tam wprowadzili i zaczęli podjeżdżać na podwórko swoimi wielkimi niczym czołgi, lśniącymi terenówkami, ona od razu poczuła się, jakby awansowała stopień, a może i dwa w górę.

Jan Matus był prawnikiem albo może analitykiem, Maria nie mogła tego nigdy spamiętać. Jan był zawsze dobrze ubrany, niesamowicie przystojny i nad wyraz uprzejmy. Za każdym razem gdy Maria spotykała go na schodach albo na podwórku, on uśmiechał się do niej promiennie, zagadywał i pytał o dzieci, pomimo że, co tu dużo mówić, Maria ubierała się w szmateksie i żadną pięknością nie była. Czasami w bezsenne noce, gdy dzieci dawno już spały w drugim kącie jej obskurnej kawalerki na parterze, Maria zjeżdżała ręką na podbrzusze, bo w końcu samotna czy nie, dzieciata czy nie, jako kobieta miała swoje potrzeby. Jan Matus, prawnik albo analityk, bardzo często w tych nocnych fantazjach grał rolę głównego bohatera.

Mąż Agaty często wyjeżdżał do Niemiec, zdaje się, że do Monachium, i tam właśnie zastała go wojna. Gdy w mieście pojawiły się pierwsze oznaki głodu, a Marii brakowało pokarmu dla Bogusia, usłyszała łomotanie do drzwi. To była Paulina w głębokim szoku, która wcześniej poszła gdzieś kupić jakieś jedzenie i cudem uniknęła zgwałcenia. Od tamtej pory piękna żona prawnika lub analityka za żadne skarby nie chciała wracać do swojego bajecznego apartamentu i zostawać tam sama. Dlatego mieszkali w obskurnej kawalerce Marii w piątkę, co było dobrym rozwiązaniem, bo Paulina miała tyle dolarów przysłanych przez męża, że mogłyby kupować jedzenie właściwie w nieskończoność.

Oczywiście Jan, pomimo że w żaden sposób nie mógł wrócić do Polski, działał, i w końcu zjawił się człowiek, któremu sowicie zapłacono za dostarczenie informacji. Człowiek ten udzielił instrukcji, jak Paulina ma się wydostać z kraju, a piękna żona idealnego męża powiedziała, że za nic w świecie nie wybierze się sama w taką podróż, i wykupiła wyjazd z kraju ogarniętego wojną zarówno dla siebie, jak i Marii z dziećmi.

Maria nie miała złudzeń. Gdy tylko znajdą się w Monachium, Jan Matus, prawnik lub analityk z bajki, nie będzie chciał utrzymywać czterech dodatkowych gąb, ale Maria to już sobie poradzi. W końcu kto, jeśli nie ona? Najstarszego Szymka miała z Adamem, kierowcą autobusu, chłopiec urodził się dwa miesiące za wcześnie i długo miał problemy z bioderkami. Lekarze straszyli, że może nie będzie chodzić. Dlatego Adam któregoś dnia spakował się, powiedział, że „nie chcę mieć syna kaleki, bo to obrzydliwe", uderzył na pożegnanie Marię w twarz i wyszedł. Szczęśliwie

Szymusiowi bioderka się naprostowały i dziecko nie miało żadnych problemów z chodzeniem, a Maria poznała Karola i owocem tego związku była trzyletnia Wika. Karol był wspaniały. Co prawda często pił na umór, ale nigdy ręki na Marię i co najważniejsze na dzieci nie podniósł. Niestety miał przykry nawyk siadania za kierownicę po pijaku i zabił na przejściu jakąś babcię z wnuczkiem. Dostał osiem lat, ale chyba źle mu było pod celą, bo powiesił się zaledwie po sześciu miesiącach odsiadki. Z Bogusiem sprawa była skomplikowana. Pani z pomocy społecznej namówiła Marię na to, żeby wyszła się gdzieś rozerwać, a ona popilnuje dzieci. Jedynymi znajomymi Marii byli koledzy z podwórka i poszła z nimi na domówkę w sąsiedniej kamienicy na Fabrycznej. Alkoholu było dużo, a Maria ma bardzo słabą głowę. Na imprezie nie było prawników ani analityków, tylko zwykłe, proste chłopy i któryś z nich postanowił skorzystać z okazji, gdy Maria spała wciśnięta między wannę a sedes. Przykro jej było przyznać przed samą sobą, ale nie miała pojęcia, kto był ojcem najmłodszego. Ona normalnie alkoholu nie pije, a tu taki wstyd! W sumie to nawet nie dziwiła się tym wszystkim ludziom, że wyzywali ją od patologii. Może to prawda?

– Okropnie tu jest. – Paulina nachyliła się do niej ze łzami w oczach. – Jak to się stało tak szybko? Przecież miałyśmy takie dobre i spokojne życie.

Maria uśmiechnęła się tylko ze zrozumieniem i nakryła ssącego Bogusia pieluchą, bo w drzwiach pojawił się ten oblech w dresie, z tłustą fryzurą. Słyszała, jak inni wołają na niego Tapir. To właśnie on zgarniał zapłatę, za którą mieli zostać wywiezieni na lotnisko Okęcie i tam dostać się poza kolejką do samolotu, którym polecą do Niemiec. Tapir spojrzał w jej kierunku i uśmiechnął się lubieżnie. Już wcześniej rzucał do Marii jakimiś tekstami typu: „niezłe wymiona do karmienia, nie znajdzie się tam miejsca dla mnie?". Pieprzony zboczeniec, pomyślała Maria i odwróciła wzrok, jeszcze mocniej przytulając Szymka i Wikę.

Tapir zaprowadził wszystkich do autobusu, a potem sam usiadł za kierownicą. Szybko opuścili teren z halami w Mysiadle i autobus, bujając się na resorach, ruszył nieutwardzoną drogą w kierunku lotniska. Wkrótce wszyscy pasażerowie mogli podziwiać startujące z Okęcia maszyny. Wtedy Tapir, manewrując kierownicą, skręcił w wąską drogę i wjechał pod niewykończony betonowy wiadukt. Autobus z sykiem pneumatycznych hamulców zatrzymał się w niewielkim tunelu, a Tapir wyłączył silnik i zwrócił się do pasażerów:

– Czekać i nigdzie nie wychodzić. Zaraz zjawi się nasz człowiek i przeprowadzi was na płytę lotniska.

Wysiadł i używając kluczyka, zamknął drzwi od zewnątrz. Wszyscy siedzieli chwilę w milczeniu, gdy nagle z tyłu zaczęły dochodzić jakieś zaniepokojone głosy.

– Co to takiego? – spytał ktoś. – Deszcz?

– Gdzie, w tunelu? – zaoponowała jakaś kobieta.

Maria zobaczyła, jak po bocznej i przedniej szybie spływają kaskady żółtawej cieczy. Wstała zaniepokojona, trzymając śpiącego Bogusia na rękach. Podeszła do fotela kierowcy. Nieraz jeździła autobusem ze swoim pierwszym narzeczonym, ojcem Szymka, dlatego sięgnęła do włącznika wycieraczek, ale te mogły zadziałać tylko z kluczykami w stacyjce. Po chwili spływającej cieczy zrobiło się na tyle dużo, że rozmyte strugi poszerzyły trochę pole widzenia i za przednią szybą zamajaczyły kontury jakichś większych konstrukcji, które stały w tunelu. Kolejne kilka sekund zajęło Marii rozpoznanie kształtów i strach chwycił ją za gardło żelazną pięścią. Pod wiaduktem stały szkielety trzech wypalonych autobusów. Maria odwróciła się i zaczęła krzyczeć:

– Ludzie! Chcą nas spalić żywcem!

Momentalnie wszyscy wstali z miejsc, krzycząc i panikując. Boguś przebudził się i rozpoczął swoje niemowlęce kwilenie, a Wika i Szymek wczepili się w nogi mamy.

– Boję się – zaczął płakać Szymek.

Stłoczeni ludzie próbowali rozbić szyby, ale nie było ani młotka, ani gaśnicy. Poza tym zanim wsiedli do autobusu, musieli oddać wszelkie ostre lub metalowe przedmioty, co tłumaczono względami bezpieczeństwa, gdy będą wpuszczani na pokład samolotu. Jeden z mężczyzn chwycił się rękami półki na bagaże i próbował wybić nogami szybę, po której spływało coraz więcej benzyny. Jednak wysiłki ludzi były daremne. Nikomu nie udało się wybić żadnego z okien.

Danuta siedziała w ciemnym salonie. Zmęczona po całym dniu, nie chciała zapalać światła, tylko posiedzieć chwilę w ciszy i zebrać myśli. Miała coraz więcej wątpliwości dotyczących tego, co robił jej ojciec. Dzisiaj wśród grupy „wyjazdowej", jak mawiał Henryk, natknęła się na matkę z trójką dzieciaków, z czego najmłodsze nie miało chyba jeszcze pół roku. Kobieta wydała niezły majątek, omamiona obietnicą wyjazdu do Niemiec, a przecież tak naprawdę Tapir wywiózł ich gdzieś w pole, sto kilometrów stąd, i wrócił ukrytym wcześniej samochodem. Że też ojciec nie boi się, że któryś z tych ludzi jednak zjawi się z powrotem i będzie chciał odzyskać swoje precjoza, pomyślała Danuta. Jej rozmyślania przerwał jakiś hałas dochodzący z kuchni.

Gdy weszła do rozświetlonego pomieszczenia, zamrugała gwałtownie oczami, aby przyzwyczaić je do światła. Tyłem do niej, przy kuchennym stole, siedział Marczak. Twarz miał ukrytą w dłoniach, a jego ramiona poruszały się spazmatycznie, jakby wstrząsane cichym szlochem.

– Zenon?

Szybko wyprostował się i wytarł twarz wierzchem dłoni. Danuta podeszła i spojrzała na niego. Oczy miał suche, ale zaczerwienione, jakby faktycznie wcześniej płakał. Całe jego ubranie było przesiąknięte dymem, zapachem gumy i benzyny.

– Co się stało? – spytała.
– To jest za dużo. Ja… Nie dam rady.
– O czym ty mówisz?
– Twój ojciec zwariował – zakomunikował matowym głosem Zenon.
– Możesz w końcu powiedzieć mi, o co chodzi?
– Wiesz, gdzie jest wiadukt, który postawili, budując Olimpijkę?
– Oczywiście.
– Więc idź tam i sama zobacz – rzucił Zenon, wstał i ruszył do wyjścia.
– Do jasnej cholery, po prostu powiedz mi, co się dzieje! – wydarła się Danuta, ale Zenon wyszedł z kuchni, nie oglądając się za siebie.

Danuta zastanawiała się, czy nie wziąć jednej z terenówek ojca, ale w końcu zrezygnowała. Wiadukt, o którym mówił Zenon, nie był daleko. Jakieś dwadzieścia minut spacerkiem. Gdy była młodsza, jeździła tam z koleżankami i kolegami na rowerach. Betonowa konstrukcja powstała w latach siedemdziesiątych i była wspomnieniem po wielkich planach gierkowskiej Polski. Wiadukt miał być częścią autostrady Berlin–Moskwa, którą potocznie nazywano Olimpijką, ponieważ budowano ją na igrzyska olimpijskie, które odbyły się w stolicy Związku Radzieckiego w 1980 roku.

Nad głową Danuty przeleciał z hukiem amerykański samolot transportowy z wypuszczonym podwoziem, który właśnie podchodził do lądowania na Okęciu. Noc była dosyć chłodna, dlatego Danuta dopięła kurtkę pod szyję i zaczynała żałować, że jednak nie wzięła czapki. Gdy na horyzoncie zamajaczyła konstrukcja wiaduktu, od razu dostrzegła płomienie buchające z jednej strony. Podeszła na jakieś pięćdziesiąt metrów i musiała rozpiąć kurtkę, bo żar z płonącego ognia stał się nie do zniesienia. W tunelu, który powstał pod wiaduktem, wytworzył się cug, który dodatkowo podsycał ogień. Cała budowla została zamieniona w jeden wielki piec hutniczy. Ryzykując poparzenie, podeszła jeszcze bliżej i zobaczyła płonący tył autobusu. Zrozumiała wszystko w jednej sekundzie i osunęła się na kolana, bliska omdlenia. Przypomniała sobie kobietę z dziećmi, która pojechała dzisiejszym transportem. Miała małą córeczkę, Weronikę, nie, Wiktorię. Danucie zrobiło jej się żal i dała jej trochę cukierków dla niej i dla brata. Uświadomiła sobie, że łącznie oszukali w ten sposób blisko trzysta osób, i żołądek podszedł jej do gardła. Była przerażona. Klęczała tak dobre kilka minut, wpatrzona jak zahipnotyzowana w ogień, gdy w końcu wstała na nogi. Była zupełnie spokojna. Wiedziała, co trzeba zrobić.

Gdy tylko wróciła na posesję w Mysiadle, od razu weszła do domu na piętro. Otworzyła bez pukania drzwi do sypialni ojca. Lampka nocna przy łóżku była zapalona, ale w pokoju nikogo nie było.

– Danuta, to ty? – usłyszała głos ojca z zewnątrz.

Danuta wyszła na taras, z którego schodami można było zejść na dół do ogrodu. Henryk siedział w swoim wózku w puchowej kurtce, patrząc w rozgwieżdżone niebo.

– Niezły widok, co? – zagaił do niej ojciec. – Kiedyś byś czegoś takiego nie zobaczyła, bo niebo było zbyt zanieczyszczone światłami z Warszawy. Ale teraz…

Danuta nie odpowiedziała, a Henryk odwrócił się w jej kierunku i przyjrzał uważnie.

– Wszystko w porządku?

Danuta zamiast odpowiedzieć, sięgnęła ręką do tylnej części wózka, gdzie przy czerwonej naklejce umieszczona była dźwignia zwalniająca sprzęgło i pozwalająca sterować wózkiem na wypadek awarii napędu. Henryk popatrzył na nią ze strachem. Danuta przesunęła dźwignię, chwyciła mocno tylne uchwyty wózka i pchnęła pojazd ojca wraz z nim w kierunku schodów. Wózek zaczął się staczać po pierwszych stopniach i kiedy wydawało się, że zjedzie nieuszkodzony na dół, prawa grawitacji zrobiły swoje. Wózek przekręcił się, a Henryk wypadł z niego, uderzając kilkakrotnie głową o metalową balustradę. Wózek zleciał z łoskotem na sam dół, na włosach ojca pojawiła się krew, a on sam runął na betonową kostkę obok wózka, z całej siły waląc głową w twarde podłoże. Rozległ się dźwięk, jakby ktoś rozłupywał skorupę orzecha włoskiego. W czaszce Henryka pojawiła się szeroka na dwa centymetry szpara, obnażając tkwiący pod spodem mózg, a z rany chlusnęła krew, zalewając kostkę.

Danuta zeszła na dół po schodach i nachyliła się nad ojcem. Gdy usłyszała, że Henryk krztusi się krwią, sięgnęła po oparty o ścianę domu szpadel i zadała ojcu dwa szybkie ciosy. Stała przez chwilę jak otępiała z łopatą w dłoni, zastanawiając się, co zrobić z ciałem, w końcu mruknęła ni to do siebie, ni to do zwłok:

– Mam dla ciebie dobre miejsce.

Odłożyła szpadel, poszła za dom i przywiozła taczkę.

4.

Nie ma tu jakiegoś szpitala? – wyszeptał Michał.

– Daj pan spokój. – Starszy pan mocno seplenił przez wybite zęby, więc ostatnie słowo zabrzmiało jak „szpocuj". – Przecież ja tam pracowałem. Byłem w szoku, bo w niecałe dwa dni ludzie wszystko rozszabrowali.

– Zamknijcie w końcu mordy, bo nas powystrzelają – syknął tęgi facet z wąsem, który siedział skulony przed nimi, trzymając żonę za rękę.

Starszy pan pokazał strofującemu ich mężczyźnie środkowy palec, Michał uśmiechnął się lekko. Człowiek, który wcześniej stanął w ich obronie i któremu rosyjski żołnierz powybijał zęby, nazywał się Witold Małecki i był miejscowym lekarzem. To on, gdy poprzedniego dnia Jurek przestał oddychać, przeprowadził reanimację, przywracając akcję serca. Wysłuchał ich historii i od razu rozpoznał, że syn Michała musiał zjeść wilcze jagody. Małecki twierdził, że chłopcu jak najszybciej trzeba podać coś na bazie benzodiazepin i leki odtruwające. Dlatego Michał pytał go, czy w pobliżu nie ma szpitala. Na razie i tak były to marzenia ściętej głowy, bo Rosjanie trzymali wszystkich siedzących na rynku pod lufami karabinów maszynowych. Michał pogłaskał ciężko oddychającego, bladego Jurka po głowie.

– A co, jeśli nie znajdziemy tych leków? – spytał lekarza. – Czy jego organizm sam się odtruje?

Małecki spojrzał uważnie na niego i na Basię, milczał przez dłuższą chwilę i w końcu otworzył usta, a Michał od razu pochylił się bliżej niego, aby lepiej zrozumieć sepleniący głos.

– Jest pan dorosły, to nie będę oszukiwał. Pokrzyk wilcza jagoda zawiera duże ilości atropiny. To silny związek chemiczny i żadne oklepywanie ani woda z cukrem tu nie pomoże – powiedział lekarz i po chwili dodał z naciskiem: – Chłopiec musi otrzymać leki.

Basia zaczęła płakać bezgłośnie, gładząc dłonią policzek bladego jak prześcieradło Jurka. Michał przytulił ją, pocałował łagodnie w skroń i wyszeptał:

– Spokojnie, coś wymyślę.

Wśród rosyjskich żołnierzy zapanowało jakieś zamieszanie. Zaczęli ładować się do swoich samochodów terenowych i transporterów. Kilku z nich z jednej z ciężarówek zaczęło wynosić ciasno owinięte folią paczki i ładować je do białego forda transita, który stał przy drodze, na wlocie na rynek. Nie minęło piętnaście minut, kiedy z rynku zniknęli wszyscy Rosjanie, a ludzie zaczęli po sobie niepewnie popatrywać, czy aby już nie wrócą i czy teraz mogą stąd iść. Kilka osób wstało i wtedy rozległa się seria z karabinu maszynowego, która wywołała tu i ówdzie okrzyki przerażenia. Wszyscy od razu usiedli z powrotem, patrząc w kierunku, z którego padły strzały. W budynku najdalej wysuniętym na zachód, na ostatnim piętrze siedziało dwóch Rosjan z ciężkim karabinem maszynowym na trójnogu. Tym samym ciągle trzymali w szachu cały rynek.

– Co tu się dzieje? – spytała cicho Basia.

– Nie wiem, ale nie podoba mi się to – odpowiedział Michał.

Siedzący przed nimi facet z wąsem odwrócił się i gdy Michał gestem dał znać, że wie, że ma być cicho, ten nieoczekiwanie zwrócił się do niego szeptem:

– Mamy problem.

– Co?

– Ta biała furgonetka. – Wąsacz wskazał dyskretnie palcem stojący na wlocie pojazd. – Ruscy wypełnili ją materiałami wybuchowymi.

– Ale po co? – zaseplenił Małecki.

– Pewno spodziewają się kogoś, kto ma wejść do miasta, i szykują niespodziankę. Taki zakamuflowany ładunek, „vbied".

– Jak? – spytał zdumiony Michał.

– Skrótu panu nie rozszyfruję, bo to amerykańce wymyślili – powiedział zniecierpliwiony wąsacz. – Ale w skrócie to bomba w samochodzie.

– Co pan taki zorientowany? – zaciekawił się lekarz.

– Mąż interesuje się militariami – małżonka wąsacza uznała za stosowne włączyć się do dyskusji. – Poza tym służył w obronie terytorialnej.

Tęgi facet z wąsem spuścił skromnie głowę, zadowolony, że w istocie piękniejsza połowa bardzo dobrze wyłożyła jego skrócony życiorys.

– Musimy coś z tym zrobić – powiedział Michał.

– Błagam cię! – zaoponowała Basia, podnosząc gwałtownie głos, co zwróciło uwagę siedzących wokół. – Mam dość tej pieprzonej kowbojady! Siedzimy tu i czekamy, aż Rosjanie sobie pójdą!

– Ale oni nie pójdą, bo nie chcą, żebyśmy ostrzegli nadchodzących. A to pewnie nasze wojsko. Poza tym... – Wąsacz zawiesił głos. – Jak to jebnie, to my jesteśmy w zasięgu. Tamci nie bez kozery ustawili się tak daleko stąd.

– Jak walnie, to co nam grozi? – spytał Małecki.

Wąsacz westchnął teatralnie i odczekał chwilę. Najwyraźniej miał już wcześniej ułożoną odpowiedź, bo wygłosił ją z wyjątkowym namaszczeniem:

– Generalnie to nogi będą się szukać z resztą.

– Zrozum – powiedział Michał do żony. – Nawet gdyby nie groził nam wybuch, to i tak musimy jak najszybciej znaleźć leki dla Jurka.

– Ma pan jakiś pomysł? – lekarz zwrócił się do wąsacza.

– Tak sobie wykombinowałem, że my tu na dupach wszyscy siedzimy, ale jakbyśmy na tyłkach powoli się przemieszczali, to tamci nas nie wypatrzą.

– Co dalej? – Michał zaczął się zastanawiać.

– Dojdziemy do Kochanowskiego, w sensie ten, pomnika. Tam możemy wstać.

– Rozwalą was – zaprotestował Małecki.

– Spokojnie, wiadomo, że nas tu jest ze dwieście osób, a ich tylko dwóch. Ale nikt pod lufę pierwszy nie pójdzie. Za to jakby wszyscy naraz wstali, to tamci zgłupieją. Bo do kogo niby zaczną strzelać?

– Na przykład w tłum – zaseplenił lekarz.

– Może być i tak – przyznał zrezygnowany wąsacz. – Ale na moją głowę to nie, bo my wybiegniemy i jeb w bramę. Nas będą chcieli dogonić, żebyśmy naszych nie ostrzegli.

– Dobra – powiedział krótko Michał.

Wszyscy trzej poinformowali najbliżej siedzących ludzi o sytuacji, w jakiej się znaleźli, a ci z kolei przekazywali wiadomość dalej. Potem Michał z wąsaczem zaczęli przemieszczać się powoli w kierunku pomnika, mieszając się z innymi ludźmi i tłumacząc kolejnym, jaki jest plan. Ci podawali informację następnym i w ten sposób coraz szersze kręgi zataczała wieść o tym, aby wszyscy wstali na umówione hasło.

W końcu obaj dotarli do cokołu pomnika i wyprostowali się, przykleiwszy plecy do wąskiego granitowego elementu na tyle, że byli niewidoczni dla Rosjan z karabinem maszynowym. Michał spojrzał uważnie na wąsacza, jakby sobie o czymś przypomniał, i wyciągnął do niego dłoń.

– Michał jestem.

– Tomek – odpowiedział wąsacz i uścisnął mocno rękę Michała.

Obaj potoczyli wzrokiem po siedzących ludziach. Wszyscy bez wyjątku wpatrywali się w dwóch facetów przy cokole pomnika Jana Kochanowskiego. Michał zdecydował się odczekać jeszcze chwilę, aby wieść rozeszła się po wszystkich siedzących na placu. Panie Boże, spraw, aby ci cholerni ludzie choć raz zrobili coś wspólnie, pomyślał Michał.

– Boisz się? – spytał ochrypłym głosem Tomek.

– Jak jasna cholera – przyznał zgodnie z prawdą Michał.

Tomek popatrzył na niego z wdzięcznością. Nie wiadomo, czy dlatego, że sam się bał równie mocno, czy po prostu dlatego, że Michał wykazał się w tej trudnej chwili wyjątkową szczerością. Teraz albo nigdy, pomyślał Michał i wydarł się na całe gardło:

– Woda!

Ponad dwieście osób, wszyscy bez wyjątku, jak jeden mąż podniosło się na równe nogi i od razu dało się słyszeć wrzaski Rosjan, którzy obserwowali plac z okien drugiego piętra.

– *Padsiest*! *Padsiest*!

Michał z Tomkiem przepchnęli się przez stojący tłum, przebiegli przez ulicę i gdy tylko znaleźli się w wąskiej bramie, usłyszeli strzały karabinu, którego pociski odłupały kawałki elewacji z muru. Tomek szybko wskazał Michałowi kierunek i wybiegli na podwórko, by po chwili zacząć przedzierać się przez działki pogrodzone płotami w stronę ulicy, która prowadziła bezpośrednio do skrzyżowania z zaminowaną furgonetką.

Gdy dwóch wściekłych Rosjan zbiegło na dół, wszyscy siedzieli już potulnie, wpatrując się w ziemię. Jeden z żołnierzy wystrzelił długą serię z kałasznikowa w powietrze i darł się w kierunku ludzi:

– *Sobaki*! *Bladzi*! *Ubit' wsiech*!

Nikt z siedzących nie podnosił wzroku, a bezradny Rosjanin celował w tłum z automatu, dopóki nie został przez swojego kolegę odciągnięty za ramię w kierunku bramy.

– *My dołżny pojmat' ich*!

Gdy Rosjanie minęli bramę i pognali w stronę zaminowanej furgonetki, Michał z Tomkiem stali już na środku ulicy, machając energicznie ramionami w kierunku nadjeżdżającego bojowego wozu piechoty. Pojazd zatrzymał się gwałtownie i po chwili we włazie pojawił się żołnierz, obserwujący ich obu przez lornetkę. W tym samym momencie rozległy się strzały i Tomek, rozerwany kulami, padł jak długi na ziemię. Michał wskoczył w bramę obok apteki, w której wcześniej szukali jakiegoś lekarstwa dla Jurka. Pociski Rosjan zaczęły wściekle młócić mur okalający bramę. Michał był chwilowo bezpieczny, ale widział, że obserwujący go przez lornetkę żołnierz prawdopodobnie niewiele rozumie. Michał zgarnął z ziemi jeden z kawałków elewacji odłupany rosyjskimi pociskami i na wewnętrznej ścianie bramy, którą widział obserwujący żołnierz, szybko wyrysował wielkie litery. PUŁAPKA. TRANSIT. TO RUSCY. Po chwili karabin maszynowy z bojowego wozu piechoty zaterkotał w kierunku narożnika, z którego Rosjanie ostrzeliwali Michała. Reszta potoczyła się błyskawicznie i Michał poznał ją dzięki późniejszej opowieści Basi.

Gdy tylko polscy żołnierze zaczęli ostrzeliwać Rosjan, ci zdecydowali się odpalić zdalnie ładunek, ale jeden zauważył przytomnie, że sami przy tym zginą. Dlatego zaczęli biec, chcąc wycofać się na swoją pierwotną pozycję, ale popełnili jeden błąd. Tak długo traktowali ludzi jak bezbronną, siedzącą na tyłkach masę, że nie przewidzieli, że coś im z ich strony zagraża. Dlatego biegnąc, trzymali się za blisko tłumu, a ludzie, wiedząc, czym skończy się eksplozja ładunku, po prostu wciągnęli ich między siebie i rozbroili w ułamku sekundy.

Niecałe pół godziny później Michał stał przy tylnym włazie bojowego wozu piechoty i czekał na dowódcę, jak się okazało, kompanii żandarmerii, która przejeżdżała akurat przez Zwoleń. Oddział, przy wsparciu plutonu zmechanizowanego, prowadził kawalkadę ponad stu autobusów, ewakuujących ludność cywilną. Autokary te właśnie przejeżdżały główną szosą, kierując się drogą numer 12 na zachód, w kierunku Radomia. Michał zerknął w stronę stojącej nieopodal, masywnej karetki wojskowej. Wewnątrz siedziały Natalka i Basia trzymająca leżącego Jurka za rękę. Lekarz kompanii od razu podał chłopcu odpowiednie leki, podpiął go pod kroplówkę i niemal z minuty na minutę można było obserwować, jak Jurek wraca do życia.

Z włazu wyłonił się dowódca kompanii, kapitan Władysław Ankwicz. To właśnie on obserwował Michała przez lornetkę i mógł zadecydować o otwarciu ognia do Rosjan i późniejszym wysłaniu saperów, aby rozminowali furgonetkę. Władysław Ankwicz wyglądał tak, jak się nazywał. Jak przedwojenny hrabia. Starannie zaczesane na bok włosy i drobny przystrzyżony wąsik sprawiały wrażenie, że bardziej niż nowoczesny mundur polowy z kamizelką kuloodporną pasowałby do niego przedwojenny uniform z wypastowanymi na glanc, wysokimi butami oraz rogatywką. Kapitan sięgnął do kieszeni swoich bojówek i Michał przez krótką chwilę był niemal pewien, że wyciągnie stamtąd srebrną papierośnicę i poczęstuje go papierosem wyrobu Polskiego Monopolu Tytoniowego. Zamiast tego Ankwicz wydobył paczkę gum do żucia, włożył jedną do ust, a całe opakowanie oddał Michałowi.

– Dla dzieciaków.

– Dziękuję bardzo.

– To o czym chciał pan ze mną porozmawiać? – spytał powoli kapitan.

– Wiem, że ma pan rozkaz ewakuacji wszystkich cywilów do tego obozu w... – Michał nie pamiętał gdzie, choć dowódca powiedział mu o wszystkim na samym początku.

– Pod Piotrków, nad Zalew Sulejowski.

– Właśnie. Tylko wie pan, ja mam trochę inny cel podróży. Umówiłem się z wujkiem, to teraz moja najbliższa rodzina...

– Wiem, o co chodzi – wszedł mu w słowo kapitan. – Formalnie rozkaz brzmi, aby wszystkich cywili ewakuować do punktu zbornego, ale nie ukrywam, że pan wyświadczył nam potężną przysługę, nie pozwalając wylecieć w powietrze.

– Czyli mogę iść w swoją stronę? – dopytał Michał.

– Obawiam się, że to nie będzie takie proste – westchnął Ankwicz.

– Jak to? Nie rozumiem.

– Pięć minut temu rozmawiała ze mną pańska żona.

Michał spojrzał zdziwiony w kierunku ambulansu, wewnątrz którego siedziała Basia. Jego żona podniosła wzrok i spojrzała twardo w jego stronę.

– Powiedziała, że przyjdzie pan do mnie z tą prośbą, a ja nie mogę wydać panu zgody. Tłumaczyła to tym, że pański syn jest jeszcze bardzo osłabiony. I wie pan, co myślę?

– A jeśli dam do zrozumienia, że mnie to nie interesuje, to wtedy mi pan nie powie?

– Powiem panu tak czy siak. Mój wygląd oraz nazwisko nie czynią ze mnie wielbiciela przedwojennej kindersztuby. – Ankwicz wyszczerzył się w uśmiechu z gumą między zębami. – Choć pewnie moi rodzice bardzo by sobie tego życzyli. Więc po pierwsze, myślę, że pańska żona ma wiele racji, a pan zachowuje się jak dureń, jeśli chce ciągnąć teraz swojego siedmioletniego, odwodnionego dzieciaka w trasę w nieznane, zamiast przewieźć go na pokładzie karetki w asyście wojska w bezpieczne miejsce.

Michał poczuł, jak gwałtownie purpurowieje, a czerwone plamy, które okresowo wykwitały mu na twarzy, stają się jaśniejsze od reszty i widać je bardziej niż zwykle.

– Po drugie – kontynuował swobodnym tonem kapitan – na pańskim miejscu porozmawiałbym z żoną. Coś jest nie tak, skoro zwraca się z tym do mnie, a nie do pana.

– Ile jestem panu winien za poradę małżeńską? – spytał nieprzytomnie wściekły Michał.

Kapitan Władysław Ankwicz zrobił pół kroku i zbliżył swoją twarz do twarzy Michała. Nie było już śladu po wymuskanym wyglądzie przedwojennego oficera. Teraz po prostu wyglądał jak prawdziwy oficer, dowódca, który ma wykonać określone zadanie, a przeszkadza mu w tym jakiś frajer w okularach z plamami na twarzy.

– Lubię pana. Głównie ze względu na fakt, że uratował pan dzisiaj życie wielu osób, w tym moje.

To nie był łagodny ton, a kapitan chyba zbyt zlekceważył swoje przedwojenne maniery. Kazał swojemu rozmówcy po prostu spierdalać. Michał bez słowa odwrócił się na pięcie i zaczął iść w kierunku wojskowego ambulansu. Początkowo chciał zrobić Basi karczemną awanturę, ale jak to u niego, cała złość parowała z każdym kolejnym krokiem i każdym kolejnym obrotem „betoniary", jak często nazywał swój mózg, kiedy ten wpadał w kołowrót analizy zdarzeń. Kiedy był w pół drogi, zdał sobie sprawę z tego, że jego żona tak naprawdę miała rację. Pojechanie teraz do obozu dla uchodźców, mój Boże, jakżeż to dziwnie brzmiało, kiedy myślało się w ten sposób o Polakach, było w tej chwili najrozsądniejszym wyjściem. Gdy dochodził do karetki, wściekł się straszliwie na samego siebie, bo oto uświadomił sobie, że podczas gdy kapitan dwukrotnie podziękował mu za uratowanie życia, on ani razu nie wyraził wdzięczności za to, że wojskowi lekarze na rozkaz Ankwicza uratowali życie jego młodszemu dziecku. Ależ ze mnie straszliwy pajac, pomyślał Michał, podszedł do drzwi ambulansu, uśmiechnął się do Basi i otrzymał silne uderzenie w twarz.

Kiedy się przewrócił, ktoś siadł na nim okrakiem i zaczął go okładać pięściami.

– Ty skurwysynu, ty! Po co go ciągnąłeś! Samemu było tam iść!

Żona zmarłego Tomka darła się wniebogłosy, a przejeżdżający autokarami ludzie patrzyli na tę scenę w niemym zdumieniu. Basia od razu wyskoczyła z karetki, ale jeden z żołnierzy żandarmerii wojskowej, który akurat kierował ruchem, był szybszy i odciągnął wierzgającą kobietę.

– Obyś zdechł! Ty i ta twoja zasrana rodzinka! – wykrzyczała jeszcze żona wąsacza, splunęła w kierunku Michała i potem została skutecznie obezwładniona przez żołnierzy.

– Wszystko w porządku? – spytała Basia, patrząc na jego podrapaną twarz. – Nie możesz się winić. Przecież tamten facet sam ci wszystko zaproponował.

Michał nie winił się o to. Miał do siebie pretensje o coś zupełnie innego. Tomek, z którym wspólnie namówili przeszło dwieście osób do tego, aby działały solidarnie, ruszając tyłki z ziemi, i potem uratowali ich życie, zginął podczas całej awantury. A Michał o nim zapomniał. Nie stało się to dziesięć czy może piętnaście minut po tym, jak Tomka rozszarpały rosyjskie kule. Stało się to w momencie, gdy facet padł martwy na ziemię. Michał zdał sobie sprawę z tego, jak bardzo zmienił się przez ostatnie dwa i pół tygodnia. To wojna go zmieniła.

5.

Roman stał na pomoście, paląc papierosa, i po raz kolejny dziwił się, że nie dość, że łatwo wrócić do palenia, to jeszcze do takiego w ilości trzech paczek dziennie. Odkąd dwa dni temu przerzucili ich nad Zalew Sulejowski do pilnowania porządku w obozie dla cywili, palił z nudów jak smok. Wcześniejsze dni były tak naładowane adrenaliną, że teraz opierdalanie kierowców autobusów, żeby prawidłowo parkowali, oraz szwendanie się po lesie na patrolu było wprost nie do zniesienia.

Roman wyrzucił niedopałek do wody i rozejrzał się po okolicy. Sam zalew miał podłużny kształt i był bardzo zasobny w wodę. To właśnie dlatego dowództwo zdecydowało się na to miejsce, z góry przewidując, że napojenie kilkudziesięciu tysięcy ludzi będzie najpoważniejszym wyzwaniem logistycznym. Gurski zszedł z pomostu i zaczął lawirować między starymi rowerami wodnymi i kajakami, które leżały na brzegu. Przeciął utwardzaną żwirem drogę i wszedł do piętrowego budynku, na którego dachu przytwierdzono duży, czerwony napis „Ośrodek Wczasowy Neptun".

Pluton Romana miał siedzibę w zatęchłym, zaścielonym tureckimi dywanami pomieszczeniu, któremu właściciel ośrodka nadał swego czasu dumne miano „Fitness clubu". Wyposażenie do ćwiczeń stanowiły dwie bieżnie i jeden połamany rower, które chłopaki od razu wyrzucili na zewnątrz. Przydały się za to maty do ćwiczeń, na których całkiem wygodnie się spało. Gdy Roman wszedł do środka, od razu zauważył Usia, który w kapciach, spodniach od dresu i koszulce z krótkim rękawem zapamiętale fikał koziołki, dopingowany przez Jovana. Chłopiec zobaczył wchodzącego porucznika, podbiegł do niego, zaciskając w piąstce figurkę Batmana i wykrzyknął groźnie:

– Bantam!

Po czym zaczął chować się za Jovanem, udając, że trzymany przez niego ludzik strzela do Romana. Gurski uśmiechnął się łagodnie, podrzucił chłopca do góry i zaczął łaskotać tak, że dzieciak po krótkiej chwili zaczął się niemal dusić ze śmiechu. Roman postawił dziecko na ziemię i uszczypnął pieszczotliwie w policzek. Z zadowoleniem zobaczył, że po odkarmieniu Usia jego waga szybko wracała do normalnej, a buzia zaczęła przypominać roześmiany księżyc w pełni. Zorganizowali mu naprędce ubranie, a od jednego z cywili Jovan wyżebrał figurkę Batmana, z którą maluch się nie rozstawał i nie wypuszczał jej z rąk nawet podczas snu. Kolejną rzeczą, z której chłopiec był bardzo zadowolony, były skarpetki z podobiznami bohaterów znanej przed wojną gry na telefon, „Angry Birds". Gdy zakładali dzieciakowi buty, wpadał w histerię, że nie widać skarpetek, więc wynegocjowali z nim kompromis. Na zewnątrz buty musiał zakładać, bo na dworze było już naprawdę zimno. Za to w środku pozwalali mu nosić kapcie na rzepy, które odsłaniały stopy na tyle, że Uś mógł przyglądać się do woli wściekłym ptakom, zdobiącym jego skarpetki.

– Ustaliliście coś z imieniem?

– Niestety nie – przyznał Jovan. – Pomysły nam się kończą.

Chłopiec, wskazując na siebie, był w stanie powiedzieć tylko „Uś". Początkowo nawet dowódca plutonu ucieszył się, że może dzieciak ma na imię tak samo jak on i Jovan miałby od tej pory dwóch Romusiów, ale to był chybiony strzał. Od tamtej pory próbowali nazywać go wieloma innymi imionami, ale za każdym razem Uś kręcił odmownie głową. Nudę panującą w obozie dla uchodźców właśnie najbardziej obrazował fakt, że sierżant Lacević miał dwa główne zmartwienia. Jak Uś ma naprawdę na imię i co znaczy „tegi", które chłopiec wspominał przy każdym karmieniu. Najwyraźniej była to jakaś ulubiona potrawa małego, ale nie mieli pojęcia, co to mogło być.

W zgadywaniu imienia i potrawy czy kompletowaniu garderoby brał udział cały pluton. Wszyscy tak naprawdę uwielbiali tego malca, który skakał i biegał wokół nich. Był niczym iskra normalności w gównianych realiach, w których wszyscy się znaleźli. Oczywiście wiedzieli, że wkrótce Uś będzie musiał opuścić ich pluton. Na kilka godzin dziennie przychodziło do nich małżeństwo, które straciło dziecko podczas bombardowania na początku wojny. Uś powoli się do nich przyzwyczajał. A im bardziej się przyzwyczajał i ich akceptował, tym bardziej zastępca Romana przygasał. O ile wszyscy z plutonu przepadali za Usiem, o tyle dla nikogo nie było tajemnicą, że sierżant Lacević wprost za chłopcem wariował. Rozmyślania Gurskiego przerwał jakiś młody podporucznik, który pojawił się w drzwiach.

– Panie poruczniku! – Sztabowiec tak się wydarł, że Uś podskoczył i schował się za nogami Jovana.

– Czego się, kurwa, drzesz?! – zrugał go wściekły sierżant. – Pod ostrzałem jesteś czy jak?

– Przepraszam – bąknął posłaniec. – Panie poruczniku…

– Tak, wiem – powiedział Gurski, patrząc na zegarek. – Miałem być u dowódcy. Chodźmy.

Gdy obaj szli utwardzoną żwirem drogą, usłyszeli za plecami warkot diesli i zeszli na bok. Po chwili minęły ich cztery bojowe wozy piechoty. W pierwszym z nich z włazu wystawał wyprostowany jak struna, młody oficer z równo przystrzyżonym wąsem.

– Pieprzona żandarmeria – powiedział Roman do podporucznika. – Ci to się nigdy nie pobrudzą przy robocie, co?

Obaj doszli do budynku smażalni U Siwego, który obecnie pełnił funkcję kwatery dowództwa batalionu. Podporucznik otworzył drzwi i wskazał dłonią za plecy Gurskiego.

– Myślę, że oni też wykonują potrzebne zadania.

Roman odwrócił się i spojrzał na olbrzymią kolumnę autobusów, która ciągnęła teraz żwirową drogą. W ośrodku dla uchodźców było już blisko siedemdziesiąt tysięcy ludzi. Skalę przedsięwzięcia najlepiej oddawał fakt, że aby znaleźć miejsce do parkowania dla ciągle przybywających autobusów, trzeba było wykarczować dwanaście hektarów pobliskiego lasu.

– Spokojnie – rzucił pojednawczo Roman. – Po co ta spinka?

– Jestem adiutantem, więc pan porucznik o mnie też mógłby powiedzieć to samo – wyjaśnił podporucznik i wskazał otwarte drzwi. – Zapraszam.

Gdy oficer zniknął za drzwiami gabinetu, Gurski zaczął zachodzić w głowę. Czyżby dowódcy batalionu, głupkowi Leśniakowi, przydzielono adiutanta w stopniu oficerskim? To byłoby dziwne, stwierdził Gurski, który nigdy wcześniej nie słyszał o praktyce przydzielania adiutantów pułkownikom. Może to jakiś kolejny pomysł tego nawiedzonego ministra obrony narodowej? Drzwi do gabinetu otworzyły się i młody podporucznik wyszedł na korytarz.

– Pan generał prosi – powiedział.

Gurski wstał, wszedł do środka, a oficer zamknął drzwi. Roman zobaczył siedzącego za biurkiem Sawickiego i westchnął z ulgą.

– Co z wami? – spytał Sawicki. – Ducha zobaczyliście?

Roman pomyślał, że gdyby to Leśniaka mianowano na generała, to koszmarów wojny byłoby już nadto i wtedy naprawdę musiałby sobie strzelić w łeb ze służbowej broni. Uśmiechnął się szeroko i wyciągnął dłoń w geście powitania.

– Eee no… – Gurski wskazał patkę na mundurze Sawickiego i gwizdnął z podziwem. – Gratuluję węża, no i od razu dwie gwiazdki? To jest wynik!

Generał wstał i uścisnął dłoń Gurskiego, machając drugą ręką, aby ten zakończył wychwalanie jego awansu.

– Dobra już, siadajcie – powiedział Sawicki i obaj zajęli miejsca.

Roman przyjrzał się uważnie generałowi, którego ostatnio widział w stopniu pułkownika. Sawicki ciągle miał wygląd dobrotliwego psychoanalityka, ale przez ostatnie tygodnie wyraźnie się posunął. Kiedyś wyglądał na żwawego, czerstwego pana pod sześćdziesiątkę, a teraz, co tu ukrywać, tak jakby był grubo po siedemdziesiątce.

– Co pana sprowadza nad malowniczy Zalew Sulejowski? – zagaił z uśmiechem Gurski.

– Wasz batalion przestaje być samodzielny i staje się częścią dowodzonej przeze mnie dywizji.

– Rozumiem – powiedział powoli Roman. – Bardzo mi miło pana widzieć, generale. Ale czego dowódca dywizji chce od skromnego dowódcy plutonu? Co by nie mówić, to dobre parę stopni dowodzenia niżej.

– Roman, co tu się dzieje? – spytał z troską w głosie Sawicki.

Gurski milczał dłuższą chwilę, bo nie wiedział, od czego zacząć.

– Panie generale, to nie ma sensu. Ma pan na głowie dywizję, a ja nie mam zamiaru się żalić. Ja i moi ludzie dajemy radę. Pozostałe plutony z naszej kompanii też. O cały batalion musi pan pytać pułkownika Leśniaka.

– Obaj wiemy, że to niezły idiota.

– To pan powiedział – wzruszył ramionami Gurski.

– A ten dowódca kompanii, Przybylski? – spytał generał.

Roman uparcie milczał. Sawicki wyciągnął z szuflady odznaczenie wraz z listem i położył na blacie biurka.

– To jest Krzyż Walecznych dla waszego żołnierza, który zginął, osłaniając was w kopalni.

– Szeregowy Błażej Przygodzki – powiedział zamyślony Roman i ze zdumieniem stwierdził, że za cholerę nie może sobie przypomnieć twarzy chłopaka.

– Kapitan Przybylski ostro sprzeciwił się mojej decyzji. Powiedział, że jej nie akceptuje.

Gurski tylko parsknął, chowając z szacunkiem odznaczenie.

– Wracając jeszcze do waszego pytania – powiedział Sawicki i zatoczył ręką koło. – To tylko przerwa, która zaraz się skończy.

Przerzucą nas w kierunku Warszawy, a wtedy będę miał dla was poważne zadanie. Wiem, że możecie czuć, że wasz pluton jest eksploatowany bardziej niż inne, i zadawać sobie pytanie…

– Proszę o pozwolenie zabrania głosu – powiedział Gurski z westchnieniem.

– Udzielam.

– Panie generale, ja i mój pluton, jeśli pan rozkaże, możemy nawet zająć cały mur chiński albo iść samotnie na Moskwę, jeśli będzie taka potrzeba. Mam tylko jedną prośbę.

Generał czekał w milczeniu.

– Niech pan trzyma ode mnie tę kurwę Przybylską z daleka, bo dojdzie do nieszczęścia.

Sawicki zrobił srogą minę i otworzył usta, aby w ostrych słowach zganić siedzącego przed nim porucznika. To w końcu wojsko i żaden dowódca plutonu nie będzie tak wypowiadać się o swoim bezpośrednim przełożonym w obecności generała. To było wprost niedopuszczalne! Zamiast tego Sawicki zamknął na chwilę usta, by po sekundzie powiedzieć łagodnym głosem:

– Umowa stoi.

Po wyjściu z budynku smażalni Roman postanowił się przespacerować, aby przemyśleć kilka spraw i wypalić ze dwa papierosy. Szedł brzegiem zalewu, a w zachodzącym słońcu, które ledwie świeciło przez gęste chmury, widział tysiące namiotów, w których tłoczyli się ludzie. Palące się ogniska, umorusane dzieciaki z glutem przy nosie, które ganiały się w kółko, strzelając z patyków udających karabiny. Wszystko to, co kiedyś oglądał w wiadomościach, miał teraz na żywo. Tyle że było o wiele zimniej, a przebywający w obozie ludzie nie mieli śniadej cery i rozmawiali w jego ojczystym języku.

Cieszył się, że Sawicki znowu będzie dowodził. Co prawda był o wiele dalej od niego niż wcześniej, ale istniała jeszcze jakaś nadzieja. O tym, że wojna była przegrana, Roman był już przekonany niemal na sto procent. Ale jeśli ich dywizją będzie dowodził ktoś tak mądry jak Sawicki, to szansa przeżycia znacznie wzrastała. A to już było coś, czym można było nakarmić chłopaków, dodać im sił w nadchodzących dniach, co do których Roman nie miał wątpliwości, że będą wyjątkowo trudne.

Gurski wyciągnął kolejnego papierosa, zapalił go i zamarł w bezruchu, a wolna ręka bezwiednie sięgnęła do srebrnej ramki ukrytej w wewnętrznej kieszeni munduru. Z jednego z autobusów wysiadła Basia, trzymając na rękach małego chłopca, a zaraz za nią jakiś facet w okularach, najpewniej jej mąż, i córka. Po chwili wszyscy zniknęli w namiocie medycznym.

Roman, czekając na zewnątrz, wypalił chyba całą paczkę. Na dworze zrobiło się całkiem ciemno. Trochę światła dawały prowizoryczne latarnie zainstalowane na drewnianych żerdziach i rozpalone gdzieniegdzie ogniska. Gurski postanowił wracać do siłowni w ośrodku, zanim Jovan pośle kogoś, aby go odszukał. Wtedy zobaczył ją wychodzącą z namiotu.

Jej pozbawiona makijażu twarz była zmęczona i zmięta. Jednak wystarczył jeden jej gest, którym odgarnęła burzę loków, by Roman szybko uzmysłowił sobie, jak bardzo ciągle ją kocha.

Gdy tylko Basia zobaczyła go i rozpoznała, omal nie krzyknęła ze zdziwienia. Przez dłuższy czas stała w miejscu, wpatrując się w Romana, a potem podeszła do niego i złapała go mocno za rękę, jakby chciała sprawdzić, że to naprawdę on. Że oto istnieje, stoi przed nią.

– Romek… – wyszeptała.

Roman objął ją wpół, przycisnął do siebie i chciał pocałować, kiedy ona powstrzymała go gestem dłoni.

– Jestem w ciąży.

Gurski patrzył na nią w milczeniu. Nie bardzo wiedział, co chciała mu przekazać. Przecież wiedział, że wyszła za mąż i ma dwójkę dzieci. Czyżby na świat miało przyjść trzecie?

– To twoje dziecko – wyszeptała.

Z namiotu wyszedł Michał, szukając wzrokiem swojej żony. Szybko ją odnalazł. Stała w objęciach postawnego żołnierza, który próbował ją pocałować.

6.

Danuta czekała na gościa, siedząc za biurkiem. Była sparaliżowana strachem. Od dwóch dni zarządzała wszystkim samodzielnie, a każdy, kto pytał o ojca, otrzymywał taką wiązankę, że więcej nie pytał o nic. Tylko jeden człowiek o nic nie pytał. Milczał, jak zwykle. Dlatego Danuta postanowiła w końcu zaprosić go na rozmowę i wyjaśnić wszystkie wątpliwości.

Czy wie? Na pewno wie, pomyślała zrezygnowana. Najlepiej będzie, jeśli nic nie będę ukrywać. Tak, trzeba do tego podejść z otwartą przyłbicą. Spojrzała na swoje dłonie, które położyła na blacie, i zobaczyła, że ani trochę nad nimi nie panuje. Ręce latały jej na wszystkie strony, dlatego szybko schowała je pod biurko i zaczerpnęła głęboko powietrza. Dopiero teraz uświadomiła sobie, jak bardzo bała się tego człowieka, chyba nawet bardziej niż ojca, którego przestała się obawiać dopiero po jego śmierci. Rozległo się mocne pukanie do drzwi.

– Proszę! – krzyknęła Danuta.

Do środka wszedł Kafar i usiadł naprzeciwko biurka. Jego zwalista sylwetka ledwo mieściła się na krześle. Lewa ręka, ciągle w gipsie, zwisała luźno na prowizorycznym temblaku. Najlepiej by było, gdyby jego też usunąć, pomyślała. Przestraszyła się tej myśli, bojąc się, że po jednym zabójstwie z łatwością przyjdzie jej popełnić następne, zamieniając ją w pozbawione emocji monstrum.

– Zapewne już wiesz, że skoro ojca nie ma w domu – zaczęła ochrypłym głosem i musiała odchrząknąć. – To po prostu go nie ma.

Kafar milczał, świdrował ją tymi swoimi rybimi ślepiami, które upodobniały go do rekina.

– Wiem, jak bardzo byłeś wobec niego lojalny. Ale nie tylko wobec niego. Twoja praca tutaj służyła całej naszej rodzinie i przynosiła korzyści również mnie. Za to chciałam ci serdecznie podziękować.

Rekin po drugiej stronie biurka nie poruszył się, żaden mięsień jego twarzy nie drgnął nawet o milimetr.

– Powiem krótko. Masz wybór – powiedziała, czując, że odzyskuje pewność siebie. – Jeśli chcesz zostać, to od teraz ja tu jestem szefem i bezwzględnie wykonujesz moje polecenia.

Danuta czekała na jakąkolwiek reakcję Kafara, ale się nie doczekała.

– Jeśli nie akceptujesz takiego rozwiązania, możesz w każdej chwili odejść. Dostaniesz zapas złota oraz broni, jedzenia i leków.

Siedzący naprzeciwko poruszył delikatnie głową, przechylając ją na bok. Jakby mówił tym gestem: „Nie przesadzasz czasem, dziewczynko?".

– Oboje jesteśmy dorośli, a ja jestem córką swego ojca i nie przywykłam się oszukiwać. Dlatego wiemy, że jest również trzecia opcja. – Danuta zawiesiła na chwilę głos. – Byłeś lojalny wobec mojego ojca, ceniłeś go i szanowałeś. Więc możesz mnie zabić.

Kafar ciągle milczał, świdrując Danutę wzrokiem.

– Potrzebuję twojej odpowiedzi do jutra rano. Jeśli wybierzesz trzecie rozwiązanie, to zabij mnie dzisiaj. Nie czekaj z tym. To moja prośba, którą, mam nadzieję, uszanujesz przez wzgląd na te wszystkie lata, kiedy, co by nie mówić, pracowaliśmy razem. Czy możesz chociaż jakimś gestem dać znać, że mnie zrozumiałeś?

Kafar w milczeniu kiwnął głową i wstał powoli, sięgając zdrową, prawą ręką pod kurtkę. To koniec, pomyślała Danuta, skurwysyn podjął decyzję od razu. Była pewna, że Kafar wyciągnie spod kurtki swój krótki, metalowy pręt i rozwali jej głowę jednym uderzeniem. Skuliła się i w absurdalnym odruchu przesunęła leżący na blacie kalendarz, aby nie został zachlapany krwią. Zamiast ciosu na blat spadła koperta, a Kafar rzucił Danucie ostatnie spojrzenie, pełne, jak się jej wydawało, wyrzutu i wyszedł bez słowa.

Zaskoczona Danuta wzięła kopertę drżącą ręką i wyciągnęła ze środka plastikowy dowód osobisty oraz jakiś kartonik. Jak się okazało, kartonik był legitymacją osoby niepełnosprawnej ze zdjęciem Marka. Danuta zmarszczyła brwi, Marek nie miał na nazwisko Marczak tak jak Zenon, ale Lubiński. Sięgnęła po plastikowy dowód osobisty, który przedstawiał tęgą opiekunkę niepełnosprawnego, podpisaną na dokumencie jako Bożena Lubińska. O co tu chodzi, pomyślała, czyżby jednak Zenon naprawdę był związany z dużo starszą od siebie, blisko sześćdziesięcioletnią kobietą? Nie, to chyba niemożliwe.

Danuta wyciągnęła z szuflady pistolet, który zeszłej nocy zabrała z ojcowskiego sejfu, zarzuciła kurtkę i wyszła na zewnątrz. Poszła do hali, w której po śmierci Henryka zaaranżowano pokój dla niepełnosprawnego Marka.

Stanęła przy uchylonych drzwiach i obserwowała, jak Bożena właśnie kończy zmieniać Markowi pościel. Poprawiła rurki tracheotomijne oraz przewody i nakryła chłopaka kołdrą. Wtedy do środka weszła Danuta.

– Dzień dobry.

– Dzień dobry pani – powiedziała Bożena z uśmiechem.

– Możemy chwilę porozmawiać?

– Oczywiście – odparła Lubińska i chciała wyjść, gdy Danuta powstrzymała ją gestem.

– Porozmawiamy tutaj. Kim pani jest dla Marka?

Bożena zrobiła zdziwioną minę, a potem uśmiechnęła się głupkowato, jakby nie miała pojęcia, o czym Danuta mówi.

– Przecież pani wie. Jestem opiekunką Marka, jego tata, pan Zenon, pozwolił mi tu być i chciałam również pani podziękować za to, że…

– Radzę przestać kłamać. W tej chwili! – krzyknęła Danuta.

Lubińska milczała, nerwowo poprawiając brzeg kołdry na łóżku chłopaka. Marek, pomimo swojego stanu, chyba wyczuł emocje panujące w pokoju, bo zaczął cicho pomrukiwać, jakby z niezadowoleniem. Danuta zobaczyła, że stojąca przed nią kobieta boi się, i momentalnie poczuła mrowienie w podbrzuszu, czerpiąc satysfakcję ze strachu Bożeny. Czyżbym zamieniała się w ojca?, pomyślała z obawą. Opanowała się, wyciągnęła powoli z kieszeni kurtki legitymację i dowód osobisty i cisnęła je w twarz Bożeny. Ta klęknęła, zbierając dokumenty drżącymi rękoma.

– Mów.

– Nic nie powiem. Ty nie wiesz, co to za człowiek. Straszny – powiedziała Lubińska z lękiem, kręcąc odmownie głową.

Danuta sięgnęła dłonią do wtyczki wetkniętej w listwę zasilającą, która połączona była ze stojącym w drugim pomieszczeniu agregatem prądotwórczym. Szarpnęła mocno, wyciągając kabel, i natychmiast wszystkie lampki i wskazania aparatury zamilkły. Respirator przestał tłoczyć powietrze, a z ust Marka zaczął wydobywać się cichy charkot. Bożena zerwała się na równe nogi z błyskiem w oku, rozcapierzyła palce i sprężyła się do skoku, aby rzucić się na Danutę. Ta reakcja upewniła Danutę co do jej podejrzeń. To musiała być prawdziwa matka niepełnosprawnego chłopca. Nie dając Lubińskiej szans, aby mogła ją dopaść, Danuta wyciągnęła szybko pistolet, odbezpieczyła go i wycelowała Bożenie w twarz.

– Mów, bo strzelę ci w łeb, a ten twój zasrany synek zdechnie w męczarniach!

Charkot niepełnosprawnego wzmagał się. Chłopak wyraźnie zaczynał się dusić.

– Dobrze, w porządku. – Lubińska zaczęła szlochać. – Podłącz wtyczkę, a wtedy wszystko ci powiem.

– Najpierw powiesz, a potem podepnę sprzęt. Dlatego lepiej się streszczaj!

– Znałam go z widzenia, mój drugi mąż pracował z nim, na tym samym komisariacie – Bożena zaczęła trajkotać z szybkością karabinu maszynowego. – Ściągnął mnie tu, kazał opowiadać tę bajkę, że on jest ojcem Mareczka! Ja nie chciałam, przysięgam, ale on mnie zmusił... Błagam! – zawyła Lubińska i wskazała wyciągniętą wtyczkę.

Danuta podłączyła kabel z powrotem, aparatura ożyła i oddech niepełnosprawnego powoli zaczął wracać do normy. Bożena nachyliła się nad chłopcem, przytuliła go i zaczęła całować po twarzy.

– Już dobrze, Mareczku, wszystko dobrze, nie bój się – uspokajała leżącego Bożena.

Danuta patrzyła na nich oboje i czuła, jak dosłownie rozpiera ją euforia. Odczuwała olbrzymią siłę, wiedząc, że oto ma pełnię władzy nad tymi ludźmi. Mogła zastrzelić ich tu i teraz i nikt by jej nic nie zrobił. Bożena spojrzała ze strachem na Danutę i wyszeptała:

– Nie wiesz, co on potrafi. Uciekaj, dziewczyno, póki możesz. Zenon to diabeł!

Na dworze było ciemno. Danuta stała pod halą dobre kilka minut. Miała rozpiętą kurtkę, a na jej gołą głowę padał marznący śnieg z deszczem. Myślała o wieczornej rozmowie dwa dni wcześniej. O tym, jak Zenon siedział załamany w kuchni z przekrwionymi oczami i był bliski płaczu. O tym, jak usłyszała, że zabijał z zimną krwią podczas napadu na policyjną zbrojownię lub potem w mieście, podczas wyprawy na bazar. Wreszcie o tym, jak całe ubranie Zenona przesiąknięte było dziwnym smrodem. Dlaczego wcześniej nie zwróciłam na to uwagi, pomyślała. Następnego dnia po zabiciu ojca Danuta nie musiała tłumaczyć się Zenonowi. Wziął dwóch ludzi i odjechał z samego rana do miasta załatwić sprawę, którą wcześniej uzgodnił z Henrykiem. Miał wrócić jutro rano.

Zapięła kurtkę pod szyję, zarzuciła kaptur na głowę i ruszyła w kierunku wybudowanego przed czterdziestoma laty wiaduktu, oświetlając sobie drogę latarką. Gdy po piętnastu minutach dotarła na miejsce, śnieg z deszczem zacinał już mocno pod kątem, ograniczając widoczność do zaledwie kilku metrów.

Gdy znalazła się w tunelu, ściągnęła kaptur i od razu w jej nozdrza uderzył ostry smród spalonej gumy i plastiku. Spojrzała w kierunku autobusu, który stał najbliżej wejścia. W promieniu latarki pojazd wyglądał niczym plastikowa zabawka, którą ktoś wrzucił na chwilę do ognia. Przy tylnych, zupełnie stopionych kołach, leżały zwłoki jej ojca. Dwa dni temu, aby podejść na tyle blisko, musiała całkiem naciągnąć czapkę na twarz, przez co wyrzuciła Henryka z taczki niemal po omacku. Dlatego leżące zwłoki były zwęglone tylko do połowy. Sparaliżowane, wychudzone nogi odziane w przemoczone dżinsy i brązowe buty były niemal nietknięte. Za to cały korpus i głowa były doszczętnie zwęglone. Z czarnej, osmalonej czaszki sterczały nienaturalnie białe zęby, a w potylicy widać było wyraźny ubytek, spowodowany silnym uderzeniem łopaty.

Danuta minęła zwłoki ojca i weszła do autobusu przednim wejściem. Stopnie zatrzeszczały ostrzegawczo pod jej ciężarem. Fotele, półki na bagaże nad nimi, uchwyty do trzymania oraz cała kabina kierowcy były zwęglone i pokryte gęstą, grubą warstwą sadzy. Szyby nie pękły, po prostu stopiły się pod wpływem temperatury i spłynęły na dół, tworząc w środku i na zewnątrz fantastyczne kształty przypominające jaskiniowe stalaktyty. Pojazd został całkiem spalony, ale Danuta nie miała wątpliwości, w środku nie było żadnych zwłok. Sprawdziła trzy pozostałe autobusy stojące w tunelu i ruszyła do wyjścia, myśląc intensywnie. Zjawia się Zenon, proponuje ochronę, ojciec odmawia. Dzień później Remigiusz Czaja i jego ludzie ich napadają, wtedy Henryk wynajmuje Zenona. Ten uwodzi Danutę i ona, po seksie, zdradza mu coraz więcej szczegółów i dzieli się swoimi uczuciami. Między innymi opowiada o tym, jak bardzo nienawidzi Henryka i że często myśli o zamordowaniu swojego ojca, ale brak jej odwagi.

Danuta doszła do wyjścia i zwolniła kroku. Przypomniała sobie, że to Zenon zapoznał ją z Marią i jej trójką dzieci, mówił, że trzeba jakoś pomóc tej kobiecie. Bawił się z jej dziećmi, a ona jak głupia pomyślała, że mógłby być świetnym ojcem. O matko, ale jestem durna i naiwna, pomyślała. Muszę szybko dotrzeć do domu i zmusić Kafara do podjęcia decyzji. Jeśli chce zostać ze mną, musimy natychmiast zlikwidować Zenona!

Danuta wyszła prosto w zacinający deszcz ze śniegiem, zarzuciła kaptur na głowę i stanęła jak wryta. Przed sobą miała uśmiechniętą twarz Marczaka, który stał w towarzystwie dwójki swoich ludzi.

– No witaj, moja śliczna!

Prawy policzek Danuty był zdarty do krwi, ale nie ruszała się, nie miała sił. Swój pusty, szklisty wzrok skoncentrowała na nodze metalowej szafy. Wpatrywała się w ten punkt blisko godzinę, więc znała dokładnie każdy jego szczegół. Obła, metalowa noga od szafy magazynowej, w skarbcu służącej do przechowywania kosztowności. Do tego stalowego, ciężkiego elementu przywiązano cienkim, mocnym sznurkiem dłoń Danuty wykrzywioną i bladą, pozbawioną krążenia. Druga ręka była przywiązana po przeciwnej stronie do identycznej szafy. Rozciągnęli ją na brzuchu, ale nie kłopotali się, żeby zdjąć jej sweter czy kurtkę. Za to ściągnęli z niej wszystko od pasa w dół.

Ich głosy, kiedy nawzajem się przekrzykiwali i rechotali, dochodziły do niej niczym ze studni. Cieszyła się, że już nic nie czuje, ponieważ chłód lodowatej posadzki i ból były nie do zniesienia. Jedyne, co jeszcze czuła, to rozgrzany prawy policzek, który ciągle tarł o betonowe podłoże w rytm posunięć, którymi gwałcił ją jeden z ludzi Zenona. Pierwszy z nich skończył dosyć szybko, ale drugi pastwił się nad nią wyjątkowo długo. Była przekonana, że nigdy się z tego nie podniesie. Przeżywała różne wzloty i upadki, jej dzieciństwo nie było łatwe, ale teraz miała absolutną pewność, że jej życie po prostu się skończyło.

Policzek zaczął trzeć o chropowaty beton w coraz szybszym tempie, by w końcu znieruchomieć. Bandzior westchnął głośno i wyszedł z niej przy akompaniamencie głośnego cmoknięcia. Potem wstał i Danuta usłyszała odgłos zapinanego rozporka i sprzączki od paska. Miała tylko jedno marzenie. Żeby ją zabili.

– No i jak? – usłyszała głos Zenona i jej ciało przeszył niekontrolowany dreszcz. – Mówiłem, że dupcia pierwsza klasa, co?

– Marzenie. Szef nie chce sobie ulżyć?

– Ja już sobie z nią ulżyłem, spokojnie.

Zenon kucnął obok twarzy Danuty i nachylił się nad nią, spoglądając w pozbawione wyrazu, szkliste oczy.

– Słyszysz mnie? – spytał.

Danuta nie zareagowała, więc Zenon wymierzył jej mocne uderzenie w twarz.

– Co?! Za mało ci dogodzili? Chcesz jeszcze?!

Brak reakcji. Zenon wyciągnął nóż i przeciął więzy krępujące lewy i prawy nadgarstek Danuty.

– Wstawaj! – ryknął i kiedy znowu nie doczekał się reakcji, kopnął Danutę w nagie, odsłonięte biodro.

Zwinęła się gwałtownie z bólu, obracając się na bok i podkurczając nogi. Odrętwiała dolna połowa ciała i nadgarstki zakłuły milionami sztyletów, a po jej twarzy pociekły łzy. Kopnięcie rozgrzało i przywróciło czucie w jej obolałych udach i biodrach i Danuta poczuła, że leży w kałuży. Zamknęła oczy, nie chciała wiedzieć, co to takiego.

– Spójrz na mnie! – wydarł się Zenon. – Słyszysz?!

– Szefie, ona jest w siódmym niebie – zarechotał ten, który gwałcił ją krótko. – Wie, że takie zajebiste ruchanie już nigdy jej się nie trafi.

Danuta otworzyła oczy, spojrzała na Zenona i wyszeptała spierzchniętymi ustami:

– Zabij mnie.

– Kotek, przecież ja bym ci gwiazdkę z nieba, każde życzenie twoje spełnił, wiesz o tym. – Marczak mrugnął do niej łobuzersko. – Ale chciałbym, żebyś wiedziała, że ze mnie jest porządny gość.

Danuta czuła coraz więcej. Trzęsła się z zimna, a krew powoli znowu dopływała do palców w dłoniach. Niestety czuła też ból pochodzący z dolnych partii jej ciała.

– Dlatego zanim cię zabiję, chcę ci powiedzieć, po co to wszystko – kontynuował swój wywód Zenon. Potoczył ręką po kosztownościach zgromadzonych w skarbcu. – Bo to złoto to tylko wisienka na torcie.

Rozległ się huk i uśmiech Zenona zamarł na jego twarzy, na którą chlapnęła gęsta, bordowa ciecz. Odwrócił się gwałtownie i zobaczył, jak jeden z jego ludzi pada martwy na ziemię. Przez drzwi wszedł Kafar z pistoletem w zdrowej ręce, wymierzył w drugiego z bandytów i strzelił mu prosto w skroń. Połamanemu Kafarowi brakowało już szybkości, a Zenon nie należał do frajerów, których można łatwo zaskoczyć. Wyciągnął broń i strzelił do Kafara, trafiając go w ramię, ale zwalisty chłop zdążył rzucić się na Zenona i przygwoździł go do ziemi.

Danuta patrzyła otępiała na to, jak we dwóch siłują się na podłodze, próbując nawzajem się rozbroić. Kafar był potężny i bardzo silny, ale jedną rękę miał unieruchomioną i Zenon wkrótce zyskał przewagę, wypełzł spod wielkiego cielska i teraz to on przygwoździł przeciwnika do ziemi. Jeszcze chwila i Kafar mógł okazać się przegranym, a wraz z nim Danuta. Dlatego otrząsnęła się i dźwignęła na nogi, czując, jak coś jej ścieka po udach. Zataczając się, złapała się krawędzi stołu, przy którym zazwyczaj pracował stary Chodkowski. Na stole walały się różne narzędzia jubilerskie. Danuta prześlizgnęła się wzrokiem po małym kowadle, masywnym sześcianie kształtownicy, która z tego co pamiętała, nosiła dziwną nazwę „anka", i w końcu sięgnęła po palnik. Nieraz z zaciekawieniem obserwowała starego jubilera przy pracy. Przestawiła czarny przełącznik z boku urządzenia, wcisnęła kciukiem srebrny guzik umieszczony z tyłu i z dyszy buchnął cienki, niebieski płomień. Danuta chwyciła lewą ręką głowę Zenona i przyłożyła trzymany w dłoni palnik do jego prawego policzka.

Zenon wrzasnął i zaczął się szarpać, ale Danuta trzymała jego głowę mocno, a Kafar więził w żelaznym uścisku dłonie Marczaka. Po pomieszczeniu rozszedł się smród palonej skóry, niebieski płomień o temperaturze przeszło tysiąca trzystu stopni, który topił srebro i złoto, szybko wyżarł policzek wyjącego jak pies Zenona. W końcu Marczak wytężył wszystkie swoje siły i szarpnął się w zwierzęcym odruchu, uwalniając się z uścisku Kafara i przewracając Danutę, która upuściła palnik na podłogę. Zenon, zataczając się, ruszył do drzwi i wybiegł ze skarbca.

7.

Ciężarowy star bujał się lekko, a silnik mruczał donośnie, wprawiając naczepę w jednostajne drgania. W wypełnionej wojskowym sprzętem przestrzeni ładunkowej jechało pięć osób. Oparci o ścianę łączącą naczepę z kabiną, na drewnianych skrzyniach siedzieli Natalia z Jurkiem i przekomarzali się ze sobą, grając w „papier, nożyce, kamień". Przy burcie, której górna, otwarta część zasłonięta była powiewającą plandeką, spał żołnierz w stopniu szeregowego.

W połowie naczepy na długiej, wąskiej skrzyni siedzieli Michał z Basią.

Na pace ciężarówki było zimno jak w psiarni. Na szczęście cała rodzina była opatulona w ciepłe kurtki i bluzy, które otrzymali w obozie dla uchodźców nad zalewem. Pomimo dokuczliwego zimna sytuacja nie była najgorsza. Byli najedzeni, no i najważniejsze, udało im się załapać na wojskowy transport, który jechał w kierunku Warszawy. Tym samym mogli dotrzeć do Piaseczna akurat na czas, aby spotkać się z wujem Michała i razem próbować ucieczki z Polski. Rzecz jasna, żaden transport by ich nie zabrał, gdyby nie wstawiennictwo dawnej miłości Basi, tego całego Gurskiego.

Michał jeszcze raz wrócił myślami do wczorajszej sceny, którą zobaczył po wyjściu z namiotu medycznego w obozie. Oczywiście Basia od razu przedstawiła mu wojskowego i wszyscy udawali, że tak naprawdę nic nie zaszło. Zresztą Michał słyszał już kiedyś o tym gościu. Basia wspominała go jako kogoś zupełnie nieodpowiedzialnego, takiego, z kim nie mogłaby związać się na stałe. Czytaj, był zajebisty, ale wolę ciebie, Michasiu, bo ty jesteś taki przewidywalny. Na cholerę mi ferrari, kiedy mogę mieć lanosa, który mało pali i wszystkie części dostanę za przysłowiowe pięć złotych? Jakby mało było tej pierdolonej wojny, pomyślał Michał ze złością, tego, że muszę się tłuc z głodującymi dziećmi przez kraj ogarnięty walkami, to najprawdopodobniej moja żona mnie zdradziła. Albo zdradza.

Spojrzał na swoją żonę. Basia niby siedziała przytulona do niego, a jednak Michał czuł, jak bardzo jego kobieta, w której był zakochany bez pamięci, oddaliła się od niego przez ostatnie tygodnie. Gniew znowu zaczął go toczyć niczym nowotwór i powiedział w końcu te słowa, choć wcześniej sobie przyrzekł, że ich nie powie:

– Marzysz o swoim poruczniku?

– Co takiego? – spytała zdziwiona Basia, odwracając się w jego kierunku.

– Nie wiesz, o czym mówię?

– Nie, nie wiem i radzę ci wszystko przemyśleć, zanim powiesz coś, czego będziesz żałował.

– Jasne – prychnął Michał. – Kiedy wczoraj was zobaczyłem, wyglądało to tak, jakby chciał cię pocałować.

Basia westchnęła tylko z niedowierzaniem i nic nie odpowiedziała.

– Tylko tyle masz do powiedzenia? – zapytał, czując, jak narasta w nim wściekłość.

– Może i chciał – syknęła Basia. – Ale ja na to nie pozwoliłam. Widzisz różnicę?

– Mnie jakoś kobiety nie obejmują i nie całują.

Basia rzuciła mu z ukosa spojrzenie, które Michał odczytał jako „nic dziwnego", i cholernie go to zabolało. Tak naprawdę wiedział, że mógł mieć pretensje tylko do samego siebie. Gdy poznał Basię, było jasne dla niego i dla wszystkich znajomych, że oto właśnie Shrek znalazł wyśnioną królewnę, zgrabną i powabną, z burzą loków na głowie. Dopiero po chwili zauważył, że jego żona bacznie mu się przygląda.

– Błagam – powiedziała Basia. – Tylko nie te twoje odwieczne kompleksy.

– Wiesz, może czasem to ty powinnaś coś przemyśleć, zanim powiesz kilka słów za dużo i kogoś zranisz.

– Kurwa, człowieku – Basia bardzo rzadko przeklinała, a gdy już to robiła, musiała być bardzo wkurzona. – To ty ze mną rozmawiasz, jakbym przez ostatnie kilkanaście lat, zamiast pracować i wychowywać dwójkę dzieci, nie robiła nic innego, tylko latała po mieście i ruchała się z innymi.

Basia wstała i przesiadła się naprzeciwko. Michał milczał. Zastanawiał się, czy naprawdę cała sytuacja była niewarta tej awantury, czy też może jak zwykle nie popisał się zbytnio asertywnością i nie zawalczył o swoje. Ale jakie swoje? Gościu, powiedział do siebie w myślach, jeśli twoja żona będzie chciała być z panem porucznikiem, a nie z tobą, to tak będzie i nic z tym nie zrobisz. Postanowił jakoś załagodzić sytuację, uśmiechnął się do Basi i spytał:

– Jak się czujesz?

W odpowiedzi jego żona nawet na niego nie patrząc, pokazała mu środkowy palec. Michał westchnął i spojrzał na jej wyraźnie rysujący się brzuch. Wtedy uderzyła go myśl, która nigdy wcześniej nie przyszła mu do głowy. Jeszcze do niedawna był pewien, że ten cały Gurski przebywa gdzieś daleko na Bliskim Wschodzie, ale z wczorajszej rozmowy wynikło, że dwa miesiące temu był w Polsce. Przeniósł spojrzenie na twarz żony, która chyba domyśliła się jego wątpliwości, bo jej wściekły wzrok mówił „nawet nie waż się zadawać takiego pytania". Michał wiedział, że nie powinien. Po prostu czasem lepiej czegoś nie ruszać, nie dotykać, niczym starego, nieprzesuwanego od lat regału. Gdy tylko przestawimy go w inne miejsce, okaże się, że za meblem tkwiły przez lata kłęby kurzu, smętne pajęczyny i grzyb na ścianie, o którego istnieniu byśmy nie wiedzieli, gdyby wszystko zostało po staremu. Jednak to było silniejsze od niego. Oblizał spierzchnięte wargi i otworzył usta, żeby zadać TO pytanie, gdy samochód wjechał na szutrową drogę i ciężarówka zabujała się mocno na resorach. Leżący przy burcie żołnierz obudził się i odsunął plandekę. Widać było, jak oddalają się od głównej asfaltowej drogi i jadą powoli w głąb lasu. Michał podszedł i usiadł obok żołnierza.

– Dlaczego zjeżdżamy?

– Pewnie musimy zatankować – powiedział szeregowy, trąc przekrwione od snu oczy.

– Myślicie, że znajdziecie gdzieś paliwo?

– Spokojnie, mamy swoje specjalne punkty rozmieszczone po kraju.

Michał oparł się o burtę ciężarówki, patrząc, jak nieutwardzona droga meandruje wśród zalesionych terenów.

Wojskowa ciężarówka wkrótce się zatrzymała, żołnierz wyskoczył na zewnątrz, aby zatankować. Jurek podszedł do Michała.

– Tata, muszę kupę.

Michał popatrzył na chłopca. Bogu dziękował za to, że Jurek zdołał wyjść z tego zatrucia. Jego syn ciągle był blady i wymizerowany, ale odzyskał siły.

– Dobra, chodź – powiedział Michał, wysiadł na zewnątrz i pomógł Jurkowi zleźć z ciężarówki.

Z góry wychyliła się Basia i podała Michałowi mały, podręczny plecak, do którego wrzuciła rolkę papieru toaletowego. Michał poprowadził Jurka kilka metrów w bok i wskazał mu skraj lasu.

– Dawaj.

– Tata, ale jak? Nie mogę tak przy wszystkich.

– Jurek, przestań marudzić! – podniósł głos Michał i szybko tego pożałował, bo w oczach chłopca pojawiły się łzy.

Michał westchnął, wziął Jurka za rękę i zwrócił się do szeregowego, który obsługiwał wąż łączący ukrytą cysternę paliwa z ciężarówką.

– Zaraz będziemy.

– Pospieszcie się, macie trzy minuty – powiedział oschle żołnierz.

Michał z Jurkiem weszli dobre kilkanaście metrów w głąb lasu.

– W porządku? – spytał syna, który rozejrzał się, czy na pewno nikt ich nie widzi, kiwnął głową, po czym zdjął spodnie i kucnął pod jednym z drzew.

Michał odwrócił wzrok, rozwijając rolkę papieru toaletowego, gdy jego uwagę zwróciło kilka iglastych gałęzi, ułożonych nienaturalnie między drzewami. Michał odgarnął je i zobaczył leżący na ziemi plecak.

– Tata, już zrobiłem – sapnął Jurek.

Michał obejrzał znalezisko i na boku dostrzegł naszywkę z dwugłowym orłem oraz napisem cyrylicą. Przez kilka lat podstawówki miał jeszcze rosyjski, dlatego pamiętał jako tako wschodni alfabet.

– *Wozduszno-diesantnyje wojska* – powiedział do siebie.

– Tata!

Michał patrzył w milczeniu na plecak, na pasy spięte okrągłą, koncentryczną klamrą i wreszcie uświadomił sobie, że ma przed sobą spadochron. Rosyjski spadochron. Michał odwrócił się, podszedł szybko do Jurka i podał mu papier.

– Wracamy, szybko!

W tej samej chwili usłyszeli głośną wymianę ognia, która ustąpiła odgłosom wysokich obrotów silnika. Michał chwycił chłopca za rękę i pobiegł w kierunku prowizorycznej, wojskowej stacji benzynowej, niemal ciągnąc syna w powietrzu.

Dopiero potem uświadomił sobie, że wypadli na tę polanę bez zachowania jakichkolwiek środków ostrożności. Z daleka dobiegał ryk silnika wojskowej ciężarówki i być może, Michał nie był pewien, rozpaczliwe nawoływania jego żony. Pod zamaskowaną cysterną leżał szeregowy, który towarzyszył im na pace podczas podróży. Patrzył szeroko otwartymi oczami w ścianę lasu, a piasek wokół nasiąkał jego krwią. Po chwili Michał dostrzegł Rosjanina. Ten również go zauważył, stęknął i zaczął się powoli czołgać.

Michał szybko zorientował się co do zamiarów rannego, podszedł i podniósł karabin, do którego tamten próbował się dostać. Michał odszedł kilka kroków w tył, trzymając nieporadnie kałasznikowa. Rosjanin był ciężko ranny i mocno krwawił z podbrzusza, więc Michał miał nadzieję, że zaraz umrze bez niczyjej pomocy. Niestety, postrzelony ze straszliwym grymasem bólu na twarzy sięgnął powoli do biodra, próbując wyciągnąć pistolet z kabury przymocowanej do pasa.

– Spójrz w las, zamknij oczy i zasłoń uszy – powiedział Michał do Jurka.

– Ale tata…

– Już! W tej chwili!

Jurek ze łzami w oczach spełnił polecenie ojca. Gdy zamknął oczy i zasłonił sobie uszy, zaczął nucić pod nosem jakąś melodię. Michał wycelował w Rosjanina i nacisnął spust, ale kałasznikow nie wypalił. Leżący zwietrzył swoją szansę, w przypływie dodatkowej energii obrócił się na bok i wyszarpnął broń z kabury. Michał po prawej stronie komory zamkowej dostrzegł rygiel bezpiecznika. Przesunął go maksymalnie w dół, nie wiedząc, że właśnie przełączył kałasznikowa na ogień ciągły. Wycelował karabin w Rosjanina i szarpnął spust, ale odrzut broni spowodował, że krótka seria pocisków poleciała wysoko po drzewach i kilka gałęzi opadło z cichym szelestem na dół. Michał kątem oka dostrzegł, że Jurek odwraca się w jego stronę.

– Jeszcze nie! – krzyknął do niego, a chłopiec znowu odwrócił się w stronę drzew, nucąc melodię jeszcze głośniej.

Rosjanin przeładował broń, a Michał zaczął w duchu modlić się o to, aby w magazynku rosyjskiego karabinu zostały jeszcze jakieś naboje. Tym razem wycelował dokładnie, mocno ściskając kałasznikowa w rękach. Gdy leżący skierował w jego kierunku drżącą dłoń z pistoletem, Michał pociągnął delikatnie za spust karabinu. Pierwsze kule poszatkowały piach przed rannym, a ostatnie pociski z serii rozerwały głowę Rosjanina.

Rozdział VII

1.

Porucznik Dave Parker miał mieszane uczucia. Potoczył wzrokiem po bazie i prawdopodobnie były to ostatnie chwile, kiedy mógł patrzeć na teraz już opustoszałe baraki oraz rozciągające się wokół nizinne tereny. Trzeba przyznać, że okolica przypominała mu rodzinne Great Falls w stanie Montana. Podobny był tu też klimat. Zerknął odruchowo na lewy przegub. Nosił na nim zegarek, który dostał od swojej siostry Susan, zanim opuścił USA. Zegarek miał dwie małe tarcze, na jednej, okrągłej, ustawiony był aktualny czas Montany, a na drugiej, kwadratowej, czas polski. W Great Falls w Montanie była za piętnaście ósma rano, jego siostra pewnie właśnie zbierała się na zajęcia, mama od czterdziestu pięciu minut była już w pracy, a ojciec szykował się do otwarcia swojego sklepu z maszynami rolniczymi w Black Eagle.

Z zamyślenia wyrwały go kroki nadchodzącego sierżanta. Dave Parker był szczupłej postury, na nosie miał okulary i wyglądał bardziej na mola książkowego niż dowódcę plutonu Armii Stanów Zjednoczonych. Nadchodzący sierżant Erik Garcia był przeciwieństwem swojego przełożonego. Wysoki i dobrze zbudowany, żeby nie powiedzieć: zwalisty, ze swoim wiecznie kpiącym, lekko zawadiackim uśmieszkiem. Chłopaki z plutonu zawsze się śmiali, że ojciec dał synowi takie imię, aby choć trochę ukryć popularne meksykańskie nazwisko. Parker wiedział jednak, że ojciec Erika był z pochodzenia Skandynawem i stąd takie imię oraz budowa ciała syna. Za to urodę Garcia musiał odziedziczyć po matce, bo śniada twarz sierżanta wybitnie zdradzała latynoskie korzenie.

– Panie poruczniku, wszystko w porządku? – zagaił Garcia, wyciągając z kieszeni bojówek opakowanie z charakterystyczną postacią Pana Orzeszka w cylindrze i monoklu.

Te orzeszki były znakiem rozpoznawczym sierżanta Garcii. Zawsze i wszędzie musiał mieć pod ręką kilka paczek.

– Co będziesz robił po powrocie do domu? – spytał Parker, obserwując, jak jego sierżant pakuje do ust garść orzeszków.

– Urżnę się jak świnia. – Poprzez uduchowiony ton głosu Garcia nadał temu zdaniu szlachetny wydźwięk.

– Chodzi mi o to, co dalej? Tak ogólnie – wyjaśnił porucznik.

– Jak już dostanę przepustkę do łapy, to zjawię się u siebie w chacie w San Bernardino. Jak panu porucznikowi zapewne wiadomo, mieszkam chwilowo ze starymi, więc wytrzymam tam góra dwa dni. – Garcia uśmiechnął się szelmowsko. – A potem wsiadam w swojego pontiaca GTO i rura piętnastką na północ! A potem do końca życia nic nie robię!

Sierżant zaśmiał się rubasznie, a porucznik Parker westchnął lekko z niedowierzaniem. Międzystanową autostradą numer 15 dało się dotrzeć z Kalifornii w wiele miejsc, ale było jasne, że Garcia mówił o Las Vegas. W plutonie wszyscy wiedzieli, że ich sierżant ma zajoba na punkcie ruletki, którą podobno rozgryzł już kilka razy. Kłopot w tym, że sposoby Garcii chyba nie były do końca pewne, bo skutkowały dwoma licytacjami kolejnych domów, rozwodem i wreszcie wylądowaniem z powrotem w mateczniku, czyli domu rodziców. Wiele osób próbowało już przemówić sierżantowi do rozsądku, tłumacząc, że ruletka to naprawdę czysta loteria. Krupier rzuca białą kulkę i za cholerę nie idzie przewidzieć, w którą przegródkę ona wpadnie. Garcia był jednak nieubłagany, uważał, że najnowszy sposób, który wymyślił, otworzy mu drogę do wielomilionowej wygranej.

– A gdyby jednak ruletka nie dała się rozgryźć? – spytał porucznik.

– To postaram się o przydział w Fort Irwin. Idealne miejsce, w połowie drogi między chatą starych i Vegas. A pan?

W odpowiedzi zamyślony Parker tylko wzruszył ramionami. Zupełnie nie wiedział, co dalej zrobić ze swoim życiem. Dalej służyć w armii i czekać, aż gdzieś człowieka poślą, czy też osiąść na stałe w rodzinnej Montanie?

– Mógłby pan spróbować w Bazie Lotniczej Malmstrom. To przecież w Great Falls.

– Wiem, gdzie to jest – powiedział zniecierpliwiony Parker. – Ale ze mnie żaden lotnik. Kiedyś u ciotki w St. Louis rodzice wzięli mnie do parku Six Flags. Karuzela była dla pięciolatków, a ja rzygałem po niej jak kot.

– Dowódco, ale wiecie, że mają tam też obsługę naziemną? W bazie, nie w parku.

– Dobra, otwórz im – rzucił zrezygnowany Parker.

Sierżant Garcia odwrócił się na pięcie, wyrzucił puste opakowanie po orzeszkach, oblizał palce i dał znać wartownikom, którzy otworzyli bramę. Na teren amerykańskiej bazy Aegis Ashore w pomorskim Redzikowie wjechał wojskowy samochód terenowy Gaz Tigr oraz dwa rosyjskie transportery opancerzone. Żołnierze siedzący na transporterach zeskoczyli na ziemię, a z terenówki wysiadł Rosjanin w randze majora i podszedł sprężystym krokiem do Parkera. Obaj żołnierze zasalutowali, a potem podali sobie dłonie.

– Porucznik Parker, jak sądzę? – Rosjanin mówił z silnym akcentem, ale jego angielszczyzna była poprawna. – Major Bykow, do usług. Jesteście gotowi?

– Tak, zostały nam tylko dwa pojazdy.

Major kiwnął głową, wydał krótkie rozkazy swoim ludziom i po chwili na teren amerykańskiej bazy wjechał autokar oraz duża laweta z szeroką częścią ładunkową. Do autobusu zaczęli wsiadać ludzie z plutonu dowodzonego przez Parkera. Porucznik zwrócił się do swojego sierżanta:

– Erik, załaduj dwa ostatnie humvee.

Garcia skinął głową i podszedł do jednego z hangarów. Parker po raz ostatni omiótł wzrokiem zabudowania. Przez ostatnie tygodnie wszystko zostało dokładnie wybebeszone, łącznie z całym skomplikowanym systemem antyrakietowym Aegis. Chłopaków z CIA kręciło się tu jak psów, ale Rosjanie dotrzymali słowa i nikt nie próbował czegoś podejrzeć lub sfotografować. Porucznik jednak był przekonany o tym, że Rosjanie nie byli tak honorowi, jak by się mogło wydawać, ale po prostu od dawna znali ich cały system na wylot.

Z hangaru wyjechał pierwszy hummer i Garcia sprawnie zaparkował go na lawecie. Kierowca platformy transportowej zaczął mocować pasami pierwszy pojazd, a sierżant wyskoczył z szoferki i pobiegł lekkim truchtem w kierunku hangaru, by po chwili pojawić się za kierownicą ostatniego hummera. Tym razem Garcia popełnił jednak szkolny błąd. Amerykańskie wozy terenowe są niezwykle szerokie i dwa lewe koła omsknęły się z podjazdu lawety, a cały samochód z jękiem osunął się na bok.

– Ja pierdolę – jęknął porucznik Parker.

Podszedł powoli do auta, z którego po chwili wychynęła zakrwawiona twarz sierżanta.

– Co jest?

– Kurwa, pas miałem niezapięty i jebnąłem w deskę. – Garcia nieudolnie próbował zatamować palcem krwawienie z łuku brwiowego.

Porucznik parsknął śmiechem, obserwując całą sytuację, kiedy nagle podszedł do nich rosyjski major, śmiertelnie blady na twarzy. Parker chciał mu powiedzieć, aby kierowca podjechał lawetą do przodu, a humvee osiądzie z powrotem na czterech kołach i spróbują jeszcze raz, kiedy zaniepokoił się wyglądem Rosjanina.

– Człowieku, wszystko z tobą w porządku?

Major zaczął drzeć się do swoich ludzi jak opętany. Wtedy jak spod ziemi wyrósł Rosjanin z plecakiem medycznym i zaczął udzielać pierwszej pomocy sierżantowi, który opędzał się od niego jak od muchy.

– Odpierdol się człowieku, nic mi nie jest! – Garcia odepchnął gwałtownie Rosjanina.

Widząc to, inny żołnierz majora ściągnął z pleców swojego kałasznikowa, przeładował i wycelował w amerykańskiego sierżanta. Rosyjski dowódca wpadł w szał, wyrwał karabin swojemu żołnierzowi i wymierzył mu kilka silnych ciosów kolbą w twarz. Z autobusu wysypali się ludzie z plutonu Parkera i w biegu zaczęli przeładowywać swoje M4. Na to żołnierze majora przygotowali do strzału swoje kałasznikowy i po chwili plac był wypełniony wrzeszczącymi, celującymi nawzajem do siebie żołnierzami. Rosyjski major na ten widok padł na kolana, złożył ręce do modlitwy i z oczami wzniesionymi do nieba zaczął coś szeptać pod nosem niczym nawiedzony.

– Co jest, do kurwy nędzy?! Był jakiś rozkaz?! Schować to żelastwo, ale już! – wydarł się Parker na swoich ludzi, przeistaczając się z wrażliwego okularnika w amerykańskiego dowódcę plutonu z krwi i kości.

Jego żołnierze wykonali polecenie, uspokajając tym samym Rosjan, którzy również opuścili broń. Amerykański porucznik podszedł do modlącego się majora i bardzo wyraźnie i powoli poprosił go o wyjaśnienie całej tej sytuacji. Okazało się, że major otrzymał zadanie ewakuowania ostatniego amerykańskiego plutonu z polskiego terytorium, przy czym miał jasno powiedziane, że jeśli choćby jednemu Amerykaninowi spadnie włos z głowy, to czeka go sąd polowy, a w Rosji sądy polowe zazwyczaj wydają tylko i wyłącznie jeden wyrok. Dlatego major rozumie i w ogóle, ale on już błaga, oni sami załadują ostatniego hummera i niech wszyscy Amerykanie wsiądą do autobusu. Na co Garcia oświadczył, że: „Pan wybaczy, panie poruczniku, ale żaden rusek nie będzie prowadził naszego wozu", i sytuacja znowu stała się napięta. W końcu w toku zawziętej dyskusji wywalczono kompromis. Garcia sam zaparkował po raz kolejny hummera, tym razem z powodzeniem, a w zamian za to pozwolił się opatrzyć rosyjskiemu sanitariuszowi. Wkrótce potem kolumna złożona z Rosjan, lawety i autobusu z amerykańskim plutonem na pokładzie ruszyła na pas startowy pobliskiego lotniska, na którym czekał już transportowiec C-5 Galaxy sił powietrznych USA.

Do samolotu, w którym była już masa wcześniej zapakowanych sprzętów z bazy, sprawnie załadowano dwa samochody terenowe i rozpoczęto opuszczanie dziobu samolotu, tym samym zamykając przestrzeń ładunkową. Żołnierze plutonu przeszli na górny pokład pasażerski, który popularnie nazywano „jaskinią", dlatego że cały przedział poza wyjściami ewakuacyjnymi pozbawiony był okien.

Porucznik Parker, siedząc obok swojego sierżanta, zawiesił wzrok na suficie. Kilka chwil później olbrzymi transportowiec zakołysał się lekko i ruszył na pas startowy.

– Mam jednak przykre uczucie, że zostawiamy tych ludzi w gównie – powiedział porucznik.

– Polaków? Byli dla nas bardzo mili, ale… – Garcia zawiesił na chwilę głos. – Lepiej o tym nie myśleć, panie poruczniku. Grunt, że jedziemy do domu cali i zdrowi.

Porucznik odetchnął z ulgą i odruchowo odwrócił się w bok, aby wyjrzeć przez okno. Zamiast tego zobaczył kawałek wypukłej ściany z tworzywa sztucznego. Myślał o pewnej polskiej dziewczynie, o której właściwie w ogóle nie powinien myśleć, bo daleko w Montanie, w Great Falls, czekała na niego jego własna, amerykańska dziewczyna.

Wycieńczony major Bykow, siedząc w swoim wozie terenowym, obserwował, jak C-5 nabiera ociężale prędkości i w końcu odrywa się od betonowego pasa, chowając od razu podwozie w swe olbrzymie trzewia. Tym samym ostatni amerykański oddział opuścił terytorium Rzeczpospolitej Polskiej. Major westchnął z ulgą i rzucił do siedzącego w aucie kierowcy krótki rozkaz:

– Wypierdalaj!

Kierowca wypełnił polecenie, a major wyciągnął spod siedzenia flaszkę swojej ulubionej wódki i szybko nalał sporą miarkę do manierki. Pierdolę, rzucił w myślach, przełykając gryzący płyn, którego smak tak dobrze znał, odkąd skończył dwanaście lat. Mam dosyć takich zadań, za duże nerwy, mało kity nie odwaliłem. Wolę zostać przy jednej gwiazdce na pagonach i dosłużyć w spokoju do emerytury. Wypił kolejną miarkę i stwierdził, że na razie wystarczy. Chciał służyć spokojnie, ale na pewno nie chciał, aby za pijaństwo wysłali go na front. Wystarczyło mu akcji na Ukrainie. A z tego, co słyszał od kolegów, ta kampania nie przebiegała tak sprawnie, jak życzyło sobie tego dowództwo. Czego ci Polacy muszą się tak wiecznie stawiać, pomyślał zrezygnowany major. Nie mogą się w końcu poddać?

*

W tym samym momencie w Pałacu Prezydenckim zamyślony gospodarz wpatrywał się w pustą szklankę. W przeciwieństwie do rosyjskiego dowódcy prezydent jednak sięgnął po butelkę jacka daniels'a i nalał kolejną miarkę do szklanki. W momencie gdy wychylał trunek, drzwi otworzyły się gwałtownie i do środka wszedł prezes.

– Zbieraj się! – krzyknął nieoczekiwany gość, robiąc groźną minę.

– Niby dokąd?

– Ewakuacja. Musimy natychmiast jechać, zanim Rosjanie nas okrążą i będzie po herbacie.

– A Polska, panie prezesie? – powiedział prezydent i nalał sobie następną kolejkę, którą od razu wychylił.

– Andrzejku, ja cię bardzo proszę, nie wyprowadzaj mnie z równowagi! – Prezes był wyraźnie zdenerwowany. – Pieprzyć Polskę!

Prezydent roześmiał się krótko i sięgnął po jacka daniels'a, ale prezes był szybszy. Chwycił butelkę i cisnął ją w bok, rozbijając o ścianę. Tym razem prezydent roześmiał się na dobre.

– Ależ panie prezesie, niszczy pan mienie państwowe!

Prezes warknął coś pod nosem, wyszedł dziarskim krokiem i wrócił po chwili z prezydenckim oficerem ochrony, podpułkownikiem Danielakiem.

– Weź kogoś do pomocy i zaciągnijcie go na dół, musimy jechać!

– Ale panie prezesie – zaoponował gwałtownie Danielak. – Przecież ja tak nie mogę, to... To jest w końcu prezydent!

– Nigdzie nie pójdę! – wydarł się prezydent. – Aha i jeszcze mam wiadomość dla pana prezesa!

Prezes westchnął ciężko i spojrzał z nienawiścią na kompletnie pijanego prezydenta, który wypalił prosto w twarz stojącego szefa partii:

– Chuj ci w dupę, konusie. – Prezydent sięgnął po butelkę, dopiero po chwili uświadamiając sobie, że już jej nie ma na stole. – I wiesz co? Bardzo żałuję, że nie powiedziałem ci tego zaraz po tym, jak wybrano mnie na prezydenta.

Prezes podszedł bliżej i przez chwilę wykonał taki ruch ręką, jakby miał spoliczkować siedzącego prezydenta, ale w ostatniej chwili się powstrzymał.

– Odjeżdżamy za pięć minut. Jak kogoś nie będzie, to trudno – oznajmił i wyszedł bez słowa.

Podpułkownik Danielak spojrzał błagalnie na swego pryncypała, ale zanim coś powiedział, został uprzedzony przez prezydenta:

– Masz żonę i dzieci. Ja to doskonale rozumiem. Idź.

Twarz Danielaka przybrała wyraz dużej ulgi i oficer odwrócił się w kierunku drzwi, gdy usłyszał głos prezydenta:

– Poczekaj. Mogę mieć do ciebie ostatnią prośbę?

Podpułkownik odwrócił się z powrotem, a jego mina dobitnie świadczyła o tym, że bardzo by chciał, aby to była prośba wypowiedziana niezwykle szybko.

– Zostaw mi swój pistolet – powiedział cicho prezydent.

Danielak nawet nie mrugnął, nie zawahał się ani sekundy. Widać było, że chce jak najszybciej znaleźć się na dole i wsiąść do samochodu. Wyciągnął z kabury tkwiącej pod pachą służbowego glocka, położył broń na blacie i wyszedł z gabinetu szybkim krokiem.

Prezydent popatrzył uważnie na leżący przed nim pistolet. Chciałoby się powiedzieć, że miałem dobre życie, ale chyba jednak nie, pomyślał. Może gdybym kiedykolwiek założył rodzinę, miał dzieci. Czy wtedy wydarzenia mogłyby potoczyć się inaczej? Wszystko spieprzyłem. Zasrałem sobie nazwisko na własne życzenie. Do końca historii tego kraju zostanę zapamiętany jako prezydent bez jaj, którym sterują inni, a ja tylko uśmiecham się bezwolnie jak jakiś głupek, inaugurując kolejne dożynki i zawody sportowe. Rozejrzał się bezradnie po swoim gabinecie. Naprawdę szczerze nienawidził prezesa za tysiące rzeczy, ale teraz miał do niego pretensje tylko o jedno. Że stłukł tę pieprzoną butelkę jacka daniels'a.

Kolumna czarnych limuzyn w obstawie wojska wyjechała z Warszawy w kierunku wschodnim. W rządowych samochodach jechali prezes partii, pani premier, marszałkowie Sejmu i Senatu oraz niemal wszyscy ministrowie wraz z rodzinami.

W jednej z limuzyn przewodniczący Komitetu Wykonawczego odebrał satelitarny telefon i słuchał przez chwilę kogoś na drugim końcu linii. Po krótkiej wymianie zdań odłożył słuchawkę i zwrócił się do siedzącego obok prezesa:

– Ostatni spóźnialscy zahaczyli jeszcze o pałac.

– I co? Dalej nie dał się namówić? – spytał prezes z niedowierzaniem.

– Nie o to chodzi. Zrobił to.

– Co?! Ale jak?! – Twarz prezesa zdradzała przerażenie.

– Zastrzelił się.

– Pamiętaj, że musimy to jakoś ograć na naszą korzyść – szybko powiedział prezes, zanim dopadła go jakakolwiek refleksja.

– Oczywiście, panie prezesie.

Prezes zapatrzył się w okno, kręcąc głową z lekkim niedowierzaniem.

– Nigdy bym go nie podejrzewał o odwagę, o... – Prezes szukał odpowiedniego słowa. – O honor przede wszystkim.

– Ludzie się zmieniają – powiedział refleksyjnie przewodniczący.

Prezes zrobił minę mówiącą „może tak, może nie" i spojrzał przez okno. Kolumna zatrzymała się przed bramą wjazdową i teraz poszczególne pojazdy, po sprawdzeniu przez wartowników, przejeżdżały pod otwartym szlabanem. Obok bramy na dużej, białej tablicy widniały czarne litery: „23. Baza Lotnictwa Taktycznego. Mińsk Mazowiecki". Litery były niestarannie poprzekreślane i pozamazywane farbą w sprayu. Poniżej, na dolnej części tablicy, czyjaś ręka dokładnie wykaligrafowała duże, drukowane litery: ZALESZCZYKI!

2.

Dwie drużyny dowodzone przez Gurskiego szły w kolumnie leśną przesieką. Kończyli patrolowanie terenu i wracali powoli do punktu zbornego, gdzie czekał na nich transport do ośrodka nad Zalewem Sulejowskim. Roman myślał o spotkaniu z Basią, ciągle roztrząsał, czy mógł jakoś inaczej zareagować na wieść o tym, że nosi jego dziecko? Ale właściwie co mógłby zrobić? Przecież od razu pojawił się ten jej mąż, poczciwina w okularach. Po tym, jak spotkali się w Katowicach, Roman od razu wrócił do Egiptu. Co mógłbym zrobić inaczej, po raz setny Gurski zadał sobie to pytanie w myślach. Powiedzieć jej, że wezmę ją do plutonu, wszyscy pójdziemy w las jako partyzanci i wychowamy wspólnie dzidziusia, jedząc zupę gotowaną w hełmie?

Wyszli na niewielką polanę, gdzie czekały dwie pozostałe drużyny z plutonu, dowodzone przez sierżanta Lacevicia. Jovan podszedł do Gurskiego uśmiechnięty od ucha do ucha.

– Co ci się tak ryj cieszy? – spytał niezadowolony Roman.

– Romuś, patrz, co mam – powiedział sierżant i wyciągnął dłoń z półkilogramowym opakowaniem spaghetti. – Znaleźliśmy na wichurze, w sklepie spożywczym, który nie do końca splądrowano. Ekstra, co?

– Zwariowałeś – bardziej stwierdził, niż spytał Roman.

– Nie kumasz?! Bantam! – Jovan podniósł głos. – Uś jak każdy dzieciak przestawia sylaby i litery. Dlatego jego „tegi" to pewnie „geti", czyli spaghetti.

Roman westchnął ciężko, chciał powiedzieć swemu zastępcy, że szanse na właściwe odgadnięcie ulubionej potrawy chłopca są nikłe, ale ubiegł go Seget.

– Panie sierżancie, to może być tysiąc innych rzeczy.

Na polanę podjechały dwa rosomaki i cały pluton zaczął ładować się do środka, a ci, którzy się nie zmieścili, siadali na pancerzach transporterów. Jovan usiadł okrakiem na działku i krzyknął do Segeta:

– Tak?! To wymień mi jakieś rzeczy do żarcia, które kończą się na „geti".

Gdy wszyscy wygodnie się usadowili, Roman dał znać jednemu z kierowców i rosomaki ruszyły leśną drogą w kierunku obozu dla uchodźców.

– Dzieciak mógł w ogóle poprzekręcać wszystko łącznie z literami i tak naprawdę może to być zacierkowa na rosole – prychnął Boski.

– Mówcie, co chcecie, plutonowy – powiedział z uśmiechem Jovan, przyglądając się paczce makaronu. – Ale zmienicie zdanie, gdy pokażę mu, co znalazłem, a potem ugotuję gar pełen spaghetti. Nie mogę się doczekać jego miny!

Gdy transportery wyjechały na asfaltową drogę i nabrały prędkości, z daleka zobaczyli potężne, ciągnące się w górę słupy dymu. Powoli zaczęły ich mijać jadące w przeciwnym kierunku autobusy wypełnione przerażonymi ludźmi. Sporo pasażerów było rannych i zakrwawionych. Cały pluton przeczuwał, że doszło do najgorszego, ale Roman nie wydał rozkazu, aby ponaglić kierowców. Zupełnie jakby chciał odwlec moment powrotu do obozu.

Gdy w końcu rosomaki dojechały na teren ośrodka, ludzie Gurskiego zeskoczyli i wyszli z transporterów, aby przyjrzeć się ponuremu krajobrazowi. W miejscu, gdzie było obozowisko, widniała pustynia nadpalonych tropików namiotowych splątanych z ludzkimi szczątkami. Prawie cały teren zryty był głębokimi, około dwumetrowymi lejami. Nie było wątpliwości, obóz dla uchodźców został bardzo dokładnie zbombardowany. Wojska żandarmerii, a przynajmniej ci, którzy ocaleli, próbowali pomagać rannym i jednocześnie ewakuować pozostałą ludność.

– Janik! – krzyknął Roman. – Weź drugą i trzecią drużynę i pomóżcie chłopakom z żandarmerii ogarnąć ten burdel.

– Tak jest! – odpowiedział kapral, wydał krótką komendę i żołnierze ruszyli w kierunku pobojowiska.

Reszta plutonu podeszła powoli do budynku siłowni, w której mieli swoją prowizoryczną kwaterę. Konstrukcja była dosłownie zrównana z ziemią, a betonowe stropy, poprzecinane powyginanymi prętami zbrojeń, płonęły na skutek silnej detonacji bomby burzącej. Jovan podszedł bliżej, w lewej ręce ciągle ściskał paczkę spaghetti, a prawą ściągnął hełm z głowy. Przez chwilę wydawało się, że ciśnie hełmem w ziemię, ale on tylko powoli osunął się na kolana, usiadł na piętach i patrzył bezradnie na płonące gruzowisko.

– Dobra, panowie, idziemy pomóc innym! Nie ma tu nic do oglądania! – zakomenderował Roman. – Wszystko, co nam potrzebne, i tak zawsze mamy przy sobie!

Żołnierze ruszyli się ociężale, tylko Jovan tkwił ciągle w tej samej pozycji. Gurski gestem nakazał innym, żeby szli, a sam podszedł do swego zastępcy i nachylił się nad nim.

– Wstawaj, słyszysz?! – wydarł się Roman. – Wstawaj, do chuja!

Porucznik potrząsnął mocno Jovanem, a gdy tamten nie reagował, nabrał powietrza i z całej siły uderzył go w twarz. Głowa sierżanta odskoczyła pod wpływem uderzenia, siedzący jednak nie zareagował.

Przerzucili ich wszystkich na północ, w rejon drogi krajowej numer 8, nieopodal Mszczonowa. Porucznik Roman Gurski siedział we wnętrzu transportera opancerzonego na rozkładanym fotelu i wpatrywał się bezradnie w mapę sztabową oświetloną słabym światłem podręcznej latarki. Na zewnątrz temperatura podskoczyła o dobre kilka stopni, a z oddali zaczęły dobiegać grzmoty. Burza o tej porze roku, ta pogoda do reszty zwariowała, pomyślał Roman. Wpatrując się w mapę, od razu doszedł do wniosku, że Sawicki nie kłamał. Zadanie, które im wyznaczono, było kurewsko trudne. Najgorsze było to, że tym razem Roman nie mógł liczyć na swojego zastępcę. Sierżant ciągle tkwił w tej samej pozycji i kiedy w końcu postanowili go przenieść, wyciągnął swojego wista i celował w każdego, który próbował się do niego zbliżyć. Kiedy rozpoczęto ewakuację, jeden z żandarmów chciał siłą przesunąć blokującego drogę Jovana, ale chłopaki z plutonu pobili go do nieprzytomności. Setki autokarów musiały więc zjeżdżać na pobocze i omijać tkwiącego bez ruchu sierżanta.

Dopiero gdy z terenu obozu pozbyto się cywili i zaplanowano ich transport, Jovan dał się załadować do ciężarówki. Jednak ciągle nic nie mówił, a pozostali żołnierze musieli go nieść na rękach. Roman widział już nieraz takie rzeczy. Nie zgłosił tego nikomu z dowództwa i kazał chłopakom ukryć na razie stan swojego zastępcy, ale wiedział, że prawda szybko wyjdzie na jaw. Kurwa, Jovan, dlaczego? pomyślał Roman i ukrył twarz w dłoniach. Jemu też żal było tego dzieciaka. Ujrzał Usia wyraźnie w myślach, przypomniał sobie jego kapcie i kolorowe skarpetki, z których dzieciak był tak dumny. Okrągłą, śmiejącą się buzię, iskrę, która wprowadzała ciepło w życie ich małego oddziału.

– Nie płacz, Romuś – usłyszał znajomy głos.

Gurski podniósł twarz i spojrzał na swego zastępcę, który rozłożył fotel po przeciwnej stronie i usiadł, kładąc obok swojego beryla i hełm. Roman otworzył usta, ale Jovan ubiegł go gestem i sam szybko przemówił:

– Tak, wszystko w porządku, jeszcze nie zwariowałem. Chociaż było blisko. – Zawiesił głos i po chwili kontynuował: – Nie będziemy do tego wracać. Nigdy. Chcę tylko, żebyś mi odpowiedział na jedno pytanie.

Roman kiwnął nieznacznie głową.

– Czy to, co robimy… Czy to ma w ogóle sens?

– Żołnierzu, to nie jest teraz czas na… – Gurski próbował przemawiać tonem stanowczego dowódcy.

– Bez takich mi tu, kurwa, Romuś! – Jovan podniósł głos i zmienił się na twarzy. – Po tym, co tu przeszliśmy, nie jesteś dla mnie jak brat. Jesteś dla mnie jak brat, siostra, matka, ojciec, kochanka ojca i wszyscy inni razem wzięci. Jesteś najbliższą mi osobą, więc proszę cię, kurwa, o szczerą odpowiedź.

Gurski patrzył swemu zastępcy prosto w twarz i milczał.

– Tak też myślałem – powiedział Jovan i wskazał na rozłożoną mapę. – Pokaż, co tam masz.

Gurski zrobił więcej miejsca i sierżant Lacević zajął miejsce obok niego. Mapę rozłożyli na kolanach i porucznik wskazał jeden punkt.

– Wiadukt kolejowy centralnej magistrali – powiedział. – Musimy go wysadzić, co da Warszawie jakieś dwa, trzy dodatkowe dni na umocnienie obrony.

– Ruscy tego nie obejdą?

– Wokół rozmięknięte bagna i lasy. Aby było im jeszcze trudniej usunąć przeszkodę, wysadzimy wiadukt z pociągiem na górze.

– A skąd pociąg? – spytał sierżant.

– Tutaj w lesie jest nieczynna bocznica, o której Rosjanie nie wiedzą. – Roman wskazał kolejny punkt na mapie.

– Skąd ta pewność, że nie wiedzą?

– Bo nasze wojska inżynieryjne właśnie ładują tam cztery wagony towarowe gruzem. Wszystko pociągnie lokomotywa i kiedy wagony znajdą się na wiadukcie, my robimy pstryk i wszystko spierdala się na dół.

– Wiadukt jest umocniony? – spytał Jovan i kiedy Roman kiwnął twierdząco głową, spytał ponownie. – Ilu?

– Wiesz równie dobrze jak ja, że ruscy nie są głupi i zdają sobie sprawę z tego, jak kluczowy jest to punkt. Jeśli jutro ma tamtędy przejść kilka ich dywizji…

– Czyli w skrócie wiadukt jest obstawiony ruskimi w chuj – przerwał mu sierżant.

– Myślę, że tego terminu nie znajdziemy w podręcznikach taktycznych, ale lepiej bym tego nie ujął.

Jovan kiwnął w milczeniu głową, jakby właśnie takiej odpowiedzi się spodziewał, a Roman szybko nakreślił dodatkowe szczegóły na mapie.

– Ja z drużyną Janika i Segeta, razem z saperami, podchodzimy od strony drogi – powiedział. – Ty z Majem i Boskim ogarniacie pociąg.

– Przynajmniej coś się będzie działo – podsumował Jovan, podniósł się z siedzenia, zgarnął swój karabin i hełm, po czym wyskoczył z transportera i rzucił na odchodnym w kierunku dowódcy: – Idę przygotować ludzi.

Roman odprowadził wzrokiem swego zastępcę. Grzmoty słychać było coraz wyraźniej, a niebo w oddali przecięła potężna błyskawica. Po chwili w kręgu światła pojawił się kapral Janik i wsiadł do transportera.

– Panie poruczniku, widziałem, że z sierżantem już lepiej? – Gdy Roman kiwnął głową, Janik oblizał wargi i dodał szeptem: – Bo jak żeśmy go wtedy podnosili z ziemi, to ja to wziąłem na wszelki wypadek i teraz nie wiem, co zrobić.

Gurski spojrzał w dół na trzymaną przez kaprala w dłoni, ubłoconą paczkę spaghetti.

– Wywal to – powiedział ochryple Roman. – Wszystkim chłopakom powiedz, że jeśli kiedykolwiek wspomną Usia przy Jovanie, to własnoręcznie takiego skurwiela zastrzelę.

– Tak jest!

Gdy tylko kapral wysiadł z rosomaka i zniknął w mroku, o blaszany dach transportera zaczęły bębnić pierwsze krople deszczu.

Jovan rozciągnął się na ziemi i wyjrzał delikatnie poza linię drzew. Deszcz był potwornie mocny i w połączeniu z wiszącymi nisko chmurami sprawiał, że ciemną nocą widoczność była bardzo ograniczona. Lacević poczuł, że dosłownie trzęsie się z zimna. Pomimo narzuconej kurtki z gore-texu cały jego mundur był na wylot przesiąknięty wodą.

Sierżant zrezygnował z lornetki i zdecydował się podpełznąć jeszcze bliżej rozjazdu. Wiedział, że Seget z Boskim, którzy mieli jechać lokomotywą z wagonami, pewnie już ruszyli, dlatego każda sekunda była niezwykle cenna. Z drugiej strony torów lasem skradał się strzelec wyborowy Wójcik, którego karabin przy tej pogodzie i tak był zupełnie nieprzydatny. Jovan zatrzymał się i dostrzegł, że zaraz przy dźwigni zwrotnicy kolejowej siedzi zawinięta w wojskowy płaszcz postać. Ta pogoda ma też swoje dobre strony, pomyślał Jovan, przy tak huczącym deszczu na pewno mnie nie słychać. Jakby czytając w myślach sierżanta, niebo rozbłysło gwałtownym światłem, a po chwili po okolicy przetoczył się dudniący grzmot. Jovan wyciągnął bagnet i zaczął się czołgać w kierunku siedzącej postaci. Gdy tylko opuścił chroniące go jako tako drzewa, lunęła na niego ściana wody. Jovan poczuł jak jego mięśnie powoli sztywnieją od chłodu. Sprawę należało załatwić jak najciszej i jak najszybciej, aby nie zaalarmować przedwcześnie Rosjan, którzy umocnili się na wiadukcie.

Gdy od siedzącego Rosjanina dzieliło go zaledwie dwa metry, Jovan zerwał się gwałtownie i wbił bagnet w miejsce, w którym powinna być szyja przeciwnika. Sierżant omal nie krzyknął z bólu i wypuścił bagnet ze stłuczonej ręki. Zerwał wojskowy płaszcz i pod spodem zobaczył dwa grube sękate konary, które ułożono w taki sposób, aby przypominały ludzką postać. W wyuczonym odruchu od razu padł na ziemię, uderzając boleśnie policzkiem o szynę, i ta decyzja uratowała mu życie. Ponieważ nieopodal gruchnął kolejny piorun, nie usłyszał strzałów, jedynie poczuł groźny, świszczący pęd przelatujących pocisków, które minęły jego głowę o milimetry. Obrócił się na plecy i zobaczył stojącego Rosjanina, który celował z kałasznikowa prosto w niego. Lacević wiedział, że jest za późno, aby mógł sięgnąć po pistolet lub leżący obok karabin. Wiedział, że od śmierci dzielą go dwie, góra trzy sekundy. Kolejna błyskawica przecięła niebo, zalewając na chwilę okolicę ostrym światłem, i w tej samej chwili z komory zamkowej kałasznikowa błysnęły iskry, a Rosjanin z sykiem bólu wypuścił z ręki karabin. To niemożliwe, pomyślał Jovan. Niemożliwe, żeby w tej zawierusze Wójcik zdołał zorientować się w sytuacji i oddać tak precyzyjny strzał. A jednak. Sierżant wyprężył się, aby wstać, ale przeciwnik był szybszy. Rosjanin usiadł mu na klatce piersiowej i zaczął go dusić, przyciskając jego szyję do metalowej szyny. Chwilę potem Lacević poczuł, jak jego kark zaczyna drżeć pod wpływem wibracji, w które powoli wpadała prowadnica. Zbliżał się pociąg. Sierżant walczył z Rosjaninem, ale tamten był wyjątkowo silny i po kilku sekundach przed oczami Jovana zaczęły krążyć kolorowe plamy. Gdy usłyszał miarowy, potężny pomruk lokomotywy spalinowej, pomyślał desperacko: kurwa, Wójcik, dlaczego nie strzelasz?

Sierżant wyraźnie słabł, rozluźnił ręce trzymające nadgarstki Rosjanina. Tamten to wyczuł i jeszcze bardziej zacisnął chwyt na szyi, niczym drapieżnik wietrzący, że oto koniec jego ofiary jest bliski. Wolno sunącą lokomotywę od dwóch siłujących się mężczyzn dzieliło zaledwie kilka metrów, gdy Jovan poczuł, że mdleje. W tym samym momencie ktoś odciągnął głowę Rosjanina i poderżnął mu gardło. Ciepła krew chlusnęła na leżącego sierżanta i ktoś chwycił go za kamizelkę, ściągając z szyn w ostatniej chwili, zanim ciężkie koła spalinowozu zdążyłyby zmiażdżyć mu głowę.

Sierżant zgiął się wpół i najchętniej by zwymiotował, ale nie mógł. Oddychać też było mu trudno, więc zaczął się krztusić ze świstem, czując, że jego tchawica zmniejszyła się do nienaturalnych rozmiarów, utrudniając złapanie powietrza. Ktoś wcisnął mu karabin do ręki i wtedy usłyszał znajomy głos szeregowego Wójcika:

– Panie sierżancie, spóźnimy się na pociąg!

Jovan kiwnął głową i korzystając z pomocy strzelca wyborowego, zaczął gonić lokomotywę. Pierwszy na stopnie wskoczył Wójcik i przytrzymując się uchwytu, władował się do kabiny spalinowozu. Jovan chwycił za uchwyt i niepewnie podciągnął stopy na chłostane deszczem stopnie. Szeregowy pomógł mu ze środka, wciągając za kamizelkę, ale ogłuszony sierżant stracił równowagę i przywalił bokiem szczęki w ostrą krawędź wejścia do kabiny.

Gdy w końcu obaj byli bezpieczni wewnątrz, Jovan usiadł, opierając się ciężko o ścianę, i językiem wymacał ząb, który nie wytrzymał starcia z lokomotywą. Wypluł wybitego trzonowca i powiedział do Wójcika:

– Kurwa! Dlaczego go od razu nie zastrzeliłeś?!

– Byłem przestawić zwrotnicę! – Szeregowy starał się przekrzyczeć ulewę, która młóciła o metalową powłokę spalinowozu.

– A ja to co?! Miałem zdechnąć?!

– Najważniejsza jest zwrotnica, reszta chuj! Sam sierżant tak powiedział!

Jovan uśmiechnął się, splunął krwią przez drzwi i wyglądając na zewnątrz, zauważył, że faktycznie lokomotywa skręca powoli po łuku, kierując się w stronę wiaduktu. Sierżant był zadowolony, naprawdę lubił swoich żołnierzy.

Porucznik Gurski wraz z drużyną Krzyśka Maja siedzieli rozłożeni pod osłoną barierek na ślimakach zjazdu, który prowadził z ekspresowej ósemki w kierunku Skierniewic i Białej Rawskiej. Wiadukt kolejowy był oddalony od nich jakieś czterysta metrów na południe. Konstrukcja wyglądała na zupełnie opuszczoną, nie paliło się jakiekolwiek światło, nie żarzył się ani jeden ognik papierosa, nie było widać żadnej lufy karabinu, ale Roman wiedział, że Rosjanie nie byli amatorami. Po przeciwnej stronie drogi czekała drużyna Segeta. Roman odwinął rękaw kurtki i zerknął na podświetlaną tarczę zegarka cyfrowego, była dokładnie 21:53. To znaczy, że do momentu rozpoczęcia marszu pod wiadukt pozostało jeszcze siedem minut.

Wszelkie szczegóły ustalono wcześniej, ponieważ łączność radiowa została surowo zabroniona. Romanowi towarzyszył też plutonowy Jędrzejczak z drugiego batalionu saperów wraz z dwójką swoich ludzi. Ponieważ Jędrzejczak poznał już Gurskiego na przedmieściach Częstochowy, teraz wysłuchał pokornie całego planu i bez słowa zgodził się wykonać wszystko zgodnie z wytycznymi Romana. Gurski ponownie zerknął na zegarek. Wybiła dziesiąta. Dał znak żołnierzom i wszyscy po kolei zsunęli się po trawiastym zboczu nasypu, i zaczęli iść jeden za drugim w kierunku wiaduktu. Maszerowali skuleni pomiędzy barierami energochłonnymi a ekranami akustycznymi, wzniesionymi na poboczach ekspresówki. Żwir chrzęścił pod ich ciężkimi butami, ale ulewa, której krople rozbijały się o nawierzchnię drogi, skutecznie tłumiła te dźwięki. Choć raz ta pieprzona pogoda nam sprzyja, pomyślał z satysfakcją Roman.

Wewnątrz kabiny lokomotywy siedzieli tylko sierżant Lacević i szeregowy Wójcik. Wcześniej krótkiego szkolenia udzielił im maszynista. Dzięki temu poznali położenie hamulca i było to jedyne, co musieli wiedzieć, aby zatrzymać lokomotywę w odpowiednim miejscu. Pierwszego Rosjanina Jovan wypatrzył jakieś dwieście metrów przed wiaduktem. Żołnierz chwilę wcześniej musiał się odlewać, bo kiedy odwrócił się w kierunku torów, właśnie zapinał rozporek. Na widok przejeżdżającej lokomotywy wybałuszył oczy, a Jovan skosił go krótką serią ze swojego beryla. Natychmiast umocnieni wokół wiaduktu Rosjanie zaczęli strzelać w kierunku lokomotywy, a dwa stanowiska karabinów maszynowych ekipy Boskiego, która rozpłaszczyła się na dachu spalinowozu, plunęły ogniem w kierunku wroga.

Rosyjski ostrzał wybił obie szyby lokomotywy, więc Jovan z Wójcikiem przemieścili się do przedziału maszynowego, skąd przez wąskie okienka strzelali na boki. Decyzja o przemieszczeniu szybko miała okazać się trafna, bo do kabiny maszynisty wpadł granat, który wywołał mały pożar i z przednich okien lokomotywy szybko zaczęły wydobywać się coraz większe języki ognia.

Z dołu Roman obserwował Rosjan prowadzących silny ostrzał w kierunku zachodnim, co było niezawodnym znakiem tego, że chłopakom udało się skierować lokomotywę na wiadukt. Gurski wytężył wzrok, starając się dostrzec pozycje Segeta po drugiej stronie drogi, ale nic nie widział, za to szybko usłyszał, że ekipa kaprala nie próżnuje, bo na wiadukcie wśród rosyjskich pozycji zaczęły wybuchać pierwsze pociski wystrzelone z granatnika Segeta. Na górze umocniony przeciwnik wpadł w panikę. Teraz musiał ostrzeliwać się w kierunku zachodnim i północnym, próbując wypatrzeć, skąd dokładnie padają czterdziestomilimetrowe pociski. O to chodziło, pomyślał Roman, zadowolony, że teraz nikt nie będzie kłopotał się tym, co może dziać się na dole.

Gurski z pięcioma ludźmi został po jednej stronie wiaduktu, a dołem przeszedł Maj z kolejną czwórką i w ten sposób ochraniali sapera Jędrzejczaka i jego ludzi, którzy zaczęli rozmieszczać ładunki w strategicznych punktach betonowej konstrukcji.

Roman zobaczył, jak od zachodu w kierunku wiaduktu nadciąga lokomotywa z piekła rodem. Cały przód spalinowozu płonął, a z okien kabiny ciągnęły się pióropusze ognia. Ciekawe, jak zatrzymają to kurewstwo, pomyślał Roman.

Dokładnie takie samo pytanie zadawał sobie na górze jego zastępca, sierżant Lacević. Przeszedł z Wójcikiem na tył lokomotywy i teraz stali na przęśle, ostrzeliwując się na boki. Sierżant widział, że powoli zbliżają się do wiaduktu. Według zaleceń maszynisty hamulec należało nacisnąć w momencie, gdy przód lokomotywy znajdzie się na krawędzi konstrukcyjnej wiaduktu, jednak teraz, gdy kabina płonęła, pociąg sunął siłą rozpędu i o zwyczajnym zaciągnięciu blokady kół można było zapomnieć.

– Boski! – wydarł się Jovan, przekrzykując deszcz, a gdy tylko na krawędzi dachu lokomotywy pokazała się twarz kaprala, szybko wydał konkretny rozkaz: – Spierdalajcie!

Ekipa Boskiego zrzuciła z dachu spalinowozu swoje UKM-y, a w ślad za nimi skoczyli żołnierze, turlając się po śliskich pochyłościach nasypu. Jovan wręczył swój karabin Wójcikowi i gestem nakazał mu skok.

– Panie sierżancie! – zaczął szeregowy, a Jovan, widząc, że zapowiada się bezsensowna dyskusja, bezceremonialnie popchnął strzelca wyborowego, który zsunął się po zboczu w dół.

Sierżant Lacević stwierdził, że nie ma czasu na analizę budowy przęsła kolejowego i domyślanie się sposobów na uwolnienie ciągniętych wagonów, dlatego obwiązał łącznik kurtką, wcisnął w zwoje materiału granat, wyciągnął zawleczkę i skoczył w ślad za swoimi żołnierzami. Po chwili rozległ się dźwięk stłumionej detonacji i już po kilku sekundach było widać, że lokomotywa porusza się znacznie szybciej niż ciężkie, wypełnione gruzem wagony towarowe.

Na dole saperzy rozmieścili ładunki i wszyscy, łącznie z Romanem i kapralem Majem, wycofali się na pozycje, które zajmowała drużyna Segeta. Gdy tylko kapral zobaczył swego dowódcę, od razu spytał:

– Wstrzymać ogień?

– Skąd, napierdalajcie ile wlezie – odparł porucznik, mając cichą nadzieję, że Jovan wraz z ludźmi zdążyli opuścić pociąg.

Ludzie Segeta uwijali się jak w ukropie, donosząc kolejne skrzynki z taśmą, która z zamocowanymi na niej obłymi pociskami znikała we wnętrzu granatnika Mk19, plującego amunicją w kierunku wiaduktu.

Jędrzejczak zamontował koniec kabla w sterowniku i gdy wyczuł na sobie spojrzenie Romana, odezwał się wyjaśniającym tonem:

– Panie poruczniku, kabel zawsze pewniejszy. Zwłaszcza w taką pogodę.

Na kolejową konstrukcję właśnie wtoczyła się płonąca lokomotywa, a wystrzelone z granatnika pociski trafiały w nią, zamieniając ją w prawdziwą płonącą pochodnię. Burza przetoczyła się nad ekspresówką i grzmoty stawały się coraz słabsze. Deszcz również zelżał, co pozwoliło Romanowi zaobserwować przez lornetkę, jak cztery ciężkie wagony powoli wtaczają się na wiadukt. Rosjanie próbowali zatarasować tory jedną ze swoich terenówek, ale rozpędzona masa zepchnęła auto z siłą taranu. Gurski odczekał na odpowiedni moment, gdy wagony towarowe wypełniły niemal całą długość wiaduktu, i wydał krótki rozkaz plutonowemu Jędrzejczakowi.

– Odpalaj!

Saper wcisnął guzik i betonowa konstrukcja zatrzęsła się od silnej detonacji. Przez chwilę zdawało się, że wybuch nie odniósł żadnego skutku, ale w końcu, powoli i z mozołem, budowla osunęła się w dół, grzebiąc wśród kawałków betonu i zbrojeń wagony towarowe.

Wkrótce potem żołnierze wojsk rosyjskich złożyli broń. Po przejściu burzowego frontu temperatura spadła i oscylowała wokół zera. Słońce musiało już wzejść, ale i tak nie było go widać przez ciężkie, kłębiące się chmury. Jovan podszedł do Jovana i zameldował krótko:

– Romuś, straty własne zero. Zabitych po stronie przeciwnika około pięćdziesięciu, ale ciężko policzyć, bo niektórzy pewnie na dole.

Roman spojrzał na zawalony wiadukt, plątaninę prętów, betonowych odłamków i powyginanych szyn kolejowych. Wszystko to piętrzyło się w poprzek ekspresówki, całkowicie ją blokując. Ruscy będą się musieli nieźle napocić, żeby udrożnić ten kawałek drogi, pomyślał z satysfakcją Gurski.

– Dodatkowo mamy dwudziestu siedmiu jeńców – dokończył meldunek sierżant.

Obaj stali na nasypie i popatrzyli na ciągnący się w dole rów melioracyjny. Blisko trzydziestu rozbrojonych żołnierzy rosyjskich stało po kolana w wodzie. Wszyscy trzymali ręce w górze i trzęśli się z zimna. Roman wielokrotnie wracał do wydarzeń tego dnia i za każdym razem nie mógł sobie przypomnieć, kto pierwszy otworzył ogień. Doskonale za to pamiętał, że nie wydał żadnego rozkazu, który mógłby to przerwać, za to sam odbezpieczył beryla i zaczął szyć do Rosjan. Kilka chwil później cały pluton strzelał do jeńców, którzy padali w płytką wodę. Gdy wszyscy już nie żyli, kanonada trwała nadal. Wszyscy wyciągali zapasowe magazynki z kieszeni bojówek, z zakamarków plecaków i strzelali dalej, a kule rozszarpywały i masakrowały pływające ciała.

Gdy w końcu ogień karabinowy ucichł, a w mroźnym powietrzu czuć było ostrą woń prochu i krwi, Jovan zszedł na dół, wyciągnął swojego wista i po kolei strzelał nieżyjącym w głowę. Kiedy po dwukrotnej wymianie magazynka sierżant wyszedł z rowu na szczyt nasypu, wszyscy milczeli. Nikt nie odezwał się ani słowem.

Stali w tych samych miejscach, gdy po niecałej godzinie przyjechał generał Sawicki i od razu wyciągnął z uśmiechem dłoń do Romana.

– Panie poruczniku, wszyscy pana ludzie jeszcze dziś otrzymają Krzyż Walecznych, a pan zostanie awansowany do rangi…

Sawicki zamilkł gwałtownie, patrząc na ciągnący się w dole rów. Roman również, po raz pierwszy od godziny, spojrzał na martwych. Woda, w której zanurzone było blisko trzydzieści ciał, przybrała bordowy kolor.

– Zadanie wykonane – odezwał się głucho Roman. – Mam dla pana inną propozycję. Niech pan awansuje Przybylskiego, żeby przeniósł się do sztabu i uwolnił nas od swojej obecności.

Sawicki był blady na twarzy, ciężko oddychał. Jako doświadczony żołnierz doskonale zdawał sobie sprawę z tego, co tu musiało zajść. Nieopodal rowu leżały sterty rosyjskich kamizelek, kałasznikowów i hełmów. Generał musiał wiedzieć, że strzelano do jeńców. Ale milczał.

– W ten sposób ja zostanę ze swoimi ludźmi, a pan zostanie uwolniony od przykrego obowiązku awansowania. – Roman nachylił się do generała i ściszył głos na tyle, że tylko ten mógł go słyszeć: – Mordercy.

Sawicki wciągnął głęboko powietrze i najwyraźniej chciał coś powiedzieć, ale zrezygnował. Blady na twarzy i śmiertelnie przerażony, po prostu odszedł w kierunku zaparkowanego nieopodal hummera, przy którym czekał jego adiutant.

Roman powiódł wzrokiem po całym plutonie. Wszyscy milczeli, ale Gurski doskonale zdawał sobie sprawę, co siedzi w głowie każdego z nich. Nikt nie miał żadnych wątpliwości. To Uś zdobył ten pierdolony wiadukt.

3.

Nie istniała. Leżała na łóżku zwinięta pod kołdrą i była przekonana, że nie jest już częścią tego świata. Nie na Ziemi, nie w galaktyce Drogi Mlecznej, z całą pewnością nie we wszechświecie widzialnym. Nie mam odwagi, żeby popełnić samobójstwo, dlatego nie ruszę się stąd, po prostu umrę z głodu, ale żadna siła nie wyciągnie mnie z tego łóżka. Nie chcę, nie mogę wstać.

Drgnęła, gdy ktoś łagodnie odchylił kołdrę i przez ułamek sekundy w dzikiej panice pomyślała, że oto Zenon wrócił i teraz, w zemście za poranioną twarz, wymierzy jej sprawiedliwość. Strach minął, gdy zobaczyła Kafara. Potężny mężczyzna oprócz ręki w gipsie miał teraz obandażowane drugie ramię, w które trafiła go kula wystrzelona przez Zenona. Wierny pracownik jej ojca postarzał się o dobre kilkanaście lat, wychudł i był cieniem siebie samego sprzed kilku tygodni. Kafar postawił na stoliku obok sporą miskę wypełnioną dymiącą zupą pomidorową z makaronem. Danuta przypomniała sobie, że kiedyś była to jej ulubiona zupa. Ale tamta ona to była jakaś inna osoba w innym świecie, wspominana przez nią niczym bohater dawno widzianego filmu.

– Nie, nie… – jęknęła i nakryła się z powrotem kołdrą. – Zostaw mnie.

Poczuła, jak Kafar położył coś lekkiego na jej kołdrze, a potem usłyszała, jak wyszedł, zamykając za sobą drzwi. Przeleżała tak dłuższą chwilę i w końcu wygrzebała się spod kołdry na tyle, aby zobaczyć, co takiego zostawił Kafar. To była fotografia z gabinetu jej ojca. Oprawione w ramki zdjęcie przedstawiało Henryka na scenie, jak odbiera nagrodę roku dla najnowocześniejszego przedsiębiorstwa w Polsce. Na skraju kadru, daleko od ojca otoczonego współpracownikami, stała Danuta. Nikt jej nie gratulował, nikt jej nie dziękował, a przecież unowocześnienie hal to był tak naprawdę jej pomysł i harowała przy tym od świtu do nocy. Za każdym razem gdy patrzyła na to zdjęcie wiszące w gabinecie Henryka, czuła się tak, jakby ktoś wymierzył jej policzek. Po co? Dlaczego on mi to przyniósł, pomyślała i nagle zrozumiała. Tysiące razy ojciec mówił jej, że jest do niczego. Tysiące razy lekceważył ją, gdy tylko udało jej się coś osiągnąć. Jej poddanie się teraz byłoby tak naprawdę tryumfem Henryka Wojnarowicza. Ale było coś znacznie gorszego. Gdyby się teraz poddała, to byłoby zwycięstwo Zenona. A na to nie mogła pozwolić.

Usiadła ostrożnie na łóżku, krzywiąc się z bólu. Sięgnęła po miskę z zupą i zjadła pierwszą łyżkę. Była niemal pewna, że jej zawiązany na supeł żołądek nie przyjmie pokarmu i zwymiotuje go. Tak jak wymiotowała całą poprzednią noc, gdy brała niekończący się prysznic, próbując zmyć z siebie brud wydarzeń ze skarbca. Nie zwymiotowała i jadła dalej, a z każdą kolejną łyżką czuła przyjemne ciepło rozchodzące się po całym ciele. Gdy opróżniła miskę, wstała, poszła do łazienki i zaczęła się malować.

Przeszła przez halę, zwracając uwagę kilku pracowników. Bardzo starała się stawiać kroki normalnie, co po wydarzeniach w skarbcu było niezwykle trudne. Miała bardzo staranny makijaż, a umyte i wzorowo ułożone włosy dodawały jej jeszcze więcej uroku. Założyła ciasny sweterek, który był w zasadzie krótką sukienką, spiętą w talii ozdobnym paskiem. Całości dopełniały czarne, przeźroczyste pończochy i cholernie niewygodne szpilki na niebotycznym obcasie. Najgorszy strój, jaki można włożyć następnego dnia po gwałcie, pomyślała i zatrzymała się na chwilę, ciężko łapiąc oddech. Jednak nie dam rady, to dla mnie za dużo, nie teraz. Lepiej będzie, jeśli wrócę do łóżka, pomyślała histerycznie, gdy znowu przypomniała sobie ojca i Zenona. Dasz radę, odezwał się inny wewnętrzny głos. Jeśli przetrwasz teraz, to nic już nie będzie ci straszne. Zaczerpnęła głęboko powietrza i pchnęła drzwi do pomieszczenia umieszczonego w kącie hali. Weszła do środka i od razu przypomniała sobie czasy licealne. Ponieważ w szkole, do której uczęszczała, była tylko jedna szatnia przy sali gimnastycznej, często korzystały z niej po grupie chłopców, którzy ćwiczyli przed jej drużyną siatkówki. Taki właśnie, identyczny zapach spoconych ciał i brudnych skarpet panował w kanciapie, do której weszła. W rogu stało małe biurko z komputerem, a ściany ozdobiono wieloma plakatami. Na części z nich widniały luksusowe samochody wyścigowe, a reszta przedstawiała nagie kobiety w wyuzdanych pozach. Zza biurka na widok Danuty podniósł się pan na włościach tego małego królestwa, Tapir.

– Szefowa? Dzień dobry...

– Daj spokój, siadaj. – Danuta machnęła ręką. – W ogóle to mów do mnie normalnie. po imieniu.

Tapir usiadł i skinął nieśmiało głową. Danuta zajęła miejsce na jedynym wolnym w pomieszczeniu krześle, uważając, żeby usadowić się na boku uda, a nie na tyłku. Pozycja ta sprzyjała założeniu nogi na nogę, co też zrobiła, a jej kusy sweterek podciągnął się do góry, ukazując koronkowy brzeg pończochy. Tapir przez ułamek sekundy zerknął na dyndającą w jego kierunku nogę w pończosze zakończoną szpilką i przełknął ślinę. Danuta udała, że nie zauważa jego reakcji, i odezwała się łagodnym tonem:

– Przyszłam do ciebie, bo bardzo martwię się tym całym Zenonem.

– Spokojnie, szefowa... To znaczy, Danuta, nie masz się czego bać. – Tapir rozsiadł się wygodnie na krześle, zakładając ręce za głowę. – Mamy teraz trzy razy więcej ludzi do pilnowania, poza tym ten cały wieśniak Zenuś jest nikim. Dam sobie z nim radę.

Danuta doskonale zdawała sobie sprawę z tego, że tak naprawdę Tapir robił w majtki ze strachu przed Zenonem, a teraz tylko zgrywał kozaka przed nią. Doskonale wiedziała również o tym, że Tapir od dawien dawna ślinił się na jej widok.

– Autobus. Muszę wiedzieć, o co tak naprawdę chodziło – odezwała się zdecydowanym głosem.

– To był pomysł Zenona. Trzeba przyznać, że genialny – powiedział niechętnie Tapir.

– To znaczy?

– Pani ojciec... Niech odpoczywa w pokoju. Ten zawał serca, strasznie mi przykro – powiedział przejęty Tapir, a Danuta ze zdziwieniem zauważyła, że chłopak mówił to na poważnie. – Więc pani ojciec miał pomysł, aby wyciągać od ludzi pieniądze, potem wysadzać ich w polu i koniec balu, panno lalu.

– Rozumiem, że Zenon miał inny pomysł?

– Tak, skołowaliśmy ze szrotu dwa wypalone autobusy i w tunelu polewaliśmy benzyną ten z ludźmi. W ostatniej chwili zjawiał się Zenon i wypuszczał ludzi.

– A ci cudem uratowani już nie myśleli o tym, żeby robić awanturę o pieniądze, tylko byli wdzięczni, że żyją? – spytała, powoli wszystko rozumiejąc.

– Dokładnie – stwierdził Tapir. – Tylko nie wiem, po co podpalił ten ostatni autobus.

Ależ to szalenie proste, pomyślała Danuta, po to, bo myślał, że wstrząśnie to mną do głębi i zrobię coś Henrykowi. Nie pomylił się. Danuta zadumała się, patrząc ze smutkiem na betonową wylewkę.

– Wszystko w porządku? – spytał Tapir, zaniepokojony przedłużającym się milczeniem.

– Teraz Kafar jest w takim stanie, sam widzisz, jak on wygląda. – Danuta spojrzała w bok i teatralnie zamrugała rzęsami, powstrzymując łzy. – Ten kurewski świat.

– Nie płacz, proszę cię. – Tapir nachylił się delikatnie w jej kierunku i poczuła obrzydliwy smród jego ulizanych włosów, które chyba mył raz na miesiąc.

– Zrozum, jestem szefową tego całego biznesu, ale ja też potrzebuję mężczyzny, kogoś silnego! – powiedziała przez łzy.

– Spokojnie, masz mnie. Ja ci zawsze pomogę. Zobacz, jak dużo teraz robię, ile obowiązków Kafara musiałem przejąć.

Danuta uspokojona pokiwała głową i spojrzała na Tapira z wdzięcznością, zastanawiając się w duchu, czy skoro włosy mył raz na miesiąc, to czy dres, który miał na sobie, był w ogóle kiedykolwiek prany.

– Cieszę się, że mogę na ciebie liczyć. To, co robimy teraz, to jakiś pieprzony small biznes. Musimy iść dalej.

– To znaczy? – spytał.

– Niedługo nadejdą Rosjanie. Na pewno będą potrzebować kogoś, kto zna teren, kto wprowadzi ich do miasta.

– Co masz na myśli? – zapytał niepewnie Tapir.

– Dogadamy się z nimi. Na pewno za takie przysługi sypną nam sporą porcję złota.

– No nie wiem. – Tapir przestraszył się słów Danuty. – Przecież Rosjanie na nas napadli. To jednak wróg.

Danuta popatrzyła na plakat przedstawiający luksusowe ferrari.

– Chciałbyś mieć taki samochód?

Tapir wzruszył ramionami z miną jasno dającą do zrozumienia, że kto by nie chciał.

– Gdy będziemy mieć wystarczającą ilość złota – Danuta z satysfakcją zauważyła, jak duże wrażenie zrobiła, używając słowa „będziemy" – to wyjedziemy z tego syfu do Stanów. Ale na razie to jeszcze nie ten moment. Potrzebujemy więcej.

– Jak się ludzie zwiedzą, to nas rozszarpią. – Tapir wyraźnie zmiękł, ale jeszcze nie był całkiem przekonany.

Danuta cicho westchnęła, a jej wzrok przykuł jeden z plakatów. Na zdjęciu dwie nagie, obficie obdarzone przez naturę panie splecione były w miłosnym objęciu i wymieniały pocałunki, przy okazji masując dłońmi swoje okolice intymne. Wpatrywała się w plakat na tyle długo, że w końcu zaczerwieniony Tapir poczuł się w obowiązku jakoś skomentować wystrój swojego biurowego pomieszczenia.

– Przepraszam, ale rzadko tu ktoś zagląda i…

– Za co przepraszasz? – przerwała mu Danuta. – Ja tam lubię popatrzeć na piękne kobiety. Na to, jak się pieszczą.

Czegoś takiego Tapir na pewno się nie spodziewał. Nie wiedząc, co odpowiedzieć, po prostu rozdziawił usta w niemym zdziwieniu.

– Zdradzić ci pewien sekret? – spytała zalotnie Danuta, a Tapir zamknął usta i nerwowo przełknął ślinę. – To moje niespełnione marzenie. Ja, moja koleżanka i ktoś jeszcze w jakimś bardzo dużym łożu.

Danuta zachichotała po dziewczęcemu i przeciągnęła się, napinając sweter na biuście. Ponieważ zgodnie z planem nie założyła stanika, a w pomieszczeniu było chłodno, poczuła, jak jej twarde sutki szorują o wełnianą powierzchnię. To, co ona poczuła, Tapir najwyraźniej zobaczył, bo nie bawił się już w żadną dyskrecję i nachalnie wpatrywał się w jej wyprężony, jędrny biust.

– Zrozum, po prostu muszę wiedzieć, że mogę na kogoś liczyć.

Danuta zmieniła pozycję i niby niedbale i przez przypadek jej dłoń spoczęła w okolicy krocza Tapira. Szybko poczuła, że pod powierzchnią dresu pulsuje twardy jak skała członek. Żeby się tylko nie spuścił, pomyślała z obrzydzeniem. Niejako w odpowiedzi Tapir również opuścił dłoń, jakby chciał położyć ją na jej udzie, ale w ostatniej chwili się zawahał. Co za pieprzony tchórz, pomyślała Danuta i zmieniła pozycję nóg tak, że jej kolano samo wskoczyło w dłoń Tapira, a przy okazji rozchyliła trochę nogi. Nie na tyle, aby siedzący mógł coś dojrzeć. Miała gdzieś, czy widział jej koronkowe majtki, za to na pewno nie chciała, aby zauważył granatowe siniaki na jej udach. Tamtej nocy powiedziała Kafarowi, że absolutnie nikt nie może się o całej sprawie dowiedzieć. Ale Tapir nie musiał nic widzieć, Danuta wprost czuła, że wyobraźnia chłopaka rozgrzana jest do czerwoności.

– Możesz na mnie liczyć. Na sto procent – powiedział ochrypłym głosem Tapir.

– Strasznie ci dziękuję.

Danuta wstała, pocałowała Tapira w policzek i wyszła bez słowa. Gdy zamknęła za sobą drzwi i zaczęła iść przez halę, pomyślała o tym, że taki Tapir nawet nie umywał się do Zenona. Ale na myśl o tym ostatnim wstrząsnął nią dreszcz przerażenia, od razu przypomniała sobie, jak okrutnie obszedł się z nią w skarbcu, i nie bez satysfakcji stwierdziła, że Zenon już nigdy nie będzie przystojny. Teraz to ona była szefową całego interesu i musi działać tak, jak nauczył ją ojciec. Nie można czekać, musi zaatakować pierwsza. Dlatego za wszelką cenę musiała odnaleźć Zenona i zabić go.

Analiza, przydatna rzecz, wygłosił w duchu swoje ulubione powiedzenie Zenon, otwierając drzwi do niewielkiej altany na terenie ogródków działkowych na Paluchu. Zaraz po napadzie na hurtownię leków stwierdził, że do czegoś takiego trzeba dobrze się przyszykować. Wszedł do środka i ogarnął wzrokiem liche, przesiąknięte wilgocią wnętrze. Usiadł na drewnianym łóżku, wywołując głośny protest sprężyn. Ledwo tu dotarł. Z Mysiadła do położonych obok lotniska ogródków działkowych było dość daleko, gdy musiało się tu dojść na piechotę, prawie mdlejąc po drodze z bólu.

Zenon sięgnął pod łóżko i wyciągnął wcześniej naszykowany plecak. Do tej pory miał ze sobą tylko nóż, dlatego od razu poczuł się dwa razy pewniej, gdy wyciągnął z plecaka pistolet, przeładował go i schował za pasek. Zaczął się zastanawiać, czym powinien zająć się najpierw, raną czy jedzeniem, ale kalkulacja trwała tylko kilka sekund. Wyciągnął z plecaka napój energetyczny i czekoladę. Ssał pokruszoną tabliczkę, zapijając napojem, i stękał cicho z bólu, gdy jego mięśnie policzkowe i żuchwa się poruszały, ale nie miał wyjścia. Wiedział, że nabranie sił i dostarczenie organizmowi odpowiedniej ilości kalorii jest tak samo ważne, jeśli nie ważniejsze, jak prawidłowe opatrzenie rany.

Gdy zaspokoił głód i pragnienie, spod łóżka wyciągnął przepastną sportową torbę pełną leków. Miał tam wszystko na rany postrzałowe i cięte, ale z tego co wiedział, większość środków po prostu przyspieszała regenerację i zapobiegała zakażeniom, więc to żadna różnica. Wyciągnął spray odkażający i spryskał obficie zraniony policzek. Gdy aerozol wszedł w kontakt z raną, Zenon osunął się na kolana i zaczął wrzeszczeć z bólu, dziękując w duchu, że podchodzący do lądowania samolot chociaż częściowo zagłuszył jego krzyki. Po drodze kilkakrotnie musiał się ukrywać, natykając się na wygłodniałe bandy grasantów, i nie chciał, żeby którąś z grup dorwała go tu, zranionego i marnie uzbrojonego.

Wstał i podszedł do utłuczonego lustra zamontowanego nad rachitycznym zlewem, który bardziej przypominał miednicę na trójnogu niż porządną umywalkę. Prawy policzek był ściągnięty do dołu, co przydawało oku karykaturalnego wyglądu. W środku policzka ziała dziura otoczona zwęgloną obwódką, która swym wyglądem przypominała krater wulkanu. Pod odpowiednim kątem przez otwór w policzku widać było znajdujące się pod spodem zęby, co dawało dość upiorny efekt. Zenona jednak najbardziej niepokoiło, że skóra wokół rany zrobiła się gruba i opuchnięta, co mogło wskazywać na infekcję. Wcześniej miał nadzieję, że ponieważ rana powstała podczas wypalania, nie dojdzie do zakażenia. A może to tylko efekt spryskania środkiem odkażającym, pomyślał.

Zenon poczuł, jak pod wpływem przyswojonych kalorii ogarnia go senność, był cholernie zmęczony i musiał trochę odpocząć. Usiadł na łóżku, wśród leków odszukał maść i przeleciał wzrokiem ulotkę, aby upewnić się, że specyfik można stosować przy oparzeniach. Wtarł maść w ranę, jęcząc przy tym z bólu, po czym wyciągnął z rachitycznej szafy dwa śpiwory, które ukrył tu wcześniej wraz z lekami i pożywieniem. Nie chciał rozpalać ognia, aby nie zwracać niczyjej uwagi. Zawinął się w oba śpiwory, broń włożył pod materac skrzypiącego łóżka i kilkakrotnie sprawdził, czy łatwo i szybko będzie mu po nią sięgnąć, gdyby ktoś wszedł do środka. Potem wziął do ręki fiolkę z ketonalem. Kiedyś aby uśmierzyć ból po wyrwaniu zęba, musiał łyknąć dwie tabletki tego specyfiku. Teraz, po krótkim zastanowieniu, wysypał na dłoń pięć pigułek i połknął je za jednym razem.

Szybko zaczął zapadać w sen, uśmiechając się przy tym. Uśmiech marszczył mięśnie twarzy i sprawiał piekący ból, dlatego bardzo starał się tego nie robić, ale to było po prostu silniejsze od niego. Za każdym razem, gdy tylko wyobrażał sobie Danutę i ich następne spotkanie, uśmiechał się błogo na samą myśl o tym, co jej zrobi.

4.

Michał wycelował dokładnie. Miał świadomość tego, że radzi sobie coraz lepiej. Uspokoił oddech, pistolet trzymał pewnie zaciśnięty w obu dłoniach, stojąc na szeroko rozstawionych nogach. Wstrzymał oddech i pociągnął za spust. Rozległ się suchy trzask i zamek pistoletu odskoczył w tył.

– Tata, teraz spróbuj z kulą! – krzyknął podekscytowany Jurek.

– Myślisz? – spytał niepewnie syna. – Dosyć strzelania na sucho?

– Tata, dawaj!

– Dobra, weź to tam połóż.

Michał podał Jurkowi manierkę zabitego rosyjskiego żołnierza, którą chłopak ustawił na kłodzie oddalonej o pięć metrów.

– Nie, dalej! – krzyknął do syna.

Jurek przełożył manierkę na inny konar zwalonego drzewa, które dzieliło od Michała dobre dziesięć metrów, i przybiegł do ojca zziajany.

– Tata, jak trafisz teraz, to normalnie jesteś mistrz – powiedział chłopiec głosem pełnym napięcia.

– Zobaczymy.

Michał włożył magazynek do kolby. Tego akurat nie musiał się uczyć, przecież widział to setki razy na filmach. Potem przeładował, wprowadzając pocisk do komory nabojowej, odciągnął kurek, przesunął bezpiecznik, przyjął odpowiednią pozycję i starannie wycelował w manierkę. Po chwili donośny huk rozszedł się po lesie, a trafiona manierka poszybowała wysoko w górę, odbijając się od jednej z gałęzi, i spadła na ziemię. Chłopiec, krzycząc, podskoczył i uniósł ręce w górę w tryumfalnym geście.

– Tata pięknie strzelasz! – Jurek udał, że zakłada ojcu wyimaginowane odznaczenie na szyję. – Proszę bardzo, medal dla ciebie!

Michał uścisnął chłopca, ciągle trzymając broń w ręce, i po chwili uświadomił sobie, że nie przesunął bezpiecznika. Jasna cholera, muszę tego pilnować, zganił się w myślach, zabezpieczył broń i schował ją do plecaka wraz z bagnetem martwego polskiego żołnierza. Rozejrzał się po polanie, na której stała wojskowa cysterna.

Po zabiciu rosyjskiego żołnierza szybko zrobiło się ciemno i musieli spędzić noc w tym nieprzyjaznym miejscu. Nad ranem kazał odejść Jurkowi na bok, a sam zajął się dwoma martwymi żołnierzami. Początkowo myślał, żeby przez zwykły szacunek do zmarłych spróbować wykopać jakiś dół, ale szybko uznał, że byłoby to bezsensownym marnowaniem cennej energii. Odciągnął ich do lasu i przykrył gałęziami, dodatkowo robiąc wspólny, prowizoryczny krzyż dla obu zabitych. Do dyspozycji miał dwa karabiny i dwa pistolety, ale zdecydował się na zabranie broni osobistej polskiego żołnierza. Mógł ją łatwiej ukryć, a paradowanie z karabinem wcześniej czy później zwróciłoby czyjąś uwagę. Niestety żaden z zabitych nie miał przy sobie nic do jedzenia. Zauważył, że na piaszczystej nawierzchni widnieją spore plamy krwi, i zaczął szurać butami, aby ukryć ślady. Uznał, że to działanie zupełnie absurdalne, bo niby co się stanie? Przyjedzie policja i aresztuje go za zabicie rosyjskiego żołnierza? Jednak jakoś wewnętrznie czuł, że lepiej będzie zostawić po sobie porządek.

Po piętnastu minutach doszli do drogi numer 7, która prowadziła prosto do Warszawy. Michał orientował się, że przed granicą miasta, zanim dojdzie się do centrum handlowego, można skręcić w prawo i dotrzeć do Piaseczna. Jednak termin spotkania z wujkiem Pawłem już dawno minął i Michał nie chciał ryzykować tak dalekiej podróży tylko po to, aby się rozczarować. Uznał, że najlepiej będzie dojść do Warszawy i tam na własną rękę próbować odlecieć z Okęcia, chociaż wiedział, że podobnie myślących jak on są pewnie dziesiątki tysięcy.

Martwił się o Basię i Natalkę, ale tylko trochę. Pozostali dwaj żołnierze musieli przeżyć, a odjechali pewnie dlatego, że nie wiedzieli, jak wielu jest atakujących ich Rosjan. W samochodzie było wystarczająco dużo jedzenia, a wojskowi z pewnością odstawią Basię i Natalkę w bezpieczne miejsce.

Na drodze było bez porównania więcej ludzi niż wcześniej. Wszyscy zmierzali w kierunku Warszawy. Niektórzy pchali jakieś wózki dziecięce albo te z okolicznych supermarketów, wyładowane różnym dobytkiem. Prosto z Unii Europejskiej w sam środek Afryki, pomyślał z goryczą Michał, obserwując człapiących ludzi. Prawie nikt się nie odzywał, nie było słychać żadnych rozmów. Droga na Warszawę miała dwa pasy, prawym poruszali się tacy jak oni piechurzy, a lewym od czasu do czasu mijały ich samochody. Michał, podobnie jak cała reszta, nawet nie trudził się, żeby próbować zatrzymać któryś z pojazdów. Po trzech tygodniach wojny nikt nie miał żadnych wątpliwości. Każdy mógł liczyć tylko i wyłącznie na siebie.

– Tata, nie bądź na mnie zły, ale ja wiem, że zabiłeś tego żołnierza, tylko chciałem cię o coś zapytać, dobra? – powiedział Jurek.

Michał milczał. Mało się nie popłakał, słysząc słowa chłopca. Dzieciak miał siedem lat i powinien pytać o to, czym zamęczał go codziennie przed wojną. Jego dziecięce pytania, kiedyś doprowadzały Michała do szewskiej pasji, a teraz z przyjemnością by na nie poodpowiadał. Najwyraźniej Jurek milczenie ojca uznał za zgodę, dlatego zdecydował się rozstrzygnąć nurtujący go problem.

– Ten żołnierz to był zły?

– Tak, zły – odparł Michał niechętnie.

– To oni na nas napadli? Ci z Rosji, od Putina?

– Tak, ale nie myśl o tym, synek, nie warto.

– Cieszę się, że go zabiłeś – powiedział Jurek z dziwną jak na jego wiek zaciekłością w głosie. – Jak dorosnę, też będę ich zabijał.

Michał całkiem zbaraniał, słysząc słowa syna, i kiedy zastanawiał się, jak na nie zareagować, Jurek wtrącił swoim dziecinnym głosem kolejne pytanie, jakby poprzednia wypowiedź w ogóle nie padła:

– Kiedy będziemy jeść?

Michał w odpowiedzi tylko silniej zacisnął swoją dłoń wokół ręki chłopca. Ich skromne zapasy jedzenia zostały w ciężarówce wraz z Basią i Natalką. W podręcznym plecaku Michał miał tylko bagnet, pistolet i rolkę papieru toaletowego.

– Spokojnie, coś wymyślę – powiedział Michał i poczuł, jak mocno sam wątpi w swoje słowa.

Po jakichś dziesięciu minutach zobaczył, jak pięćset metrów przed nimi, trąbiąc i rozganiając ciżbę ludzi na prawym pasie, na pobocze zjechał błękitny samochód terenowy. Ze środka wysiadło dwóch mężczyzn. Kierowca otworzył tylną klapę i ostentacyjnie na widocznym miejscu położył srebrny kij bejsbolowy. Potem razem ze swoim kompanem wyjęli część zapasów z bagażnika i zaczęli jeść. Michał widział, że kolejni z idących ludzi co jakiś czas podchodzili do nich i prawdopodobnie prosili o jedzenie, ale za każdym razem spotykali się z odmową. Gdy Michał z Jurkiem podeszli trochę bliżej, mogli dokładniej przyjrzeć się mężczyznom przy terenówce. Samochód był strasznie brzydki. Linia karoserii wyglądała tak, jakby została zaprojektowana przez szalonego fetyszystę cegieł, którego główną pasją było strzyżenie swoich wąsów. Kierowcą był postawny facet w czarnych sportowych butach, spodniach od dresu i kurtce w odcieniu błękitu zbliżonym do lakieru terenówki. Koleś był dobrze po trzydziestce i być może kiedyś był przystojny, ale teraz włosy na głowie miał mocno przerzedzone, a kurtka ledwo dopinała się na opasłym brzuchu. Co tu dużo gadać, kierowca był tłusty niczym wieprzek w ostatnich dniach życia. Jego kompan wyglądał zupełnie inaczej, nosił skórzane półbuty, eleganckie spodnie oraz sztruksową marynarkę, a pod nią golf w kolorowe paski. Jego twarz oraz burza przedwcześnie posiwiałych włosów przydawały mu wygląd szalonego profesora, ale raczej z tych, co to lubią wychylić ze dwie, trzy małpki pod sklepem nocnym.

Michał zauważył, że kolejni proszący zostali odprawieni z kwitkiem, ale podchodzili sami dorośli, a on miał tę przewagę, że był z małym dzieckiem. Nienawidzę tego robić, pomyślał, po prostu nie będę żebrał, to poniżej mojej pieprzonej godności. Jasne, kurwa, zaklął w duchu, weź tę swoją godność, ukrój kawałek i daj dzieciakowi, żeby do wieczora był w stanie ustać na nogach i ciągle iść w kierunku miasta. Michał westchnął ciężko, pociągnął Jurka za rękę i zeszli na pobocze.

Gdy podchodził do zaparkowanej terenówki, zauważył, że samochód jest marki Subaru. Obaj jedzący popatrzyli na niego z ukosa. Gruby zajadał się konserwą mięsną, którą wygrzebywał scyzorykiem, a Siwy chrupał kawałek torcika wedlowskiego, który rozłożył sobie na serwetce z wytłoczonym świątecznym motywem w bombki. Po prostu zrób to, człowieku, oni ci odmówią, a ty będziesz mógł iść w spokoju dalej, pomyślał Michał i powiedział:

– Wiem, że niejeden was prosił, ale może znalazłoby się coś dla dzieciaka? – Wskazał wolną ręką Jurka.

– Słuchaj, gościu, jesteś dorosły, więc nie muszę ci tłumaczyć, jaka jest sytuacja – powiedział Gruby, mlaskając.

Michał zauważył, że oprócz kija bejsbolowego na podłodze bagażnika w zasięgu ręki Siwego leżał sporych rozmiarów młotek. Ci ludzie niejedno prawdopodobnie już przeżyli tej wojny i teraz woleli być przygotowani na różne sytuacje. Michał wściekł się w duchu i zastanawiał się, co by się stało, gdyby wyciągnął pistolet z plecaka i po prostu ich zastrzelił? Czy któryś z idących zareagowałby? Zamiast tego kiwnął głową i pociągnął Jurka za rękę, gdy usłyszał głos Siwego:

– Kurwa, bracie. Może damy chociaż trochę tych sezamków?

Michał nie wiedział, co zdziwiło go bardziej. Fakt, że może dostaną coś do jedzenia, czy to, że obaj stojący mogli być spokrewnieni. Mężczyźni byli zupełnie do siebie niepodobni, czego oczywiście wolał nie komentować na głos.

– Pieprzony komunista – westchnął Gruby, ale kiwnął głową w kierunku brata, wyrażając zgodę.

– Będę bardzo wdzięczny – powiedział Michał uniżonym tonem, za który się znienawidził.

Siwy oblizał palce z czekolady i wyciągnął z jednego z zawiniątek leżących w bagażniku kilka paczek sezamków. Michał ściągnął plecak, a Siwy wrzucił je do środka.

– Na zdrowie – powiedział Siwy. – Matka nas tym karmiła za młodu i od tamtej pory nie ruszymy tego gówna, choćby nie wiem co.

Gruby skończył konserwę, beknął głośno, spojrzał na Jurka i chyba trochę mu się zrobiło żal chłopca, bo zwrócił się łagodnym tonem do Michała:

– Człowieku, nie miej pretensji, ale gdybyśmy każdemu dawali, to sami byśmy nic nie mieli. Poza tym za jakieś dziesięć kilometrów czeka nas przesiadka na własne kulasy.

Na potwierdzenie swoich słów Gruby sięgnął do bagażnika i potrząsnął pustym plastikowym kanistrem na benzynę, dodając przy tym:

– A do stolicy jeszcze dobre czterdzieści kilometrów.

– Co, paliwo wam się kończy? – spytał Michał, z miejsca wyczuwając okazję. – To diesel?

– Diesel – odparł zaciekawiony Siwy.

– To może pomówmy o interesach.

– Jak znasz jakąś stację w pobliżu, to nawet nam się nie chce tego słuchać, wszystko splądrowane – powiedział Gruby.

– Nie chodzi o zwykłą stację – powiedział Michał.

– A jaką?

– Może najpierw obgadamy warunki. Ja tankuję wam do pełna, a wy nakarmicie nas i zawieziecie do Warszawy.

Obaj bracia popatrzyli na siebie, a Michał niemal mógł czytać z ich spojrzeń. Obaj zastanawiali się, czy to nie jakaś podpucha, po której skończą bez samochodu i żarcia, za to z dziurą w głowie.

– Bracie? – spytał Gruby.

– Spróbujmy – powiedział Siwy i otarł usta świąteczną serwetką.

Wszyscy zapakowali się do samochodu i kierując się wskazówkami Michała, szybko dojechali do ukrytej wojskowej cysterny. Dopiero tutaj Michał docenił czynności, które wcześniej wydały mu się absurdalne, takie jak uprzątnięcie zwłok i zatarcie śladów krwi. Tym samym obyło się bez kłopotliwych pytań, tylko czy aby na pewno takowe by padły? Liczyło się to, żeby zatankować brzydką terenówkę do pełna, i nic innego. Nadeszły czasy, w których ludzie nie zadawali zbędnych pytań.

Kiedy ruszyli w dalszą drogę, Michał mógł się dowiedzieć od braci trochę więcej o nagle wzmożonym ruchu. Okazało się, że Rosjanie powoli domykali pierścień okrążenia wokół stolicy i wszyscy ci, którzy wcześniej zwlekali z ewakuacją, teraz ruszali na Warszawę, mając nadzieję, że uda im się jakoś wydostać z kraju ogarniętego wojenną pożogą.

Jechali spokojnie lewym pasem, gdy wtem przed samochód wyskoczył jakiś mężczyzna, chcąc go za wszelką cenę zatrzymać. Wtedy stał się coś, czego Michał nigdy by się nie spodziewał. Przynajmniej nie po bracie siedzącym na fotelu pasażera, który ze swoim profesorskim wyglądem sprawiał wrażenie o wiele lepsze od Grubego. Siwy otworzył drzwi i kiedy przejeżdżali blisko desperata, kopnął je z całej siły tak, że uderzyły wymachującego rękami w twarz i połamały mu kości, aż zachrupotało.

– Czasem tak trzeba. – Siwy zatrzasnął drzwi subaru i zwrócił się do Michała przepraszającym tonem: – Skurwysyny wyskakują człowiekowi pod koła.

Potem otworzył schowek na rękawiczki i wyciągnął zawiniątko z serwetki z bombkami, rozpakował je i zaczął chrupać torcik wedlowski. Dźwięk kruszonego wafla z czekoladą nieprzyjemnie kojarzył się z chrupotem kości twarzy próbującego zatrzymać pojazd i Michał poczuł, że kark zlewa mu pot. W duchu podziękował, że wcześniej nie zdecydował się wyciągnąć broni i obrabować obu braci. Coś mu mówiło, że ci mężczyźni są o wiele groźniejsi, niż mogłoby się wydawać.

Jurek zasnął na siedzeniu obok, zwinięty w kłębek, a Michał zajął się studiowaniem krajobrazu przesuwającego się za szybą. Po obu stronach drogi ciągnęły się pola, których tej jesieni nikt nie zaorał, a teraz po ziemi walały się setki śmieci, które pozostawiali po sobie podróżujący. Wśród fruwających torebek foliowych, resztek opakowań po jedzeniu i butelek po napojach Michał dostrzegł martwego żołnierza w polskim mundurze i zwrócił się do kierowcy:

– Zatrzymaj się!

– Co jest? – spytał Gruby, ale Michał złapał go boleśnie za ramię i mężczyzna zwolnił gwałtownie i zjechał na pobocze. – Człowieku, co z tobą?

Michał wysiadł z samochodu i pobiegł na pole, odprowadzany spojrzeniem obu braci. Stanął nad trupem i od razu go rozpoznał. Był to jeden z żołnierzy, z którymi jechali wcześniej ciężarówką, tylko ten siedział w szoferce. Co to oznacza, pomyślał Michał gorączkowo. Czy Basia z Natalką są bezpieczne? Gdzie jest ciężarówka? Gonitwa myśli urwała się jak nożem uciął, gdy dostrzegł przedmiot tkwiący w bocznej kieszeni martwego. Szybko wyciągnął telefon i rozpoznał w nim swój własny aparat, ponieważ na tylnej pokrywie widniała naklejka Spider-Mana. Gdy po kontakcie z wujkiem Pawłem telefony znowu umilkły na dobre, oddał go Jurkowi, aby mógł grać w ściągnięte na komórkę gry. Podczas podróży laguną telefon był ciągle ładowany, ale gdy teraz Michał odblokował ekran, zobaczył, że pozostało tylko dziesięć procent baterii. W oczy rzuciła mu się umieszczona na ekranie startowym notatka, otworzył ją i przeczytał: „film!"

Michał przeszedł do galerii i wcisnął ikonę z najświeższym nagraniem. Zobaczył, jak kierowca wyciąga z szoferki martwego żołnierza, a po chwili w kadrze pojawiła się Basia i zaczęła mówić do kamery spanikowanym głosem:

– Michał, mam nadzieję, że nic wam nie jest! Kierowca od razu ruszył i nie chciał się zatrzymać! Ten drugi też dostał, a teraz nie żyje!

– Albo jedziesz, albo zostajesz! – wydarł się w tle kierowca i Michał zobaczył, jak Basia wsiada do kabiny, zatrzaskując drzwi.

– Nie jestem sama, jest ze mną Natalka. Myślę, że zrobiłbyś tak samo! On zawiezie nas na Okęcie, tam się spotkajmy!

Kadr zmienił się, widać było, że Basia klęka nad martwym i chce zostawić telefon. Siedzący za kierownicą żołnierz zatrąbił jak szalony, z naczepy wychyliła się przerażona Natalka i krzyknęła:

– Mamo!

– Jeszcze jedno – powiedziała do kamery Basia i zaczęła łykać łzy. – To twoje dziecko! Nawet mi się nie waż mieć wątpliwości!

Nagranie skończyło się i gdy Michał chciał zobaczyć je jeszcze raz, z odrętwienia wyrwał go głos Siwego:

– Gościu! Jedziesz czy nie?!

Michał wrócił do samochodu, a przez otwarte drzwi wleciał podmuch zimnego powietrza, który zbudził na chwilę Jurka.

– Śpij synek, śpij. – Michał pogłaskał chłopca po głowie i powiedział do Grubego: – Dobra, możemy jechać.

Bracia popatrzyli na siebie bez słowa i po chwili subaru znowu mknęło szosą na Warszawę. Michał wiedział, że teraz jedna rzecz była dla niego najważniejsza. Musiał za wszelką cenę dotrzeć na Okęcie i odnaleźć córkę i żonę. To było dla niego ważniejsze od ucieczki z Polski.

5.

Mieszkający tu przed wojną ludzie tłumaczyli swój wybór lokalu tym, że właśnie to było jedyne miejsce w okolicy, z którego nie widać maszkaronowej konstrukcji bloku. Ale zdecydowana większość mieszkańców stolicy była zgodna, że ktoś, kto zdecydował się na mieszkanie w takim architektonicznym koszmarze, musiał być po prostu osobą chorą psychicznie. Gurski stał w mieszkaniu na dwudziestym siódmym piętrze ponurego molocha i obserwował przez lornetkę zachodnią część miasta, która teraz była już całkowicie przysypana śniegiem.

Przed sobą, po przeciwnej stronie Towarowej, miał wieżę Muzeum Powstania Warszawskiego z wymalowaną na boku białą kotwicą powstańczą. Na szczycie konstrukcji ciągle powiewała biało-czerwona flaga. Ciekawe, jak długo jeszcze, pomyślał gorzko Roman. Po lewej stronie mógł obserwować polskie umocnienia w okolicach ronda Daszyńskiego. Z tej wysokości widać było ciągnącą się w dali ekspresową aleję Prymasa Tysiąclecia, od której zaczynały się bardzo silnie umocnione pozycje wojsk rosyjskich. Za to cała wschodnia strona Woli, od trasy szybkiego ruchu aż po Towarową, była swoistego rodzaju ziemią niczyją. Na te tereny zapuszczały się raz patrole rosyjskie, a raz polskie, a walki, które się między nimi toczyły, przypominały raczej lokalne potyczki niż poważną wymianę ognia.

Roman schował lornetkę. Przez zniszczone i pozbawione szyb okna widział niewielkie grupki cywili, które kierowały się na zachód, klucząc między gruzowiskami ziemi niczyjej. Gurski dawał im niewielkie szanse powodzenia. Rosjanie naprawdę skutecznie odcięli Warszawę swoim okrążeniem, pozbawiając ją resztek uzupełnień, które nikłymi strumieniami jako tako docierały wcześniej do miasta. Romana zdziwiła kiepska sytuacja aprowizacyjna stolicy, gdy dwa dni temu dowództwo przerzuciło ich dywizję do miasta. Myślał, że w Warszawie zgromadzono jakieś zapasy na wypadek tak poważnej sytuacji, ale szybko przekonał się, jak bardzo się mylił.

Gurski odchrząknął, poczuł gorycz w ustach i splunął siarczyście. W żołądku ciągle mu się kotłowało po zjedzonych świtem wróblach pieczonych nad ogniskiem. Nigdy by nie przypuszczał, że głód zmusi ich do tego tak szybko. Zaopatrzenie w żywność dla żołnierzy zmniejszało się sukcesywnie od początku wojny, ale odkąd trafili do stolicy, stało się dramatyczne. Obecnie ich dzienny przydział na cały pluton obejmował cztery bochenki chleba i jedną konserwę mięsną. To oznaczało, że trzydziestu chłopa w pełnym rynsztunku bojowym, którzy dźwigali na sobie po dwadzieścia kilo, mogło liczyć na trzy kromki chleba cienko posmarowane gównianą mielonką. Przynajmniej mamy jakiś przydział, stwierdził w duchu Gurski. Cywile to dopiero mają przejebane.

Obrzucił spojrzeniem swoich ludzi, którzy siedzieli pod ścianami zrujnowanego mieszkania. Okutani w przydziałowe kurtki tłoczyli się wokół siebie, grzejąc się nawzajem. Od początku wojny żaden z nich nie dostał świeżego sortu odzieżowego, więc ich mundury po wszystkich walkach były w opłakanym stanie. Wyglądamy jak banda łachmaniarzy, pomyślał Roman, obserwując swoich zmęczonych ludzi. Porucznik Gurski był bardzo doświadczonym dowódcą, dlatego teraz, w skali dziesięciostopniowej, oceniał wartość bojową swojego plutonu na ledwo dwa.

Trzy kondygnacje niżej sierżant Lacević skradał się między pogruchotanymi ścianami szpetnego budynku, szukając swego uciekiniera. Gdy nie myślał o pogoni, jego umysł od razu zwracał się w kierunku jedzenia. To dziwne, pomyślał Jovan, przecież nie cierpimy głodu od Bóg wie jak dawna, a mimo wszystko myśli się ciągle o tym. Wczoraj wieczorem sierżant dorwał plutonowego Bosaka, który z rozmarzeniem pochylał się nad jakimś czasopismem. Wszyscy znali hobby Boskiego, więc Jovan był przekonany, że chłopak ogląda jakąś pornografię. Okazało się, że było to przedwojenne czasopismo z przepisami, obfitujące w zdjęcia smacznych potraw. Jovan przysiadł się do Boskiego i dobre pół godziny kontemplowali fotografie, dyskutując zawzięcie i spierając się o to, która z potraw byłaby najlepsza. „Skołuj coś do żarcia", tak brzmiał rozkaz porucznika, ale sierżant szybko przekonał się, że zadanie było o wiele trudniejsze od tych, które powierzano mu w przeszłości. Stwierdził, że nie ma sensu dłużej się skradać, wstał i wyszedł na środek rumowiska. Wtedy go zobaczył.

Narożnik budynku pozbawiony był olbrzymiego kawałka ściany. Przez ziejącą wyrwę do środka wpadały gwałtowne podmuchy lodowatego wiatru. Siedział na usypisku z poobtłukiwanych cegieł zaraz na skraju przepaści i lizał pieczołowicie łapę. Jovan zrobił dwa kroki do przodu, szkło i gruz zachrzęściły pod jego wojskowymi butami i kot momentalnie przerwał toaletę, wpatrując się zielonymi ślepiami w żołnierza.

– No już, kiciuś – Jovan zagaił łagodnym szeptem. – Wujek Jovan nie zrobi ci krzywdy.

Kot spojrzał na niego nieco łagodniej. Może się do mnie przyzwyczaił, w końcu gonię za skurwielem dobrą godzinę, pomyślał Jovan. Dotychczas wzrok kota za każdym razem mówił: „nie wierzę ci bardziej niż psu, złapiesz mnie, upieczesz nad ogniem i zeżresz razem z chłopakami z plutonu". Teraz zielone oczy czarnego kota mówiły coś bardziej na kształt: „może ty nie jesteś zły człowiek, może sam masz coś do żarcia, hm?”.

– Kici, kici, kici, chodź, masz.

Jovan udał, że trzyma coś w dłoni. Kot wyprężył się łagodnie i popatrzył z zainteresowaniem na rękę sierżanta. Jovan zbliżał się coraz bardziej, powoli rozcapierzył palce i ugiął się lekko na kolanach, szykując do skoku. Jeszcze metr i złapię go za kark, musi się udać, pomyślał sierżant. Po kolejnym kroku dłoń żołnierza dzieliły centymetry od nastroszonej, czarnej sierści. Wtedy bok zwierzęcia eksplodował, obryzgując krwią Jovana i ceglaną ścianę, a rozszarpany kot poleciał w dół przy akompaniamencie dochodzącego z oddali strzału.

– Kurwa żeż w dupę jebana mać!

Jovan zerwał hełm, cisnął go na pokryty gruzem parkiet i podszedł do wyrwanej ściany, patrząc w kierunku pozycji zajętych przez Rosjan.

– Śmieszy cię to, kurwa?! – Jovan rozłożył ręce w szerokim geście. – To dawaj, strzelaj! No już, ulżyj sobie!

Z góry rozległ się tupot butów uderzających w pokryte gruzem schody i po chwili do środka wpadł Roman z Segetem i jeszcze dwójką ludzi.

– Co jest?!

– Nic. – Jovan machnął ręką, podnosząc swój hełm. – Jebany snajper kota mi odstrzelił! Skurwysyn…

Na hasło „snajper” wszyscy poza Jovanem padli na ziemię i przywarli do pokrytej odłamkami podłogi. Sierżant spojrzał na nich z zażenowaniem, założył hełm, machnął ręką i poszedł w kierunku klatki schodowej, mamrocząc coś pod nosem.

Gdy cały pluton znalazł się na dole i miał ruszać w kierunku prowizorycznej bazy, Jovan gestem dał znak dowódcy, że on zaraz dojdzie.

– Jovan, gdzie? Tak samemu? – spytał porucznik.

– Romuś, są takie miejsca, gdzie nawet król chadzał piechotą, a co dopiero taki wezyr jak ja – powiedział z uśmiechem sierżant Lacević.

– Nie ma mowy, wal tutaj – zaoponował porucznik.

– Romuś, to nie będzie szybka akcja – odparł z grymasem Jovan. – Daj spokój, tutaj ani razu nie natknęliśmy się na ruskich. Idźcie, ja dojdę.

Gurski otworzył usta, chcąc coś powiedzieć, ale w końcu odwrócił się na pięcie, uznając, że komu jak komu, ale swojemu sierżantowi może zaufać. Pluton ruszył kolumną przez pokrytą gruzami Łucką na wschód. Jovan szybko obszedł doszczętnie zrujnowany biurowiec Prosta Tower i zszedł do zagłębienia powstałego po wybuchu bomby burzącej. Ostatnio bywał tu nader często, a w leju nie śmierdziało tylko dlatego, że temperatura była ujemna i wszystko po prostu od razu zamarzało. Jovan ściągnął spodnie, oparł się prawym ramieniem o kawałki rozwalonego betonu z wystającymi prętami zbrojeń, a z drugiej strony podparł się trzymanym w lewej ręce karabinem. Kucnął i zaczął sapać, wypróżniając się w dół leja. Gdyby nie ten pieprzony mróz, to byłoby całkiem komfortowo, pomyślał i aż parsknął na myśl o absurdzie tego stwierdzenia. Niestety nie było lepiej. Rozwolnienie, które męczyło go od wczoraj, w ogóle nie ustawało. Najgorsze było, że chodził się załatwiać kilka razy dziennie, a i tak bez przerwy czuł, że nie wysrał się do końca.

Biegunka odwodniła Jovana, co w połączeniu z głodem sprawiło, że był o wiele bardziej zmęczony niż reszta plutonu. Na razie nie poszedł z tym do lekarza, bo wiedział, że Roman potrzebuje każdego z nich, a zwłaszcza swojego zastępcy. Choć pewnie gdyby porucznik dowiedział się o jego problemie, strasznie by się wściekł, że sierżant nie odwiedził lazaretu. Lacević nawet początkowo chciał tak zrobić, ale kiedy tylko wszedł do szpitala polowego urządzonego naprędce w podziemiach Dworca Centralnego, to szybko zrezygnował. Mieli tam naprawdę problemy ważniejsze niż sraczka.

Jovan ciągle nie był w pełni usatysfakcjonowany i czuł, że mógłby tak siedzieć bez końca, ale uznał, że dziesięć minut z tyłkiem wystawionym na mróz naprawdę wystarczy. Wyprostował się ze stęknięciem i przez krótką, zawstydzającą chwilę zastanawiał się, czy na pewno musi się podcierać. Ostatnio wypróżniał się na tyle często, że wszystko tam go bolało, a miękki papier toaletowy od dawna był marzeniem ściętej głowy. Po krótkim zastanowieniu zgarnął z betonowego gruzu trochę śniegu i przemył sobie tyłek, a potem ręce. Mokry, zimny śnieg przyniósł chwilową ulgę. Jovan podciągnął i zapiął spodnie, a potem wypełzł z leju z przykrym odczuciem, że niedługo znowu będzie musiał odwiedzić swój prowizoryczny szalet. Ponownie obszedł ruiny biurowca i na Łuckiej przyspieszył kroku, bo zbliżało się popołudnie i wkrótce okoliczne rumowiska miał okryć zmierzch.

To byli naprawdę porządnie przeszkoleni żołnierze. Jovan usłyszał ich w ostatniej chwili. Sekundę przed tym, zanim zarył zemdloną twarzą w gęsty śnieg. Jeden z Rosjan pochylił się i gwałtownym szarpnięciem odwrócił nieprzytomnego, odsłaniając patkę z dystynkcjami na wojskowej kurtce.

– Sierżant – mruknął dowódca trzyosobowej grupy, która zasadziła się na Jovana. – Dobra, bierzemy go. Może będzie coś wiedział.

6.

Obudził się gwałtownie, chwytając powietrze ustami, i momentalnie utonął w bólu, który przeszył jego prawy policzek.

Oszołomiony Zenon rozejrzał się po altanie, która teraz służyła mu za schronienie. Na zewnątrz słońce musiało częściowo roztopić zalegający na dachu śnieg, bo w kącie pomieszczenia pojawiła się sporych rozmiarów kałuża, do której kapały krople z nieszczelnego poszycia. Ile spałem, zaczął zastanawiać się jego skołowany umysł. Dobę? Dwie? Nie miał pojęcia, ale musiało to trwać bardzo długo, bo głód był wprost nie do zniesienia.

Wygrzebał się ze śpiworów i usiadł na łóżku, trzęsąc się z zimna. Sięgnął po fiolkę ketonalu, ale po krótkim zastanowieniu uznał, że bezpieczniej będzie najpierw coś zjeść. Wyciągnął ze swoich skromnych zapasów suchary, ale szybko okazało się, że czegoś takiego nie jest jeszcze w stanie pogryźć. Znalazł opakowanie chleba tostowego i otworzył puszkę coli. Brał kromkę miękkiego chleba, polewał słodkim napojem i ugniatał w palcach. Tak naszykowaną gąbczastą potrawę wpychał do ust i delikatnie mieląc językiem i zębami, zamieniał w płynny pokarm, który przełykał powoli. Mimo to gdy zjadł pół bochenka, poczuł, że policzek pali go żywym ogniem. Ostrożnie i z obrzydzeniem dotknął koniuszkiem języka wewnętrznej części rany ziejącej w jego twarzy. Napotkał twardą, chropowatą i lekko słonawą skorupę.

Wysypał na dłoń dwie pastylki ketonalu i połknął, zapijając resztką coli. Wstał i zatoczył się lekko, przytrzymując ściany. Podszedł chwiejnym krokiem do utłuczonego lustra i obejrzał dziurę w prawym policzku. Wewnętrzna krawędź rany była poczerniała, a opuchlizna na zewnątrz przybrała jeszcze bardziej purpurową barwę. Zenon czuł, że dzieje się tam coś niedobrego, prawdopodobnie dochodzi do jakiejś infekcji, ale nie mógł na razie nic z tym zrobić. Musiał ruszać jak najszybciej w drogę. Przy sobie miał jeden pistolet i był pewny, że jego kochana Danusia nie była taka głupia, co to, to nie. Jego marna broń z ledwie dwunastoma pociskami na nic się nie przyda, jeśli chce złożyć wizytę swojej niedawnej kochance. Był pewien, że Danuta podwoiła i wzmocniła straże, myśląc, że jeśli Zenon żyje, to na pewno jej nie odpuści. I miała rację.

Danuta patrzyła z góry na zasypane śniegiem podwórko. Kafar kręcił kierownicą quada, ostrożnie manewrując podpiętą do czterokołowca przyczepą. Na przyczepie leżał szary brezent, spod którego wystawały trzy pary nóg. Ostatnie dwa dni były dla nich bardzo pracowite. Głodny tłum kilka razy szturmował ich posesję i dopiero zastrzelenie trzech osób ostudziło zapał ludzi.

Nie miała pojęcia, jak długo uda im się ochronić hale, i powoli w ogóle wątpiła, że zachowanie olbrzymiej nienaruszonej posesji ma jakiś sens. Rosjanie okrążyli miasto, a przychodzący tu ludzie od dawna nie mieli nic cennego, co mogliby wymienić na jedzenie. Dlatego Danuta poleciła zgromadzić najwartościowsze, niepsujące się produkty w tej samej hali co skarbiec i właśnie tych zabudowań bronić przede wszystkim. Nie miała zamiaru z kimkolwiek dzielić się pozostałym jedzeniem, dlatego potem wyda rozkaz, aby spalić resztę zabudowań, by odstraszyć szukających pożywienia wygłodniałych ludzi. Ale to później, najpierw najważniejsza sprawa. Sprawa Zenona.

Danuta założyła kurtkę, którą zapięła pod samą szyję, na głowę naciągnęła czapkę i zeszła na dół, po drodze zakładając rękawiczki. Na dole przed wejściem do hali, w którym urządzili kąt dla niepełnosprawnego chłopca, stała furgonetka z otwartymi drzwiami. Na pace uwijał się Tapir, rozmieszczając załadunek. W środku stał agregat prądotwórczy, leżało kilka kołder, koców oraz śpiworów. Były też spore zapasy jedzenia, a najbliżej otwartych drzwi stało sześć dużych, pięćdziesięciolitrowych baniek z paliwem.

– Zawołaj ją – powiedziała Danuta.

Tapir posłusznie zeskoczył z furgonetki i zniknął w drzwiach prowadzących do hali. Po chwili wyszedł w towarzystwie Bożeny Lubińskiej, która narzuciła na ramiona lichą kurtkę z kołnierzem ze sztucznego futra. Matka niepełnosprawnego posłała harde spojrzenie Danucie, która stwierdziła, że nie podoba jej się ten wzrok.

– Nie damy rady utrzymać tego miejsca. – Danuta wskazała ciężarówkę. – W środku ma pani zapasy jedzenia na miesiąc i agregat z paliwem, który zapewni prąd na jakieś dwa tygodnie. To powinno wystarczyć, wątpię, aby okrążenie potrwało dłużej.

Bożena patrzyła bez słowa.

– Niedaleko jest pewien dom. Tapir pomoże pani się tam zainstalować wraz z Markiem.

– Rozumiem, że jest pani podobna do swojego ojca – przerwała milczenie Bożena. – Więc wszystko ma jakąś cenę?

– Zenon. – Danuta chciała szybko zakończyć sprawę. – Gdzie go znajdę?

– Spodziewałam się, że będzie chciała się pani czegoś dowiedzieć. Proszę mi wierzyć, że życie mojego syna jest dla mnie bezcenne. Dlatego przez ostatnie godziny zastanawiałam się, czy mogłabym jakoś pani pomóc.

– I?

– Niestety, jedyne, co wiem, to to, że prawdopodobnie mieszkał gdzieś na terenie Piaseczna – powiedziała Bożena. – Raz w rozmowie przyznał, że jedzie odebrać coś na pocztę w Piasecznie.

– Na Kościuszki? – spytała Danuta.

– Nie wiem. Wie pani, jak teraz sięgnę pamięcią, to powoli zdaję sobie sprawę z tego, że Zenon zawsze był bardzo ostrożny. – Bożena zamyśliła się, patrząc na otwarte drzwi furgonetki.

– To znaczy?

– Zupełnie jakby to wszystko planował od dawna. Pani go nie znała wcześniej? Albo ojciec?

Danuta pokręciła tylko odmownie głową, a Bożena skinęła jej i odwróciła się bez słowa na pięcie. Przed wejściem do hali rzuciła ostatnie spojrzenie na gospodynię posesji i zniknęła za drzwiami. Ten wzrok do reszty rozwścieczył Danutę, tyle było w nim niechęci, złości i żalu, ale najwięcej tego, czego nienawidziła najbardziej, pogardy. Ty pieprzona suko, nie wierzę ci, że nie maczałaś w tym swoich paluchów, pomyślała Danuta i przywołała gestem Tapira.

– Zdejmiesz pięć z tych kanistrów. – Wskazała stojące na pace sześć baniek z paliwem. – I wypełnisz je wodą.

– Ale przecież… – zaczął protest Tapir, kiedy Danuta przerwała mu gwałtownie.

– Rób, co mówię! – krzyknęła, odwróciła się i poszła w kierunku domu.

Danuta poruszyła się nieznacznie, ale tkwiące pod nią dmuchane kółko do pływania i tak zaprotestowało. Prosiła Kafara o zorganizowanie poduszki, której kobiety zazwyczaj używają po porodzie, ale niestety jedyne, co udało się załatwić, to właśnie sprzęt do pływania dla dzieci. Silnik terenówki pracował miarowo, tłocząc do wnętrza kabiny ciepłe powietrze.

Patrzyła na skwer Kisielewskiego, na którym bezlistne drzewa przykryte były teraz śniegiem. Danuta spojrzała w drugą stronę na pozbawiony szyb budynek urzędu miasta i gminy. Placówka dawno musiała zostać splądrowana, bo dosłownie wszędzie wśród śniegu walały się urzędowe pisma. Razem z Kafarem słusznie założyli, że jeśli Zenon był zameldowany na terenie Piaseczna, to w urzędzie musiał zostać po nim jakiś ślad. Kafar zniknął we wnętrzu budynku dobrą godzinę temu i Danuta zaczynała zastanawiać się, czy przypadkiem nic mu się nie stało, gdy zobaczyła jego zwalistą sylwetkę.

Kafar w przydużej czapce, z jedną ręką unieruchomioną w gipsie i świeżym postrzałem w drugim ramieniu, schodził powoli po schodach, przytrzymując się kurczowo poręczy, a i tak na samym dole o mało co nie wywinął orła. Wygląda, jakby miał siedemdziesiąt lat, pomyślała Danuta i uświadomiła sobie, że tak naprawdę nie ma pojęcia, w jakim wieku jest dawny pomocnik jej ojca.

Kafar otrzepał na zewnątrz buty ze śniegu, wsiadł do środka i zatrzasnął drzwi. Potem podał Danucie listę z wydrukowanymi nazwiskami.

– Podatek od nieruchomości, osoby fizyczne... – mruknęła do siebie Danuta, przelatując kartkę wzrokiem. – Jest troje Marczaków. To wszystko, innych nie było?

Zmęczony Kafar, trzymając zgrabiałe dłonie przy kratkach nawiewu, pokręcił przecząco głową.

– Są pesele. Dwóch facetów nie pasuje, bo za młodzi. Pani Jolanta Marczak, urodzona w czterdziestym siódmym. To może być mamusia naszego drogiego Zenka. – Danuta zamyśliła się na chwilę. – Strusia 15, mieszkania 27. Jedziemy.

Kafar kiwnął w milczeniu głową, zapiął pas i po chwili terenówka zaczęła toczyć się po świeżym śniegu.

Zenon kulił się i dygotał, próbując złapać jak najwięcej ciepła z kominka, w którym otworzył drzwiczki, aby szybciej się ogrzać. Wcześniej przez ponad godzinę szedł wzdłuż torów na południe, ale gdzieś przed Nową Iwiczną stwierdził, że nie da rady, dopóki się nie ogrzeje. Dlatego skręcił z torów w kierunku osiedla piaskowych domów, pokrytych brązową blachodachówką. Część była zamknięta, dlatego Zenon wszedł do pierwszego, którego drzwi były wyłamane. Wnętrze było całkiem splądrowane. Połamał jedyne ocalałe krzesło i szybko rozpalił nim w kominku.

Rana nie bolała go już tak jak wcześniej, ale nie sądził, aby było z nią dobrze. Cała prawa część twarzy była odrętwiała, a Zenon czuł, że trawi go coraz większa gorączka. Wiedział, że gdy tylko wyjaśni sobie wszystko z Danutą, będzie musiał jak najszybciej poszukać lekarza. Może znajdę tego samego, który swego czasu złożył do kupy rękę Kafara, pomyślał. Gościu nie był tani, ale znał się na rzeczy. Cena nie gra roli, uśmiechnął się w duchu Zenon, z całym złotem z Wojnarowiczowego skarbca będzie go stać nawet na rekonstrukcję twarzy w szwajcarskiej klinice.

Ogień zaczął przygasać, dlatego Zenon dorzucił resztki krzesła. Rozejrzał się, wstał i zerwał znad kominka ozdobną belkę, która okazała się lichym elementem dekoracyjnym wykonanym ze sklejki i pustym w środku. Połamał belkę na mniejsze kawałki i wrzucił je w ogień. Jego wzrok padł na zdjęcie, które musiało spaść z belki. Fotografia była w solidnej, drewnianej ramce i przykryta teraz już popękanym szkłem. Zdjęcie ślubne. Młodzi ludzie całowali się z uśmiechem, patrząc sobie głęboko w oczy. Fotografia była czarno-biała, a młodzi pozowali na jakimś powiatowym rynku. Pretensjonalna pamiątka ze ślubu, jakich tysiące w każdym polskim domu. Ciekawe, co się z nimi stało, pomyślał Zenon, rozglądając się po ogołoconym wnętrzu. Szybko doszedł do wniosku, że właściwie gówno go to obchodzi.

Usiadł ponownie jak najbliżej ognia i postanowił, że odpocznie jeszcze góra pięć minut i ruszy w dalszą drogę. Musiał dotrzeć do mieszkania matki, gdzie całkiem niedawno zgromadził część arsenału, który wcześniej ukradł z policyjnej zbrojowni. Patrząc na rozszabrowane wnętrze domu, uznał, że bardzo dobrze zrobił, ukrywając broń w sprytnym schowku. Istniało duże prawdopodobieństwo, że mieszkanie, w którym się kiedyś wychował, również mogło zostać splądrowane.

Posiedział jeszcze chwilę, rozkoszując się nikłym ciepłem słabych płomieni, i w końcu wyszedł na zewnątrz. Mroźne powietrze uderzyło go lodowatym podmuchem, a dodatkowo z góry zaczął sypać drobny śnieg. Zenon owinął się szczelniej w kurtkę i kontynuował powolny marsz. Chciał jak najszybciej znaleźć się w mieszkaniu na Strusiej.

7.

Tata! Tata!

Michał wzdrygnął się i spojrzał w dół na trzymanego za rękę Jurka.

– Co się stało? – spytał oszołomiony.

– Wołam cię i nic! – wykrzyczał chłopiec ze łzami w oczach.

Michał coraz częściej się wyłączał, popadał w swojego rodzaju apatię, co bardzo niepokoiło Jurka. Michał klęknął i objął syna, przytulając go mocno. Obaj byli bardzo głodni. Ostatni porządny posiłek zjedli dwa dni temu, gdy rozstali się z braćmi, którzy ruszyli w swoją stronę. Niestety szybko okazało się, że z centrum nie da rady przebić się na Okęcie ze względu na toczące się walki. Michałowi pozostawało jedynie mieć nadzieję, że Basi wraz z Natalką udało się odlecieć, jako że przyjechały na lotnisko wojskowym transportem.

– Tata, a może jesteś chory? Może musisz wziąć lekarstwo?

– Nie martw się, nic mi nie jest – odrzekł Michał, gładząc chłopca po głowie nakrytej czapką.

Chłopiec, tkwiąc w ramionach ojca, otarł łzy i po raz kolejny spojrzał na budynek warszawskiej Rotundy. Pod wpływem wybuchu zapadł się dach konstrukcji, a sterczące wokoło pręty dawnych podpór czyniły ze zniszczonego budynku dziwaczną, wypaloną koronę.

– Dlaczego znowu tu jesteśmy? – spytał chłopiec.

Dobre pytanie, pomyślał Michał. Byli tu po raz czwarty albo piąty, ponieważ łudził się, że gdyby Basi z Natalką nie udało się odlecieć, to właśnie tutaj by przyszła. Było to dla nich obojga miejsce szczególne, to tu kiedyś, studiując w stolicy, spotkali się na pierwszej randce. Oboje dopiero co rozpoczęli naukę i nie znali miasta, dlatego umówili się w tym samym miejscu, w którym na co dzień umawiały się setki warszawiaków i przyjezdnych, pod Rotundą. Po raz kolejny obrzucił wzrokiem zrujnowaną okolicę, ale Basi ani Natalki nie było, choć stało tu wielu ludzi, którzy prawdopodobnie tak samo jak on mieli nadzieję spotkać swoich bliskich.

– Chodźmy – powiedział i chwycił mocniej Jurka za rękę.

Zaczęli iść Marszałkowską w kierunku Świętokrzyskiej. Po lewej stronie mieli rumowisko Pałacu Kultury i Nauki, teraz nakryte śniegiem. Po prawej minęli dawne Domy Towarowe Centrum, których szklana elewacja była jedynie wspomnieniem. Wszystkie szyby były roztrzaskane, a mieszczące się w środku sklepy splądrowane.

Michał obrzucił spojrzeniem wędrujących ludzi. Mróz dawał się we znaki i wszyscy tak samo jak on i Jurek okutani byli w kurtki, płaszcze i grube czapki. Gdyby nam dać sanie, to wyglądalibyśmy jak z jakiegoś obrazu Chełmońskiego, pomyślał gorzko Michał. Na ulicy panował duży ruch i ludzie szli w różne strony. Jednak niecałe trzysta metrów przed Świętokrzyską stało się jasne, że jeden cel wędrówki cieszy się większym powodzeniem niż inne.

Michał wziął Jurka na ręce, przycisnął go mocno do siebie i wraz z innymi zaczął się tłoczyć do schodów prowadzących na peron stacji metra Świętokrzyska. Postanowił zarejestrować się w punkcie Czerwonego Krzyża, ale jedyne takie stanowiska znajdowały się we wschodniej części miasta, po drugiej stronie Wisły. Co prawda ludzie mówili Michałowi, że cała akcja Czerwonego Krzyża to jak zwykle wielka lipa, ale większość osób i tak kierowała się na wschód, gdzie znajdowały się jeszcze dwa lotniska, z których przy dużym szczęściu można było odlecieć z Warszawy, Modlin i Mińsk Mazowiecki. Rzecz jasna wschodnich granic miasta też strzegły już rosyjskie wojska, lecz wieść gminna niosła, że pozwalają uciekać z miasta cywilom. Tak czy siak, ze względu na to, że wszystkie mosty na Wiśle zostały zniszczone na skutek rosyjskich bombardowań, jedyna trasa na drugą stronę rzeki wiodła tunelem warszawskiego metra. Przez chwilę zastanawiał się nawet, czy nie warto by iść górą aż do Powiśla, ale uznał, że być może na dole będzie cieplej. Razem z Jurkiem po kilku godzinach marszu byli przemarznięci do kości i dalsza wędrówka na lodowatym powietrzu mogła do reszty pozbawić ich sił.

Michał dawno darował sobie swoją przedwojenną uprzejmość i dobre maniery. Dlatego trzymając mocno Jurka na rękach, torował sobie bezpardonowo drogę łokciami i kolanami, nie zważając na protesty odepchniętych ludzi.

Dotarł w końcu do schodów prowadzących do podziemnej kolejki. Nieopodal wejścia stały duże wojskowe agregaty prądotwórcze, ustawione na sporych, dwukołowych przyczepach. Od buczących maszyn poprowadzono kable, które znikały w wejściach prowadzących do metra. Kiedy znaleźli się w podziemiach, nie trzeba było się tak mocno rozpychać. Właściwie człowiek nie musiał nic robić, bo tłum unosił go w kierunku schodów, które prowadziły na położony w dole peron. Pod ziemią światło padało z rozmieszczonych rzadko reflektorów, które kablami połączone były ze stojącymi na zewnątrz agregatami. Tłum w milczeniu przelewał się między podporami, a potem schodził po naprędce naszykowanych drewnianych pochylniach do obu tuneli prowadzących na wschód. Michał szybko ocenił sytuację i uznał, że zupełnie nie ma znaczenia, czy skierują się na lewo, czy na prawo.

Gdy znaleźli się już w tunelu, zaczęli powoli przesuwać się po torowisku, które wyraźnie opadało pod kątem w dół. Najbardziej dokuczała duchota i wszechobecny smród. Na początku Michał omal się nie wywrócił w kałuży błota, a przed upadkiem uchronił go wszechobecny ścisk, który go przytrzymywał. Szybko zdał sobie sprawę z tego, że to nie było błoto. Ludzie maszerowali w całkowitym milczeniu, stłoczeni jeden obok drugiego. Jeśli kogoś przypiliła silna potrzeba, to nie miał jakiejkolwiek możliwości odejścia na bok, kucnięcia czy też nawet zwykłego zatrzymania się. Musiał robić w spodnie.

Lampy porozwieszane były na kablach co jakieś pięćdziesiąt metrów. Falujący tłum wynurzał się więc z półmroku, wchodził w zalaną jasnym światłem przestrzeń, by po chwili znowu pogrążyć się w cieniu. W ten sposób, napierani przez falujących ludzi Michał z Jurkiem dotarli do stacji Nowy Świat i wtedy Michał podziękował w duchu Bogu za to, że nie zdecydował się iść na Powiśle, ponieważ okazało się, że stacja ta, tak samo jak następna, czyli Centrum Nauki Kopernik, została zamknięta i nie można było nimi zejść do tunelu.

Okrągły, betonowy korytarz coraz bardziej opadał w dół i wkrótce potem poczuli, że temperatura gwałtownie się obniżyła, a powietrze zrobiło się bardziej wilgotne. Michał zdał sobie sprawę, że muszą teraz znajdować się pod Wisłą. Tu i ówdzie ze spojeń betonowych pierścieni przeciekała woda i w niektórych miejscach pojawiały się kałuże, rozchlapywane przez maszerującą w milczeniu masę ludzi. Nagle światła zgasły i wszystko zalała ciemność. Początkowo zapanowała całkowita cisza, ale zaraz potem rozbrzmiały pełne przerażenia krzyki i wrzaski.

Rozdział VIII

1.

Fregata klasy Pietia kołysała się delikatnie na niskich falach. Napęd kombinowany z diesla i turbiny gazowej hałasował straszliwie, podczas gdy dziób okrętu ciął wody Morza Kaspijskiego kursem na południe, zostawiając po swojej prawej stronie Półwysep Apszeroński. Ciekawe, kiedy to gówno się w końcu rozpadnie, pomyślał smętnie kapitan Zaur Karimow. W razie czego, o tej porze woda ma ze dwanaście stopni i na upartego da radę nawet wpław dotrzeć do Baku. Kapitan spojrzał przez boczne okna sterówki na migoczące w oddali światła stolicy Azerbejdżanu. Przeniósł z powrotem wzrok na marszczące się fale i patrzył, jak wschodni horyzont powoli rozświetlają pierwsze promienie jeszcze niewidocznego słońca.

Obawy kapitana miały swoje uzasadnienie. Dwa dni temu dowództwo azerbejdżańskiej flotylli wydało rozkaz, aby Karimow nie oddalał się swoim okrętem dalej jak na pięć mil morskich od brzegu. Fregata, której gospodarzem był kapitan, została wyprodukowana przez sowiecką stocznię jeszcze w latach sześćdziesiątych, a oprócz Azerbejdżanu w posiadaniu tych jednostek były takie potęgi gospodarcze, jak Syria czy Etiopia. Gdyby ktoś zapytał kapitana Karimowa, czy odważyłby się odpalić którekolwiek z dział pokładowych, odpowiedziałby bez wahania, że tak. Pod warunkiem że byłby wtedy na szalupie, dobrą milę od okrętu.

Kapitan zerknął na wskaźniki konsolety, odsuwając się trochę, bo część przyrządów zasłonił jego pokaźny brzuch. Od razu przypomniał sobie poranną awanturę ze swoją żoną Samirą, która znowu zaczęła mu wiercić dziurę, nomen omen, w brzuchu. Chodziło o dietę. Dzisiaj sobota, pomyślał Karimow, a w sobotnie wieczory Samira zazwyczaj szykowała jego ulubioną potrawę, pizzę z dużą ilością pepperoni i mieloną baranią. Ale z rana żona kapitana zaczęła się odgrażać, że dosyć tego niezdrowego, zachodniego żarcia i na kolację uraczy go dolmą, czyli gołąbkami w liściach winogron. Karimow skrzywił się na samą myśl o dolmie, którą za młodu karmiła go babcia.

Drzwi sterówki otworzyły się gwałtownie i do środka wszedł podporucznik Mamed Agajew, który tego dnia pełnił wachtę na pokładzie. Młody podporucznik miał dwie główne cechy, z których jedna była zaletą, a druga wadą. Na plus można było u niego zaliczyć wyjątkową dokładność, skrupulatność i punktualność. Raz otrzymany rozkaz wypełniał wyjątkowo sumiennie, a wszystko sprawdzał po kilka razy, aby uniknąć błędu. Minusem młodego oficera była jego głupota, dlatego początkowo kapitan zlekceważył podekscytowaną minę podporucznika, dopóki tamten się nie odezwał:

– Panie kapitanie! Okręty irańskie, cała flotylla!

Karimow zmarszczył brwi. Jego podwładny był durny, ale jednak normalny. Odsunął podporucznika z przejścia i wyszedł na pokład. Po chwili wrócił do środka i cały blady, drżącą ręką podniósł do ust radio.

– Tu fregata „Miranszach", wzywam dowództwo.

– Słucham cię, Zaur – odpowiedział głos po drugiej stronie.

– Okręty irańskie na naszych wodach terytorialnych! Płyną niecałe dziesięć mil od nas! – wykrzyczał do mikrofonu kapitan i zamknął oczy.

To koniec, pomyślał, pizza z zeszłej soboty była ostatnią pizzą w moim życiu. Teraz otrzymam rozkaz zbliżenia się do wrogich jednostek i otwarcia ognia ostrzegawczego. Jeśli ta przerdzewiała łajba nie rozpadnie się od tych strzałów, potem irańska flota pośle nas na dno.

– Dziękuję za informację – odparł spokojnym tonem ktoś z dowództwa. – Kontynuujcie patrol.

– Chyba mnie nie zrozumieliście – zaczął znowu kapitan. – Powtarzam, są na naszych wodach…

– To wy chyba czegoś nie zrozumieliście! – z głośników ryknął jakiś inny głos. – Tu mówi wasz najwyższy dowódca, kontradmirał Gurbanow! Macie kontynuować patrol na południe, nie dalej jak pięć mil od brzegu, na wypadek gdyby ta wasza krypa poszła na dno. Zrozumiano?!

– Tak jest!

Kapitan odłożył radio i zerknął na podporucznika, którego pominięty przez naturę umysł nie był w stanie pojąć tego, co właśnie wydarzyło się w sterówce okrętu. Prawdę mówiąc, sam gówno z tego rozumiem, pomyślał kapitan. Potem wziął do ręki lornetkę, skinął na Agajewa i obaj ruszyli do drzwi.

Gdy wyszli na pokład, w nozdrza uderzył ich oleisty swąd spalin produkowanych przez leciwego diesla. Nad Turkmenistanem wstawał świt, a pierwsze promienie słońca powoli nagrzewały wychłodzoną przez noc wodę, tworząc na powierzchni morza lekką mgiełkę. Wśród tego mlecznego osadu sunęły okręty irańskiej floty. Kapitan przyłożył lornetkę do oczu i od razu zauważył, że wszystkie działa pokładowe irańskich jednostek pozbawione były osłon lufowych, a przygotowani na stanowiskach marynarze mogli otworzyć ogień w każdej chwili. Wśród płynących wyróżniała się sylwetka potężnego niszczyciela o nazwie „Zatoka Perska". Statek ten budowany był przez irańskie stocznie przez ostatnie kilka lat, ale wodowanie miało nastąpić na wodach Morza Arabskiego. Skąd te dziady miały pieniądze, żeby dokończyć budowę, zdziwił się w myślach kapitan.

– Dokąd oni płyną? – spytał podporucznik Agajew.

– A jak myślisz, synu? Co jest na północy?

Młody oficer zamyślił się, a powietrze niemal rozgrzało się od trybików, które rozpędziły się gwałtownie w głowie Agajewa. W końcu podporucznik przemówił, po raz kolejny udowadniając swój iloraz inteligencji:

– Kazachstan.

– A coś innego? Też na północy nad naszym Kaspijem? – pomagał Agajewowi kapitan, aż w końcu podporucznik doznał olśnienia.

– Rosja!

Karimow kiwnął głową, opuścił lornetkę i stwierdził, że tak czy siak nawet tylu okrętom ciężko będzie zawojować rosyjską flotę z Astrachania, która niedawno przeszła gruntowną modernizację. Dopiero gdy na niebie rozległ się huk odrzutowców, których skrzydła zdobiły insygnia Królestwa Arabii Saudyjskiej, wszystko stało się jasne.

– Ruscy mają wpierdol – wycedził kapitan.

Dowódca fregaty nigdy nie darzył Rosjan szczególną sympatią. Pomyślał, że jeśli wieczorem wróci i obieca Samirze, że definitywnie przechodzi na dietę, ale dopiero od poniedziałku, to może uda mu się wyżebrać ostatnią pizzę. Jeśli mu się naprawdę poszczęści, to kto wie, może potem namówi Samirę na małe figo-fago. Czyli podsumowując, ruscy dostają łomot, a on pizzę i seks. Zapowiada się fajna sobota.

*

Kilka godzin później to samo Morze Kaspijskie oglądane było jako błękitna plama na mapie, którą rozłożono na blacie dębowego stołu. Władimir Putin spoglądał w milczeniu na Astrachań i w końcu walnął pięścią w stół, krzycząc:

– Jak to w ogóle możliwe!

W gabinecie oprócz prezydenta znajdował się jeszcze Władysław Surkow, który wbił oczy w dywan. Przy stole siedział również minister obrony Federacji Rosyjskiej, generał Siergiej Szojgu. Przytoczył argument, jakim dowódcy tłumaczyli się od tysięcy lat, gdy tylko ponieśli porażkę:

– Wzięli nas z zaskoczenia.

– Co, kurwa?! – wydarł się Władimir Putin, a Surkow skrzywił się, jeszcze bardziej zwieszając głowę. – A co to, średniowiecze?! Pijany halabardnik zasnął na murze i podkradli się, przystawiając drabiny?!

– Panie prezydencie. – Szojgu wyglądał, jakby zaraz miał się popłakać. – Mieli przewagę, a dodatkowo wsparcie myśliwców Arabii Saudyjskiej.

– A my co?! Nie mamy myśliwców?!

– Ale lądem też nas podeszli, skurwysyny dogadali się z Azerbejdżanem, Gruzją i Armenią! – Surkow postanowił wspomóc generała, co tamten skwitował pełnym wdzięczności spojrzeniem. – Poza tym nasze lotnictwo ciągle działa w Polsce.

– Turcja? – spytał prezydent, chodząc nerwowo po gabinecie.

– Turcy też są w niezłym szoku, na razie chyba nie wiedzą, co robić, przyjęli pozycję wyczekującą – powiedział najbliższy doradca Putina.

– Natychmiast odbić Astrachań – powiedział prezydent Rosji. – To jest teraz sprawa absolutnie klu-czo-wa.

– Panie prezydencie, z całym szacunkiem – minister obrony postanowił walczyć do końca – ale nasza armia prowadzi teraz wojnę w Polsce, a dwie nasze dywizje muszą pilnować Ukrainy.

– Jebać Ukrainę. – Putin machnął ręką. Jego zachowanie i język w całej krasie ujawniło leningradzkiego chuligana, którym był przed laty.

– Wowa, no jak to? – zaprotestował Surkow. – A Krym?

– Na chuj mi Krym!

Władimir Putin wrzasnął, a jego doradca przestraszył się nie na żarty. W takim stanie jeszcze nie widział swojego pryncypała. Prezydent nie raz i nie dwa bywał w różnych tarapatach, ale zawsze starał się zachować lodowaty spokój i nie ujawniać emocji w swych stalowych oczach.

Minister obrony spojrzał bezradnie na Surkowa. Jego wzrok mówił: „Trzeba mu jakoś powiedzieć najgorszą wiadomość". Surkow odpowiedział spojrzeniem: „wal śmiało, lepiej mieć to za sobą". „Może ty?", powiedziały oczy generała Szojgu. „Spierdalaj", odparł Surkow, mrużąc oczy.

– Panie prezydencie. – Minister nabrał powietrza. – Niestety to nie koniec złych wiadomości. Mamy pewne kłopoty we Władywostoku.

– Jakie kłopoty? – Putin nalał wody z dzbanka stojącego na stole i przepłukał gardło.

– Właściwie to taka sytuacja…

– Wyduś to wreszcie z siebie, człowieku!

– Władywostok został zajęty.

Prezydent Rosji odstawił szklankę z brzdękiem na blat i usiadł ciężko na zdobionym krześle.

– Niezidentyfikowana grupa. – Surkow miał dobre serce, po raz kolejny wsparł generała. – Uzbrojenie prawie jak chińskie, ale nie do końca. Mundury bez oznaczeń, ale żołnierze to zdecydowanie Azjaci.

Generał Szojgu pokiwał głową w milczeniu. Bał się pytania prezydenta o walki w mieście, bo po wyekspediowaniu części żołnierzy na wojnę w Polsce we Władywostoku została jedynie 205. kompania. Jednostka ta w całej okolicy znana była powszechnie jako „dwieście pijana".

– Chyba oczywiste, że to Chińczycy! – wydarł się Putin.

– Nie ma na to dowodów. – Minister wzruszył ramionami.

– Jaja sobie robisz?! – Prezydent był nieprzytomny z wściekłości. – Dojedziemy ich w ONZ-ecie, nie wywiną się z tego tak łatwo.

Surkow uznał, że nie ma sensu tłumaczyć swojemu pryncypałowi, że Organizacja Narodów Zjednoczonych pozostanie głucha na ich protesty, skoro właśnie rozjeżdżają Polskę czołgami.

– Przewodniczący Komunistycznej Partii Chin wydał już osłonowe oświadczenie – powiedział grobowym tonem Surkow.

– Niby jakie?! – zapiał Putin.

– Mówi, że to nie ich armia i nie ich uzbrojenie. Powiedział, że takie mundury można kupić w każdym sklepie z mundurami – westchnął Szojgu, oczekując kolejnego wybuchu wściekłości.

Zamiast tego prezydent Rosji oklapł niczym przekłuty balon i zwiesił głowę, wpatrując się w czubki swoich butów.

– Panie prezydencie – zagaił generał. – To oznacza, że konflikt stał się globalny. Nie oszukujmy się, mamy trzecią wojnę światową.

Władimir Putin podniósł powoli głowę i Surkow zobaczył starego Wowę. Tego, który nigdy nie panikuje. Tego, któremu nie zadrży ręka, gdy rozkazuje starym kagiebistom wykonać na kimś wyrok śmierci. Tego, który bez mrugnięcia okiem odmawia przyjęcia zachodniej pomocy, podczas gdy rosyjscy podwodniacy duszą się na pokładzie unieruchomionego okrętu. Wreszcie tego, który z obojętną miną przegląda codzienne raporty z działań wojennych, prowadzonych na terenie Polski.

– Chcą? – spytał lodowatym głosem Putin. – To dostaną. Cały świat spłynie krwią.

Prezydent Rosji wstał i wycelował palec w kierunku ministra obrony. Generał Szojgu przełknął nerwowo ślinę.

– Każdy, kto skończył piętnaście, wróć, czternaście lat, natychmiast ma zostać wcielony do armii.

Potem Władimir Putin skierował palec na Surkowa.

– A cała, i kiedy mówię cała, dokładnie to mam na myśli, gospodarka zostanie przestawiona na wojnę. Zrozumiano?

– Wołodia, ja wszystko rozumiem – odparł Surkow. – Ale jak młodzi pójdą na wojnę, to kto będzie robił w fabrykach? Same nasze zakłady lotnicze Irkut potrzebują masę rąk do pracy, a na Chińczyków już nie możemy liczyć. Skąd my weźmiemy tylu ludzi?

Prezydent Rosji przymknął na chwilę stalowe oczy, usiadł z powrotem na krześle i bardzo poważnym tonem odpowiedział:

– Z Polski.

2.

Jovan obudził się z czołem przyklejonym do szyby. Przetarł oczy i rozejrzał się po wnętrzu zastavy. Pomimo chłodu bocznej szyby wnętrze małego samochodu było nagrzane, a fotele ze skaju niemal gorące w dotyku. Jovan spojrzał na fotel kierowcy. Beno Lacević prowadził pewnie auto, a jego wyprostowane, muskularne ręce opinały rękawki białej koszulki gimnastycznej. Jego fryzura była taka jak zwykle. Równo przystrzyżone u góry blond włosy, z dłuższymi kosmykami opadającymi z tyłu na kark. Wyglądu dopełniały równo przystrzyżone wąsy oraz przyciemniane okulary typu „police”, które stały się modne po tym, jak Tom Cruise wystąpił w nich w *Top Gun*. Dziwne, pomyślał Jovan, zdrzemnąłem się na chwilę, a czuję się tak, jakbym nie widział ojca od dawna.

Beno nucił pod nosem melodię lecącą z magnetofonu, gdy zauważył, że Jovan patrzy otwartymi oczami przez okno.

– Co tam, synek, obudziłeś się? – spytał i wyciągnął kasetę z odtwarzacza, zmieniając stronę.

– Yhm. – Jovan był ciągle zaspany. – Daleko jeszcze do babci?

– Będziemy za jakąś godzinkę. Lubisz babcię, co?

– Pewnie! Babcia jest ekstra. Tata, dlaczego nie możemy mieszkać w Dubrowniku? – jęknął Jovan.

– Bo w Sarajewie jest więcej pracy. Co, nie podoba ci się tam?

– Podoba – rzucił obojętnie chłopiec. – Tylko wiesz, u babci jest super, bo jest morze.

Ojciec pokiwał głową na znak, że zgadza się z synem, i kiedy z głośników popłynęła melodia, znowu zaczął nucić pod nosem. Jovan spojrzał przez okno. Jechali ciągnącą się brzegiem morza Magistralą Adriatycką, która była częścią trasy łączącej Szwecję z Grecją. Chorwacki odcinek należał do najbardziej malowniczych. Jovan spojrzał na turkusowe wody Adriatyku i wskazał majaczącą na horyzoncie wyspę.

– Tata, jak się nazywa ta wyspa?

– Wiecznie pytasz o to samo – powiedział ze śmiechem ojciec. – Sipan, zapamiętaj to w końcu.

– Ano tak, zapomniałem. – Chłopiec zamyślił się na chwilę i nagle poczuł narastający strach. – To już przejechaliśmy granicę?

– Jaką granicę? – zdziwił się Beno.

– Między Bośnią a Chorwacją.

– Co z tobą? – ojciec aż się roześmiał. – Przecież jesteśmy ciągle w Jugosławii.

Jovan poczuł, jak przerażenie łapie go za gardło. Nagle przed oczami stanął mu obraz ostrzeliwanego Sarajewa i trup ojca na stromej jezdni. Wąska struga krwi cieknie z szyi Bena, spływając w dół, a nieopodal leżą dwa kanistry na wodę.

– Snajper! – wydarł się cienkim głosem Jovan. – Zabił cię snajper, gdy poszłeś po wodę!

Ojciec pod wpływem nagłego wrzasku omal nie stracił panowania nad kierownicą.

– Jovan, co z tobą, do jasnej cholery?! Jak się zaraz nie uspokoisz, to nie siądziesz na tyłku przez tydzień, zrozumiano?!

Jovan wyjrzał przez okno i zobaczył, że skaliste brzegi wyspy Sipan pokryte są śniegiem, a wody Adriatyku skuwa gruba warstwa lodu. Nagle zrobiło się tak zimno, że zaczął szczękać zębami. Wydarł się na całe gardło:

– Zamknij okno, tata! Zimno! Jest mi bardzo zimno!

Jovan ocknął się na dźwięk własnego głosu. Otworzył oczy i zobaczył przed sobą leśną polanę zasypaną śniegiem. Po lewej stronie stał wojskowy namiot, po prawej parkował rosyjski kamaz, a jakieś dwieście metrów dalej biegła asfaltowa droga, po której od czasu do czasu przetaczał się czołg lub rosyjska terenówka. Jovan nie znał Warszawy i nie mógł wiedzieć tego, że nie znajdował się w lesie, ale w stołecznym Parku Szymańskiego, nieopodal ulicy Elekcyjnej. Siedział na zmarzniętej ziemi w samych majtkach. Przeguby jego dłoni przywiązano do wbitej w ziemię żerdzi, a nogi zapleciono tak, że prawa obejmowała drewniany słupek, blokując stopę w zgięciu kolanowym lewej nogi.

Pierwszą myślą Jovana było to, że został sparaliżowany na skutek uderzenia, które zadano mu wcześniej. Jedyne, czym mógł poruszać, to powieki. Szybko dotarło do niego, że jest to złudzenie wywołane lodowatym powietrzem, które zmroziło jego ciało, i z bólem zaczął próbować się poruszać. Gdy tylko napiął ramiona, cienka lodowa skorupa, którą pokryte były jego plecy, rozpadła się z cichym chrzęstem. Powoli, mięsień po mięśniu,

Jovan zaczął gimnastykować się na tyle, na ile pozwalała mu niewygodna pozycja.

Przywracając poszczególnym mięśniom jako taką sprawność, rozejrzał się po okolicy. Obok niego tkwiły wbite w ziemię trzy puste żerdzie, a ubity i roztopiony śnieg wokół nich wskazywał, że wcześniej przetrzymywano tu więcej jeńców. Jovan usłyszał, w wojskowym namiocie jakiś przytłumiony głos, a zaraz potem rozległ się nieludzki wrzask. Tortury, pomyślał Jovan, a potem zauważył za namiotem wykopany dół. Ciągnąca się krwawa smuga na śniegu od tylnego wyjścia namiotu aż do dołu nie pozostawiała złudzeń co do tego, jak kończą przesłuchani jeńcy.

Ciągle rozgrzewał swoje mięśnie, ale ciało miał na wpół sparaliżowane i zmrożone. Pobliską Elekcyjną przetaczała się kawalkada pojazdów. W długim konwoju przeważały ciężarówki z wyrzutniami rakietowymi Grad, śmiercionośnymi następcami słynnych katiusz, które pozwoliły Rosjanom wygrać drugą wojnę światową. Szykują się do ofensywy, pomyślał Jovan. Dlatego się nie pierdolą z gościem w namiocie. Zazwyczaj najskuteczniejszymi metodami przesłuchania są te psychologiczne i Rosjanie mają w nich dużą wprawę, popartą silną tradycją. Jednak gdy nie ma czasu na tego typu zabawy, stosuje się najprostsze metody. Z namiotu usłyszał chluśnięcie jakiejś cieczy, głośny syk i kolejny wrzask przesłuchiwanego, tym razem dłuższy o dobre dziesięć sekund.

Źle, pomyślał, jeśli zaraz z tamtym skończą, to na pewno przyjdą po mnie, a wtedy będzie pozamiatane. Poczuł, że ma pełny pęcherz, ale na razie się powstrzymał. Zsikanie się dałoby przelotne, złudne uczucie ciepła, ale gdy potem mocz by ostygł, byłoby mu dwa razy zimniej. Spojrzał na stojącą dobre dziesięć metrów od niego ciężarówkę. Z boku kamaza, pomiędzy przednimi i tylnymi kołami, wisiała skrzynka sporego zasobnika. W takich miejscach są zazwyczaj narzędzia i inne potrzebne rzeczy, którymi z powodzeniem mógł rozciąć więzy. Naparł na żerdź, ale drewniany słupek ani drgnął. Jovan spróbował się podnieść i wtedy dała o sobie znać pozycja, w jakiej go związano. Nie mógł podciągnąć się na rękach, bo te sztywno przywiązano w jednym punkcie żerdzi. Nie mógł również podeprzeć się ani jedną, ani drugą nogą. Lewa, zablokowana stopa nie miała żadnego oparcia, z kolei prawa noga nie mogła się wyprostować, bo była splątana z lewą.

Nagle ziemia zatrzęsła się od potężnego grzmotu, który szybko rozrósł się do ogłuszającego łoskotu, połączonego z drażniącym uszy gwizdem. To rosyjska artyleria rozpoczęła swój koncert. Minusem tej kanonady było to, że sierżant Lacević nie słyszał już odgłosów tortur z namiotu i nie mógł się zorientować w sytuacji, ale przeczuwał, że jego czas się kończy. Szybko doszedł do wniosku, że jedynym wyjściem jest poradzenie sobie z drewnianym słupkiem. Jak znał życie, żołnierze nie wkopywali tych słupków głęboko w ziemię, bo uważali, że mróz skuwający glebę zrobi swoje. Sierżant przyznał w duchu rację konstruktorom, bo żerdź, do której był przywiązany, ani drgnęła.

Wcześniej próbując się podnieść, odsunął się od słupka, ale teraz maksymalnie zacieśnił nogi i oparł się kroczem o miejsce połączenia żerdzi z ziemią. Jeśli będę to robił powoli, może się udać, pomyślał. Po chwili częściowo ulżył napełnionemu pęcherzowi i ciepły mocz oblał dolną część słupka i ziemię. Od tej chwili Jovan bardzo powoli opróżniał pęcherz, po każdej porcji ruszając słupkiem w przód i w tył. To koniec, pomyślał po dwóch minutach, nie uronię więcej ani kropli. Mocz szybko stygł na mrozie, ale Jovan z satysfakcją wyczuł, że słupek pod wpływem naporu i rozmrożonej uryną ziemi drgnął i coraz bardziej przechylał się to w jedną, to w drugą stronę.

Nawet przez szaloną kanonadę rosyjskiej artylerii Jovan usłyszał strzał, który padł w namiocie. Sierżant zastygł i spojrzał w tamtym kierunku. Z tylnego wyjścia namiotu dwóch Rosjan wyciągnęło martwego, nagiego mężczyznę i wrzuciło go do dołu. Potem zapalili i wrócili do środka. Jovan zaczął machać i kręcić słupkiem ze zdwojoną siłą, zastanawiając się bezsensownie, czy jeśli ruscy robią przerwy między torturami, to jak długie.

W końcu poczuł, że żerdź ostatecznie się obluzowała, napiął mięśnie ramion i pociągnął słupek do góry. Tak jak wcześniej podejrzewał, nie był wkopany głęboko. Jovan po chwili uniósł go na tyle, że mógł rozplątać nogi. Kiedy je wyprostował, omal nie krzyknął z bólu. Krążenie powróciło nagle z siłą tysiąca igieł, które zaatakowały wściekle jego kończyny. Przytrzymując żerdź przy ciele, przeturlał się w stronę ciężarówki.

Zerknął na sznur, którym przywiązano do słupka jego przeguby, gdy nagle rura wydechowa, która znajdowała się teraz niecały metr od niego, zakaszlała i plunęła spalinami. Ktoś uruchomił ciężarówkę. Jovan spojrzał na szoferkę i zobaczył, że ktoś otworzył drzwi od kabiny na oścież. Od razu zaczął przesuwać się na plecach w stronę przodu pojazdu, boleśnie zdzierając sobie skórę, która tarła o ziemię ledwo przykrytą śniegiem. Rosjanin, który wyskoczył z kabiny, był odwrócony tyłem, co dało Jovanowi lekką przewagę czasową. Sierżant uniósł naostrzoną żerdź, z którą ciągle połączony był sznurem, i dokładnie wymierzył. Gdy tylko żołnierz się odwrócił, otrzymał silne uderzenie zaostrzonym końcem słupka w gardło. Rosjanin wydał z siebie cichy charkot i po żerdzi zaczęły płynąć strugi krwi. Jovan oparł drugi koniec słupka o ziemię, a nogi Rosjanina zaczęły się ślizgać po powierzchni pokrytej śniegiem i w ten sposób jeszcze bardziej opierał ciężar ciała na rozerwanej grdyce. Po chwili było po wszystkim.

Jovan wymacał przy pasku zabitego nóż i rozciął krępujące go sznury. Gdy poprzednio rozprostował nogi, myślał, że jest przygotowany na ból, który będzie towarzyszył powrotowi krążenia w dłoniach. Mylił się. Tym razem nie powstrzymał się od krzyku. Wtulił twarz w śnieg i wył długie pół minuty, zanim ból przeszedł w trochę bardziej łagodne mrowienie i kłucie w rękach.

Sierżant cisnął żerdź pod ciężarówkę i wciągnął tam Rosjanina. Zdarł z niego mundur, który założył na siebie, ciesząc się, że ubranie żołnierza było przesiąknięte ciepłą krwią.

Po chwili siedział w zamkniętej szoferce, gdzie pierwszą jego czynnością było przesunięcie suwaka ogrzewania na maksymum. Wpatrywał się w skomplikowaną skrzynię biegów rosyjskiego kamaza i zastanawiał się, czy powinien spróbować prowadzić maszynę, czy po ogrzaniu się po prostu wymknąć się z terenu zajętego przez Rosjan.

Powoli, bardzo delikatnie zaczął rozprostowywać i zginać palce u dłoni. Ciągle nie czuł rąk, gdy dotknął nimi kierownicy lub gałki skrzyni biegów, ale przynajmniej zaczęły spełniać swoją podstawową funkcję, czyli chwytanie.

Gdy postanowił, że lepiej będzie oddalić się na piechotę, wyjrzał przez boczną szybę kabiny i zobaczył dwóch Rosjan stojących przed namiotem. Żołnierze najpierw zdziwieni popatrzyli na puste miejsce, które wcześniej zajmował przywiązany do słupka Jovan, potem przenieśli spojrzenie na dużą plamę krwi, która roztopiła śnieg wokół kabiny pojazdu, a na koniec zauważyli Jovana siedzącego w szoferce. To sprawiło, że sierżant musiał natychmiast zrewidować swoje plany. Wcisnął sprzęgło, wrzucił bieg tak, jakby zmieniał przekładnię na jedynkę w zwykłym samochodzie osobowym, i ciężarówka wyrwała do przodu.

Jovan wypadł kamazem na Elekcyjną i skręcił w lewo, manewrując pomiędzy wolno jadącymi wyrzutniami rakietowymi Grad. Silnik wył na wysokich obrotach, a sierżant próbował zmienić bieg na wyższy, niestety zupełnie nie wiedział, jak to zrobić, więc na razie zadowolił się osiągniętą prędkością.

Na skrzyżowaniu z Wolską wyrzutnie skręcały w prawo, a główną arterią ciągnęły kolumny czołgów. Jovan skręcił na wschód, a kierujący ruchem rosyjski żandarm zaczął coś krzyczeć i machać lizakiem w jego stronę. Sierżant przeciął ciężarówką torowisko tramwajowe i potrącił żandarma. Amortyzatory kamaza zakołysały się lekko, miażdżąc Rosjanina, a pojazd, lawirując wśród czołgów, potoczył się ku centrum.

Porucznik Roman Gurski klął na czym świat stoi, gdy dowiedział się o zniknięciu swojego sierżanta, ale miał o wiele ważniejsze sprawy na głowie. Leżał w zaimprowizowanym okopie na parterze zrujnowanego biurowca Rondo 1 i robił coś, czego nie robił od niemal trzydziestu lat. Modlił się. Choć jego rodzice byli niewierzący, to głęboko religijna babcia zdążyła nauczyć małego Romusia kilku modlitw, każąc mu zmawiać paciorek przed snem. Gurski nie pamiętał większości słów, „Zdrowaś Maryjo" myliło mu się z „Ojcze nasz", więc mieszał wersy z wymyślonymi, własnymi słowami, będąc święcie przekonany, że może mu pomóc jedynie boska interwencja.

Cała okolica ronda ONZ trzęsła się w posadach. Nie było nawet krótkiej przerwy, by ziemia mogła choć na chwilę odpocząć od ciągłego drgania i dudnienia. Wokół spadały wybuchające pociski artyleryjskie, gruchocząc w pył okoliczną infrastrukturę. Roman wyjrzał na chwilę. Mimo że był środek dnia, na zewnątrz panował półmrok, bo niebo zostało gęsto zasnute pyłem i dymem. Ciągłe detonacje sprawiały wrażenie, jakby okryte cieniem rondo stanowiło koszmarny parkiet w dyskotece, zalewanej stroboskopowym światłem. Po przeciwnej stronie Gurski dostrzegł wycofujące się plutony polskich żołnierzy. W tym samym momencie na czubku biurowca Ilmet doszło do potężnej detonacji i trójramienna gwiazda Mercedesa majestatycznie osunęła się z dachu i poszybowała w dół. Roman myślał, że emblemat niemieckich samochodów po prostu odbije się od powierzchni niczym metalowy znaczek, ale gwiazda gruchnęła w ziemię, miażdżąc kilku wycofujących się żołnierzy.

Porucznik Gurski podjął decyzję. Skoro teraz po raz pierwszy od wielu lat się modlił, to równie dobrze może zrobić coś, co nigdy wcześniej mu się nie zdarzyło. Postanowił złamać rozkaz, który brzmiał „utrzymać się na pozycjach", i miał głęboko w dupie, czy stanie za to przed sądem wojennym. Plany porucznika pokrzyżował Saniewski, łącznik ich batalionu, który podczołgał się do dowódcy plutonu i coś do niego krzyczał, ale Gurski dał na migi znać, że kompletnie nic nie słyszy. Saniewski w odpowiedzi kiwnął głową i sięgnął za pasek. Najwyraźniej udzielając instrukcji przy bombardowanym rondzie, miał już wcześniej problemy z komunikacją, dlatego był świetnie przygotowany. Wyciągnął krótką plastikową rurkę, której jeden koniec przytknął do ucha Gurskiego, a drugi do swoich ust. Roman usłyszał dudniący głos.

– Wycof, kurwa, wycof!

Saniewski nie czekał na potwierdzenie, schował rurkę, odczołgał się i po chwili biegł pochylony, aby przekazać rozkaz dowództwa pozostałym. Roman, czołgając się, szybko odnalazł dowódców drużyn i przekazał im rozkaz na migi, gdy zobaczył, że Boski sygnalizuje mu jakieś problemy. Gurski podążył za plutonowym w trochę bardziej oddalony od linii frontu zakamarek. W ciasnej przestrzeni pomiędzy windami a ścianą tkwił kapral Seget. Roman od razu zauważył, że wzrok żołnierza jest pozbawiony wyrazu, a kapral szepcze coś do siebie niezrozumiale.

– Nie chce stąd wyleźć! – wydarł się Boski. – Panie poruczniku, co robimy?!

– Wyciągamy go! – zakomenderował Gurski. Wrzeszczał jak opętany, aby przekrzyczeć kanonadę. – Przecież nie zostawimy go tym skurwysynom!

Obaj zaczęli wyciągać Segeta i choć kapral bronił się zaciekle, to nie miał szans przeciw połączonym siłom Romana i Boskiego. Gdy w końcu wydobyli go z kryjówki, kapral przestał się opierać i wtedy porucznik wraz z plutonowym wzięli kolegę na ręce i zaczęli nieść. W krótkiej, sekundowej przerwie między detonacjami Roman usłyszał, jak Seget powtarza do siebie pod nosem w kółko:

– Za dużo. Za dużo. Za dużo. Za dużo.

3.

Osiedle powstało w początkach nowego tysiąclecia i przez lokalnych mieszkańców nazywane było Manhattanem. Niestety z jego nowojorskim odpowiednikiem łączyła je jedynie bardzo zwarta zabudowa, która inaczej niż w amerykańskim mieście, w Piasecznie sięgała tylko pięciu kondygnacji.

Danuta Wojnarowicz stała na środku salonu niewielkiego mieszkania przy ulicy Strusiej. Kafar po wyłamaniu drzwi i upewnieniu się, że mieszkanie jest puste, wrócił na dół i czekał na nią w samochodzie. Lokal nie został splądrowany, ale Danuta z rozczarowaniem stwierdziła, że był od dawna nieużywany i być może w ogóle nie należał do rodziny Zenona Marczaka. W ascetycznym salonie znajdowało się tylko jedno czarno-białe zdjęcie ze smutnym, na oko siedmioletnim chłopcem. Danuta nie była pewna, czy mogło przedstawiać małego Zenona.

Sypialnia, podobnie jak łazienka, utwierdziła ją w przekonaniu, że miejsce było zamieszkiwane przez kobietę, która żyła tu samotnie. Duże łóżko zajmowało większość małego pomieszczenia z oknem i drzwiami, które prowadziły na niewielki, trójkątny balkon. Danuta otworzyła szafę i przeszukując ją, na samym dole natknęła się na sporych rozmiarów kartonowe pudło w kwiatowy wzorek.

Postawiła znalezisko na łóżku i zaczęła przeglądać zawartość. Znalazła zeznania podatkowe oraz inne dokumenty, a wśród nich świadectwo urodzenia wystawione w Piasecznie. Zenon Marczak, drugiego imienia brak, urodzony 24 lipca 1982 roku. Imię i nazwisko matki: Jolanta Marczak. Imię i nazwisko ojca: nieznany. Interesujące, pomyślała Danuta i sięgnęła głębiej do pudła. W niewielkiej puszce po cukierkach znalazła kilka zębów mlecznych, teraz nie miała już wątpliwości, że należały do Zenona. Ciekawe, czy jego stałe zęby mocno się podpiekły, gdy przysmażyłam go palnikiem, pomyślała ze złośliwą satysfakcją.

Na samym dnie pudła leżała ciężka teczka przewiązana sznurkiem. Gdy Danuta ją otworzyła, ze środka wysypały się przekazy pocztowe. Zaczęła je uważnie przeglądać i szybko dostrzegła, że przekazy zostały ułożone według dat. Kwoty zmieniały się w miarę upływu lat i tak na przykład przelew z grudnia 1993 roku opiewał na kwotę sześciu milionów złotych, a ten ze stycznia dziewięćdziesiątego czwartego już na sześćset złotych ze względu na przeprowadzoną denominację. Wszystkie przekazy łączył jeden ważny szczegół. Gdy Danuta go spostrzegła, aż przysiadła na łóżku. Nadawca był zawsze ten sam: Henryk Wojnarowicz, jej ojciec.

Na zewnątrz rozległ się huk wystrzału, Danuta drgnęła, wypuściła jeden z przekazów z dłoni i podeszła do okna, wyglądając ostrożnie na zewnątrz. Przy uruchomionym samochodzie terenowym leżał Kafar, a krew z jego głowy rozlewała się na chodnik, topiąc powoli śnieg. Ktoś przeszukiwał auto, którego silnik gwałtownie zamilkł, i po chwili wysiadł z niego, zadarł głowę i spojrzał w okna mieszkania na drugim piętrze. Przerażona Danuta momentalnie cofnęła się i przywarła plecami do ściany. To był Zenon.

Przeszła przez salon do przedpokoju i otworzyła drzwi wejściowe, ale usłyszała, że Zenon jest już na klatce. Drugie piętro, jak długo zajmie mu wejście po schodach? Pewnie kilka sekund, nie więcej. Danuta sklęła siebie w myślach za to, że nie wzięła pistoletu, jak mogła być tak nieostrożna! Przymknęła drzwi i cofnęła się do sypialni, spakowała byle jak pudło i schowała je z powrotem do szafy, spostrzegając w panice, że mebel jest zbyt mały, aby mogła się w nim schować. Zamknęła cicho drzwi i podniosła ostrożnie narzutę, którą zakryte było łóżko, ale niestety konstrukcja ramy uniemożliwiała schowanie się pod nim. Danuta usłyszała szuranie nóg przed ledwo domkniętymi drzwiami wejściowymi i omal nie zwymiotowała ze strachu. W końcu podeszła do drzwi balkonowych, odsunęła jedną z zasłon i otworzyła wyjście na balkon. Gdy miała już postawić stopę na ośnieżonych płytkach, w ostatniej chwili zdała sobie sprawę, że w ten sposób zostawi ślad, i złapała się balustrady, strącając stamtąd śnieg.

Zenon stał przed drzwiami, wpatrując się w wyłamane zamki. Na dole w terenówce znalazł łom, więc nie miał wątpliwości, że to właśnie Kafar wyważył drzwi do mieszkania jego matki. Stary głupiec, dał się podejść jak dziecko, pomyślał. Gdy Zenon otworzył drzwi samochodu, nawet to nie zbudziło Kafara, który drzemał z otwartymi ustami. Marczak zdecydowanym gestem wyciągnął go za kołnierz na zewnątrz i potraktował jednym, śmiertelnym strzałem. Pytanie brzmi, pomyślał Zenon, czy Kafar przyjechał tu sam, aby spróbować go znaleźć, czy może w środku czai się ktoś jeszcze?

Zenon wyciągnął broń, oparł się plecami o ścianę klatki schodowej, lewą ręką pchnął gwałtownie drzwi i zmrużył oczy, czekając na huk wystrzału.

Nic się nie stało. Odczekał dla pewności jeszcze kilka sekund i wszedł do środka z odbezpieczoną bronią. Szybko sprawdził wszystkie pomieszczenia i schował pistolet. Widocznie Kafar rozwalił drzwi, zobaczył, że w środku nikogo nie ma i tyle, pomyślał Zenon, obserwując nietknięte wnętrze mieszkania. Wszedł do sypialni, otworzył szafę i bezceremonialnie wyrzucił całą zawartość na podłogę. Potem powyciągał drewniane półki i kilkoma mocnymi kopnięciami rozbił tylną ściankę. Był przekonany, że nigdy więcej nie będzie już musiał korzystać z tego schowka, dlatego darował sobie pieczołowite otwieranie zamaskowanej składnicy.

Za szafą znajdowało się małe, około metr na metr pomieszczenie, gdzie Zenon ukrył część arsenału skradzionego z policyjnej zbrojowni. Wyszedł do przedpokoju, wyciągnął z pawlacza sportową torbę, po czym wrócił do sypialni i zaczął ładować ukrytą broń. W torbie szybko wylądowało pięć granatów, dwa kałasznikowy, kilka poczciwych P-64 oraz jeden karabinek Beryl i potężna latarka, która z powodzeniem pełniła również funkcję pałki.

Zenon zapiął torbę i uśmiechnął się na myśl o tym, jaką kanonadę zgotuje kochanej Danusi. Jego mięśnie twarzy rozciągnęły się i ból przeszył policzek. Wyciągnął latarkę i wszedł do łazienki, aby w lustrze przyjrzeć się ranie. W jaskrawym snopie światła rzucanym przez latarkę dziura ziejąca w policzku wyglądała wyjątkowo upiornie. Ale Zenona nie martwiły względy estetyczne. Dziura oprócz purpurowego zaognienia przybierała teraz na skrajach fioletowosiną barwę. Był przekonany, że ranę zaczęło drążyć zakażenie. Jeśli szybko czegoś z tym nie zrobię, to wyjdzie na to, że pieprzona Danusia wyprawiła mnie na tamten świat, pomyślał, wodząc opuszkami po ranie i krzywiąc się przy tym z bólu.

Zgasił latarkę, zarzucił torbę na ramię i wyszedł z łazienki, kierując się do drzwi wyjściowych. Wtedy jego uszy wyłowiły cichy dźwięk dochodzący z sypialni. Jakby coś metalowego szorowało po plastikowej powierzchni. Zenon wszedł do sypialni i zauważył, że do połowy zaciągnięta zasłona lekko kołysze się pod wpływem wiatru, a niedomknięte drzwi balkonowe stukają metalowymi okuciami. Zenon odłożył torbę, wyciągnął broń i nagłym ruchem odciągnął kotarę. Na zewnątrz nikogo nie było, ale dla pewności otworzył drzwi i zlustrował nietknięty śnieg leżący na płytkach balkonu. Pewnie to Kafar otworzył, pieprzony dziad, pomyślał Zenon. Zamknął drzwi balkonowe, zarzucił torbę z bronią na ramię i wyszedł z mieszkania.

Danuta siedziała w kucki na balkonie mieszkania na pierwszym piętrze. Zenon popełnił błąd. Nie zwrócił uwagi na to, że na poręczach nie było żadnego śniegu, który Danuta, kiedy już przelazła przez barierkę, musiała ostrożnie strącić, aby brak puchu tylko w dwóch miejscach nie rzucał się w oczy. Niestety barierki były wykonane z cienkich, metalowych słupków i Danuta była widoczna jak na dłoni.

Wstrzymała oddech, była niemal przekonana, że jej serce bije nie częściej niż kilka razy na minutę. Patrzyła, jak drzwi klatki otwierają się pod wpływem niecierpliwego pchnięcia Zenona. Gdyby teraz obejrzał się w lewo do góry, od razu by ją dostrzegł. Zamiast tego Zenon podszedł do samochodu i wrzucił torbę do bagażnika. Obszedł ostrożnie rozciągniętego w bordowym śniegu Kafara i wsiadł do samochodu. Silnik terenówki zaskoczył za pierwszym razem, Zenon wycofał powoli i po kilku sekundach samochód pomknął zaśnieżoną ulicą.

Danuta w końcu pozwoliła sobie na zaczerpnięcie oddechu. Wstała i zakręciło się jej w głowie tak mocno, że aby nie upaść, złapała się jedną ręką lodowatej barierki. Zdjęła szybkim ruchem kurtkę, owinęła ją wokół dłoni i wybiła szybę mieszkania na pierwszym piętrze. Nie miała czasu do stracenia, doskonale przecież wiedziała, dokąd jedzie Zenon.

4.

Gdy tylko zgasło światło i ludzie zaczęli wrzeszczeć, tratując się nawzajem, Michałowi udało się wepchnąć w jakąś wnękę. Przycisnął Jurka do ściany, a sam obrócony twarzą do tunelu, wytężał wzrok, wpatrując się w ciemność, którą po kilkunastu sekundach gdzieniegdzie rozświetliły promienie latarek. W tym słabym świetle Michał ujrzał, jak ludzie w dzikim szale walczą ze sobą, próbując nie dać się stratować. Słabsi nie mieli żadnych szans, ginęli, tonąc wśród napierającego tłumu. Ktoś nagle zaczął szarpać Michała za ramię, próbując wyciągnąć go z bezpiecznego schronienia wnęki. Michał wymierzył kopniaka na oślep, trafił w coś dziwnie miękkiego, ktoś wrzasnął i upadł, tratowany setkami butów.

Michał wiedział, że kwestią czasu jest, gdy ktoś silniejszy od niego wyrzuci go z załomu tunelu, a wtedy rozdzieli się z Jurkiem i być może ich również zadepcze napierający tłum. Dlatego sięgnął ręką do plecaka i namacał kolbę pistoletu. Jeśli jeszcze raz ktoś spróbuje mnie stąd wyciągnąć, to zastrzelę skurwysyna, pomyślał i poczuł, jak jego serce rozpędza się w dzikim tempie. Nagle światła lamp zaczęły na przemian rozjaśniać się i ponownie ściemniać, by w końcu na dobre zalać blaskiem podziemny tunel. Tłum, który do tej pory był ogarnięty amokiem, jak za dotknięciem czarodziejskiej różdżki uspokoił się, zafalował i znowu zaczął sunąć powolnym tempem na wschód.

Michał chwycił syna za rękę i dali się porwać ludzkiej rzece. Po chwili poczuł, że stąpa po czymś miękkim. Dobiegł go cichy charkot:

– Ludzie, pomóżcie…

Ktoś szarpnął Michała za nogawkę i puścił dopiero wtedy, gdy Michał wymierzył mu solidnego kopniaka. Nie zatrzymując się, wziął Jurka na ręce, by uchronić chłopca przed przykrym doświadczeniem stąpania po ludzkich zwłokach.

Milcząca ściana dotarła w końcu do stacji Stadion Narodowy i wyległa schodami w górę. Tymczasowe oświetlenie sprawiło, że stalowo-zielony wystrój stacji prezentował się wyjątkowo ponuro.

Gdy w końcu dotarli na zewnątrz, Michał postawił Jurka na ziemi i obaj padli sobie w objęcia. Byli niczym w euforii. Otaczało ich świeże powietrze i choć przez śniegowe chmury nie było widać słońca, to cieszyli się, że śmierdzący tunel pełen trupów zostawili za sobą. Michał wstał i gdy chwycił syna za rękę, od razu zauważył rozciągnięty na drzewach duży, błękitny baner z logo ONZ i białymi literami: UNAMIP. Pod drzewami rozstawiono długie, białe stoły, przy których stali wolontariusze z narzuconymi na kurtki błękitnymi kamizelkami. Stanowisk było kilkadziesiąt, do każdego z nich czekał długi, wijący się ogonek. Michał zajął z Jurkiem miejsce za barczystym facetem w puchowej kurtce.

– Przepraszam – zagaił Michał. – To kolejka po jedzenie?

– Nie. – Facet odwrócił się i wykrzywił twarz. – Tego już nawet ONZ nie ma. To jest rejestracja, wie pan, żeby odnaleźć się z bliskimi.

Michał w odpowiedzi przymknął oczy z ulgą. Lepiej nie mogłem trafić, pomyślał, chwaląc w duchu inteligencję ONZ-owskich wolontariuszy, którzy rozłożyli swoje stanowisko właśnie w miejscu, w którym rzeka uchodźców uciekała z jednego brzegu Wisły na drugi.

– A co to jest ten UNAMIP? – spytał.

Barczysty mężczyzna spojrzał na Michała dziwnie i wzruszając ramionami, odpowiedział:

– Jak to co? Misja pokojowa ONZ w Polsce. – Dopiero po chwili zauważył Jurka przy boku Michała. – Pan z dzieckiem to może tam na prawo, do tych trzech kolejek.

Michał skinął z wdzięcznością głową i poszedł w kierunku wskazanym przez mężczyznę. Stanął z boku trochę zdezorientowany, gdy jego wątpliwości rozwiał żołnierz w kamizelce kuloodpornej i z karabinem. Wojskowy w błękitnym hełmie, sygnowanym dwuliterowym skrótem UN, gestem zachęcił Michała do stanięcia w kolejce, tym samym skracając czas ich czekania o kilka godzin.

Wszystko szło sprawnie, ludzie podchodzili, zadawali pytania i pokazywali swoje dokumenty. Czekając na swoją kolej, Michał mógł przyjrzeć się instalacji nieopodal nasypu kolejowego. Stała tam wojskowa naczepa z logo ONZ z czaszą radaru, zapewniającego łączność satelitarną komputerom, z których korzystali wolontariusze. Wokół satelity stało kilka transporterów opancerzonych, wszystkie opatrzone napisem UNAMIP. Zarówno maszyn bojowych, jak i radaru pilnowało około czterdziestu żołnierzy, których nieskazitelne mundury i błękitne hełmy dziwnie nie współgrały z masową nędzą, która wylewała się z podziemi stacji warszawskiego metra. Gdy podchodzili bliżej, Michał zdążył podsłuchać kilka rozmów stojących przed nim uchodźców, dlatego gdy nadeszła ich kolej, miał już przyszykowane w ręku dokumenty i powiedział poprawną angielszczyzną:

– Tłumacz nie będzie potrzebny.

Wolontariuszka w błękitnej kamizelce była piękną blondynką z wydatnymi ustami, pełnymi śnieżnobiałych zębów. Mogłaby z powodzeniem reklamować szwajcarską czekoladę, uśmiechając się nienagannym zgryzem na tle słonecznych Alp. Michał momentalnie zaczął się wstydzić swojego wyglądu, a wolontariuszka, najwyraźniej przyzwyczajona do takiego zachowania, posłała mu uśmiech pełen otuchy, za który on podziękował spojrzeniem.

– Szukam żony i córki – powiedział, podając swój dowód osobisty. – Prawdopodobnie odleciały z Okęcia amerykańskim transportem.

– To pana syn? – spytała, uśmiechając się do Jurka.

– Tak, ale jego dokumenty ma właśnie żona.

– Zarejestruję pana w systemie i jeśli komputer automatycznie was nie powiąże, to wtedy poda mi pan dokładne dane żony, dobrze?

Michał kiwnął głową i czekał cierpliwie, aż wolontariuszka wprowadzi wszystkie dane. Gdy w końcu to zrobiła i zobaczyła na ekranie komunikat, jej twarz posmutniała. Michał odgadł, że prawdopodobnie komputer sam sobie nie poradził i potrzebne będą dokładne informacje na temat Basi.

– Podać dane żony? – spytał.

– Znalazłam pańską żonę i córkę. Natalia? – spytała blondynka i gdy Michał potwierdził, kontynuowała: – Niestety nie odleciały amerykańskim transportem, są w obozie dla uchodźców administrowanym przez stronę rosyjską.

– Jak to?

– Wczoraj lotnisko zostało przejęte przez Rosjan. Amerykańskie samoloty już stamtąd nie latają, a obozowisko przy Okęciu zostało przejęte przez rosyjskie siły zbrojne. Z naszych informacji wynika, że w bardzo krótkim czasie po przejęciu obozu warunki bytowania znacznie się pogorszyły.

Michał otworzył usta, ale tak naprawdę nie wiedział, co mógłby powiedzieć, dlatego po chwili je zamknął i stał w milczeniu. Wolontariuszka wyciągnęła spod stołu tabliczkę czekolady i wręczyła ją z uśmiechem Jurkowi. Wiem, że wolałby pan zamiast tego jakieś dobre wieści, mówił jej przepraszający wzrok, ale to jest wszystko, co mogę dla was teraz zrobić.

– Jeśli pójdziecie dalej w tamtą stronę. – Wskazała dłonią – być może uda wam się otrzymać ciepły posiłek na naszym stanowisku. Zaraz obok Dworca Wileńskiego. – Ostatnie dwa słowa brzmiały: „wylensky stejszyn".

Michał odsunął się na bok, a wolontariuszka z identycznym uśmiechem zwróciła się do kolejnego petenta.

Zaczął gorączkowo zastanawiać się, co powinien teraz zrobić. Po pierwsze dalszy marsz zatłoczonym tunelem w kierunku zachodnim był nierealny. Po drugie dyplomatyczna odpowiedź wolontariuszki nie pozostawiała złudzeń. „Obóz przejęty przez rosyjskie siły zbrojne", „pogarszające się warunki bytowe". Jako były nauczyciel historii doskonale zdawał sobie sprawę, co to oznacza, i poczuł, jak powoli ogarnia go czarna rozpacz na myśl, że oto w takim miejscu znalazły się Basia z Natalką. Przynajmniej wiem, gdzie są, próbował sobie dodać otuchy w myślach. Dobrze, że Jurek nie zna angielskiego i przynajmniej on nie musi się martwić. Michał spojrzał na syna i ze zdziwieniem zauważył, że po tabliczce czekolady nie było śladu, a chłopiec z rozmarzeniem jeździł językiem po swoich zębach, rozkoszując się smakiem słodyczy. Szybko się uczy, pomyślał o Jurku z dumą, lepiej wszystko zjeść od razu, bo nie wiadomo kiedy będzie następny posiłek.

5.

Porucznik Roman Gurski szedł na czele ponurego pochodu. Oddziały ich dywizji wycofywały się na wschodnią stronę miasta. Aby cały manewr poszedł sprawnie, północny tunel metra pod Wisłą został zamknięty dla ludności cywilnej, co rzecz jasna wywołało wściekłość mieszkańców. Trzech ludzi z jego plutonu zostało rozerwanych pociskiem w okolicy ronda ONZ. Jasińskiemu z drużyny Boskiego urwało ręce, gdy próbował odrzucić niewypał, i teraz nieprzytomnego, wstrząsanego drgawkami, nieśli szeregowy Wójcik i plutonowy Bosak.

Seget również leżał na noszach, jednak w odróżnieniu od swego kompana nie był nawet draśnięty. Roman spojrzał w oczy kaprala i z miejsca rozpoznał to spojrzenie. Podobny wzrok widział kiedyś na filmie dokumentalnym z pierwszej wojny światowej. W szpitalu psychiatrycznym jednemu z weteranów spod Verdun ściągnięto z głowy worek i pokazano wojskowe kepi. Mężczyzna spojrzał na nakrycie głowy tym samym dzikim wzrokiem, którym teraz Seget patrzył obojętnie w przestrzeń. Po prostu coś w nim pękło i Gurski wątpił, by chłopak jeszcze kiedyś wrócił do siebie. Wiecznie to samo, pomyślał gorzko, kolejny raz w historii tego świata ktoś zajmie morze gruzów i trupów, zatknie swoją flagę i zakrzyknie z obłąkańczą egzaltacją: „Zwyciężyliśmy!".

Dwudziestu pięciu ludzi, dokonał szybkich obliczeń Roman. Tyle mi zostało z plutonu liczącego czterdziestu dwóch żołnierzy. Zdawał sobie jednak sprawę, że prawdopodobnie nie będą już podejmować żadnej walki. Warszawa drżała w posadach, ściśnięta żelaznym pierścieniem okrążenia, i Roman był niemal pewien, że kapitulacja była kwestią kilku godzin, góra dnia.

Jadąca przed żołnierzami wojskowa ciężarówka ledwo mieściła się w wąskim tunelu metra. Zapach dieslowskich spalin mieszał się ze smrodem fekaliów, wymiocin i krwi. Roman w milczeniu obserwował, jak żandarmeria idąca za ciężarówką wrzuca stratowanych ludzi na platformę. Dopiero gdy zobaczył, jak jeden z nich unosi za ręce na oko roczne bliźnięta, skierował swój wzrok na tory i nie podnosił głowy, dopóki nie dotarli do stacji Stadion Narodowy.

Gdy wyszli na zewnątrz, zdziwił się na widok ciasnego kordonu żandarmerii, ale szybko zrozumiał konieczność takiej ochrony wycofujących się jednostek. Gdy tylko znaleźli się na ulicy, tłum zawył głośno, bucząc i gwiżdżąc. Zewsząd zaczęły rozlegać się wściekłe okrzyki.

– Skurwysyny, tchórze jebane!

– Miasta nie możecie obronić?! To my, kurwa, mamy zdychać?!

– Pizdy osobnym tunelem muszą iść! A ludzie to co?! Co, pytam się?!

– Prawdziwi żołnierze giną w walce! Ludzie, dawajcie ich!

Tłum zafalował i naparł na kordon, ale żandarmi powstrzymywali ludzi przed kontaktem z wycofującymi się jednostkami. Roman patrzył przerażony na szarą masę wykrzywionych twarzy, które rzucały pod ich adresem najgorsze obelgi. Do tej pory był święcie przekonany, że on i żołnierze jego plutonu to bohaterowie. Przecież tyle przeszli, tylu ludzi oddało życie, aby chociaż spróbować obronić ten kraj przed liczniejszą i nowocześniejszą rosyjską armią. Ale komu to tłumaczyć? Jak? Za wrzeszczącym tłumem Roman dostrzegł jakąś postać i przez chwilę wydawało mu się, że ktoś do niego macha. Gdy przyjrzał się uważniej, rozpoznał męża Basi, tego poczciwinę w okularach, który dawał mu jakieś rozpaczliwe znaki.

Roman odłączył się od plutonu i ruszył w kierunku żandarmerii.

– Panie poruczniku, nie radzę! – krzyknął jeden z żołnierzy chroniących ich przed tłumem.

– Chodź tu, kurwa, już my się tobą zajmiemy! – wrzasnął ktoś z tłumu.

Gurski szybko znalazł się za kordonem żandarmerii, karabin trzymał wycelowany w ziemię, ale przeładował go gwałtownie. Po tłumie rozszedł się pomruk niezadowolenia i ludzie zaczęli usuwać się przed idącym porucznikiem.

– Patrzcie, jaki, kurwa, chojrak! – wydarł się wątły facet w wełnianej czapce. – Szkoda, że z ruskimi taki odważny nie byłeś!

Pod wpływem samozwańczego zapiewajły ludzie znowu zaczęli nacierać na Romana, ale wystarczyło, że tylko lekko uniósł karabin, a ludzie z powrotem zaczęli się rozstępować. Jakaś kobieta zagrodziła Romanowi drogę i plunęła mu w twarz.

– Skurwysyny! Za ile nas sprzedaliście?!

Gurski otarł twarz rękawem, wyminął kobietę i po kilku krokach stanął przed Michałem.

– Idą za mną?

– Nie – odparł Michał. – Zajęli się bluzganiem na pozostałych. Musisz mi pomóc.

– Ja już nic nie muszę – powiedział powoli Roman.

– Basia i Natalka, trzymają je w obozie na Okęciu.

– Całe lotnisko jest już w rękach Rosjan.

– Myślisz, że o tym nie wiem?! – Michał podniósł głos. – Dlatego musisz pomóc mi je stamtąd wyciągnąć!

– Oszalałeś, człowieku?

– Tam jest moja córka! I Basia! Kocham ją, rozumiesz?!

„Ja też", chciał odpowiedzieć Roman, ale w porę ugryzł się w język. Pokręcił tylko lekko głową na znak, że nic nie da się zrobić, kiedy Michał powiedział to, czego Gurski się obawiał:

– Jesteś mi to chyba winien, co?

Roman milczał. Nie wiedział, na ile szczerze Basia rozmawiała ze swoim mężem, i cisnęło mu się na usta kilka pytań, przed którymi naprawdę trudno było mu się powstrzymać. Ale w końcu się opanował, spojrzał na okularnika, niech to jasna cholera, zapomniał jego imienia, i obrzucił wzrokiem chłopca z ustami umorusanymi czekoladą.

– Zrób coś z dzieciakiem – powiedział cicho Roman. – Na parkingu między dworcem i stadionem jest lądowisko dla śmigłowców zwożących najciężej rannych. Spotkajmy się tam za piętnaście minut.

Michał obserwował, jak Roman poszedł w kierunku tłumu, roztrącił ludzi karabinem i zniknął za kordonem. Poczuł, jak Jurek szarpie go za rękę.

– Tata, co się dzieje?

Michał spojrzał na syna, a w głowie ciągle brzmiały mu słowa porucznika: „zrób coś z dzieciakiem". Tylko co? Było rzeczą oczywistą, że jeśli Roman wpadł na jakiś plan, to Jurek nie będzie mógł w tym uczestniczyć. Ale co, do kurwy nędzy, niby mam z nim zrobić, pomyślał zrozpaczony Michał. Wtedy jego wzrok spoczął na żołnierzach w błękitnych hełmach, którzy stojąc przy transporterach, obojętnie obserwowali wycofujące się polskie jednostki.

– Chodź – powiedział Michał i pociągnął Jurka za rękę.

Gdy Michał podszedł do ONZ-owskich żołnierzy i po angielsku przedstawił swoją prośbę jednemu z nich, w szeregach błękitnych hełmów zapanował popłoch i któryś z wojskowych pobiegł do transportera. Po chwili z tylnych drzwi maszyny wysiadł oficer i dziarskim krokiem zbliżył się do Michała. Na kamizelce kuloodpornej wojskowego Michał zauważył trzy gwiazdki i choć nie znał się na stopniach wojskowych, to usłyszał, jak żołnierz wołał dowódcę per *captain*.

– Panie kapitanie – powiedział Michał po angielsku stanowczym tonem. – Muszę zostawić dziecko pod pańską opieką. To nie potrwa długo, obiecuję.

Kapitan rzucił zdziwione spojrzenie spod swojego błękitnego hełmu. Michał widział dokładnie jego gładko wygoloną twarz, świeży mundur i czystą kamizelkę kuloodporną, ale przede wszystkim czuł jego zapach. Wojskowy skropiony był drogą wodą kolońską. Michał od trzech tygodni mył się może w sumie cztery razy. Po prostu przyzwyczaił się do swojego smrodu i przez myśl mu przemknęło, czy ONZ-owski kapitan wie, że gdy o poranku spryskał się wodą kolońską, to zaznał luksusu.

– Niestety na razie nie zorganizowaliśmy jeszcze obozu dla uchodźców – westchnął żołnierz. – Musi pan zrozumieć, że jest to wyjątkowo trudne w oblężonym mieście. Poza tym ja nie zostawiałbym dziecka samego. Różne rzeczy dzieją się w takich miejscach.

Michał spojrzał w oczy kapitana i nie wątpił, że ten wie, co mówi. Prawdopodobnie nie była to pierwsza misja pokojowa, w której wojskowy brał udział.

– Muszę go zostawić na chwilę, na kilka godzin – powiedział Michał. – Moja żona jest w niebezpieczeństwie. Muszę po nią jechać na Okęcie.

Gdy tylko wymówił nazwę „Okęcie", kapitan roześmiał się na cały głos i spojrzał na Michała jak na szaleńca.

– Warszawskie lotnisko jest już zajęte przez Rosjan. Proszę zrobić przysługę sobie i synowi i iść pod Dworzec Wileński, może uda wam się zorganizować coś do jedzenia. Kapitulacja Warszawy to kwestia kilku godzin. Potem może pan zacząć szukać żony.

– Potem może być za późno.

ONZ-owski żołnierz wzruszył ramionami na znak, że może i tak, ale on tutaj nic nie poradzi. Michał spojrzał na naszywkę, na której pod trzema gwiazdkami widniało nazwisko wojskowego: „M. de Wees". Z kolei na ramieniu, nad emblematem ONZ przedstawiającym wszystkie kontynenty, dostrzegł trójkolorową flagę holenderską.

– Błagam pana.

– Obowiązują mnie pewne procedury…

– Takie jak w Srebrenicy?! – przerwał mu Michał gwałtownie.

– Co? – kapitan zbaraniał.

– Z tego co pamiętam, tam też stacjonował holenderski batalion ONZ, prawda?

– Co to ma do rzeczy? Przecież mnie tam nie było. – Kapitan był zbity z tropu.

– Jasne, kurwa. – Michał porzucił prośby, przeszedł do ataku. – Mieliście swoje rozkazy i procedury, a przeszło osiem tysięcy ludzi poszło do piachu!

Holender patrzył na niego, mrugając oczami. Michał lekko popchnął ku niemu Jurka, który do tej pory słuchał angielskiego słowotoku, nic z tego nie rozumiejąc.

– Tata, co ty robisz? – spytał ze strachem chłopiec.

– To moja ostatnia szansa – powiedział Michał do holenderskiego żołnierza.

Kapitan kiwnął nieznacznie głową i przez sekundę Michał był pewien, że powie: „A co, jeśli pan nie wróci?", ale holenderski żołnierz nic nie powiedział, za co Michał był mu szczerze wdzięczny. Klęknął na jedno kolano i złapał Jurka za ramiona.

– Synek, poczekaj tu na mnie. Tata wróci niedługo, dobrze?

– Nie! – krzyknął Jurek w dzikiej panice. – Ja nie chcę!

– Wrócę, rozumiesz? – Przytulił mocno chłopca do siebie i szepnął mu do ucha: – Obiecuję.

Michał zaczerpnął głęboko powietrza, wiedząc, że nie może tego przedłużać. Wypuścił Jurka z objęć i wstał, odwracając się na pięcie. Kątem oka zdążył dostrzec, jak przerażony syn próbuje znowu chwycić jego dłoń, ale kapitan zamknął chłopca w stalowym uścisku.

– Tata! Tata! Tata, nie-eeeeeee! – darł się Jurek.

Michał z początku był przekonany, że nie zdoła uczynić nawet kroku, ale w końcu noga za nogą ruszył przed siebie, czując, jak z każdym krokiem coś ciężkiego obrywa się w jego klatce piersiowej.

– Czemu, tata?! Tata, wracaj! Tata!

Po chwili słowa Jurka stały się niezrozumiałe i głos syna przeszedł w głuchy skowyt. Michał rozbeczał się jak dziecko i ruszył w kierunku Stadionu Narodowego. Płakał, dopóki w oddali nie ucichły przeraźliwe krzyki chłopca.

Gdy dotarł w końcu na miejsce i wydmuchał nos w rękaw, spostrzegł, że znajduje się na skraju dużego lądowiska, które zorganizowano naprędce na przystadionowym parkingu. Transportowe śmigłowce na przemian startowały i lądowały i dla laika prawdziwym cudem było to, że żaden z nich nie zderzył się w tym chaotycznym tańcu. Poczuł, jak ktoś łapie go za ramię, i zobaczył obok siebie porucznika, którego niedawno zobaczył w objęciach swojej żony.

Roman bez zbędnych ceregieli skinął głową i ruszyli w kierunku startujących i lądujących maszyn. Początkowo Michał obawiał się, że żandarmeria, czy ktokolwiek pilnujący tutaj porządku zaraz ich zatrzyma, ale szybko zorientował się, że lądowisko pogrążone jest w totalnym chaosie. Z lądujących maszyn wyskakiwali żołnierze taszczący nosze z rannymi, a uwijający się jak w ukropie lekarze przyznawali rannym różne kategorie, naklejając duże kartki żółtego lub czerwonego koloru.

Porucznik wskazał Michałowi jeden z lądujących śmigłowców i pociągnął go w tamtą stronę. Gdy tylko z maszyny wyniesiono rannych, Gurski wskoczył przez otwarte drzwi do wysłużonego polskiego sokoła. Michał chciał zrobić to samo, ale jak ostatnia fajtłapa wywalił się na podłodze śliskiej od krwi, uderzając twarzą w jedną z bocznych ścianek i rozbijając sobie okulary. Roman zdjął mu je łagodnym, niemal matczynym gestem.

– Słabo bez nich widzę! – wydarł się Michał, przekrzykując ryk wirujących łopat.

W odpowiedzi porucznik wyrzucił okulary z samolotu i spojrzał w kierunku kokpitu. Za sterami siedział tylko jeden pilot, blondyn przypominający Dolpha Lundgrena, który patrzył na nich w milczeniu.

– Człowieku, ja od Katowic idę, więc odpuść! – krzyknął Roman. – Uwierz mi, że naprawdę mam swoje powody, żeby lecieć na tamtą stronę!

Pilot odwrócił się bez słowa, wirnik maszyny zaryczał, wchodząc na wyższe obroty, i śmigłowiec uniósł się gwałtownie, a gdy był zaledwie metr nad ziemią, zaczął odwracać się szybko przodem w stronę Wisły. Gwałtowny ruch odśrodkowy sprawił, że gęsta krew, którą była zachlapana podłoga, wyprysnęła na zewnątrz, a Michał poczuł, że on również zaraz wypadnie, gdy nagle silna ręka porucznika chwyciła go za ramię i wcisnęła w dłoń siatkę służącą do załadunku, której Michał złapał się teraz kurczowo. Po kilku sekundach śmigłowiec nabrał wysokości i pilot położył ostro dziób, zwiększając prędkość.

Michał spojrzał w dół i szybko zrozumiał, że tunel warszawskiego metra nie był jedyną drogą ewakuacji dla mieszkańców miasta. Cała rzeka zasłana była pływającymi jednostkami, na których przerażeni ludzie próbowali dotrzeć na drugi brzeg Wisły. Małe rybackie łódki, kajaki, dmuchane pontony, a nawet prymitywne tratwy, naprędce sklecone z kawałków mebli. Jeśli ktoś miał coś, co mogło utrzymać się na powierzchni, to korzystał z tego, byle tylko uciec na drugą stronę. A było przed czym uciekać.

Z przedwojennej panoramy Warszawy, która usiana była nowoczesnymi biurowcami, nie zostało żadnego śladu. Jedynym wysokim budynkiem, który się ostał, był hotel Marriott. Horyzont co rusz rozświetlały błyski pomarańczowego światła. Ostrzał artyleryjski po przeoraniu Woli posyłał swoje pociski coraz dalej, wywołując kolejne fontanny płomieni i dymu, które szybko przekształcały się w burze ogniowe.

Warszawa płonęła.

Śmigłowiec przeleciał nad zalanym zwaliskiem mostu Poniatowskiego i maszyna nabrała znowu wysokości, wznosząc się nad warszawską skarpą. Helikopter szybko pokonał kolejne metry i zaczął opadać w dół, na lądowisko zorganizowane na placu Trzech Krzyży. Była to jedyna większa niezabudowana powierzchnia w okolicy, a sąsiedztwo szpitala polowego, urządzonego w dawnym budynku KC, w oczywisty sposób sprzyjało uruchomieniu punktu ewakuacyjnego właśnie tutaj. Michał spojrzał na gruzowisko kościoła św. Aleksandra, które nakryte było zwaloną, zieloną kopułą. Z półkolistego dachu, jakby na przekór obecnym wydarzeniom, ciągle sterczał krzyż.

Koła śmigłowca uderzyły mocno o ziemię i Roman wyskoczył, ciągnąc za sobą Michała. Maszynę od razu wypełniono ciałami ciężko rannych i helikopter uniósł się w górę. Podobnie jak po drugiej stronie rzeki, tu również nikt nie zwracał uwagi na porucznika i jego kompana. Odwrotnie było z dostępem do lądowiska, otoczonym przez złorzeczący tłum cywili, którzy błagali pilnujących terenu żandarmów, aby również zwykli ludzie mogli skorzystać z ewakuacji śmigłowcami.

Dlatego gdy tylko Roman z Michałem przedarli się przez kordon żandarmerii, od razu usłyszeli obelgi oraz groźby i dopiero gdy Roman wymierzył komuś cios kolbą w twarz, a potem posłał krótką serię w powietrze, ludzie rozstąpili się ze strachem.

Szybko przeszli Bracką i gdy mieli już wyjść na Aleje Jerozolimskie, Michał nagle stanął w miejscu.

– Co jest? – ponaglił go porucznik.

– Słyszysz? – spytał Michał.

– Co?

Po chwili Roman również zdał sobie z tego sprawę i było to dla niego tak dziwaczne, że omal nie usiadł z wrażenia. Z oddali ciągle dochodziły odgłosy kotłowaniny na placu Trzech Krzyży, w które wcinały się wyjące obroty silników, na przemian podnoszące i opuszczające śmigłowce, ale poza tym było cicho. Ucichły wybuchające bomby i pociski, które jeszcze przed chwilą szatkowały bezlitośnie Śródmieście.

Wyszli szybko na szeroką arterię komunikacyjną i przy jednej z bram natknęli się na zaparkowanego hummera w barwach polskich sił zbrojnych. Stojący w otwartych drzwiach kapral milczał, trzymając w ręce radio.

– Przestali strzelać? – zagaił do żołnierza Roman.

Wojskowy najpierw zamrugał oczami, zdziwiony widokiem porucznika, potem spojrzał na ciągle trzymane radio i odłożył je na deskę rozdzielczą.

– Kapitulacja – powiedział powoli kapral. – Warszawa poddana. Cała Polska też.

Roman wskazał dłonią swoją naszywkę na kamizelce.

– Wyższy szarżą jestem – powiedział. – Przejmuję ten pojazd.

Kapral gwałtownie wyszarpnął pistolet z kabury, przeładował go i wycelował w Michała.

– Zdejmuj łachy i humvee jest wasz – powiedział żołnierz. – Ja tam się ruskim nie dam złapać. Pierdolę, w Polskę idę.

Michał spojrzał pytająco na Romana, a gdy ten skinął twierdząco głową, Michał zaczął powoli ściągać ubranie.

Roman prowadził amerykański wóz terenowy pewną ręką. Wcześniej od razu stwierdził, że pomimo końca ostrzału artyleryjskiego podróż na powierzchni będzie zbyt ryzykowna. Dlatego zjechał po roztrzaskanych schodach dworca Warszawa Śródmieście i teraz pędzili torami. Lewe koła hummera chybotały się epileptycznie po podkładach kolejowych, a prawe młóciły gruby żwir nasypu. Porucznik Gurski zerknął na siedzącego po prawej Michała. Niedobrany mundur oraz przymrużone oczy, które pozbawione okularów próbowały bezskutecznie złapać ostrość. Wszystko to sprawiało, że facet według porucznika sprawiał wyjątkowo żałosne wrażenie. Poczuł coś na miarę satysfakcji, że w oczach Basi to na pewno on był tym atrakcyjniejszym. Ależ z ciebie nędzna, żałosna kreatura, Romuś, sklął się sam w duchu. Swoją drogą co za popierdolona sytuacja, pomyślał. Oto jadę teraz po torach na pozycje zajęte przez wroga tylko po to, aby uratować kobietę, której kilka miesięcy temu zrobiłem dziecko, a jej mąż siedzi obok mnie. Roman poczuł coś na kształt ulgi, że obaj oddzieleni byli od siebie potężną konsolą środkową hummera i dzieliło ich dobre półtora metra.

Podróż przebiegła szybko i sprawnie. Po drodze musieli ominąć tylko dwa olbrzymie leje po pociskach, ale amerykańska terenówka bez problemu dała sobie radę nawet z tak dużymi nierównościami. Widać było, że Rosjanie raczej oszczędzali linię kolejową, wiedząc, że zaraz sami będą musieli z niej korzystać, dostarczając zaopatrzenie do stolicy z terenów zajętych na południu Polski.

Roman zatrzymał wóz pod kładką służącą ludziom wysiadającym na stacji Warszawa Okęcie jako przeprawa, którą mogli pokonać ekspresówkę i ulicę Wirażową, oddzielające szerokim kanionem lotnisko od linii kolejowej. Gurski wyciągnął swój pistolet i podał go Michałowi.

– Nie trzeba. Mam.

– Strzelałeś kiedyś? – spytał Roman.

– Tak.

– A do człowieka?

– Yhm – mruknął Michał niechętnie.

Porucznik kiwnął głową, schował swoją broń i wyciągnął spod siedzenia lornetkę.

– Idę na górę się rozejrzeć. – Wskazał ocalałą kładkę dla pieszych.

Michał w odpowiedzi kiwnął głową, a Roman otworzył drzwi i zanim wysiadł, rzucił jeszcze:

– Nigdzie się nie ruszaj, jak ktoś mnie rozwali, to wracaj tą samą drogą. – Pokazał rozświetloną deskę rozdzielczą. – To automat, dziecinnie prosty w prowadzeniu. Dasz radę.

Roman zatrzasnął drzwi, a Michał w milczeniu patrzył, jak porucznik wspina się na górę po schodach z przyklejonym z boku szybem windowym. Po kilkuminutowej obserwacji Roman wrócił do środka, bez słowa schował lornetkę i ruszył gwałtownie hummerem. Terenówka wyskoczyła na szeroką arterię drogi ekspresowej i mknęła pod prąd, dopóki na zniszczonej jakimś pociskiem drodze nie pojawiła się możliwość zjechania na boczną jezdnię.

– Co ty robisz? Zwariowałeś? Przecież od razu nas odstrzelą! – zaprotestował Michał.

Roman milczał. W końcu dotarł do bramy obozu dla uchodźców, która była otwarta na oścież. W dwóch budkach wartowniczych nikogo nie było. Humvee wtoczył się na teren obozu i zaczął sunąć główną drogą. Podłoże stanowiło gęste błoto i roztopiony śnieg wymieszany ze żwirem. Po bokach ciągnęły się opuszczone kontenery i setki rozstawionych namiotów. Plastikowe torebki, chyba najbardziej rozpoznawalny produkt współczesnej ludzkości, walały się dosłownie wszędzie, fruwając i wciskając się w każdy możliwy kąt. Hummer zatrzymał się przed ogrodzeniem, za którym widać było pas startowy.

– Powiesz mi w końcu, o co chodzi? – spytał Michał.

– Nie mam pojęcia, ale wygląda na to, że wszystkich ewakuowano.

– Dokąd?

Roman wziął do ręki lornetkę i wysiadł z samochodu. Michał zrobił to samo i przyglądał się, jak tamten obserwuje lotnisko w oddali. W końcu przekazał lornetkę Michałowi, który tylko machnął ręką.

– Przecież i tak nic nie zobaczę.

– Ładują ludzi do transportowców – powiedział Roman. – W środku są klatki.

– Musimy natychmiast wedrzeć się na lotnisko! – krzyknął Michał. – Nie możemy pozwolić, żeby wywieźli Basię z Natalką!

– Człowieku, oprzytomniej trochę. Opuszczony obóz to jedno, a lotnisko to drugie. Ruscy od razu nas rozwalą, przecież to obiekt strategiczny. Poza tym może i tak już je wywieźli.

Jakby na potwierdzenie tych słów rozległ się stłumiony grzmot i po chwili zobaczyli opasłe cielsko transportowego rusłana, który chowając podwozie, przeleciał nad nimi z gwizdem swoich dwuprzepływowych silników. Start samolotu sprawił, że foliowe torebki jeszcze wściekłej zaczęły miotać się po okolicy.

Roman wszedł do jednego z opuszczonych kontenerów i wyszedł stamtąd z naręczem ciuchów. Otworzył tylne drzwi hummera i rzucił ubrania na podłogę.

– Wybierz coś sobie – powiedział Roman i sam zaczął zdejmować swój mundur. – Nic się nie martw, coś wymyślimy, ale na spokojnie, z głową.

Michał kiwnął głową całkiem bez przekonania i zaczął mocować się z guzikami przydużej bluzy mundurowej.

6.

Zenon Marczak siedział za kierownicą, policzek płonął mu żywym ogniem, pocił się niemiłosiernie pod wpływem gorączki i był niemożebnie wkurwiony. Oto dorwało go coś, co niegdyś było chlebem powszednim, a przez ostatnie kilka tygodni cała okolica była od tego wolna. Zenon stał w korku.

Gdy udało mu się podjechać bliżej, zobaczył przyczynę zatoru i poczuł, jak rozpalone temperaturą ciało schładza się gwałtownie. Całe skrzyżowanie zablokowane było rosyjskimi ciężarówkami, a Rosjanie dokładnie i drobiazgowo przeglądali każdy samochód i sprawdzali dokumenty kierowców. Zenon oczami wyobraźni zobaczył, jak otwierają jego bagażnik i wyciągają sportową torbę, naładowaną arsenałem jak z kiepskiego filmu akcji klasy B.

Długo nie myśląc, ostrożnie wycofał się i skręcił gwałtownie w lewo, zawracając przez wąski pas zieleni. Terenówka była wyjątkowo słaba w tego typu manewrach i gdy Zenon cofał powtórnie, zobaczył, że przypatruje mu się dwóch rosyjskich żołnierzy. Obaj byli oparci o transporter opancerzony stojący na opuszczonej stacji BP. Oprócz nich znajdowali się tam jeszcze jacyś cywile, którzy prawdopodobnie mieli pomóc w uruchomieniu stacji. Zenon skinął lekko głową w kierunku żołnierzy i przepraszająco się uśmiechnął, od razu żałując swojej decyzji, bo solidna dawka bólu rozerwała mu znowu policzek.

Gdy w końcu wykręcił na dobre, dwóch Rosjan stanęło przed pojazdem, celując w niego ze swoich kałasznikowów.

– *Ubieratsia*! *Bystro*!

Zenon otworzył drzwi i wysiadł na zewnątrz. Tym razem nie próbował już się uśmiechać, ale Rosjanie od razu zauważyli jego ranę, a ich spojrzenia były przepojone obrzydzeniem. Jeden z żołnierzy zbliżył się i machnął lufą.

– *Ruki wwierch*!

Zenon spełnił prośbę, a wtedy żołnierz odsunął go szturchnięciem karabinu, sięgnął do środka terenówki i zgasił silnik, wyciągając kluczyki. Podszedł do nich drugi z Rosjan, pchnął Zenona brutalnie na tył samochodu i wycelował w niego swój karabin, krzycząc:

– *Odkriti*! *Nu*!

Zrezygnowany Marczak otworzył bagażnik i stanął z boku. Jeden z żołnierzy zajrzał do sportowej torby leżącej na podłodze bagażnika i sekundę potem odwrócił się i uderzył Zenona kolbą kałasznikowa w twarz. Uderzenie nie było mocne, ale Rosjanin trafił w środek rany na policzku i Zenon upadł, tracąc przytomność.

Ocknął się kilka minut później, bo ktoś darł się nad jego głową:

– *Praporszczik*! *Praporszczik*!

Zenon rozejrzał się i stwierdził, że siedzi oparty plecami o koła transportera opancerzonego, który stał na opuszczonej stacji. Ręce miał skute, a obok niego leżała jego sportowa torba.

„Praporszczik", czyli pewnie ktoś wyższy rangą od żołnierzy, którzy go złapali, podszedł po chwili, a Rosjanin, który wymierzył mu cios karabinem, tłumaczył coś zawzięcie swojemu przełożonemu. Ten zlustrował uważnie zawartość arsenału w torbie, a potem przeniósł uważne spojrzenie na schwytanego.

– Złoto! Dużo złota! – wychrypiał Zenon. – Miliony dolarów, rozumiesz? Prowadź mnie do swojego dowódcy. *Komandir*! *Ponimajesz*?!

7.

Roman Gurski, tak po prostu, już nie porucznik, przeciął Piękną i szedł Kruczą w górę ulicy. Miał na sobie cywilne ubranie, które dopasował z ciuchów pozostawionych w obozie dla uchodźców na Okęciu. Co jakiś czas mijał trzyosobowe patrole rosyjskie, które zatrzymywały młodych mężczyzn, żądając od nich dokumentów, i potem sprawdzały z elektroniczną listą zawodowych żołnierzy, którą otrzymały w wyniku negocjacji warunków kapitulacji. Ale ludzie nie byli głupi, Roman sam przecież od razu spalił wszystkie swoje dokumenty oraz książeczkę wojskową.

Po warszawskich ulicach krążyły rosyjskie gaziki z zamocowanymi megafonami i ogłaszały komunikaty okupacyjnych władz. Pierwszym zarządzeniem Rosjan był całkowity zakaz ruchu kołowego w administracyjnych granicach Warszawy. Począwszy od jutra, każdy, kto będzie poruszał się jakimkolwiek pojazdem spalinowym lub elektrycznym bez specjalnego zezwolenia, miał zostać rozstrzelany na miejscu.

Dlatego obrazki, które Roman obserwował, idąc ulicą, bardziej przypominały te z okupacji hitlerowskiej. Ludzie wieźli swój dobytek na dwukołowych albo sklepowych wózkach, a niektórzy używali kilku par sanek, które sklecone razem tworzyły pokaźną powierzchnię, na której można było przewieźć dużo rzeczy. Gdzieniegdzie dało się zauważyć furmankę ciągniętą smętnie przez jakiegoś wychudzonego konia, ale było to jednak wciąż rzadkie zjawisko.

Gurski skręcił w Wilczą i szedł w kierunku Marszałkowskiej. Zerknął na zegarek. Było wpół do piątej i powoli zaczęło robić się ciemno. Do spotkania z Michałem miał jeszcze pół godziny. Ale najpierw musiał porozmawiać z kimś jeszcze. Rozkaz ten otrzymał kilka dni wcześniej i zawierał dokładne instrukcje, gdzie i o której miało dojść do spotkania, gdyby doszło do kapitulacji. Kiedy był w połowie ulicy między Kruczą i Marszałkowską, usłyszał znajomy głos.

– Panie poruczniku!

Roman odwrócił się i zobaczył przed sobą chuderlawego starca w przydużej kurtce i czapce uszance na głowie. Pozbawiony munduru, wyglądający dobre piętnaście lat starzej niż przed wojną, generał Sawicki był nie do poznania.

– Witam, panie generale – powiedział Roman i uścisnął wyciągniętą dłoń.

Generał rozejrzał się uważnie i wskazał gestem ciemną dziurę dawnej klatki schodowej w jakimś całkowicie zniszczonym budynku. Obaj ruszyli w stronę wejścia. Gdy mijali zawaloną ścianę, Roman dostrzegł między przykrytymi śniegiem gruzami duży zwalony billboard. Na plakacie widniał malowniczy zamek w Będzinie z napisem: „Śląskie. Pozytywna energia!”.

Gurskiemu od razu przed oczami stanęły zrujnowane Katowice. Wszystko to, co Polacy wspólnymi siłami budowali przez ostatnie dziesięciolecia, już nie istniało. Ile zajmie odbudowa wszystkich zniszczonych terenów w Polsce? Trzydzieści, czterdzieści lat?

Weszli na klatkę schodową niewielkiego budynku, który został od środka wypalony bombą fosforową. Rozsuwane drzwi od windy stopiły się, tworząc coś na kształt niewielkiej, metalowej ławeczki. Sawicki usiadł na tym prowizorycznym meblu i wskazał miejsce obok Romanowi. Generał zdjął czapkę i teraz jeszcze bardziej niż zwykle przypominał dobrotliwego psychoanalityka. Przez krótką, absurdalną chwilę Gurski był przekonany, że zaraz padnie pytanie o jego relacje z matką.

– Widzę, ubranie pan ma cywilne. Dokumenty spalone?

– Tak.

– Dobrze, bardzo dobrze – powiedział do siebie generał. – Formujemy nowe oddziały. Są plany, jest dowództwo.

– Jakie oddziały? Przecież się poddaliśmy.

– Schodzimy do podziemia.

Roman z początku omal nie parsknął śmiechem, ale szybko się opanował. Oto dawny generał, który teraz wygląda jak obdartus, z poważną miną obwieszcza, że podejmuje walkę. Nagle Gurskiego ogarnęło potworne zmęczenie i zniechęcenie do całej tej dziecinady.

– Pan wybaczy, panie generale. Ale ja już się nawojowałem.

– Nie rozumiem.

– Z mojego plutonu straciłem siedemnastu ludzi. Samych młodych chłopaków. I co? I gówno, wojna się skończyła, a ruscy przejęli nasze terytorium.

– Co pan za bzdury opowiada! – Sawicki podniósł głos. – Właśnie po to dalej walczymy, żeby odzyskać kraj, naszą ojczyznę, żeby znowu stanowić o sobie. Co to za mazgajstwo?

Roman wstał i zapiął kurtkę, na zewnątrz znowu zaczął sypać śnieg.

– Życzę panu wszystkiego dobrego i dużo szczęścia w walce o tę niezwykle słuszną sprawę.

– To jest rozkaz! – Generał wstał i złapał Gurskiego za ramię.

Roman uwolnił się zwinnie i ruszył w kierunku wyjścia.

– Proszę mnie nie zmuszać, abym potraktował pana jak dezertera! – usłyszał głos generała, a zaraz potem dźwięk odbezpieczanej broni.

Odwrócił się i zobaczył wymierzony w siebie pistolet. Generał patrzył na niego z hardą miną, a Roman podszedł do swego dawnego dowódcy, szybko i zdecydowanie złapał go za rękę i wytrącił broń, po czym kilka razy uderzył głową starszego mężczyzny o drzwi stopionej windy, ogłuszając go.

Gdy doszedł do Marszałkowskiej, skręcił w prawo w kierunku Alej i zerknął na zegarek. Zostało mu jeszcze dziesięć minut. Szeroką arterią pozbawioną ruchu samochodów w obu kierunkach maszerowało wielu ludzi, z których większość wiozła z sobą jakiś dobytek. Gdyby nie wojna, to byłaby piękna zima, pomyślał Roman i szybko uświadomił sobie, że przecież jest dopiero końcówka listopada.

Zerknął na starszą parę, która ciągnęła płaski wózek sklepowy zazwyczaj używany w marketach budowlanych. Stanął w pół kroku i rozdziawił usta. Na wózku, na szczycie różnych tobołków oraz zawiniątek, siedział mały chłopiec. Czapkę miał wciśniętą na czoło, ale nie było żadnych wątpliwości. To był Uś.

– Sziko! Sziko! – zawołał podekscytowany chłopiec.

– Uś, dziadek nie może szybciej! – odparła zziajana kobieta.

Nie wiedział, jak mogło do tego dojść, ale z drugiej strony sprawa nie była skomplikowana. Nie mieli wtedy czasu, aby przeszukiwać rumowisko w zbombardowanym ośrodku, a przecież chłopca mogli zabrać na spacer tymczasowi opiekunowie, do których właśnie się przyzwyczajał.

Początkowo Roman chciał podejść, wziąć chłopaka w ramiona i podrzucić go do góry tak jak w obozie nad Zalewem Sulejowskim. Ale nie zrobił tego. Starsze małżeństwo mówiło do chłopca „Uś", tak więc pewnie również byli dla malca ledwie przypadkowymi opiekunami, lecz chłopiec był zadowolony i Gurski nie chciał burzyć bezpiecznego dla dzieciaka porządku. Cała trójka minęła go obojętnie, a Roman rozejrzał się uważniej po okolicy.

Gdzieś dwie kobiety zrobiły ze starych prześcieradeł nosidełko, w którym spała trójka maluchów. Gdzie indziej matka z małym, siedmioletnim chłopcem pchali wspólnie wyładowany po brzegi wózek. Kto będzie bronił tych ludzi, pomyślał Roman. Skoro nie minął jeszcze jeden dzień od kapitulacji, a Rosjanie już wydają zarządzenia pod groźbą rozstrzelania, to co będzie dalej? Może jestem jednak coś tym ludziom winien? Ja przynajmniej wiem, jak walczyć. A co ty taki społecznik nagle się zrobiłeś, rozległ się znajomy, cyniczny głos, który od zawsze mu towarzyszył. Niech się wszyscy martwią sami o siebie. Tak, równie dobrze mogłem siedzieć na dupie w Egipcie. Po co tu przyjeżdżałem? Roman zerknął na zegarek, do spotkania z Michałem zostały mu raptem dwie minuty. Czy zależało mu na Basi? Jak cholera. Czy ją kochał? Najmocniej na świecie. Dlatego podjął jedyną słuszną decyzję.

Gdy Roman wrócił do wypalonego budynku, Sawicki właśnie zbierał się do kupy. Popatrzył pustym i obojętnym wzrokiem na Gurskiego i schował pistolet. Potem wytarł krew z rozbitego nosa, wcisnął czapkę na głowę i ruszył w swoją stronę ze zgarbionymi ramionami.

8.

Hotel DeSilva w Piasecznie szczęśliwie uniknął bombardowań, i to właśnie w tym budynku urządzono sztab rosyjskiej dywizji zmechanizowanej, która zabezpieczała południową flankę Warszawy. Niezły kontrast, pomyślał Zenon, gdy wprowadzono go do jednego z pokoi. Przez ostatnie kilka godzin trzymali go przywiązanego do transportera, a niemal każdy przechodzący Rosjanin uważał za swój święty obowiązek posłać mu wiązankę, kopniaka czy też po prostu splunąć mu na głowę. Ale tutaj zastał nienagannie zasłane łóżko i dwie zapalone lampki, które rzucały ciepłe światło i przydawały pomieszczeniu komfortowego, domowego wręcz wyglądu.

Za biurkiem, zatopiony w lekturze książki, siedział oficer w polowym mundurze. Zerknął tylko na wchodzącego i wrócił do czytania, wydając niedbale rozkaz:

– Kozłow, rozkujcie naszego gościa.

Ten sam „praporszczik", który zjawił się wcześniej na stacji, rozkuł teraz posłusznie Zenona i stanął na warcie w drzwiach, patrząc nieufnie na więźnia. Gospodarz westchnął, dokończył czytać rozdział, użył zakładki, zamykając książkę, i wskazał fotel stojący nieopodal biurka.

– Proszę, pan spocznie – powiedział, a gdy Zenon zajął niepewnie miejsce, dodał: – Lejtnant Paweł Gawriłow, do usług.

Zenon przyjrzał się oficerowi. Był postawny, miał kruczoczarne włosy i tego samego koloru oczy. W świetle lamp jego czarne tęczówki sprawiały złudzenie żarzących się delikatnie, czarnych węgli. Więzień nie należał do strachliwych, ale spojrzenie lejtnanta wcale mu się nie podobało.

– Zenon Marczak. Świetnie pan mówi po polsku.

Lejtnant kiwnął głową, jakby spodziewał się pochwały, wyciągnął dwa papierosy i je zapalił, po czym podał jeden gościowi.

Zenon włożył papierosa do obolałych ust i zaciągnął się łapczywie.

– Babcia mnie nauczyła – rzucił tonem wyjaśnienia Rosjanin.

– Była Polką?

– W rzeczy samej.

Rosjanin skinął głową, a Zenon uśmiechnął się chytrze, nie zważając na rwący ból w zranionym policzku.

– To myślę, że się dogadamy. – Marczak był trochę bardziej pewny siebie. – Między nami Polakami.

– Idiota – powiedział powoli Gawriłow, biorąc do ręki czytaną książkę. – Dostojewski. Niektórzy twierdzą, że był polakożercą, ale ja tak nie uważam. A jaka jest pańska opinia?

Zenon z tlącym się papierosem w ustach patrzył w milczeniu. Dostojewski kojarzył mu się ze szkolną lekturą, w której jakiś student zaciukał starą babę, a potem śniło mu się, że ktoś katuje konia. Coś w tym stylu.

– Rozumiem, że nie ma pan zdania. Ale wróćmy do mojej babci – powiedział lejtnant i zaciągnął się głęboko papierosem. – Do Kazachstanu trafiła w 1940 roku. Wkrótce potem urodził się mój ojciec, mieszkali w Pietropawłowsku. Mój kochany staruszek został inżynierem i gdy miałem kilka lat, przenieśliśmy się do Kraju Rad, do Omska, a niedługo potem do Irkucka. Jednak ja zawsze jeździłem do babci na wakacje. Uwielbiałem ją. To właśnie ona zadbała o to, żebym mówił po polsku.

Zenon palił w milczeniu i chciał zadać pytanie, dlaczego rosyjski oficer w ogóle mu to opowiada, ale uznał, że na razie lepiej będzie zachować milczenie.

– Pamiętam jak dziś, kiedy przyjechałem odwiedzić ją latem 1991 roku. Babcia chciała koniecznie pojechać do Polski. Do Warszawy, w której się urodziła. Odwiedziła polską ambasadę w Astanie, żeby załatwić dokumenty. Kiedy wszedłem, siedziała na swoim ulubionym taborecie w kuchni. Płakała.

Zenon nagle poczuł, że papieros dziwnie parzy go w usta, a dym z nikotyny staje się bardziej gryzący niż zazwyczaj. Czuł, że ta historia może się skończyć bardzo źle. Zarówno dla babci lejtnanta, jak i dla Zenona.

– Wie pan, co mi powiedziała? – spytał Gawriłow i kontynuował, nie czekając na odpowiedź: – Że potraktowano ją jak szmatę. Jak śmiecia.

Lejtnant zamyślił się, zaciągnął ostatni raz papierosem i zdusił go w popielniczce, którą potem przesunął w kierunku Marczaka.

– Tydzień później zmarła. Nigdy nie zobaczyła swojej Warszawy. A teraz ja tu siedzę i proszę bardzo, wkraczam do pięknej polskiej stolicy jako zwycięzca. Śmieszne, co?

Zenon zgasił papierosa w popielniczce i zastanawiał się nad jakąś dyplomatyczną odpowiedzią, gdy Gawriłow nachylił się nad biurkiem i spojrzał na niego tymi swoimi czarnymi ślepiami.

– Nienawidzę was, kurwa, jak psów. Bo tym właśnie jesteście. Należałoby wykopać wielki jebany dół, ustawić na krawędzi każdego Polaka i strzelić mu w tył głowy. – Lejtnant odchylił się na krześle, a jego rozjarzony wzrok przygasł. – Ale pomówmy o interesach. Bo chyba taki był cel pańskiej wizyty, prawda?

Zenon Marczak opowiadał dość długo, ale nie za bardzo. Trochę ubarwiał, ale starał się, żeby w całej opowieści dotyczącej Henryka Wojnarowicza było jak najwięcej treści. To było chyba najważniejsze streszczenie w jego całym życiu, bo właśnie ono stanowiło tu główną stawkę. Rzecz jasna elementy stawiające go w niekorzystnym świetle przedstawił trochę inaczej, ale nie robił z siebie zbytniej ofiary. Wiedział, że lejtnant aż takiej bajki by nie kupił. Gdy skończył, Gawriłow świdrował go wzrokiem i po krótkiej chwili powiedział:

– Dam panu szansę.

Zenon skinął głową i przełknął ślinę, ale nie byłby sobą, gdyby nie zadbał o swoje interesy.

– Jak się dzielimy?

Lejtnant roześmiał się na cały głos, przetłumaczył na rosyjski pytanie Zenona i po chwili dowódca wraz ze swoim podoficerem śmiali się serdecznie dotąd, aż w ich oczach pojawiły się łzy. Gdy Gawriłow w końcu się uspokoił, niedbałym gestem ściągnął abażur z lampki i przesunął ją po blacie w kierunku więźnia. Zenon zmrużył oczy, gdy goła żarówka znalazła się przy jego twarzy.

– A cóż to się stało? – spytał Rosjanin. – Robiłeś minetę i coś poszło nie tak? Nie muszę wzywać felczera, żeby wiedzieć, że tę twoją parszywą, polską gębę toczy gangrena. Jak się postarasz, to nasi lekarze cię wyleczą, choć kobiety i tak będą mdlały na twój widok. Bez mojej pomocy zdechniesz.

Gawriłow odsunął lampkę i zakrył żarówkę abażurem.

– Ja biorę złoto, ty życie. Uczciwy układ?

Praporszczik Kozłow siedział za kierownicą, a rozparty na siedzeniu pasażera lejtnant Gawriłow palił papierosa. Zenon, skuty kajdankami i przypięty pasami, siedział na tylnym siedzeniu rosyjskiej terenówki. Po obu jego stronach siedziało jeszcze dwóch żołnierzy, wbijając mu boleśnie lufy swoich kałasznikowów pomiędzy żebra.

Gdy zgodnie z instrukcjami więźnia terenowy tigr zajechał na teren Wojnarowiczów, Zenon od razu wyczuł, że coś jest nie tak. Posesja sprawiała wrażenie całkowicie opuszczonej. Wszyscy wysiedli z terenówki, a po chwili na plac wtoczył się ciężarowy kamaz, z którego wyskoczyły dwie drużyny rosyjskich żołnierzy. Lejtnant rozejrzał się po opuszczonych halach oraz ciemnych oczodołach domowych okien i rzucił z sarkazmem do Zenona:

– Więc mówi pan, że to miejsce jest szczególnie bronione? Taak…

Zenon zaprowadził ich do hali, a światła wojskowych latarek wydobyły z mroku ogołocone półki. Wątpił, aby Danucie udało się zabrać wszystko. Raczej wszystko zostało rozszabrowane, jak tylko ludzie dowiedzieli się, że cały teren został opuszczony.

– Gdzie to jest? – warknął lejtnant, a Zenon otrzymał bolesne uderzenie lufą w plecy.

Po chwili Gawriłow, Kozłow oraz dwóch żołnierzy i skuty Zenon stali w pomieszczeniu skarbca, a promienie latarek ślizgały się po pustych półkach, które niegdyś uginały się pod ciężarem złotego kruszcu. Rosyjski oficer westchnął w geście rozczarowania i przez krótką chwilę naprawdę można by sądzić, że jest mu przykro. Potem sięgnął do kabury i wyciągnął pistolet.

– Nie, błagam! – Zenon padł na kolana. – Możemy ją znaleźć, przysięgam!

Lejtnant odbezpieczył swojego makarowa i wycelował Zenonowi prosto w twarz.

9.

Michał patrzył bezradnie na zegarek. Było blisko półtorej godziny po czasie i stało się jasne, że Roman pewnie już się nie pojawi. Albo wydarzyło się coś niedobrego, albo porucznik po prostu zrezygnował. Michał pociągnął Jurka za rękę i ruszyli powoli Alejami Jerozolimskimi w kierunku majaczącego w tle Marriotta. Z początku bał się, że nie uda mu się przeprawić przez Wisłę, ale okazało się, że odkąd ogłoszono kapitulację, sprawy potoczyły się błyskawicznie. Od razu pojawiła się rosyjska żandarmeria, która zaczęła regulować ruch w tunelu warszawskiego metra. Jedną nitką ludzie poruszali się na Pragę, a drugą w kierunku centrum. Dlatego bez problemu dotarł do stanowiska błękitnych hełmów i odebrał syna. Jurek od tamtej pory nie odezwał się do niego ani słowem i nie puszczał jego ręki. Michał próbował jakoś z nim porozmawiać, ale chłopiec ciągle milczał. Wydarzenia tego dnia zmieniły w nich coś na zawsze.

Michał poprawił okulary, które ciągle zsuwały mu się z nosa. Znaleźli je z porucznikiem w obozie dla uchodźców i choć były o wiele za duże, to szkła jakoś tam pasowały do jego wady wzroku. Patrzył na mijane na ulicach tłumy i z zaskoczeniem stwierdził, że na większości twarzy malowała się ulga. Koniec bombardowań i porządek, nawet jeśli miał nastać pod władzą okupanta, zawsze dla zwykłego człowieka będzie porządkiem, czymś po stokroć lepszym niż panujący wcześniej chaos.

Ludzie plotkowali, że Rosjanie już naprawiają elektrownię i wkrótce w Warszawie znowu będzie prąd. Rosyjscy saperzy zabrali się także do budowy tymczasowej przeprawy przez Wisłę, a praktycznie nieuszkodzone metro miało zacząć działać nie dalej jak za tydzień. W sumie nie ma się co dziwić, gdybyśmy byli wszyscy razem, z Basią i Natalką, to pewnie też byśmy się cieszyli, pomyślał.

Michał nagle poczuł, że cała sytuacja zaczyna go potwornie przerastać. Był sam z małym dzieckiem, bez środków do życia i bez perspektyw na jakiś posiłek w najbliższej przyszłości, a jego mieszkanie, w leżących ponad trzysta kilometrów od stolicy, obróconych w perzynę Katowicach, nie istniało. Poczuł w ustach dziwny posmak, jakby ktoś wrzucił mu do środka garść miedziaków, a po chwili jego serce zaczęło łomotać w dziwnym, nierównym tempie. Najpierw klęknął, a potem położył się na ziemi. Nie był w stanie dalej iść.

– Tata! Tata wstawaj! – Jurek odezwał się po raz pierwszy od dłuższego czasu. – Co ci jest?! Tata!

Chłopiec ciągle trzymał ojca za rękę, a drugą próbował zatrzymać przechodzących ludzi, szarpiąc ich za kurtki.

– Niech ktoś pomoże mojemu tacie! Zadzwońcie po karetkę! Proszę!

Jurek zaczął płakać i krzyczał coraz głośniej, błagając przechodzących przez łzy, ale nikt nawet nie zwolnił kroku. Nikt nie zainteresował się leżącym mężczyzną w za dużych okularach, którego kurczowo trzymał za rękę siedmiolatek ogarnięty histerią. Każdy miał swoje własne problemy.

Wtedy Michałowi przyszła do głowy myśl, która sprawiła, że powoli podniósł się z ziemi, a Jurek, widząc wstającego ojca, otarł niezgrabnymi ruchami zapłakaną buzię.

– Tata, dobrze się czujesz?

Michał pogłaskał syna po głowie i przytulił go mocno do siebie.

– Strasznie cię kocham – powiedział.

– Ja ciebie też. Tata obiecaj, że mnie nie zostawisz.

– Obiecuję. – Michał poczuł, jak łzy napływają mu do oczu.

– Nigdy? – dopytywał chłopiec.

– Nigdy, przenigdy. Obiecuję i przysięgam na wszystkie świętości.

Michał wstał, poprawił okulary i pociągnął Jurka za rękę, skręcając w Poznańską.

– Dokąd idziemy? – spytał Jurek.

– Mam pomysł, nic się nie martw. Wszystko będzie dobrze.

Buzia chłopca od razu rozjaśniła się pod wpływem słów otuchy. Miał siedem lat i był przyzwyczajony do tego, że przecież jego tata zawsze coś wymyśli i zawsze ma rację, bo jest taki mądry.

Michał skierował swoje kroki w kierunku bramy narożnej kamienicy, która była stosunkowo mało zniszczona. Tam będzie dobrze, pomyślał, mimo wszystko lepiej to zrobić bez świadków. Czuł, że tak będzie czyściej, w pewien sposób godniej. Nie chciał zostawiać syna na pastwę losu. Zbyt wiele napatrzył się już tej wojny na cierpienia i nieszczęścia i nie mógłby sobie darować, gdyby Jurek miał sam przechodzić przez to wszystko. Poza tym przecież dopiero co mu obiecałem, że nigdy go nie zostawię. Obietnic trzeba dotrzymywać, pomyślał Michał i rozpłakał się na dobre.

– Tata, czemu płaczesz?

– Nic, coś mi się przypomniało – powiedział i uspokoił się szybko, ocierając oczy.

Do bramy zostało niecałe pięćdziesiąt metrów. Tylko zrób to szybko, rzucił do siebie w myślach. Wyciągnij broń, strzel synowi w głowę, najlepiej w okolice skroni, a potem upewnij się, że nie żyje. Następnie włóż lufę do ust, skieruj ją w podniebienie tak, aby kula na pewno przeszyła mózg, i pociągnij za spust. Dasz radę, człowieku, nie spieprz chociaż tego.

Gdy mieli już skręcać w bramę, nagle na ulicy zapanował jakiś harmider, a z Nowogrodzkiej w panice wybiegło kilka osób.

– Ludzie, uciekajcie! – krzyknął jakiś mężczyzna.

Michał patrzył na to bez słowa, a po chwili zobaczył, jak zza zakrętu wybiega w popłochu jeszcze więcej ludzi.

– Ruscy ludzi łapią! – krzyknęła ze strachem biegnąca kobieta.

Michał zacisnął mocniej rękę wokół dłoni Jurka i ruszył w kierunku Nowogrodzkiej.

– Tata, uciekajmy!

Michał klęknął przed chłopcem i spojrzał mu prosto w oczy.

– Chcesz zobaczyć mamę i Natalkę?

– Pewnie, że tak!

Michał ściągnął plecak z pistoletem w środku i rzucił go w bramę. Potem podniósł się z klęczek i wyszedł z chłopcem na Nowogrodzką. Na środku ulicy stała rosyjska ciężarówka wojskowa, a na pace widać było przerażone twarze stłoczonych ludzi. Jeden z żołnierzy wycelował kałasznikowa w kierunku Michała i chciał coś krzyknąć, ale gdy zobaczył, że obaj idą raźnym krokiem w ich kierunku, wyraźnie się rozluźnił i opuścił lufę karabinu. Ludzie znajdujący się wewnątrz pomogli Michałowi i Jurkowi wdrapać się do środka. Kilka chwil później kolejni złapani dołączyli na pakę pojazdu, całkiem ją wypełniając. Wtedy żołnierz zamknął burtę ciężarówki i uderzył w nią kolbą karabinu, dając kierowcy sygnał do odjazdu.

Niecałą godzinę później Michał siedział z Jurkiem w przedziale wagonu osobowego. Pomieszczenie normalnie przeznaczone było dla sześciu osób, ale teraz, w niewyobrażalnym ścisku, siedziało w nim ponad tuzin ludzi. Przynajmniej ogrzewanie działa, pomyślał Michał, gdy wagony szarpnęły i pociąg zaczął toczyć się powoli po szynach.

Nie znał miasta na tyle, żeby wiedzieć, na który dworzec ich przywieźli i w jakim kierunku ruszyli. Ale gdy po godzinie zobaczył, że pociąg, nie zwalniając, przejeżdża przez stację w Siedlcach, odetchnął z ulgą. Jechali na wschód. Michał przycisnął mocniej śpiącego na jego ramieniu Jurka i pomyślał o Basi i Natalce. Obiecuję, że je odnajdę, rzucił w duchu. Za wszelką cenę. Przecież obietnic trzeba dotrzymywać, pomyślał z uśmiechem Michał i zasnął.

10.

Ponieważ całą drogę musieli przebyć na piechotę, dopiero teraz dotarli na zalaną ciemnością Ostrobramską. Gdy skręcili między potężne bloki i zaczęli iść osiedlową alejką zasypaną śniegiem, przemarznięty do kości Roman zadał kolejne pytanie:

– A właściwie dlaczego ja?

– Nie rozumiem. – Twarz generała była czerwona od mrozu.

– Jestem przecież zwykłym porucznikiem.

Mówiąc to, Gurski zerknął bezwiednie na zegarek i z uśmiechem uświadomił sobie, że skoro znowu tak o sobie mówi, to znaczy, że był poza strukturą Polskich Sił Zbrojnych niecałe pięć godzin. Krótko, jak na kogoś, kto jeszcze niedawno wmawiał sobie, że do wojska nie wróci, pomyślał.

– Po pierwsze to obaj dobrze wiemy, że pańskie zasługi na polu walki, mówiąc oględnie, robią olbrzymie wrażenie. W skrócie, potrzebujemy kogoś z jajami ze skały.

Minęli w milczeniu jeden z budynków i Sawicki w końcu wskazał majaczący w oddali blok. Osiedle Ostrobramska, zwłaszcza w latach dziewięćdziesiątych dwudziestego wieku cieszyło się dość ponurą sławą. Teraz, gdy nie świeciła się ani jedna latarnia, a tylko w nielicznych oknach bloków majaczyło słabe światło latarek lub świeczek, widok był jeszcze bardziej przygnębiający.

– A po drugie – kontynuował po dłuższym milczeniu Sawicki – na razie to jest nas jakieś sto osób.

Roman pod wpływem tego wyznania zatrzymał się w pół kroku i spojrzał na generała.

– Zawsze muszą być jakieś początki, poruczniku. Chodźmy, bo zimno.

Gdy weszli na klatkę opustoszałego bloku, Sawicki wyciągnął małą latarkę i oświetlając stopnie, zaczęli piąć się powoli w górę. Na szóstym piętrze zrobili krótką przerwę, a zaniepokojony Roman zauważył, że jego towarzysz ciężko oddycha.

– Wszystko w porządku? – spytał.

– Tak, to tylko zawał. – Generał machnął żartobliwie ręką. – Niestety spotkanie mamy na dziesiątym piętrze.

Kiedy wreszcie stanęli pod drzwiami mieszkania na ostatniej kondygnacji, Sawicki dał znać, aby poczekali jeszcze chwilę, aż on uspokoi oddech.

Najważniejsza w tego typu akcjach jest jak zwykle kasa – wychrypiał generał pomiędzy kolejnymi wdechami. – Dzięki Bogu znaleźliśmy kogoś, kto ma pieniądze.

– A co warte są teraz pieniądze? – prychnął Roman.

Generał zastukał do drzwi w wyraźnie umówiony sposób. Gurski rzucił mu spojrzenie pełne zwątpienia, a Sawicki gestem odpowiedział, że to „może i dziecinada, ale lepiej dmuchać na zimne". Drzwi otworzyły się i weszli do jasno oświetlonego lampami na baterie mieszkania. W oknach zawieszono koce i grube zasłony tak, aby światło nie było widoczne z zewnątrz. W salonie siedziało kilka osób, a generał zaczął wszystkim przedstawiać nowego gościa.

– Poznajcie, proszę, nowego członka naszych podziemnych sił zbrojnych. Porucznik Roman Gurski, choć do rangi się nie przyzwyczajajcie, bo niedługo na pewno będzie wyższa.

Roman ściskał kolejne dłonie.

– A oto i osoba, bez której pomocy nasze przedsięwzięcie nie miałoby żadnych szans. Wielka patriotka!

Roman obrzucił spojrzeniem zgrabną szatynkę, która wyciągnęła do niego rękę. Może nie była klasyczną pięknością, ale zdecydowanie mogła się podobać, uznał szybko Gurski i uścisnął jej dłoń.

– Danuta Wojnarowicz, bardzo mi miło – powiedziała.

11.

Pod wpływem silnych promieni słońca Jovan ocknął się na chwilę i zaraz z powrotem zanurzył się w omdleniu. Niczym po ciężkiej pijatyce zaczął przypominać sobie niektóre fakty z poprzedniego dnia. Ciężarówka, którą ukradł, staranowana przez czołg. Wypadek. Sierżant wyrzucony przez boczną szybę, spada na ulicę, tłukąc się boleśnie. Otaczający go Rosjanie. Biją. Czym popadnie. Kolbami, lufami, kopią ciężkimi buciorami. Wtedy traci przytomność. Jovan stwierdził, że ktoś go niesie, a on wcale nie zamierza odzyskiwać przytomności. Stan, w jakim się znajdował, był zbyt błogi, aby wracać do rzeczywistości.

Jednak bolesny upadek na plecy spowodował, że otrzeźwiał na dobre i podniósł obolałą głowę, mrugając gwałtownie oczami. Nad nim pochylał się jakiś nieznany mu polski żołnierz i mówił przepraszającym szeptem:

– Brachu, dłużej nie damy rady. Wybacz.

Żołnierz odszedł i wmieszał się w tłum. Dopiero teraz Jovan uświadomił sobie, że obok niego maszeruje kolumna żołnierzy, z których każdy pozbawiony był uzbrojenia, kamizelki i hełmu. Wszyscy mieli na sobie tylko mundury i ciasno zapięte kurtki, chroniące ich przed ostrym mrozem. Jeńcy.

Jovan uniósł się na łokciach i zobaczył, że zaledwie pięćdziesiąt metrów przed nim leży inny żołnierz. Jeden z Rosjan eskortujących kolumnę zdjął leniwym gestem kałasznikowa z ramienia, przeładował karabin i strzelił leżącemu w głowę. Huk wystrzału wstrząsnął Jovanem, który usłyszał syk któregoś z idących obok żołnierzy.

– Człowieku! Wstawaj, jeśli ci życie miłe!

Sierżant Lacević zauważył, że Rosjanin zapalił papierosa i teraz szedł niespiesznie w jego kierunku. Jovan próbował dźwignąć się na nogi, ale zatoczył się i wylądował na kolanach. Jakichś dwóch żołnierzy z kolumny chwyciło go pod ręce i wciągnęło w tłum. Sierżant poczuł, jak po odzyskaniu pozycji stojącej zbiera mu się na wymioty, ale zaczął niezdarnie człapać na nogach, jak na szczudłach. Żołnierz pilnujący kolumny odprowadził wzrokiem Jovana, paląc ciągle papierosa.

Po kilkunastu krokach sierżant Lacević zaczął powoli dochodzić do siebie. Ciągle korzystał z pomocy dwóch podtrzymujących go żołnierzy, ale przynajmniej mógł się rozejrzeć po okolicy. Szli szeroką na dwa pasy arterią. W przeciwną stronę jechała niekończąca się kawalkada rosyjskich ciężarówek, transporterów opancerzonych i czołgów. Kolumna jeńców osiągnęła szczyt wzniesienia i Jovan zobaczył tablicę informującą, że oto znajdują się na drodze krajowej numer 2, która prowadzi do Terespola. Mroźna, ale słoneczna pogoda zapewniała ze szczytu wzniesienia doskonałą widoczność. Sierżant zobaczył przed sobą morze maszerujących na wschód polskich żołnierzy. Muszą być nas dziesiątki tysięcy, pomyślał.

12.

Basia jeszcze mocniej owinęła swoją kurtką śpiącą Natalkę. W samolocie było strasznie zimno i choć od jakiegoś czasu dało się wyczuć, że transportowiec obniża swój pułap, to niestety temperatura nie wzrastała. Basia patrzyła na grube pręty klatek oświetlane przez czerwone żarówki rozmieszczone w luku ładunkowym olbrzymiego antonowa. Aby mieć jakieś zajęcie, starała się chociaż wstępnie oszacować liczbę przewożonych ludzi, i po dłuższych rachunkach wyszło jej, że łącznie w ładowni znajdowało się ponad siedemset osób.

Ponieważ klatki rozmieszczono na kilku poziomach, ludzie szybko się zorganizowali i umówili, aby skrajna część ich prowizorycznego więzienia została przeznaczona na toaletę. Więźniowie odsunęli się więc, aby nieczystości nie leciały im na głowy, gdy swoje potrzeby załatwiali lokatorzy górnych pięter.

Basia usłyszała hydrauliczny jęk wypuszczonego podwozia i samolot przechylił się na skrzydło, a fekalia zgromadzone na dole przelały się z głośnym pluskiem. Gdy po wylądowaniu transportowiec w końcu zakończył kołowanie i olbrzymi dziób maszyny uchylił się, do środka od razu wpadli żołnierze, krzycząc i świecąc latarkami po przerażonych twarzach. Basia obudziła Natalkę i już po chwili pędzono ich kolumnę przez pas startowy. Po obu stronach stały terenówki z włączonymi długimi światłami, a maruderzy byli skutecznie popędzani ostrym krzykiem i dzikim warczeniem owczarków niemieckich, trzymanych na smyczy przez niektórych Rosjan.

Gdy kolumna jeńców wyszła na asfaltową drogę, Basia pod wpływem silnego mrozu zaczęła szczękać zębami i omal nie poprosiła swojej córki o zwrot kurtki, którą oddała jej na pokładzie samolotu. Ale jednak zacisnęła zęby i utrzymując tempo grupy, zaczęła przytupywać, chcąc chociaż w ten sposób trochę rozgrzać ciało. Po kilkuset metrach zauważyła przytwierdzoną do drewnianego słupa tabliczkę. Czarne litery na białym tle wypisane były cyrylicą, ale Basia znała litery rosyjskiego alfabetu, dlatego bez trudu rozszyfrowała nazwę miejscowości. „Irkuck”.

Od Autora

Self-made man. Od zera do bohatera. Świat pełen jest ludzi, którzy twierdzą, że osiągnęli coś tylko i wyłącznie dzięki własnej ciężkiej pracy. Kompletnie w to nie wierzę. Niemożliwe jest, aby człowiek osiągnął cokolwiek w pojedynkę. Do tego potrzebni są inni ludzie.

Dlatego na początku dziękuję tym, którzy ukształtowali mnie od wczesnych dziecięcych lat, moim kochającym rodzicom oraz bratu. Ten ostatni jest całkiem niezłym pisarzem, który przed laty namówił mnie do współpracy nad jednym, do dziś niezrealizowanym scenariuszem – i tak zaczęła się moja przygoda w stawianiu literek. Bracie, słowa nie opiszą, jak wiele Ci zawdzięczam.

Dziękuję moim konsultantom od czołgów, karabinów, taktyk wojennych i generalnie wszystkiego, co zadaje śmierć. Niestety nie mogę wymienić ich nazwisk, gdyż ludzie ci pozostają w czynnej służbie. Panowie, jeśli coś zmieniłem, to tylko po to, aby uatrakcyjnić fabułę ku chwale czytelnika. Za wszelkie niedociągnięcia i nieścisłości winić należy autora.

Dziękuję mojemu redaktorowi, Filipowi Modrzejewskiemu, który za pomocą – przynajmniej tak się autorowi wydaje – magicznych sztuczek sprawił, że książka ta wiele zyskała w swym ostatecznym kształcie.

Ukłony dla Maćka Pieprzycy, dobrego kumpla i przede wszystkim uzdolnionego reżysera. To on pomógł mi w tym, żeby Alojzy Matuszek mówił piękną śląską gwarą.

Wreszcie dziękuję Marcinowi Mellerowi, który postanowił zaufać debiutantowi i wydać niniejszą powieść. Tu należą się również podziękowania wszystkim współpracownikom Marcina z Grupy Wydawniczej Foksal. Autor pisze, ale przekucie tekstu w książkę i postawienie jej na półce w księgarni to już praca zbiorowa. Jestem wam niezmiernie wdzięczny!

Na koniec chciałbym wymienić członków podstawowej komórki społecznej, którzy są ze mną na co dzień i wspierają mnie w ciężkich chwilach. Dziękuję mojej cudownej żonie oraz dwóm wspaniałym synom. Bez was byłbym smutnym i nieszczęśliwym człowiekiem.

Zgorzała, 6 kwietnia 2017

Redaktor prowadzący: Filip Modrzejewski

Redakcja: Małgorzata Denys
Korekta: Małgorzata Denys, Elżbieta Kalinowska
Adiustacja: Zuzanna Żółtowska, Blanka Wośkowiak, Agnieszka Słowik, Magdalena Marciniak, Katarzyna Gąsińska, Dominika Cieśla-Szymańska

Projekt okładki i stron tytułowych: Tomasz Majewski
Fotografia autora: © Marcin Łobaczewski
Ilustracja użyta na okładce: © Jakub Kowalczyk

Skład i łamanie: Typo – Marek Ugorowski

Druk i oprawa: Zapolex
Książkę wydrukowano na papierze Creamy dostarczonym przez **ZiNG**

Grupa Wydawnicza Foksal Sp. z o.o.
00-391 Warszawa, al. 3 Maja 12
tel. 22 828 98 08, 22 894 60 54
biuro@gwfoksal.pl
gwfoksal.pl

ISBN 978-83-280-4423-4